변씨
부인 스
캔들

변씨부인 스캔들 2

|지은이_육시몬|초판 1쇄 찍은 날_2016년 3월 9일|초판 1쇄 펴낸 날_2016년 3월 18일|발행처_도서출판 청어람|펴낸이_서경석|편집책임_조윤희|편집_이은주. 주은영|디자인_신현아|경기도 부천시 원미구 부일로 483번길 40 서경B/D 3F (우) 420-822|등록_1999년 5월 31일(제387-1999-000006호)|전화_032-656-4452|팩스_032-656-4453|http://www.chungeoram.com|E-mail_chungeorambook@daum.net|어람번호_제8-0067호|파본은 구입하신 서점에서 교환하여 드립니다. 저자와 협의하여 인지를 붙이지 않습니다. 책값은 뒤에 있습니다. 이 책은 도서출판 청어람과 저작자의 계약에 의해 출판된 것이므로, 무단 전재 및 유포·공유를 금합니다.

ISBN 979-11-04-90675-6 04810
ISBN 979-11-04-90673-2 (SET)

변씨부인스캔들

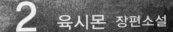
2 육시몬 장편소설

도서출판 청어람

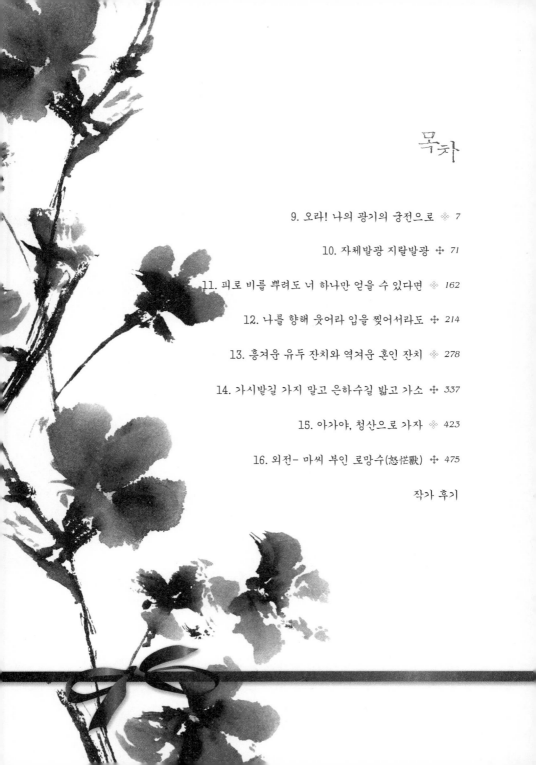

목차

9.
오라!
나의 광기의 궁전으로

오늘따라 팥죽이 아주 잘 쑤어졌었다. 너무 텁텁하거나 너무 달지도 않고 적당한 농도로 혀끝에서 녹아내렸다. 율은 팥죽이라면 자다가도 벌떡 일어날 정도로 좋아했다. 게다가 생과방 궁녀의 팥죽 쑤는 솜씨는 조선제일이라 해도 과언이 아닌지라 율은 한여름을 제외하곤 야참으로 팥죽을 즐겨 먹었다. 한데 팥죽을 한 술 뜨던 율의 시야에 소매를 걷어붙이고 글을 쓰고 있는 백영의 가느다란 팔목이 들어왔다.

'근데 저 계집은 왜 저리 말라가는 게지? 오늘따라 매가리도 없어 보이는 것이……'

그래서 먹이고 싶었을 뿐인데 화를 내고야 말았다. 그의 표현력은 다채롭지 못하여 대부분의 감정은 분노 아니면 조롱으로 표출되었다. 분노는 익숙했고 명령은 당연했다. 먹으라면 먹을 것이지 그의 명을 거부하는 것은 있을 수 없는 일이었다. 한데 맛있게 먹는 모습을 보고 싶어서 먹인 팥죽 때문에 그녀가 쓰러진 것이다.

"춘향아, 괜찮으냐?"

율이 허둥지둥 백영을 안아 일으켰다. 그러나 그녀는 얼굴과 목이 벌겋게 부풀어 오르면서 점점 더 숨소리가 거칠어졌다.

"정신 차려보아라! 춘향아! 춘향아!"

율의 절박한 목소리가 침전에 울려 퍼졌다.

"뭣들 하는 게냐? 당장 어의를 부르지 않고!"

상궁이 황급히 방을 나섰다. 식도가 부어올라 호흡을 막는지 백영은 금방이라도 숨이 넘어가 버릴 것 같았다.

"감히 누가 임금의 음식에 독을 탄 것이냐! 내 이놈을 반드시 잡아들여 사지를 갈가리 찢어 죽이리라!"

율이 이를 바득바득 갈며 부르짖었다. 오래 걸리지 않아 어의가 달려와 백영에게 침을 놓고 약을 먹였다. 그런 뒤 한참이 지나 죽은 듯이 누워 있던 백영이 서서히 고른 숨을 쉬기 시작했다.

"이제 정신이 좀 드느냐?"

머리맡에 앉아 있던 율이 득달같이 물어댔다. 극심한 고통에서 벗어나 정신이 돌아온 백영이 그제야 감히 임금의 이부자리에서, 그것도 임금을 앞에 두고 누워 있다는 것을 깨닫고 벌떡 몸을 일으켰다.

"더 누워 있어라. 여태 잘만 누워 있었으면서 새삼 일어날 것 없다."

그러나 백영의 귀엔 저 말이 '네 이년, 당장 일어나지 못할까?'로 들려 후다닥 이부자리를 빠져나와 고개를 조아렸다.

"송구하옵니다, 전하!"

"독이 아니라고 하는구나. 팥죽을 맛보았던 기미상궁도 나도 아무 이상이 없었고."

"어려서부터 팥을 먹으면 피부에 열꽃이 피고 목이 부어오르곤 했습니다. 심하면 오늘처럼 토악질을 하고 숨이 막혀 쓰러지거나요."

"그걸 왜 이제 말하느냐?"

율이 잔뜩 화가 난 표정으로 짙은 눈썹을 치켜 올렸다. '내가 얼마나 걱정을 했는지 아느냐?' 하고 내뱉으려다 멈칫한다.

'걱정? 방금 걱정이라 하였나? 내가 저 계집을 걱정해?'

매우 낯선 감정에 율이 미간을 더욱 찌푸렸다.

"말할 틈을 주시기나 했습니까? 먹지 않으면 강제로 입을 벌려 밀어넣겠다 하시지 않았습니까? 을(乙)이 어찌 명을 거역할 수 있겠습니까?"

백영이 공손히 대꾸했으나 말엔 가시가 돋쳐 있었다. 이렇게 직접 보여주지 않았다면 백영은 임금의 명을 거부했다 하여 큰 곤욕을 치렀을 것이다.

"을이라. 네가 을이면 나는 갑인 게냐?"

"당연히 전하께서 갑이시지요. 저는 전하께서 미천한 몸뚱이에 아로새겨 주셨듯이 을이니까요."

"네 말대로라면 내가 갑질을 한다는 게로구나?"

"천부당만부당한 말씀이시옵니다. 어찌 감히 전하께 그런 불손한 마음을 품겠습니까?"

"시끄럽다! 간밤에 못 읽은 책이나 읽고 물러가거라! 아무리 아파도 읽을 건 읽고 가야지. 꼬박꼬박 말대답을 잘도 하는 걸 보니 이젠 별로 아프지도 않아 보이는구나."

율이 심통 맞은 표정으로 옆에 놓인 서책을 툭 내던졌다. 하지만 내심으론 백영이 무사히 깨어나 안도의 한숨을 내쉬었다. 하나 그런 율의 마음을 알 리 없는 백영은 율의 횡포에 치를 떨면서 책을 펼쳤다.

암행어사가 출두하여 춘향이가 탐관오리에게 벗어나나 했더니 초록은 동색이라 그 역시 춘향이에게 수청을 강요하였다. 그러나 수청을 들라는 대상은 어사또가 아니었다. 놀랍게도 임금이었다.

"이왕 양반 놈들 중 누군가에게 수청을 들 거라면 큰물에서 놀아라. 나와 함께 궐로 가 세상을 뒤흔들어 보자!"

그것은 춘향이 역시 바라던 바였기 때문에 그녀는 기꺼이 그와 손을 잡고 궐로 향했다. 그동안 읽은 내용은 여기까지였다. 그리고 오늘은 우여곡절 끝에 궐로 들어간 춘향이 드디어 임금과 첫날밤을 보내는 날이었다.

"색정에 미친 미치광이 임금인지라 조선팔도의 미인들은 모두 궐에 모여 있었다. 그러나 그리 많고도 많은 여인들 중에서도 춘향의 화려한 미색은 단박에 임금의 눈길을 사로잡았다."

백영이 온몸에 힘을 끌어 모아 보란 듯이 소리 높여 서책을 읽어 내려가기 시작했다.

"뭐야? 색정에 미친 미치광이? 게다가 춘향이 너는 화려한 미색으로 단박에 임금의 눈길을 사로잡았다고? 화려한 미색? 대체 어디가?"

율이 어처구니없다는 듯 코웃음을 쳤다.

"소설은 소설일 뿐입니다."

백영이 쌀쌀맞게 대꾸했다.

"좋다. 일단 계속해 보거라."

백영의 입에서 춘향과 임금의 첫날밤 유희가 거침없이 쏟아져 나오기 시작했다. 율은 백영이 풀어 나가는 색정적이고도 마술 같은 이야기에 푹 빠져 더 이상 아무 말도 하지 않았다.

"임금은 하루라도 여인을 안지 않으면 잠을 이루지 못한다 할 만큼 무수히 많은 여인들에게 둘러싸여 살아온 사내다. 오늘 밤 그를 사로잡지 않으면 다시는 기회가 없을지도 모른다. 그리 생각한 춘향은 이 도령과의 실전 학습으로 연마한 비장의 무기, 이단합체 회전물레방아를 펼치기 위해 조임근을 가동시키기 시작했다."

"오! 드디어 이단합체 회전물레방아가!"

율이 어린아이처럼 손뼉을 치며 기대에 차 소리쳤다.

"전하, 자꾸 이렇게 흐름을 깨시면 글의 맛이 떨어집니다."

백영이 정색을 하자 율이 애가 닳아 고개를 끄덕였다.

"끝날 때까지 입을 꾹 다물고 있을 터이니 어서, 어서 읽어보아라."

"북(北, 둘이서 등을 맞대고 눕다)하다 비(比, 하나가 돌아누워 어루만지다)하더니 구(臼, 서로 껴안고 하악하악)하게 되자 마침내 하늘과 땅이 맞붙어 천지가 마구 신음하였다. 사내는 하늘이요 여인은 땅이라. 하늘이 위고 땅이 아래에 있음이 보통의 이치건만 하늘과 땅이 뒤집혀 합을 이루니 춘향은 임금의 배를 올라타고 지극한 극락을 향해 나갔다. 그리고 마침내 조임근이 스스로 알아서(自知) 찾아가 물레방아를 힘차게!"

백영이 힘차게 소리치며 말을 멈추었다.

"뭐? 힘차게 뭘 어쨌다는 것이냐?"

율이 다시 채근을 하기 시작했다.

"다음 편에 계속."

"하아!"

율이 안타까움에 탄식을 쏟아냈다. 그러나 아무리 어르고 달래고 심지어 때리고 협박해도 절대로 다음 편을 먼저 말해주지 않는다는 걸 알았기 때문에 짜증스럽게 손을 내저었다.

"참으로 요망한 것! 매설가들은 죄다 이렇게 사람을 홀려서 글을 팔아먹는 것이냐? 꼴도 보기 싫으니 물러가거라!"

"성은이 망극하옵니다."

오늘도 두들겨 패지 않고 곱게 보내주신 성은에 크게 감복하며 백영이 다소곳이 인사를 올린 뒤 밖으로 나갔다. 가란다고 정말 후다닥 사라져 버리자 갑자기 속이 헛헛해진 율이 상선에게 소리쳤다.

"출출하구나. 팥죽을 올리라 하게!"

"예, 전하."

그리 답하며 고개를 조아리는 늙은 상선의 입가에 슬쩍 미소가 스쳤다. 팥죽이 맛없지 않았음을 알기 때문이었다. 임금은 분노 이외의 감정 표현엔 몹시 서툴렀다. 그래서 맛있는 것을 먹이고 싶은 마음을 그렇게밖에 표현하지 못한 것이다.

"아까 올렸던 팥죽이 별로라 하셨으니 다른 궁녀에게 쑤어 올리라 할까요?"

상선은 왠지 짓궂은 장난을 치는 학동이 된 기분으로 그러나 매우 공손하게 아뢰었다.

"흠흠. 굳이 번거롭게. 그냥 늘 하던 대로 만들라고 하게."

율이 헛기침을 하면서 짐짓 태연하게 대꾸했다.

"예, 전하."

상선이 눈 감는 날까지 절대로 변하지 않으리라 생각했던 임금이 아주 조금씩이지만 변하고 있었다. 그리고 그것은 모두 한 여인 때문이었다.

'그 여인이 세상을 움직이겠구나.'

노회한 내관의 예민한 코에 백영의 치맛자락이 일으킬 새롭고도 위태로운 바람의 냄새가 맡아졌다.

"뭐야? 전하께서 밤새 그 계집의 병간을 하셨다고? 그것도 전하의 침전에서?"

아침부터 천화각엔 숙빈의 날카로운 목소리가 울려 퍼졌다.

"예, 마마. 그 계집이 새벽이슬을 밟고 들어오기에 알아보았더니 전하의 이부자리에 눕기까지 했답니다."

오리가 숙빈 앞에 넙죽 엎드려 백영의 일을 고해바치고 있었다. 그녀가 백영을 사사건건 괴롭혔던 것도 바로 숙빈의 하수인이었기 때문이다.

"서, 설마 승은을 입은 것이냐?"

숙빈이 체통도 잊고 허둥지둥 물었다. 왕자를 낳을 것이라는 무녀들의 예언이 떠오르며 마음이 몹시 불안해졌다. 지난 이레 동안 임금은 그녀를 단 한 번 찾았다. 그나마 함께 있을 때에도 몸은 이곳에 있으나 생각은 어딘가 다른 곳에 있는 듯한 느낌을 받았다. 입궐하여 지금까지 수많은 여인들이 전하를 둘러싸고 있었지만 그들 중 아무도, 심지어 내명부의 수장이자 임금의 정실부인인 중전조차도 그녀의 적수가 되진 못했다. 하지만 이번엔 느낌이 달랐다. 그녀를 이렇게 불안하게 만든 건 그 계집이 처음이었다.

"그건 절대로 아니라고 하옵니다. 승은을 입었다면 그전에 목욕재개를 시키고 옷을 갈아입히고 머리를 다시 빗질하며 한바탕 움직임이 있었을 터인데 그저 침전에서 누워만 있다가 나왔다 합니다."

"그렇구나."

숙빈이 애써 평상심을 되찾으며 고개를 끄덕였다.

"그 계집이 쓰는 책의 내용이 무엇인지는 알아보았느냐?"

"춘향이 고 계집이 어찌나 독종인지 암탉이 알 품듯이 책을 품고선 절대로 내놓지 않아서 자세히 보지는 못하였습니다. 그러나 슬쩍 한 번 훑어는 보았는데 저자에 돌아다니는 가짜 춘향뎐 완결편과 크게 다르지 않은 것 같았습니다."

숙빈이 보고를 들으며 지그시 아랫입술을 깨물었다. 며칠 전 여산부사와 호조참의 부자가 뇌물을 받은 죄로 귀양을 가고 가문이 풍비박산 났다. 그 부자는 숙빈의 아비인 병조판서 장대갈에게 은밀히 많은 금액을 상납했고, 그리 상납 받은 돈은 병권을 장악하는 데 유용하게 쓰고 있던 터라 숙빈 일파에게 적잖은 타격이 있었다. 한데 전하께서 여산 부사의 집안을 쑥대밭으로 만든 이유가 책비가 읽어준 춘향뎐 완결편 때문이라는 기가 막힌 소리를 들었다. 그것이 정말이라면 앞으로도 책비가 쓰는 대로 일이 벌어질 수 있다는 얘기였다. 중전의 일로 가뜩이나 심기가 불편한 판에 책비년까지 설쳐대니 속이 부글부글 끓어올랐다.

'중전의 회임을 기원한다고?'

그 소식을 듣는 순간 너무 어처구니가 없어 화도 나지 않았다. 그런 말도 안 되는 일을 벌이기 위해 관상감, 소격서, 성수청에서 가장 뛰어난 자를 뽑아 완얼군에게 맡기다니! 중전은 이미 다 말라붙어 버린 밭이라는 걸 모르는 이가 없건만, 굳이 이런 일을 벌였다는 건 숙빈의 소생인 원자를 세자로 삼지 않겠다는 뜻을 에둘러 표명한 것이었다.

"이만 물러가 보아라."

숙빈이 은자가 담긴 주머니를 던져 주며 명했다. 오리가 재빨리 주머니를 소매 속에 감추더니 간, 쓸개라도 빼줄 듯이 굽실거리다 밖으로 나갔다.

"여봐라, 당장 좌승지에게 연통을 넣어 들라 해라!"

그러자 기다렸다는 듯이 문밖에서 학도의 목소리가 들려왔다.

"숙빈마마, 좌승지입니다."

"들어오시오!"

학도가 안으로 들어와 숙빈 앞에 좌정하자 그녀가 급히 물었다.

"마침 잘 오셨습니다. 이리 아침 일찍 찾아오신 걸 보면 구해오셨나 보군요."

"예, 마마."

그리 답하며 품 안에 갈무리해 둔 작은 약병을 꺼냈다.

"역시 내가 믿을 사람은 좌승지 영감뿐입니다. 화근은 애초에 싹을 잘라 버려야지요. 안 그렇습니까?"

숙빈이 약병을 받아 들며 차갑게 웃었다. 그러나 학도의 얼굴엔 그녀와는 반대로 짙은 그늘이 드리워졌다.

학도가 돌아가고 한 식경쯤 후, 백영이 천화각에 들자 숙빈이 누가 봐도 부자연스럽게 그녀를 반겼다.

"이런, 이런! 간밤에 독을 먹을 뻔했다면서? 얼마나 놀랐을꼬?"

"독이 아니라 음식을 잘못 먹어 잠시 탈이 났었던 것뿐입니다."

숙빈과 최대한 멀찍이 떨어져 앉은 백영이 경계심 가득한 목소리로 답을 했다. 천화각에서 나온 궁녀들은 숙빈이 찾는다는 말을 전하고선 거의 끌고 오듯이 이곳으로 데려왔다. 백영은 저번 날 숙빈 앞에서 벌거벗겨졌던 일을 떠올리며 이번엔 결코 쉽게 당하지는 않으리라 마음을 단단히 먹었다.

"어찌 됐건 큰일 날 뻔했구나. 밤사이 얼굴이 아주 해쓱해졌어. 그리 멀찍이 떨어져 있지 말고 가까이 오너라. 네가 많이 놀랐을 것 같아 특별히 내의원에 부탁해 약을 한 재 달여놓았다. 조 상궁!"

숙빈이 부르자 밖에 있던 상궁이 약사발을 들고 안으로 들어왔다. 약사발을 보는 순간 확 밀려오는 불길한 예감에 백영의 얼굴이 창백해졌다.

"저, 저것이 무슨 약이옵니까?"

그리 묻긴 했지만 굳이 답을 듣지 않아도 숙빈의 꿍꿍이가 짐작은 갔다. 대놓고 독을 먹이진 않겠지만 몸 어딘가에 해로운 것임은 분명하다. 숙빈이 백영의 건강을 생각해서 약을 달여왔다는 말을 곧이곧대로 믿느니 차라리 천하의 사기꾼 고환 스님을 믿겠다.

"저 약 말이냐? 저것은 바로……."

숙빈이 악귀와 같이 웃으며 백영의 귓가에 속삭였다. 그 말을 들은 백영의 얼굴에 파르르 경련이 일었다.

"내 정성을 생각해 한 방울도 남기지 말고 모두 마셔라."

숙빈이 눈짓을 하자 상궁이 약사발을 들고 백영의 앞으로 왔다. 하지만 백영은 약사발을 건네려는 상궁을 거들떠보지도 않고 숙빈에게 딱 잘라 말했다.

"저는 전하의 승은을 바라지도, 받을 일도 없으니 그런 일은 걱정하지 않으셔도 됩니다."

"뭐야?"

숙빈이 고양이처럼 치켜 올라간 눈을 더욱 치켜뜨며 특유의 표독스러운 표정을 지었다. 좌승지 변학도에게 구해오라 명한 약은 임신을 하지 못하게 하는 불임약이었다. 그것을 일반 탕약에 섞어서 가지고 온 것이다. 총애를 받는다 싶은 후궁이나 승은을 입은 궁녀들에게 숙빈은 자신의 지위와 힘을 이용하여 몰래 먹이든, 협박을 하든, 스스로 먹게 하든 수단과 방법을 가리지 않고 그 약을 먹였다.

"궐내에 얼굴 반반한 여인들을 찾아다니며 이런 약을 먹일 게 아니라 차라리 전하께 드리지 그러십니까?"

"네가 지금 감히 역모를 입에 담는 것이냐?"

"제 말이 역모라면 전하의 씨를 말리려는 숙빈마마의 짓거리도 역모가 아닙니까?"

"짓거리? 감히 어느 안전이라고 그따위 말을 지껄이느냐!"

"제가 무슨 말을 지껄인들 왕의 표식을 받은 여인에게 대놓고 불임약을 먹이겠다는 헛소리만 하겠습니까?"

그러자 숙빈의 말문이 막혀 버렸다. 말로는 도저히 당할 수가 없었다. 한마디도 지지 않고 맞받아치는 백영의 언변에 마침내 인내심이 한계에 다다른 숙빈이 버럭 소리를 질렀다.

"저년을 붙들어라!"

숙빈의 한마디에 궁녀들이 일사불란하게 움직여 백영을 꼼짝 못 하게 붙들었다. 그리고 숙빈이 직접 약사발을 뺏어 들고 그녀 앞에 섰다.

"순순히 먹겠느냐, 험한 꼴을 당하고 먹겠느냐?"

"이 일을 전하께 고할 것입니다!"

"그러던가. 아무 증험도 없이 숙빈을 모함하려 하면 어찌 될 것 같으냐? 나는 이 궐에서 단 하나뿐인 임금의 아들의 어미다!"

이번엔 숙빈도 호락호락 물러서지 않았다. 그리고 두 팔이 붙들려 꼼짝 못 하는 백영의 턱을 손으로 쥐더니 우악스럽게 잡아당겼다. 생각보다 엄청난 손아귀 힘에 입이 벌어지자 그 사이로 쓰디쓴 약물이 쏟아져 들어왔다. 마시지 않으려 발버둥을 치고 고개를 흔들어봤으나 궁녀들이 그녀의 머리를 붙잡고 뒤로 젖혔다. 백영이 버둥댈수록 숙빈은 더욱 잔혹하게 눈을 번뜩이며 탕약을 입에 쏟아 넣었다. 탕약이 입과 코로 마구 넘쳐흘러 백영의 눈에서 고통스럽게 눈물이 쏟아졌다.

"오호호호!"

숙빈의 웃음소리가 경쾌하게 울려 퍼졌다. 그녀의 웃는 얼굴은 꽃보다도 화려했지만 날카로운 가시가 무수히 박혀 있어 위험하기 짝이 없었다.

'숙빈! 네년을 결코 용서하지 않을 것이다. 악귀인 너를 벌하기 위해 악귀가 되어야 한다면 기꺼이, 기꺼이 그리할 것이다!'

치를 떠는 백영의 가슴속에서 비수가 돋아났다. 그리고 언젠가는 그 비수로 화려한 꽃을 갈가리 찢어발길 것이다.

무명청(無名廳).

완얼은 관상감, 소격서, 성수청에서 뛰어난 인재를 차출해 구성한 사상 최고의 신관 조직의 명칭을 이리 부르기로 했다. 말 그대로 이름 없는 기관. 중전마마가 회임을 하게 되면 해체될 한시적인 조직인 데다 완얼은 수장이긴 했으나 품계는 없었다. 다른 구성원들 역시 본래 소속에서 파견 형태로 왔을 뿐 이곳에서 새로이 품계를 받은 것은 아니었다. 다만 중전마마께서 회임을 하시여 소기의 목적을 달성했을 경우엔 꽤나 많은 특별 수당을 받기로 되어 있었다. 분명 존재하지만 존재하지 않는 것처럼 존재하는 조직, 무명청. 그래서 전각 앞에 현판조차 걸지 않았다.

'훗날 이곳에 대한 기록 한 줄조차 남아 있지 않게 되겠지…….'

그때 '하하하!' 크게 울려 퍼지는 소리에 완얼이 상념에서 깨어났다. 관상감 명과학교수 어기용차의 웃음소리였다. 무명청은 오늘부터 본격적으로 가동되기 시작했는데, 어기용차의 첫 번째 소임은 중궁전 궁녀들을 불러 모아 상을 봐주는 것이었다. 어기용차와 궁녀들이 커다란 서탁을 차지하고 있어 완얼과 무사들은 구석의 작은 탁자로 밀려나 있었다.

"박 나인께선 이마가 모나고 귀는 작고 입이 크며 눈 또한 크고 눈빛이 형형하니 영락없는 호랑이 상이십니다. 이런 상의 여인이 여염에 있었다면 삼 년 안에 과부가 되기 십상이나 다행히 승은을 입으실 미색은 아니니 전하께선 무탈하실 것이고, 호랑이 나인께선 토끼 같은 궁녀들을 모두 때려잡으며 상궁까지 탄탄대로이실 것입니다. 하하하!"

수염이 덥수룩한 묵직한 외모에 비해 경박스러운 웃음소리를 가진 어기용차가 다시 한 번 박장대소했다. 하지만 웃고 있는 건 어기용차뿐 그 앞에 앉은 박 나인은 호랑이같이 형형한 눈빛으로 그를 쏘아보고 있었고, 나머지 궁녀들은 넋을 잃고 완얼의 얼굴을 쳐다보고 있었다.

"그리고 이쪽 나인께선 이름이 오리라고요? 그러고 보니 오리 주둥이처럼 입이 쭉 튀어나온 것이 남들보다 먼저 밥그릇에 마중 나가 있으니 굶을 일은 없겠습니다."

어기용차가 이번엔 박 나인 옆에 오리의 상을 보았다.

"뭐라고요? 오리 주둥이?"

가뜩이나 튀어나온 오리의 입이 짜증이 나자 더욱 튀어나왔다.

"그러게 말입니다! 차라리 거위 상이면 아들이라도 쑥쑥 낳을 텐데 오리라니 어디다 쓸꼬? 그리고 입으로 흥했다 입으로 망할 상이니 항시 입조심하셔야겠습니다. 특히 어디 가서 절대 말을 옮기지 마시고요."

"흥! 별꼴이야!"

"이번 참에 거위로 개명을 하는 것은 어떠십니까? 하긴, 오 나인 역시 승은을 입을 미색이 아니니 아들 낳을 일도 없긴 하겠다만. 하하하!"

오리의 짜증에도 굴하지 않고 어기용차가 너털웃음을 지으며 말을 이었다. 하지만 웃는 상과는 반대로 그녀를 바라보는 눈빛은 날카롭기 그지없었다.

"입 좀 다물어라. 침 떨어지겠다, 이놈아!"

량주가 너무 티 나게 헤벌쭉 입을 벌리고 궁녀들을 보고 있는 터라 완얼이 옆구리를 쿡 찌르며 퉁을 주었다.

"헤헤, 궁녀들을 이렇게 한꺼번에 가까이서 본 적은 처음이라. 어찌 저리 하나같이 뽀얗고 어여쁠까요?"

넉살 좋게 대꾸하더니 정말 침이라도 떨어졌나 싶어 소매로 입가를 쓱 훔친다. 그러자 마치 량주의 말에 대꾸라도 하듯이 어기용차가 혀를 끌끌 차며 말했다.

"교태전과 천화각엔 인물 좋은 궁녀가 없다더니 그 말이 정말인가 보군. 주상전하께서 오며 가며 행여 반반한 궁녀에게 눈길을 주실까 봐 그런가?"

그러자 완얼에게 쏠려 있던 궁녀들의 시선이 일제히 어기용차에게로 향했다. 물론 금방이라도 잡아 죽일 듯이 살기 어린 눈빛으로. 덕분에 궁녀들의 시선에서 자유로워진 완얼 일행은 좀 더 편하게 이야기를 이어나갈 수 있었다.

"근데 중궁전 궁녀들 관상은 왜 보는 겁니까?"

량주가 아까부터 궁금했다는 듯 물었다.

"저들 중에 충심으로 중전마마를 모시지 않고 다른 주인의 사주를 받는 무리가 섞여 있다는구나."

"다른 주인이라면……."

"중궁전을 해하려는 대담한 이라면 그곳밖에 더 있겠느냐?"

"천화각 말입니까?"

천화각의 숙빈 장씨. 그리 생각이 미치자 량주의 목소리가 다소 높아졌다.

"쉿! 목소리가 크다. 궐에선 항시 언행을 조심하라 하지 않았느냐?"

"나름 작게 말한 것인데……."

완얼의 나무람에 량주가 살짝 풀이 죽어 말끝을 흐렸다.

"한데 관상으로 정말 그런 걸 알 수 있겠습니까?"

숙휘가 미심쩍은 표정으로 물었다.

"어차피 중궁전 궁녀들을 조사하려던 참이었는데 밑져야 본전 아니냐?"

"중전마마께서 회임이 늦어지는 것도 천화각 쪽에서 무슨 술수를 쓴 탓일까요?"

량주답지 않게 제법 머리를 쓴다.

"글쎄다. 어기용차가 의심스럽다고 분류한 궁녀들을 중점적으로 뒷조사를 해보면 뭔가 나오지 않겠느냐?"

"그런 배신자들을 빨리 솎아내야 중전마마의 신변이 안온해지실 텐데요. 그래야 회임도 하실 테고요."

숙휘가 무겁게 말했다.

"그러게 말이다."

완얼 역시 무거운 얼굴로 한숨을 내쉬는데 문이 살짝 열리며 와인 무녀가 쪼르르 안으로 들어왔다. 다른 방들도 소제를 마친 터라 와인은 옆방에서 중궁전에 보낼 부적을 만들고, 소격서 도사 무청은 뒤뜰에서 중전마마의 회임을 기원하는 제를 올리기 위해 제단을 준비하고 있었다.

"저기, 한 분이 저를 좀 도와주셔야겠습니다."

곧장 완얼 일행에게 다가온 와인이 곤란한 표정으로 입을 열었다.

"뭔데 그러느냐?"

"부적을 쓸 종이가 모자라서 성수청에서 가져와야 하는데, 키가 훤칠하고 어깨가 떡 벌어졌으며 힘이 장사이신 분이 같이 가서 들어주셨으면 해서요."

완얼의 물음에 미리 준비라도 한 것처럼 단숨에 대답을 쏟아냈다. 그리고 그 시선은 량주에게 고정되어 있었다.

"그럼 량주가 딱이구나. 량주야, 와인 무녀와 함께 다녀오너라."

"예에? 왜 하필 접니까?"

와인을 탐탁찮아 하는 량주가 펄쩍 뛰었다.

"그럼 왕자인 내가 가리?"

완얼이 또다시 퉁을 주자 량주가 생각하기에도 그건 아니다 싶어 슬그머니 숙휘를 쳐다봤다.

"성수청이라면 여인네들만 우글우글한 곳이 아니냐? 무명청에 궁녀들이 몰려온 것도 질색인데, 난 싫다!"

여인에겐 관심조차 없는 숙휘가 딱 잘라 말했다.

"에휴, 됐습니다! 제가 갔다 오면 될 거 아닙니까?"

"저는 뭐, 무사님이랑 같이 가고 싶은 줄 압니까?"

와인이 톡 쏘아붙이더니 새침하게 앞장섰다. 그러나 그런 와인의 입가에선 슬그머니 미소가 피어났다. 그녀가 먼저 전각의 대문을 열고 밖으로 나오자 그 앞을 서성거리고 있는 궁녀의 뒷모습이 보였다.

"중궁전에서 오셨습니까? 다들 안에 계시니 어서 들어가시지요."

그 목소리를 들은 궁녀가 놀라 돌아보았다. 그리고 궁녀의 얼굴을 본 와인 역시 깜짝 놀라 외쳤다.

"마마……. 항아님!"

무심코 마마를 외친 와인이 아차하며 얼른 고쳐 말했다. 그 궁녀는 바로 백영이었다.

"어인 일로 여기까지 오셨습니까? 또 글이 잘 안 써지십니까?"

"그건 아니고, 그냥 지나가던 길에 잠시."

당황한 백영이 대충 둘러댔다. 처음부터 이곳에 오려고 작정한 것은 아니었다. 숙빈에게 그런 무지막지한 일을 당한 뒤 멍하니 발걸음을 옮기다 정신이 들어보니 바로 여기였다. 하지만 선뜻 들어가지는 못하고 서성거리던 차에 와인의 눈에 띈 것이다.

"이리 외진 곳을 지나가다 들르셨다고요?"

와인이 고개를 갸우뚱한다.

"그게 그러니까……."

난감하게 말끝을 흐리던 백영의 눈에 대문을 나서는 량주가 보였다.

"오라버니를 만나려고 왔습니다!"

"여기에 항아님의 오라버니가 계십니까?"

"예. 저분이 제 오라버니십니다."

백영이 팔을 쭉 뻗어 량주를 가리켰다.

"어머! 그게 정말이십니까?"

와인이 백영을 처음 봤을 때보다 더 놀라며 소리쳤다. 그러자 량주가 후다닥 다가와 백영의 옆에 섰다.

"예, 맞습니다. 제 누이입니다! 완전 판박이지 않습니까? 누가 봐도 남매 같지요?"

누가 봐도 어색하게 웃으며 다정한 오누이 사이인 양 백영의 어깨에 팔을 둘렀다. 무리수다. 아무리 사이가 좋은 오누이라도 실제 오누이라면 다 큰 누이에게 오라비가 덥석 어깨동무를 하진 않았다. 학도 역시 누이인 백영을 몹시 예뻐했지만 아주 어릴 적 빼고는 어깨동무를 한 적은 없었다. 게다가 두 사람은 누가 봐도 전혀 닮지 않았다.

"고춘향, 고량주. 그러고 보니 성이 같군요. 한데…… 별로 닮은 것 같진 않은데요?"

와인이 의아한 표정으로 두 사람의 얼굴을 구석구석 뜯어보았다.

"오라버니, 어디 가십니까?"

백영이 은근슬쩍 량주의 팔을 쳐내며 서둘러 화제를 돌렸다.

"볼일이 있어 성수청에 가는 길입…… 다. 얼른 다녀올 테니 들어가서 잠시만 기다려라."

익숙하지 않은 하대에 멈칫거리며 량주가 답했다.

"예, 오라버니. 어서 다녀오세요."

더 길게 대화를 나누었다간 대번에 가짜 오누이라는 것이 들통나 버릴 것 같아 량주를 등 떠밀어 보내고선 백영도 대문 안으로 들어갔다. 한데 이번엔 관상 보기를 마친 궁녀들이 앞뜰로 우르르 쏟아져 나오는 것이 아닌가? 게다가 그 무리엔 오리까지 껴 있었다. 크게 당황한 백영이 얼결에 나무 뒤로 몸을 숨겼다.

'근데 내가 왜 숨는 거지? 잘못한 것도 없는데.'

하지만 저 말 많고 성질 나쁜 오리에게 이곳에 온 것을 알려서 좋을 건 없었다. 잠시 나무 뒤에서 숨을 죽이고 있다 궁녀들의 모습이 눈앞에서 사라지자 조심스럽게 한 발짝 나왔다.

"숨바꼭질이라도 하시는 겁니까?"

불쑥 들리는 목소리에 소스라치게 놀라 돌아보니 완얼이 활짝 웃으며 서 있었다. 마치 오랫동안 그 자리에서 그녀가 오기만을 기다리고 있었다는 듯이.

"대감!"

완얼을 본 백영이 눈부신 햇살보다 더 눈부시게 미소를 지었다. 그리도 환하게 웃으며 동시에 알 수 없는 눈물이 흘러내렸다.

"백영 아씨!"

갑작스레 눈물을 흘리는 모습에 완얼이 놀라 그녀에게 뛰어갔다.

"왜 그러십니까?"

"아무것도 아닙니다. 그냥 저도 모르게……."

그랬다. 완얼의 웃는 모습을 보자 저도 모르게 모든 것이 눈물로 녹아내렸다. 서럽고, 아프고, 억울하고, 슬프고, 두려운, 그리고 악귀를 상대하며 악귀가 되어버릴 것만 같은 독한 마음들. 그 모든 것들이 한꺼번에 녹아내리며 미소 위에 눈물로 흘렀다.

"그냥 너무 보고 싶어서……."

백영이 더 이상 말을 잇지 못했다. 완얼이 그런 그녀의 손을 꼭 잡고선 물빛 가득한 눈을 들여다보았다. 그 맑은 호수 속엔 그가 있었다.

　"나는 언제까지나 당신의 눈부처가 될 것입니다. 언제까지나 내가 당신 앞에 서 있을 테니까요. 당신의 눈동자 속엔 항상 내가 있을 것입니다. 그러니……."

　또르르.

　한 방울 흘러내리는 백영의 눈물을 손으로 살며시 닦아주며 완얼이 말을 이었다.

　"그러니 아씨도 제 눈부처가 되어주십시오. 늘 제가 볼 수 있는 곳에 있어주십시오."

　"예."

　백영이 고개를 끄덕였다.

　"늘 제 손이 닿을 수 있는 곳에 있어주십시오."

　"예."

　"약조하신 겁니다?"

　"예, 약조하겠습니다."

　"근데 정말 무슨 일이 있었던 건 아니지요? 앞섶엔 뭐가 묻은 것입니까?"

　그러고 보니 백영의 저고리 앞섶엔 숙빈이 억지로 입안에 쏟아 부은 탕약이 튀어 있었다.

　"제가 칠칠맞지 못하게 국을 먹다 흘린 것입니다. 정말 아무 일도 없었습니다. 걱정 마십시오. 괜히 한번 어리광을 부리고 싶었나 봅니다."

　"이런 어리광이라면 얼마든지 좋습니다. 얼마든지 찾아오셔서 어리광을 부려주십시오. 덕분에 아씨 얼굴도 이렇게 볼 수 있고 저야 좋지요."

완얼이 그제야 안심한 얼굴로 농처럼 말했다. 그리고 소매에서 손바닥보다도 작은 주머니 하나를 꺼냈다.

"참! 아씨께 드릴 것이 있습니다."

"그것이 무엇입니까?"

"그건 제가 묻고 싶은 말인데요? 오늘 아침 일찍 좌승지가 집으로 찾아왔었습니다."

"오라버니께서요?"

"예. 백영 아씨께 이것을 전해 달라 하더군요. 본인이 직접 전하기는 어려울 것 같다면서."

그가 주머니를 열어 흰색 한지에 싸여 있는 구체를 꺼냈다. 도토리보다는 크고 밤톨보다는 작은 크기였다.

"아씨께 이 환약을 전하면 알 거라고, 그저 그렇게만 말했습니다."

"환약이요?"

백영이 환약을 받아 들어 한지를 벗겨보았다. 거무스름한 환약에선 약재 냄새가 풍겼다.

"환약을 쌌던 한지에 무언가 적혀 있는 것 같습니다."

완얼의 말에 한지를 펴보니 학도의 필체로 두 글자가 적혀 있었다.

― 中和

중화. 글자를 본 백영이 그제야 그 환약이 어떤 것인지 깨달았다.

'오라버니는 알고 계셨던 게야!'

숙빈이 그녀에게 불임약을 먹일 것이라는 걸. 힘든 일이 있으면 그녀가 완얼을 찾아갈 것이라는 걸. 이 환약은 백영이 먹은 불임약을 중화시켜 주는 약일 것이다. 불임약을 숙빈에게 구해다 준 것이 오라비라는 걸 알지 못하는 백영은 학도가 얼마나 괴로운 마음으로 숙빈에게 불임약을 구해다 주었는지, 얼마나 자괴감을 느끼며 완얼에게 중화제를 건넸는지는 알지 못했다. 그저, 누이에게 닥칠 험한 일을 알고 있으면서도 막지 못했던 오라비가 혼자 얼마나 괴로웠을까 하고 짐작할 따름이었다.

"중화라면……. 혹시 독을 드신 겁니까? 솔직히 말해보십시오. 아무 일도 없었던 것이 아니지요?"

완얼이 파랗게 질려 물었다. 그리고 선뜻 대답하지 못하는 백영을 보며 버럭 소리를 질렀다.

"누구입니까! 아씨께 그런 끔찍한 것을 먹인 자가! 형님입니까? 아니면 숙빈 장씨입니까? 아니면 다른 누군가입니까?"

"진정하십시오. 독을 먹은 것은 아닙니다."

더 이상 아무 일 없었다고 우기는 것은 불가능할 것 같아 백영이 입을 열었다.

"하긴, 누군가 이 궐에서 아씨께 독을 먹여 죽이려 했다면 대번에 제가 알아챘겠군요. 살기가 뿜어져 나왔을 테니까요. 그럼 독이 아니면 뭡니까?"

"불임약이었습니다."

잠시 멈칫하던 완얼이 굳은 얼굴로 다시 물었다.

"숙빈의 짓입니까?"

백영이 대답 대신 작게 고개를 끄덕였다.

"일단 환약부터 드십시오. 좌승지가 가져온 것이라면 약효는 틀림없을 겁니다."

그녀가 순순히 환약을 삼키자 완얼이 안도와 시름이 뒤섞인 한숨을 내쉬었다. 그리고 백영이 침착하게 자신의 추측을 말했다.

"숙빈이 불임약을 먹인 것은 제가 처음이 아닐 것입니다. 후궁이나 흥청들, 승은을 입은 궁녀들은 물론 지엄하신 중전마마께도 마수를 뻗쳤을지 모릅니다."

"그렇지 않아도 우리도 그것이 의심되어 중궁전의 궁녀들부터 조사하고 있습니다. 관상감의 어기용차 명과학교수도 도움이 될 것 같고요. 어기용차가 관상만으로 범인을 찾아낸 적이 수십 번이나 된다는군요."

"저도 들은 적이 있습니다. 그런 용한 관상쟁이가 있다고요. 근데 그분이 바로 어기용차 교수였군요! 제 관상도 한 번 보아달라고 부탁해 봐야겠습니다."

성수청 국무와 와인 무녀의 말처럼 정말 왕의 아들을 낳을 상인지 다시 한 번 확인해 보고 싶었다. 그리고 그 관상은 엉터리라는 말을 듣고 싶었다.

'왕의 아들을 낳으니 차라리 불임약을 먹는 것이 낫겠다!'

요즘 들어 그녀를 대하는 것이 다소 유해지긴 했지만 그렇다고 해서 임금에게 손톱만큼이라도 호감이 생긴 것은 아니었다.

"백영 아씨."

완얼이 넌지시 그녀를 불렀다.

"예?"

"앞으론 그 어떤 것도 제게 감추지 마십시오. 아무것도 모르고 있다가 아씨께 덜컥 무슨 일이라도 생기면 저는 감당할 자신이 없습니다. 그러니 저를 위해서라도 아씨를 좀 더 소중하게 위해주십시오."

'나를 위해서라고 말해야 당신은 나의 청에 귀를 기울여 주겠지요? 당신은 나를, 나는 당신을 위해서 매일을 살아내고 있으니까요.'

완얼이 애틋한 눈빛으로 그녀를 보았다.

"예, 그리하겠습니다. 꼭 그리하겠습니다."

가슴이 찡해진 백영이 몇 번이고 단단히 약조하였다.

"그리고 대감."

"예, 아씨. 말해보시지요."

"오라버니를 한 번 더 만나주십시오."

"좌승지를 만나라고요? 무슨 일로 말입니까?"

완얼이 썩 내키지 않은 표정으로 물었다. 오늘 아침 학도가 찾아왔을 때, 그의 얼굴도 지금의 완얼과 똑같은 표정이었다. 누이 때문에 완얼군을 찾아오긴 했지만 정말 내키지 않는다는 표정. 두 사람 사이에 백영이 끼어 있긴 하나 오랜 악감정이 풀어질 사이도, 가치관이나 이해관계가 일치할 수 있는 사이도 아니었다.

"그게 말입니다."

백영이 조심스럽게 주변을 한 바퀴 돌아보더니 완얼에게 바짝 다가가 귓속말로 속삭였다.

"오라버니에게 중화제를 하나 더 구해달라고 전해주십시오. 쉽지 않겠지만 딱 하나만 더 구해달라고요. 그리고 그것을 중전마마에게 드리십시오."

그때, 대문으로 들어서던 량주가 두 사람을 보고 그 자리에 얼어붙어 버렸다.

"왜 안 들어가고 계십니까?"

와인이 뒤따라오며 물었다. 성수청으로 가던 중에 와인이 노리개를 떨어뜨린 것 같다고 난리를 쳐서 왔던 길을 되짚어 오는 길이었다.

"안에 뭐가 있습니까?"

호기심이 동한 와인이 대문 안을 들여다보려 량주의 옆으로 파고들었다.

"잠깐!"

당황한 량주가 와인이 마당을 보지 못하게 덥석 그녀를 끌어안았다. 작은 체구의 와인이 량주의 커다란 품속에 푹 파묻혀 눈앞이 캄캄해지고 아무것도 보이지 않았다.

'어머나, 이렇게 갑자기…….'

와인의 가슴이 쿵 내려앉았다. 어찌해야 하나 당황스럽긴 했지만 내심 싫지는 않았다. 량주의 마구 뛰는 심장박동이 그녀의 귀로, 온몸 구석구석으로 전해져 왔다. 그러자 난생처음 사내의 품에 안겨본 와인의 가슴도 주체할 수 없이 뛰기 시작했다. 하지만 량주의 심장이 터질 듯이 뛰는 이유는 와인과는 달랐다. 그의 눈앞에서 믿을 수 없는, 아니, 믿고 싶지 않은 일이 벌어지고 있었기 때문이다.

완얼과 백영. 량주가 가장 사랑하는 두 사람이 커다란 나무 아래서 입을 맞추고 있었다. 실제로는 귓속말을 하고 있는 것이지만, 무성한 나뭇가지에 두 사람의 얼굴이 가려져 량주가 보기엔 입을 맞추는 것처럼 보였다.

'두 사람, 정말 좋아하고 있구나.'

막상 눈으로 확인하자 난생처음으로 심장이 찢어지는 듯한 깊은 슬픔을 느꼈다. 하지만 그의 마음을 몰라주는 백영을 원망할 수도, 그녀의 마음을 가져간 완얼을 미워할 수도 없었다. 그는 두 사람 모두를 너무나 사랑했기에. 코끝이 시큰해지며 두 눈이 젖어든다. 이런 일에 눈물을 흘리는 것은 무사답지 못하다고 생각한 량주는 참아보려 주먹을 불끈 쥐었다. 그 바람에 자신이 안고 있는 것이 와인인지도 인식하지 못한 채 그녀를 숨 막히게 안아버렸다.

'잠깐이라더니, 이를 어찌한다. 이를 어찌…….'

그의 두 팔에 갇힌 와인이 옴짝달싹하지 못한 채 행여 누가 오기라도 하면 어쩌나 애가 타들어갔다. 하지만 이렇게 느닷없이, 이렇게 박력 있게, 이렇게 여인을 사로잡아 버리는 사내에게 그녀는 이미 마음을 빼앗겨 버렸다.

동상이몽(同床異夢).

량주의 품에서 와인의 첫사랑이 시작되고 있었다. 와인을 품에 안은 량주의 첫사랑은 끝나가고 있었다.

어느덧 해가 지고 밤이 찾아왔다. 교태전과 강령전의 서쪽, 경회루의 연못은 형형색색의 등과 금은으로 장식한 비단 꽃으로 뒤덮여 가히 장관을 이루었다. 누각에 자리 잡은 율은 악공들을 태운 배를 연못에 띄워 은은하게 들려오는 풍악을 배경으로 백영에게 책을 읽게 하였다. 하지만 여태까지와는 다르게 옆에 홍청 한 명 두지 않고 내금위와 상선만 인근에 둔 채 경회루엔 율과 백영 둘뿐이었다. 주안상도 아닌 다과상을 사이에 두고 마주 앉아 한 명은 책을 읽고, 한 명은 지그시 바라보며 듣고 있는 소소한 풍경이 책비와 임금 사이가 아니라 사이좋은 정인처럼 보였다.

"하늘과 땅이 뒤집혀 합을 이루니 춘향은 임금의 배를 타고 지극한 극락을 향해 나갔다. 그리고 마침내 조임근이 스스로 알아서 찾아가 물레방아를 힘차게!"

백영의 목소리가 낭랑하게 연못 위로 울려 퍼졌다. 드디어 전날 매정하게 뚝 끊어버렸던 이단합체 회전물레방아가 시작되려 하고 있었다. 율이 입에 머금고 있던 향기로운 차를 꿀꺽 삼켰다.

"그래, 힘차게! 힘차게 계속 읽어보아라."

"힘차게 돌리기 시작하니, 동남서북으로 한 바퀴 춘향이 야들야들한 허리로 돌리는 물레방아에 쿵더쿵쿵더쿵 떡 메치는 소리 요란하고, 북동남서 거꾸로 한 바퀴 돌리는 물레방아에 하악하악 임금님 신음 소리 요란도 하구나."

"하악하악? 나의 신음 소리가 그리 경박스럽단 말이냐?"

율이 시큰둥하게 이의를 제기했다.

"그야 소인이 어찌 알겠습니까? 그저 짐작할 따름이지요."

"'하악하악', '헐떡헐떡' 이런 건 시정잡배들이 기녀들과 나뒹굴 때나 내는 신음이지. 우월한 조선의 임금은 그리 경박한 신음을 내지 않는다!"

"경박하다고요?"

"그렇다! 자고로 어떤 글을 쓰고자 할 때는 직접 확인하고 알아봐서 자신 있게 아는 것만 써야 하는 것이 아니냐? 모르는 것을 아는 척하며 쓰는 것은 독자에 대한 기만이니, 남의 글을 자기 것인 양 훔쳐다 쓰는 최악의 도적질만큼이나 나쁜 것이다."

백영이 당황해 대꾸를 하지 못하자 율이 정색하며 말을 이었다.

"'어찌 알겠냐'라니? 너는 나의 신음 소리를 알려고만 들면 알 수도 있었다. 한데 한 번 물어보지도 않고 책상머리에 앉아 멋대로 써버리다니, 작자 미상 참 좋게 보았는데 실망이로구나."

율이 미치광이 폭군이긴 하지만 지금 이 말만큼은 변명할 여지가 없는 옳은 소리였다.

"제가 생각이 짧았습니다. 지금이라도 잘못을 인정하고 고쳐 쓰겠사옵니다."

"당연히 그래야지."

"그럼 전하께서 내시는 신음은 어떠하신지요?"

"신음이 묻는다고 금방 나오는 것이더냐? 가장 정확한 답은……."

율이 다과상을 옆으로 밀치더니 백영에게 성큼 다가왔다.

"직접 해보는 것이지."

"전하, 왜 이러십니까? 춘향뎐 완결편이 끝날 때까진 참아주시겠다 약조하지 않으셨습니까?"

당황한 백영이 무릎걸음으로 뒤로 물러났다.

"내가 뭘 어쨌다고 그러느냐? 신음 소리가 어떠냐고 묻기에 생생하게 답해주려는 것뿐인데."

웬일로 제대로 된 소리를 하는구나 했더니 역시나 본성이 드러났다.

'애초에 저 미친 인간의 말에 혹해 대꾸하기 시작한 것이 잘못이다!'

백영이 점점 가까이 다가오는 율을 피해 점점 뒤로 물러났다. 그러나 이내 등에 기둥이 닿으며 더 이상 물러설 곳이 없어졌다.

"전하……."

율의 불덩이처럼 뜨거운 시선이 그녀의 온몸 위로 쏟아졌다. 그 시선이 닿은 몸 구석구석이 그대로 활활 불타 버릴 것만 같았다. 율이 백영의 뺨을 부드럽게 쓸어내리며 귓가에 입술을 가까이, 아주 가까이 가져갔다. 더 이상 그의 눈을 보지 못하고 백영이 눈을 질끈 감았다. 와락 밀쳐 버리고 싶었지만 감히 임금의 옥체에 손을 댔다간 무슨 변을 당할지 모른다. 그럼 완얼에게 또다시 크나큰 근심을 줄 것이다. 하지만 그대로 있자니 양팔에 소름이 쫙 돋았다. 그러다 귓불을 핥는 듯한 느낌이 얼핏 스치더니 아득한 속삭임이 들려왔다.

"나의 신음 소리가 어떠하냐면 말이다……."

그때 율의 등 뒤에서 앙칼진 목소리가 내리꽂혔다.

"아주 격정적이면서 사내답고 절정의 쾌락에 이르게 하는 그런 신음이지요."

율이 돌아봄과 동시에 백영도 눈을 번쩍 떴다. 숙빈 장씨였다. 백영이 몹시 증오하는 인간이지만 지금만큼은 그녀의 얼굴이 반가웠다.

"숙빈은 어찌 이리 번번이 기척도 없이 나타난단 말이냐? 참으로 신출귀몰하구나! 너희들은 대체 뭐 하는 것들이냐?"

율이 기가 찬 표정으로 숙빈을 보다 내금위와 내관에게 소리쳤다. 그리고 그 틈에 백영이 얼른 임금의 품에서 벗어나 멀찍이 떨어져 앉았다.

"저들을 너무 나무라지 마십시오. 제가 아뢰지 말라 하였습니다. 깜짝 놀라게 해드리고 싶어서요. 하지만 인기척이 아주 나지 않은 것도 아닌데 춘향이에게 푹 빠지셔서 아무것도 못 들으시더군요."

음성은 담담했지만 숙빈의 눈은 더욱 날카로워졌다.

"어찌 됐건, 내 신음이 뭐 어떻다는 것이냐?"

율이 다시 본론으로 돌아갔다.

"전하의 신음 소리를 저보다 더 잘 아는 이가 어디 있겠습니까? 이 궐 안에서 전하를 가장 많이 모신 계집이 바로 저인데요. 전하의 옥체를 가장 잘 알고, 가장 즐겁게 해드릴 수 있는 계집도 바로 저이고요."

"그야 그렇다만."

율의 답에 숙빈이 득의양양하게 웃으며 백영을 쏘아봤다. 그러나 바로 이어지는 말에 단번에 표정이 굳어버렸다.

"아직까지는."

'아직까지는? 그렇다면 앞으로는 아닐 것이라는 말인가? 이 모든 것이 네년 때문이다!'

백영을 쏘아보는 숙빈의 눈빛이 더욱 사나워졌다. 하지만 그건 백영도 마찬가지였다. 그녀의 뇌리에 억지로 불임약을 먹이던 숙빈의 극악무도한 짓거리가 생생하게 떠올랐다.

'어디 한번 해보자, 숙빈. 지금부터 시작이다!'

"무릇 군왕의 신음이라면 호랑이와 같은 기상으로 기쁨을 표하시겠지요. 범 호(虎), 기쁠 이(怡). 호이! 이것이 왕의 신음이로다!"

백영이 고개를 빳빳하게 들고 자신만만하게 율을 보았다.

"오호라, 역시 뛰어난 문재로다. 자고로 임금의 신음이 그 정도는 되어야지! 그렇게 다시 읽어보아라."

율이 크게 흡족해하며 다시 다과상 앞에 자리를 잡았다. 숙빈도 엉거주춤 그 앞에 앉자 백영이 낭독을 시작했다.

"동남서북으로 한 바퀴 춘향이 야들야들한 허리로 돌리는 물레방아에 쿵더쿵쿵더쿵 떡 메치는 소리 요란하고, 춘향이 북동남서 거꾸로 한 바퀴 돌리는 물레방아에 '호이! 호이!' 임금님 신음 소리 요란도 하구나."

백영이 실감나게 신음을 낸 뒤 이야기를 이어나갔다. 하지만 지금부터는 그녀가 써왔던 그대로의 내용이 아니었다. 백영은 원래 쓰여 있는 내용을 무시하고 즉석에서 새로운 내용을 만들어 읊기 시작했다. 드디어 그녀의 붓이 칼이 되어 숙빈을 겨눈 것이다.

"한편, 천 년 묵은 여우보다 간교하고 못돼 처먹은 귀인 장씨는 새로 들어온 춘향이란 계집이 단숨에 임금의 총애를 받자 불안에 떨기 시작했다. 그리고 은밀히 치명적인 약을 준비하였다."

백영과 숙빈의 눈에서 동시에 불꽃이 튀었다.

"약이라니, 대체 무슨 약이냐?"

율이 날 선 목소리로 백영에게 물었다. 그러나 그 눈빛은 숙빈을 향해 있었다.

"그 약은 바로 불임약이었다."

백영이 거침없이 낭독을 이어갔다. 순간 숙빈의 얼굴에 핏기가 가시며 움켜쥔 주먹을 부들부들 떨었다.

"천 년 묵은 여우보다 간교하고 못돼 처먹은 귀인 장씨는 춘향이 혹여 왕자라도 낳을까 싶어 불안하기 짝이 없었다. 이부자리에서 재주넘기가 보통이 아닌지라 밤마다 이단합체 회전물레방아를 돌려대니, 그 낭창낭창한 허리와 강한 조임근에 임금의 침소에선 '호이! 호이!' 신음이 연발한다 하지 않은가? 그러던 어느 날, 천 년 묵은 여우보다 간교하고 못돼 처먹은 귀인 장씨는 춘향을 자기 처소로 불러들였다. 아니, 끌고 갔다는 표현이 더 맞을 것이다."

"도대체 천 년 묵은 여우보다 간교하고 못돼 처먹었다는 말이 몇 번이나 나오는 게냐?"

율이 미간을 찌푸리며 이야기를 끊었다.

"귀인 장씨가 얼마나 간교하고 못돼 처먹었으면 이리 강조를 해놓았겠습니까?"

백영이 제 주장을 굽히지 않고 따박따박 대꾸했다. 마음 같아선 백 번, 천 번을 강조해도 모자랐다.

"허참, 쥐방울만 한 계집이 고집은 황소고집이로구나. 좋다. 계속 읽어보아라."

백영은 숙빈의 만행을 소설 속에 집어넣어 낱낱이 밝혀내기 시작했다.

"'귀인마마께서 내게 한 끔찍한 짓을 전하께 고스란히 고할 것입니다!' 하고 춘향이 절규했다. 그러자 귀인 장씨가 싸늘하게 답했다. '그러던가. 아무 증험도 없이 귀인을 모함하려 하면 어찌 될 것 같으냐? 나는 이 궐에서 단 하나뿐인 임금의 아들의 어미다! 이곳에 있는 누구도 너의 증인이 되어주지 않을 것이야!'"

써 온 것을 읽는 척하며 즉석에서 이야기를 해나가는 것인데도 백영은 잠시의 머뭇거림도 없이 일사천리로 말을 이어나갔다. 다만, 낮의 일을 떠올리니 다시금 감정이 복받쳐 목소리가 약간 격앙되긴 하였다.

"귀인 장씨는 춘향의 고개를 뒤로 젖히고 입을 억지로 벌려 불임약을 콸콸 쏟아 부었다. 탕약이 입과 코로 마구 넘쳐흘러 춘향의 눈에선 고통스럽게 눈물이 쏟아졌다. 그 모습을 본 귀인 장씨가 잔혹하게 웃음을 터뜨렸다. 오호호호!"

숙빈의 웃음소리를 똑같이 흉내낸 백영의 웃음소리가 섬뜩할 정도로 날카롭게 울려 퍼졌다.

"그 웃음소리, 어디서 많이 들어본 소리인데……."

율이 그리 말하며 숙빈을 넌지시 바라보았다. 숙빈의 얼굴은 이제 창백하다 못해 파랗게 질려 있었다.

"네 낭독 솜씨가 점점 늘어가는구나. 대사 하나하나가 실감나는 것이 정말 현실에서 일어난 일 같으니."

농처럼 흘려 하는 율의 말에 은근히 뼈가 있었다. 점점 궁지에 몰리자 숙빈이 발악하듯 백영에게 호통을 쳤다.

"네 이년! 감히 여기가 어디라고 세 치 혀를 함부로 놀리며 무고한 이를 모함하느냐?"

"어머, 숙빈마마께서 소설에 너무 깊이 감정이입되셨나 봅니다. 모함이라니요? 소설은 소설일 뿐입니다. 이 소설은 특정한 인물이나 관청과는 관련이 없사오니 곡해하지 마시길 바라옵니다. 누가 보면 도적이 제 발 저리는 줄 알겠습니다."

백영이 태연하게 받아쳤다. 그러나 소설은 소설일 뿐이라는 백영의 대답에도 뼈가 박혀 있어 소설이 소설만이 아닐 수도 있음을 은근히 역설하고 있었다. 여기서 더 나선다면 자기 이야기임을 인정하는 꼴이 되어버릴 뿐이란 걸 깨달은 숙빈이 이러지도 못하고 저러지도 못한 채 또다시 말문이 막혔다. 그러자 율이 두 사람 사이에 끼어들어 백영에게 다그치듯 물었다.

"그래서 불임약을 먹은 춘향이는 어찌 되었느냐? 어디 탈이라도 난 거 아니냐?"

하나 그 표정은 소설의 다음 내용을 궁금해하는 것이라기보다는 춘향이, 즉 백영을 걱정하고 있는 것 같았다. 백영은 중화제의 출처가 좌승지 변학도이며 완얼군에게 전해 받았다는 사실 대신 춘향이가 어느 의관에게 중화제를 얻어서 화를 면할 수 있었다는 내용으로 바꾸어 낭독을 했다.

"'귀인 장씨가 불임약을 먹인 것은 비단 저뿐만이 아닐 것입니다. 중화제를 구할 수 있을 만큼 더 구해주십시오. 안 되면 단 한 개라도요. 그분을 위해서.' 춘향이 그리 말하며 경회루의 동쪽을 바라보았다. 그러자 의관 역시 고개를 크게 끄덕였다."

낮에 백영이 중전마마를 위해 중화제 하나를 더 구해달라고 부탁했을 때 완얼은 회의적이었다. 좌승지가 완얼의 부탁을 들어주지 않을 것이라 생각했기 때문이다. 하지만 백영은 오라버니를 믿었다. 누이가 그리 간청하더라고 하면 오라버니께선 꼭 구해주실 것이다. 비록 지금은 숙빈의 편에 서 있지만 누이를 지극히 생각하는 오라비의 마음을 믿었기에.

"경회루의 동쪽이라면⋯⋯."

백영의 낭독을 들은 율이 미간을 찌푸렸다. 경회루의 동쪽엔 강령전과 교태전이 있었다. 강령전의 주인, 즉 임금이 불임약을 먹을 일은 없으니 중화제를 구해다 드릴 그분은 교태전의 중전을 뜻하는 것이었다.

"오늘은 거기까지냐?"

율이 물었다.

"아니옵니다."

백영이 얼른 답하며 숙빈을 쏘아봤다. 참으로 악귀 같은 계집이다.

아니, 악귀 그 자체다. 아니, 악귀가 더 자애로울지도 모른다. 백영이 전하 앞에서 불임약에 대해 언급했으니 이젠 숙빈도 함부로 움직이지는 못할 것이다. 그래서 숙빈에게 한 마디 덧붙일 것이 있었다.

"오늘은 평소보다 분량이 긴 것 같구나. 기분 탓인가? 아무튼 끝까지 읽어보아라."

"예, 전하."

백영이 마지막 낭독을 시작했다.

"춘향이는 이를 악물며 다짐했다. 장 귀인, 나는 너 따위에게 그리 쉽게 당하지 않는다. 백 번 찢어 죽여 창자까지 씹어 먹어도 시원치 않을 년아!"

그녀가 숙빈을 향해 우렁차게 고함을 질렀다. 그 벼락같은 소리에 숙빈이 저도 모르게 몸을 움찔했다. 그러자 백영이 침착하게 이야기를 마무리했다.

"다음 편에 계속."

"이번 편은 화끈하게 끝나는구나. 이야기가 갈수록 흥미로워지는 것이 궁금해서 잠을 제대로 잘 수가 없을 지경이다!"

율의 입이 떡 벌어지며 기립 박수라도 칠 듯이 탄성을 내질렀다.

"그런 생각이 마지막 장까지 갈 수 있도록 계속 노력하겠습니다."

"그래서 마지막 날 내가 '참 재미있었다'라고 하면 도망가려고? 너는 늘 내게서 벗어날 생각뿐이로구나."

율의 얼굴에 금세 그늘이 드리워졌다. 광폭한 얼굴 뒤에 숨어 있던 쓸쓸하고 외로운 그늘. 하지만 백영은 그 얼굴을 외면했다. 나쁜 사내에게 빠지는 어리석은 여인네들은 모두 비슷한 착각에 빠진다. 이따금씩 보이는 자기연민에 빠진 악마의 얼굴을 엿보고선 나라면 저 사내를 구원해 줄 수 있지 않을까 하는 착각을 하기 시작하는 것이다. 매일

이렇게 얼굴을 대하면서 경계심이 느슨해져 혹시나 자신도 그런 착각에 빠지게 될까 봐 두려웠다.

"숙빈."

율의 시선이 천천히 숙빈에게 옮겨갔다.

"예, 전하."

그녀가 어딘지 불안한 음색으로 답했다.

"내가 전에 한 말을 기억하느냐?"

"어떤 말씀 말이옵니까?"

밑도 끝도 없이 전에 한 말을 기억하느냐는 물음에 숙빈이 당황하여 되물었다.

"잘 듣고 반드시 기억하여라. 나의 물건에 흠집을 낼 수 있는 건 오직 나뿐이다. 내 것을 죽일 수 있는 것도 오직 나뿐이다. 누가 내 물건에 손대는 것은 절대 용납할 수 없다. 그 누구라도!"

그제야 숙빈은 기억이 떠올랐다. 분명 전하께서 저런 말을 하신 적이 있었다. 한데 그녀는 그 경고를 무시하고 전하의 소유물을 망가뜨리려 한 것이다.

"나는 여전히 너를 매우 총애한다. 너를 보면 나를 보는 것 같아서. 하지만 이것이 마지막 경고다."

명을 거슬렀는데도 당장 목에 칼이 날아들지 않은 것을 보면 그가 숙빈을 각별히 총애하는 것은 분명했다. 하지만 지금 율의 눈빛은 그 어느 때보다 서늘하기 그지없었다.

'숙빈, 내 눈 밖에 나지 마라. 내 손으로 내 아들의 어미를 내치게 하지 마라. 내 아들을 나처럼 만들고 싶지 않다.'

"예, 전하."

숙빈의 목소리가 파르르 떨렸다.

"피곤해 보이는데 숙빈은 이만 물러가 보아라."

율이 명하자 도도하게 나타났을 때와는 다르게 기세가 한풀 꺾인 숙빈이 자리에서 일어났다. 그리고 백영의 곁을 스쳐 지나가며 두 사람의 시선이 잠시 마주쳤다.

'보았느냐, 숙빈? 나의 붓이 어떻게 칼이 되는지. 나는 붓으로 말하고 붓으로 벌할 것이다. 나의 붓이 칼이 되어 너를 벨 것이야!'

백영의 얼음장 같은 눈빛이 숙빈의 심장을 꿰뚫어버릴 듯이 날카롭게 꽂혔다.

'오늘은 내가 한발 물러서마. 하지만 겨우 이 정도로 네가 이겼다 생각하지 마라. 붓을 칼로 쓰겠다고? 그렇다면 나는 붓을 잡은 네년의 손목을 끊어 손가락 하나하나를 맷돌에 갈아버릴 것이다!'

숙빈의 눈동자 속에서 증오가 용암처럼 끓어올랐다.

얼음과 불.

결코 섞일 수도, 가까이할 수도 없는 두 가지. 얼음이 불을 사그라뜨리든가, 불이 얼음을 녹여 버려야 끝날 일이었다.

"잠도 안 오는데 우리 같이 만세산에 가서 놀까?"

숙빈이 물러가자 율이 어린아이처럼 백영에게 물었다.

"어차피 청이 아니라 명이지 않습니까?"

"거야 당연하지!"

율이 거만하게 웃으며 팔을 들어 배를 불러들였다. 악공들을 태우고 못을 떠다니던 배가 경회루 앞에 서고 두 사람과 함께 내금위, 상선이 우르르 올라탔다.

"심심한데 이야기나 해보아라."

배가 움직이기 시작하자 비단 보료 위에 드러누운 율이 그 앞에 좌정한 백영에게 말했다.

"오늘 분량은 다 읽어드리지 않았습니까?"

"다른 이야기라도 아무거나."

"미상의 책들은 다 보셨을 테고, 그럼 심청이 이야기를 해드릴까요?".

"심청이가 누구냐?"

호기심이 인 율이 몸을 반쯤 일으키며 물었다.

"제가 남원으로 가다가 만난 열네 살 처자인데 인당수에 몸을 던졌지요."

"연못에 몸을 던져 자결을 한 것이냐? 어째서?"

"그것이 아니오라, 심청이는 심 봉사의 여식이온데……."

백영은 타고난 이야기꾼답게 심청의 이야기를 술술 풀어내기 시작했다. 손으로 턱을 괸 율이 반짝반짝 눈을 빛내며 이야기 속으로 빨려 들어갔다. 그 순간만큼은 원한도 미움도, 모략이나 암투도 없이 그저 이야기를 하는 이와 이야기를 듣는 이만이 존재할 뿐이었다. 어머니가 돌아가신 후, 율의 인생에서 가장 평온한 순간이었다.

날이 밝자 백영이 서둘러 무명청으로 향했다. 완얼에게 물을 것이 있어서였다. 한데 대문을 열고 들어서자마자 마당에서 서성거리던 와인이 반색을 하며 달려왔다.

"항아님! 왜 이제야 오십니까?"

"제가 매일 이곳으로 오기로 한 것도 아닌데 이제야 오다니요?"

백영이 어리둥절하여 되물었다.

"딱히 오기로 하시진 않았지만 늘 오시지 않습니까?"

듣고 보니 그랬다. 백영은 요 며칠 계속 무명청에 발걸음을 하고 있었다.

"저를 기다리신 겁니까?"

"예."

"왜요?"

"왜라니요. 저희가 어디 보통 사이입니까?"

'보통 사이이길 간절히 바랍니다.'

백영이 속으로 대꾸했다. 하지만 그녀를 바라보는 와인의 초롱초롱한 눈빛을 보건대 그 바람은 아무래도 이루어지지 않을 듯했다.

"게다가 앞으로도 남다른 인연을 이어갈지도 모르는데……."

와인이 수줍은 듯 말끝을 흐렸다.

"남다른 인연이라니요?"

"사람 일이란 모르는 거니까요. 근데 항아님 올해 나이가 몇이십니까?"

"열아홉입니다만."

"어머, 저도 열아홉입니다! 정미년 생이시군요. 나이까지 같다니 정말 보통 인연이 아닌가 봅니다. 그럼 항아님 오라버니는 그보다 많으시겠네요?"

"오라버니이니 당연히 많으시지요, 설마 적겠습니까? 올해로 스물여덟……."

무심코 내뱉었다가 아차 싶어 말을 멈추었다. 와인이 알고 있는 그녀의 오라비는 변학도가 아니라 고량주이기 때문이다.

"스물여덟이요?"

아니나 다를까 와인이 깜짝 놀라 되물었다.

"스물여덟처럼 보이지만 이제 겨우 약관이라고요. 어릴 때부터 워낙 노안이었던지라."

"아하. 그렇군요. 그럼 병오년 생이니까……. 혼인은 하셨고요?"

지나가는 말인 듯 무심히 물었다.

"아니요, 아직."

"그렇군요!"

그러자 무심한 표정은 온데간데없어지고 몹시 기뻐하며 함박웃음을 지었다.

"그럼 생일과 생시는 어찌 되십니까?"

"저요?"

"아니, 항아님 오라버니요."

"그게……."

생일도 모르거니와 량주의 생시까지 알고 있을 리가 없었다. 우물쭈물하다 불현듯 의문이 머릿속을 스쳤다.

"그런데 대체 이런 건 왜 물으시는 겁니까?"

"그게……."

그러자 이번엔 와인이 말문이 막혀 우물쭈물한다. 그때, 그들의 등 뒤에서 굵직한 목소리가 들려왔다.

"단오 다음 날, 술시 생입니다."

"오라버니!"

백영이 돌아보며 반갑게 외쳤다. 한데 그녀를 보면 누구보다 반갑게 달려오던 량주가 오늘은 웬일인지 시큰둥하니 고개만 끄덕이고 말 뿐이었다.

"그런데 무녀님께서 제 생시는 왜 물으시는 겁니까?"

"그게, 무명청 사람들의 사주를 좀 봐둘까 싶어서요."

와인이 허둥지둥 말을 둘러댔다.

"그런 거라면 직접 물어보시지 않고요. 아무튼 가시죠."

"예? 어디를요?"

"어제 부적 쓸 종이를 가지러 성수청에 가려다 일이 생겨 못 가지 않았습니까?"

량주가 와인을 품 안에 와락 끌어안았던 그 일. 어제 일을 떠올리자 와인의 얼굴이 발갛게 달아올랐다.

'어머, 혹시 저 무녀가 량주 무사님을?'

그제야 와인의 마음을 눈치챈 백영이 놀라 입이 떡 벌어졌다. 하지만 량주가 자신에게 데면데면해졌다는 것은 미처 눈치채지 못하였다. 량주와 와인이 성수청으로 간다며 전각을 나선 뒤 백영이 급히 안으로 뛰어 들어갔다.

"대감!"

"아씨, 왜 그러십니까? 무슨 안 좋은 일이라도 생긴 것입니까?"

홀로 서안에 앉아 있던 완얼이 깜짝 놀라 일어났다.

"일은요. 여쭤볼 것이 있어 온 것입니다. 그리고 방금 전에 말입니다, 마당에서 량주 무사님이……."

"량주가 왜요?"

그때, 문밖에서 누군가 부르는 소리가 들렸다.

"완얼군 대감, 안에 계십니까?"

목소리를 들은 두 사람의 얼굴이 동시에 굳어버렸다.

"예판 대감입니다!"

"이를 어쩌면 좋습니까!"

백영이 발을 동동 구르며 어찌할 바를 몰라 했다. 그녀가 살아서 궐에 와 있다는 것을 이한림이 알게 되면 가뜩이나 복잡한 상황이 더욱 복잡해질 것이다.

"완얼군 대감! 완얼군 대감! 아무도 없나……."

이한림이 완얼을 몇 번 더 부르더니 들어와서 확인하려는 듯 문을 움직였다.

"이리로 들어가십시오, 어서!"

완얼이 백영의 손목을 잡아끌어 서탁 뒤 병풍으로 향했다. 그러곤 병풍 안으로 그녀를 황급히 들여보냄과 동시에 문이 열렸다.

"완얼군 대감! 안에 계셨군요? 대답이 없으셔서 헛걸음을 한 건가 했습니다."

이한림이 병풍 앞에 엉거주춤 서 있는 완얼을 의아하게 바라보며 말했다.

"잠시 다른 생각을 하느라 부르는 소리를 듣지 못하였습니다."

"허허, 무슨 생각을 그리 깊이 하셨습니까?"

"그저 잡생각이지요. 별거 아닙니다."

"진작 한 번 와봤어야 했는데 완얼군 대감께만 맡겨두고 그간 제가 너무 무심했지요?"

"아닙니다. 제가 뭐 그리 큰일을 한다고요. 대감께서 훌륭한 인재들을 보내주신 덕에 이곳에서 아주 편안히 지내고 있습니다."

"무슨 그런 겸손의 말씀을요. 근데 혼자 계신 겁니까? 방금 전까지 말소리가 들리는 것 같았는데……."

이한림이 고개를 갸우뚱하며 실내를 한 바퀴 둘러봤다. 그리고는 저벅저벅 병풍 쪽으로 걸어가는 것이 아닌가? 병풍 뒤에서 숨을 죽이고 있던 백영이 점점 가까이 다가오는 발자국 소리에 얼굴이 창백해졌다. 눈치 빠른 이한림이 금방이라도 병풍을 열어젖힐 것만 같아 심장이 미친 듯이 뛰다 못해 입으로 튀어나올 것 같았다.

병풍 밖에서 지켜보고 있는 완얼의 이마에도 식은땀이 흘러내렸다. 그리고 이한림이 병풍에 손을 대는 순간!

"하하하!"

몹시도 부자연스러운 완얼의 웃음소리가 실내에 가득 울려 퍼졌다. 그리고 은근슬쩍 이한림을 막아서며 너스레를 떨어댔다.

"역시 대감께선 예술품을 보는 안목이 있으시군요! 저도 이 병풍을 보자마자 입이 떡 벌어졌지 뭡니까? 장인의 한 땀 한 땀이 정말 어마어마하지 않습니까? 보십쇼! 이런 개나리, 십장생, 캬아!"

"이건 십장생이 아니라 신선도 아닙니까?"

이한림이 병풍에 수놓아져 있는 흰 사슴을 유심히 들여다보며 물었다.

"하하하! 십장생이나 신선이나 오래 살기는 마찬가지 아닙니까? 특히 저 백사슴은 백 년에 한 번 나올까 말까 하는 귀물이니 대군 탄생을 기원하는 무명청에 제격이지요. 그리 서 계실 것이 아니라 이리 좀 앉으시지요."

일단 이한림의 관심을 돌리는 데 성공한 완얼은 거의 등을 떠밀다시피 하여 그를 서탁에 앉혔다. 그러곤 자신도 맞은편에 자리 잡고 앉았다.

"소격서 도사는 후원에서 제를 준비하는 중이고, 관상감 명과학교수와 성수청 무녀는 일이 있어 잠시 출타하였습니다."

"다들 무척 바쁜가보군요."

"무청 도사는 합방 날까지 왕실의 자손 번창을 축수하는 제를 지낼 것이고, 와인 무녀는 회임을 빌고 액을 막아주는 부적을 써서 중궁전에 보낼 것입니다. 참, 그리고 어기용차 교수가 합방 날을 택일해 왔습니다."

"그래요? 언제입니까?"

"나흘 뒤입니다."

"생각보다 빠르군요."

이한림이 고개를 끄덕이더니 조심스레 묻는다.

"한데, 말씀하신 일은 어찌 되었습니까?"

"늦어도 이틀 안엔 구해서 교태전에 보낼 수 있을 겁니다."

'말씀하신 일'이란 중화제에 관한 것이었다. 변학도는 그것을 어디에 쓸 것인지 묻지도 않았다. 머리 회전이 빠르고 모략에 능한 자이니 그가 구해다 준 중화제가 중궁전으로 들어갈지도 모른다고 짐작은 했을 것이다. 그럼에도 누이의 간곡한 청을 거절하지 못하였다. 그의 모든 것이 마음에 들지 않았지만, 제 누이를 끔찍하게 위하는 마음만큼은 인정하지 않을 수 없었다. 그리고 학도와 숙빈의 사이에 조금씩 금이 가고 있는 것이 아닌가 싶기도 했다.

"정말 중궁전에까지 마수를 뻗쳤을까요?"

"숙빈이 불임약을 썼다는 확실한 증험은 아직 없습니다. 중궁전에 심어놓은 첩자도 찾는 중이고요. 심증만 가지고 어설프게 건드렸다가는 원자의 어머니를 모함했다 하여 병판 대감 일파에게 오히려 역공을 당할 수도 있습니다."

완얼이 신중하게 답했다. 그러자 이한림이 무언가 골똘히 생각에 잠기더니 잠시 후 입을 열었다.

"듣자 하니 자칭 춘향이라는 책비가 꽤 쓸 만하다지요?"

"예? 그게 무슨 말씀이신지."

완얼도, 그리고 병풍 뒤의 백영도 또다시 화들짝 놀랐다.

"그 책비가 들어온 이후 전하께서 조금씩 달라지고 계시다 합니다. 밤마다 책비를 불러 이야기를 듣느라 홍청들과 어울려 고주망태가 되도록 취하지도 않으시고, 그리 위세를 떨던 숙빈도 그 계집 때문에 기세가 한풀 꺾였다 하더이다. 그리고 보니 근래 궐에서 죽어 나간 이가 한 명도 없지 않습니까? 게다가 그 책비는 왕의 징표까지 받은 계집이라지요?"

"그래서요?"

이 너구리같은 자가 대체 무슨 말을 하려는 것인가? 완얼이 마른침을 꿀꺽 삼켰다.

"그 책비를 우리 편으로 끌어오자는 것이지요. 대감께선 그 여인과 함께 남원까지 다녀오신 데다 어차피 숙빈과의 사이도 좋지 않다 하니 그리 어렵지는 않을 것 같은데요?"

좋은 먹잇감을 발견한 매처럼 이한림의 눈빛이 빛났다.

'그 여인이 바로 당신이 죽이려 했던 며느리 변씨 부인입니다! 그리고 지금 저 병풍 뒤에서 당신의 말을 듣고 있지요.'

완얼이 혀를 차며 속으로 대꾸했다.

"제가 새삼스럽게 중전마마의 회임을 추진한 건 회임을 꼭 바라서가 아닙니다. 적통대군이 생길지도 모른다는 기대감으로 원자의 세자 책봉을 미루어 숙빈을 비롯한 병판 일파의 세를 견제하기 위해서지요. 거기다 책비로 인해 숙빈에 대한 전하의 총애까지 줄어든다면, 철옹성 같은 병판의 권세도 흔들리기 시작할 것입니다."

그리고 병판과 임금 사이를 갈라놓으면 반정의 기회도 조만간 잡을 수 있을 것이다. 그것이 이한림과 사림파가 노리는 것이었다.

"그럼 저도 한 가지 묻겠습니다."

"예, 그러시지요."

"중전마마께서 정말 적통대군을 낳으신다면 어쩌실 겁니까? 예판께선 중전마마와 손을 잡고 그 적통대군을 밀 수도 있을 텐데요."

"제가 완얼군 대감과 중전마마를 양손에 쥔 떡처럼 저울질할까 봐 그러십니까?"

미치광이 폭군 이율을 사이에 두고 숙빈을 내세운 훈구파와 이한림의 사림파가 치열하게 대립하고 있는 가운데 중전은 좋게 말하면 그 어디에도 치우치지 않고, 실상은 존재감 없이 지내고 있었다. 세가 약한 가문 출신에 임금의 총애도 받지 못하고 대군을 생산하지도 못한 탓이다. 선왕이 모후를 사사하고 중전을 갈아치우는 것을 보고 자란 율은 중전을 바꾼다는 것에 매우 부정적이었다. 그래서 그 덕에 존재 감은 없을지언정 중전자리만은 간신히 지키고 있었다. 하지만 그녀가 대군을 낳는다면 상황은 달라질 것이다. 대군이 장차 보위를 이을 세자가 된다면 중전은 충분히 손잡을 만한 가치가 생긴다.

"중전마마께서 아들을 낳는다 해도 금상이 폐위되면 세자도 함께 폐세자가 될 테지요. 완얼군 대감의 결심만 확고하다면 우리 계획은 변함없을 것입니다. 또한, 중전마마가 정말 회임을 해 아이를 낳으려면 열 달은 걸릴 터인데, 우린 대군일지 공주일지 모를 아기를 기다리며 열 달이나 더 참고 기다릴 생각이 없습니다. 조금 전에 말했듯이 중전마마의 회임을 추진하는 건 병판의 세력을 견제하기 위한 방편일 뿐입니다."

이한림이 딱 잘라 말했다.

"저는 이곳에서 신들린 왕자 역할이나 잘하고 있으면 되는 거고요?"

완얼이 농처럼 물었다. 하지만 그를 전적으로 믿는 것은 아니었다. 후궁의 소생인 제육왕자로 태어나 형님의 심한 견제를 받으면서도 여태 목숨을 부지할 수 있었던 것은 궐을 들락거리는 그 누구도 '전적으로' 믿지 않았기 때문이다. 그가 믿는 건 오직 량주와 숙휘 두 사람뿐이었다.

"아무래도 완얼군 대감께선 저를 믿지 못하시는 것 같군요."

이한림이 완얼의 속을 들여다보고 있는 것처럼 말했다.

"얼마 전까지 좌승지 변학도와 사돈을 맺고 있다가 단칼에 관계를 정리하고선 이번엔 내게 손을 내민 분이니까요."

'그리고 나는 당신이 어떻게 관계를 정리하는지도 보았으니까. 시신도 없는 며느리의 장례를 치르셨지요? 그런 이를 믿으라고요?'

그리 말을 잇고 싶었으나 속으로 삼켰다.

"그렇지 않아도 우리의 동맹을 공고히 할 방법에 대해 말씀드릴 것도 있고 하여 겸사겸사 찾아온 것입니다."

"동맹을 공고히 할 방법이라니요?"

그러자 이한림이 완얼의 얼굴을 빤히 보더니 불쑥 물었다.

"대감, 외롭지 않으십니까?"

"느닷없이 그게 무슨 말씀이신지?"

전혀 예상치 못한 질문에 완얼이 어리둥절해 되물었다.

"홀로 되신 지 벌써 여덟 해가 지났습니다. 언제까지 안방을 비워두실 참입니까?"

그러더니 밑도 끝도 없이 딸 자랑을 하기 시작했다.

"제게 올해로 열여섯이 된 여식이 하나 있습니다. 아직 철이 없고 가르칠 것이 많지만 영민하고 활달하여 곁에 있는 사람을 늘 웃게 만들지요. 몇 해 전 가문의 장자를 잃었을 때 그 아이가 큰 위안이 되었습니다. 그리고 제 입으로 말하기 쑥스럽지만, 제 여식이어서가 아니라 한 인물 합니다."

"대감, 혹시 지금 제게……."

이한림의 의도를 깨달은 완얼이 크게 놀라 말끝을 흐렸다.

"예, 맞습니다. 혼약을 맺자는 것입니다. 그야말로 한배를 타는 것이지요."

쿵!

그때 병풍 뒤에서 무언가 부딪치는 소리가 들려왔다. 두 사람의 대화를 엿듣던 백영이 충격으로 휘청하면서 병풍에 박치기를 해버린 것이다.

"이게 무슨 소리입니까?"

이한림의 눈이 번쩍하며 흔들거리는 병풍을 바라봤다.

'이제 꼼짝없이 걸렸구나!'

더 이상 둘러댈 말도 없고 완얼의 머릿속이 하애지는데 마침 밖에서 그를 부르는 목소리가 들렸다.

"대감, 접니다."

"오! 숙휘로구나! 어서 들어오너라!"

완얼이 죽은 이가 살아 돌아온 것처럼 숙휘를 반기며 외쳤다.

"무청 도사가 의논할 것이 있으니 잠시 제단으로 나와주십사 합니다만."

숙휘가 이한림에게 가볍게 목례를 한 뒤 완얼에게 고했다. 꼼꼼하기로 둘째가라면 서러운 숙휘는 제단 만드는 것을 도와주고 있었다.

"그럼 저는 이만 가보겠습니다. 자세한 얘기는 저희 집으로 오셔서 나누시지요. 제 여식의 얼굴도 볼 겸."

이한림이 기분 좋게 웃으며 자리에서 일어났다.

"아니, 그 일은……."

"그리고 대감, 충분히 이해합니다. 같은 사내끼리 뭐 그리 부끄러운 일이라고. 매우 급하셨나 봅니다."

완얼의 말을 끊으며 이한림이 병풍 쪽을 흘끗 눈짓했다. 그의 시선을 따라가 보니 병풍 아래에 백영의 남색 치맛자락이 살짝 삐져나와 있는 것이 아닌가?

"자고로 영웅호색이라 하지 않습니까? 백면서생보단 여인을 다룰

줄 아는 사내가 여식을 맡기기엔 더 낫지요. 하나 궁녀는 모두 왕의 여인이 아닙니까? 최대한 조심 또 조심하시고 너무 서두르지 마십시오."

제법 호탕하게 말하더니 목소리를 낮춰 은밀히 속삭인다.

"어차피 이제 곧 궁의 모든 계집이 대감의 차지가 될 터인데요."

이한림은 병풍 뒤에 숨은 여인을 욕정이 동해 데리고 노는 궁녀쯤으로 생각한 모양이다. 그녀가 백영일 것이라고는 지금으로선 꿈에도 생각하지 못할 테니까. 그리고 같은 사내랍시고 이해한다는 의미로 완얼에게 한쪽 눈을 찡끗하더니 유유히 밖으로 나갔다.

"예판 대감께서 무슨 말을 하고 가신 겁니까? 여식을 맡기다니요?"

숙휘가 설마 하는 표정으로 물었다.

"그게……."

완얼이 미처 답하기 전에 백영이 병풍 뒤에서 걸어 나왔다.

"백영 아씨! 어떻게 거기서 나오십니까?"

놀란 숙휘의 말엔 대꾸도 없이 백영은 굳은 얼굴로 완얼만을 바라보았다. 그 모습이 너무 심각해 보여 숙휘가 더 이상 묻지 않고 입을 다물었다.

"아씨, 방금 전 예판 대감의 말은 신경 쓰지 마십시오. 그럴 일은 없을 것입니다."

완얼이 말했다. 확고한 음성만큼이나 표정도 단호했다.

"왕이 되고자 하십니까?"

그녀가 무겁게 입을 열었다. 그러자 완얼 역시 묵직하게 답했다.

"형님에게서 당신을 지키기 위해서입니다. 그러기 위해선 무엇이든 할 것입니다."

'저를 지키기 위해서라고요?'

백영이 슬프게 그의 말을 되뇌었다. 물론 그리되면 폭군에게 그녀를 빼앗기는 일은 없을 것이다.

'하지만 그리 높은 곳으로 가버리시면 저는 당신의 곁을 지킬 수 없을지도 모릅니다. 과부에다 폐위된 왕에게 그의 소유물이란 낙인까지 찍혔던 여인이 어찌 새로운 임금의 옆자리에 있을 수 있겠습니까?'

게다가 이한림은 완얼이 왕이 되었을 때 제 딸을 중전으로 만들고자 하고 있다. 국구가 되려는 것이다. 그런 자가 백영의 존재를 알게 되면 그냥 두고 볼 리가 없었다.

"제 시누이, 아니, 시누이였던 여인은 제법 고운 여인입니다. 살갑게 지내지는 않았지만 마음 씀씀이도 나쁘지 않고요. 밉지 않은 여인이지요."

"무슨 뜻으로 하시는 말씀입니까?"

화가 난 듯 완얼의 반듯한 눈썹이 치켜 올라갔다.

"한데 이제부턴 미울 것 같다고요. 너무나요. 저도 어쩔 수 없는 여인인가 봅니다."

백영의 얼굴에 쓸쓸한 미소가 스쳤다. 그리고 그런 표정을 감추려 서둘러 돌아섰다.

"중화제를 구하셨는지 여쭤보러 온 것인데 곧 구할 수 있다 하니 이만 가보겠습니다."

"백영!"

완얼이 백영의 팔을 붙들었다. 그러곤 거칠다 싶을 정도로 강하게 그녀를 돌려세웠다.

"당신이 아닌 다른 여인에게 곁을 내줄 일은 없을 겁니다. 그리고 나 아닌 다른 사내에게 당신을 내주지도 않을 것입니다, 절대로."

"대감……."

"이제부터 나는 형님보다 훨씬 더 강해질 것입니다. 그러기 위해 왕이 되어야 한다면 그리할 것입니다. 형님보다도 훨씬 더 강한 왕이 될 것입니다. 아무도 당신을 건드리지 못하게!"

고요하던 완얼의 눈에 불꽃이 일렁였다. 그리고 그 눈빛은 율과 몹시도 닮아 있었다.

"예."

백영이 그를 향해 조용히 고개를 끄덕였다. 그를 믿었다.

'한데 왜 이리 불안한 것일까?'

그가 거칠게 쥔 팔이 아파왔다. 그에게서 보이는 율의 모습이 검은 얼룩처럼 그녀의 마음을 불안으로 물들여 갔다.

"전하, 전하의 씨를 내려주시옵소서. 아들을 낳아드리겠사옵니다. 그러니 깊이…… 더 깊이…… 아아…….."

백영의 입에서 절정의 신음이 터져 나왔다.

"아아!"

한껏 달아오른 율도 그녀와 같이 숨이 넘어가게 신음하였다.

"호이(虎怡)! 호이!"

이것이 바로 포효하는 호랑이 같은 왕의 신음 소리! 백영이 격렬하게 낭독을 이어나갔다.

"호이가 계속되면 절정인 줄 아오니, 이번엔 반드시 회임을 할 수 있으리라! 춘향의 그런 기대에 부흥이라도 하듯 밑에 누워 있던 임금이 그녀의 두 다리를 번쩍 들어 올리더니 벌떡 일어났다. 이는 조선 건국 이래 그 누구도 시도해 본 적 없는 '기립 이단합체 회전물레방아'!"

"기립 이단합체 회전물레방아? 오, 그것은 또 무엇이냐?"

감정이 몹시 고조된 율이 붉은 야장의 옷자락을 꽉 부여잡으며 안달복달 물었다.

"다음 편에 계속."

그러나 언제나처럼 절정의 순간 끊어버리는 백영의 목소리는 단호했다. 그리고 율의 입에서 격한 소리가 튀어나왔다.

"이런 씨!"

"송구하옵니다."

"항상 말로만 송구하지! 그리 송구하면 길게 좀 써오던가. 내가 이 래서 완결이 안 난 작품은 보지 않으려 했는데!"

율이 눈앞에서 역정을 내고 있는데도 백영은 전처럼 많이 두렵진 않았다. 요즘 들어 난폭한 행동은 하지 않기 때문이다. 그때, 문밖에서 지밀상궁의 목소리가 들려왔다.

"전하, 자시 이각이옵니다. 교태전으로 드시지요."

"벌써?"

율이 반듯한 이마를 찡그리자 미간에 주름이 잡혔다. 뭔가 잔뜩 못마땅한 표정이다. 오늘은 바로 무명청에서 택일한 임금과 중전의 합궁일이었다. 명과학교수 어기용차가 중궁전의 언질을 받아 달거리를 피해 길일을 잡은 것이었다.

"내키지 않는다!"

율이 툭 내뱉더니 백영의 무릎을 베고 누워버렸다.

"전하, 이러시면 아니 되옵니다."

합궁하기 싫다고 책비의 무릎을 베고 드러누워 버리다니! 아무리 종잡을 수 없는 임금이지만 정말 어이가 없었다.

"어째서 아니 되느냐?"

"중전마마의 회임을 빌며 무명청까지 만들어놓으시고선 명과학교수가 기껏 택일을 해왔더니 이제 와서 내키지 않으신다니요? 그럼 중전마마께선 누구와 합궁을 해 회임하신단 말입니까?"

막무가내로 떼를 쓰는 어린아이와 같은 율에게 백영이 똑 부러지게 대꾸했다.

"네가 무명청에 대해 어찌 그리 잘 아느냐? 그렇다면 완얼군이 그곳에 있는 것도 알고 있겠구나."

율이 몸을 벌떡 일으켜 그녀를 똑바로 마주 보았다. 그의 눈빛은 의혹으로 가득 차 어둡게 번뜩였다.

"오라비에게 들어 알고 있었사옵니다."

백영이 순간 아차 싶었지만 얼른 둘러댔다.

"참, 네 오라비가 완얼군의 호위무사라 하였지. 이름이 뭐였더라, 백세주였나? 아니지, 춘향이 네가 고씨이니 고…… 환주?"

"고량주이옵니다."

"맞다, 고량주!"

율이 무릎을 탁 치더니 은근히 떠보듯이 묻는다.

"그럼 무명청에 가본 적도 있느냐?"

"아니옵니다. 소인이 굳이 그곳에 갈 일이 뭐가 있겠습니까?"

"뭐 그리 정색을 하느냐? 오라비를 보러 갈 수도 있지."

율이 호탕한 척 웃어넘겼다. 하지만 눈빛은 여전히 깊은 어둠 속에 잠겨 있었다.

"전하, 교태전으로 납실 시각이옵니다."

율이 움직일 기색이 없자 문밖에서 재촉해 왔다. 한데 이번엔 상궁의 목소리가 아니라 완얼의 목소리였다.

"호랑이도 제 말 하면 온다더니, 무명청의 수장이 아니더냐?"

율이 성큼성큼 걸어가 문을 활짝 열어젖혔다. 그러자 문 앞에 서 있던 완얼이 고개를 숙여 예를 표했다.

"검이 네가 직접 왔느냐?"

"예, 전하. 무명청 소관의 대사(大事)이니 한 치의 실수도 없도록 제가 직접 모시겠사옵니다."

"무명청 소관의 대사라……. 이 일이 제법 마음에 드는가 보구나."

"종묘사직을 이어나갈 후사를 얻는 일에 좋고 싫고를 어찌 따지겠사옵니까? 전하의 지엄하신 명을 받들 따름이옵니다."

답을 하는 틈틈이 율의 어깨 너머로 백영의 모습이 얼핏얼핏 어른거렸다. 책비로 앉아 있는 거라는 걸 알지만 형님의 침소에 들어 있는 그녀를 보는 것만으로도 그에겐 고통이었다.

"오늘 밤 중전과 합궁을 하면 대군을 낳을 수 있다고?"

"관상감의 명과학교수가 택일을 하고 성수청 무녀와 소격서 도사 또한 만장일치로 찬성한 최고의 길일이옵니다. 그러니 속히 채비를 하시지요. 자정까진 교태전에 당도하셔야 합니다."

"좋다. 교태전으로 가겠다."

완얼이 오기 전까진 내키지 않는다며 드러누웠던 율이 그새 마음이 바뀌었는지 선선히 대꾸했다.

"이 나라 조선엔 대군이 필요하니까. 자고로 보위는 나처럼 적통대군이 잇는 것이 순리이지. 후궁의 소생인 '군' 따위에게 어찌 종묘사직을 맡길 수 있겠느냐? 그렇지 않은가, 완얼군?"

'그러니 꿈에라도 옥좌를 탐하지 마라!'

율의 다음 말이 완얼의 귓가에 쩌렁쩌렁 울려 퍼지는 것 같았다.

"지당하신 말씀이옵니다."

완얼이 충직하게 고개를 숙였다.

"그것이 네 진심이길 바란다."

서늘한 율의 말에 완얼은 마음 깊이 진심을 감춘 채 진심인 척 더욱 깊이 고개를 숙였다.

"전하, 야장의 차림으로 가시려는 겁니까?"

율이 그대로 문밖을 나서자 상궁이 화들짝 놀라 아뢰었다.

"어차피 가서 벗을 거 뭘 입고 간들 어떠냐?"

"장차 종묘사직을 잇기 위한 경건하고 중한 일입니다. 예를 다하셔야지요."

"이놈의 궐은 씨를 뿌리는 데도 차려야 할 예가 뭐 이리 많은 것인지. 마음대로 하여라."

상궁이 옆에 늘어서 있는 궁녀들에게 눈짓하자 율의 새 의관을 내오고 채비를 하느라 부산해졌다.

"전하, 그럼 소인은 이만 물러가 보겠습니다."

더 이상 할 일이 없어진 백영이 적당한 때를 보아 아뢰었다. 임금과 완얼, 두 사람이 함께 있는 방에 있자니 숨이 막히는 것 같았다. 그리고 완얼에게 임금의 침소에 있는 모습을 보여주고 싶지 않았다.

"누구 마음대로? 곧 돌아올 터이니 여기서 기다려라!"

"그리 금방 돌아오시기는 어려울 듯합니다. 보내주시지요."

곁에 있던 완얼이 조심스럽게 아뢰었다. 형님의 침소에서 홀로 우두커니 앉아 있을 백영의 모습을 상상만 해도 억장이 무너지는 것 같았다.

"그렇다면, 오래 기다려라!"

하지만 율은 막무가내였다.

"전하, 제가 어찌 감히 전하의 침소에 홀로 있을 수 있겠사옵니까? 게다가 오늘 분량도 다 읽어드려서 더 이상 읽을 것도 없사옵니다."

"명이다!"

율이 두말할 것 없이 짧게 쏘아붙였다. 그렇다. 그가 백영에게 하는 모든 말은 명이었다. 그리고 백영은 그 말에 복종을 해야만 했다.

"예, 전하."

하는 수 없이 그리 답을 한 뒤 자리를 지키고 앉아 있었다. 일각도 지나지 않아 곤룡포로 갈아입고 익선관까지 쓴 율이 침소를 나섰다. 그리고 백영이 엉거주춤 자리에서 일어나 배웅 아닌 배웅을 하였다. 한데 문을 나서던 율이 갑자기 멈춰 서 그녀를 돌아봤다.

"너는 내가 다른 여인과 잠자리를 하러 가는데 조금도 마음에 불편함이 없느냐?"

'조금은 마음에 걸린다고 하여라. 아주, 아주 조금쯤은 내가 다른 여인을 품으러 가는 것이 내키지 않는다고 말해라. 명이다!'

하지만 백영은 냉정할 정도로 차분하게 이리 대꾸할 뿐이었다.

"전하께서 바라시는 대군아기씨가 잉태될 수 있기를 바라겠사옵니다."

"참으로 고맙구나."

율의 음성에 잔뜩 가시가 돋쳤다. 그러고는 곤룡포 자락을 휘날리며 거칠게 방문을 나섰다.

"가자!"

"형님, 저 아이뿐만 아니라 온 백성이 한마음으로 대군의 탄생을 기원하고 있사옵니다."

완얼이 그 뒤를 따르며 달래듯 말하였다. 심기가 불편해진 율이 백영에게 또다시 해를 가할까 걱정되어서였다.

"검아."

그의 말 때문인지 아니면 다른 이유에서인지 율이 발걸음을 멈추었다.

"예, 전하."

"오늘 합궁이 끝나면 날을 또 하나 택일하여라."

"무슨 일로 택일하시려는 건지요?"

"무엇을 하려는 날인가 하면……."

율이 목소리를 낮추어 속삭였다. 형님의 말을 들은 완얼의 머릿속이 몹시 복잡해졌다.

'형님이 백영을 진정으로 마음에 품고 있는 것인가?'

그리고 그의 마음 역시 머릿속만큼이나 복잡해졌다.

"녹혈주입니다."

중궁전에 들어선 율에게 늙은 상궁이 암사슴의 녹혈(鹿血)과 수사슴의 녹편(鹿鞭)으로 빚은 술을 올렸다. 보혈과 강장을 위한 것이었다. 율이 비릿한 술을 단숨에 털어 마시자 궁녀들이 옥대를 풀고 곤룡포를 벗겼다.

"내가 하겠다. 모두 물러가라."

율이 손을 내젓자 상궁나인들이 소리 없이 장지문 밖으로 사라졌다. 원앙금침이 깔려 있는 방 안엔 이제 율과 중전 박씨, 두 사람뿐이었다. 하지만 완벽하게 둘만이 있는 것은 아니었다. 임금과 중전이 합궁을 하는 교태전의 방은 우물 정(井)자 모양으로 배치된 아홉 개의 방 중 정중앙의 가장 큰 방이었다. 각각의 방은 벽으로 나누어져 있는 것이 아니라 여닫을 수 있는 장지문으로 이루어져 문을 모두 들어 올리면 아홉 개의 방은 커다란 하나의 방이 되었다. 그리고 임금과 중전이 합궁을 하는 동안 큰 방을 둘러싼 나머지 여덟 개의 방에 세 명의 상궁이 남아 법도에 맞게 합궁할 수 있도록 도왔다. 중전은 이미 옷을 모두 벗고 이부자리에 누워 있었다.

"전하, 중전마마의 좌측으로 누우셔서 하단전을 부드럽게 쓰다듬으십시오."

촛불에 비친 늙은 상궁의 그림자가 엄숙하게 말하였다. 율이 유일하게 누군가의 명에 의해 움직이는 순간이었다. 그래서 율은 중전과의 합궁이 늘 내키지 않았다. 하지만 최상의 길일에 최상의 상태로 법도에 맞게 만들어진 완벽한 적통대군을 얻기 위해선 어쩔 수 없는 일이었다.

그가 짜증스런 표정으로 익선관과 옷을 벗고 중전의 왼편에 누웠다. 그러곤 고개를 돌려 나무토막처럼 누워 있는 중전의 얼굴을 바라보았다. 중전은 어디 하나 모난 곳 없이 편안한 인상이었으나 어디를 뜯어봐도 색기라고는 찾아볼 수 없었다.

"전하."

"하고 있지 않느냐!"

상궁의 재촉에 율이 쏘아붙이며 중전의 아랫배를 쓰다듬기 시작했다.

"하단전에 온기가 돌면 입을 맞추십시오. 먼저 아랫입술부터 시작하시어 윗입술을 훑으신 후 양기가 새어 나가지 못하게 단단히 틀어막으십시오. 그리고 하단전에서 다섯 치 내려가시어 검지와 중지, 약지를 세 치가량 깊이 넣으신 후……."

평생 승은 한 번 못 받아본 늙은 상궁이 합궁의 절차는 어찌 그리 잘 아는지 술술 막힘이 없었다. 그러나 상궁 홀로 떠들어댈 뿐 서로의 알몸을 맞대고 가장 은밀한 일을 도모하는 동안에도 율과 중전은 단 한 마디의 대화도 없었다. 율의 손길은 무미건조했고, 점잖은 중전의 입에선 신음 소리 하나 새어 나오지 않았다. 그러나 여인의 활짝 핀 몸은 사내의 손길에 반응하여 점점 뜨겁게 달아오르고 있었다.

"전하, 지금이옵니다! 합궁하시옵소서."

상궁이 복식호흡으로 부르짖었다. 그러나 율의 몸에선 좀처럼 반응이 없었다. 아무리 여색을 밝히는 호색한이지만 손끝 하나 마음대로 하지 못하고 상궁들의 그림자가 사방에 비치는 방 안에서 미주알고주알 참견하는 소리를 들으며 하는 잠자리엔 흥분은커녕 점점 짜증만 커질 뿐이었다.

"오늘은 달이 가득 찬 만월이오니 식상한 연동심 대신 용번식으로 시작하여 자정 삼각엔 중전마마께서 납작 엎드려 엉덩이를 치켜 올리고 백호등을 하시고, 축시 정각엔 중전마마께서 전하의 위로 오르시어 온 힘을 다해 산양대수로 마무리하시옵소서."

"내 어찌 그런 고난도의……"

중전이 매우 난감해하며 처음으로 입을 열었다.

"노련하신 전하께서 알아서 이끌어주실 것이옵니다. 전하, 어서 움직이시옵소서! 때가 왔사옵니다."

상궁의 재촉에 율은 어떻게 해서든 합궁이 가능한 상태로 몸을 만들기 위해 빠르고 힘차며 노련한 우수(右手)의 도움을 받았다. 그러자 그제야 슬슬 반응이 오기 시작하며 그의 입에서 커다란 신음이 터져 나왔다. 한데 율의 신음이 격해지자 다른 방의 상궁이 다급하게 물었다.

"전하, 고정하시옵소서! 닭 모가지를 비틀까요?"

그 상궁은 임금이 극도로 흥분하여 배 위에서 쓰러지면 생닭의 목을 따서 피를 먹이기 위해 닭과 침을 들고 대기하고 있던 참이었다.

"아직 시작도 안 했는데 무얼 고정하라는 말이냐?"

불이 확 붙으려던 찰나에 맥이 탁 풀려 버린 율이 마침내 울화통을 터뜨렸다. 이건 합궁이 아니라 모욕이었다.

"예에? 아직 투입도 전이시란 말입니까?"

"이런 변고가……. 전하께서 일각도 넘게 물레방아를 헛돌고 계신

다니! 어의, 어의를 불러오너라!"

"그렇지! 어의를 불러 혈 자리에 침과 뜸을 뜨면 금방 대나무처럼 꼿꼿해지실 것이옵니다."

"이보게, 대나무는 속이 텅 비지 않았는가? 감히 전하께 그런 비유는 옳지 않네."

"그럼 소나무나 단단한 참나무 장작으로……."

비상사태에 상궁들이 장지문을 사이에 두고 분주하게 대책을 세우기 시작했다. 그때 혈기 왕성한 닭이 주둥이를 묶어놓은 실을 끊어버리고 상궁의 품에서 탈출했다.

"꼬끼오! 꼬끼오!"

닭이 홰를 치고 목청껏 울어대더니 장지문을 뚫고 힘차게 날아올라 중전의 이부자리로 뛰어들었다.

"꺄아악!"

중전의 놀란 비명 소리가 교태전에 울려 퍼지고 상궁들이 튀어나와 푸드득푸드득 날아다니는 닭을 쫓아 이리 뛰고 저리 뛰었다. 몸과 마음이 몹시 피로해진 율은 알몸에 곤룡포만을 걸친 채 그 아비규환 속을 뛰쳐나왔다. 춘향이가 보고 싶었다. 그녀의 무릎을 베고 글 읽는 소리를 들으며 그저 잠이 들고 싶었다.

"전하! 아니 되옵니다."

그때, 그 점잖은 중전이 알몸으로 쫓아 나와 그의 다리를 붙들었다. 율이 놀란 눈으로 중전을 내려다보았다.

"제발."

중전의 눈에 그렁그렁 눈물이 고였다. 그리고 몹시도 절박하게 호소했다.

"왕자의 씨를 내려주십시오."

백영이 인기척을 느끼고 눈을 떠보니 어느새 방바닥에 드러누워 있었다. 꾸벅꾸벅 졸다가 깜빡 잠이 들었나 보다.

"내가 공연히 잠을 깨웠구나, 그냥 둘 것을."

그녀의 눈앞에 율이 앉아 있었다.

"저, 전하!"

백영이 벌떡 몸을 일으켰다. 그러자 그녀의 몸 위에 덮여 있던 곤룡포가 바닥으로 툭 떨어졌다.

"송구하옵니다. 제가 감히 전하의 곤룡포를!"

잠결에 임금의 곤룡포를 깔아뭉개기라도 한 줄 알고 백영이 허둥지둥 집어 들었다.

"놀랄 것 없다. 내가 덮어준 것이다."

"전하께서 제게요?"

"아직은 새벽 공기가 쌀쌀하다."

"지금이 몇 시나 되었습니까?"

"인시 정각이 좀 안 되었을 게다."

"인시요? 그렇게나 오래 하신……."

저도 모르게 말이 툭 튀어나와 얼른 입을 다물었다.

"몹시 피곤하구나."

안 피곤한 게 더 이상한 일이다. 자정쯤 교태전에 들어 인시가 되었다면, 한 시진 반쯤 걸린 것이다. 중전과의 합궁은 원래 그리 오래 걸리는 것인가? 아니면 호색한답게 한번 시작하면 그 정도는 하는 것인가?

"전하, 그럼 편히 쉬시옵소서. 돌아오신 걸 뵈었으니 소인은 이만 물러가 보겠사옵니다."

"너는 항상 내 앞에서 도망칠 생각뿐이로구나. 나는 말이다, 중전과 합궁을 하며 내내 너를 생각하였다. 내 침소에서 기다리고 있을 너를."

율이 타오르는 듯한 눈빛으로 백영을 바라보았다.

"전하……."

그 눈빛에 압도되어 백영의 목소리가 가늘게 떨려왔다.

"그리고!"

율이 거칠게 그녀의 손목을 끌어당겨 와락 제 품에 안았다.

"난 이제 온양 행궁으로 갈 것이다, 너와 함께."

"전하, 어찌 이러십니까?"

당황한 백영이 그를 밀쳐냈다. 하지만 사냥과 활쏘기로 다져진 사내의 단단한 몸은 여인에게 떠밀릴 만큼 유약하지 않았다. 오히려 백영을 거칠게 바닥에 쓰러뜨려 몸 위로 올라탔다. 몸부림치며 반항해 봤지만 두 팔을 움켜쥐고 짓누르는 힘을 이겨낼 수가 없었다.

"전하!"

백영이 이를 악물고 율을 노려봤다. 하지만 율은 아무 말도 하지 않았다. 침묵이 흘렀다. 그러나 단지 '침묵'일 뿐 '고요'는 아니었다. 그녀를 바라보는 율의 눈빛은 주변의 모든 것을 불사르며 타오르고 있었다. 금방이라도 폭발할 것 같은 팽팽한 긴장감, 그 속에서 백영의 코끝에 비릿한 피 냄새가 스치며 사라진 줄 알았던 두려움이 몰려왔다. 광기로 날뛰며 때려죽일 듯이 백영을 짓밟았던 사내다. 그때도 저런 눈빛이었다.

"너는 중전과의 합궁이 얼마나 힘든 일인 줄 아느냐?"

마침내 율이 입을 열었다. 하나 백영은 임금이 무슨 의도로 그런 말을 꺼낸 것인지 전혀 알 수가 없었다. 그저 분노에 가득 찬 음성이 처절하게 느껴진다는 것밖엔.

"여인들과 어울려 늘 하시는 일이 아닙니까?"

그녀가 율의 시선을 피하지 않고 답했다. 고개를 돌릴 수조차 없었으니 피하지 못했다는 것이 맞을지도 모른다.

"그래. 이 궐엔 오매불망 내 손길만을 기다리는 여인들이 수두룩하다."

"알고 있습니다."

"한데 너는 왜 나를 밀어내지 못해서 안달인 것이냐? 나를 받아들인다면 너는 조선 최고의 여인이 될 수 있다. 네가 원하는 건 뭐든 가질 수 있어. 너는 왕의 여인이니까!"

"다들 그런 마음으로 전하의 손길을 기다리는 것이겠지요."

"뭐라?"

"그 여인들 중 전하를 진정으로 연모하는 이가 몇이나 될 것 같습니까? 전하가 전하가 아니었다면 전하의 곁엔 누가 남아 있을 것 같습니까? 진심으로 누군가를 마음에 품은 적이 있기나 하십니까? 그들이 사랑하는 건 옥좌이지 이율이라는 사내가 아닙니다!"

앙칼지게 쏘아붙이자 율의 이마에 핏줄이 불끈 솟아올랐다.

"그렇다면 너도 내 옥좌라도 연모해라. 이율로서가 아니어도 좋다. 왕으로서라도 나를 연모하란 말이다!"

"전하, 연모란 명령으로 되는 것이 아닙니다."

그러자 갑자기 그녀의 팔목을 누르고 있던 율의 손에서 스르륵 힘이 빠졌다. 그리고 그녀의 몸 위로 무너져 내렸다. 하지만 그것은 포옹도 아니고, 맞닿아 있음에도 몸과 몸 사이엔 아무런 교감도 없었으며 그저 사고와 같은 부딪침일 뿐이었다. 백영이 다시 한 번 그를 밀어냈다. 그러자 이번엔 그가 스스로 몸을 일으키며 날카롭게 쏘아붙였다.

"너는 이것이 명으로 보이느냐?"

그리고 믿을 수 없는 말을 하였다.

"청이다."

처음이었다. 그가 그녀에게 명이 아니라 청을 한 것은. 하지만 그의 명도, 그의 청도 백영은 받아들일 수가 없었다.

"연모는 청으로 되는 것도 아닙니다."

왕은 포악한 어린아이와 같았다. 진정으로 사랑한 적이 없으므로 사랑을 어찌 표현하는지도 모르는 것이었다. 하지만 모든 것을 가진 조선의 왕에게 그녀의 연민까지 보태주기는 싫었다.

"그리고 다른 여인을 품고 온 지 아직 한 식경도 되지 않으셨습니다."

그녀가 냉랭하게 선을 그었다. 그러나 율은 그 말의 의미를 달리 해석한 듯했다.

"질투를 하는 것이냐? 그러니까 너도 조금은, 아주 조금쯤은 내가 다른 여인에게 가는 것이 신경이 쓰인 것이로구나."

율의 얼굴이 조금은, 아주 조금쯤은 밝아졌다.

"하지만 내가 원한 것이 아니었다 하지 않느냐?"

"원하신 일이건 아니건 감히 제가 상관할 바가 아니지요. 종묘사직을 이을 중차대한 일이 아니옵니까?"

백영이 다시 한 번 정색을 했다.

"너까지 그놈의 종묘사직 타령이냐? 중전과의 합궁이 끔찍한 건 중전이 박색이라거나 그 사람이 치가 떨리게 싫어서가 아니다! 늙은 상궁들에게 둘러싸여 온갖 참견을 받으며 치르는 합방은 아무런 감흥도 느낄 수가 없었다. 혹시나 신음 소리가 격해지면 상궁들이 들이닥쳐 뒷목에 침을 찔러대고 닭목을 비틀어 생피를 먹일까 봐 소리 한 번 크게 내지 못했다. 그건 그저 육체노동이자 정치의 일부분일 뿐이다. 중전도 마찬가지겠지. 그녀는 그저 대군을 낳을 수 있는 씨가 필요할 뿐이니까. 그래, 네 말대로라면 이것은 가짜 합궁이고 가짜 연모다."

"진심 없이 합궁은 할 수 있어도 진심 없는 연모는 없습니다. 연모라는 말엔 이미 '진심'이라는 뜻이 들어가 있기 때문입니다. 연모엔 가짜가 없습니다. 연모하느냐 연모하지 않느냐 오직 그 두 가지뿐입니다."

"중전과 합궁을 하며 내내 너를 생각하였다. 내 침소에서 기다리고 있을 너를. 나는 온 세상을 가졌지만 그 순간 내가 간절히 바랐던 것은 그저 너의 무릎 한쪽이었다. 그 무릎을 베고 누워 잠시만이라도 지친 몸을 쉬고 싶었다······. 이런 것은 진심이 아니더냐?"

율이 물었다. 그 순간 백영은 한 사내를 떠올렸다.

완얼.

그녀에게 진심은 오직 완얼 하나뿐이었다. 한데 지금 그녀 앞에 있는 또 다른 사내가 진심을 묻고 있었다. 진심 어린 표정으로.

"이 궐은 너무나 피곤하구나."

율이 혼잣말처럼 쓸쓸하게 중얼거리더니 이부자리 위에 몸을 뉘었다.

"되었으니 이제 가보아라."

그러나 율이 눈을 감은 뒤에도 백영은 한참을 더 그 자리에 앉아 있었다.

"왜 일어나지 않느냐?"

잠에 취해가는 목소리로 율이 물었다.

"잠이 드실 때까지 곁을 지키고 있겠습니다."

눈을 감은 율의 지친 얼굴을 바라보며 백영이 조용히 답했다. 이것이 자신이 그에게 베풀 수 있는 최대치라 생각하며.

'당신은 악한 사람입니까, 불쌍한 사람입니까? 더 이상 저를 혼란스럽게 하지 마십시오.'

"그러면 오래도록 잠들지 않겠다. 네가 오래도록 곁에 있도록……."

율이 서서히 잠들어가며 꿈결처럼 속삭였다. 그리고 침소 밖에선 문에 어리는 두 사람의 그림자를 바라보며 완얼이 서 있었다.

"고할까요?"

상궁이 낮은 소리로 물었다.

"됐네. 교태전에서 닭이 날아오르는 사고가 있어서 편히 침수에 드셨는지 살피러 온 것뿐이네."

"교태전에서 닭이 날아오르다니요?"

어지간한 일엔 감정을 잘 표하지 않는 상궁마저도 듣도 보도 못한 희한한 사건에 나직하게나마 놀라움을 표했다. 그리고 합궁일에 닭이 날아오른 것이 길조인지 흉조인지 재빨리 가늠해 봤지만 얼른 판단이 되지 않았다.

"언제부터 지밀이 이리 수다스러웠나?"

완얼이 점잖게 이르고는 돌아섰다. 형님의 침수를 살피러 왔다는 것은 순전히 핑계였다. 아직도 백영이 형님의 침소에 있는 것인지 아니면 처소로 돌아갔는지 확인하기 전에는 잠자리에 들 수가 없었다. 만일 그녀가 지금껏 형님에게 잡혀 있다면 무슨 수를 써서라도 데리고 나오려 했다. 한데 백영은 스스로 형님의 곁을 지키고 있었다.

'어째서이냐, 백영아. 왜?'

백영이 마음에 품은 이는 오직 자신 하나뿐이라는 것을 완얼도 굳게 믿고 있었다.

'하지만 이 불안함은 무엇일꼬?'

10.

자체발광 지랄발광

"오라버니들, 저기 저쪽 좀 보십시오! 저리 큰 연못 위에 저리 화려한 전각이 있다니. 마마님, 조금만 더 가까이 가서 봐도 되겠습니까?"

목을 쭉 빼고 정신없이 궐을 두리번거리던 강주가 저 멀리 위풍당당하게 서 있는 경회루를 보더니 넋을 잃었다.

"나는 마마님이 아니다. 항아님이라 불러라!"

공술해의 사당패가 묵을 외진 전각으로 일행을 데려가던 궁녀가 쌀쌀맞게 쏘아붙였다.

"예, 항아님."

궁녀의 눈치를 살피며 강주의 목소리가 한층 작아졌다.

"그리고 궐은 너희 같은 천것들이 마음대로 휘젓고 돌아다닐 수 있는 곳이 아니다. 전각에 들어가면 내어주는 것만 먹고, 웃전에서 부르실 때까지 한 발자국도 문밖을 나와선 아니 된다."

"예, 항아님."

대답 소리는 더욱 작아졌지만 이내 다시 목을 쭉 빼고 평생 처음으로 들어와 본 궐 구경에 정신이 팔렸다. 요즘 장안 최고의 인기인 공술해의 사당패는 그 소문이 궐에까지 퍼져 며칠 뒤 단오 잔치에서 광대놀음을 하기 위해 뽑혀 들어왔다. 이번에 잘만 하면 아예 궐에서 살게 해줄 수도 있다는 말에 이제부터 쌀밥에 고깃국만 먹으며 밥걱정은 없겠다 싶어 모두가 꿈에 부풀어 있었다.

"오라버니, 우리 정말 궐에서 사는 겁니까?"

강주가 공술해의 옆에 찰싹 달라붙어 한껏 들뜬 목소리로 물었다.

"그거야 임금님 마음에 달린 게지."

"임금님께서 광대놀음을 보고 재미있어 하시면 되는 거 아닙니까? 남들 웃기는 거야 늘 하던 일인데 뭐 대수라고요."

"궐에서 그리 살고 싶으냐?"

"예!"

"궐이 뭐가 좋다고."

"조선팔도에서 가장 좋고 화려한 것들은 모두 궐로 모여들지 않습니까?"

"하루가 멀다 하고 사람이 죽어 나가는 곳도 궐이다."

여인처럼 선이 고운 공술해의 얼굴에 짙은 그늘이 드리워졌다.

"그럼 오라버니는 그동안 왜 그리 궐에 들어가시려 안달을 하셨습니까?"

"꼭 만나야 할 사람이 있어서다."

"에이, 우리 같은 사람들이 궐에서 만날 사람이 누가 있다고요?"

고개를 갸우뚱하는 강주의 시야에 낯익은 얼굴이 들어왔다.

"완얼 나리!"

뜻밖이라 더욱 반가운 나머지 강주가 맞은편에서 걸어오는 완얼에게 마구 달려갔다. 하지만 강주의 모습을 보고 더 놀란 것은 완얼이었다.

"강주야! 네가 어떻게 여기에?"

"내일모레 있을 단오 잔치에 광대놀음을 하려고 불려왔지요. 한데 완얼 선생께서도 단오 잔치에 불려오신 것입니까? 사당패에 용하다는 점쟁이까지 부른 것을 보면 잔치를 엄청 크게 하려나 봅니다."

"그게 말이다. 실은……."

"완얼군 대감, 전하께서 벌써 여러 번 독촉을 하셨는데 더 이상 지체할 시간이 없습니다."

완얼이 난감하게 우물거리자 곁에 있던 명과학교수 어기용차가 조급한 얼굴로 재촉을 했다.

"대, 대감이요? 완얼군?"

잠시 멍하니 어기용차의 말을 따라 중얼거리던 강주가 이내 그것이 무슨 의미인지를 깨닫고는 그 자리에 풀썩 주저앉았다.

"맙소사. 왕자님?"

"이거 보시게, 빈 수레 내관!"

"빈 수레라니?"

"공수레이니 빈 수레 아닌가?"

"내 이름은 공수레가 아니라 공술해일세."

"공수레나 공술해나, 자체발광이나 지랄발광이나."

내관 탈을 뒤집어쓴 공술해와 공숙어가 우스꽝스러운 몸짓으로 종종걸음을 걸으며 주거니 받거니 만담을 펼치고 있었다.

"오호라, 저기 저 큰 지붕 아래 발광 형제 말인가?"

"그렇지! 자체발광 완얼 선생과 지랄발광 전하 말일세."

그러자 대청 높은 곳에 앉아 광대놀음을 지켜보던 율이 버럭 고함을 쳤다.

"무어라? 지랄발광 전하?"

"주, 죽여주시옵소서! 전하!"

공숙어가 기겁을 하며 납작 엎드렸다.

'그러게 지랄발광은 빼자니까 모갑이 굳이, 굳이 우겨서는! 이젠 우리 다 죽었구나!'

음력 5월 5일 단옷날.

수라간에선 수리취떡과 앵두화채를 마련하고, 내의원에선 각종 한약재를 꿀에 섞어 달인 제호탕과 배앓이, 구토, 설사에 효과 있는 옥추단을 올렸으며 대전에선 쑥으로 만든 호랑이 인형 '애호(艾虎)'와 단오부채를 만들어 신하들에게 하사하였다. 그리고 대소신료들을 불러 모아 한바탕 떠들썩한 잔치가 벌어졌다. '이번 단오에는 네게 가장 재미있는 것을 보여주겠다!' 하고 백영에게 호언장담한 율이 공술해의 사당패를 불러들인 것이다.

"궐 밖에서 백성들이 내게 지랄발광이라 한단 말이냐?"

율이 하문하자 비단 사당패뿐만이 아니라 곁에서 함께 광대놀음을 보고 있던 완얼과 숙빈 장씨, 백영도 덩달아 사색이 되었다. 율의 심기가 불편해져 주안상을 뒤엎고선 피를 보겠다고 날뛸까 봐 걱정스러웠다.

"송구하옵니다."

우두머리인 공술해가 나서서 머리를 깊이 조아렸다.

"날더러 또 무어라 하더냐?"

"아뢰옵기 황공하오나 오두발광이나 지랄발정은 어떠하신지요?"

비굴할 정도로 공손한 말투와는 달리 공술해의 눈빛은 형형하게 살아 있었다.

"하하하하하!"

한동안 잠잠하다 싶었는데 단오에 피바람이 불겠구나 하는 모두의 예상을 뒤엎고 율이 박장대소를 터뜨렸다.

"지랄발정이라니, 고놈 참 웃기는 재주가 있구나. 어디 계속 해보아라!"

"예, 전하!"

조금도 망설임 없이 냉큼 답을 한 공술해가 춘향뎐을 계속 이어나갔다.

"그렇지! 자체발광 완얼 선생과 지랄발광 전하 말일세."

하나 다음 대사를 해야 할 공숙어는 파랗게 질려 입도 벙긋 못 하고 달달 떨고만 있었다. 그러자 보다 못한 강주가 상궁 탈을 뒤집어쓰고 놀음판 한가운데로 뛰어들었다.

"쉿! 낮말은 새가 듣고 밤말은 쥐가 듣는 궐입니다. 주둥이 함부로 놀리다간 쥐도 새도 모르게 방울 두 짝이 홀라당 날아가십니다."

공숙어 대신 재빨리 대사를 읊자 공술해가 노련하게 맞받아친다.

"허이고, 이게 누구신가? 지나가던 이 상궁이 아닌가? 그럼 나는 날아갈 방울 두 짝이 없으니 얘기해도 되겠구먼! 저 큰 지붕 아래 유방백세(流芳百世)한 계집이 나타나더니 발광 형제가 발광발광한다지 뭔가?"

"유방백세한 계집이라니요?"

"자고로 마의 십육 세, 낙랑 십팔 세, 유방은 백세이지!"

"그러니까 그 어마어마한 유방백세 계집이 누구냐니까요?"

"춘향이라 하더라!"

"그 유명한 춘향이요? 과거 보러 간 이 도령은 어쩌고 춘향이가 궐에 와 있단 말입니까?"

"그러게 말일세. 그럼 어디 한번 직접 물어볼까나?"

그러더니 공술해가 대뜸 대청으로 올라가 숙빈 장씨의 팔을 덥석 잡았다.

"어찌하여 이 도령을 버리고 궐로 들어온 것입니까?"

그러자 숙빈이 공술해의 팔을 싸늘하게 뿌리치며 대청 아래의 백영을 가리켰다.

"춘향이는 내가 아니라 저쪽이다!"

"아, 그렇사옵니까?"

공술해가 허둥지둥 대청 아래로 내려가 이번엔 백영의 손목을 잡아챘다.

"어찌하여 이 도령을 버리고 궐로 들어온 것입니까?"

"그것은……."

당황한 백영이 얼른 대꾸를 못 하자 공술해가 부채를 활짝 펴고 호탕하게 소리쳤다.

"옳거니! 이 도령 물건이 작았던 게로구나. 대물 앞에 열녀 없다더라!"

"와하하!"

좌중의 웃음소리가 터져 나오고 공갈이 신명나게 북을 치기 시작했다.

"자, 어디 한번 놀아볼까나?"

공술해가 가뿐하게 날아올라 줄 위에 올라탔다. 그러곤 내관의 탈을 벗고 눈부시게 밝은 햇살 아래 얼굴을 드러냈다.

"너, 너는!"

숙빈 장씨의 얼굴에 놀라움을 넘어 경악의 빛이 스쳤다.

"숙빈, 안색이 왜 그런가? 귀신이라도 본 표정이로구나."

옆에 앉은 율이 숙빈의 비명 같은 말을 듣고 바라보았다.

"아니 옵니다, 전하. 몸이 조금 좋지 않아서……."

"그래? 그럼 무리해서 앉아 있을 것 없다."

"괜찮사옵니다."

"옆에서 죽상을 하고 있으니 흥이 깨지지 않느냐?"

율이 시큰둥하게 말했다. 전에는 숙빈에게 한 번도 보인 적 없는 표정과 말투였다.

"숙빈마마, 처소로 돌아가 쉬시는 것이 좋겠습니다."

대소신료 가운데 가장 높은 자리에 앉아 있던 병조판서 장대갈이 숙빈에게 권했다. 그녀에게 뭔가 문제가 생겼음을 감지하여 일단 이 자리를 뜨는 것이 낫겠다고 판단한 것이다.

"그럼 송구하옵니다만 먼저 일어나겠사옵니다."

병판까지 눈치를 주자 숙빈이 그제야 자리에서 일어났다.

"춘향아! 네가 어찌 내게 이럴 수가 있느냐?"

숙빈이 대문을 나서려는데 등 뒤에서 공술해의 목소리가 울려 퍼졌다.

"나는 오직 너만을 생각하며 두 해를 하루같이 공부하고 또 공부하였다. 과거에 급제할 때까지 기다리겠다고 하지 않았느냐? 나만을 사랑한다 하지 않았느냐? 저고리 고름 굽이굽이 풀며 굳게 맹세한 사랑의 언약이 이리 허무하게 사라지는 것이더냐? 돈이 좋더냐? 권세가 좋더냐? 네 배로 나온 아들을 내세워 용상을 탐내는 것이냐?"

이 도령으로 분한 공술해의 피맺힌 절규가 숙빈의 뒤통수에 송곳처럼 꽂혔다. 숙빈이 발걸음을 멈춰서 앙칼지게 뒤를 돌아봤다. 그녀뿐만이 아니라 장내의 모든 사람들이 숨을 죽이고 저 높이서 들려오는 공술해의 말에 귀를 기울였다. 백영 역시 공술해를 주시했다. 자신이 쓴 춘향뎐을 토대로 이리도 실감나게 광대놀이를 펼치다니, 마치 이몽룡이 살아 돌아오기라도 한 듯한 기분이었다.

'만약 이 자리에 시아버님이 계셨더라면 눈치를 챘을까? 지금 공술해가 연기하고 있는 이 도령이 바로 자신의 아들이라는 것을.'

이 연회를 준비한 예조판서 이한림은 오뉴월 개도 안 걸린다는 심한 감환으로 정작 자신은 참석하지 못하였다. 그 덕분에 백영이 안심하고 전하의 부름을 받들어 연회에 나올 수 있었지만.

"임금은 이단합체가 아닌 십팔단합체를 하더냐? 임금의 회전은 이십팔 회전이더냐? 임금의 몸엔 금테를 둘렀더냐, 은테를 둘렀더냐? 아니면 임금은 어마어마한 대물이더냐? 나보다도 더?"

공술해가 입에서 불을 뿜었다. 그리고 그 거침없는 말에 좌중이 술렁거리기 시작했다. 임금을 앞에 두고도 눈 하나 깜짝하지 않고 저런 타령을 하다니! 그것도 조선 건국 이래 두 번 다시없을 폭군이라 소문이 자자한 임금이 아닌가?

"옳거니, 잘한다!"

분위기가 심상치 않자 공갈이 얼른 추임새를 넣으며 공술해의 말을 끊고 북을 치기 시작했다.

쿵더쿵 쿵더쿵!

북소리에 맞춰 공술해가 신명나게 뛰어오르기 시작했다. 가는 줄 하나에 목숨을 걸고 하늘 높이 솟구쳤다가 아슬아슬 발을 바꿔가며 외줄을 타는 모습이 마치 허공에서 춤이라도 추는 듯하였다. 입담만큼이나 대범한 묘기에 모두들 입을 떡 벌리고 쳐다보는데 공술해가 갑자기 아래로 훌쩍 몸을 내던지는 것이 아닌가?

"꺄아악!"

백영을 비롯한 궁녀들이 날카롭게 비명을 지르며 어떤 이는 놀라 손으로 눈을 가리고 어떤 이는 엉덩방아를 찧었다. 사람 키 다섯 배 정도로 높이 매달린 줄에서 몸을 던진 공술해가 바닥으로 빠르게 곤두박질쳤다. 그리고 처참하게 머리가 박살나는 모습을 보겠구나 싶은 순간, 그 짧은 시간에 공술해가 공중에서 빙그르르 한 바퀴 재주를 넘자 같은 어름사니인 공숙어가 달려가 정확하게 그의 몸을 받아냈다. 그리고 순식간에 공숙어의 어깨를 밟고 올라가 하늘을 향해 두 팔을 뻗어 만세를 부르며 멋지게 마무리를 했다. 과연 어름사니들답게 놀랍도록 가벼운 몸놀림이었다.

"하하하하하!"

율이 크게 웃어젖히며 박수를 쳤다. 그제야 눈치만 살피던 벼슬아치들과 궁인들도 너도나도 손뼉을 쳐대며 웃음을 터뜨렸다.

"제법이로구나! 네 이름이 뭐라고?"

율이 흡족한 얼굴로 녹신을 음미하며 물었다. 예술적 감각이 뛰어나고 연회를 즐기는 율은 굉장한 미식가이기도 하여 말고기나 소의 혓바닥은 물론 수사슴의 낭심인 녹신까지 못 먹는 것이 없었다. 특히 녹신은 정력에 좋다고 굳게 믿고 있어 싱싱한 것을 직접 구하기 위해 사슴 사냥에 나선다 해도 과언이 아니었다.

"공술해라 하옵니다."

공술해가 얼른 공숙어의 어깨에서 뛰어 내려와 땅바닥에 납작 엎드렸다. 그리고 그를 따라 사당패들이 모두 엎드려 머리를 조아리자 율이 일어나 대청 아래로 내려갔다.

"고개를 들라!"

공술해가 공손히 고개를 들자 임금이 술병을 들고 그의 앞에 서 있었다.

"내 너의 신묘한 재주를 상찬하는 의미로 어주를 내리겠노라."

"황공하옵니다, 전하!"

궁녀가 쥐여 준 술잔을 높이 들고 실로 황송하게 임금이 내려주신 술을 받아 마셨다.

"근데 어찌 알았느냐?"

공술해가 잔을 깨끗이 비우자 율이 은근한 음성으로 물었다.

"예? 무엇을 말씀하시는 것인지……."

"내가 금테를 두른 대물이라는 것 말이다. 왕가의 혈통은 원래 어디 내놔도 섭섭잖을 정도는 되지만 나는 특히나 어마어마하지. 당연히 네놈보다도 더!"

이미 술이 알딸딸하게 오른 율의 눈빛이 번뜩였다.

'또 시작인가!'

지켜보던 백영이 눈살을 찌푸렸다. 요 근래 광기가 많이 가라앉은 듯하였으나 역시 인간은 쉽게 변하지 않는 건가 보다.

"전하! 그저 광대놀음 중에 한 말이오니 곡해를 거두어주소서."

공술해가 다시 납작 엎드렸다. 하지만 땀에 흠뻑 젖었음에도 불구하고 등줄기로 서늘한 한기가 스쳐 지나갔다.

"곡해라? 어허, 그렇다면 곡해를 풀어야지! 길고 짧은 것은 대봐야 안다 하지 않느냐?"

밑도 끝도 없는 말에 공술해가 저도 모르게 고개를 들어 임금을 쳐다봤다.

"어디 한번 대보자는 말이다! 누가 더 큰지. 임금인 내가 먼저 풀어보랴? 아니면 네가 먼저 풀겠느냐?"

율이 짐짓 허리띠를 푸는 척 언성을 높였다. 심심하여 가지고 놀려는 것인지 꼬투리를 잡혔으니 괴롭히려는 것인지 종잡을 수가 없었으나 어느 쪽이건 조용히 넘어갈 것 같지가 않았다.

"전하! 놀이는 놀이일 뿐입니다. 정승판서고 왕이고 한바탕 희롱하며 백성들의 속을 시원하게 긁어주는 것이 광대놀음인데, 놀이판 유희에 죄를 따져 무엇하겠습니까? 연회가 한창 흥에 겨우니 그저 웃고 넘어가시지요."

서로 눈치만 볼 뿐 아무도 선뜻 나서는 이가 없자 완얼이 율의 곁으로 다가갔다. 한번 폭주해 버리면 어디까지 갈지 모르는지라 서둘러 진정시키는 것만이 무탈하게 연회를 마칠 수 있는 방법이었다.

"네 말인즉 내가 웃자고 한 소리에 죽자고 달려드는 소인배라는 뜻이냐?"

"그, 그럴 리가 있겠사옵니까?"

진정시키려 한 말이 오히려 역효과를 일으키자 당황한 완얼이 주춤거렸다.

"완얼군."

율이 조용히 그러나 더없이 서늘한 표정으로 아우를 불렀다.

"예, 전하."

"두 번 다시 나를 가로막지도, 내 말을 끊지도 마라. 알겠느냐?"

"예, 전하……."

이 말밖엔 지금 완얼이 할 수 있는 대답이 없었다.

"이것 또한 놀이판 유희의 한 가지이니 웃고 넘어가면 될 일이 아니냐? 내가 여기서 피를 보겠다는 것도 아니고, 만인의 앞에서 여인을 벗겨보겠다는 것도 아니고, 임금 못지않다 큰소리를 쳐대는 저놈의 아랫도리 좀 구경하자는데 뭐가 문제인 게냐? 여봐라, 당장 저놈의 바지를 벗겨보아라!"

율의 명에 연회장을 지키고 있던 내금위 병사 몇이 달려와 공술해의 양팔을 붙들었다. 그리고 바지 끈을 끊어버리려 하자 공술해가 쩌렁쩌렁하게 고함을 질렀다.

"이거 놓으시오! 천한 광대 놈의 아랫도리 하나 벗기는데 남의 손을 빌릴 것이 무에 있겠소이까? 제가 직접 하겠습니다!"

"오호, 천것 주제에 제법 호기롭구나. 맘에 든다! 팔을 놔주어라."

율이 한껏 흥미로운 표정으로 공술해를 바라봤다. 생긴 건 제법 곱상하게 생겨서 배포는 어찌나 두둑한지 공술해가 망설이는 기색도 없이 당당하게 바지 끈을 풀었다. 구차하게 매달려 애걸복걸하고 싶지 않았는지도 모른다. 공술해가 모두의 앞에서 바지를 내리려는 순간, 그 앞을 가로막으며 강주가 튀어나왔다. 그러곤 율의 발밑에 엎드려 절박하게 소리쳤다.

"작사옵니다! 굳이 보셔봤자 눈만 버리실 것입니다. 아주 형편없이 작사옵니다!"

"너는 누구냐? 탈을 벗어보아라!"

율이 짙은 눈썹을 꿈틀거리며 강주를 보았다. 그제야 아직도 상궁 탈을 벗고 있지 않다는 걸 깨달은 강주가 얼른 탈을 벗었다.

"저는 사당패에서 그림자놀이를 맡고 있는 이강주라 하옵니다."

작다 하며 간신히 둘러대긴 했지만 강주의 목소리는 두려움으로 바들바들 떨렸다.

"근데 네가 저놈 물건이 작은지 큰지 그걸 어찌 아느냐?"

"그, 그건……. 보았사옵니다."

"보았다? 너희 광대패들은 사내 계집 할 것 없이 그리 속속들이 다 안단 말이냐?"

"그것이 아니오라 저는…… 저는 저 사내의 정인입니다!"

강주가 잠시 망설이다가 마음을 굳게 먹고 고하였다.

"그래서 제가 누구보다 잘 압니다. 정말 아주 미미하옵니다. 어찌 감히 전하께 비하겠나이까?"

"그래? 빈털터리 사당패에 권력이 있는 것도 아니고 그리 미미하기까지 한 놈의 곁에 대체 왜 붙어있는 것이냐?"

율이 도통 이해가 안 간다는 듯 물었다.

"진정한 사랑은 '그래서' 좋아하기 때문이 아니라 '그럼에도 불구하고' 좋아하는 것이라 들었습니다. 저 역시 그럼에도 불구하고 좋아하기 때문입니다. 제가 훨씬 더 많이요."

강주가 얼떨결에 공술해에 대한 본심을 털어놓고 말았다. 공술해 역시 놀란 얼굴로 그녀를 바라보았다.

'이렇게 고백을 하고 싶지는 않았는데, 그냥 가슴속에 묻어둔 채 오래도록 오라버니의 곁에 머물 수 있다면 좋겠다 싶었을 뿐인데.'

하지만 지금 강주에겐 자신의 마음이나 자존심은 중요하지 않았다. 공술해와 함께 이 상황을 무사히 모면하는 것이 우선이었다.

"하하하하하!"

연회장에 또다시 율의 박장대소가 울려 퍼졌다.

"사당패라는 것들은 참으로 재미있는 족속들이로구나! 이강주라 했느냐? 그러고 보니 제법 반반하게 생겼구나. 이런 아이가 왜 흥청으로 뽑혀오지 않은 거지? 대체 채홍사 놈들은 눈을 어디다 달고 다니는 게냐?"

율이 이번엔 채홍사에게 화살을 돌리자 홍두겁을 비롯한 채홍사들의 안색이 하얗게 질렸다.

"전하, 이제 그만하시지요!"

한심하게 지켜보고 있던 백영이 마침내 한마디 지르고야 말았다.

"저 아이를 취하고 싶으십니까?"

다른 이가 이런 말을 했다면 당장 치도곤을 내었을 질문임에도 율은 버럭 역정을 내는 대신 그녀의 고집스러운 표정을 골똘히 바라보았다.

"싫으냐?"

물음의 대답이 물음으로 돌아오자 이번엔 백영이 잠시 망설였다.

"예, 싫습니다."

"그래?"

싫다는 대답에 이렇게 율의 표정이 밝은 적이 없었다. 율은 언제 억지를 부려댔냐는 듯이 이내 선선히 답을 하였다.

"그럼 취하지 않으마."

좌중이 또다시 술렁거렸다. 천하의 망나니 폭군이라 소문난 임금이 한낱 책비의 말에 고분고분 '그러마' 하고 답을 한 것이다.

"그리고 광대들에게 후한 상을 내리고 전각을 하나 내주어라. 내 저 재미있는 족속들을 궐에 두고 종종 부르겠노라."

율의 말이 끝나자마자 숙빈은 찬바람이 도는 얼굴로 발걸음을 돌려서 가던 길을 갔다. 하지만 병조판서 장대갈과 좌승지 변학도 외엔 그녀에게 관심을 두는 이는 많지 않았다. 권력의 냄새를 잘 맡는 족속들인지라 금방 눈치챈 것이다. 숙빈에게서 저 책비에게로 임금의 총애가 옮겨갔음을.

"나는 네가 질투를 하는 것이 좋다."

율이 싱글거리며 백영의 앞으로 바짝 다가와 섰다.

"질투를 하는 것이 아니라 저 아이가 불쌍해서입니다."

그녀가 딱 잘라 말했다. 그리고 그 말이 사실이었다. 어려서부터 사당패에게 끌려 다니며 몸을 팔아온 불쌍한 아이다. 완얼이 손에 피를 묻히면서까지 구해준 아이가 또다시 사랑하지도 않는 사내의 노리개가 되는 것을 아무렇지도 않게 지켜볼 수만은 없었다.

"난 네가 그리 정색을 하며 말하는 것도 좋다. 강한 부정은 강한 긍정이라 하지 않느냐?"

"저의 부정은 그냥 부정입니다."

"그래, 그런 강한 부정이 좋다니까?"

그리 제멋대로 단정을 지어버리더니 말을 돌렸다.

"이제 광대놀음도 다 끝났으니 뭘 한다? 궐 밖에선 단오에 무엇을
하고 노느냐?"

"여인들은 그네를 타고 사내들은 씨름을 하지요. 대추나무 시집보
내기를 하거나 탈춤이나 사자춤을 구경하기도 합니다."

임금이 하명을 하였으니 백영이 마지못해 대꾸를 하였다.

"대추나무 시집보내기는 무엇이냐?"

"예에? 정말 몰라서 물으시는 겁니까?"

"몰라서 묻는다."

"대추나 다른 과실수에 열매가 많이 달리라고 나뭇가지 사이에 돌
을 끼워 넣는 것이 아닙니까?"

"거참, 음란한 풍속이로구나!"

"음란하다니요?"

"아이들도 다 보는 앞에서 두 다리 같은 나뭇가지 사이에 돌을 끼워
넣으면서 시집보낸다 하다니, 너는 이것이 아무렇지도 않느냐?"

"전하, 일상생활은 가능하십니까?"

'뭐 눈엔 뭐만 보인다고, 다른 이들은 정상적으로 받아들이는 상황
이나 물체를 그리 왜곡해서 바라보는 전하의 썩은 생각이 문제가 아닙
니까?'

그리 쏘아붙이고 싶었다.

"그렇게 치면 물레방아가 돌아가는 것도 음란하기 짝이 없으니 조선
팔도의 물레방아를 아예 다 없애 버리시지요? 대추나무도 싹 다 베어

버리시고요."

남녀상열지사 전문인 백영조차도 율에게는 두 손 두 발 다 들고 크게 한숨을 내쉬었다.

"대추나무를 베어버리면 그 맛있는 대추를 못 먹지 않느냐? 그리고 나는 지금도 멀쩡하게 일상생활 중인데? 어쨌거나 궐 밖에는 재미있는 것들이 훨씬 많구나."

율의 눈이 호기심으로 반짝거렸다. 그러더니 목소리를 한껏 낮추어 속삭이듯이 말했다.

"우리 같이 암행을 나가보지 않겠느냐?"

"암행이오?"

"쉿! 누가 들으면 귀찮게 난리를 칠 것이다."

아니나 다를까, 늙어빠진 상선이 귀는 밝아서 그새 말을 엿듣고는 '아니 되옵니다, 전하!' 하고 나섰다.

"이리 느닷없이 암행이라니요? 게다가 오늘처럼 백성들이 거리마다 북적거리는 혼잡한 날에는 더더욱 위험하옵니다."

"거봐라. 말이 새 나가면 귀찮게 굴 거라 하지 않았느냐?"

율이 그럴 줄 알았다는 듯 투덜대더니 다시 상선에게 시선을 옮겼다.

"내금위장이 그림자처럼 나를 호위할 것인데 뭐가 위험하다고 그러는가? 늙으니 기우만 느는 게지."

"궐 밖은 늘 위험하옵니다. 언제 어디서 전하를 노리는 자들의 습격을 받으실지 모르고요."

그때 마침 율의 시선에 완얼의 모습이 들어왔다.

"그렇다면, 완얼군과 함께 나가면 되겠구나! 아우는 살기를 느끼는 신기가 있으니 행여 자객이 나를 노린다 하여도 막아줄 수 있을 것이다. 그렇지 않느냐, 완얼군?"

"예, 전하."

느닷없는 질문에 완얼이 일단 고개를 조아렸다.

"그럼 함께 나가자꾸나!"

'왕과 왕자와 춘향이, 우리 셋이 사이좋게.'

속을 알 수 없는 비릿한 미소가 율의 입가에 어렸다.

"숙빈마마, 무슨 일이십니까? 안색이 몹시 좋지 않으십니다."

숙빈이 처소로 돌아오자 변학도가 바로 뒤를 따라왔다. 그리고 맞
은편에 앉아 어두운 낯빛을 살피며 물었다.

"무슨 일이 곧 생기겠지요. 조금 전 사람들의 수군거림 따위는 아무
것도 아닐 정도로."

서안 위에 놓인 그녀의 팔에 힘이 들어가며 주먹을 꽉 쥐었다.

"그놈이 돌아왔습니다."

"그놈이라면……."

변학도가 깜짝 놀라 말을 잇지 못했다. 그러자 숙빈이 혼잣말을 하
듯 낮게 중얼거렸다.

"귀신이 돌아왔습니다."

"예전에 그토록 찾으시던 그 사내 말입니까? 한데 그자는 이미 죽
은 것이 아니었습니까?"

"그러니 귀신이 돌아왔다는 겁니다. 필시 저를 노리고 궐에 들어온
것이겠지요."

"정확한 목적이 무엇인지 알 때까지 섣불리 움직이지 않는 것이 좋
겠습니다."

"아닙니다. 부딪쳐 볼 것입니다. 한시라도 빨리요. 아까 나를 바라

보는 고관대작들의 표정을 보지 못하셨습니까? 한물 간 퇴기를 바라보듯 하더군요."

"전하께서도 지금의 왕권을 유지하는 데 병판대감의 세력이 필요한 이상 숙빈마마께 함부로 대하지는 못할 것입니다."

"하지만 이렇게 책비에게마저 밀리다가 중전이 덜컥 아들이라도 낳으면 우린 끝입니다. 내 아들이 세자가 되어야만 우리의 세력을 유지할 수가 있단 말입니다. 이런 마당에 귀신까지 제멋대로 날뛰게 둘 순 없지요. 제 원한을 풀어 달라 울부짖으며 나타나는 것이 귀신이 아닙니까? 원하는 것을 주든가 아니면 없애 버리든가 판단은 빠를수록 좋을 것입니다."

그러더니 오장육부를 샅샅이 들여다보기라도 하듯이 학도를 날카롭게 쏘아보았다.

"그전에, 좌승지에게 묻고 싶은 것이 있습니다."

"말씀하시지요."

"좌승지께선 아직도 나의 편입니까?"

숙빈의 심상치 않은 질문에 학도의 머릿속에 누이의 얼굴이 떠올랐다.

'설마. 백영이와 내가 남매라는 것을 숙빈이 알 리가 없지 않은가? 고량주가 백영의 오라비라고 되어 있는 상태고, 행여나 의심을 받을까 싶어 요즘엔 누이를 만난 적도 없는데. 그래서 중화제도 직접 전하지 않고 완얼군을 통해 은밀히 전했건만.'

그러나 이런 내심은 전혀 드러내지 않고 침착하게 물었다.

"그게 무슨 뜻이옵니까?"

"춘향이가 납치되었을 때, 완얼군과 함께 있다가 사라졌다는 걸 알고 사저로 찾아가셨지요? 근데 왜 내겐 그 사실을 말하지 않으셨습니까? 마치 내가 알면 안 되는 일이라 일부러 감추기라도 한 것처럼. 내게 말을 하지 않는 것들이 하나둘 늘어가는 것 같아서 말입니다."

"감추다니요? 그땐 한시라도 빨리 춘향이를 찾아서 데려오려는 생각에 경황이 없을 뿐이옵니다. 그리고 이미 다 밝혀진 일이지만 완얼군과 함께 있다 사라진 것이 아니라 춘향이가 오라비인 고량주를 찾아갔다가 납치를 당한 것이지 않습니까? 그런 걸 뭐하러 감추겠습니까?"

노련하게 답을 하였지만 마음 한구석에서는 그도 알고 있었다. 중궁전에 쓰일 것을 예상했으면서도 누이의 부탁에 중화제 하나를 더 구했을 때부터 이미 숙빈과의 결속엔 금이 가고 있다는 것을. 아니, 누이를 임금에게 보내기로 결정한 순간부터 이미 금이 가기 시작한 건지도 모른다. 아마 숙빈도 그것을 느꼈기에 이런 말을 꺼냈으리라.

"좌승지께서 그러시다면 그런 거겠지요. 지금까지처럼 저는 좌승지를 믿겠습니다. 우리에겐 같은 목표가 있지 않습니까?"

두 사람 모두 알고 있었다. 아직까진 서로가 필요하다는 걸. 그리고 서로의 비밀을 너무 많이 공유하고 있다는 걸. 그러므로 이 연대가 쉽사리 깨지지는 않을 것이다. 하지만……

"그럼 말이 나온 김에 저도 하나 묻겠습니다."

"무엇입니까?"

"향단이가 남원에 있었다고 합니다. 춘향이가 죽은 이후 남원에서 모습을 감추었던 아이가 왜 그곳에 나타난 것일까요? 이상하지 않습니까?"

숙빈의 얼굴이 순식간에 딱딱하게 굳었다. 그러자 학도가 공손히 고개를 숙이며 아뢰었다.

"우리 사이에 숨기는 것이 있어서야 되겠습니까? 저도 지금까지처럼 마마를 믿겠사옵니다. 우리에겐 같은 목표가 있지 않사옵니까?"

다시 고개를 드는 학도의 눈빛에 날이 섰다. 이 연대가 쉽사리 깨지지는 않을 것이다. 하지만…… 정말 믿는 사이끼리는 믿는다는 말이 굳이 필요 없는 법이다.

쪽빛 하늘 아래 진초록의 녹음 속에서 붉디붉은 치맛자락이 경쾌하게 흩날린다. 저자로 향하던 백영이 불현듯 걸음을 멈추고 저 멀리서 그네를 뛰는 처자들을 아련한 눈빛으로 바라보았다. 이른 봄의 어느 날, 광한루에서 완얼이 밀어주는 그네를 타던 기억이 떠올라서였다. 그때 높이 오른 그네에서 내려다본 진분홍 진달래꽃밭의 아름다움이 눈에 선하고 봄의 달콤한 내음이 아직도 코끝을 스치는 듯했다.

"너도 그네를 타보고 싶으냐?"

앞장서 가던 율이 백영을 돌아보며 물었다. 산뜻한 미색 도포에 갓을 쓴 선비의 복색을 하고선, 그의 말처럼 '왕과 왕자와 춘향이, 우리 셋이 사이좋게' 암행에 나선 참이었다. 그들의 뒤로는 역시 변복을 한 내금위장과 호위무사 몇이 바짝 따르고 있었고, 량주와 숙휘도 완얼을 쫓아오고 있었다.

"아니옵니다, 전하."

백영이 그네 타는 여인네들에게서 얼른 시선을 거두며 고개를 조아렸다.

"어허! 누가 듣겠다!"

율이 눈에 힘을 주며 나직이 나무랐다.

"송구합니다, 전…… 아니, 나리."

"타고 싶으면 가서 한번 타보든가."

율이 지나가는 말처럼 툭 던진다.

"잘 못 타면 뭐…… 내가 밀어줄 수도 있고."

"아니옵니다! 정말 괜찮사옵니다!"

백영이 질색하며 두 손을 내저었다. 율이 밀어주는 그네를 탈 생각도 없었고, 완얼에게 그런 모습을 보여주고 싶지도 않았다.

"사람들의 눈길을 끌어 좋을 것이 없지 않습니까?"

"나를 걱정하는 것이냐? 암행 나와서 공연히 주목이라도 받을까 봐?"

율이 흐뭇한 표정을 굳이 감추지 않으며 물었다. 세상만사를 어쩌면 저리도 저 좋을 대로 생각하는 건지 어이가 없었지만 왕으로 태어난 자는 원래 그런가 보다 하고 더는 대꾸하지 않았다.

"걱정하지 마라. 나의 곁엔 살기를 느끼는 신들린 아우가 있지 않느냐? 설사 자객이 나를 노리고 다가온다 해도 아우가 다 막아줄 것이니라. 그렇지 않으냐?"

의좋은 형제처럼 율이 완얼의 어깨에 팔을 둘렀다.

"성심을 다해 살피고 있사옵니다."

완얼이 차분하게 대꾸했다.

"한데 말이다."

운을 띄운 율이 완얼의 귓가에 바짝 얼굴을 가져갔다. 그와 동시에 알 수 없는 싸한 느낌이 완얼의 등골을 훑고 지나갔다.

"말씀하시지요."

"만일 아우가 살기를 품었다면 누가 막아줄꼬?"

율이 가장 경계하는 눈빛으로 바라보고 있는 이는 다른 누구도 아닌 바로 완얼이었다.

"그럴 리가 있겠사옵니까?"

완얼이 정신을 똑바로 차리고 정색을 했다. 대답을 어물거렸다간 또 무슨 트집을 잡힐지 몰라서였다.

"어머, 저기 씨름판이 벌어졌습니다!"

대화가 이상한 곳으로 흐르자 백영이 과장될 정도로 크게 외치며 율의 주의를 돌렸다.

"그러게. 나무에 황소까지 한 마리 매어놓았구나."

"판막음한 최고의 장사에게 주는 상입니다."

"그 정도는 나도 안다."

퉁을 주더니 다시 슬쩍 묻는다.

"보고 싶은 게냐?"

"예. 가서 구경해도 되겠습니까?"

"마침 나도 씨름판을 찾고 있던 참이었다. 가보자!"

정말 씨름판을 찾고 있던 건지 백영에게 씨름판을 보여주고 싶은 건지는 모르겠지만 호기롭게 앞장서던 율이 깜빡 잊어버렸던 것이 생각난 듯 '아차!' 하며 뒤따라오던 내금위를 불렀다. 그리고 낮은 소리로 무어라 명을 하자 내금위가 머리를 조아리고는 어디론가 달려갔다.

백영은 율을 사이에 두고 완얼과 양옆에서 걸으며 불과 한 달여 전 단둘이 저잣거리를 거닐던 날을 떠올렸다. 한식이라 오늘처럼 사람들이 저자에 가득했고, 완얼이 하얀 달걀 위에 꽃 한 송이를 그려서 백영에게 선물했다. 그리고 말했다. 세상에서 단 하나뿐인 나의 꽃이라고.

세상에서 단 하나뿐인 완얼의 꽃 백영(白英).

그 소중한 달걀은 지하 서고에서 잃어버려 지금은 없지만, 그날의 추억은 생생하게 되살아나 백영의 눈시울을 촉촉하게 적셨다. 바로 몇 발짝 옆에 완얼이 있건만 율이라는 거대한 산에 가로막혀 그에게 닿을 수가 없었다.

그들이 사람들로 겹겹이 둘러싸인 모래판으로 다가가자 상의를 벗은 육 척 거구가 때마침 상대방을 번쩍 들어 올려 집어 던져 버렸다.

그리고 상대방이 바닥에 나뒹구는 것을 확인하자 탄탄한 가슴팍을 두 손으로 두드리며 기쁨의 포효를 했다.

"대장간 용계룡의 다섯 판째 뒤집기 한판승! 그야말로 파죽지세, 정말 대단하지 않소이까?"

씨름판 한가운데로 뛰어든 사내가 구경꾼들을 둘러보며 박수를 유도했다. 그러자 사냥에 성공한 맹수 같은 승자의 머리 위로 열렬한 박수가 쏟아졌다.

"자, 그럼 여섯 번째 도전자가 있소이까? 저기 나무 아래 매어 있는 튼튼한 황소 한 마리가 탐이 나는 사내들은 냉큼 앞으로 나오시오!"

사내의 말에 박수 소리가 그치며 사방이 조용해진다. 그러나 젊은 사내들은 서로 흘끗흘끗 눈치만 볼 뿐 다섯 판을 내리 승리한 거구에게 선뜻 도전하는 이는 없었다.

"아무도 없소이까?"

그때였다. 완얼이 도포와 갓을 벗어 던지더니 모래판으로 성큼성큼 걸어 나갔다.

"여기 있네!"

예상치 못한 완얼의 행동에 율과 백영, 량주와 숙휘까지 모두 깜짝 놀랐다. 게다가 량주라면 모를까 완얼이 육 척 거구의 상대가 될까 싶었다. 구경꾼들 역시 저 곱상한 선비가 얼마나 버티겠느냐 하는 표정이었다.

"미리 말해두겠는데, 씨름판에선 양반이라고 봐주는 거 없으니 선비께서 다치셔도 제 책임이 아닙니다."

거구가 승자는 이미 결정 났다는 듯 위협적인 표정으로 내뱉었다. 그러나 완얼은 눈 하나 깜짝 안 하고 여유롭게 대꾸했다.

"그건 내가 하고 싶은 말이네."

완얼이 과감하게 상의마저 벗어 던지자 사내들의 어깨 너머로 흘끗 흘끗 보고 있던 아낙들이 '꺄아악!' 환호성을 질렀다. 해사한 얼굴과 는 대조적으로 무예깨나 연마한 듯 조화롭게 근육 잡힌 몸에 거구도 완얼을 보는 눈이 달라졌다. 거구와 완얼이 서로의 허리춤을 붙들고 앉았다. 그리고 사내의 신호에 따라 동시에 엉덩이를 들고 일어났다. 거구는 여태까지처럼 막강한 힘으로 완얼을 번쩍 들어 메다꽂으려 했 다. 하지만 완얼은 들리는 척하면서 날렵하게 안다리를 걸었다. 그리 고 거구의 균형이 흐트러진 사이 엄청난 힘으로 밀어붙여 그를 바닥에 내동댕이쳤다.

"오오, 이럴 수가! 작년에 황소를 타간 용계룡을 이기고 새로운 승자 가 탄생했습니다! 곱상하신 선비께서 이런 괴력을 발휘하실 줄이야!"

어느새 사내가 튀어나와 목청 높여 소리를 질렀다.

"자, 이제 다른 도전자 없소이까?"

하지만 이미 어지간한 사내들은 거구와 한판씩 붙어 다 나가떨어진 상태인 데다 그런 거구를 눈 깜짝할 사이에 무너뜨린 완얼의 앞으로 나서는 이는 더 이상 없었다.

"없으시다면 저 황소는 여기 계신 선비님께……."

선언하려는 순간 누군가의 목소리가 우렁차게 울려 퍼졌다.

"잠깐!"

모두의 시선이 소리를 지른 율에게로 향했다. 그러자 율이 자신만 만하게 앞으로 한 발 나섰다.

"내가 붙어보겠다!"

"전하께서 씨름을 하시겠다고요?"

백영이 저도 모르게 목소리를 높였다.

'완얼군 대감에 이어 전하까지? 도대체 저 형제가 어쩌려는 것인가?'

임금이 씨름을 한다는 건 들도 보도 못했을 뿐더러 사냥을 다니긴 하지만 풍악을 울리며 계집이나 끼고 놀 줄 아는 이율에게 씨름이라니, 상상조차 되지 않았다.

"쉿! 말을 조심하래도!"

율이 도포를 벗으며 다시 한 번 주의를 주었다. 그러더니 갑자기 갓 끈을 풀던 손을 멈추고 백영을 보았다.

"너는 누구를 응원하겠느냐?"

"예?"

불시의 질문에 백영의 눈이 다시 한 번 휘둥그레졌다.

"나냐? 아니면 나의 아우냐?"

"저는……."

당연히 완얼이었다. 하지만 곧이곧대로 말을 했다간 완얼에게 어떤 후환이 닥칠지 몰랐다.

"승자를 응원하겠습니다."

백영이 율을 똑바로 바라보며 답했다.

"하하하! 우문현답이로구나."

율이 크게 웃어젖히더니 자신만만하게 말했다.

"결국 너는 나를 응원하게 될 것이다. 승자는 내가 될 터이니."

삼 년간 팔도를 떠돌며 백성들과 부대껴 왔던 완얼과는 달리 율은 조선의 유일무이한 태양인지라 백성들 따위에게 몸을 드러낼 수 없어 저고리는 입은 채 씨름판으로 나섰다. 하지만 율이 저잣거리 씨름판에 나섰다는 것 자체로도 늙은 상선이 보았다면 기절초풍할 일이었다. 나이가 많아 몸이 느리다는 핑계로 암행에서 빼놓기를 다행이다 싶었다.

완얼은 마주 선 형님을 담담하게 바라보았다. 어릴 적, 선왕께선 이따금씩 스물한 명이나 되는 아들들을 불러 모아 씨름 대결을 붙이곤

하셨다. 그리고 치열한 접전 끝에 마지막까지 살아남는 것은 늘 완얼과 율이었다.

"자신 있으십니까?"

완얼이 나직이 물었다.

"건방지구나!"

율이 싸늘하게 웃으며 완얼의 허리춤을 잡았다.

"나는 지금 이 나라의 임금도, 너의 형님도 아니다. 그러니 어디 한 판 붙어보자!"

"좋습니다!"

그리고 두 사람만의 치열한 전투가 시작되었다. 서로 한 치의 물러섬 없이 밀치고 걸고 돌려 치며 팽팽하게 맞붙어 좀처럼 승부가 나지 않던 차에 순간적으로 완얼과 백영의 시선이 부딪쳤다. 그녀는 두 손을 꼭 쥐고 간절한 표정으로 그를 바라보고 있었다.

'지지 말아주세요!'

그 눈빛은 마치 이리 속삭이고 있는 것 같았다. 지고 싶지 않았다. 후에 어찌 되건 오늘만큼은 형님에게 지고 싶지 않았다. 백영이 보는 앞에서 지고 싶지 않았다. 백영을 형님에게 뺏기고 싶지 않았다. 완얼이 온 힘을 다해 율의 몸을 번쩍 들어 올렸다. 그리고 완벽한 들배지기로 끝장을 보려는데! 그러나 뜻밖에도 잠시 후 바닥에 나뒹군 것은 율이 아니라 완얼이었다.

"더 나설 자가 있느냐?"

율이 주위를 둘러보며 포효하듯 소리쳤다. 섬뜩할 정도로 날 선 눈빛과 위엄에 좌중은 그저 압도당할 뿐 그 누구도 대답하는 자가 없었다.

"소는 필요 없으니 잡아서 고을 잔치나 하여라!"

율이 사내에게 쏘아붙이듯 내뱉었다. 그 말을 들은 백성들이 그제야 입이 트여 남녀노소 할 것 없이 '와아!' 하고 환호성을 지르며 박수를 쳐댔다.

"아이고, 나리, 감사합니다! 감사합니다!"

사내가 연신 허리를 굽실거리며 인사를 하자 율이 뒤틀린 표정으로 쩌렁쩌렁하게 소리쳤다.

"나리라니? 나는 이 나라 조선의 임금이다!"

그 말이 떨어지자마자 내금위장을 비롯한 호위무사들이 혹시 모를 비상사태에 대비해 검을 뽑아 들고 율을 에워쌌다. 그러자 그곳에 있던 하급 벼슬아치들 몇몇이 감히 용안을 뵌 적은 없으나 내금위장의 얼굴은 간신히 알아보고선 '어이쿠야, 정말 임금님이시로구나!' 새파랗게 질려 바닥에 납작 엎드렸다. 그리고 양반네들이 엎드리는 것을 본 백성들도 너도나도 엎드려 머리를 조아렸다. 세상을 모두 자신의 발아래 꿇린 율이 완얼에게 천천히 다가갔다.

"왜 일부러 져준 것이냐?"

율의 목소리엔 분노가 서려 있었다.

"내가 너 따위도 이기지 못할 것이라 생각했느냐?"

그러고는 깊이를 알 수 없는 어두운 눈빛으로 백영을 돌아봤다.

"가자!"

그가 다짜고짜 그녀의 손목을 잡아끌었다.

"어디를 말이옵니까?"

당황한 백영이 다급하게 물었다. 그러나 율은 대답이 없었다.

"전하, 곡해이시옵니다!"

그때 완얼이 율의 앞을 가로막았다. 그 틈에 백영이 얼른 율의 손아귀에서 팔을 빼내었다. 그러나 율의 신경은 온통 완얼에게 쏠려 그녀가 팔을 뿌리쳤다는 것도 모르는 듯했다.

"내 앞을 막아서지 말라 했거늘! 그리고 대체 무엇이 곡해더냐? 내가 너 따위도 이기지 못할 것 같아 일부러 져준 것이?"

율의 말이 맞았다. 완얼은 결정적인 순간 스스로 자신을 무너뜨렸다. 하지만 겉으로는 전혀 그런 내색을 하지 않고 강하게 부정했다.

"절대 그렇지 않사옵니다. 그 정도가 저의 비루한 실력이옵니다. 여태까지도 늘 전하께 지지 않았습니까?"

선왕이 벌인 씨름 시합에서도 완얼은 늘 율에게 졌었다. 후궁의 아들이 감히 세자를 이길 수가 없어 늘 져주었기 때문이다. 하지만 이번만큼은 이기고 싶었다. 백영의 앞에서 멋진 사내로 보이고 싶었다. 그러나 한순간의 기분으로 임금을 이겨 버린다면, 심기가 상한 형님이 또 무슨 짓을 저지를지 모른다는 생각이 들었다. 그렇게 되면 백영이 가장 먼저, 가장 많이 위험에 처할 것이 뻔했다.

'제가 멋진 사내로 보이는 것보다 그대가 더욱 중요합니다. 당신만 무사하다면 저는 아무래도 상관없습니다.'

하지만 완얼의 의도와는 달리 율은 오히려 심기가 더 불편해진 듯했다.

"여태까지도 네가 늘 져줬으니까. 너는 내가 모른다고 생각했느냐? 넌 단 한 번도 최선을 다한 적이 없다는 걸."

율에겐 그것이 더 모욕적이었다.

'나는 늘 죽어라 최선을 다하였다. 최선을 다해서, 최선을 다하지 않은 상대방을 이기는 것이 얼마나 자존심이 짓밟히는 일인지 네놈이 아느냐?'

그는 선왕께서 살아 계시는 내내 그런 더러운 기분을 느껴왔다. 그리고 지금 또다시 그 기분이 되살아났다.

"너는 영악한 녀석이다. 아바마마 앞에서 나를 이긴다는 것이 얼마나 복잡한 일을 야기할지 계산한 것이겠지. 이번엔 또 어떤 계산으로 내게 승리를 내어준 것이냐? 누구 때문에?"

열등감과 질투가 뒤섞인 율의 시선이 백영에게로 향했다.

'계산이 아니라 본능이었습니다, 형님! 그래야 제가 살 수 있었을 테니까요!'

완얼이 이리 부르짖으려는데 백영이 먼저 입을 열었다.

"전하, 누가 뭐라 하건 승자는 전하이십니다. 혹여 완얼군 대감이 일부러 진 것이라 치더라도, 상대방이 겁을 먹고 물러서게 하는 것도 전하의 능력이고 위엄이십니다. 전하가 두렵기 때문에 감히 넘어보려는 엄두도 못 내는 것이 아니겠습니까? 전하께선 누구도 넘볼 수도, 이길 수도 없는 지존이십니다."

지금 그녀의 머릿속엔 더 이상 완얼을 궁지에 몰리게 해선 안 된다는 생각뿐이었다. 그래서 마음에도 없는 말을 다급하게 내뱉은 것이긴 했지만 일리가 없는 말은 아니었다.

"진정 그리 생각하느냐?"

"그러하옵니다. 전하!"

"한 번도 내게 좋은 말을 한 적이 없는 네가 어쩐 일로 내 편을 드는 것이냐?"

율의 안면 근육이 미묘하게 움직였다. 조리 있고 설득력도 있는 말이었지만 그게 백영의 진심이라고는 믿기지 않았다.

"말씀 올리지 않았습니까? 저는 승자의 편이라고요."

백영이 끝까지 흐트러짐 없이 답을 했다.

"그리고 그 승자가 나일 따름이고?"

이번엔 긍정도 부정도 하지 않은 채 백영이 공손히 고개를 숙였다.

"네가 나의 편이라면 내가 이기건 지건 언제나 내 편이겠지만, 승자의 편이라면 나는 항상 이겨야만 하겠구나. 무슨 수를 써서라도! 보면 볼수록 너는 참 흥미로운 계집이다."

결국 율이 피식 웃고 말았다. 그러고는 다시 백영의 손목을 잡아끌었다.

"가자! 너에게 보여줄 것이 있다."

율의 관심을 다른 곳으로 돌려야겠다는 생각에 백영이 이번엔 순순히 임금을 따라갔다.

곧장 궐로 돌아온 율은 상선을 제외한 모든 신하들을 물리고 어느 전각으로 향했다.

"전하, 이곳은……."

전각 안으로 발을 내디딘 백영이 놀라 말끝을 흐렸다.

"그래, 만화각이다."

만 가지 꽃이 흐드러지게 피어 있는 가장 아름다운 전각. 율의 어머니가 가장 좋아했던 곳. 그리고 교태전을 제외한 궐 안의 모든 여인이 바라는 곳. 하지만 오래도록 주인 없이 율의 짙은 그리움과 깊은 외로움만으로 채워졌던 곳.

"내가 아까 내금위를 보내 명한 것은 준비해 놓았는가?"

율이 상선에게 물으며 정원을 한 바퀴 둘러봤다. 그러자 금세 그 답이 보였다.

"아, 저기 있구나. 그때 그 목공이 만든 것인가?"

"그렇사옵니다, 전하."

백영이 율의 시선을 따라 고개를 돌리자 정원의 서쪽 끝 커다란 느릅나무에 그네가 매여 있었다.

"널 위해 준비한 것이다."

율이 뿌듯한 표정으로 백영에게 말했다.

"저 그네를 말이옵니까?"

"그네와 이 전각 모두."

"예?"

"이 전각을 네게 주겠단 말이다."

"만화각을요? 하지만 이곳은……."

"내가 가장 아끼는 곳이지. 내 어머니가 가장 아꼈던 곳이고. 그래서 네게 주겠다는 말이다."

"전하의 은혜가 하해와 같사옵니다만 제가 어찌 이리 분에 넘치는 것을 받을 수 있겠습니까? 지금 있는 처소로도 만족하옵니다."

율이 만화각을 덜컥 내주겠다 하니 기쁘다기보다는 부담스럽고 겁이 났다. 이 전각에 머물게 되면 더더욱 율의 올가미에서 벗어나기 힘들 것만 같다는 생각이 들어서였다.

"싫다는 것이냐?"

"어찌 감히 싫다는 말을 할 수가 있겠습니까? 다만……."

최대한 대서지 않고 설득을 해보려는데 율이 말을 딱 자르며 명했다.

"그럼 있어라!"

"전하, 책비 주제에 어찌 전각을 차지할 수 있겠습니까?"

"처음부터 너를 주기 위해 준비해 둔 것이었다. 시기가 조금 늦춰졌을 뿐. 책비라 문제가 된다면 후궁으로 만들어주겠다. 숙용이 되고 싶으냐? 아니면 숙의? 아니면 빈을 원하느냐?"

그리 묻는 율의 표정은 진지하기 짝이 없었다.

"전에도 말했듯이 저는 책비로도 충분히 족합니다."

"책비가 족한 것이 아니라 나의 후궁이 되는 것이 싫은 것이겠지. 나의 후궁이 되어 나와 잠자리를 하는 것이 싫은 것이겠지."

백영의 속을 들여다보기라도 하듯 예리한 말이었다.

"나는, 너를 취하려면 얼마든지 그럴 수 있다."

"압니다."

백영이 순순히 대꾸했다.

"하지만 왜 그러지 않은 줄 아느냐?"

"그것은 모르겠사옵니다."

"너의 마음도……."

율이 잠시 망설이다 말을 이었다.

"갖고 싶어졌다. 너의 몸도, 마음도, 온전한 너를 갖고 싶어졌다. 하지만 억지로 네 몸을 취하면 네 마음은 영원히 가질 수 없지 않겠느냐?"

애절하게 들리기까지 하는 말에 백영이 믿어지지 않는 눈으로 그를 보았다.

'지금 내 앞에 서 있는 사내가 인간백정에 색정광이라 소문이 자자한 폭군 이율이 맞는가?'

"그렇다면 더더욱 강요하지 말아주십시오. 몸은 억지로 이곳에 두실 순 있어도 제 마음은 더더욱 가지실 수 없을 것이옵니다."

그러자 율의 눈빛이 대번에 서늘하게 바뀌었다.

'이렇게 심기를 건드렸으니 그냥 넘어가진 못하겠지. 이제 곧 노성이 들려오리라.'

단단히 각오를 하는데 뜻밖에도 담담한 목소리가 들려왔다.

"좋다. 네 처소로 돌아가거라. 대신, 한 가지 명을 내리겠다."

백영이 다시 긴장하여 마른침을 삼켰다. 임금이 대체 어떤 명을 내릴지 몰라 기다리는 잠시의 시간이 마치 억겁처럼 느껴졌다.

"그네를 뛰어라, 나를 위해서."

"예? 그뿐이십니까?"

"그뿐이다."

백영은 혼란스러워지기 시작했다. 인간은 결코 쉽게 변하지 않는다고 생각했다. 한데 임금은 변하고 있는 것일까? 아니면 저것이 비뚤어진 모습 뒤에 감춰져 있던 그의 진짜 얼굴일까? 그러고 보면 완얼과 율, 서로 전혀 다른 것 같은 형제이지만 비슷한 면도 있는 것 같다. 남원에서 완얼도 그랬었다. 백영이 그네 타는 것을 보는 게 소원이라고. 그리고 지금 율의 표정도 그때의 완얼과 같았다. 그저 그녀가 즐겁게 그네를 뛰는 것을 보고 싶을 뿐이라는 맑은 얼굴. 백영이 느릅나무로 걸어갔다. 그리고 그네에 올라섰다.

"어떠냐? 광한루에 있는 것과 똑같으냐?"

그네 옆에 선 율이 기대에 찬 눈빛으로 물었다. 이번 그네는 둘이 앉아서 탈 수 있도록 발판을 넓게 만들었던 처음 것과는 달리 보통 그네와 똑같은 것이었다. 다른 욕심이 있는 것이 아니었기 때문이다. 저자로 향하던 길목에서 그네를 뛰는 처자들을 바라보던 백영의 아련한 눈빛을 보고 그네를 태워주고 싶었을 뿐이다. 그가 억지로 붙들어놓은 이 갑갑한 궐 안에서 하늘 높이 훨훨 날아오를 수 있도록.

"예, 아주 좋사옵니다."

백영의 말에 율이 한 발짝 옆으로 물러서며 답했다.

"내가 밀어주는 것이 싫으면 상선에게 밀라 하겠다. 나는 정말 옆에서 보기만 할 것이야."

"제가…… 요?"

멍하니 옆에 서 있던 상선이 놀라 눈이 휘둥그레졌다. 저번엔 목공의 무릎에 앉아 그네를 타라 하더니 이젠 다 늙어빠진 영감에게 팔팔한 처자가 탄 그네를 밀라 하다니! 하지만 임금이 하라면 하는 수밖에. 상선이 노쇠한 팔을 축 늘어뜨리고 힘없이 그네로 다가가는데 다행히도 '아니옵니다' 하는 야무진 목소리가 들려왔다.

"저 혼자서도 얼마든지 탈 수 있사옵니다."

"너는 참 별난 계집이다. 다른 여인들은 이거 해달라, 저거 해달라 늘 아우성인데 너는 오히려 도와준다 하여도 혼자 할 수 있다 벅벅 우겨대니 말이다."

"혼자서 할 수 있는 것까지 도움을 받고 싶지 않을 뿐입니다. 늘 도움을 받다 보면 습관이 되어 후엔 혼자서 아무것도 못 하게 되지 않겠습니까? 꽃을 좋아하긴 하지만 꽃처럼 살고 싶지는 않습니다."

그러고는 망설임 없이 발을 굴러 그네를 뛰었다. 꽃이 되고 싶지 않다 당당하게 말하였지만 율의 눈엔 남색 치맛자락을 펄럭이며 노을이 져가는 붉은 하늘로 날아오르는 그녀가 어느 화접도(花蝶圖)에서도 본 적이 없는 화려한 꽃처럼 보였다.

하지만 그 순간 백영은 완얼을 생각했다. 완얼을 그렸다. 실수로 그네에서 떨어져 그의 품에 안겨 버렸을 때, 힘차게 뛰던 그의 심장 소리와 와락 붉어진 얼굴과 그녀를 바라보던 설렌 눈빛, 그의 모든 것을 그렸다. 그런데 그때, 백영의 눈앞에 거짓말처럼 완얼이 나타났다. 그네가 가장 높이 솟아오른 순간 만화각 담벼락 아래 서 있는 완얼의 모습이 보였다.

'완얼 나리!'

하지만 잠시 잠깐 백영의 눈동자에 맺혔던 완얼의 모습은 그네가 내려감과 동시에 다시 사라졌다. 그녀는 더욱 힘차게 그네를 뛰었다.

'백영아!'

담 위로 백영의 얼굴이 떠오르자 완얼의 눈빛도 그녀를 불렀다. 감정 기복이 심한 형님이 모후의 추억이 깃든 그곳에서 어떤 광기를 일으킬지 몰라 완얼은 그 자리를 지키고 서 있었다.

백영이 날아올랐다. 더 높이. 하늘 저 높이. 힘차게 날아올라 완얼을 바라보는 그녀의 얼굴에 오늘 처음으로 아련한 미소가 피어올랐다.

'웃는 너를 보니 좋구나. 나를 보고 웃는 것이 아니라도 네가 웃으니 좋구나. 내 어머니를 닮은 여인아, 너만은 왕이 아닌 나 이율을 사랑해 주었으면 좋겠구나. 나를 구원해 줄 사람은 너뿐이니까.'

율이 가까이 다가오는 백영의 그네를 바라보며 평온한 기분으로 긴장을 풀었다.

'형님, 진정한 승부는 단 한 번, 옥좌를 걸고 다시 하게 될 것입니다. 그때는 절대 져드리지 않겠습니다. 기다리십시오!'

완얼이 하늘 높이 솟아오르는 백영의 그네를 바라보며 주먹을 불끈 쥐었다.

담장을 사이에 두고 형제가 한 여인을 바라본다.

빼앗으려는 자와 지키려는 자.

하나의 여인, 하나의 옥좌, 그리고 승자도 오직 하나다.

떠들썩했던 단오가 지나가고 다음 날, 무명청에 있는 와인의 방으로 량주가 성큼 들어왔다.

"저를 찾으셨다고요?"

아까부터 와인이 그를 찾더라는 말을 전해 듣고는 볼일을 마치자마자 바로 들른 것이었다.

"무슨 일이십니까? 또 부적을 쓸 용지를 가지러 성수청에 가시려는 겁니까?"

"그것이 아니오라……."

와인이 서안 위에 올려둔 붉은색 비단 주머니를 들고 량주의 앞에 섰다.

"오늘이 무사님 생신이라 들은 기억이 떠올라 작은 선물을 준비하였습니다. 정성으로 받아 주십시오."

"생일이 뭐 별거라고 선물을 다."

량주가 떨떠름하게 와인이 내민 비단주머니를 받아 들었다. 그리고 곧바로 주머니에 든 것을 꺼내보니 푸른 비단으로 만든 두건이었다.

"량주 무사님의 당당한 풍채에 푸른빛이 잘 어울리실 듯하여."

와인이 수줍은 듯 몸을 비비 꼬며 말했다.

"한데 두건 위에 수놓인 이 곤충들은 뭡니까?"

"예에? 그것은 곤충이 아니오라 거북이와 두루미 삼천갑자 동방삭이온데……."

"이게요? 이게 어딜 봐서."

당황한 와인의 표정보다 더 황당한 표정으로 량주가 부리부리한 눈을 부릅뜨며 두건을 살펴봤다. 하나 아무리 자세히 봐도 벌레 세 마리였다. 부적을 쓰는 걸 보면 글이나 그림 솜씨는 수려한 것 같은데 자수 쪽은 영 아닌가 보다.

"장수하시라는 의미로 제가 며칠 밤을 꼬박 새워 수를 놓은 것이옵니다."

와인의 얼굴은 금방이라도 울음을 터뜨릴 것만 같았다. 우는 여인 앞에선 도통 맥을 못 추는지라 량주가 다급하게 두 손을 내저었다.

"아닙니다. 자세히 보니 거북이와 두루미 삼천갑자 동방삭으로 보입니다. 여기가 그러니까 두루미 머리고……."

"그건 거북이 뒷다리옵니다, 으흑흑!"

마침내 와인이 닭똥 같은 눈물을 주르르 흘리며 울음을 터뜨렸다.

"아하, 거북이! 살다 보면 두루미 닮은 거북이도 있겠지요, 뭐. 하하하!"

여인네들이란 왜 이리 복잡한 것일까? 량주가 어찌해야 할지를 몰라 무조건 '맞다! 맞다!' 하며 딴에는 분위기를 밝게 하려고 최선을 다해 웃음을 터뜨렸다.

"정말 그리 생각하십니까?"

눈물이 그렁그렁한 눈으로 와인이 물었다.

"그럼요. 물론이지요!"

그러자 금세 얼굴이 밝아진 와인이 눈물을 훔치며 다시 물었다.

"마음에 드십니까?"

"그럼요. 물론이지요!"

"그럼 저와 혼인을 해주시겠습니까?"

"그럼요. 물론이지요!"

무심코 답해 버린 량주가 깜짝 놀라 되물었다.

"예? 방금 뭐라고 하셨습니까? 혼인이요?"

"저를 품에 안으시지 않았습니까?"

"제가 언제요?"

"무명청 대문간에서 제 팔을 잡아당기시고는 그 넓은 가슴팍에 와락 안으시지 않았습니까? 모든 것을 드렸는데 이제 와서 이러시면 저는 어찌……. 책임지십시오, 으흑흑!"

와인의 눈에 다시 그렁그렁하게 눈물이 맺히더니 이내 오열이 터져 나왔다.

"책임을 지라니요? 제가 뭘 어쨌다고요?"

그때 문이 벌컥 열리며 진노한 고함 소리가 방 안 가득 울려 퍼졌다.

"량주 네 이놈!"

안으로 뛰어 들어온 완얼이 량주의 등짝을 마구 두들겨 패기 시작했다.

"내가 너를 그리 가르쳤더냐? 남의 집 귀한 처자에게 몹쓸 짓을 했으면 응당 책임을 져야지, 뭘 잘했다고 되레 고래고래 소리를 지르느냐?"

"소리는 대감께서 더 지르고 계시지 않습니까? 그리고 제가 몹쓸 짓을 한 게 아니라 그저⋯⋯."

량주가 억울하다는 듯 변명을 하자 완얼이 더욱 욱해서 고함을 질렀다.

"이놈이 그래도 뭘 잘했다고!"

"대감, 참으십시오. 한두 살 먹은 애도 아니고, 때린다고 될 일입니까?"

항시 대화와 토론으로 문제를 해결하는 편인 숙휘가 두 사람 사이에 끼어들어 이성적으로 만류를 했다. 그러자 와인이 소설 속 비련의 여주인공처럼 처연하게 말을 이었다.

"다 제 탓입니다. 무녀 주제에 언감생심 무사님의 여인이 되길 바라다니요. 하나 이미 정조를 잃은 계집이 살아서 뭐하겠습니까? 아흑 흑!"

"정, 정조를?"

숙휘가 눈을 부릅뜨더니 검집으로 량주의 등짝을 후려쳤다.

"무식한 고양이 부뚜막에 먼저 오른다더니, 무명청이 생긴 지 얼마나 되었다고 그새 여인네를 건드려? 그것도 성수청 무녀를! 이 막돼먹은 놈아!"

말릴 때는 언제고 숙휘가 완얼보다 더 펄펄 뛰며 난리를 쳐댔다. 재가한 어머니를 통해 이 조선이라는 나라에서 여인의 정조가 얼마나 중요한 문제이며, 그것을 잃었다고 낙인찍혀 버린 여인이 얼마나 힘겹게 살아가는지 지켜보며 자란 숙휘이기에 이 문제에 대해서만큼은 도저히 침착할 수가 없었다.

"어휴, 그게 아니라니까요! 그리고 무식한 고양이가 아니라 얌전한 고양이 아닙니까?"

량주가 맞으면서도 맷집이 좋아서인지 할 말은 용케 다 한다.

"무식한 놈이 그건 용케 아는구나! 책임 못 질 일은 애초에 하지를 말든가, 책임질 일을 했으면 책임을 지든가! 네놈이 뭔데 한 여인의 인생을 망치고 대감과 내 얼굴에 똥칠을 하느냐?"

"옳지, 내 말이 그 말이다! 저런 놈은 매가 약이야!"

완얼도 숙휘의 말에 전적으로 찬동을 하며 더욱 힘껏 등짝을 후려쳤다.

"오늘 제 생일이란 말입니다! 선물은 못 해주실망정 두들겨 패다니요!"

"이놈이 그래도! 너 같은 몹쓸 놈을 낳고 기쁘게 미역국을 드셨을 어머님께 죄송하지도 않느냐?"

완얼과 숙휘가 등짝을 '퍽퍽!' 내려치는 소리와 '으흑흑!' 한층 더 복받쳐 오른 와인의 통곡 소리가 마구 뒤섞여 아수라장이 벌어졌다.

"지금 뭘 하고 계신 겁니까?"

명과학교수 어기용차가 달려와 어이가 없다는 듯 그들을 바라보았다.

"와인 무녀를 데려온다고 하시더니. 여하튼 어서들 오십시오! 전하께서 오실 시각이 다 되었습니다."

"아차, 그렇지! 량주 네 이놈, 이따 다시 얘기하도록 하자."

완얼이 량주를 흘겨보며 와인을 데리고 황급히 방을 나갔다. 전하께서 오실 것이란 전갈을 받고 신관들을 불러 모으던 참이었다. 한데 방 밖에서 량주의 고성과 와인의 울음소리를 듣고는 흥분해 뛰어들었다가 전하의 행차를 깜빡 잊어버리고 만 것이다.

무명청에서 가장 넓은 중앙의 방. 이곳은 무명청의 수장인 완얼과 도사 무청, 명과학교수 어기용차, 무녀 와인이 모여 회의를 하는 곳이었다. 모두가 모이자 때맞춰 율이 안으로 들었다.

"전하, 이리 누추한 곳에 모시게 되어 송구할 따름이옵니다."

완얼을 비롯한 모두가 깊이 고개를 조아렸다.

"송구할 만하구나. 이 전각이 이렇게 누추했었나?"

상석에 앉은 율이 떨떠름한 표정으로 주위를 둘러보았다.

"왜들 서 있는고? 자리에 앉아라. 긴장할 것 없다. 택일한 날짜도 들을 겸 아우가 머물고 있는 곳이 어찌 생겼나 한번 들러본 것이니. 부적에, 제단에, 검이 너와 아주 딱 어울리는구나."

"성은이 망극하옵니다."

결코 칭찬이나 덕담이 아닌 줄은 알지만 딱히 다른 할 말이 없었다.

"한데 택일을 하라 이른 지가 언제인데 아직도냐?"

그러자 가장 끄트머리에 앉아 있던 어기용차가 나서서 아뢰었다.

"전하, 소신은 관상감의 명과학교수 어기용차라 하옵니다. 별의 움직임과 음양오행, 육갑 신살법으로 짚어보건대 닷새 뒤가 가장 적합하올 줄 아옵니다."

"오, 그래? 준비는 미리미리 해두고 있었으니 날짜에 맞춰 떠나기만 하면 되겠구나."

율이 흡족하게 고개를 끄덕였다.

"춘향이와 함께 온양 행궁으로 갈 것이니 길 떠나기 좋은 날을 잡아오너라."

중전과의 합방 날 완얼에게 택일을 명한 것이 바로 이것이었다. 온양 행궁은 선왕께서도 종종 찾았던 물이 좋은 온천인 데다가 춘향이와 함께 이 복잡한 궐을 떠나 잠시나마 쉬고 싶었다.

"너도 함께 가겠느냐?"

일어서려던 율이 불쑥 완얼에게 물었다.

"소신이 말이옵니까?"

"그래. 생각해 보니 너도 함께 가야겠다. 너의 살기를 느끼는 신력으로 나를 지켜다오. 그리고."

율이 잠시 말을 끊자 완얼이 어쩐지 불안한 기분으로 형님을 바라봤다.

"널 도성에 두고 떠나려니 마음이 편치 않구나."

기분 탓일까? 그리 말하는 형님의 눈빛이 한층 날카로워진 것 같다.

백영이 출타를 하였다 방으로 돌아오니 오리가 그녀의 문갑 자물쇠를 열려고 낑낑거리고 있었다. 그 문갑 속에는 백영이 쓰고 있는 춘향뎐 완결편이 들어 있었다.

"항아님! 지금 뭐 하시는 겁니까?"

버럭 소리치자 오리가 소스라치게 놀라며 문갑에서 떨어졌다.

"심, 심부름을 갔다 들었는데 어찌 벌써 왔느냐?"

뜬금없이 김 상궁이 세답방에 다녀오라 심부름을 시킨다 했더니만 모두 다 한통속인가 보다.

"그러는 항아님이야말로 비번도 아니신데 어찌 방에 계신 겁니까?"

"내가 어디에 있건 네까짓 게 무슨 상관이냐?"

"뭘 그리 찾으시는지 모르겠지만 뒤져봐야 별거 없을 겁니다. 그리고 항아님을 보내신 분께 전해주십시오. 다음번엔 좀 더 똑똑한 수하를 뽑으시라고."

"뭐야?"

머리끝까지 화가 난 오리가 벌떡 일어났다. 그리고 따귀를 날리려는 순간, 백영이 그녀의 손목을 잡아챘다.

"뭐 하는 짓이냐? 당장 놓지 못해!"

"이젠 저도 더 이상 당하고 있지만은 않을 것입니다!"

여린 몸에서 어찌 이런 강단이 나오는지, 백영이 오리의 손목을 더욱 꽉 움켜쥐며 말했다.

"네년이 감히!"

두 사람이 서로를 팽팽하게 노려보는데 문이 벌컥 열리며 자라가 허둥지둥 뛰어 들어왔다.

"세상에! 전하께서 만화각을······."

잔뜩 흥분해 다짜고짜 말을 쏟아내며 방에 들어서던 자라가 두 사람을 보고 그 자리에 멈춰 섰다.

"너 미쳤어? 지금 뭐 하는 거야!"

얼굴이 새파래진 자라가 거의 비명에 가까울 정도로 소리쳤다.

"그래, 마침 잘 왔다. 글쎄, 이 책비 년이······."

동무의 등장에 기세가 등등해진 오리가 백영의 손을 확 뿌리치며 목청을 높이는데, 자라가 느닷없이 백영에게 넙죽 절을 올리는 게 아닌가?

"감축 드리옵니다!"

"야! 너 뭐 하는 거야?"

오리가 어리둥절해 묻자 자라가 너도 얼른 엎드리라는 듯 눈짓을 했다. 그러고는 백영에게 말을 이었다.

"만화각으로 처소를 옮기신다고 들었습니다."

"헛소문입니다. 저는 여기 계속 있을 것입니다."

백영이 일단 시치미를 떼긴 했으나 이미 소문이 돌기 시작한 모양이다. 단옷날, 총애를 한 몸에 받던 숙빈을 밀어내고 책비가 만화각에서 그녀를 뛰었다는 놀라운 사실은 궁녀들의 입에서 입으로 퍼져나가 마침내 자라의 귀에까지 들어갔다.

"그러게. 밥 잘 먹고 웬 헛소리야? 아니면 아침에 뭐 잘못 먹었니?"

오리가 코웃음을 치자 자라가 눈치 없는 벗에게 답답하다는 듯 외쳤다.

"전하께서 춘향이에게, 아니, 춘향이가 아니라 마마인가, 아무튼 만화각을 하사하셨다니까!"

"그 엄청난 전각을 책비에게? 왜?"

"저분이 바로…… 바로 왕의 표식을 받은 여인이니까."

순간 멈칫하던 오리가 이내 깔깔거리며 웃음을 터뜨렸다.

"그걸 나보고 믿으라고? 왕의 표식까지 받은 계집이 후궁도 아니고 책비라는 게 말이나 되니? 그 말을 믿느니 팥으로 메주를 쑨다는 말을 믿겠다!"

그러나 오리를 제외하곤 자라의 얼굴에도, 백영의 얼굴에도 웃음기라고는 하나도 없었다. 그제야 분위기가 심상치 않다는 걸 깨달은 오리도 웃음을 뚝 그쳤다.

"설마……. 에이, 설마……."

백영에게 이불을 뒤집어씌워 두들겨 패고, 백영이 쓴 책을 빼앗으려 하는 등 그동안 패악을 부렸던 일들이 오리의 머릿속에 스쳐 지나가기 시작했다. 저 책비가 정말 왕의 표식을 받은 여인이라면 오리는 죽은 목숨이나 다름없었다.

"그럴 리가 없잖아!"

오리가 현실을 부정하듯 소리치며 갑자기 백영에게 달려들어 저고리 고름을 풀었다.

"왜 이러십니까!"

백영이 황급히 저고리를 다시 여미려는데 그 사이로 한쪽 가슴에 선명하게 아로새겨져 있는 乙의 표식이 보였다.

"정말 표식이……."

오리가 넋 나간 사람처럼 중얼거리며 털썩 주저앉았다.

"정말 표식이!"

자라 역시 말로만 듣던 표식을 직접 보고 나자 겁에 질려 머리를 조아렸다.

"제가 귀하신 분을 미처 알아보지 못하고 방자하게 굴었사옵니다! 죽을죄를 지었나이다."

자라의 애원하는 모습을 본 오리가 그제야 정신이 번쩍 들어 넙죽 엎드렸다.

"저, 저를 용서해 주십시오! 부디 너그럽게 용서를……."

숙빈이 뒤를 봐주긴 했지만 상대는 숙빈도 받지 못한 왕의 표식을 받은 단 한 명의 여인이었다. 어쩌다 지금은 책비로 있는지 모르겠지만 언젠가는 후궁이 되고, 혹은 아이를 낳지 못하는 중전 대신 교태전을 차지할지도 모른다. 그리 생각하니 모골이 송연해졌다.

"제가 용서하고 말고의 문제가 아닙니다. 항아님은 어차피 죗값을 받게 될 테니까요."

백영이 저고리 고름을 다시 매면서 냉랭할 정도로 차분하게 말했다.

"예? 그게 대체 무슨 말씀이온지?"

오리가 물었다. 그러나 백영이 답을 해줄 사이도 없이 감찰상궁 일행이 우르르 방으로 들이닥쳤다.

"저년을 당장 끌어내라!"

감찰상궁이 오리를 가리키며 감찰나인들에게 명했다.

"왜 이러십니까? 제가 뭘 어쨌다고요?"

오리가 양쪽 팔을 붙드는 나인들에게 거세게 반항하며 소리쳤다.

"지난밤 네가 중전마마를 저주하는 부적을 중궁전에 묻었다는 것을 다 알고 왔느니라!"

"제가 어찌 그리 흉악한 일을 저질렀겠습니까? 모함이옵니다!"

오리가 덜덜 떨면서 필사적으로 발버둥을 쳤다. 그러나 감찰상궁은 눈 하나 깜짝하지 않고 오히려 더욱 크게 호통을 쳤다.

"네가 부적을 파묻는 걸 목격한 이가 있는데도!"

지난번 어기용차가 관상을 보고 난 후 오리를 지목하였다. 그래서 사람을 붙여 감시하던 중에 불임약에 대한 증거는 잡지 못했지만 대신 부적을 묻는 걸 잡아낸 것이다. 그리고 백영은 그런 사실을 무명청을 통해 미리 들어 알고 있었다.

"끌고 가라!"

방 안을 뒤져 증거가 될 만한 것들을 모조리 수거한 감찰상궁이 명했다.

"억울하옵니다! 억울하옵니다!"

오리가 밖으로 질질 끌려가며 울부짖었다. 하지만 그 소리는 점점 멀어져 가더니 이내 아무 소리도 들리지 않았다.

깊은 밤, 오리가 갇혀 있는 옥사로 장옷을 쓴 궁녀가 은밀히 찾아왔다.

"오셨습니까! 저를 언제쯤 꺼내주신다 합니까?"

오리가 반색하며 창살을 붙들고 궁녀에게 물었다. 그러자 궁녀가 대답 대신 작은 약병 하나를 내밀었다. 그 뜻을 알아챈 오리의 안색이 대번에 변하였다.

"고통은 없을 것이다."

궁녀가 감정이라고는 조금도 없는 음성으로 말했다.

"어떻게 제게 이러실 수가 있습니까? 명을 내리시는 일이라면 물불 가리지 않고 다 했습니다. 이것이 저의 충심을 바친 대가란 말입니까?"

"너는 충분한 대가를 받아왔다. 그 대가로 너희 집의 논밭이 늘어나지 않았느냐?"

"제가 이렇게 순순히 죽을 줄 아십니까? 죽어도 저 혼자 죽지는 않을 것입니다. 여태껏 저지른 모든 일들을 낱낱이 밝혀……."

악에 받쳐 고함을 치던 오리가 갑자기 풀썩 쓰러졌다. 궁녀가 창살 너머로 손을 뻗어 오리의 급소를 내려친 것이다. 그리고 생각이 바뀌었는지 약병을 다시 품에 갈무리하고는 기절한 오리의 입을 벌려 혀를 밖으로 끄집어냈다. 그러고는 손을 칼날처럼 휘둘러 혀를 반 토막으로 잘라 버렸다. 한 치의 실수도 없는 깔끔한 동작이었다. 붉은 피가 낭자하게 흘러나오는 것을 싸늘하게 지켜보던 궁녀가 잠시 뒤 몹시 다급한 목소리로 밖을 향해 소리쳤다.

"이것 보시오! 나인이 혀를 깨물고 자결을 하였소이다!"

그 소리에 옥사를 지키는 군졸이 허둥지둥 달려왔다.

"도대체 이게 어찌 된 일인가? 잠시 얼굴만 보고 나온다고 통사정을 해서 들여보내 줬더니만."

정확히 말하자면 통사정과 더불어 은자가 가득한 주머니 때문에 들여보내 준 것이었다.

"저도 모르는 일입니다. 와보니 이미 저렇게…….."

군졸이 서둘러 옥사를 열고 안으로 들어갔다. 그러나 손을 써보지도 못한 채 숨이 끊어진 것을 확인했을 뿐이었다.

"이런 낭패가 있나! 심문도 하기 전에 자결을 해버렸으니 나까지 모가지가 날아가게 생겼구먼! 들어올 때부터 이리 쓰러져 있던 것이오?"

군졸이 그리 물으며 옥사 밖으로 고개를 돌렸다. 그러나 궁녀는 이미 어디론가 사라지고 보이지 않았다.

마치 그림자가 움직이듯이 소리 없이 옥사 밖으로 나온 궁녀가 장옷을 더욱 깊이 뒤집어써서 얼굴을 가렸다. 하지만 유난히 밝은 달빛에 고개를 살짝 들어 별보다 빛나는 두 눈으로 하늘을 올려다봤다.

"달빛이 참 곱구나."

방금 사람을 해하고 나온 여인답지 않게 참으로 맑은 목소리였다. 그때, 환한 달빛 아래 장옷 사이로 얼핏 한쪽 얼굴이 드러났다. 놀랍게도 그 얼굴은 바로…….

"뭐야? 향단이가 사라졌다고?"

이른 아침, 사랑채에서 보고를 받은 완얼이 깜짝 놀라 외쳤다. 방자라는 이몽룡의 노비에 대해 알아보기 위해 향단이를 찾으러 남원으로 보냈던 수하가 이제 막 돌아온 참이었다.

"예. 한데 이상한 건 대감께서 떠나신 직후 그 기방의 행수가 자결을 하였다고 합니다."

"무슨 연유로 자결을 하였다더냐?"

"정확한 연유는 모르겠고 방 안에서 목을 매었다 합니다. 그리고 눈먼 기녀 역시 그 후부터 보이지 않았다고 하고요. 그런데 또 한 가지 이상한 점은 그 눈먼 기녀는 원래부터 있던 기녀가 아니라 행수가 하룻밤 사이에 새로 데려온 기녀였답니다."

그러자 옆에서 수하의 보고를 함께 듣고 있던 숙휘가 '대감' 하고 입을 열었다.

"그래, 말해보아라."

"그 눈먼 기녀가 향단이가 맞긴 맞는 걸까요?"

"그게 무슨 말이냐?"

"그 눈먼 기녀가 향단이의 이름을 사칭했거나 혹은 춘향이의 몸종인 향단이라는 인물이 아예 존재하지 않는 건 아닌가 하는 생각이 들어서요."

"그럼 눈먼 기녀는 대체 누구란 말이냐?"

"거기까지는 저도 아직 모르겠습니다."

'모르겠다'라는 말은 여간해선 숙휘에게 듣기 힘든 답이었다. 하지만 완얼 역시 숙휘와 같은 기분이었다. 하나의 문제를 풀면 두 개의 문제가 새롭게 나타나는 미로에 갇힌 기분.

"하지만 향단이가 사라졌다는 이유만으로 속단하기엔 이르다. 신변에 문제가 생겼을지도 모르지 않느냐?"

"예. 정말 향단이가 맞다면 춘향이에 대해 누구보다 많은 것을 알고 있는 아이이니 자객에게 당했을 수도 있지요."

숙휘가 신중하게 고개를 끄덕였다.

"일단 너는 향단이의 행방을 좀 더 찾아보도록 하여라. 새로운 사실을 발견하면 즉시 보고하고."

"예, 대감."

완얼의 명에 수하가 충직하게 인사를 올린 후 방을 나갔다.

"숙휘 형님이 모르시는 것도 있습니까?"

커다란 덩치를 오그리고 방구석에 앉아 있던 량주가 불쑥 끼어들었다. 그러자 숙휘가 바로 되받아쳤다.

"너는 와인 무녀의 문제나 속히 해결하도록 해라!"

안 그래도 그 문제 때문에 완얼과 숙휘에게 하도 구박을 받아 방구석에 웅크리고 있건만 또다시 한 소리 듣자 이번엔 량주도 버럭 화를 냈다.

"거참, 말씀드리지 않았습니까? 몹쓸 짓을 저지른 게 아니라 피치 못할 사정에 의해 대문간에서 한 번 품에 안은 것이 다라고요!"

"여인의 손목을 잡고 포옹까지 했으면 응당 책임을 질 일이지! 와인 무녀의 말처럼 무녀라 하여 막 대하는 마음이 있는 것이냐?"

완얼이 다시금 호통을 치며 나무랐다.

"절대 그런 것이 아니옵니다!"

"그럼 대체 피치 못할 사정으로 여인을 안을 일이 무엇인데?"

"그건⋯⋯."

량주가 얼른 답을 하지 못했다. 완얼과 백영이 입을 맞추는 것을 보고 그 모습을 보지 못하게 하기 위해 그랬노라고 차마 말을 할 수가 없었기 때문이다.

"어떤 위치의, 어떤 신분의 여인이건 결코 노리개를 삼거나 농락하여선 아니 된다. 여인이 한을 품으면 오뉴월에도 서리가 내린다 하지 않느냐? 성수청 소속의 무녀와 혼인을 하는 것이 쉬운 일은 아니겠지만 그 문제는 내가 나서서 해결해 보마."

"그런 것이 아니라니까요! 저는 마음에 둔 여인이 따로 있습니다!"

마침내 량주가 더는 참지 못하고 질러 버리고 말았다.

"뭐야? 허 참, 저 의뭉스러운 녀석 보게나. 마음에 품은 여인이 있었어? 그게 누구냐?"

전혀 예상치 못한 대답에 완얼이 몹시 궁금한 표정으로 물었다.

"그러니까 그 여인은……."

"량주야!"

량주가 정말 '그 이름'을 말해 버릴까 봐 숙휘가 얼른 입을 막았다. 하지만 숙휘의 그런 행동이 더욱 완얼의 호기심을 부추겼다.

"그러고 보니 숙휘 너는 알고 있었던 게로구나. 나만 모르고 있었다니, 대체 그 처자가 누구냐? 눈치를 보아하니 나도 아는 처자 같은데, 그렇지?"

"대감, 저 녀석이 괜히 실없이 하는 소리입니다. 신경 쓰지 마십시오."

숙휘가 애써 상황을 수습하려는데 마음에 담고 있는 것을 잘 감추지 못하는 량주가 또다시 내질러 버렸다.

"백영 아씨입니다!"

두 귀를 의심하게 하는 이름에 완얼이 잠시 멍하다 헛웃음이 나왔다.

"이 녀석이, 장난칠 일이 따로 있지!"

그러나 량주의 얼굴은 심각하기 짝이 없었다. 그리고 숙휘도 마찬가지였다.

"량주 네가 설마 정말로……."

"저도 압니다. 백영 아씨와 대감께서 서로 마음을 나누고 계시다는 거. 하지만 그건 그거고 제 마음은 제 마음입니다. 나를 좋아해 달라 떼를 쓰는 것도, 윽박을 지르는 것도 아니고 누군가를 좋아하는 제 마음은 말 그대로 온전히 저의 것이 아닙니까?"

사랑은 사람을 한층 성숙하게 만드는 것일까? 평소의 량주답지 않게 속 깊은 생각을 쏟아내더니 벌떡 일어나 밖으로 나가 버렸다.

"허 참."

완얼이 뭐라 말을 해야 할지 몰라 몇 번이고 혀만 끌끌 찼다.

"아직 철이 없어서 저러니 제가 잘 설득해 보겠습니다."

"사람이 사람을 좋아하고 싫어하는 것이 설득으로 막아질 일이더냐? 그리고 어찌 내 감정만 소중하다 할 수 있겠느냐? 내가 백영 아씨를 좋아하는 마음이 진심인 것처럼 저 녀석의 진심도 중한 것이지."

"그래도 아니 되는 것은 아니 되는 것이지요. 량주도 잘 알고 있을 것입니다."

"어찌 됐건 량주의 말처럼 량주가 누구를 좋아하든 그건 그 녀석의 자유다."

제법 호방하게 말하긴 했지만 은근히 신경 쓰이는 건 어쩔 수 없었다. 형님도 모자라 이젠 량주까지, 백영과의 사랑을 이루기 위해서 넘어야 할 산들이 점점 많아지고 있는 기분이었다.

"량주의 일은 제게 맡겨주시고 대감께서는 내일 온양 행궁으로 떠나실 준비에만 신경 쓰십시오."

"그러고 보니 벌써 내일이로구나."

"아무 일 없이 무사히 도성으로 돌아와야 할 텐데요."

"온천욕을 하러 가는 것인데 무슨 일이 생길 게 있겠느냐?"

하지만 완얼 역시 어쩐지 평탄치 못할 원행이 될 듯한 불길한 예감에 안색이 흐려졌다. 여태까지의 경험상 좋지 않은 예감은 틀린 적이 없었기 때문이다.

단오 엿새 뒤, 묘정 이각 이른 아침에 두 번째 북이 울리자 어가 행렬이 온양 행궁으로 떠났다. 사실 이날 출발을 하기까지 날짜가 촉박하다 하여 신료들의 반대가 극심하였다. 어기용차에게 정확한 출발

날짜를 받은 것은 닷새 전이었지만 율은 이미 보름 전부터 온궁 행차를 준비하고 있었다. 하지만 임금이 장기간 궐을 비우게 됨에 따라 관리와 호위 군사들, 내시와 궁녀 등 수천 명이 함께 이동해야 되는 일인지라 비용도 많이 들 뿐더러 준비 기간도 오래 걸리기에 스무날도 결코 긴 시간은 아니었다.

이에 율은 오백 명 남짓 되는, 그야말로 최소한의 인원만으로 행렬을 꾸렸으며 한강을 건너기 위해 부교를 설치하는 대신 큰 배를 몇 척 이용하기로 하였다. 또한 온양까지 가는 길을 따로 정비할 것 없다고 명을 내리고, 아울러 행궁 수리도 꼭 필요한 곳에만 최소한으로 하라 명하였다.

"명색이 어가 행렬인데 오백여 명이라니, 너무 조촐한 것이 아닙니까?"

말을 타고 어가의 뒤를 따르던 량주가 나란히 가고 있는 숙휘에게 물었다. 평소 화려하고 사치스러운 것을 즐겨온 임금이었기에 더더욱 의아한 일이었다.

"전하께서 백성들에게 피해를 조금이라도 덜 가게 하기 위하여 검소하게 준비하신 것이지 않느냐?"

숙휘가 주위를 의식하며 좋은 말로 포장하여 대꾸했다. 그도 그럴 것이 주변에 고관대작들이 줄줄이 뒤따르고 있었기 때문이다.

'한시라도 빨리 궐을 떠나 백영 아씨와 함께 한적하게 시간을 보내고 싶었기 때문이겠지. 형님께서 이렇듯 최대한 단출하게 준비한 것은.'

아우들보다 조금 앞장서 가던 완얼이 그리 생각하며 뒤를 돌아봤다. 책비인 백영은 궁녀들 틈에 섞여 쫓아오고 있었다. 온양에 도착할 때까지 저리 걷게 해야 한다는 생각에 마음이 무거워졌다. 그리고 그런 안타까운 마음은 율도 마찬가지였다.

"그러게 진즉에 후궁이 되었더라면 저 고생을 안 해도 되는 것을! 도통 말을 안 듣는다니까!"

율이 새삼 부아가 치밀어 혼잣말을 내뱉었다. 중전은 이번 행차에 함께하지 않았다. 지난 삼 년간 어디든 동반했던 숙빈도 도성에 남겨 두었다. 그 어떤 후궁이나 홍청도 데려오지 않고 율은 오직 백영만을 챙겼다. 하지만 후궁이라면 가마를 태워 갈 수 있을 텐데 책비의 신분인지라 가는 동안엔 변변히 챙겨줄 것이 없었다.

"예? 전하, 부르셨사옵니까?"

당나귀 위에서 꾸벅꾸벅 졸며 어가 바로 옆을 따르던 상선이 갑작스럽게 들려오는 율의 목소리에 깜짝 놀라 답했다. 고령에 원행은 무리라고 말렸으나 상선은 전하의 곁엔 자기가 꼭 있어야 한다며 굳이 따라오겠다고 고집을 부려댔다. 초여름같이 더운 날씨에 영감이 객사라도 할까 싶어서 유순한 당나귀 한 마리를 구해와 어가 옆을 따르게 한 것이었다.

"아닐세. 그냥 혼잣말한 거네."

율이 퉁명스럽게 대꾸하고는 붉은 휘장 밖으로 고개를 쭉 내밀어 뒤따라오는 책비를 찾았다. 그리고 흙길을 터덜터덜 걷고 있는 백영을 보자 안쓰러운 한편으로 잘 따라오고 있구나 안심이 되었다.

숭례문을 나와 배를 타고 한강을 건넌 뒤 오늘은 과천에서 하룻밤 묵을 계획이었다. 다음 날은 인덕원을 거쳐 수원부에서 유숙하고, 직산천과 천안을 지나 온양에 이르는 일정이었다. 율의 마음 같아선 온양 행궁에서 한 달쯤 머무르고 싶었지만 준비 기간이 짧았던 만큼 일정을 이레로 줄여 잡았다.

"그래도 이리 나오니 숨통이 좀 트이는 것 같네."

이번엔 상선에게 한 말인데 아무 대꾸가 없었다.

"이보게, 상선! 나 지금 누구랑 얘기하는 건가?"

"송구하옵니다! 또 혼잣말을 하시는 줄 알고."

졸고 있던 상선이 화들짝 놀라 대꾸했다.

"내가 치매 노인인가? 자꾸 혼잣말을 하게. 됐으니 당나귀나 잘 몰고 가게."

좋은 풍경도 한나절이지 이내 싫증이 나버리고 참으로 무료하기 짝이 없었다.

'춘향이를 옆에 태워서 책을 읽으라고 할까? 그럼 심심치도 않고 춘향이도 편히 갈 수 있을 터인데.'

하지만 책비를 임금이 타는 연에 태웠다가는 신료들의 잔소리가 빗발치듯이 쏟아져 온궁에 머무는 내내 상당히 성가셔질 것이 뻔했다. 어가 행렬은 배를 타고 한강을 건너 동작나루에서 내린 뒤 관악산을 끼고 돌아 과천 관아로 향하였다.

과천에 접어들 무렵 갑자기 하늘이 짙은 먹구름으로 뒤덮이더니 비가 내리기 시작했다. 천장이 있는 연을 탄 율은 크게 상관이 없었지만 그 뒤를 따르는 일행들은 우산을 편다, 짐을 덮는다 한바탕 난리법석이 났다.

"여봐라, 우산을 가져오너라!"

완얼이 내관에게 명했다.

"말을 타고 우산을 쓰시겠다고요?"

량주가 고개를 갸우뚱하며 물었다. 그날 이후 완얼을 비롯해 량주나 숙휘도 백영에 대한 이야기는 꺼내지 않았다. 일단 온양에 다녀온 후 문제를 해결하기로 암묵적인 합의를 한 셈이다.

"걸어갈 것이다."

완얼이 짧게 답하며 말에서 내렸다. 그러자 궁녀가 우산을 들고 달려왔다.

"제가 옆에서 씌워 드리겠습니다."

왕족에게 우산을 직접 들고 가게 할 수 없을 뿐더러 이렇게 잘생긴 왕자님라면 종일이라도 우산을 받쳐 들고 따라다닐 수 있을 것 같았다.

"아니다. 내가 알아서 하마."

완얼이 우산을 받아들고선 뒤쪽으로 걸어갔다. 그리고 궁녀들 사이에서 걷고 있는 백영을 불렀다.

"거기 너, 이리 와보아라."

"저 말입니까?"

완얼이 대놓고 자신을 부르자 백영이 어리둥절해 다가갔다.

"우산을 들고 나를 따라오너라."

"대감, 이 궁인은 그냥 궁녀가 아니라 전하의 책비이시옵니다."

백영의 옆에서 걷던 자라가 딴에는 도와준답시고 완얼에게 고했다. 자라는 오리가 감찰상궁에게 잡혀간 뒤로 백영이라면 설설 기었다. 책비도 보통 책비가 아닌 왕의 표식을 받은 여인이다, 그리 언질을 주고 싶었던 것 같으나 완얼이 일부러 목소리를 높여 막무가내로 우겨댔다.

"그래서 어쩌라는 게냐? 책비면 책비지 '책비이시옵니다'는 또 뭐고? 감히 왕자의 우산을 들지 못하겠다는 것이냐?"

"아니옵니다. 우산을 들어드리겠습니다."

백영이 공손히 우산을 받아 들어 완얼의 머리 위로 씌웠다. 우산이 활짝 펼쳐지며 완얼은 물론 백영까지 넉넉하게 우산의 날개 안으로 들어왔다. 커다란 우산을 들게 하는 것은 미안했지만 그렇다고 남들 눈이 있는데 대신 들어줄 수도 없고, 백영이 내리는 비를 고스란히 맞고 가진 않아도 된다는 것만으로 만족하기로 했다. 게다가 핑계 김에 나란히 우산을 쓰고 걸을 수도 있지 않은가? 마음이 맞는 이들은 자연스레 발걸음도 맞는다 하였다. 어깨를 나란히 하고 오른발, 왼발 나란히 내디디며 걷는 지금 이 순간 주위의 모든 것들이 사라지고 오직 두 사람만이 오붓하게 빗길을 걷고 있는 듯한 기분이 들었다.

"안쪽으로 조금 더 가까이 붙으십시오. 어깨가 다 젖지 않습니까?"

완얼이 백영에게 조용히 속삭였다. 백영이 완얼 쪽으로 우산을 거의 기울이고 있어서 그녀의 어깨는 흠뻑 젖어가고 있었다.

"저는 괜찮습니다. 그리고 대감과 그리 붙어서 걸으면 다들 이상하게 생각할 거 아닙니까?"

"한번 둘러보십시오, 다들 비를 피하고 짐을 돌보느라 정신이 없습니다. 우리한테 관심 가질 틈도 없을 것입니다."

백영이 주위를 둘러보자 그의 말처럼 모두들 눈코 뜰 새 없이 분주하게 움직이고 있었다. 비상사태를 대비해 어가 가장 가까이에서 따르던 어의와 당나귀를 탄 늙은 상선은 비바람에 행여 임금님이 감환이라도 드실세라 안절부절못하고, 그 뒤를 따르는 벼슬아치들은 지들 우장(雨裝)을 챙기느라 정신없었으며, 행렬 끄트머리의 수레 주변에선 귀한 짐들이 비에 젖을세라 궁녀들이 분주하게 천을 뒤집어씌우고 있었다.

"온양에 다다를 때까지 이렇게 계속 비가 내렸으면 좋겠습니다."

그럼 이렇게 계속 함께 우산을 쓰고 갈 수 있을 테니까. 백영이 귀까지 붉게 물들어 제 속마음을 말해 버리고 말았다. 완얼의 눈엔 그 모습이 마냥 어여뻐 보이기도 하고 가느다란 팔목으로 우산을 들고 있는 모습이 안쓰럽기도 하였다.

"팔 아프시지요? 제가 들어야 하는데 지금은 그럴 수가 없으니……."

"아닙니다. 다른 궁녀들은 죄다 비를 맞고 가는데 이렇게 우산을 쓰고 갈 수 있는 게 어디입니까? 다 완얼군 대감 덕분이지요. 근데 저 때문에 걸어가시느라 귀한 신이 흙탕물에 더러워져서 어쩝니까?"

백영이 완얼의 발을 내려다보며 말했다. 진흙탕이 된 길을 걷느라 완얼의 갓신은 이미 흙투성이가 되어 있었다.

"백영 아씨와 이렇게 함께 걸어갈 수 있다면 맨발인들 어떻겠습니까? 마음 같아선 아씨의 발이 젖지 않게 번쩍 업고 가고 싶은걸요."

그러자 백영의 두 뺨이 또다시 붉게 물들었다. 행여 누가 들을세라 목소리를 낮추어, 행여 누가 볼세라 애써 서로를 외면하며 조심스럽게 나누는 대화는 빗소리에 파묻혀 간간이 끊기기도 했지만 도란도란 정겹게 이어졌다. 그러나 두 사람의 이런 모습에 심사가 뒤틀린 이가 있었으니······.

빗줄기가 점점 굵어지자 백영이 걱정된 율이 슬그머니 뒤를 돌아봤다. 한데 뜻밖에도 그녀가 완얼과 나란히 한 우산을 쓰고 걸어오고 있는 것이 아닌가? 순간 눈이 뒤집힌 율의 날카로운 목소리가 빗속을 뚫고 울려 퍼졌다.

"멈추어라!"

갑작스러운 율의 명에 상선이 깜짝 놀라 물었다.

"전하, 무슨 일이십니까?"

"나도 내려서 좀 걷겠네."

"이렇게 비가 내리는데 걸으시다니요? 아니 되옵니다! 그러다 감환이라도 드시면 큰일 납니다."

"어가를 오래 탔더니 속이 울렁거려서 더는 못 타겠다!"

율이 기어이 어가에서 내리자 그 바람에 문무관들도 줄줄이 걸어가게 되었다. 임금이 걸어가겠다는데 신하 된 자가 감히 말을 타고 갈 순 없는 일이었다. 영의정을 비롯해 대사헌, 대사간, 형조판서, 이조판서 등 고관대작들이 빗속을 터벅터벅 걸어가는 진풍경이 벌어졌다. 하지만 이들 중에 훈구파의 수장인 병조판서 장대갈과 사림파의 수장인 예조판서 이한림의 모습은 보이지 않았다.

"우산이라도 쓰고 가십시오, 전하!"

율이 혼잡한 행렬을 거슬러 올라가자 상선이 우산을 들고 황급히 뒤를 쫓았다.

"울렁거리신다더니 걸음은 힘이 넘치시옵니다, 전하!"

"안 따라와도 된다니까!"

뒤에서 하도 불러대는 소리에 율이 귀찮다는 듯 쏘아붙였다. 잔소리가 심한 장대갈과 이한림이 몸이 좋지 않아 원행을 떠나기 힘들다고 간곡히 청했을 때 이게 웬 떡이냐 반색을 했었는데 가장 성가신 상선은 떼어놓지 못했다.

빗속을 뚫고 들려오는 율의 음성에 완얼과 백영은 그제야 코앞까지 다가온 그를 보았다.

"전하!"

당황한 백영이 허리를 꾸벅 숙이자 우산까지 기울어지며 빗물이 율의 옷자락에 쏟아졌다.

"저, 전하!"

뒤늦게 도착한 상선이 기겁을 하며 당장 율의 머리 위로 우산을 씌우고, 궁녀들이 몰려와 옥체에 튄 빗물을 닦아냈다.

"춘향이 네 이년!"

율이 노성을 지르자 완얼이 수습을 해보려 간곡하게 아뢰었다.

"전하, 고정하시옵소서. 이 아이가 실수로……."

그러나 율은 아우는 거들떠보지도 않고 다시 한 번 버럭 고함을 질렀다.

"내 우산을 들어라!"

"예?"

따귀가 날아오든가 큰 벌을 받을 줄 알았는데 뜻밖의 말에 백영이 어리둥절해 되물었다.

"전하의 우산은 제가 들고 있지 않습니까?"

상선 역시 의아하게 주군을 올려다봤다. 키가 훤칠한 율에게 우산을 씌워주느라 상선은 만세를 부르듯이 두 팔을 번쩍 들고 있었다.

"늙은 상선이 힘이 어디 있다고 우산을 들겠는가?"

"전하, 지금……. 소인을 걱정해 주시는 겁니까?"

상선이 울컥하며 감격으로 목이 멨다.

"내 걱정을 하는 것이네. 부실한 팔로 우산을 들고 있다 내 머리라도 맞히면 어쩔 것인가? 그럼 내가 하는 수 없이 임금의 옥체를 상하게 한 죄로 상선의 목을 쳐야 할지도 모르지 않는가?"

반은 농담 삼아 능청스레 한 말이지만 상선은 움찔 놀라 정말 율의 말처럼 우산이 휘청거렸다. 하지만 율은 상선의 우산 따위엔 별 관심이 없다는 듯 완얼에게 시선을 옮겼다.

"검이 너는 어째서 나의 책비에게 우산을 들라 했느냐?"

"손을 놓고 있는 아이가 이 아이밖에 없어서 그랬사옵니다. 그렇다고 왕자가 직접 우산을 쓰고 갈 수는 없지 않습니까? 그것은 왕실의 체통을 스스로 깎아내리는 일이요, 나아가 전하의 위엄을 손상시키는 일이 아니겠습니까?"

완얼이 당황하지 않고 순발력 있게 말을 둘러댔다. 실제로 대부분의 궁녀들이 짐을 들고 있거나 쏟아지는 비 때문에 분주하게 각자 일을 하던 중이었다.

"삼 년이나 조선팔도를 떠돌며 살아온 놈이 언제부터 궁녀가 씌워주는 우산을 쓰고 살았다고. 요즘 궁에서 신간 편하게 지내니 배가 부른 게로구나."

율이 한껏 비꼬더니 백영에게 호통을 쳤다.

"그리고 너는 누구의 책비더냐? 왕자의 우산이 먼저더냐, 임금의 우산이 먼저더냐?"

"백 번 옳으신 말씀이다. 어서 전하의 우산을 들게나!"

목이 달아날지도 모른다는 말에 간담이 서늘해진 상선이 얼른 백영에게 우산을 넘겼다. 그러나 그녀에게 乙의 표식이 있으며 율이 백영을 얼마나 특별히 생각하는지 잘 아는지라 함부로 말을 놓지는 않았다.

"당연히 전하가 우선이십니다."

혹시나 완얼에게 엉뚱한 불똥이 튈까 봐 백영이 얼른 우산을 받아 들어 임금의 곁으로 갔다. 그리고 '저는 괜찮습니다'라고 말하듯 완얼에게 작은 미소를 보낸 뒤 율을 따라 행렬의 선두로 향했다.

"너 하나 때문에 모두들 신이 엉망이 되지 않았느냐?"

어혜에 흙탕물이 잔뜩 튀자 율이 잘생긴 얼굴을 찌푸리며 백영을 타박했다.

"그것이 왜 소인 때문입니까?"

납득이 잘 안 되는 말인지라 아무리 임금이라 하여도 궁금한 것은 알아내야만 직성이 풀리는 백영의 성격상 그리 묻지 않을 수가 없었다.

"감히 내게 말대꾸를 해? 하긴 이번이 처음은 아니지. 책비 주제에 어찌나 건방진지!"

하지만 말은 그리하면서도 백영에게 더욱 바싹 붙어 서는 것을 보면 벌을 내리려는 생각은 없어 보였다.

"내가 걸으니 다들 말을 타지 못하고 따라 내린 것이 아니더냐?"

"아직도 잘 이해가 안 가옵니다. 그거랑 소인이 무슨 상관입니까?"

율과 몸이 닿는 것이 싫어 백영이 옆으로 살짝 비켜서며 답했다.

"나는 너 때문에 내린 것이니까. 그러니 다 네 탓이지!"

여전히 백영이 눈을 동그랗게 뜨고 있자 율이 답답하다는 듯 세세히 설명을 하였다.

"그래도 이해가 안 가느냐? 소설 좀 쓴다 하여 영특한 줄 알았더니 답답하기 짝이 없구나. 왜 너 때문에 내린 것인고 하니 첫째, 너를 어가에 태울 순 없으니까. 둘째, 다른 놈에게 우산을 씌워주고 있어서."

'질투? 단옷날 내게 했던 말이 정말 진심이었나 보다.'

그녀의 몸만이 아니라 마음까지 갖고 싶다고 했던 말. 하지만 그렇더라도 완얼을 마음에 품고 있는 백영은 율의 일방적인 사랑이 부담스럽기만 했다. 그리고 워낙 변덕이 심한 터라 설사 그 말이 진심이었다 한들 언제 또 돌변할지 모르는 일이었다.

"그게 나의 아우건 그 누구건 간에 네 옆에 내가 아닌 누군가가 서 있는 것이 싫다! 그러니 앞으로 내가 없을 땐 반드시 혼자서 걸어 다니도록 하여라!"

그리고 이런 억지 역시 부담이었다.

"왜 대답이 없느냐?"

백영이 말이 없자 율이 다그치듯 언성을 높였다.

"예, 전하."

마지못해 답을 하자 이번엔 율이 다른 트집을 잡았다.

"그리고 내 쪽으로 우산을 꽉꽉 좀 기울이거라. 과인의 어깨가 젖지 않느냐?"

어머니는 다르지만 그래도 피를 나눈 형제인데, 빗길에 백영의 발이 젖으니 업고 가고 싶다는 완얼과 어찌 이리도 다른지.

"왜? 네 몸이 젖는 것이 싫으냐?"

"아니옵니다. 저따위가 젖든 말든 전하의 옥체가 더 중하지요."

태도는 공손했지만 잔뜩 볼멘소리였다.

"젖는 게 싫으면 내 옆으로 바짝 붙던지."

"아니옵니다! 옥체에 어찌 미천한 소인의 몸을 닿게 할 수가 있겠습니까?"

백영이 질색을 하며 대꾸했다.

"그런 거라면 내가 너그럽게 이해하마."

하지만 눈치가 없는 건지 모르는 척하는 건지 율은 천연덕스럽게 고개를 끄덕거렸다.

"네 걱정을 하는 것이 절대 아니라 괜히 네가 젖어서 고뿔이라도 걸리면 밤에 책을 읽어주지 못할 것 아니냐? 코맹맹이 소리 듣는 것도 싫고. 그러니 내게 바짝 붙어 서라."

"하오나……."

"명이다!"

율이 딱 잘라 말했다. 그러고는 백영의 어깨를 한쪽 팔로 감싸더니 제 품으로 와락 끌어당겼다. 백영이 들고 있던 우산이 흔들리고 빗방울이 율의 어깨로 후드득 떨어졌다. 하지만 율은 생각했다. 백영이 비에 젖는 것보다는 낫다고.

우산도 쓰지 않은 채 비를 맞으며 터벅터벅 뒤따르던 완얼은 율이 그녀를 품에 안는 것을 보자 눈에서 불꽃이 튀었다. 그리고 저도 모르게 형님을 향해 튀어나갔다.

"대감, 아니 됩니다!"

숙휘가 급히 달려와 만류했다.

"너는 어찌하여 항상 참으라고만 하느냐!"

"우선 우장부터 걸치십시오."

"필요 없다, 이미 다 젖은 것을."

완얼이 우의를 입혀주려는 숙휘의 손길을 뿌리쳤다.

"왜 때가 아닌지 아시지 않습니까?"

숙휘도 물러서지 않고 강경하게 말했다. 예조판서와 병조판서는 몸이 아파서 원행에 따라오지 못한 것이 아니었다. 이한림은 임금이 도성을 비웠을 때가 절호의 기회라 생각하고 아직 준비가 덜되어 있긴 했지만 계획을 앞당겨 거사를 거행할 생각이었다. 한데 임금이 완얼군도 함께 데려가겠다고 한 것이다. 임금이 도성을 떠나면 성문을 걸어 잠그고 완얼군을 옥좌에 앉힌 뒤 새 임금의 명으로 폐주가 된 율을 잡아들이려 하였다. 하나 완얼군이 없다면 소용없는 계획이었다. 하지만 이미 몸이 아파 가지 못한다 간청씩이나 해놓았는데 다시 따라간다고 할 수도 없었다. 그리고 장대갈은 숙적인 이한림이 도성에 남겠다고 하자 그가 함부로 움직이지 못하도록 함께 남은 것이었다.

"참기 싫으시다면 뜻대로 지금 뛰쳐나가십시오."

숙휘의 얼굴이 평소보다 더욱 냉철해졌다. 그리고 낮은 목소리로 말을 이었다.

"대신 전하를 칼로 찌르십시오. 반드시 급소를 찔러 한 번에 숨통을 끊어놓으셔야 할 것입니다. 그렇지 않으면 대감이 당장 사지가 잘려 죽을 테니까요."

"형님!"

너무나 충격적인 말에 량주가 더 놀라 누가 들을세라 주위를 둘러봤다.

"평소답지 않게 왜 이리 과격한 말씀을 하십니까? 그러다 우리 다 죽습니다!"

"그럴 게 아니면 나서지 말라는 뜻이다."

숙휘는 그 어느 때보다 이성적이고 단호하게 말했다. 그리고 다시 완얼을 보았다.

"치밀하게 세운 계획을 가지고도 어찌 될지 모르는 게 '그 일'입니다. 사사로운 감정으로 성공 가능성이 반도 안 되는 때에 섣불리 나서서 아까운 목숨만 낭비하지 마십시오."

역모.

성공하면 군왕, 실패하면 죽음. 그야말로 모 아니면 도인 반반의 확률에서 성공 가능성이 반도 안 되는 때에 일을 벌이는 것은 자살 행위나 다름없었다.

"사사로운 감정으로 결심한 일이다. 그녀가 없다면 '그 자리'도 필요 없다."

피를 나눈 형님을 옥좌에서 내쫓으려는 이유가 폭정에 신음하는 백성들을 위해서라고 그리 떳떳하게 말할 수 있으면 좋겠지만, 그에게 백영이 없다면 옥좌 따위는 의미가 없었다.

"이제 며칠입니다. 며칠만 기다리면 드디어 그때가 오는데 이리 허망하게 기회를 날리실 것이옵니까? 대감의 목숨은 이제 대감 혼자만의 것이 아닙니다."

"알고 있다."

완얼이 무겁게 답하며 발걸음을 옮겼다. 도성에서의 계획은 어그러졌지만 대신 새로운 계획이 세워졌다. 그리고 이제 며칠만 기다리면 싫건 좋건 그날이 밝아오고 어느 쪽이든 결판이 날 것이다. 하나 아직 제 손으로 형님의 숨통을 끊어놓을 수 있을지는 자신이 없었다. 물론 그도 알았다. 그저 옥좌를 빼앗는 것만으로 끝날 일이 아니라는 걸. 반드시 피를 부를 것이라는 걸. 아우의 피든 형님의 피든.

'둘 중 하나가 반드시 죽어야 한다면, 내가 죽을 순 없다! 백영을 두

고 절대로 죽을 순 없어!'

완얼의 눈에 또다시 푸른 불꽃이 피어올랐다. 하지만 그는 몰랐다. 자신이 점점 형님의 눈빛을 닮아가고 있다는 걸.

임금이 온궁으로 행차하시어 한결 한산해진 궐에선 경회지 앞에 줄을 매달아 놓고 광대들이 한창 묘기를 부리고 있었다. 그리고 원자가 보모상궁의 품에 안겨 광대의 발재간 하나하나에 까르르 웃음을 터뜨리며 연신 박수를 쳐댔다.

"원자아기씨, 재미있으셨습니까?"

줄타기 묘기를 마친 공술해가 원자에게 절을 올리며 여쭈었다.

"응! 재미있었다."

"그것 참 다행이옵니다."

영특하다 소문난 원자가 또랑또랑하게 답을 하자 공술해가 푸근하게 웃으며 아이를 바라보았다. 하지만 그 눈빛엔 바닥을 알 수 없는 깊고 깊은 분노가 어려 있었다. 그때, 그들의 등 뒤에서 여인의 앙칼진 목소리가 들려왔다.

"누가 원자에게 이따위 천한 놀음을 보여주라 했느냐!"

바로 원자의 어미 숙빈이었다. 입궐한 뒤 처음으로 전하의 행차에 따라가지 못한 숙빈은 가뜩이나 심기가 불편하던 차에 분풀이할 곳을 찾은 것이다.

"원자아기씨께서 단옷날 보았던 광대놀음이 무척 재미가 있으셨는지 다시 한 번 보고 싶다고 하시어……."

보모상궁이 사정을 설명하자 숙빈이 입에서 불을 뿜듯이 고함을 질렀다.

"닥쳐라! 감히 어디서 말대꾸를 하는 게야?"

성난 어미의 모습이 독각귀처럼 보였는지 원자가 잔뜩 겁을 먹고 보모상궁의 품에 파고들며 울음을 터뜨렸다.

"쯧쯧, 저렇게 약해빠져서야…… 당장 안으로 데리고 들어가거라!"

숙빈이 못마땅한 표정으로 혀를 끌끌 차며 명하자 보모상궁이 황급히 원자를 모시고 자리를 떴다.

"너는 잠시 남아 있어라."

광대들도 물러가려 하자 숙빈이 공술해만을 따로 불러 세웠다.

"공술해라 했느냐?"

궁녀들까지 저 멀리 물러서게 한 숙빈이 공술해에게 바짝 다가서며 물었다.

"예, 그러하옵니다."

"참으로 잘 지은 이름이구나."

"어차피 떠돌이 사당패 신세, 뭐라 불리면 어떻겠습니까?"

"나는 네가 죽었다고 생각했다."

"그렇게 생각하고 싶으신 거였겠지요."

"이제 와서 내 앞에 나타난 이유가 무엇이냐?"

그러자 공술해의 눈빛이 순식간에 살기를 띠더니 서늘한 목소리로 되물었다.

"너야말로 몰라서 묻는 것이냐?"

"내게 복수라도 하겠다는 건가?"

"역시 네가 맞구나. 그런 짓을 할 사람은 너밖에 없다고 생각했지만 설마 하는 마음도 있었다. 그리고 내 두 눈으로 직접 확인하고 싶었다. 네가 낳은 왕의 씨를."

공술해가 치를 떨었다.

"원자는 네놈이 함부로 입에 올릴 수 있는 신분이 아니다. 나도 그렇고!"

숙빈의 치켜 올라간 두 눈이 사납게 번뜩였다.

"아주 잘생기셨더군요. 왕가의 혈통답게."

그러자 공술해가 다시 정중하게 말을 올렸다. 하지만 그 말투는 비아냥거림에 가까웠다.

"저도 여기까지 오는데 힘들었습니다. 하지만 이렇게 뵙고 나니 이제야 확신이 생기는군요. 역시 힘들더라도 궐에 들어오기를 잘한 것 같습니다."

"너 같은 거 당장에 죽여 없애 버릴 수도 있다. 이제 내겐 그럴 힘이 있어."

"그 서신을 찾지 못한 채 저를 죽이겠다고요?"

그가 피식 실소를 터뜨렸다.

"그럼 어디 한번 죽여 보십시오. 이곳이 제 죽을 자리인가 봅니다. 이곳에서 저를 죽인다면 그 서신의 내용은 만방에 알려질 테니까요."

"그, 그게 무슨 뜻이냐?"

"저를 죽이시면 알게 될 것입니다."

공술해가 의미심장한 말을 남긴 채 돌아서 걸어갔다.

"네 이놈!"

약이 바짝 오른 숙빈이 버럭 고성을 질렀다. 공술해가 발걸음을 멈추었다. 그리고 천천히 숙빈을 돌아봤다.

"내가 알던 향단이는 고운 여인이었습니다. 한데 이제 악귀가 되어 버렸더군요. 내 손으로 그 여인을 해치게 되는 날이 올까 봐…… 나도 두렵습니다."

공술해가 궁녀들에게 들리지 않을 만큼 낮은 소리로 고백이라도 하듯이 말했다. 허공으로 조용히 흩어져 버리는 음성이, 숙빈을 바라보는 눈빛이, 그들 사이에 흐르는 공기마저도 참으로 슬프고 슬펐다. 그리고 그는 가던 길을 계속 걸어갔다.

숙빈이 온몸을 부들부들 떨면서 그 자리에 멈춰서 움직일 줄을 몰랐다. 부릅뜬 두 눈엔 시뻘겋게 핏발이 섰다. 마치 악귀와도 같이. 그리고 그들의 머리 위로 쏴아 비가 쏟아져 내렸다.

어가 행렬 위로 쏴아 쏟아져 내리기 시작한 빗줄기는 점점 거세져 갔다. 임금을 따라간 백영은 어느새 시야에서 사라져 버렸고 완얼도 더 이상 아무 말도 하지 않았다. 량주는 그런 완얼이 신경 쓰여 흘끗거리다가도 문득문득 행렬 끄트머리를 돌아봤다. 그곳엔 와인 무녀가 내리는 비를 고스란히 맞으며 걷고 있었다. 가뜩이나 작은 몸집이 흠뻑 젖기까지 하자 물에 빠진 생쥐 꼴로 오들오들 떨고 있었다. 량주의 생일날 이후로 두 사람은 변변히 말을 나눠본 적도 없었다. 그렇게 데면데면하게 지내다가 와인이 무명청 사람들 중 유일하게 원행에 함께 가게 된 것이다.

"에잇! 거참!"

떨거나 말거나 내가 무슨 상관이랴 하고 애써 외면하던 그가 도저히 이대로 보고만 있을 수가 없어 성큼성큼 걸어갔다.

"무사님!"

량주가 앞을 가로막자 와인이 당황해 외쳤다. 그러자 그가 우의를 벗어 와인의 머리 위로 푹 뒤집어씌우는 것이 아닌가?

"이러지 않으셔도 되는데……."

"그러게 왜 여기까지 쫓아온 겁니까?"

버럭 소리를 지르면서도 와인의 손에 들려 있는 묵직한 짐 보따리를 뺏어서 제가 든다.

"오해 마십시오. 무사님을 따라온 거 아니니까요."

"아니긴 뭐가 아닙니까? 이제 와서 새삼 내숭은."

"진짜 아니라니까요! 전하께서 요즘 꿈자리가 뒤숭숭하다 하시며 해몽을 하러 따라오라 명하셨습니다."

"그, 그렇습니까? 그럼 그렇다고 진즉 말하시지."

량주가 머쓱해 말을 얼버무렸다. 그리고 그런 량주를 와인이 걱정스러운 눈으로 바라보았다.

"무사님께서 비를 너무 많이 맞으시는 것 같습니다."

"내가 알아서 할 테니 신경 쓰지 마십시오."

그가 제 볼일은 다 끝났다는 듯 다시 성큼성큼 앞으로 걸어갔다.

"무사님!"

와인의 외침에 량주가 뒤를 돌아봤다.

"혹시 말입니다, 만약에 제가……."

그때, 우르릉 쾅쾅 천둥번개가 내리쳤다. 그리고 그 요란한 소리에 더 이상 와인의 말은 들리지 않았다.

과천 관아에 도착할 때까지 비는 계속 내렸다. 과천 부사는 버선발로 뛰어나와 어가 행렬을 맞이한 뒤 산해진미로 저녁을 극진히 대접하였다. 그리고 율은 밤이 되자 어김없이 책비를 불렀다.

"춘향이가 조선 건국 이래 그 누구도 시도해 본 적 없는 비기를 시전한 후 하루하루 그녀에 대한 임금의 총애는 더욱 깊어져 갔다."

언제나처럼 붉은 야장의 차림으로 비스듬히 누워 있는 임금의 앞에서 빗소리를 배경으로 백영이 책을 읽어 내려갔다.

"당연히 그럴 수밖에! 그게 어디 보통 기술이냐? 허허, 참, 그냥 물레방아도 아니고 기립 이단합체 회전물레방아라니!"

율이 무릎을 탁 치며 새삼 다시 감탄했다. 이단합체하여 회전하면서 기립까지, 그것은 놀 만큼 놀아본 율도 생각지 못한 신의 경지였다. 춘향이는 실로 조선 제일의 명기 중의 명기였다. 이제는 율이 끼어드는 것에 익숙해진 백영은 별다른 대꾸 없이 낭독을 계속했다.

· 🐉 ·

"전하, 온궁에 도착하면 무엇을 하실 것이옵니까?"

춘향이가 임금에게 몸을 기대며 간드러진 콧소리로 물었다.

"당연히 너와 단둘이 온천욕을 해야지!"

임금이 흐뭇한 표정으로 그녀의 저고리 고름을 풀었다.

"아이 참, 전하도. 다들 보는데."

춘향이가 임금의 손길을 살짝 뿌리치며 또다시 콧소리를 내었다. 경회루에서 연회가 한창인지라 양옆으로 고관대작들과 내관, 궁녀들이 즐비하게 있었기 때문이다. 하나 춘향이가 밀어낼수록 임금은 더욱 애가 닳았고, 벌어진 저고리 앞섶으로 풍만하고도 희디흰 속살이 슬쩍슬쩍 엿보이는 것이 사내의 마음에 더욱 불을 질렀다.

"백성들이 온궁 행차를 영 못마땅하게 여긴다 하더이다."

원래는 제 자리였던 임금의 옆자리를 빼앗기고 한 단 아래에서 홀로 앉아 있던 귀인 장씨가 뾰족한 음성으로 끼어들었다.

"뭐야? 대체 어떤 놈들이 그런 소리를 지껄이고 다닌단 말이더냐? 백성 주제에 감히 임금을 거부해?"

임금의 눈빛이 순식간에 사나워졌다.

"어가 행렬이 지나가는 고을마다 전하를 대접하기 위해 곡식을 뜯어가고 부역에 끌려 다니니 화적 떼가 지나가는 것 같다나 뭐라나? 하룻밤 묵는 고을 백성들 원성이 그 정도인데 여러 날 묵는 온양의 백성들은 오죽 욕을 해대겠습니까?"

천 년 묵은 여우보다 간교하고 못돼 처먹은 귀인 장씨가 악의적으로 하는 말이었으나 틀린 말은 아니었다. 임금이 한 번씩 다녀갈 때마다 행궁을 수리하고, 따라 내려온 수많은 인원들의 숙식까지 해결하느라 온양의 백성들은 부역에 시달리고 농사에도 막대한 손해를 입었다.

"이런 사지를 갈기갈기 찢어 죽일 것들!"

"전하, 싹 다 잡아들이시어 주둥이를 인두로 지지고 주리를 틀어버리시지요. 그리하여 다시는 그따위 소리를 지껄이지 못하게 본보기를 보이시고 전하의 위엄을 드높이시옵소서."

천 년 묵은 여우보다 간교하고 못돼 처먹은 데다 잔인하기까지 한 귀인 장씨가 그리 고하자 춘향이 바로 반박을 하였다.

"아니 되옵니다, 전하. 싹 다 잡아들이면 텅 빈 고을에서 어찌 제대로 온천욕을 즐기실 수 있겠습니까? 백성들의 부역이 필요한 것도 사실이고요. 그러실 게 아니라 차라리 어식과 어주를 적당히 하사하시고, 세금을 감면시켜 주거나 온천 주변 백성들에게만 특별히 과거를 볼 수 있게 해주는 건 어떻겠습니까?"

"정말 백성들이 내 욕을 그리 하느냐?"

율이 부루퉁한 표정으로 낭독을 끊었다.

"없는 데선 나라님도 욕을 한다 하지 않습니까?"

"이런 사지를 갈기갈기 찢어 죽일 것들!"

율이 책 내용처럼 격분하더니 백영에게 물었다.

"네 생각은 어떠하냐? 천 년 묵은 여우보다 간교하고 못돼 처먹은 귀인의 말이 맞는 것 같으냐, 춘향이의 말이 맞는 것 같으냐?"

이젠 '천 년 묵은 여우보다 간교하고 못된'이 호처럼 되어버려 귀인 장씨의 이름 앞에 자연스럽게 따라다녔다.

"제가 뭘 알겠사옵니까. 글이나 계속 읽겠사옵니다."

백영이 즉답을 피하고 낭독을 계속해 나갔다.

"'그리하면 특별히 돈이 더 드는 것도 아니면서 잡아들이는 것보단 손도 덜 가고, 전하의 평판도 좋아지지 않겠습니까?' 하고 춘향이가 계속 말을 이었다. '듣고 보니 그렇구나. 네 말이 맞다. 경국지색인 데다 영특하기까지 한 계집이로다!' 임금이 몹시 기뻐하며 춘향을 와락 덮쳤다."

여기까지 읽은 백영이 임금의 눈치를 살폈다. 오라버니가 말했었다. 그녀가 전하의 모후를 많이 닮았다고. 그래서 어쩌면 그녀가 전하를 바꿀 수 있을지도 모른다고. 아니, 꼭 그럴 수 있을 거라고. 그땐 코웃음을 쳤다. 나쁜 남자에게 빠지는 여자들의 착각이 바로 그것이니까. 오직 자신만이 이 사내를 바꿀 수 있을 것이라는 착각.

한데 임금이 춘향뎐 완결편을 듣고선 탐관오리 여산 부사와 그의 집안을 풍비박산 내버리는 것을 보고 정말 자신에게 그런 힘이 있을지도 모른다는 생각이 들었다. 그리고 그것이 붓을 든 자의 힘이자 책임이라고 생각했다.

'내가 저 망나니 폭군을 바꿀 수 있을지도 모른다. 하지만 임금이 정말 좋은 왕으로 변한다면 왕이 되겠다는 완얼군 대감은 어찌 되는 것인가?'

한편으론 그런 걱정도 되었지만 아무튼 지금 당장은 임금의 온천행으로 인한 백성들의 고통을 조금이라도 덜어주는 것이 중요하다고 생각했다. 아마 임금은 여산 부사 때처럼 춘향이의 말대로 행할 것이다.

"아이 참, 전하! 모두 보고 있는데 이러시면……. 하아……' 치마 속으로 임금의 손이 불쑥 들어오자 춘향이 교태스럽게 몸을 꼬더니 이내 거친 숨을 내쉬었다. '아이 참. 아아……. 아아……' 꺄아악!"

낭독을 하던 중에 우르르 쾅쾅 요란한 천둥번개가 치자 백영이 비명을 질렀다.

"꺄아악? 그것도 책 내용에 있는 것이냐? 귀신이라도 본 게냐? 아니면 새로운 신음 소리인가?"

"송구하옵니다! 천둥번개가 치는 바람에 놀라서 그만."

"설마 천둥을 무서워하는 게냐?"

율이 매우 흥미로운 표정으로 물었다. 그러자 백영의 두 뺨이 삽시간에 붉게 물들었다. 겁 없고 당돌한 그녀였지만 천둥번개만큼은 너무 무서웠다.

"임금인 내 앞에서도 눈 하나 깜짝 안 하는 네가 무서워하는 것도 있더냐? 이제야 좀 귀여운 구석이 보이는구나, 하하하!"

유쾌하게 웃으며 백영에게 가까이 다가가는데 또다시 우르르 쾅쾅 엄청난 천둥번개가 쳤다.

"꺄아악!"

백영이 자지러지게 비명을 질러대자 율도 덩달아 화들짝 놀랐다.

"어이쿠, 내가 더 놀랐다! 천둥이 그리 무서우냐?"

그러더니 갑자기 백영에게 달려들어 '워!' 하고 크게 소리쳤다.

"어머나!"

가뜩이나 겁에 질려 있던 백영이 소스라치게 놀라 율에게 와락 안겼다.

"무서우면 내게 안겨서 책을 읽어도 좋다. 기꺼이 윤허하마."

율이 흐뭇하게 백영의 등을 토닥이며 말했다. 하지만 백영은 얼결에 율의 품에 안겼다는 것에 더 놀라 냉큼 몸을 일으켰다.

"그리 놀리시면 재미있으십니까?"

"그래, 재미있다. 나는 천둥번개가 참으로 좋구나! 매일매일 천둥번개가 쳤으면 좋겠다, 하하하!"

"저는 하나도 재미없습니다!"

백영이 새침하게 쏘아붙이더니 다시 책을 읽기 시작했다. 어서 낭독을 끝내야만 이 방에서 나갈 수 있으니까. 우여곡절 끝에 책 속의 임금도 온양으로 출발을 하였다.

"마침내 어가 행렬이 궐을 나와 저자를 지났다. 거리엔 임금님의 행차를 보러 나온 백성들로 가득했고, 춘향은 이 나라 조선의 임금이 가장 총애하는 여인으로서 중전이나 탈 수 있는 연을 타고 휘장을 모두 걷어 과감하게 자신의 얼굴을 드러냈다. 이제 이 나라의 경국지색은 귀인 장씨가 아니라 바로 자신임을 만백성에게 당당히 알리기 위해서였다. 한데 그때였다!"

백영이 잠시 말을 끊고 긴장을 고조시켰다.

"엎드린 백성들 사이에서 한 사내가 허리를 곧게 펴고 행차를 바라보고 있는 것이 춘향의 눈에 띄었다. 그 방자한 사내를 발견한 군졸들이 득달같이 달려가 억지로 무릎을 꿇렸으나 사내는 마지막까지 고개를 쳐들고 앞을 지나가는 연을 바라보았다. 아니, 노려보았다. 그렇게 증오에 불타오르는 눈빛으로 춘향이를 쏘아보는 사내는 바로!"

"'다음 편에 계속!' 이러려고 그러지?"

율이 뻔하다는 듯 콧방귀를 뀌었다. 하나 이번엔 율의 예상이 틀렸다.

"사내는 바로 이 도령이었다."

백영이 차분하게 다음 문장을 읽었다.

"뭐? 이 도령?"

율이 눈을 부릅떴다. 그리고 몹시 흥분하여 백영의 두 팔을 꽉 움켜쥐고 마구 흔들어댔다.

"오는 길에 이 도령을 만났다고? 그게 정말이냐? 언제? 언제 나 몰래 이 도령을 만난 것이야?"

"전하! 이것은 소설이옵니다. 너무 깊이 감정이입을 하지 마시옵소서."

율의 격한 반응에 백영이 진정시키려 애썼다.

"그저 소설일 뿐이라고?"

"예, 그러하옵니다."

"한데 왜 나는 점점 현실과 소설의 경계가 모호해지는 것일까? 왜 너의 소설이 점점 우리의 이야기인 것처럼 들리는 것일까?"

그러더니 날카롭게 물었다.

"원래 완결편에도 이런 내용이 있었더냐? 완결편이 완성되었었는데 불에 타버려 다시 쓰는 것이라 하였지? 불에 타버린 완결편도 지금 내용과 똑같았느냐는 말이다."

"똑같은 부분도 있고 수정된 부분도 있사옵니다."

"온양 행궁에 가는 내용도 있었느냐?"

"없었습니다."

백영이 솔직하게 시인하였다.

"온양 행궁으로 향하는 내용은 실제 전하의 행차에서 영감을 받아 수정한 것입니다. 하오나 춘향이가 이 도령과 재회한다는 큰 줄거리는 원래 완결편에도 있는 것이옵니다. 다만 배경과 상황이 약간 달라졌을 뿐이옵니다."

"좋다. 그 다음을 읽어보아라."

율은 다음 내용이 몹시 궁금하여 더 이상 추궁하지 않고 낭독을 재촉했다.

"오늘은 여기까지이옵니다. 다음 편에 계속."

백영이 조용히 책을 덮었다.

다음 날, 언제 폭우가 내렸냐는 듯이 말끔히 날이 개고 따사로운 햇볕이 내리쬐었다. 어가 행렬은 전날과는 달리 순조롭게 앞으로 나아가 인덕원을 거쳐 무사히 수원 관아에 닿았다. 수원 부사에게 역시나 융숭한 대접을 받은 일행은 이틀 연속된 행군에 지쳐 다들 일찌감치 곯아떨어졌다. 하지만 백영은 짐을 풀자마자 부랴부랴 오늘 낭독할 글을 써서 율의 침소에 들었다.

"내가 말이다, 미상의 책은 물론이거니와 다른 소설들도 수레로만 몇 수레는 읽었을 것이다. 그중에서도 애정 소설은 아마 안 읽은 것이 없을 게야."

백영이 자리를 잡고 앉자마자 율이 말했다. 뜬금없는 말에 '그래서요?'라는 표정으로 바라보자 율이 굉장한 비밀이라도 알려주듯이 목소리를 낮추었다.

"그래서 내가 곰곰이 생각을 해봤는데, 춘향이가 말이다……."

"춘향이가 뭘 말이옵니까?"

한참을 기다려도 말이 없자 저도 모르게 다그치듯이 물었다. 그리고 그제야 한창 궁금한 대목에서 '다음 편에 계속' 하고 작가가 확 끊어버렸을 때 독자들의 마음이 이해가 갔다. 짜증이 나고 두들겨 패서라도 당장 다음 말을 듣고 싶었다.

뜸을 들이던 율이 마침내 입을 열었다.

"춘향이가 이 도령을 죽일 것이다. 그렇지?"

율의 말에 백영이 책장을 펴던 손을 멈췄다.

"어째서 그리 생각하십니까?"

"너는 잃을 게 없는 사람이 더 무섭다고 생각하느냐, 가진 게 많은 사람이 더 무섭다고 생각하느냐?"

"둘 다 무섭습니다."

"맞다. 그래서 백성들에겐 적당히, 죽지 않을 만큼만 쥐어주는 게 가장 안전하지. 아무것도 주지 않으면 폭동이 나고 너무 많이 쥐어 주면 역모를 꾀하지만, 먹다 남은 만두를 하나 던져 주면 더 얻어먹어 볼까 하고 고분고분해지거든."

율이 폭군인 것은 확실했으나 아둔한 자는 아니었다. 광폭한 데다 멍청하기까지 했다면 신하들을 제압하면서 지금까지 이 자리를 지키고 있지 못할 것이다. 백영은 간간이 드러나는 율의 날카로움에 새삼 그를 달리 보았다. 물론 그 날카로움은 모두 나쁜 쪽으로 쓰이긴 했지만.

"아무튼, 춘향이는 가진 것이 아무것도 없었다가 모든 것을 가지게 된 계집이다. 가장 위험한 종류의 인간인 거지. 자기가 현재 누리고 있는 것을 절대로 놓으려 하지 않을 것이다. 그러니 자연히 방해가 되는 이 도령을 없앨 수밖에. 너 없으면 죽는다고 울고불고할 때는 언제고 시간이 흐르면 너 때문에 죽겠다며 진짜로 죽여 버릴 수도 있는 것이 연모라는 감정 아니더냐?"

"소설을 하도 많이 읽으셔서 반은 작가가 되셨군요. 직접 소설을 써 보시지 그러십니까?"

"그래볼까?"

율이 칭찬이라고 생각했는지 어깨를 으쓱거리며 기분 좋게 웃음을 터뜨렸다. 하지만 백영은 그 순간 속으로 적잖은 충격을 받고 있었다.

'춘향이가 이 도령을 죽였다!'

율의 말은 전혀 생각지 못한 가능성을 던져 주었다. 이 도령, 즉 이몽룡이 백영을 내팽개치고 뛰쳐나갔던 첫날밤, 그가 가면자객을 만나 향초 독으로 살해당한 것이라 생각했다. 그런데 혹시 이몽룡을 죽인 자가 춘향이일 수도 있단 말인가. 하지만 춘향이는 이미 그 전에 죽었는데…….

"심청던! 어떠하냐? 네가 전에 얘기해 줬던 딸 팔아먹은 심 봉사와 약쟁이 뺑덕어멈, 인당수 도령에게 몸을 던져 명나라로 튄 심청이 이야기 말이다. 인당수 도령과 명나라로 떠났다는 건 너무 밋밋하니까 화끈하게 바다에 몸을 던져서 죽었다가 다시 살아나는 것으로 각색을 하는 것이지. 어찌 되살아났느냐 하면……."

율이 혼자 심취해 이야기를 떠들어대기 시작했다.

"아, 용왕을 만나면 되겠구나! 용왕이 눈에서 녹색 불빛을 막 쏘면서 심청이 앞에 나타나는 게야! 요거, 요거, 대박 터질 것 같은 느낌이 팍팍 오는데? 제대로 된 막장 한번 만들어보자꾸나! 용왕이 심청이를 다시 육지로 보내준 뒤, 왕자님이나 정승판서 2세 또는 대지주 3세 정도는 나와줘야 여인들이 좋아하니까 완전 잘생기고 몸도 좋은 조선의 임금님을 만나서, 뭐, 그게 꼭 나라는 건 아니고……."

그러나 그가 앞에서 떠들어대거나 말거나 제 생각에 잠겨 있는 백영을 보고선 율이 말을 멈추었다.

"여봐라, 나 지금 누구랑 얘기하는 것이냐?"

하지만 너무 골똘히 상념에 잠겨 있던 탓에 백영은 자신을 부르는 소리조차 듣지 못하였다.

"춘향아!"

춘향이가 현재 자기 이름이라는 것도 잊어버려 역시나 답을 하지 못했다.

"고춘향!"

"예? 예, 전하!"

율이 버럭 소리를 지르자 그제야 퍼뜩 정신이 난 백영이 큰 소리로 대답했다.

"아니다. 써온 글이나 읽어라."

제 이야기를 들어주지 않아 한껏 삐친 율이 퉁명스럽게 쏘아붙였다. 그러곤 혼잣말처럼 투덜거렸다.

"이 나라 지존이 그까짓 매설가가 돼서 뭐하겠다고. 용왕이 살려주기는 개뿔, 토끼 간이나 꺼내 먹으라고 하지!"

그러나 백영은 율이 삐쳤다는 것도 눈치채지 못한 채 서둘러 낭독을 하기 시작했다.

"저잣거리에서 이 도령과 마주친 춘향이는 불안한 마음에 좀처럼 잠이 오지 않아 뒤척이다 바람이나 쏘일까 싶어 관아의 후원으로 나갔다. 자신을 쏘아보던 이 도령의 이글거리는 눈빛이 예사롭지 않은 것이, 불길한 예감이 머릿속에서 떠나질 않았다. 달빛이 은은하게 비추는 후원을 홀로 걷고 있는데 뒤에서 불현듯 인기척이 났다. '웬 놈이냐!'"

백영이 긴박하게 글을 읽어 내려갔다.

"춘향이 날카롭게 소리치자 '나다, 춘향아' 하고 커다란 나무 아래에서 목소리가 들려왔다. 그리고 그 목소리는 바로!"

입은 쉼 없이 글자를 읽고 있었지만 그녀의 머릿속은 온통 다른 생각으로 가득 차 있었다.

'이몽룡은 대체 누가 죽인 것인가?'

율에게 책을 읽어주고 제 방으로 돌아온 백영은 좀처럼 잠이 오지 않아 계속 뒤척이다 바람이나 쐬일까 싶어 후원으로 나갔다. 마치 자신이 쓴 이야기책 속의 춘향이 된 듯 달빛이 은은하게 비추는 후원을 홀로 걷고 있는데 뒤에서 불현듯 인기척이 났다.

"거기 뉘십니까?"

백영이 휙 뒤를 돌아보며 소리쳤다. 그러자 커다란 나무 아래에서 검은 그림자가 얼핏 스치는가 싶더니 인기척이 멈추었다. 그녀가 품에서 얼른 은장도를 꺼내며 다시 날카로운 음성으로 물었다.

"누구냐니까!"

그러자 검은 그림자가 익숙한 목소리로 답을 했다.

"접니다."

"대감!"

백영의 외침에 검은 그림자가 달빛 아래로 나오며 모습을 드러냈다. 예상대로 완얼이었다.

"이 야심한 밤에 누군가 싶어 놀랐습니다. 어찌 나와 계십니까, 아씨?"

"저야말로 깜짝 놀랐습니다. 혹시나……."

"또 가면자객이라도 들었을까 봐요?"

완얼이 안심을 시키려는 듯이 부드럽게 미소를 지으며 물었다.

"설마요. 전하께서 계신 곳입니다. 이리 경계가 삼엄한데 제아무리 가면자객인들 쉽사리 들어올 수 있겠습니까? 한데 대감이야말로 어찌 나오신 겁니까?"

백영이 슬그머니 은장도를 다시 넣었다.

"설핏 잠이 들었다가 꿈을 꾸었습니다."

"꿈이요? 무슨 꿈을 꾸셨습니까?"

얼마 전 완얼이 꾸었던 서까래 세 장을 등에 지고 걸어갔다는 꿈을 떠올리며 불안한 기색으로 물었다. 와인의 해몽에 의하면 그 꿈은 임금 왕(王)을 뜻하기도 했고, 혹은 흙 토(土) 위에 한 일(一) 자로 눕게 되는 죽음의 꿈이기도 했다. 그리고 둘 중 어떤 것이 맞게 될지는 완얼의 의지에 달린 일이라 하였다. 왕이 되거나 죽거나. 지금 완얼의 상황에서 이보다 더 정확한 예지몽은 없을 것이다.

"제가 술에 잔뜩 취해 머리맡에 술병을 떡하니 두고선 길바닥에서 대자로 뻗어 자는 꿈이었습니다."

"예에?"

"개꿈이지요."

"와인 무녀에게 해몽을 부탁해 보시지요?"

"해몽을 할 것도 없을 것 같습니다. 큰 대(大)로 뻗어서 머리맡에 술병을 놓았으니 개 견(犬)의 형상 아니겠습니까? 술 먹은 개가 되었으니 그야말로 개꿈이지요. 이왕이면 다리 사이에 술병을 둘 걸 그랬습니다. 그럼 개 견(犬)이 아니라 클 태(太)가 되었을 텐데요."

완얼이 농을 하며 피식 웃었다. 한데 그 말을 들은 백영의 얼굴이 확 붉어졌다.

"어머나! 다리 사이에 뭐가 크다는 말입니까?"

"예? 그게 무슨 말씀이신지……."

완얼의 어리둥절한 표정에 백영은 그제야 자신이 엉뚱한 상상을 해 버렸다는 것을 깨달았다.

'이젠 하다하다 클 태(太) 자를 보고도 음란마귀에 들리다니! 대추나무 시집보내기와 멀쩡히 잘 돌아가는 물레방아를 보고 음란하다 난리 치는 전하나 나나 도긴개긴이구나.'

"송구하옵니다. 별말 아니오니 달밤에 개가 짖었다 생각하시고 잊어버리십시오. 그리고 마침 잘 오셨습니다. 한 가지 의문점이 생겨 대감께 여쭤볼까 하던 참이었습니다."

너무 부끄러운 나머지 서둘러 말을 돌렸다.

"어떤 의문인데 그러십니까?"

"혹시 춘향이가 이 도령을, 그러니까 제 서방님이셨던 이몽룡을 죽인 게 아닐까요?"

백영은 한껏 진지하게 물었지만 완얼은 웬 뚱딴지같은 소리냐는 듯 고개를 갸우뚱했다.

"춘향이가요? 춘향이는 이몽룡이 죽기 한참 전에 죽지 않았습니까? 죽은 사람이 어찌 이몽룡을 해칠 수 있단 말입니까?"

"그렇긴 하지만……."

"그리고 향초 독으로 사람을 죽이는 건 가면자객인데, 그럼 춘향이가 가면자객이라는 말입니까?"

"그것도 말도 안 되는 소리지요. 자객은 분명 사내였습니다."

"근데 왜 갑자기 그런 생각이 드신 겁니까?"

그때, 그들의 뒤쪽에서 인기척이 났다. 이번엔 한 명이 아니라 두 사람의 발자국 소리였다.

"앗, 이쪽으로 오십시오!"

완얼이 재빨리 백영의 손목을 잡고 커다란 소나무 뒤로 몸을 숨겼다. 이 시각에 임금의 책비와 왕자가 함께 있는 것을 누가 본다면 삽시간에 온갖 소문이 퍼져 나갈 것이다. 완얼과 백영이 나무 뒤로 숨자 정체 모를 두 사람의 발자국 소리도 점점 가까워졌다. 아마 후원에서 가장 눈에 안 띄는 곳을 찾다 보니 그들도 이쪽으로 오는 것 같았다.

"이런 시각에 저를 부르신 이유가 무엇입니까?"

사내의 음성이 먼저 들렸다. 우렁찬 그 목소리를 듣자마자 량주라는 것을 대번에 알 수 있었다.

"어제 제가 물은 말에 아직 대답을 하지 않으셔서요."

역시 익숙한 여인의 목소리. 호랑이도 제 말 하면 온다더니 방금 전 언급했던 와인 무녀였다. 완얼과 백영은 누가 먼저라고 할 것 없이 호기심에 살짝 고개를 내밀었다. 역시나 멀지 않은 곳에 량주와 와인이 서 있었다. 그리고 두 사람의 분위기가 몹시 심각해 보였다.

"제게 질문을 하셨다고요? 어떤 질문 말입니까?"

"혹시 말입니다, 만약에 제가 무녀가 아니었다면 받아들여 주셨을 겁니까?"

어제 량주가 우의를 벗어주고 돌아섰을 때 와인이 '무사님!' 하고 부르며 말을 했으나 빗소리에 파묻혀 들리지 않았던 바로 그 질문이었다.

"정말 저와 함께하고 싶으신 겁니까?"

량주가 평소답지 않게 차분한 태도로 물었다. 그러자 무녀가 조용하지만 분명하게 고개를 끄덕였다.

"허 참. 도대체 저 같은 놈이 뭐가 좋아서요? 저는 할 줄 아는 건 검을 휘두르는 것뿐인 데다 모아놓은 재물도 없고, 잠버릇도 엄청나게 험합니다. 자다가 숙휘 형님과 완얼군 대감을 걷어차서 창자를 터뜨릴 뻔한 적도 있습니다."

"저는 더 험합니다! 저는 글쎄, 자다가 옆에서 주무시던 국무녀님의 멱살을 잡더니 팔뚝을 물어뜯었답니다. 어찌나 세게 물었는지 반달 모양의 흉터가 생겼다며 아직도 박박 우기실 정도이지요. 그리고 저도 할 줄 아는 것이 없습니다. 자수 하나 제대로 놓지 못해 거북이와 두루미 삼천갑자 동방삭도 죄다 벌레로 만들어 버리는 똥손이지 않습니까? 그러니 우리는 천생연분 아니겠습니까?"

참으로 천생연분이로다! 입이 떡 벌어진 백영이 완얼에게 소곤소곤 속삭였다.

"저 둘이 첫날밤을 보내면 누구 하나는 죽어 나가는 거 아닙니까? 신랑이 발차기를 날리면 신부는 멱살잡이를 하다 물어뜯어 버리고."

완얼이 그리 주의를 주더니 뒤에서 백영을 감싸 안았다. 그러자 불시의 포옹에 백영이 '어머!' 하고 작게 소리쳤다.

"쉿! 듣겠습니다."

그러면서 그녀를 더욱 품에 꼭 끌어안았다.

'이렇게 잠시라도 그대를, 아니, 영원히 그대를 품에 안을 수 있다면 그 어떤 대가를 치러야 한다 해도 감수하겠소. 이제 며칠 뒤 내가 하려는 일이 천륜과 인륜을 배반하는 일이라도 그대를 위해서라면……. 그대를 얻기 위해서라면…….'

완얼이 간절히 되뇌었다. 그가 원하는 건 오직 이 여인 하나였고, 이 여인을 안기 위해 세상을 품에 안으려는 것이었으니까. 그리고 그의 마음을 알기에 백영도 조용히 그의 품에 안겨 있었다.

고요한 어둠 속에서 량주가 한참을 망설이다 다시 말을 꺼냈다.

"저는…… 어릴 적 여동생과 함께 산속에 버려져 절에서 자란 고아입니다. 열네 살 때 완얼군 대감을 만나기 전까진 세상에 대한 원망만으로 가득한 쓰레기였을 뿐입니다. 실은 그래서 검술을 배운 것입니다. 언젠가 나를 버린 부모를 만나면 내 손으로 베어버리려고요. 너무, 너무 미워서요."

오랫동안 묻고 지내온 옛 기억이 떠올라 가슴속에서 울컥하고 불덩어리 같은 것이 올라왔다. 먹여주고 재워주는 대가라며 어린아이를 지독하게도 부려먹었던 스님, 버려진 줄도 모르고 어미를 애타게 찾다가 열병으로 죽어버린 여동생, 그때 누이의 나이 겨우 다섯 살이었다. 그 뒤로 마음에 칼을 품고선 온갖 무사들을 찾아다니며 검을 배웠더랬다. 다 잊어버린 줄 알았던 원망과 다 아문 줄 알았던 상처, 다 용서한 줄 알았던 증오가 다시 생생하게 살아나는 것 같아 간신히 꾹꾹 눌러 삼키고는 말을 이었다.

"게다가 저는 배움도 많이 부족해서 아무리 들어도 색골난망이랑 백골난망이 헷갈리고, 주경야동인지 주경야독인지도 모르겠고……."

"저도 고아나 다름없습니다. 찢어지게 가난한 주제에 그래도 핏줄은 양반이라고 신 내린 여식은 가문의 수치라며 내쫓더군요. 그리고 저도 무식합니다. 저는 정말이지 죽염야독인 줄 알았습니다!"

와인은 자신의 아픈 기억을 숨김없이 말해주는 량주가 더욱 좋아졌다. 그리고 비슷한 아픔을 공유하고 있는 자신이 그에게 위안이 될 수 있을 것이라 생각했다. 하지만 량주는 한참 동안 아무 답이 없었다.

"그래도 저는 아니 되는 겁니까?"

와인이 불안하게 물었다. 그 간절한 눈빛에도 량주는 묵묵부답이었다.

"아니 되는 것이군요. 저는 무사님도 제게 마음이 있는 줄 알았습니다. 다만 제가 무녀이기 때문에 망설이시는 줄 알았습니다. 그래서 실은 양반가의 여식이었다고 하면 좋아하실 줄 알았습니다. 한데 이제야 알았습니다, 제 착각이었다는 걸. 무사님께선 저를 싫어하시는 것이었는데 눈치 없이……."

그제야 완전히 거절당한 것이라는 걸 깨달은 와인이 고개를 떨어뜨렸다.

"싫다고 하진 않았습니다. 다만."

분명 싫은 건 아니었다. 와인이 좋은 여인이라는 걸 그도 아니까. 다만, 여자로서 느껴지지 않을 뿐이었다. 그리고 그녀를 받아들일 수 없는 이유를 설명해 주는 것이 와인의 진심에 대한 예의라 생각했다.

"저는 마음에 둔 이가 따로 있습니다."

그러자 한동안 말을 잇지 못하던 와인이 간신히 입을 열어 애처롭게 물었다.

"어떤 여인인지 물어도 되겠습니까?"

"그저 저 혼자만의 연모일 뿐입니다. 이루어질 수 없을 거라는 걸 알지만, 그래서 시작조차 해보지 못한 채 끝나 버렸다는 것도 알지만, 괴로워도 자꾸만 마음이 가는 것을 저도 어쩔 수가 없습니다. 그러니 제게 마음을 두지 마십시오. 무녀님께서 너무 아깝습니다."

량주가 그리 말한 뒤돌아섰다. 그리고 성큼성큼 걸어가는데 갑자기 뒤에서 와인이 와락 그의 등을 껴안았다.

"무녀님!"

여인의 손목 한 번 작정하고 잡아본 적이 없는 량주가 너무 놀란 나머지 그 자리에 멈춰 섰다. 등에 와 닿은 여인의 뭉클한 느낌이, 여인의 심장 소리가 낯설고 당혹스러웠다.

"싫습니다!"

넓은 등에 고개를 묻으며 와인이 울부짖듯이 외쳤다.

"제 마음입니다! 무사님을 좋아하는 마음은 제 마음이니까요. 무사님께서 그분을 마음에 품고 살아가시듯 저도 량주 무사님을 마음에 품고 지내겠습니다. 그리고 기다릴 것입니다. 괴로워도 자꾸만 마음이 가는 걸 어쩌겠습니까?"

량주는 외사랑을 하는 와인의 모습이 마치 제 모습을 보는 것 같아 한없이 안타까웠다. 한데 난감하게 고개를 돌리던 량주의 눈에 소나무 뒤로 몸을 가리고 선 백영이 보였다. 그리고 모습은 보이지 않지만 그녀의 허리를 감싸고 있는 사내의 손. 그 순간 백영과 량주의 시선이 마주쳤다. 그녀의 당황하는 눈빛을 본 량주는 금세 알아챘다. 그녀의 허리를 감싸 안고 있는 나무 뒤의 사내가 누구인지. 얼굴이 확 굳어버린 량주가 와인의 손을 매몰차게 뿌리쳐 버렸다.

"무사님!"

와인의 애타는 부름을 외면한 채 곧장 앞으로 걸어갔다. 뚜벅뚜벅. 백영에게로.

'설마 나한테 걸어오는 것인가? 대체 어쩌려고!'

백영이 긴장으로 몸이 굳자 완얼도 안고 있던 팔을 풀었다. 그리고 나무 뒤에서 모습을 드러내려는데 그들을 향해 걸어오던 량주가 갑자기 발걸음을 틀었다.

'나를 좋아해 달라 떼를 쓰는 것도, 윽박을 지르는 것도 아니라고 내 입으로 분명히 말했다. 한데 내가 지금 뭐 하는 짓인가!'

량주는 단순하고 무식하긴 했지만 자기가 한 말은 꼭 지켰다. 남아일언중천금. 사내의 말은 천금보다 무거우니 반드시 제 말에 책임을 져야 하며 무인이라면 더더욱 그래야만 한다고 생각했기 때문이다.

"무사님! 무사님!"

와인이 또다시 량주를 불렀다. 하지만 아무리 목 놓아 불러도 그는 매정하게 단 한 번도 돌아보지 않았다. 그리고 그대로 사라져 버렸다. 그녀가 어둠 속에서 무너지듯 주저앉았다. 애가 끊어진 듯 하염없이 울고만 있는 와인을 보다 못한 백영이 그녀에게 다가갔다.

"무녀님, 여기서 뭐 하십니까?"

방금 후원에 도착한 것처럼 물으며 그녀의 어깨에 살며시 손을 올렸다.

"무슨 일인지는 모르겠으나 그만 우십시오. 너무 울면 몸 상하십니다."

백영의 목소리를 듣자 와인이 고개를 번쩍 들더니 다짜고짜 물었다.

"항아님! 항아님 오라버니가 마음에 두었다는 여인이 누군지 아십니까?"

"갑자기 그게 무슨 말씀이신지……."

"저 량주 무사님을 좋아합니다. 그러니 아시면 제발 가르쳐 주십시오, 예?"

와인이 백영의 치맛자락을 붙들고 간절히 애원했다.

"저는 잘 모릅니다. 그리고 그건 알아서 뭐하시게요? 그 여인에게 가서 따지기라도 하시게요?"

"아닙니다. 그런 것이 아니라 그저 어떤 여인인지 궁금해서요. 얼마나 어여쁜지, 얼마나 지혜로운지, 목소리는 어떠한지, 자수는 잘 놓는지……. 내가 좋아하는 사내가 대체 어떤 여인을 좋아하는지 먼발치에서라도 한 번 보고 싶어서 그럽니다."

눈물로 범벅이 된 와인의 얼굴을 바라보며 백영은 그녀가 어떤 심정인지 이해할 수 있을 것 같았다. 자신도 그랬으니까. 완얼의 첫정이자 8년을 놓지 못했던 소원이라는 여인, 그녀가 대체 어떤 여인인지 궁금하고 한 번만이라도 만나보고 싶었다. 지금은 그녀가 이 세상 사람이 아니라는 것을 알게 되었지만 그전까진 백영도 지금의 와인과 같은 심정이었다.

"그 여인이 누군지 오라버니에게 넌지시 한 번 물어봐 드릴까요?"

결국 안쓰러운 마음에 이리 물었다. 그 여인이 자신일 거라는 건 상상도 하지 못한 채.

"정말이십니까?"

"예."

"고맙습니다!"

내내 주저앉아 있던 와인이 벌떡 일어나 허리를 깊이 숙였다.

"가시지요. 제가 처소까지 데려다 드리겠습니다."

"괜찮습니다. 여기서 더 폐를 끼칠 수는 없지요."

그제야 백영의 앞에서 울고불고한 것이 무안해졌는지 와인은 인사도 하는 둥 마는 둥 하며 후원을 빠져나갔다.

"무녀님!"

못다 한 말이 있는 건 아니었지만 너무 다급하게 사라져버리니 당황스럽기 그지없었다.

"생김만 토끼를 닮았나 했는데 걸음도 토끼처럼 빠르군요."

완얼이 그리 말하며 백영에게 다가왔다.

"대감께서는 알고 계셨습니까?"

"무엇을요?"

"량주 무사님과 와인 무녀의 관계 말입니다."

"대충은 알고 있었습니다."

"저만 모르고 있었군요."

백영이 서운한 표정을 짓자 완얼이 황급히 둘러댔다.

"그리 급박하게 알려야 할 일은 아니니까요."

"근데 저 두 사람을 보니 말입니다, 갑자기 제가 연모하는 사람도 저를 연모한다는 것이 믿어지지가 않습니다."

"그게 무슨 뜻입니까?"

"명국도 아니고 왜국도 아니고 이 나라 조선에서 태어나 팔도 중에서도 도성에서, 그 많은 사람들 중에 당신을 만나 내가 당신을 연모하게 되고, 당신도 나를 연모하게 되었다는 것이 기적과도 같지 않습니까?"

"정말 그렇군요. 이미 기적은 일어났는데 우리는 너무 많은 기적을 바라고 있었군요. 하늘이 인연을 내려주셨으니 지켜 나가는 것은 우리의 몫인데 말입니다. 아니, 저의 몫이지요."

완얼이 그리 말하며 백영의 손을 꼭 붙들었다. 그리고 지켜야 할 여인이 이 세상에 존재함을 하늘에 감사했다.

"한데 량주 무사님이 좋아하는 여인이 누굴까요? 혹시 아십니까?"

백영도 그의 손을 마주 잡고선 행복한 미소를 지으며 물었다.

"글쎄요. 저도 거기까지는 잘 모르겠습니다."

완얼은 시치미를 뗐다. 량주가 좋아하는 여인이 백영이라는 사실을 알게 돼봤자 곤란해지기만 할 것이니 모르는 것이 낫다고 생각했다.

"저는 량주 무사님에게 그런 아픈 사연이 있는지 몰랐습니다. 늘 밝고 힘에 넘치셨으니까요. 량주 무사님이 좋은 여인을 만나 꼭 행복해지셨으면 좋겠습니다."

"저도 그러기를 바랍니다. 우리 숙휘도……."

"앗!"

그때 갑자기 백영이 날카롭게 비명을 질렀다.

"왜 그러십니까?"

"팔뚝에 흉터요! 아까 와인 무녀가 말하지 않았습니까? 국무녀에게 반달 모양의 흉터가 있다고요! 가면자객의 손목에도 그런 흉터가 있지 않습니까?"

"하지만 와인 무녀는 그저 팔뚝이라고만 했지 정확히 손목이라고는 하지 않았는데요?"

"팔뚝이나 손목이나요. 그리고 국무녀는 숙빈과 매우 가까운 사이인 것 같았습니다. 혹시 이 모든 게 어떤 연관성이 있는 건 아닐까요?"

"그렇다고 국무녀가 자객이라기엔 좀……. 국무녀가 성수청을 내팽개치고 남원까지 따라 내려왔을 리도 없고, 나이도 있는 데다 무엇보다 자객은 여인이 아니라면서요?"

"그렇긴 합니다만 꼭 국무녀가 자객이 아니더라도 동패일 수도 있지 않습니까? 그 패거리의 상징이 손목의 반달 문신이라든가 해서."

"가능성이 아주 없는 이야기는 아니군요. 혹시 와인 무녀의 손목에도 반달 문신이 있었습니까?"

"글쎄요. 손목을 자세히 본 적은 없어서 잘 모르겠습니다."

"그럼 우선 날이 밝으면 와인 무녀의 손목부터 확인해 보도록 하지요. 그리고 도성으로 돌아가면 국무녀의 손목도 확인해 봅시다."

"국무녀의 손목에 정말 반달 문신이 있다면요?"

"그럼 성수청을 중심으로 반달 문신이 있는 자가 더 있나 찾아봐야지요. 아, 천화각 주변도 살펴봐야겠군요. 만일 가면자객이 국무녀와 숙빈, 그들과 관련이 있는 자라면…… 문제는 생각보다 훨씬 더 복잡하고 위험해질 것입니다."

"혹여 와인 무녀가 숙빈 쪽 첩자일 수도 있을까요?"

백영의 얼굴이 일순 심각해졌다.

"모든 가능성을 열어두어야겠지만…… 아니었으면 좋겠군요. 량주를 생각하는 그녀의 마음이 진심이라고 믿고 싶습니다. 더 이상 인간에 대해 실망하고 싶지 않아서요."

완얼이 깊은 한숨을 내쉬었다. 그건 백영도 마찬가지였다. 와인을 그리 좋아하는 건 아니었지만 그래도 그녀가 나쁜 사람이 아니었으면 좋겠다. 그녀가 나쁜 뜻으로 량주에게 접근한 것이 아니었으면, 그 간절한 애원이 진심이었으면 하고 빌었다. 량주가 다시는 사람에게 상처받지 않기를 바라서였다. 하지만 머지않아 다름 아닌 백영 자신이 그에게 상처를 주게 될 거라는 걸 그 순간엔 미처 알지 못했다.

11.

피로 비를 뿌려도
너 하나만 얻을 수 있다면

수원을 떠난 어가 행렬은 순조롭게 여정을 이어가 직산을 지나 천안을 거쳐 드디어 온양 행궁에 도착했다. 한양을 출발한 지 이레만이었다. 해가 저문 뒤 예정보다 늦게 온양에 도착한 율은 동서남북 총 네 개의 문 중 정문인 동쪽으로 입궁을 하였다. 문으로 들어서자 비로소 16칸의 내정전과 12칸의 외정전, 상중하 세 곳의 탕으로 이루어진 행궁이 제 모습을 드러냈다. 어두운 밤이었지만 온 사방에 등을 밝혀놓아 대낮같이 환하였다.

"전하, 원행에 얼마나 노고가 많으셨습니까? 내정전과 탕전을 말끔히 수리해 놓았으니 어서 드시지요."

온종일 임금이 도착하기를 목 빠지게 기다려 온 온양 부사가 허리를 굽실거리며 아뢰었다. 보아하니 그 짧은 시간에 행궁을 수리하느라 백성들을 꽤나 들들 볶았을 것 같다. 내정전은 임금의 사적인 공간이자 침전으로 쓰이는 곳이었고, 외정전은 집무를 보는 곳, 탕전은 목욕을 하는 곳이었다. 그리고 주변으로는 홍문관, 승정원, 사간원, 상서원 등의 행정 기관과 무예별감청, 별무사청, 수문장청 등 군사·호위기관 그리고 수라간 등이 자리 잡아 규모는 작았지만 궐에 있어야 할 것들은 어지간히 갖추고 있었다.

"어허, 굳이 수리할 것 없다고 하명했는데 듣지 못한 게냐?"

말은 그리 하면서도 얼굴은 좋은 내색을 숨기지 않았다. 그러다 고관대작들 뒤편에서 백영이 빤히 바라보고 있는 것을 보자 갑자기 헛기침을 하더니 정색을 했다.

"부역으로 고생한 백성들에게 어식과 어주를 적당히, 아니, 굉장히 많이 내릴 것이니 골고루 나눠주고 올 가을엔 조세를 1할 감면시켜 줄 것이며 그리고 아, 맞다! 온양의 백성들에게만 특별히 과거를 볼 수 있게 해주겠노라!"

백영이 읽어줬던 책 내용대로 율이 명을 내렸다.

"예에?"

온양 부사뿐만 아니라 그 자리의 모든 대소신료들과 완얼까지도 제 귀를 의심하며 임금을 바라보았다. 요즘은 사람도 죽이지 않고 광기도 줄어들긴 했지만 이렇게 느닷없이 성군 시늉까지 내니 놀라울 따름이었다.

"성은이 망극하옵니다!"

온양 부사가 일단 목을 쭉 빼고 우렁차게 소리치며 크신 은혜에 무한 감동을 표했다. 그러자 율이 어깨를 으쓱하며 백영을 쳐다봤다. '참 잘했어요!' 하고 머리라도 쓰다듬어 달라는 듯한 표정에 백영이 저도 모르게 피식 웃고 말았다.

"하하하하하!"

그것을 미소라고 착각한 율이 몹시 만족스럽게 웃음을 터뜨렸다.

'우리 임금님이 또 미쳤구나!'

뜬금없는 박장대소에 늙은 상선은 안절부절못했고, 완얼은 백영이 정말 붓은 칼보다 강함을 보여주고 있음에 놀라는 한편으로 형님과 백영 두 사람 사이에 어떤 유대감 같은 것이 형성되는 것 같아 마음이 편치 않았다.

"우선 온천욕부터 해야겠구나."

율이 기분 좋게 말을 꺼내자 완얼이 나서 찬물을 끼얹었다.

"전하, 그것은 아니 되옵니다!"

"어째서 아니 된단 말이냐?"

"명과학교수 어기용차의 택일에 의하면 온천욕은 내일 진시와 모레 진시, 그리고 나흘 뒤 술시……."

"여기까지 와서 온천욕도 날을 받아 하란 말이냐?"

율이 완얼의 말을 끊으며 반듯한 이마를 찌푸렸다.

"전하께서 최대한 좋은 기를 받으며 온천욕을 하실 수 있는 날이옵니다. 온천욕 택일 또한 무명청 수장인 저의 소임이오니 통촉하여 주시옵소서!"

"알았다! 알았어! 내일 진시에 하면 될 거 아니냐? 목욕 한 번 하겠다는데 통촉씩이나."

투덜거리며 침전으로 향했다. 율의 괴팍하고 제멋대로인 성정상 무시해 버리고 당장 탕전으로 향할 것 같았지만 은근히 미신에 신경을 쓰는지라 마지못한 척 신 내린 아우의 말에 따랐다.

다음 날 진시 정각, 율은 온천욕을 하기 위해 탕전에 들었다. 탕전은 서른 평 가량으로 열 평 정도의 탕실엔 두 개의 탕이 있었다. 하나는 몸을 담그는 용도로 온천수가 솟는 곳이고, 다른 하나는 목욕을 할 수 있게 적당한 온도로 식힌 온천수를 채워놓은 목욕통이었다. 그리고 찬바람을 쐴 수 있는 방이 남북으로 하나씩 있고, 동서 양쪽에는 온돌을 깐 방이 마련되어 있었다.

진시 무렵, 형님께서 부르신다는 말에 완얼이 탕실로 오자 율은 이미 온천수에 반신을 담그고 있었다.

"왔느냐? 이리 들어오너라."

어제도 봤으면서 몇 년 만에 만난 형제처럼 반가운 얼굴로 완얼에게 손짓을 했다.

"예에? 제가 어찌 전하와 탕에 함께 들어갈 수 있겠사옵니까?"

완얼이 말도 안 된다는 듯 난감하게 고개를 조아렸다.

"뭐 어때서? 형제끼리 이런저런 얘기도 나누며 온천욕 한 번 하겠다는 건데. 우애를 나누는 데도 법도가 따로 있더냐?"

도대체 형님께선 또 무슨 꿍꿍이인가, 아니면 신종 지랄인 건가. 머릿속이 복잡해지며 우물쭈물하고 있자니 율이 버럭 소리를 질렀다.

"어서 들어오래도!"

"예, 전하!"

하는 수 없이 완얼도 옷을 벗고 온천탕에 하반신을 담갔다. 김이 모락모락 피어오르는 온천수가 몸을 덥혀오며 근육의 긴장을 풀어주었으나 마음이 잔뜩 긴장되어서인지 율처럼 여유롭게 온천욕을 즐길 수는 없었다.

"몸이 아주 좋구나. 누가 보면 왕족이 아니라 무인인 줄 알겠다. 평소에 무예 연습도 부지런히 하는가 보지?"

율이 옆에 앉은 아우의 몸을 훑어보며 툭 내뱉었다.

"건장하신 전하의 옥체에 비하면 비루할 따름이옵니다."

"그건 그렇긴 하다만."

율이 그리 말하며 보란 듯이 넓은 어깨를 쫙 폈다. 그리고 그때 열두 폭 목면 구십 척으로 두른 푸른 휘장 밖에서 상궁이 고하였다.

"전하, 책비가 왔사옵니다."

"들라 해라."

율의 여유로운 답과는 달리 완얼은 거의 펄쩍 뛰듯이 물었다.

"책비는 밤에만 오는 것 아니었습니까?"

"밤에만 책을 읽으라는 법 있느냐?"

"그런 것이 아니라 낮에 글을 써서 밤에 읽는다고 들은지라……."

"책비에 대해 잘 알고 있구나."

율이 날카로운 음성으로 말을 끊었다.

"어제는 밤늦게 도착하여 미처 글을 쓰지 못하였다기에 오늘 아침에 오라 한 것이다. 춘향이의 낭랑한 음성을 들으며 느긋하게 온천욕을 즐기고 싶기도 하고."

말을 마침과 동시에 책을 품에 안은 백영이 두리번거리며 안으로 들어왔다. 탕실의 벽은 판자벽을 대고 도배를 해 습기가 차지 않았고, 바닥에는 돗자리가 깔려 있어 임금의 옥체에 돌이 닿지 않도록 해놓았다. 그리고 오동나무 바가지와 작은 물바가지, 옻칠한 소반, 놋대야, 열 장이 넘는 수건들, 목욕을 마친 뒤 걸치는 자주색 비단으로 만든 목욕옷 등이 가지런히 놓여 있었다.

그러나 탕 앞에 서는 순간 그 모든 것들이 눈앞에서 사라지며 머릿속이 하얘졌다. 김이 모락모락 피어오르는 온천탕 속엔 두 사내가 상반신을 드러낸 채 앉아 있었다. 누가 형제 아니랄까 봐 완얼과 율 모두 떡 벌어진 어깨에 탄탄한 가슴, 석공이 섬세하게 아로새겨 놓은 듯한 매혹적인 복근을 지니고 있어 눈앞이 어지러울 지경이었다. 탕실에서 부른다 하여 임금이 목욕 중이겠구나 하고 예상은 했지만 완얼까지 함께 있을지는 몰랐다. 그것도 탕 속에서. 이곳에 왜 온 것인지조차 잊고선 넋을 놓고 있으려니 물속까지 훤히 들여다보여 백영이 저도 모르게 눈을 질끈 감았다. 그러자 어둠 속에서 율의 음성이 들려왔다.

"이리 가까이 오너라!"

하는 수 없이 눈을 살짝 뜨자 같은 듯 다른 얼굴의 형제가 다른 듯 같은 표정으로 그녀를 바라보고 있었다. 뿌연 수증기에 감싸인 건강하고 싱싱한 육체의 아름다움에 백영의 이성이 마비되어 버렸다. 율이 그 불같은 성정처럼 화가 난 듯 팽팽한 근육이라면 완얼은 예술품처럼 유려하게 다듬어진 매끈한 몸이었다. 여섯 개의 조각조각을 타고 흘러내리는 물방울들을 손을 뻗어 만져 보고 싶었다. 그 충동을 이기지 못하고 정말 손을 뻗어버릴까 봐 두 손을 꼭 마주 잡았다. 마치 하늘에서 남신이 강림한 듯 강렬한 매혹이었다.

"가까이 오라 하지 않느냐? 이리 와 내 앞에 서거라."

율의 명에 백영이 조심스럽게 걸음을 옮겨 온천탕 앞에 섰다. 원래 임금은 목욕할 때 옷을 모두 벗지 않고 홑겹으로 된 비단을 걸치는데 율은 거추장스러워하며 아무것도 걸치지 않았다. 하지만 가까이서 보자 완얼은 물에 젖어 반쯤 투명해진 얇은 비단을 허리에 걸치고 앉아 있었다.

'맙소사, 내가 지금 뭘 이리 빤히 들여다보고 있는 거람! 완얼군 대감 앞에서 이렇게 불려와 서 있는 것 자체가 치욕이건만 부끄러운 줄도 모르고!'

백영은 자신을 책망하며 얼른 책을 펼쳤다.

"낭독을 시작하겠습니다."

깊은 밤 춘향이가 후원을 걷고 있을 때 '나다, 춘향아!' 하고 나무 뒤에서 나타난 이는 바로 이 도령이었다. 혹여 남들 눈에 띄기라도 할까 봐 당장 돌려보내려 했지만 죽을 각오로 삼엄한 경계를 뚫고 들어온 이 도령은 순순히 물러서지 않았다. 이대로는 안 되겠다 싶어 춘향은 내일 밤 은밀한 곳에서 만나 결판을 짓자고 제안했고 그제야 이 도령이 돌아갔다. 오늘의 이야기는 여기서부터 시작되었다.

"다음 날 밤, 임금이 깊이 잠든 것을 확인한 춘향이는 몰래 빠져나와 이 도령을 만나러 나갔다. 그곳은 오래전부터 비어 있던 물레방아간이었다."

백영의 낭랑한 음성이 온천탕 구석구석에 울려 퍼졌다.

• 🐉 •

"나와 함께 도망치자, 춘향아!"

춘향이를 보자마자 이 도령이 손을 덥석 잡더니 말했다.

"미치셨습니까? 나는 이제 왕의 여인입니다. 왕의 아들을 낳아 이 나라 조선을 내 치마폭으로 휘감아 버릴 것입니다!"

매정하게 손을 뿌리치며 춘향이 쏘아붙였다.

"너야말로 권세에 정신이 나가 버렸구나! 네가 어찌 내게 이럴 수가 있느냐? 나는 그저 너의 신분 상승을 위해 이용한 도구였을 뿐이더냐? 내가 과거에 급제하지 못하여 쓸모가 없어지니 쓰레기처럼 버리려는 것이냐?"

이리 부르짖는 이 도령의 눈에는 원망과 증오가 가득했다.

"나와 함께한 그 무수히 많은 밤들을 기억해 보아라! 기다리겠다고 하지 않았느냐? 나만을 연모한다고 하지 않았느냐!"

이 도령이 오열을 토해내며 털썩 주저앉았다. 원망과 증오는 슬픔이 되고 슬픔은 허망함이 되어 그의 몸을 갈가리 찢어놓았다. 그러나 춘향이 또한 그 못지않게 가슴에 맺힌 것이 많고도 많았다.

"당신이 떠난 후 내가 남원에서 어찌 지낸 줄 아십니까? 과거 공부 한답시고 혼자 도성으로 가버리고는 이 년간 소식 한 장 보낸 적이 있습니까?"

"그건 오로지 어서 급제하여 너를 데리고 오기 위해 공부에만 집중하느라⋯⋯."

"제대로 된 혼례도 치르지 않고 내 몸만 가진 뒤 떠나 버리고, 그 이년 동안 나는 도성에서 내려온 양반들에게 온갖 시달림을 당하며 살아야 했습니다. 전관 사또 아들놈의 수청을 든 기녀가 다른 양반들의 수청은 왜 들지 않는 것이냐며 이놈저놈 할 것 없이 몸을 요구했습니다. 그 누구도 내게 서방이 있다는 걸 인정하지 않았습니다. 그때 당신은 어디서 뭘 하고 있었습니까? 근데 이제 와서 서방이라고요? 내가 왜 당신을 위해서 이 모든 것을 버려야 합니까? 내가 어떻게 해서 여기까지 왔는데!"

"그렇지! 어떻게 해서 여기까지 왔는데 앞길에 방해되는 이 도령 따위는 없애 버려야지! 저리 진상을 떨어대니 어찌 춘향이가 이 도령을 죽이지 않겠느냐?"

이야기에 잔뜩 몰입한 율이 무릎을 탁 치며 외쳤다. 그 바람에 백영의 발밑까지 온천수가 튀어 올랐다.

"진상을 떨어대다니요?"

완얼이 고개를 갸우뚱했다. 진상이란 진귀한 물품이나 지방의 토산물을 임금에게 바치는 것인데 '진상을 떨어댄다'라는 말은 처음 들어봤다. 그러면서 한편으론 전에 백영이 이몽룡을 죽인 게 춘향이가 아니냐고 물었던 것이 여기서 나온 얘기로구나 싶었다.

"백성들을 들들 볶아서 진상하라 지랄을 떨어대는 것이 세상에서 가장 꼴 보기 싫은 것이 아니더냐? 진상들 같으니라고!"

"알고 계셨습니까?"

망나니 왕으로 소문이 자자한 형님이 그런 것까지 살피고 있었다니, 완얼이 깜짝 놀라 물었다.

"그래서 여산 부사네 집안을 풍비박산 내지 않았느냐? 그걸 보더니 뇌물 처먹고 수탈하던 놈들이 오금이 저렸는지 요즘은 좀 덜하다고 하던데."

그러면서 '나 잘했지?' 하며 또다시 칭찬받고 싶은 표정으로 백영을 바라보았다. 그러나 백영은 모른 척 고개를 돌려 버렸다. 금세 시무룩 해진 율이 심통 난 아이처럼 언성을 높였다.

"너 같아도 죽이고 싶지 않겠느냐? 이 도령인지 저 도령인지 사내 녀석이 왜 이리 허접스러워!"

"전하, 소설에 너무 감정이입하지 마시라니까요. 정신 건강에 해롭 사옵니다."

백영이 차분하게 아뢰었다.

"네가 너무 실감나게 읽으니 감정이입을 안 하려야 안 할 수가 있어 야지. 안 그러냐, 검아?"

"예. 글도 참으로 잘 쓸 뿐더러 낭독도 몹시 훌륭하옵니다."

백영이 책을 읽는 것은 오늘 처음 들어보았다. 그리고 그제야 형님 이 왜 매일 밤 불러다 책을 읽히고 싶어 하는지 충분히 이해가 갔다.

"너무 실감이 나서 어떨 땐 진짜 같다니까! 너 정말 이 도령을 만난 적이 없느냐?"

말을 하다 보니 정말 의심스럽다는 듯 눈을 가느다랗게 뜨고 백영을 흘겨보았다.

"전하, 소설은 소설로만 봐주십시오. 자꾸 이러시면 제가 어찌 글을 쓸 수가 있겠사옵니까? 그리고 도성을 떠나온 이래 늘 전하 곁에만 있었는데 어느 틈에 이 도령을 만났겠습니까?"

"그건 그렇다만……. 근데 말이다."

율의 목소리가 속삭이듯 더욱 은근해졌다. 하지만 그것은 감미로운 속삭임이 아니라 지네가 목 뒤로 걸어가는 듯한 오싹한 느낌이었다.

"나는 왜 네가 또 다른 이 도령을 만나고 있는 듯한 기분이 드는 건지 모르겠다."

그러면서 누가 봐도 의도적으로 고개를 돌려 완얼을 쏘아봤다.

또 다른 이 도령.

왠지 섬뜩한 그 말에 후덥지근한 탕실인데도 불구하고 완얼의 온몸이 얼어붙어 버렸다.

"말 그대로 기분 탓이겠지?"

"예, 기분 탓이옵니다."

완얼이 최대한 침착하게 대꾸했다.

"검아."

"예, 전하."

"너도 이제 새장가를 들어야지. 그러고 보니 내가 그간 너무 무심했구나."

"예? 아니옵니다. 제가 무슨……."

당황한 완얼이 두 손을 내저으며 저도 모르게 백영의 안색을 살폈다. 예상대로 그녀의 표정이 순식간에 어두워졌다.

"어디 마음에 둔 처자 없느냐? 미상의 걸작 '이십팔색기가'의 선비는 팔도를 누비며 팔도 기방의 기녀들과 사랑을 나누었는데, 너도 그리 오랫동안 전국을 유랑하였으니 마음에 드는 여인 한두 명쯤은 있었을 것 아니냐? 조선팔도 어디에 있건 당장 네 눈앞에 데려다주마. 임금 형님을 두었다 뭐에 쓰겠느냐? 이럴 때 마음껏 써먹어라!"

율이 신나게 떠들어댈수록 백영의 안색이 점점 더 어두워졌다. 그러자 율이 딴에는 걱정스럽게 물었다.

"어디 몸이 좋지 않으냐?"

"괜찮사옵니다."

"안색이 창백한 것이 괜찮지 않은 것 같은데? 너도 이리 와서 몸을 좀 담가보아라. 이 물이 보통 약물이 아니다. 앉은뱅이가 몸을 담갔다가 벌떡 일어나 나간다는 온천수가 아니더냐?"

"예? 아, 아니옵니다. 제가 어찌……."

"완얼군도 펄쩍 뛰더니 지금은 이리 좋다고 내 옆에서 온천욕을 하고 있지 않느냐? 한번 들어와 보래도."

율이 껄껄 웃어젖히며 장난삼아 백영의 팔을 잡아당겼다. 그러자 조금 전에 바닥에 튀었던 물 때문에 백영의 발이 미끄러지면서 순식간에 균형을 잃고 탕 속으로 풍덩 빠져 버렸다.

"앗!"

백영이 진짜로 탕에 빠질 줄은 몰랐던 율도, 보고 있던 완얼도 둘 다 놀라 동시에 소리쳤다. 백영의 옷이 흠뻑 젖어 살갗에 달라붙으며 고스란히 몸매가 드러났다. 불시에 벌어진 일이라 당황해 어찌할 바를 모르는데 완얼이 더 이상 참지 못하고 자리에서 벌떡 일어났다. 그리고 두 팔로 백영을 번쩍 안아 물에서 건져냈다.

"대감……."

백영이 완얼의 얼굴을 올려다보자 그는 폭발하기 직전의 표정으로 입을 꾹 다물고는 탕 밖으로 뚜벅뚜벅 걸어 나갔다. 그리고 폭발하기 직전의 또 한 사람, 율의 얼굴이 붉으락푸르락하며 노성을 질렀다.

"완얼군, 네 이놈!"

하지만 완얼은 아무 대꾸도 없이 백영을 탕 밖에 내려놓았다. 그리고 푸른 휘장 앞에서 대기하고 있던 늙은 상궁에게 부탁했다.

"수건으로 잘 닦아주시오."

그녀는 율의 보모상궁으로, 임금의 옥체에 아무나 손을 댈 수는 없는지라 어려서부터 율을 돌봐왔던 유모가 목욕 시중을 드는 것이었다. 보모상궁이 백영을 얼른 수건으로 감싸주자 율이 벌떡 일어나 탕 밖으로 걸어 나왔다.

"네 이놈! 감히 어디다 손을 대는 것이냐? 저 계집은 내 것이다! 나만 손댈 수 있는 내 소유물이란 말이다!"

"꺄아악!"

율이 알몸으로 물을 뚝뚝 흘리면서 다가오자 백영이 비명을 질렀다. 그러자 보모상궁이 백영을 당장 내팽개치고 임금에게 달려갔다. 당연한 일이었다. 그녀에게 더 중한 건 임금이니까. 그러나 잔뜩 화가 난 율은 수건으로 몸을 닦아주려는 보모상궁의 손길을 쳐내고선 완얼에게 쏘아붙였다.

"누구보다 잘 알고 있을 텐데? 내 물건을 건드리면 어찌 되는지!"

"전하, 고정하시옵소서. 책이 물에 젖는 것을 보고 다급한 마음에 함께 건져낸 것뿐이옵니다. 세상에 단 하나뿐인 완결편인데 못 쓰게 되어버리면 큰일이지 않습니까?"

완얼이 오히려 당당하게 대꾸했다. 그 말을 들은 백영이 그제야 들고 있던 책까지 물에 빠졌음을 깨닫고 황급히 펼쳐 보았다.

"앗!"

다시 한 번 백영의 비명이 탕실에 울려 퍼졌다. 고온의 온천수에 흠뻑 젖어버린 책은 종이가 서로 들러붙어 찢어지고, 아침에 급히 써오느라 미처 마르지 않은 먹이 사방으로 번져 글자를 제대로 알아볼 수가 없었다. 끝까지 완성한 건 아니지만 하루도 빠짐없이 한 달여간을 고치고 또 고치고 또 고쳐 가며 써온 글이었다. 한데 그렇게 온 힘을 다해 써왔던 글이 이 세상에서 사라져 버린 것이다.

"안 돼!"

충격으로 다리에 힘이 풀리며 털썩 주저앉고 말았다.

"장난이 심하셨습니다, 전하."

완얼이 정색을 하며 아뢰었다. 백영의 표정만 보아도 얼마나 낙심해 있는지 짐작이 되어 마음이 아렸다.

"그게 그러니까, 일부러 그런 것은 아닌데……."

율이 언제 고래고래 소리를 질렀냐는 듯 말끝을 흐렸다. 그리고 눈물이 그렁그렁해 주저앉아 있는 백영에게 다가갔다.

"가까이 오지 마십시오!"

벌거벗은 임금이 눈앞으로 걸어오자 백영이 두 손으로 눈을 가리며 소리쳤다. 그러자 율이 보모상궁이 들고 있던 목욕옷을 잡아채 제 손으로 걸쳐 입었다.

"고개를 들어라! 내가 말하지 않았느냐? 어떤 경우라도 나를 외면하지 말라고!"

실은 미안했다. 그렇게 말하고 싶었다. 하지만 외면 받는 것은 참을 수가 없었다. 그래서 마음과는 달리 언성이 높아졌다.

'그 누구도 나를 외면할 수 없다, 특히 너는!'

백영이 눈을 가리고 있던 손을 내리고 고개를 들었다.

"저는 전하가……."

명을 받들어 그를 외면하지 않고 똑바로 바라보았다. 이 도령이 춘향이를 바라보듯 원망과 증오의 눈빛으로.

"당신이 정말 싫습니다."

임금에게 '당신'이라니! 감히 그 누구도 그런 말을 한 적도 없고 할수도 없었으며 지금 당장 목을 쳐 버려도 할 말이 없는 말이었다. 하지만 율은 노성을 지르며 분노하는 대신 슬프게 물었다.

"내가…… 그리 싫으냐?"

백영은 아무 말 없이 죽은 자식을 끌어안고 있는 어미마냥 이제는 사라져 버린 춘향뎐 완결편을 품에 꼭 끌어안았다. 그런 그녀의 눈에 완얼이 들어왔다. 걱정스럽게 백영을 바라보는 그의 얼굴을 보자 왈칵 눈물이 쏟아졌다. 여태껏 잘 해왔다고 생각했었는데 오늘은 너무 힘들었다.

"저의 불경함을 벌하신다면 달게 받겠습니다. 하지만 그럴 생각이 없으시다면 이만 물러가겠습니다."

그녀가 힘없이 일어나 밖으로 나갔다. 율도 그녀를 붙잡지 않았다.

'백영아, 사흘만 참아라. 단 사흘이다. 사흘이 지나면 다시는 너의 눈에서 눈물이 흐르지 않게 하겠다.'

그녀의 뒷모습을 바라보며 완얼이 주먹을 꽉 움켜쥐었다.

율과 완얼도 옷을 갈아입고 탕전에서 나간 뒤 뒷정리를 하던 보모 상궁이 목걸이를 하나 발견했다. 완얼군이 옷을 두었던 곳에 떨어져 있던 것으로 보아 탕에 들어가기 전에 풀어두었다가 깜빡하고 두고 간 것 같았다. 가죽 끈으로 된 목걸이엔 매화꽃 세 송이가 정교하게 새겨진 하얀 옥지환이 매달려 있었는데 어찌나 눈이 부시게 아름다운지 한참을 넋을 잃고 바라보았다.

"귀한 물건 같은데 잃어버린 걸 아시면 얼마나 찾으실꼬? 어서 돌려

드려야겠구나."

보모상궁이 목걸이를 비단 수건에 잘 싸서 품에 갈무리했다.

처소로 돌아오자마자 백영은 이를 악물고 다시 춘향뎐 완결편을 쓰기 시작했다. 내일도 여느 날처럼 임금에게 책을 읽어주러 갈 것이다. 더 이상 못 하겠다고 포기하면 영원히 그에게서 벗어날 수 없을 것 같아서였다. 밥을 먹었는지 해가 졌는지도 모르게 몰두해 있던 백영은 방 안이 어두워져 글씨가 잘 안 보일 정도가 되자 그제야 잠시 붓을 놓았다. 배가 고픈 건 둘째 치고 종일 방 안에 처박혀 웅크리고 글을 썼더니 온몸이 쑤시기 시작했다. 안 되겠다 싶어 후원으로 바람을 쐬러 나갔다.

행궁을 수리할 때 정원도 같이 손보았는지 잡초 하나 없이 말끔한 후원엔 꽃들이 아기자기하게 피어 있었다. 한데 아무도 없을 줄 알았던 후원 저편에서 말소리가 들려왔다.

'이 시각에 누구지?'

조심스럽게 소리가 들려오는 쪽으로 가보니 량주가 앞에 누가 서 있기라도 한 것처럼 허공에 대고 혼잣말을 하고 있었다.

"낮에 있었던 일에 대해 들었습니다. 많이 속상하시죠? 제가 대신 써드릴 수도 없고 참."

그러다 썩 마음에 들지 않는지 고개를 갸우뚱하더니 이번엔 저 높은 가지에 앉아 있는 올빼미에게 말을 하기 시작했다.

"옛말에 전하의복이라는 말도 있지 않습니까? 더 좋은 글을 쓰게 되려고 이런 일이……. 전하의복? 근데 이게 왜 전하의 복이지? 전하께서 무슨 복 받을 일을 했다고."

또다시 갸우뚱. 그리고 이번엔 목소리를 최대한 점잖게 깔고선 탱자

나무에게 물었다.

"열심히 쓰신 글을 모두 잃으셨으니 얼마나 속이 상하십니까?"

"다시 써야지요, 뭐."

느닷없이 뒤에서 들려오는 백영의 목소리에 량주가 귀신이라도 만난 듯이 소스라치게 놀라 돌아봤다.

"아씨!"

백영에게 위로해 줄 말을 몰래 연습하고 있던 참이었는데 장본인이 다 듣고 있었다고 생각하니 얼굴이 화끈 달아올랐다.

"그리고 전화위복(轉禍爲福)입니다. 화가 바뀌어 복이 된다는 뜻이지요."

"아하, 그렇군요! 어쩐지 이상하더라니. 그리 망나니 같은 짓만 골라 하시는 전하께서 뜬금없이 복을 받으시다니요. 남의 작품을 망쳐 놓았으니 벌을 받아도 시원찮을 판에……."

"너무 걱정하지 마십시오. 금방 다시 쓸 수 있을 것입니다."

"정말입니까? 아씨는 언제 보아도 참 씩씩하십니다!"

량주가 기분 좋게 외쳤다.

"여인에게 씩씩하다는 말이 칭찬입니까?"

"그럼요! 여인이든 사내든 징징거리는 것보단 씩씩한 게 훨씬 좋지요."

"그럼 우리는 씩씩한 남매로군요. 안 그렇습니까, 오라버니?"

"예? 오라버니요?"

"저는 고량주의 누이 고춘향이 아닙니까?"

농처럼 말하며 환하게 미소를 지었다. 백영의 미소가 너무 눈부셔 량주도 절로 웃음이 났다.

"근데 정말 누이가 있으시다면서요? 몇 살입니까?"

그러자 량주의 얼굴에서 순식간에 미소가 사라지며 안색이 어두워졌다.

"열일곱입니다. 살아 있다면요."

"그럼……."

"죽었습니다, 다섯 살 때."

"제가 괜한 걸 물었네요. 죄송합니다."

"아닙니다. 이미 오래전 일인걸요."

"저기, 제가 앞으로 오라버니라 불러도 되겠습니까?"

량주답지 않게 그늘진 모습에 마음이 저려와 백영이 그리 물었다.

"그건……."

그가 잠시 망설이더니 단호하게 답했다.

"싫습니다."

"혹시 제가 뭐 실수한 것이라도 있습니까?"

"아닙니다."

"그럼 제가 누이 삼기엔 별로입니까?"

"아닙니다."

"그럼 왜요?"

'당신을 좋아하니까요.'

하지만 눈을 동그랗게 뜨고 자신을 바라보고 있는 그녀에겐 차마 그 말을 하지 못했다. 그때 바스락바스락 풀잎을 스치는 소리가 들리더니 얼굴이 하얗게 질린 와인이 그들 앞에 나타났다.

"이분이군요. 그렇죠?"

량주에게 묻는 말이었으나 그녀의 눈은 백영을 향해 있었다.

"우리 얘기를 엿들은 겁니까?"

량주가 딱딱하게 굳은 얼굴만큼이나 딱딱하게 쏘아붙였다.

"일부러 엿들으려 한 것은 아닙니다. 항아님께 여쭈어볼 것이 있어 찾아갔다가 후원으로 가시는 걸 보고 따라왔는데 심각한 이야기를 하고 계셔서 끼어들 틈이 없었습니다."

그리 답한 와인이 잠시 망설이다 물었다.

"친누이가 아니었습니까?"

"그렇습니다."

이왕 알게 된 일이라 량주가 별 망설임 없이 바로 답했다. 그러자 백영이 얼른 말을 이으며 변명 아닌 변명을 했다.

"미안합니다, 와인 무녀님. 일부러 속이려 한 것은 아니었습니다. 피치 못할 사정이 있어서……."

"항아님이 맞지요? 량주 무사님께서 마음에 품고 계시다는 분이."

와인이 량주에게 물었다. 그전에는 몰랐는데 오늘 두 사람이 함께 있는 것을 본 순간 량주의 눈빛과 몸짓을 보며 대번에 알아채 버렸다. 여인의 직감이었다.

"예에? 그런 말도 안 되는 소리가 어디 있습니까? 오해이십니다."

백영이 손까지 내저으며 강하게 부인했다. 그러자 량주가 울컥해 소리쳤다.

"왜 말이 안 됩니까? 저는 아씨를 좋아하면 안 되는 겁니까?"

"예?"

량주의 더없이 진지한 표정에 백영의 머릿속이 마구 헝클어지기 시작했다.

"압니다. 제가 아씨에겐 한없이 모자란 놈이라는 걸. 하지만 저 같은 놈은 아씨를 마음에 품을 자격조차 없는 것입니까?"

"지금 무슨 말씀을 하시는 건지……."

"아씨를 좋아한다고요. 제가 아씨를 좋아한단 말입니다!"

순간 백영의 눈앞이 캄캄해지며 아무 생각도 들지 않았다.

"하지만 저는, 제 마음속에는 이미 좋아하는……."

"그만하십시오! 더 이상 듣고 싶지 않습니다!"

그 다음 말이 무엇인지 너무나 잘 아는 량주가 괴롭게 소리치며 돌아섰다. 그리고 그런 못난 자신이 부끄러워 도망치듯이 후원을 달려나갔다.

"제가 항아님께 뭘 여쭤보러 간지 아십니까?"

량주만큼이나 괴로운 와인이 슬픔을 억누르며 백영에게 물었다. 좋아하는 사람이 다른 여인에게 고백하는 모습을 고스란히 지켜보게 되다니, 이보다 더 잔인한 일이 있을까?

"량주 무사님이 좋아하는 여인이 누구인지 알아보셨냐고 여쭤보러 간 것이었습니다. 그런데 친누이가 아니라고요? 그 여인이 바로 아씨라고요? 그러면서 그렇게 동정 가득한 눈빛으로 저를 도와주겠다고 한 것입니까? 제가 그토록 보고 싶어 했던 여인이 항아님처럼 가증스러운 거짓말쟁이일 줄은 몰랐습니다!"

"저는 정말 모르는 일이었습니다. 그리고 진심으로 와인 무녀님을 도와드리고 싶었습니다."

백영이 억울한 마음에 항변해 봤지만 이미 마음에 깊은 상처를 받은 와인의 귀엔 아무것도 들리지 않았다.

"그럼 제 진심은요? 항아님은 제 진심을 짓밟고 저를 농락한 것입니다. 결코 용서하지 않을 것입니다!"

와인이 잔뜩 독을 품고선 자리를 떠났다. 그러자 불현듯 손목에 반달 문신이 있나 확인해 봤어야 하는데 하는 생각이 백영의 머릿속에 스쳤다. 하지만 굳이 확인해 보지 않아도 알 것 같았다. 와인에겐 아마 반달 문신 따위는 없을 것이다. 량주에 대한 와인의 마음은 절박할 정도로 진심이었으니까.

이제 막 온양으로 떠나려는 변학도가 숙빈에게 인사차 천화각에 들렀다. 원래는 어가 행렬과 함께 출발하려 하였으나 어머니가 갑자기 안 좋아지셔서 용태를 살피다가 며칠 늦게 합류하게 된 것이다. 어머니가 위독하시다 한들 어차피 누이는 올 수 없는 터라 먼 길 떠나는 데 괜히 마음만 산란해질까 봐 백영에겐 알리지 않았다.

"전하께서 도성을 비우신 절호의 기회에 이한림 쪽이 너무 조용한 것이 오히려 마음에 걸립니다. 감춰둔 검은 속내가 분명 따로 있는 것 같은데. 도성 쪽 일은 병판 대감께서 맡아서 하실 것이니 너무 걱정하지 마시고 저는 일단 온양으로 내려가서……."

한창 말을 하다 너무 조용하여 숙빈을 보니 턱을 괴고선 다른 생각에 잠겨 있었다.

"숙빈마마, 제 말을 듣고 계신 겁니까?"

그제야 숙빈이 천천히 고개를 들어 학도를 바라보았다.

"좌승지."

"예, 마마. 말씀하시지요."

"춘향이를 죽여주십시오. 아니, 죽이십시오. 그 계집이 결국엔 내 모든 것을 앗아갈 것입니다!"

숙빈이 이글이글 타오르는 눈빛으로 격하게 내뱉었다.

"춘향이는 비록 책비이지만 지금 전하께 가장 총애를 받고 있는 여인입니다. 쉽게 죽일 수 없다는 거 잘 아시지 않습니까?"

학도가 달래듯이 말했다.

"그러니 무슨 방도를 내보란 말입니다! 날더러 언제까지 이리 치욕스럽게 살란 말입니까? 원자의 세자 책봉은 언제가 될지 기약도 없고,

온궁행조차 제외됐습니다. 지금 천화각을 보십시오. 개미 새끼 한 마리 얼씬거리지 않습니다. 내 눈에 한 번 들어보려고 온갖 재물을 싸들고 오던 그 많은 인간들은 다 어디로 간 것입니까!"

공술해를 만나고 온 뒤부터 숙빈은 마치 무언가에 쫓기는 사람처럼 제정신이 아니었다. 그냥 죽여 버릴까 싶었지만 그가 한 말이 자꾸만 마음에 걸렸다.

'놈을 죽인다면 서신의 내용이 만방에 알려질 것이라니, 그게 대체 무슨 뜻일까? 놈은 무슨 패를 쥐고 있는 것일까?'

명확히 실체를 알 수 없는 공포는 더욱 숙빈의 목을 죄어왔다. 어쩌면 공술해가 노리는 것엔 이런 것까지 포함되어 있는지도 모른다.

'이 모든 게 미상 때문이다. 그년이 춘향면만 쓰지 않았더라도 아무 일도 없었을 텐데!'

게다가 이젠 궁으로 들어와 임금까지 빼앗아가려 하고 있다. 숙빈의 모든 분노가 책비에게로 향했다.

"숙빈마마, 요즘 너무 예민해지신 것 같습니다. 전하께서 안 계실 동안 숙빈마마께서도 오랜만에 편히 쉬고 계십시오."

"그러니까, 좌승지께선 그 계집을 죽일 수 없다는 말이로군요. 못 죽이는 건지 안 죽이는 건지는 모르겠지만."

숙빈의 뼈가 있는 말에 순간 가슴이 철렁했으나 원래 화가 나면 물불 안 가리고 내뱉고 때려 부수는 성정인지라 이내 그러려니 넘겼다. 그런 면은 임금과 꼭 닮은 것이 실로 천생연분이었다. 그리고 아마 그런 점이 임금이 그토록 오래 그녀를 총애한 이유이기도 할 것이다. 마치 자신의 분신을 보는 것 같아서.

"제발 고정하십시오. 이번 고비만 잘 넘기면 됩니다. 병판 대감과 제가 어떻게 해서든 원자아기씨를 세자로 만들 것입니다. 그리고 책비에겐 불임약까지 먹였으니 만에 하나라도 왕자를 낳을 일은 없을 것입니다."

그러나 학도의 속내는 말과는 전혀 달랐다.

'누이에게 불임약을 중화시켜 줄 약을 먹여놓았으니 왕자를 낳지 못하리라는 법도 없지.'

처음부터 그는 꼭두각시가 필요했을 뿐이었다. 왕을 움직일 힘을 가져다줄 미색, 그에게 부귀영화를 안겨줄 꼭두각시. 그러므로 꼭 숙빈이어야만 할 이유는 없다. 다만 여태까지 숙빈이 가장 그 역할에 적합했을 뿐이다. 하지만 그녀는 임금의 총애를 받게 되자 오히려 학도에게 줄을 매어 그를 조종하려 하였다. 그렇게 오만했던 벌로 그녀는 이제 곧 나락으로 떨어질 것이다.

"출발할 시각이 되어 저는 이만 물러가 보겠습니다. 아무 걱정하지 마시고 마음을 편히 가지십시오. 돌아와서 뵙겠습니다."

학도가 예를 갖춰 인사를 올린 뒤 자리에서 일어났다. 이제 학도가 꿈꾸는 세상은 누이가 왕의 여인이 되어 누이의 아들이 이 나라 조선의 주인이 되는 세상이었다. 누이가 과부였다는 것은 문제가 되지 않았다. 비천하기 짝이 없던 숙빈의 신분을 병판의 딸로 완벽하게 바꾸어준 것이 바로 그였으니까.

"그 아이는 아직 오지 않았느냐? 부른 지가 언제인데!"

숙빈이 신경질적으로 소리치며 목침을 집어 던졌다. 그리고 맹렬하게 날아간 목침은 학도를 아슬아슬하게 스치고 지나가 문 앞을 지키고 서 있던 상궁의 발등을 거세게 찧었다.

"거의 다 당도했을 것입니다."

치맛자락 사이로 살짝 드러난 상궁의 흰 버선 위로 붉은 피가 배어나왔다. 하지만 아픈 내색을 드러내지 않고 아뢰었다. 그녀는 나라에서 주는 녹봉 외에 막대한 지원을 숙빈에게 받고 있었다. 숙빈전의 궁녀들은 대부분 그랬다. 제 한 몸 희생하여 온 가족의 생계를 책임지고 있는 가장들. 그래서 천 년 묵은 여우보다 간교하고 못돼 처먹은 데다 잔인하기까지 한 숙빈의 곁에 붙어 있는 것이었다.

"내의원에 말해둘 터이니 이따 가서 치료를 받게."

학도가 혀를 차며 상궁에게 이르고선 밖으로 나왔다. 천화각 대문을 나서는데 장옷을 깊이 눌러쓴 궁녀가 학도의 곁을 스쳐 지나 안으로 향했다.

"궁에 있었구나."

학도의 말에 인사도 없이 지나치던 발걸음을 멈추었다.

"예."

얼마 전 오리라는 궁녀가 옥에서 혀를 깨물고 자결을 하였다. 중전을 저주하는 부적을 교태전에 묻은 죄로 잡혀갔는데 그 외에도 더 많은 여죄가 있을 것으로 추정되었으나 아무 말 없이 '죽어준' 덕분에 배후가 그대로 묻혀 버렸다. 가장 비밀을 잘 지키는 이는 죽은 자이니까.

"수고가 많다."

많은 뜻이 담긴 말이었다. 저 계집이 오래전부터 숙빈의 수족이라는 것은 알고 있었지만 계집의 몸으로 무슨 대단한 일을 할 수 있으랴 싶어 크게 신경을 쓰진 않았다. 하지만 그것은 그의 오판이었음을 최근 깨달았다.

"숙빈마마께서 기다리신다. 어서 가보아라."

궁녀가 묵례를 올린 뒤 다시 천화각으로 바쁜 걸음을 옮겼다.

온천탕에 책을 빠뜨린 날부터 사흘간 백영은 앞부분을 다시 쓰면서도 하루도 거르지 않고 다음 편을 낭독했다. 율이 싫은 것과 맡은 일을 해나가는 것은 별개의 문제였다. 다만 춘향뎐 완결편을 모두 날려 버린 탕전에선 더 이상 책을 읽지 않았다. 오늘도 저녁 무렵 임금의 침소에서 낭독을 끝내고 돌아와 쉬고 있는데 탕전에서 부른다는 연통이 왔다. 또 무슨 일인가 싶어 불안한 마음으로 찾아가 보니 온천수에 발을 담근 율이 무릎 위에 책을 올려놓고 글을 쓰고 있었다.

"전하, 부르셨습니까?"

"잠시만, 이거 한 글자만 고치면 다 된다."

백영이 바로 옆까지 왔는데도 고개 한 번 들지 않고 바쁘게 세필을 놀리던 율이 잠시 후 '다 됐다!' 하며 양팔을 번쩍 들어 올렸다.

"내 너를 다시 부른 것은 책을 읽어달라고 부른 것이 아니다. 내가 책을 읽어주려고 부른 것이다!"

율이 싱글벙글하며 자랑스럽게 어깨를 쫙 폈다.

"내가 미안해서 글을 하나 지어봤는데 말이다, 며칠간 탕전에서 틈틈이 써본 것이다. 왠지 탕전에서 글을 쓰면 영감이 솟는 것 같아서."

"방금 뭐라고 하셨습니까?"

백영이 제 귀를 의심하며 물었다.

"이 나라의 지존이 오직 너를 위해 글을 썼단 말이다."

"아니, 그전에 하신 말씀이요."

"그게 그러니까…… 미안하다고 했다."

율이 맞지 않는 옷을 입은 사람마냥 어색한 표정으로 그러나 진지하게 말을 이었다.

"처음이다. 아바마마를 제외하고 누군가에게 사과를 해본 것은. 진심으로 미안하다. 고의는 아니었지만 어쨌든 네 글을 망쳐 버려서. 내가 직접 글을 써보니 알겠더구나. 그것이 얼마나 힘든 일인지. 겨우 몇장 쓰는데도 정말 뼛골이 빠지는 줄 알았다."

잘못 들은 것이 아니었다. 율이 정말로 백영에게 사과를 한 것이다. 책비가 임금에게 사과를 받다니!

"책 제목이 무엇입니까?"

아직도 화가 풀린 것은 아니지만 그래도 아주 조금은 마음이 풀리는 것 같았다. 책 제목을 물어볼 정도만큼은.

"아, 그게! 전에 잠깐 말했던 심청이 얘기인데, '심청뎐-호래자식을 위하여', '심청뎐-뺑덕, 몸으로 울다' 둘 중에 제목으로 뭐가 나은 것 같으냐?"

그간 찬바람이 쌩쌩 돌던 백영의 표정이 다소 누그러지자 율이 신이 나 떠들어댔다.

"그냥 '심청뎐'으로 하시지요."

더 들을 것도 없다는 듯이 잘라 말했다.

"알았다. 그럼 일단 그냥 '심청뎐'이라 하고, 지금부터 책을 읽을 터이니 내 옆에 앉아보아라."

백영이 옆으로 와서 앉자 그가 목소리를 가다듬고 책을 읽기 시작했다.

"옛날 옛적에……."

"식상합니다."

운을 띄우자마자 칼같이 잘랐다.

"야박하긴! 그럼 식상하다 치고 계속 읽으마. 옛날인 듯 옛날 아닌 옛적에, 심학규라는 눈먼 봉사가 살았는데 부인 곽씨가 예쁜 딸을 낳자마자 세상을 떠나고 동냥젖……."

"봉사라는 단어에 이미 눈이 멀었다는 뜻이 포함되어 있으니 눈먼 봉사라는 표현은 중복입니다."

"거참! 자꾸 끼어드니 맥이 끊기지 않느냐?"

"전하께서도 제가 낭독할 때 번번이 끼어드시지 않았습니까?"

딱히 반박할 말이 없어진 율이 입을 비죽 내밀고선 글을 마저 읽었다.

부인 곽씨가 심청이를 낳은 뒤 엿새 만에 죽자 심 봉사는 동냥젖을 먹이며 딸을 키웠다. 그러던 어느 날 공양미 삼백 석을 부처님께 바치면 눈을 뜰 수 있다는 말에 심청이 뱃사람들에게 제 몸을 팔아넘기는데…….

"자, 여기서부터 정말 중요하다. 잘 들어보아라."

어느새 율이 읽어주는 이야기에 빠져든 백영이 자연스럽게 그에게 몸을 기울였다.

"대감, 때가 되었습니다."

정적이 흐르는 완얼의 처소에서 숙휘가 조용히 고하였다. 술시 이각. 율이 한창 온천욕을 하고 있을 시각이었다.

"가자."

마침내 완얼이 몸을 일으켰다. 그리고 어깨에 산통을 멨다. 그 안엔 산가지 표창이 빼곡히 들어 있었다. 하지만 한편으론 이 표창을 쓰지 않게 되기를 바랐다.

"대감! 대감!"

방을 나서려는데 량주가 요란하게 소리치며 뛰어 들어왔다.

"무슨 일이냐?"

량주가 성질 급하고 다혈질이긴 했지만 이처럼 중요한 날 괜히 요란을 떨 만큼 아둔하지는 않았다. 거사일수록 아주 작은 변수라도 계획에 차질을 줄 수 있기에 완얼이 심각한 표정으로 물었다.

"백영 아씨께서 탕전에 함께 계시다고 합니다."

"뭐야? 백영 아씨는 전하께서 온천욕을 하러 가기 전에 침소에서 낭독을 끝내고 돌아갔다고 들었는데."

"그 뒤에 전하께서 탕전으로 다시 부르셨다고 합니다."

"무슨 일로 다시 불렀다 하더냐?"

"거기까지는 잘 모르겠습니다. 어찌 되었건 지금 백영 아씨가 전하와 함께 계신다는데 어떻게 하실 겁니까?"

량주의 눈에 근심이 가득했다. 완얼이 쉽게 답을 내지 못하고 생각에 잠겼다. 그대로 일을 진행했다가 혹여 전하와 함께 있는 백영이 다치게 될까 봐 걱정이 되어서였다.

"계획대로 진행하시지요. 기회는 지금뿐입니다. 이때를 놓치면 모든 것이 수포로 돌아갑니다. 백영 아씨는 제가 보호하겠으니 걱정하지 마십시오."

상황 판단이 빠른 숙휘가 망설이는 완얼에게 말했다. 그러자 량주가 대뜸 앞으로 나섰다.

"아니, 아씨는 제가 지키겠습니다!"

백영이 마음을 받아주건 말건 관계없이 그녀가 다치는 것은 절대 바라지 않았다. 털끝 하나라도 다치지 않게 지킬 것이다.

"망설이고 있을 시간이 없습니다, 대감."

숙휘가 결단 내리기를 재촉했다.

"좋다. 가자."

마침내 완얼이 앞장을 섰다. 잠시 후, 임금은 자객에게 암살당한다. 그리고 완얼군이 보위를 잇는다. 이것이 바로 오늘의 거사였다. 계획은 간단했지만 과정은 간단하지 않았다.

임금이 온천욕을 하는 날짜와 시각은 무명청에서 택일하였다. 온궁에 도착한 지 나흘째 되는 날인 오늘 술시의 온천욕도 무명청, 즉 완얼이 정한 시각이었다. 그리고 이때에 맞춰 삼 인의 내금위장 중 이한림파와 뜻을 같이하는 내금위장과 그의 측근들이 탕전을 호위하도록 치밀하게 일정을 조절하였다.

임금은 보통 한 시진 가량 온천욕을 즐겼는데, 그래서 탕실에 들어간 지 한 식경이 되는 술시 이각으로 거사 시각을 정했다. 저항할 수 있는 무기가 아무것도 없는 알몸에 가장 무방비 상태인 시각. 대대적으로 군사를 일으키지 않고 왕위에 오를 수 있는 방법은 이것뿐이었다. 임금이 이미 죽었다는 것이 알려지면 병판 장대갈이 이끌고 있는 훈구파들도 분열이 올 것이다. 지킬 사람이 이미 사라졌는데 누구를 지킬 것인가? 그리고 숙빈이 총애를 잃으면서 이미 분열의 조짐을 보이고 있는 터였다. 그러므로 임금은 반드시 온궁에서 죽어야만 했다.

"형님을 죽인 패륜을 저지른 아우가 옥좌에 오를 수 있겠느냐?"

성질 급한 량주는 벌써 저만치 앞장서고, 완얼이 무거운 발걸음을 옮기며 숙휘에게 물었다. 실은 숙휘에게라기보다는 제 자신에게 묻는 말이기도 했다. 오늘따라 어깨에 멘 산통이 커다란 바위를 메고 가는 듯 천근만근으로 느껴졌다.

'내가 정말 이 표창을 형님에게 던질 수 있을까?'

그동안 그가 죽여온 적지 않은 사람들, 하지만 그때는 확신이 있었다. 어린 강주에게 몸을 팔도록 강요했던 사당패 모갑처럼 그가 죽인 자들은 인간이 아니라 악귀이며 그는 옳은 일을 한 것이라고. 하지만 지금 그가 하려는 일은 천륜을 저버린 일이었다. 아무리 형님이 폭군이라 하지만 그래도 피를 나눈 형제다. 그리고 그가 형님을 죽이려는 이유는 백성을 위해서라기보다는 여인 하나 때문이었다.

백영.

그녀를 지키기 위해. 그녀를 빼앗기지 않기 위해. 그녀를 얻기 위해. 오직 그 여인 하나 때문에.

"전하를 시해한 것은 대감이 아니라 자객의 소행으로 알려질 것입니다. 그리고 대감께선 그 표창을 던지지 마십시오. 전하의 목숨은 제 손으로 거두겠습니다. 만에 하나 문제가 생긴다면 제가 전하를 시해한 것입니다. 자객은 접니다."

"나를 비겁한 사람으로 만들지 마라. 나의 일이다. 나의 업보이고."

완얼의 무거운 한숨이 먹구름을 몰고 온 것일까? 후드득 소나기가 내리기 시작했다.

"마침 비가 내리는군요. 이 빗소리가 비명을 감추어줄 것입니다. 하늘이 대감을 돕고 있습니다. 성군이 되십시오. 대감께서는 형님을 죽인 왕이 아니라 많은 백성을 살린 왕으로 역사에 남게 되실 겁니다."

우르릉 쾅쾅!

요란하게 천둥번개가 쳤다. 그리고 그 순간, 천둥번개가 완얼의 뇌리에 꽂힌 것처럼 온몸이 뒤흔들리며 머릿속에 선명하게 파고드는 붉은 기운.

"살기다!"

서남서 방향 이백 보!

서남서 이백 보라면 전하와 백영이 있는 탕전 쪽이다. 아직 그가 도착하지도 않았는데 탕전에서 살기가 뻗어 나오다니, 계획에 차질이 생긴 것이다. 다시 한 번 우르릉 쾅쾅 하늘과 땅이 울렸다. 그와 동시에 탕전에 있는 백영의 얼굴이 눈앞을 스쳐 지나갔다.

"안 돼!"

완얼이 산통에서 표창을 꺼내며 미친 듯이 탕전으로 달려가기 시작했다.

내금위장 모희도는 임금이 온천욕을 하고 있는 탕실의 휘장 밖을 지키고 있었다.

술시 이각.

드디어 오랫동안 기다리던 때가 왔다. 모희도는 허리에 찬 검과 소맷자락 안에 품고 있는 표창을 다시 한 번 확인했다. 이제 완얼군 대감만 도착하면 개만도 못한 임금을 죽이고 송이의 복수도 할 수 있다. 모희도가 이를 악물었다. 그때, 탕실의 문이 열리며 수하가 다급하게 뛰어 들어왔다.

"영감, 큰일 났습니다!"

"무슨 일이냐?"

"문배주 영감이 이쪽으로 오고 있습니다."

"뭐야? 무슨 일로? 오늘 탕전은 내가 호위하겠다 분명 말하였는데."

내금위장 중 한 명인 문배주는 '충신은 두 임금을 섬기지 않는다'가 신조인 고지식한 자로, 임금이 폭군이건 색정중이건 상관없이 충성을 다하였다. 게다가 내금위에서 검술이 가장 뛰어나 그가 탕전으로 온다면 거사가 틀어질 가능성이 높았다.

"그것까진 미처 알아내지 못했습니다. 탕전으로 가신다는 말을 전해 듣자마자 달려온 것입니다."

'시간이 얼마 없다. 완얼군 대감은 왜 아직 오지 않는 것인가?'

모희도는 몹시 초조해졌다. 이대로 포기할 순 없다. 얼마나 기다려 온 기회인데 이렇게 눈앞에서 날려 버릴 순 없다.

'송이의 복수를……. 복수를……. 복수를!'

모희도가 휘장을 걷고 안으로 들어갔다. 임금이 책비와 머리를 맞대고 책을 들여다보고 있었다.

"여기서부터 정말 중요하다. 잘 들어보아라."

"아까부터 계속 여기서부터 정말 중요하단 말만 하고 계십니다. 도 대체 안 중요한 곳이 어디입니까?"

책비가 투덜거리면서 임금에게 몸을 기울여 옥체를 가려 버렸다. 마침내 모희도가 결심을 하고 검을 뽑으려는데 임금과 눈이 마주쳤다. 임금이 뭔가 이상한 기색을 눈치챈 듯 눈빛이 변한다. 재빨리 머릿속으로 계산을 해본다. 검을 뽑아 임금에게 달려가는 시간과 표창이 날아가는 시간. 표창이 훨씬 빠를 것이다. 그리고 그의 주특기는 표창이라 검보다 훨씬 자신이 있기도 했다.

그는 더 이상 망설임 없이 표창을 던졌다. 책비가 임금을 가리고 있긴 하지만 길고 매끈한 표창인지라 그녀의 목을 꿰뚫고 임금의 몸에 박힐 것이다. 그리고 연달아 날아간 표창이 임금의 숨통을 확실히 끊어놓을 것이다.

"모반이다!"

율이 고함을 질렀다. 그와 동시에 비에 흠뻑 젖은 완얼이 안으로 뛰어 들어왔다. 그리고 백영을 향해 표창이 날아가고 있는 것을 보았다.

"백영아!"

그는 생각할 겨를도 없이 외마디 절규와 함께 모희도의 표창을 향해 산가지 표창을 던졌다.

완얼이 던진 표창이 모희도의 표창을 정확히 맞히며 바닥으로 떨어졌다. 그러나 모희도가 연달아 던진 또 하나의 표창은 미처 손을 쓸 겨를도 없이 백영에게로 날아갔다. 그리고 백영의 목을 꿰뚫으려는 순간!

"안 돼!"

율이 온몸을 던져 백영을 감싸 안았다. 그리고 백영의 방패막이가 된 그의 어깨에 표창이 깊숙이 박혔다.

"전하! 전하!"

율은 쓰러지면서도 끝까지 백영을 품에서 놓지 않았다. 그녀의 절규가 탕실에 울려 퍼지고 내금위장 문배주가 뛰어 들어와 모희도의 배를 갈랐다.

"괜찮으십니까?"

완얼이 미친 듯이 백영에게 달려갔다. 그리고 율의 피로 범벅이 된 그녀를 붙잡고서 상한 곳이 없는지 살폈다.

"저는 괜찮습니다. 한데 전하께서……."

피에 젖은 저고리처럼 백영의 눈자위도 붉게 물들어갔다.

'우시는 겁니까? 형님을 위해 울고 계신 겁니까?'

순간 맥이 탁 풀리며 백영의 어깨를 잡고 있던 손이 힘없이 미끄러졌다.

"대감, 전하를 구하신 겁니까?"

한 발 늦게 달려 들어온 숙휘가 경악스러운 표정으로 물었다. 그러자 완얼이 숙휘에게 천천히 고개를 돌리며 답했다.

"내 사람을 구한 것이다."

'내 여인을 구한 것이다. 내 여인을 구하고 왕좌를 내던진 것이다. 그녀가 죽는다면 왕좌가 다 무슨 소용이란 말인가? 백영, 그대를 얻고자 빼앗으려 했던 왕좌인 것을!'

그렇게 완얼이 마음속 깊이 절규했다. 백영이 젖은 눈으로 완얼을 바라보았다. 무수히 많은 이야기가 담겨 있는 두 사람의 눈빛이 허공에서 부딪쳤다. 하지만 그 어떤 말도 이야기가 되어 입 밖으로 나오지 않았다. 깊고 깊게 사랑하는 연인 사이엔 또 다른 사내가 피를 흘리며 쓰러져 있었다. 그리고 폭군이라 불리는 그 사내가 피 묻은 손을 힘겹게 들어 올려 백영의 뺨을 어루만졌다.

"춘향아, 연모…… 한다."

'어머니, 이 여인을 제게 주십시오. 어머니, 왕이 아니어도 좋습니다. 악마라 손가락질 받으며 모든 것을 빼앗겨도 좋습니다. 이 여인만 제게 주십시오, 제발⋯⋯.'

그렇게 율이 서서히 정신을 잃어갔다.

깊은 어둠 속에서 율이 눈을 떴다. 가장 먼저 빛이 몰려왔다. 그리고 서서히 방 안의 모습이 눈에 들어오기 시작했다. 온궁의 침소, 그는 어깨에 붕대를 칭칭 감은 채 이부자리에 누워 있었다.

"춘향아! 춘향이는 어찌 되었느냐?"

눈을 뜨자마자 그가 애타게 백영을 찾았다.

"전하! 소인 여기 있사옵니다."

앞에 앉아 있던 백영이 무릎걸음으로 다가와 답했다.

"무사한 것이냐? 다친 곳은 없고?"

"예, 무사하옵니다."

"다행이구나. 참으로 다행이다."

백영의 얼굴을 자세히 보고자 율이 억지로 몸을 일으켰다. 그러자 어의가 황급히 만류했다.

"아직 움직이시면 아니 되옵니다, 전하."

하지만 율은 고집스럽게 몸을 일으켜 자리에 앉았다. 통증으로 신음이 터져 나오며 용안이 일그러졌다.

"괜찮으시옵니까?"

백영이 걱정스럽게 물었다.

"아니, 아프다. 아파 죽겠다."

율이 어리광을 부리는 아이처럼 칭얼거리며 백영의 손을 잡았다. 이 손을 다시 잡게 되다니, 너무나 꿈만 같아 온 힘을 다해 붙들었다.

"전하……."

백영이 옆에 앉아 있는 완얼의 눈치를 살피며 손을 빼려 하였다. 하지만 율은 결코 그 손을 놓아주지 않은 채 완얼에게 시선을 돌렸다.

"너는 어찌 그리 안색이 어두운 것이냐? 내가 살아난 것이 기쁘지 않은 것이냐?"

"전하! 그것이 아니오라……."

대답이 곤란하던 차에 때마침 문밖을 지키던 상궁이 안을 향해 아뢰었다.

"전하, 좌승지 변학도와 내금위장 문배주가 뵙기를 청하옵니다."

"들라 하라!"

학도와 함께 방으로 들어온 문배주는 율을 보자마자 바닥에 머리를 찧으며 읍소하였다.

"전하, 전하를 제대로 호위하지 못한 소신을 벌하여 주시옵소서!"

탕전 호위가 죄다 모희도의 최측근들로만 이루어져 있다는 걸 깨닫고선 뭔가 부자연스럽게 느껴져 혹시나 하고 가봤던 것인데, 문배주의 그런 꼼꼼함과 고지식한 원칙주의가 율을 살린 것이었다.

"그나마 남아 있는 너를 벌하면 나는 누가 지키겠느냐?"

율이 까칠하게 쏘아붙였다.

"전하, 소신이 전하의 곁을 지키고 있었어야 했는데 이리 뒤늦게 달려온 소신의 불충을 크게 벌하여 주시옵소서!"

학도 역시 내금위장 옆에 엎드려 읍소하였다.

"어차피 벌하지 않을 거 알고 그러는 거 다 안다! 빈말은 됐고, 대체 어떤 놈이냐! 감히 조선의 지존을 노린 놈이?"

"모희도가 모반을 일으켰습니다."

온양에 도착하자마자 역모가 있었음을 들은 학도는 크게 분노하며 사건을 조사했다. 판의금부사도 있고 형판도 있건만 왕명 출납의 소임을 맡은 승정원 좌승지가 낄 데 안 낄 데 못 가리고 설쳐댄다고 보는 눈들이 곱지 않았지만, 학도에 대한 전하의 신망이 워낙 두터운지라 막아서는 이는 없었다.

"배후는?"

율이 그제야 백영의 손을 놓으며 의혹에 가득 찬 눈빛으로 완얼을 쏘아보았다.

'검이 너냐?'

그리 묻는 목소리가 모두의 귓가에 울려 퍼지는 듯했다. 그러자 백영이 얼른 나서서 고하였다.

"전하! 완얼군 대감께서 전하를 구하셨습니다."

"검이 네가 나를?"

전혀 생각지도 못한 말에 머릿속이 혼란스러워졌다.

'왜? 어째서 네가?'

만일 완얼군이 이 일의 배후와 전혀 관련이 없더라도 임금이 죽으면 옥좌에 앉을 확률이 높건만 굳이 나서서 구했다는 것이 믿어지지도 않고, 납득이 되지도 않았다.

"네가 정녕 나를 죽이려는 살기를 느끼고 달려온 것이냐?"

"예, 그러하옵니다."

더없이 처참한 기분으로 완얼이 답하였다.

"검이 네가 정녕…… 내 목숨을 구했단 말이더냐?"

자신의 목숨과 왕위를 건 사내들. 단 한 명의 여인을 위해 자신의 전부를 건 두 사내의 시선이 허공에서 팽팽하게 부딪혔다.

"고맙구나."

살얼음판 같은 긴장감을 깨고 율이 말했다. 이번엔 완얼이 제 귀를 의심했다.

고맙다.

이런 말이 형님에게서 나올 수 있다는 것을 상상도 못 했다.

"당연히 할 일을 했을 따름입니다."

완얼이 마음에도 없는 답을 하며 머리를 조아렸다. 사랑은 한 인간을 다시 태어나게 할 수 있는 것일까? 형님이 아니라 형님의 얼굴을 한 다른 이가 눈앞에 앉아 있는 것 같은 낯섦과 함께 사람이 바뀔 만큼 형님이 백영을 깊이 사랑하고 있다는 사실에 두려움마저 느꼈다.

"전하, 모희도가 죽고 역모에 실패하자 그를 돕던 최측근 삼 인은 그 자리에서 자결을 하였고, 나머지 부하들을 잡아들여 문초를 하고 있사온데……."

말할 틈을 보고 있던 학도가 다시 보고를 올렸다.

"그런데?"

"모희도에게 혼인을 약조한 처자가 있었다고 하옵니다. 송이라는 이름의 한학훈도의 여식이라는데 채홍사로 잡혀, 아니, 뽑혀갔다가 궁에서 쫓겨난 후 자결을 하였다고 합니다!"

학도가 어떻게 해서든 완얼 쪽으로 혐의를 몰아가려는데 문배주가 눈치 없이 끼어들어 사건을 전혀 다른 쪽으로 몰고 가기 시작했다.

"그러니까 모희도가 개인적인 원한으로 내게 복수를 하려고 한 것이다?"

율의 말에 백영이 무겁게 한숨을 내쉬었다. '궁에서 쫓겨난 후 자결을 하였다'라는 건 율에게 실컷 농락을 당하다 쓰레기처럼 버려진 뒤 스스로 목숨을 끊었다는 말이다. 더럽혀진 몸으로 사랑하는 이에게 돌아갈 수 없어 죽음을 선택했을 송이라는 여인의 피맺힌 절규가 귓가에 들려오는 듯하였다. 그런 몹쓸 짓을 저질러 놓고도 율은 기억조차 못 하겠지.

"너도 내가 사람처럼 안 보이느냐?"

경멸하는 눈으로 자신을 쏘아보는 백영에게 율이 물었다.

"예."

"내금위장이 그럴 만했다고 생각하느냐?"

"예."

"내가 죽어 마땅하다 생각하느냐?"

"그건······."

백영의 머릿속에 필사적으로 그녀를 감싸 안고 쓰러지던 율이 떠올랐다. 그러자 차마 죽어 마땅하다는 말이 나오지 않았다. 그리고 화가 났다. 너무나 화가 났다.

"왜 그렇게 사셨습니까? 조금만, 조금만 더 사람답게 사셨으면 좋지 않았습니까!"

백영이 율에게 부르짖었다.

"춘향아, 연모한다."

그녀 대신 표창을 맞고 쓰러져 가던 율의 목소리가 귓가에 맴돌았다. 백영도 이제는 알았다. 자신을 사랑하는 율의 마음이 진심이라는 것을.

"그랬다면 나를 받아줄 수 있었겠느냐?"

율이 그녀의 팔을 세차게 잡아당기며 물었다. 어깨의 상처가 다시 벌어져 피가 배어 나왔다.

"아니요."

백영이 단호하게 팔을 뿌리치며 답했다. 율의 마음이 진심이라고 해도 변하는 건 없었다. 그녀에겐 완얼이 있었기에.

"나는 아무리 해도 안 되는 것이냐?"

율의 음성이 애처롭게 떨렸다. 백영이 차마 그 눈을 마주치지 못하고 고개를 푹 숙였다. 임금으로 인해 목숨을 빼앗기고, 몸을 빼앗기고, 고통 받은 무수한 이들을 생각하면 동정의 가치조차 없는 인간이다.

'한데 왜 저 눈빛은 상처 입은 짐승처럼 슬프디슬픈 것일까?'

제발 나를 구해달라는 듯한 무언의 절규가 그녀의 귓가에 울려 퍼지는 것 같았다.

"청이 있습니다."

'사람이 되고 싶으십니까?'

백영이 말했다.

"무엇이냐?"

'그래, 사람이 되고 싶다. 나의 깊은 상처와 울분을 달래줄 누군가를 끊임없이 찾아 헤매었다. 너와 함께라면 나도 피에 굶주린 악마가 아닌 사람으로 살 수 있을 것 같구나.'

율이 답했다.

"고신을 받고 있는 내금위 군사들을 풀어주십시오. 어차피 핵심 인물들은 모두 죽었고, 지금 잡혀 있는 자들은 그저 그 밑에 있는 죄밖에 없는 병졸들이 아니옵니까?"

"그리고 또?"

"역모를 꾀한 내금위장의 죄는 죽어 마땅하오나 전하께서도 잘하신 것이 없사오니 그 가족들의 목숨만은 살려주시옵소서. 그리고 이번 일은 여기서 덮으시옵소서."

"그리고 또?"

백영이 잠시 망설이다 마지막 청을 말했다.

"어서 쾌차하시옵소서."

율의 얼굴이 그제야 조금 밝아졌다.

'그래도 춘향이가 나를 조금은 걱정하고 있구나.'

가느다란 희망이 생긴다.

"모두 네 말대로 하겠다. 나는 변할 것이다. 약조하마. 그리고 다시 묻겠다. 그땐 꼭 대답을 해다오. 명이다!"

이것은 율이 내리는 가장 간절한 명이었다.

"예, 전하."

백영이 순순히 답을 했다.

"우선 치료부터 다시 받으시옵소서."

어깨에 두른 붕대에 피가 흥건히 배어 나오고 있었다.

"그래, 그래, 그것도 춘향이 네 말대로 하마."

율이 함박웃음을 지으며 어의에게 어깨를 맡겼다.

"나의 목숨을 구해준 아우가 있고, 나의 목숨을 걸고 지켜야 할 여인이 있으니 나는 이제야 진정한 왕이 된 것 같구나!"

하나 이런 율의 밝은 미소 앞에서 완얼의 어두운 심연은 아우성을 치고 있었다.

'형님을 구한 것이 아닙니다! 형님을 구한 것이 아닙니다! 형님을 구한 것이 아닙니다! 나의 모든 것을 빼앗아 가놓고 이제 내게 단 하나 남은 여인까지 빼앗아가려 하십니까? 그럴 순 없습니다. 제게도 백영은 목숨을 걸고 지켜야 할 여인입니다!'

그렇게 부르짖고 싶은 것을 간신히 참고 있는데 율이 선심이라도 쓰듯 말했다.

"검아, 넌 이제 나가서 네 일을 보아라."

그러자 백영도 기다렸다는 듯 고했다.

"전하, 저도 이만 물러가 보겠습니다."

"너는 왜? 너는 더 있어도 된다."

당황한 나머지 율이 다급하게 그녀를 붙들었다.

"밀린 원고를 써서 해가 지면 다시 찾아오겠사옵니다."

"그게 뭐 그리 급하다고. 오늘 하루쯤 이야기를 듣지 않는다고 죽는 것도 아닌데. 아니, 그럴 게 아니라 여기서 글을 쓰면 되지 않느냐?"

어미에게서 떨어지기 싫은 아이처럼 치맛자락에 매달리기라도 할 기세였다.

"저는 혼자 있을 때가 가장 글이 잘 써집니다. 그리고 전하께서도 한숨 푹 주무시면서 쉬고 계십시오. 그래야 하루라도 빨리 쾌차하시지요. 어의도 그리 말하였습니다."

"하지만……."

"제 말대로 해주시겠다고 하지 않으셨습니까?"

그러자 말문이 막혀 버린 율이 마지못해 답하였다.

"알았다."

시무룩한 율을 처소에 남겨두고 백영이 완얼과 함께 내정전에서 나왔다. 마치 모르는 사람들처럼 완얼이 먼저 걸어가고 백영이 몇 걸음 뒤를 쫓았다. 무슨 말이든 건네보아야 할 것 같았지만 오가는 궁인들 앞에서 그럴 수가 없어 완얼의 뒷모습만 바라보며 막연히 따라 걸었다. 그러다 인적이 없는 후원으로 접어들자 완얼이 갑자기 휙 돌아섰다.

"분명히 해두겠는데 나는 형님을 구하려던 것이 아닙니다. 아씨를 구한 것이었습니다. 표창이 아씨를 향해 날아가고 있었으니까요!"

몹시 화가 난 듯 까칠한 음성에 백영이 주춤거리며 답했다.

"압니다."

그녀는 완얼이 왕위를 빼앗기 위해 형님을 죽이려 했다는 사실을 뒤늦게 알게 되었다.

'나리께서 왕이 되시려는 이유는 저를 빼앗기지 않기 위해서라는 것도 너무나 잘 알고 있습니다.'

그래서 자신이 그를 '혈육을 죽인 괴물'로 만드는 건 아닌지 두려웠다.

"대감, 저 때문에 괴물이 되지 마십시오. 그건 제가 바라는 것이 아닙니다."

"형님이 죽는 것이 싫어진 것입니까?"

완얼이 날카롭게 물었다.

"그런 뜻이 아니라 대감께서 전하처럼 변하는 것이 싫습니다."

"나는 이제 그대가 없는 세상은 상상조차 할 수가 없습니다. 나를 다른 여인의 품에 두고서 그대는 아무렇지도 않게 살아갈 수 있겠습니까?"

"아니요."

얼마 전 이한림이 완얼에게 혼인 이야기를 꺼냈을 때 가슴이 무너지는 것 같았다. 아무리 피치 못할 사정이 있더라도 완얼이 다른 여인과 함께 있는 것은 상상만으로도 끔찍했다. 그리 생각하니 완얼의 심정이 이해가 갔다. 자신의 여인이 다른 사람도 아닌 형님과 밤마다 함께 있는 것을 보며 얼마나 가슴이 무너졌을는지.

"저도 그렇습니다. 더 이상 다른 사내의 품에 내 여인을 맡겨두고 살아갈 수가 없습니다. 후회하고 또 후회했습니다. 처음부터 그대를 궁으로, 형님에게로 보내는 것이 아니었습니다. 그대의 고집을 꺾어버렸어야 했습니다. 차라리 둘이 함께 도망을 치는 것이 나을 뻔했습니다!"

완얼이 처절할 정도로 절박한 눈빛으로 그녀를 바라보았다.

"나는 당신을 원합니다. 오직 당신만을 미친 듯이 원합니다. 내 여인을 지키기 위해 피를 뿌려야 한다면 기꺼이 그리할 것입니다."

"하지만 대감……."

"세상에서 가장 곱디고운 신부로 만들어 향기로운 원앙금침 위에서 당신과 첫날밤을 보내겠노라고 한 약조 기억하시지요?"

"예."

지하 서고에 갇혀 그녀 스스로 옷을 벗고 완얼의 품에 안기려고 했던 밤, 그가 그리 말하며 손수 옷을 다시 입혀주었었다. 그리고 그것이 그의 가장 사치스러운 소원이라 했었다.

"그럼 당신은 지금처럼 눈부시게 하얀 꽃으로 계십시오. 피는 제 손에 묻히겠습니다."

악마의 마음속에서 인간이 눈을 뜨려 하자 인간의 마음속에선 괴물이 눈을 떴다. 악마에게 인간의 마음을 불어넣어 준 것도, 한 인간을 괴물로 만들어가는 것도 모두 '사랑'라는 이름이었다.

"부디 변하지 말아주십시오."

백영이 따스한 완얼의 손을 잡으며 간곡하게 부탁했다.

"당신을 향한 내 마음은 죽는 순간까지 변치 않을 것입니다."

완얼이 그리 말하였지만 백영은 슬프게 고개를 저었다.

'지금과 같이 이 따듯한 체온을 잃지 말아달라는 뜻입니다. 내가 사랑했던 모습 그대로 남아주십시오. 변하지 말아주십시오, 부디.'

"백영아!"

그때 변학도가 누이를 부르며 발걸음을 재촉해 왔다.

"오라버니, 여긴 어떻게……."

그러나 학도는 백영을 거들떠보지도 않고 완얼에게 말했다.

"누이와 할 말이 있사오니 자리를 좀 비켜주시겠습니까?"

그러자 완얼이 잠시 학도를 쏘아보더니 대꾸도 없이 획 돌아섰다.

"참, 대감! 누이의 목숨을 구해주셔서 감사합니다. 그리고 전하의 목숨도요."

도발하는 듯한 말에 완얼이 돌아서 학도의 멱살을 잡았다.

"입을 함부로 놀린다면 아무리 백영 아씨의 오라비라도 가만두지 않을 것이다!"

"저를 죽이시려거든 서두르시는 게 좋을 것입니다. 안 그러면 제가 먼저 선수를 칠지도 모르니까요."

완얼과 학도가 한 치의 물러섬도 없이 서로를 향해 살기를 뿜어냈다.

"제발 둘 다 그만두세요!"

두 사람 사이에 뛰어든 백영이 애원했다. 그제야 학도의 멱살을 놓은 완얼이 더 이상 아무 말 없이 어둠 속으로 사라졌다.

"오라버니! 도대체 뭐 하시는 겁니까! 이러려고 제 뒤를 쫓아오신 겁니까?"

"너야말로 무슨 짓을 하고 있는 줄 아느냐? 역모를 덮어버리려는 것도 모자라 이런 예민한 시기에 완얼군과 단둘이 붙어 있다니, 이러다 누가 보기라도 하면 어쩌려고! 가뜩이나 숙빈이 너를 죽이겠다고 길길이 날뛰고 있는데 이리 쉽게 빌미를 제공할 셈이냐?"

춘향이를 죽이라며 악다구니하던 숙빈의 모습이 떠올라 새삼 미간에 깊은 주름이 잡혔다.

"두 번 다시 완얼군과 따로 만나지도 감싸지도 말거라. 그게 네가 살길이고 우리 모두가 살길이다."

누이 '덕분에' 역모 사건은 더 이상 일이 커지지 않고 덮일 것이고, 완얼군도 무사히 빠져나갈 것이다. 하지만 완얼군이 무사하면 백영이 위험해진다. 두 사람 사이가 알려지면 모든 게 끝이었다. 누이의 목숨도, 학도가 꿈꾸는 세상도.

"명심해라. 세상에 영원한 비밀은 없다."

특히 사랑만큼 들키기 쉬운 것은 없었다.

"그렇게 심청이 열여섯이 되던 해 어느 날, 공양미 삼백 석을 부처님 께 바치면 심 봉사가 눈을 뜰 수 있다는 말에 심청이는 뱃사람들에게 제 몸을 팔아넘기는데……. 자, 여기서부터 정말 중요하다. 잘 들어보 아라!"

그러더니 율이 짓궂게 말을 멈추고 백영의 표정을 살폈다.

"벌써 그 말씀만 몇 번째이옵니까? 그래서 심청이가 어찌 되었는데 요?"

약이 바짝 오른 백영이 감히 임금에게 눈을 흘겼다. 역모가 일어났 으니 즉시 환궁을 하려 했으나 율의 부상으로 인해 사흘쯤 안정을 취 한 후 온양을 떠나기로 했다. 대신 온궁과 임금 주위의 경계는 더욱 삼엄해졌으며 오늘이 온양에서 머무는 마지막 밤이었다.

"궁금하냐?"

백영이 내정전에 들어 춘향뎐 완결편을 읽은 뒤 이번엔 율이 심청뎐 의 나머지 부분을 낭독하던 참이었다. 아직 어깨에 붕대를 감고 이부 자리에 앉아 있긴 하지만 말고기나 소의 혓바닥은 물론 녹용에 녹혈, 녹신까지 좋다는 보양식은 다 먹어온 탓에 건강하기 짝이 없는 율은 상처도 빠르게 아물고 있었다.

"당연히 궁금하지요! 전하께서도 이야기를 듣다 말면 몹시 궁금해 하시지 않습니까?"

"알았다, 알았어. 계속 읽으면 될 것 아니냐?"

백영이 정말 화가 난 것 같자 껄껄 웃으며 책장을 넘겼다.

"인당수에 몸을 던진 심청이 깊은 바다 속으로 가라앉는데……."

"인당수는 도령의 이름이 아닙니까? 그 이름이 언제 바다 이름으로 바뀌었습니까?"

"인당수같이 고만고만한 양반집 자식은 여인들의 마음을 확 사로잡을 수가 없다. 바다 이름으로나 어울리지. 내가 말하지 않았느냐? 애정 소설을 찾는 여인들이 바라는 건 겉으론 까도남(까칠한 도성 남자)이지만 알고 보면 자상하고 귀여운 구석이 있는 왕자님이나 영의정 2세, 대지주 3세라고. 잘생긴 건 기본이라 말할 것도 없고."

그러고는 낭독을 이어 나갔다.

"용왕이 눈에서 녹색 불빛을 막 쏘면서 심청이 앞에 나타났다. 심청의 사연을 들은 용왕은 그녀의 갸륵한 마음씨와 착하디착한 몸매에 반하여 용궁에서 살게 해주었으니……."

"예? 착하디착한 몸매요? 몸매가 어떻게 착할 수가 있사옵니까?"

"문학적 허용이다! 인기 매설가씩이나 돼서는 이리 표현력이 떨어져서야. 그리고 자꾸 끼어드니까 맥이 끊이지 않느냐? 또 한 번 끼어들면 그만 읽을 테다!"

으름장을 놓더니 다시 책을 읽는 데 집중하였다.

"용궁에서 산 지 삼 년이 흘러 혼인할 나이가 넘자 용왕은 노처녀 심청을 커다란 연꽃에 집어넣어 바다 위로 돌려보냈다. 그리고 운 좋게도 잘생기고 몸도 좋은 까도남 임금에 의해 발견이 되었는데, 향기로운 알몸으로 연꽃에서 튀어나온 심청의 착하디착한 몸매를 본 임금이 이렇게 소리쳤다!"

낭독이 뚝 끊겼다.

"임금이 뭐라 소리를 쳤습니까?"

백영이 호기심을 못 이기고 재촉하자 율이 회심의 미소를 지으며 그동안 꼭 한 번 해보고 싶었던 말을 힘차게 외쳤다.

"다음 편에 계속!"

"전하!"

짜증스러운 백영의 목소리가 내정전에 울려 퍼졌다.

"너도 조금 아까 가장 궁금한 장면에서 그러지 않았느냐? '이 도령이 춘향이를 쓰러뜨려 가느다란 허리를 끌어안으며 강제로 입을 맞추려는 순간!' 여기서 끊어버리다니! 이제 그간의 내 마음을 이해하겠느냐?"

율은 십 년 묵은 체증이 쑥 내려간 듯 속이 후련해 보였다.

"근데 심청이가 꼭 알몸으로 연꽃에서 나왔어야 했습니까? 불필요하게 선정적인 것 아닙니까?"

이제야 기다리는 독자의 심정이 이해되며 딱히 반박할 말은 없었으나 그래도 이대로 물러서기엔 너무 약이 올라 기어이 한마디 하였다.

"바다에서 물고기와 헤엄쳐 다니며 삼 년을 살았는데 옷을 입고 있는 게 더 이상하지! 작품의 전체적인 맥락과 수준을 보아야지 달랑 일부분만 보고 야하네 어쩌네, 그리 하나하나 참견해대면 글을 어떻게 쓰란 말이냐? 괜한 시비를 걸 참이면 그만 나가보아라!"

율이 기세등등하게 외쳤다.

"예, 분부대로 하겠습니다."

그러자 백영이 기다렸다는 듯이 인사를 올리고 자리에서 일어났다. '이제 겨우 소설 한 편 쓰기 시작했으면서 작가 행세는!' 하고 속으로 코웃음을 치면서.

"뭐? 진짜 가려고?"

제 흥에 도취되어 큰소리치던 율이 막상 백영이 간다고 하자 깜짝 놀라 책을 내려놓았다.

"밤이 늦었습니다. 내일 아침 일찍 먼 길을 떠나시려면 침수에 드시옵소서. 그리고 저도 행장을 꾸려야지요."

"예, 전하. 그렇게 하시지요. 많이 좋아지셨다고는 하나 원행에 나서시면 아무래도 무리가 갈 것입니다. 조금이라도 더 쉬어두시지요."

상선까지 거들자 더 이상 백영을 잡지 못하고 자리에 누웠다.

"그럼 내가 잠들면 나가거라!"

예전엔 율의 억지에 화도 많이 났었는데, 이젠 이런 아이 같은 투정만 받아주면 별일 없이 지나가는 걸 아는지라 광증을 부리는 것보다는 낫다 싶었다. 백영이 이부자리 곁을 지키고 있자 율은 금세 잠이 들었다. 언제나 그렇듯 잠든 모습만큼은 참으로 맑아 보였다. 특히 요즘은 마음이 평온해져서인지 얼굴빛도 많이 밝아졌다. 그는 확실히 변하고 있었다. 그에게 연민이 느껴지는 것도 부정할 수 없었다. 하지만 그렇다고 율을 사랑하는 것은 아니었다.

'완얼. 나의 완얼.'

그녀에게 사랑은 완얼 그 자체이니까. 사랑이란 뜻에 '완얼' 외에 다른 의미는 존재하지 않았다.

백영이 조용히 침전을 빠져나와 내정전의 중문을 나서는데 그 앞을 급히 지나가던 량주와 마주쳤다.

"량주 무사…… 오라버니!"

문 앞에 병졸들이 지키고 있는 터라 얼른 오라버니라 호칭을 바꾸어 량주를 불렀다. 이제 궁에 있는 어지간한 이들은 두 사람이 오누이라는 것을 알고 있었기 때문이다.

"제게 잠시만 시간을 내주시겠습니까?"

"무슨 일이십니까?"

발걸음을 멈춘 량주가 어색하게 물었다. 후원에서 고백을 한 뒤로 한 번도 따로 말을 나눠본 적이 없었다.

"꼭 할 말이 있습니다."

백영과 량주는 인적이 없는 후원으로 발걸음을 옮겼다.

"이제 이곳도 마지막이군요."

낮의 진초록 생생함과는 달리 달빛의 은은함을 품은 후원을 둘러보며 백영이 말했다. 짧은 기간이었지만 이곳에서 많은 일이 벌어졌더랬다. 량주가 백영에게 고백을 하고, 와인이 실연을 당한 곳, 결국 그 누구의 사랑도 이루어지지 않았던 잔인한 달빛의 궁전.

"하실 말씀이 무엇입니까?"

량주가 백영을 제대로 쳐다보지도 않고 딱딱하게 물었다. 여태까지 그녀가 알던 량주가 아닌 것 같아 마음이 아팠다.

'다시 예전처럼 돌아갈 수 있을까? 한 번 금이 간 항아리는 아무리 잘 붙여도 흔적이 남듯 아무 일도 없었다는 듯 전처럼 지낼 순 없겠지.'

하지만 온궁을 출발하기 전에 불편해진 사이를 조금이라도 풀고 싶었다.

"량주 무사님, 무사님은 항상 제게 친절하고 좋은 분이셨습니다. 그리고 지금도 참 좋은 분이십니다."

"꼭 할 말이라는 것이 고작 그것입니까?"

진심을 다한 말이었는데 그 말이 오히려 량주의 심기를 건드렸나 보다.

"참 좋은 사람이지만 아씨에게 사내는 아니라는 말씀이시죠? 제가 아무리 눈치가 없어도 그 정도는 알아듣습니다."

"저는 완얼군 대감을 연모하고 있습니다."

지금 당장은 아프겠지만 다른 사람의 입을 통해 듣게 하고 싶진 않았다. 그것이 량주에게 그녀가 해줄 수 있는 마지막 배려이자 최소한의 예의라고 생각했다.

"알고 있습니다. 알지만 평생 한 번은 말해보고 싶었습니다, 제 마음을."

각오하고 있던 말이었다. 하지만 막상 백영의 입으로 직접 들으니 아무리 각오한 일이었어도 아팠다.

"참 우습지요? 제가 와인 무녀님께 상처를 줄 때는 아무렇지도 않더니 지금은 왜 이리 아픈 걸까요? 누군가의 가슴을 아프게 한 벌을 지금 받고 있나 봅니다."

"저기……. 와인 무녀님에게 기회를 주실 순 없는 것입니까?"

"아씨! 어찌 그리 제게 잔인하십니까?"

결국 량주가 평정심을 잃고 버럭 소리를 지르고 말았다.

"거절하시는 건 받아들이겠습니다. 더 이상 아씨에게 제 마음을 알아달라고 하지도 않을 것입니다. 하지만 계속 좋아하든 단념하든 그건 제 마음입니다. 그렇게 억지로 제 마음을 다른 이에게 옮기라 말하진 마십시오!"

그가 눈물마저 글썽이며 휙 돌아섰다.

"량주 무사님!"

등 뒤에서 그녀가 부르는 소리가 들려왔다. 하지만 결코 돌아보지 않았다. 돌아볼 수가 없었다. 사나이 고량주가 여인에게 눈물 흘리는 모습을 보여줄 순 없었다.

'그리 부르지 마십시오. 오늘 밤은 그대가 내 이름을 부르는 것을 듣는 것조차 고통입니다. 다음번에 만나면 웃으면서 얘기하겠습니다. 이제 아씨를 다 잊었다고. 잠깐 미쳤었나 보다고. 아씨는 원래 내 취향이 아니라고, 나는 육덕 있는 여인이 좋다고, 껄껄 웃어젖히고는 이제부턴 오라버니라 부르라고 큰소리를 치겠습니다. 그리고 평생 가슴속 깊이 품고 살아가겠습니다.'

아무도 모르게.

그대조차 모르게.

'연모합니다. 그대가 나를 연모하지 않을지라도.'

와인이 제 처소에서 행장을 꾸리고 있는데 임금의 늙은 보모상궁이 그녀를 찾아왔다.

"마마님! 제 처소엔 어쩐 일이십니까? 이쪽으로 앉으시지요."

국무녀와 함께 궁을 들락거리며 보모상궁의 해몽도 여러 번 해준 적이 있는 터라 반갑게 일어나 자리를 권했다.

"그게 말일세, 그제 밤에 하도 괴이한 꿈을 꾸어서 해몽을 부탁하러 찾아왔네."

상석에 앉은 남 상궁이 단도직입적으로 용건을 꺼냈다.

"에이, 말 놓으시라니까요. 제가 손녀 뻘인데요."

량주 때문에 마음고생을 심하게 하고 있긴 하지만 본성이 밝고 애교 넘치는 성격인지라 남 상궁에게 살갑게 대하였다.

"아무리 나이가 어리더라도 신령한 기운을 받은 무녀님에게 어찌 함부로 말을 놓을 수가 있겠는가?"

남 상궁이 인자하게 웃으며 고개를 저었다.

"마마님도 참. 한데 무슨 꿈을 꾸셨기에 이 시각에 따로 찾아오신 겁니까?"

"매화가 하얀 눈처럼 흩날리는 매우 아름다운 길을 걷고 있었는데 말이지……."

남 상궁이 불안한 기색으로 꿈 이야기를 시작했다.

"어떤 아낙이 주저앉아 땅을 치며 곡을 하고 있는 게야. 그래서 왜 우느냐 하고 물으니 '그리면 둥글고 쓰면 각이 진 것이 땅에 떨어져 울고 있다' 그러더군. 한데 그 아낙의 얼굴을 자세히 보니 젊은 시절 내 얼굴이지 뭔가?"

"그러면 둥글고 글로 쓰면 각이 진 것이라고요?"

와인의 얼굴이 창백하게 변하였다. 그것은 태양이었다. 그림으로 그리면 둥근 모양이지만 글로 쓰는 해 일(日)은 온통 각이 지지 않았는가? 또한 태양은 왕을 뜻하는 것이니 태양이 땅에 떨어졌다 함은 현재 조선의 태양인 금상에게 변고가 생길 것이란 의미였다. 금상을 자식처럼 돌보았던 젊은 시절 남 상궁이 구슬피 운 이유도 그래서이리라.

"안 좋은 꿈인가?"

와인의 안색을 살피며 남 상궁이 걱정스레 물었다. 하지만 와인은 선뜻 해몽을 내놓지 못하였다. 며칠 전 내금위장의 역모 사건으로 가뜩이나 분위기가 흉흉한데 전하께 다시 변고가 생길 것이라 섣불리 말을 꺼낼 수가 없었다. 세 치 혀를 잘못 놀렸다가 자칫하면 목이 날아갈지도 모르는 일이었다.

"혹시 말일세, 이 물건 때문에 그런 요상한 꿈을 꾼 것이 아닌가 싶어서."

남 상궁이 품에서 조심스럽게 무언가를 꺼냈다.

"앗! 이것은 춘향이의 가락지가 아닙니까?"

와인이 깜짝 놀라며 옥지환이 매달려 있는 목걸이를 집어 들었다. 그러자 남 상궁이 고개를 갸웃하며 대꾸했다.

"이것은 완얼군 대감의 가락지인데?"

"그게 정말입니까?"

"그렇다네. 며칠 전에 탕실을 치우다 완얼군 대감께서 두고 간 이 가락지를 주웠는데 하도 예뻐서 딱 한 번 손가락에 끼워봤지 뭔가. 정말 딱 한 번이었는데 그런 요상한 꿈을 꾼 것이라네. 꿈에서 매화 꽃비가 내린 것이 이 매화 옥지환 때문인가 싶어서, 아무래도 이 가락지가 상서롭지 않은 물건인가 보네. 진즉 주인에게 돌려주었어야 했는데 역모가 일어나서 발칵 뒤집히는 바람에 깜빡하고는……."

"이 옥지환, 제가 대감께 전해 드려도 되겠습니까?"

와인이 가락지를 손에 움켜쥐며 물었다.

"참, 자네는 무명청에서 매일 대감을 뵙는 사이이지. 그래주면 나야 고맙지. 완얼군 대감은 대하기가 좀 껄끄러워서."

폭군이라 손가락질 받는 왕이지만 갓난아기 적부터 금상을 업어 키운 남 상궁에겐 아들과 진배없었다. 그래서 아들 같은 금상이 가장 껄끄러워하는 왕자인 완얼군이 그녀 역시 껄끄럽고 불편했다.

"그리고 좋은 꿈을 꾸신 겁니다. 꽃비가 날리고 눈물을 흘리셨으니 경사가 날 징조입니다. 아무 걱정 마시고 돌아가서 푹 주무십시오."

와인은 정반대로 해몽을 해주었다. 그러자 보모상궁은 매우 기뻐하며 처소로 돌아갔다.

보모상궁에게 옥지환을 넘겨받은 와인의 머릿속이 복잡하게 돌아가기 시작했다. 매화 세 송이가 정교하게 조각되어 있는 흰 옥지환. 춘향이가 손에 끼고 있는 것을 두 눈으로 똑똑히 보았었다. 한데 완얼군도 똑같은 것을 가지고 있다면 두 사람이 쌍가락지를 나눠 낀 것이 분명했다. 그리고 그것이 의미하는 건 단 하나.

'완얼군과 춘향이가 정인이다!'

이 사실이 밝혀진다면 두 사람 모두 살아남지 못하리라. 맑게 빛나던 와인의 눈이 질투와 증오로 붉게 물들어갔다.

12.

나를 향해 웃어라
입을 찢어서라도

　이른 아침 온양을 출발한 어가는 상처가 아직 아물지 않은 임금에게 무리가 되지 않는 선에서 최대한 빨리 도성으로 향했다. 그리하여 엿새 만에 도성에 도착했다. 환궁하는 길 내내 문배주와 변학도가 눈에 불을 켜고 어가를 호위하여 또 다른 습격은 일어나지 않았다.

　"도성엔 별고 없었소이까?"

　율이 침전에 몸을 누이자마자 도성에 남아 있던 병조판서 장대갈과 예조판서 이한림이 득달같이 달려왔다.

　"예, 전하. 하나 전하를 제대로 보필하지 못하여 이리 송구한 일이 벌어졌으니 이 죄를 어찌 다 씻을 수 있겠습니까?"

　장대갈이 장탄식을 하며 읍소하였다.

　"완얼군 대감이 목숨을 걸고 전하를 지키셨다고 들었사옵니다. 완얼군 대감의 충심을 높이 사시어 상을 내리시고 불충한 소신들은 벌하여 주시옵소서."

이리 고하긴 했지만 이한림의 심정은 말이 아니었다.

'일이 잘되었다면 지금 이 침전엔 완얼군 대감이 앉아 있었을 터인데!'

다 된 밥에 코를 빠뜨려도 유분수지, 완얼군이 왜 그런 짓을 한 것인지 도저히 납득이 가지 않았다. 하나 이왕 이렇게 된 거 전하의 신임이라도 얻어 다음을 기약하자 싶었다.

"벌은 무슨. 두 대감께서 무탈하시니 과인은 그걸로 되었소이다."

'둘이 싸우다 둘 다 죽는다면 가장 좋은 일이었는데 나만 다쳐서 돌아왔구나.'

율이 속으로 쓴웃음을 지었다. 장대갈과 이한림을 도성에 남아 있게 한 이유는 잔소리꾼 영감들을 떼놓아서 좋은 것도 있었지만, 둘이 남으면 서로 견제하느라 큰일이 벌어지지 않을 것이라는 계산도 있어서였다. 만일 둘 중 하나만 도성에 남겠다고 했으면 두 사람 다 온궁으로 데려갔을 것이다.

'충신 따위는 없다. 필요에 의해 나를 지지하고 있는 것일 뿐.'

임금의 자리는 누구도 믿어선 안 되는 자리였다. 사림파가 공격을 한다 하여 영원한 적인 것도, 훈구파가 지지한다 하여 영원히 그의 편인 것도 아니었다. 가장 중요한 것은 균형이다. 사림파가 거슬린다 하여 모두 없애 버리면 아무 견제 세력 없이 훈구파가 득세하여 왕권을 위협할 것이고, 그렇다고 훈구파를 너무 누르면 왕권의 지지기반이 약해질 것이다.

"전하! 이게 웬 변고입니까? 신첩, 전하께서 옥체를 상하셨다는 소식에 몇 날 며칠 식음을 전폐하고 잠 한숨 제대로 잘 수가 없었사옵니다. 이래서 신첩이 전하를 모셨어야 했는데……."

잠시 후, 원자를 앞세운 숙빈 장씨가 들이닥쳐 요란하게 오열을 하였다. 낮잠을 자다가 얼결에 끌려온 원자가 잠이 덜 깨어 멀뚱히 옆에 앉아만 있자 숙빈이 남들이 눈치 못 채게 아이의 옆구리를 꼬집었다.

"으앙!"

어미가 매몰차게 옆구리를 꼬집자 원자가 큰 소리로 울음을 터뜨렸다.

"원자, 전하께서 앓아누워 계시는 것을 보고 이리 구슬피 우는 것이냐? 이 어린것이 아바마마가 얼마나 걱정이 되었으면……."

숙빈이 원자를 달래는 시늉을 하더니 신하들을 앙칼지게 노려봤다.

"대체 전하를 어찌 모셨기에 이 지경이 되셨단 말입니까! 다들 반드시 책임을 지셔야 할 것입니다!"

그녀가 왕의 총애를 잃은 것 같자 대번에 등을 돌린 이들을 향해 속이 후련하게 쏘아붙였다. 그러자 어미의 고함 소리에 아이는 더욱 겁을 집어먹고 빽빽 울어댔다.

"지금 당장 죽는 거 아니니 그리 호들갑 떨 것 없다."

한바탕 소동에 없던 병마저 생길 것 같아 율이 미간을 찌푸렸다. 하나뿐인 아들인 원자가 귀엽지 않은 건 아니었으나 몸도 불편한데 저리 궐이 떠나가라 울어대는 소리를 들으니 머리에 지진이 나는 것 같았다.

"근데 말이다 숙빈, 이리 북적거리니 내가 몹시 머리가 아프구나. 얼굴 봤으면 되었다. 후에 다시 부를 것이니 오늘은 이만 원자를 데리고 나가서 달래어라."

"예? 나가라고요?"

이번 기회에 원자를 이용해 점수 좀 만회해 볼까 했던 숙빈이 당황해 되물었다.

"조용히 혼자 쉬고 싶으니 다들 나가보시오!"

율이 그리 명하고는 모두에게 등을 보이며 돌아누웠다. 하는 수 없이 숙빈도 다른 신하들과 함께 쫓겨나듯이 침전에서 나왔다.

"뚝 그치지 못하겠느냐? 사내가 그리 눈물이 흔해서 어찌 일국의 왕이 되겠느냐!"

침전에서 나오자마자 숙빈이 더없이 냉랭하게 원자를 다그쳤다. 그러자 밖에서 대기하고 있던 보모상궁이 얼른 달려와 원자를 품에 안았다. 그제야 눈물을 그친 원자가 보모상궁의 치맛자락 뒤에 숨어 어미의 눈치를 살폈다.

"대체 누굴 닮아 저리 심약할꼬!"

숙빈이 못마땅하게 혀를 끌끌 차며 원자를 보모상궁에게 맡겨 버리고 천화각으로 성큼성큼 발걸음을 옮겼다.

"영특하다 소문이 자자하시던데, 아직 아이는 아이인가 봅니다."

뒤따라 나온 이한림이 덕담인 척하며 비꼬아 말했다.

"하지만 아이들은 쑥쑥 자라는 법이지요. 원자께서 참으로 영특하시니 이 할아비가 잘 가르쳐 보고자 합니다. 특히, 빚을 졌으면 반드시 갚으라는 것부터요."

장대갈의 송충이 같은 눈썹이 순간 분노로 꿈틀거렸으나 꾹 참고 말을 받아쳤다.

'이한림, 네가 완얼군과 손을 잡고 온양에서 수작을 부렸다는 것을 모를 줄 아느냐? 무슨 의도로 완얼군이 전하를 구해내는 척을 했는지는 모르겠지만, 아무튼 우리도 당하고만 있지는 않을 것이다!'

"그럼 기대하겠습니다."

이한림이 정중히 인사를 하고 북쪽으로 길을 잡았다. 그리고 이한림의 그림자조차 보기 싫은 장대갈은 정반대 방향인 남쪽으로 향했다.

숙빈이 천화각으로 들어서자 마당에서 기다리고 있던 와인이 쪼르르 달려왔다.

"너는 성수청 무녀 와인이 아니더냐? 날 기다리고 있던 것이냐?"

"예, 숙빈마마."

와인이 공손히 고개를 조아렸다.

"무슨 일로? 내 요즘 울화로 인한 불면증으로 꿈을 꿀 일이 없는데. 꿈을 꾸지 않으니 딱히 해몽할 것도 없고."

"바로 그 울화를 풀어드리러 왔사옵니다."

"네가 어떻게?"

"그 모든 게 춘향이 때문에 생기신 울화가 아니옵니까?"

와인이 의미심장한 눈빛으로 숙빈을 보았다. 그러자 심기가 불편한 상태인 숙빈이 그 말뜻을 오해하고 버럭 노성을 질렀다.

"네 이년! 내가 잠시 총애를 빼앗겼다 하여 너 따위 무녀까지 나를 조롱하는 것이냐?"

"마마, 그럴 리가 있겠습니까? 이것을 보시옵소서."

와인이 황급히 품에서 비단 수건에 싸인 물건을 꺼냈다.

"그게 대체 뭔데?"

숙빈의 치켜 올라간 눈이 날카롭게 빛났다.

"긴히 드릴 말씀이 있사오니 일단 안으로 드시지요. 마마께서 틀림없이 흡족해하실 만한 이야기입니다."

사랑을 차지하기 위해 와인은 악마에게 손을 내밀었다. 춘향이만 없앨 수 있다면 다른 것은 아무래도 좋았다.

'춘향이, 너만 없어지면……. 너만 없어지면!'

경회루.

떠들썩한 풍악이 울리고 수십 명의 벌거벗은 홍청들이 춤을 추는 가운데 율이 숙빈을 옆에 끼고 부어라 마셔라 한껏 취해 있었다. 한동안 잠잠하다 싶었는데 느닷없이 이리 큰 연회를 벌이다니, 형님의 부름으로 경회루에 도착한 완얼이 불길한 예감에 깊은 한숨을 내쉬었다.

"오, 드디어 나의 아우가 왔구나! 어서 이리 올라오너라."

율이 반색하며 아우를 옆에 앉혔다. 그리고 그 앞엔 백영이 이미 자리 잡고 앉아 있었다.

"때마침 아주 잘 오셨습니다. 전하께서 책비에게 재미있는 이야기를 읽어주시려던 참이었거든요. 오호호호!"

그간 기를 제대로 못 펴고 있던 숙빈이 오늘은 기세가 등등하여 소름 끼치게 웃어젖혔다.

"전하께서 책비에게 책을 읽어주신다고요?"

들도 보도 못한 해괴한 말에 완얼의 눈이 휘둥그레졌다. 아우가 놀라거나 말거나 율이 태연하게 책을 펼쳤다.

"'심청뎐'이라고, 춘향이를 위해 내가 몸소 지은 글이니라. 저번에 어디까지 읽다 말았더라? '향기로운 알몸으로 연꽃에서 튀어나온 심청의 착하디착한 몸매를 본 임금이 이렇게 소리쳤다'까지 읽었던가?"

"그러하옵니다."

'완얼군 대감까지 왜 이곳에 부른 것일까?'

백영 역시 불길한 예감에 몸을 움츠리며 답하였다.

"네 정체가 무엇이냐!"

"예?"

율이 대뜸 소리를 지르자 백영이 놀라 되물었다.

"책을 읽은 것이다. 자, 여기서부터 정말 중요하다. 잘 들어보아라. '임금이 이렇게 소리치며 심청이에게 다가갔다'."

그러자 율이 책 속의 임금처럼 정말 백영에게 가까이 다가가며 대사를 읽기 시작했다.

"대체 네 정체가 무엇이기에 갑자기 내 눈앞에 나타나 향기로운 꽃과 같은 아름다움으로 나를 현혹시키려 하느냐? 옆 나라에서 보낸 첩자이더냐, 나를 죽이러 온 자객이더냐, 아니면 나를 홀려서 나라를 집어삼키려는 구미호 같은 요부이더냐?"

마치 백영에게 쏟아 붓는 말인 듯 율의 눈빛이 붉은 광기로 물들어 갔다.

"저, 전하……."

겁에 질린 백영이 저도 모르게 몸을 뒤로 젖히며 손으로 바닥을 짚자 율이 그 가느다란 손가락을 내려다보며 물었다.

"가락지가 아주 예쁘구나. 누가 준 것이라고?"

"이, 이것은 어머니께서 제게 물려주신……. 헉!"

느닷없이 율이 한 손을 뻗어 백영의 목을 광폭하게 조르기 시작했다.

"완얼군을 연모하느냐?"

숨이 막혀 얼굴이 새빨개진 백영은 컥컥거리기만 할 뿐 아무 대답도 할 수 없었다. 그러나 율은 그녀의 목을 부러뜨려 버리기라도 할 듯이 더욱 거세게 조르며 다시 외쳤다.

"나의 아우를 연모하느냐고 물었다!"

그러자 완얼이 자리를 박차고 일어나 율의 손을 쳐냈다. 그러곤 온 세상이 다 듣도록 쩌렁쩌렁하게 외쳤다.

"제가 이 여인을 연모합니다!"

지금 그가 내뱉은 말이 얼마나 위험한 말인지 알았다. 하지만 그대로 놔두면 형님이 그녀의 목을 부러뜨려 버릴 것 같았다. 그녀를 위해 목숨을 거는 것은 두렵지 않았다. 그녀를 지키지 못할까 봐 그것이 걱정이었지.

"지금 뭐라고 지껄였느냐?"

살기로 번뜩이는 율의 눈빛이 완얼에게로 향했다. 질식해 죽겠구나 싶은 순간 율의 손아귀에서 풀려난 백영이 바닥에 쓰러져 콜록거리며 가쁜 숨을 내쉬었다.

"이 여인을 연모하십니까? 이런 것이 형님의 연모입니까? 이러고도 연모를 받기를 원하십니까!"

완얼이 다시 한 번 부르짖으며 백영을 부축해 일으켰다. 모두가 숨을 죽이고 두 사람을 바라보았다. 책비 하나를 사이에 두고 임금과 왕자가 죽일 듯이 맞서다니! 임금이 책비를 유달리 총애해 조만간 후궁이 될 것이란 소문도 있고, 그 책비가 바로 임금의 표식을 받은 여인이라는 소문도 돌고 있었지만, 신들린 왕자라 하여 비밀스러운 존재로 남아 있던 완얼군까지 책비에게 마음을 두고 있을 줄은 아무도 몰랐다. 임금이 점찍은 여인을 감히 왕자가 탐을 내는 것도 모자라 이렇게 공개적으로 맞서기까지 하다니, 상상조차 할 수 없는 일이었다.

'진정 경국지색은 숙빈이 아니라 저 책비로구나!'

지켜보고 있는 대부분의 사람들이 그리 생각을 하였다.

"감히 완얼군 네가!"

율이 주체할 수 없는 분노로 부르르 몸을 떨면서 완얼의 상의를 찢어버렸다. 그러자 탄탄한 가슴팍 위로 가죽 끈으로 된 목걸이가 드러났다. 그리고 그 목걸이 끝엔 매화 세 송이가 조각된 하얀 옥지환이 매달려 있었다. 백영이 끼고 있는 옥지환과 똑같은 가락지임을 확인한 율의 낯빛이 납처럼 푸르스름하게 변했다.

"전하, 거 보십시오. 제가 말씀드리지 않았습니까? 정표로 나눠 가진 가락지가 틀림없다고요. 저 둘은 이미 떼려야 뗄 수 없는 깊은 사이입니다."

이때다 싶어 끼어든 숙빈이 간악한 미소를 띠고 임금에게 속삭였다.

"닥쳐라!"

엄청난 노성이 경회루를 뒤흔들었다. 입에서 지옥불이 뿜어져 나오는 듯한 고함이었다. 핏빛으로 물든 두 눈과 검푸른 얼굴에서 느껴지는 엄청난 살기에 숙빈의 목이 자라목처럼 움츠러들며 얼른 물러섰다.

"흐흐……. 흐흐흐흐……. 흐흐흐흐……."

야차 같은 임금의 입에서 괴기스러운 실소가 흘러나왔다.

"으하하하하하!"

그러더니 갑자기 율이 미친놈처럼 박장대소를 터뜨렸다. 아니, 그는 지금 미친놈이었다.

"두 연놈들이 감히 나를 희롱해?"

눈이 뒤집힌 율이 내금위장 문배주의 허리에서 검을 뽑아 들었다.

"짐작은 하고 있었다. 내가 바보인 줄 알았더냐? 하지만 애써 모른 척해왔다. 내가 진심으로, 진심으로 너를 대하면 너도 내 마음을 알아주지 않을까 싶어서. 그리고 너도 내게 점점 마음을 열고 있다고 믿었다!"

율이 검을 바닥에 질질 끌면서 백영에게 다가갔다. 그러자 완얼이 제 몸을 방패삼아 백영의 앞을 막아섰다. 날카로운 칼날이 긁고 지나간 나무 바닥은 순식간에 허연 생살을 드러냈다. 율의 마음도 그렇게 생살을 드러내고 있었다. 심증은 있었지만 눈에 띄는 증거는 없었기에 믿고 싶지 않았다. 괜한 질투라 여기고 눈감아 버리고 싶었다.

"선왕께 빌고 또 빌었다. 어머니를 살려 달라고. 제발 살려만 달라고. 하지만 나의 어머니는 여섯 살 아들이 지켜보는 앞에서 피를 토하고 고통스럽게 가슴을 쥐어뜯다가 숨이 끊어지셨다. 한데 내 어머니를 그렇게 잔혹하게 보내신 아바마마께서 완얼군, 너의 어미는 죽는 순간까지 끔찍이도 은애하시더구나! 너와 나의 어머니가 바뀌었더라면 어땠을까? 네가 왕이 되고 네가 미쳐 버렸을까? 네가 왕이 되고 네가 나를 죽여 버렸을까? 내가 완얼군이 되었다면 저 계집이 나를 연모했을까?"

율의 얼굴이 고통스럽게 일그러졌다. 겁에 질린 백영이 완얼의 손을 꼭 붙잡았다. 하나 그 모습이 율을 더욱 미치게 했다.

"완얼군은 되고 왜 나는 안 되는 것이냐? 나는 왜! 나도 완얼군처럼 어머니에게 사랑받고 자랐다면 저놈처럼 될 수 있었어. 나도 저놈처럼 네게 사랑받았다면 나도 변할 수 있었어……. 너만 있으면 나도 새로운 인간으로 살 수 있었는데! 왜! 왜!"

율이 울부짖으며 검을 높이 치켜들었다.

'이제 정말 마지막인지도 모른다. 나의 붓과 재능으로 임금을 바꿀 수 있을 거라는 생각은 오만한 착각이었는지 모른다. 하지만 지금 죽는다 해도 후회하지 않아. 이 사람과 함께라면 아무것도 두렵지 않아.'

백영이 눈을 부릅뜨고 율을 노려봤다. 그리고 율이 '으아아!' 절규하며 검을 내려치려는 순간, 다급한 여인의 목소리가 날카롭게 허공을 갈랐다.

"전하! 멈추시옵소서!"

"누구냐!"

이 궐에서, 아니, 이 나라에서 감히 임금에게 이래라저래라 명을 내리는 자가 있다니! 율이 느닷없이 나타난 방해꾼에게 칼끝을 돌렸다.

"에구머니나!"

중전을 모시고 대청 아래에 서 있던 교태전의 상궁나인들이 화들짝 놀라 소리쳤다. 하지만 중전 박씨는 눈 하나 깜짝하지 않고 거침없이 경회루로 올라가 율의 앞에 섰다.

"전하, 체통을 지키시옵소서! 전하의 아우이십니다. 벌건 대낮에 아우를 베려는 것입니까? 도대체 궐 안에서 얼마나 더 많은 사람이 죽어 나가야 만족하시겠습니까?"

중전이 호령하자 율은 거치적거린다는 듯 그녀를 냅다 밀쳐 버렸다.

"저리 비키시오! 중전부터 목이 날아가고 싶지 않으면. 나를 거역하는 자는 누구라도 가만두지 않을 것이오!"

"전하! 이러시면 아니 되옵니다. 중전마마께선 지금!"

중궁전의 상궁이 쓰러진 중전의 몸을 감싸 안으며 필사적으로 소리쳤다. 하지만 율의 성질만 더욱 건드렸을 뿐이다.

"닥쳐라! 감히 어딜 끼어드는 게냐? 네가 대신 죽기라도 하겠느냐?"

"전하, 이리 경사스러운 날 제발 피를 부르지 마시옵소서!"

중전이 체통을 잃지 않으려 꿋꿋하게 몸을 일으키고선 호소했다. 눈에 띄게 아름답다거나 사내의 마음을 흔드는 색기가 있는 것은 아니었으나 온몸에 중전다운 위엄이 넘쳐흘렀다.

"경사라니? 이 생지옥 같은 궐에도 경사라는 것이 있소이까?"

율의 비틀린 입술에서 냉소가 터져 나왔다.

"신첩이……."

중전이 살짝 얼굴을 붉혔다.

"회임을 하였습니다."

얼마나 하고 싶었던 말이었던가! 존재감 없이 유령처럼 살아왔던 그동안의 날들이 주마등처럼 중전의 머릿속을 스쳐 지나가며 울컥 목이 멨다. 이 말만큼은 직접 고하고 싶었다. 특히나 저 천 년 묵은 여우보다 간교하고 못돼 처먹은 숙빈과 쓰레기 같은 홍청들 앞에서 당당하게 어깨를 쭉 펴고 '내가 바로 이 나라의 국모다!'라는 것을 보여주고 싶었다. 예상했던 대로 회임 소식을 들은 숙빈의 얼굴이 백지장처럼 하얗게 질리는 것을 보고는 막혔던 속이 뻥 뚫리며 후련해졌다.

"뭐? 그게 정말이오? 중전께서 정말 회임을 했다고?"

전혀 생각지도 못한 말에 율이 깜짝 놀라 검을 내렸다.

"예, 전하. 어의에게 두 번이나 거듭 확인을 하였사옵니다."

"경하 드리옵니다!"

늙은 상선이 감격에 겨운 목소리로 크게 외쳤다. 그러자 여기저기서 경하의 말이 들려왔다.

"경하 드리옵니다, 전하!"

"경하 드리옵니다, 중전마마!"

율이 여전히 어안이 벙벙하여 중전을 바라봤다. 항문이 막혀 태어난 첫째 아이가 죽고 난 뒤 무려 오 년 만의 회임이었다. 무명청까지 만들어 적통대군을 생산하기 위해 노력하긴 했지만 마음 한편으로는 이제 더 이상 중전의 회임은 불가능한 것이 아닌가 하는 생각이 들기도 했다.

"그동안 무명청에서 애써준 것이 큰 효험이 있었나 봅니다."

중전이 감개무량하여 고하였다. 이 모든 것이 완얼군 덕분이었다. 무명청에서 제를 올리고 부적을 쓰고 택일을 해준 것도 큰 도움이 되었지만, 무엇보다 중궁전에 숨어 있던 숙빈의 첩자를 잡아주고 불임약을 중화시킬 수 있는 약까지 구해다 준 덕에 이렇게 회임을 하게 된 것이라 생각했다.

"딸이냐 아들이냐?"

중전의 말을 듣고 가만히 생각에 잠겨 있던 율이 다시 검을 들어 완얼군의 턱 밑을 겨누었다.

"삼신할미 노릇까지 하는 엄청난 신기라면 공주인지 대군인지도 알 것이 아니냐?"

종잡을 수 없이 흘러가는 상황에 식은땀만 삘삘 흘리던 완얼이 굳은 얼굴로 백영의 손을 놓았다. 그러곤 어깨에 메고 있던 산통을 내려 형님에게 내밀었다.

"뽑으시지요."

그걸 본 백영의 얼굴이 돌처럼 굳어버렸다.

'저 안에 표창이 들어 있다는 것을 알면 정말 살아남지 못할 터인데, 대체 어쩌시려고!'

"그래, 좋다."

율이 여전히 완얼을 쏘아보며 뚜껑 가운데에 나 있는 작은 구멍으로 산가지를 뽑았다. 기다란 산가지가 쑥 뽑혀 나오자 백영은 차마 지켜보지 못하고 눈을 질끈 감아버렸다.

"대길? 갑갑? 이것이 무슨 뜻이냐?"

표창을 발견한 임금이 길길이 날뛰며 또다시 피바람이 불겠구나 싶었는데 뜻밖에도 평상시와 다름없는 율의 목소리가 들려왔다. 어리둥절해 눈을 떠보니 율이 끝을 뾰족하게 갈아 표창으로 만든 산가지가 아니라 평범한 막대 모양의 산가지를 들고 완얼에게 묻고 있었다.

〈제일첨. 갑갑(甲甲) 대길(大吉)〉

"대군이시옵니다."

산가지에 적혀 있는 글귀를 읽은 완얼이 답했다.

"틀림없으렷다?"

"예, 전하. 전하께서도 중전마마의 회임을 이루어낸 신력이라 하지 않으셨습니까? 틀림없사옵니다."

혹시 누군가 산점을 보자고 할 때를 대비해 뚜껑의 구멍으로는 평범한 산가지만 나오게끔 장치를 해놓은 것이었다. 그리고 그 산가지엔 가장 좋은 운수인 대길을 적어놓고선 무엇을 묻든 뽑는 이가 바라는 답을 해주었다. 공주이거나 대군이거나, 어차피 확률은 반반이었다. 그리고 여덟아홉 달 뒤에나 확인할 수 있는 일이었다.

"대군. 대군이라. 적통대군이란 말이지?"

적통대군이라는 말에 방금 전까지 죽일 듯이 소리치던 것도 잠시 잊고 감개가 무량해진다. 그것은 단순히 자식을 얻었기 때문만은 아니었다. 왕자들이 옥좌를 넘볼 명분을 무너뜨릴 적통대군의 왕위 계승. 그는 강력한 왕권을 뒷받침해 줄 확실한 아군을 얻은 것이다.

"전하, 완얼군이 온양에서 목숨을 걸고 전하를 구하였다 들었사옵니다. 그리고 무명청의 수장으로서 왕실에 적통대군이 탄생할 수 있게 해주었으니 이보다 더 큰 공이 어디 있겠습니까? 완얼군이 실수를 저지른 것은 사실이오나 부디 선처를 베푸시옵소서. 여인보다 중요한 것이 혈육 아니겠습니까?"

완얼군의 신력을 강하게 신뢰하는 중전이 복중 태아가 대군이라는 말까지 듣자 임금에게 간곡하게 청하였다. 대군을 품은 어미로서 이 정도 청은 할 수 있다 생각하였다.

"여인보다 중요한 것이 혈육이라고? 완얼군, 너도 그리 생각하느냐?"

율이 아우에게 물었다. 그리고 아직 그의 손엔 검이 들려 있었다.

"전하, 저는 춘향이를 연모합니다."

눈치가 없는 것인지 사랑에 목숨을 건 것인지, 기껏 살 기회를 만들어주었더니 말 한마디로 날려 버리는 완얼군을 보며 중전이 안타깝게 혀를 찼다.

"이놈이 그래도!"

율이 검을 쥔 손에 다시 불끈 힘을 주자 완얼이 재빨리 말을 이었다.

"하지만 그건 저 혼자만의 마음일 뿐이옵니다. 그러니 어리석은 저를 죽이시고 무고한 여인은 살려주시옵소서."

그녀를 연모한다고 외치며 형님 앞에 나섰을 때, 이미 그는 죽기를 각오하고 있었다. 그러나 백영만큼은 살려야 했다. 이렇게 해서라도 그녀를 살릴 수 있다면, 이것이 그가 그녀를 위해 할 수 있는 마지막 방법이었다.

"너 혼자만의 연모이다? 그렇다면 나란히 나누어 낀 쌍가락지는 무엇이냐?"

"이 가락지는 춘향이의 오라비가 누이와 나눠 가지고 있던 것을 제가 몰래 간직해 온 것입니다."

"춘향이의 오라비라면 네가 데리고 다니는 호위무사인 고 뭐더라? 고…… 환주 말이냐?"

"고량주이옵니다."

율이 잠시 생각에 잠기더니 마침내 검을 바닥으로 내던졌다. 그리고 완얼의 목에서 목걸이를 잡아채 연못으로 힘껏 집어 던져 버렸다. 두 사람의 사랑을 약속한 옥지환이 연못 깊이 가라앉아 버렸다. 그리고 다시는 떠오르지 않았다. 경회지를 바라보는 율의 입가에 잔혹한 미소가 드리워졌다.

"너는 참 운이 좋은 놈이로구나. 궐의 모든 여인은 나의 것이다. 감히 나의 여인을 탐한 죄, 죽어 마땅하나 네가 나를 한 번 살렸으니 나도 한 번은 너를 살려주겠다. 대신!"

율의 눈빛이 예사롭지 않게 번쩍 빛났다.

"완얼군 이검의 혼인을 명하노라! 그리한다면 오늘 있었던 불미스러운 일은 모두 잊고 춘향이의 목숨도 살려주겠다. 그리고 무명청은 그 소임을 다 마쳤으니 해체하라!"

"전하! 하오나……."

혼인을 하라는 명에 완얼이 아연실색하여 말을 이으려 하였다. 하지만 율은 조금의 틈도 주지 않고 '여봐라!' 하고 또 다른 명을 내렸다.

"저 계집을 만화각에 가두고 내 명이 있을 때까지 한 발자국도 밖으로 나오지 못하게 하여라!"

율의 눈빛이 활활 타올랐다. 그 눈빛으로 백영의 온몸을 불살라 버릴 듯이.

"꼭두각시 인형이라도 좋다. 아니, 나의 꼭두각시 인형이 되어 내게 미소를 지어라! 입을 찢어서라도 나를 향해 웃게 하겠노라!"

율의 노성이 쩌렁쩌렁하게 울려 퍼졌다. 그리고 매몰차게 돌아섰다.

'이제 네 마음 따위는 필요 없다! 네가 누구를 좋아하든 그따위 것도 상관없다! 이제 힘으로 널 갖겠다!'

"오늘 놀이는 끝이다. 교태전으로 갈 것이니라!"

"교태전으로 납시신다고요?"

중전이 반색을 하며 되물었다. 합궁일에 마지못해 오는 것 외엔 중궁전으로 통 발걸음을 하지 않던 임금이었다.

"싫으시오?"

"아니옵니다, 전하! 가시지요."

회임으로 인해 달라진 위상을 새삼 느끼며 중전이 임금과 함께 날아갈 듯이 걸음을 옮겼다.

'두고 보자! 중전도 춘향이도 모두 가만두지 않겠다!'

아무의 관심도 받지 못한 채 홀로 덩그러니 남겨진 숙빈이 그 뒷모습 노려보며 이를 악물었다. 이번에야말로 빠져나갈 구멍이 없을 것이라 여겼던 춘향이는 오히려 만화각으로 처소를 옮기게 되었다. 그것이 유폐든 감금이든 춘향이가 죽지 않았다는 것만으로도 숙빈의 계략은 실패였다. 와인이 비단 수건에 싸서 숙빈에게 가져온 것은 가락지였다. 모든 내막을 들은 숙빈은 와인을 시켜 옥지환 목걸이를 완얼군에게 돌려준 뒤 전하께 완얼군과 춘향이가 똑같은 가락지를 가지고 있다고 고하였다. 두 사람이 깊은 사이라는 악마의 속삭임에 율은 질투로 광기에 휩싸였고, 숙빈의 예상대로 모든 것이 진행되고 있었다. 중전이 나타나기 전까지는. 한데 생각지도 못한 중전의 회임으로 모든 것이 엉망이 되어버린 것이다.

'이제 남은 방법은 단 하나뿐이다!'

싸늘하게 냉기가 감도는 얼굴로 경회루를 나서니 눈부신 햇빛이 그녀의 머리 위로 쏟아졌다.

"일산(日傘)을 가져와라!"

잔뜩 얼굴을 찡그리며 신경질적으로 소리쳤다. 그러고는 급한 대로 머리 위로 팔을 들어 손 그늘을 만들었다. 그러자 소매가 스르륵 아래로 내려가며 손목에 새겨진 홍터가 보였다. 그것은 선명한 반달 모양이었다.

소격서 도사 무청, 관상감의 명과학교수 어기용차, 그리고 성수청 무녀 와인.

무명청에 소속된 신관들은 중전마마의 회임이라는 소기의 목적을 달성하여 상당한 특별수당을 받고 원래 있던 기관으로 돌아가게 되었다.

"그동안 모두들 수고가 많으셨습니다. 큰일을 해내셨으니 당분간 소격서와 성수청을 없애라는 말은 나오지 않을 것입니다."

서탁에 둘러앉은 이들과 한 명, 한 명 눈을 맞추며 완얼이 마지막 인사를 했다. 무청과 와인이 만족스럽게 고개를 끄덕였다. 춘향이를 없애려 완얼군 대감까지 끌어들이게 된 것은 유감이지만, 어쩔 수 없었다고 애써 자신에게 변명하며 와인이 량주에게 시선을 돌렸다. 하지만 완얼의 옆자리에 앉은 량주는 분명 그녀의 시선을 느꼈을 텐데도 모른 척 외면해 버렸다.

"그리고 어기용차 교수의 청대로 명과학 쪽에 지원이 보강될 것입니다."

"정말 감사드립니다, 완얼군 대감."

어기용차가 고개 숙여 인사하고는 묵직한 종이 꾸러미를 내밀었다.

"짐을 정리하던 중 나온 것인데 대감께서 가져가시지요."

"이것이 무엇입니까?"

"관상을 보려고 그려둔 후궁과 궁녀들의 초상화입니다. 제가 함부로 불에 태워 없애기도 그렇고 대감께서 알아서 처분해 주십시오."

"초상화요?"

무심코 몇 장을 넘겨보던 완얼의 손이 어느 그림에서 멈추었다. 그러곤 눈이 배로 커지면서 자리에서 벌떡 일어났다.

"이럴 수가!"

"왜 그러십니까, 대감?"

"춘향이가…… 살아 있다!"

완얼이 넋이 나간 듯 중얼거렸다.

"예? 춘향이라면 전하의 책비가 아니옵니까?"

"아니, 아무것도 아닙니다. 그럼 후에 다시들 만납시다!"

대충 말을 얼버무리더니 초상화를 끌어안고 황급히 자리에서 일어났다. 량주와 숙휘가 어리둥절해 그 뒤를 따르는데 와인이 부르는 소리가 들렸다.

"량주 무사님!"

막상 부르기는 했으나 무슨 말을 꺼내야 할지 몰라 와인이 잠시 머뭇거렸다. 그러나 앞으로는 만날 수 있는 기회가 많지 않을 터인데 이대로 그냥 보낼 수는 없었다.

"대감을 모시고 먼저 가 있으마."

숙휘가 눈치껏 자리를 비켜주자 잠시 망설이던 량주가 와인에게 말했다.

"저를 왜 부르셨는지 모르겠지만, 저도 무녀님께 여쭤볼 것이 있습니다."

"저한테요?"

도둑이 제 발 저린 것일까? 와인이 살짝 두려운 눈빛으로 량주를 쳐다봤다.

"일단 자리를 옮기시지요."

량주가 아무도 없는 옆방으로 앞장서 들어갔다. 그리고 와인이 따라 들어오자 바로 본론으로 들어갔다.

"완얼군 대감께서 옥지환 목걸이를 차고 있다는 걸 아는 사람은 저와 숙휘 형님뿐이었습니다. 한데 전하께서 어떻게 아셨을까요? 숙빈마마께서 먼저 아시고 알려주신 것 같은데, 그럼 숙빈마마께서는 어떻게 아셨을까요? 옥지환 목걸이를 주워서 완얼군 대감께 갖다 주신 분이 와인 무녀님이시죠?"

"예. 그런데요?"

"한데 와인 무녀님께서 목걸이를 찾아주시기 한 시진쯤 전에 천화각에 들렀었다는 걸 우연히 알게 되었습니다. 그곳엔 왜 가신 것인지 물어도 되겠습니까?"

마음을 잘 감출 줄 모르는 량주의 얼굴은 강한 의혹으로 가득 차 있었다.

"지금 저를 의심하시는 겁니까?"

와인이 부자연스럽게 목소리를 높였다. 광기 어린 임금이 질투에 휩싸여 춘향이를 죽일 것이라 생각했다. 한데 일이 복잡하게 꼬여서 춘향이도 죽지 않았고 믿었던 숙빈도 중전의 회임으로 다시 힘이 약해졌다. 하지만, 어찌 됐건 춘향이는 만화각에 갇혔으니 아무리 오라버니라 우겨댄들 앞으로 량주가 그녀를 만나긴 힘들 것이다. 그것만으로도 절반의 성공이라 생각했다. 한데 이렇게 꼬리를 밟힐 순 없었다.

"말씀하시기 곤란하면 안 하셔도 됩니다. 지금 제가 생각하고 있는 것이 제발 저의 쓸데없는 오해이기를 바랍니다. 괜히 시간을 뺏어서 죄송합니다."

눈치 없고 둔한 량주마저도 와인의 눈빛을 보고 알 수가 있었다. 얼굴 표정은 애써 감출 수 있었지만 심하게 흔들리는 눈빛은 그녀가 죄를 지었다고 자백을 하고 있는 듯했다.

'제발 아니길 바랐는데…….'

량주가 더 이상 묻지 않고 무겁게 발걸음을 돌렸다.

"춘향이가 그리 걱정되십니까? 아무리 량주 무사님께서 마음에 품고 계셔도 춘향이는 절대 무사님 것이 될 수 없다는 걸 왜 모르십니까!"

죄를 덮어줄 아무 가리개도 없이 벌거벗은 채 량주의 앞에 서 있는 기분이었던 와인이 처절하게 외쳤다.

"압니다! 누구보다 잘 알고 있습니다."

량주가 슬프게 그녀를 돌아보며 답했다.

"한데 왜 포기하지 못하시는 겁니까?"

"그건, 와인 무녀님께서도 잘 아시지 않습니까?"

와인의 표정이 일그러졌다. 그런 와인이 밉기도 하고 한편으론 안쓰러운 생각도 들어 량주가 간곡하게 청하였다.

"저를 포기하십시오. 그리고 저 때문에 더 이상 죄를 짓지 마십시오. 무녀님을 여인으로서 연모하진 않지만 좋은 사람이라 생각했던 저의 마지막 부탁입니다."

"죄라니요? 저의 죄가 무엇입니까? 누군가를 미치도록 연모한 것이 죄입니까? 량주 무사님도 마음속으론 춘향이를 미치도록 갖고 싶으시잖습니까!"

저 사내를 연모한다. 그래서 갖고 싶었다. 그래서 최선을 다했을 뿐이다.

'나는 아무 잘못이 없어!'

하지만 마음속 깊은 곳에선 그것이 죄라는 것을 알고 있었기에 와인이 발악을 하듯 더욱 고래고래 고함을 질렀다. 그리고 그런 모습을 본 량주는 그녀에게 남아 있던 한 가닥 안쓰러운 마음마저도 모두 사라져 버렸다.

"저는 와인 무녀님을 해치고 싶지 않습니다. 그러니 앞으론 제 근처에도, 아씨 근처에도 얼씬도 하지 마십시오. 이건 경고입니다!"

량주가 매몰차게 돌아섰다. 와인은 알았다. 이제 다시는 량주가 그녀를 돌아보지 않을 것이라는 걸. 그 자리에 못 박혀 버린 와인의 눈에서 한 줄기 눈물이 흘러내렸다. 하지만 그녀는 고집스럽게 되뇌었다.

'나는 아무 잘못이 없어. 나는 잘못이 없어. 나는……. 아! 나는 대체 무슨 끔찍한 짓을 저질러 버린 것일까?'

와인이 무너지듯 풀썩 주저앉아 버렸다.

사저에 도착한 완얼은 밤이 깊도록 사랑채에 틀어박혀 깊은 생각에 잠겼다.

"왜 여태 몰랐을꼬. 왜 여태……."

완얼이 혼잣말처럼 긴 탄식을 내뱉자 옆에서 묵묵히 지켜보던 숙휘가 더 이상 궁금증을 참지 못하고 물었다.

"대감, 아까 무명청에서 하셨던 말씀이 무슨 뜻입니까? 사 년 전에 죽은 춘향이가 살아 있다니요?"

"숙휘야."

"예, 대감."

"귀신을 본 적 있느냐?"

그 어느 때보다 진중한 완얼의 눈빛에 잔뜩 긴장해 있던 숙휘가 고개를 내저었다.

"아니요. 남원 관아에서 독을 뿜는 향초에 중독되어 환영을 봤을 때 말고는 귀신 같은 것은 본 적이 없습니다. 한데 갑자기 그건 왜 물으십니까?"

"그렇다면 지금부터 내가 귀신을 보여주겠다!"

완얼이 수수께끼 같은 말을 툭 던지더니 서탁의 서랍을 열어 그림 한 장을 꺼내었다. 그것은 지하 서고에서 가져온 춘향이의 초상화로, 눈 아랫부분이 찢겨 나간 반쪽짜리 그림이었다. 그리고 서탁 위에 올려놓은 초상화 뭉치 중 한 장을 펼쳤다.

"그 초상화는 숙빈마마의 초상화가 아닙니까?"

"그래, 맞다."

그러더니 다짜고짜 숙빈의 초상화를 반으로 북 찢어버리는 것이 아닌가?

"대, 대감! 뭐 하시는 겁니까?"

숙휘가 눈이 휘둥그레져 소리쳤다. 그러나 완얼은 그러거나 말거나 대꾸도 없이 찢어버린 숙빈 장씨 초상화의 눈 아랫부분 그러니까 코와 입, 턱만 있는 얼굴을 서탁에 내려놓았다. 그리고 춘향의 눈과 이마가 그려진 반쪽짜리 그림을 숙빈의 초상화 윗부분에 얹었다.

"앗! 이것은!"

하나로 이어 붙여진 그림을 본 숙휘가 외마디 비명을 질렀다.

"그렇다. 이것이 바로 춘향이의 귀신이다!"

완얼이 날카로운 눈으로 하나가 된 초상화를 쏘아보았다. 원래 하나의 그림이었던 듯이 춘향이의 이마와 눈, 그리고 숙빈의 코와 턱이 완벽하게 들어맞았다. 즉, 춘향과 숙빈 장씨는 동일 인물이었던 것이다.

"숙빈 장씨가 춘향이었단 말입니까?"

모든 문제에 가장 먼저 해답을 찾곤 했던 숙휘이건만 이번만큼은 전혀 예상치도 못한 일이었다.

"춘향이의 초상화 속의 이 반듯한 이마와 초승달 같은 눈썹, 치켜 올라간 눈매 하며 고양이같이 앙칼진 눈초리……. 어쩐지 눈에 익다 싶었지만 반쪽짜리 그림일 뿐인지라 누군지 쉽게 떠올릴 수가 없었다."

조금만 더 일찍 발견했더라면. 완얼이 안타까운 얼굴로 아랫입술을 깨물었다.

"한데 어기용차가 준 숙빈의 초상화를 보는 순간, 그 초상화 속의 눈을 보고 깨달았다. 춘향이의 눈과 똑같다는 것을!"

"저도 꽤 눈썰미가 있다고 여겼는데, 숙빈마마는 언제나 화려한 가채를 하고 계신 반면에 초상화 속 춘향이는 아무 장신구 없이 그냥 쪽 찐 머리여서 두 사람을 연관시켜 생각하지 못했습니다. 게다가 얼굴의 반쪽밖에 없는 터라 유심히 볼 생각도 하지 않았고요. 춘향이의 온전한 초상화를 보았더라면 대번에 알았을 텐데. 어떻게 이런 일이……."

도저히 믿기지가 않아 숙휘가 다시 한 번 그림을 유심히 들여다보았지만 몇 번을 보아도 동일 인물을 그린 그림이었다.

"이제 어떻게 하실 계획이십니까?"

숙휘가 길을 걷다가 불시에 뒤통수를 얻어맞은 기분으로 물었다.

"지금 그걸 생각하고 있는 것이다."

완얼이 그 어느 때보다 신중하게 답을 하였다. 숙빈은 병판의 양녀였다. 먼 친척의 여식이라고만 알려져 있었는데 그녀가 바로 춘향이었고, 여태까지 모든 사건의 중심엔 숙빈이 있었다. 숙빈이 춘향이라면, '춘향이의 서신'이라는 것을 찾는 것도 숙빈이요, 남원 사또를 사주해서 춘향을 찾아 내려오는 관리들을 죽인 것도 숙빈의 짓임이 분명했다. 즉 사또가 죽기 전에 말했던 '그분'은 바로 숙빈이었다. 그리고 가면자객을 움직이는 것도 숙빈일 것이다. 성수청 국무와 무녀들의 손목을 은밀히 확인해 보았지만 반달 문신이 있는 사람은 없었다. 하지만 자객이 숙빈의 사람이라는 것은 이제 확실해졌다.

'춘향이를 남원에서 데려와서 병판의 양녀로 만든 것은 변학도겠지. 그렇다면 변학도는 이미 모든 것을 알고 있었다는 얘기다. 그럼 춘향과 정혼했던 사내가 이몽룡이라는 것도 알고 있었던 걸까? 그걸 알면서도 누이를 이몽룡에게 시집보냈단 말인가? 변학도 그자가 간악한 자이긴 하나 누이인 백영만큼은 끔찍하게 아끼는 것 같았는데……. 이한림 집안과 손을 잡기 위한 수단으로 이리 가혹하게 누이를 이용했다는 말인가?'

무엇이 진실인지 쉽게 판단이 서지 않았다.

'그렇다면 이한림은? 이몽룡이 춘향이와 정혼했었다는 사실을 알았을까? 그 춘향이가 숙빈이라는 사실도? 하지만 그걸 알고도 숙빈의

오른팔인 변학도와 사돈을 맺지는 않았을 터인데.'

각자의 입장에서 생각을 하면 할수록 미궁은 더욱 깊어져만 갔다. 열 길 물속은 알아도 한 길 사람 속은 모른다더니, 세상에서 가장 이해하기 힘든 것이 인간의 마음이었다. 자신의 이익만을 위해 속고 속이며 배신하며 이합집산을 거듭하는 인간들. 그리고 그중에서도 가장 의문은 춘향이가 '도대체 왜' 이런 일들을 벌였을까 하는 것이었다.

'형님은 몸을 파는 기녀건 유부녀건 개의치 않았고 애 딸린 과부도 후궁으로 들였던 분이다. 남원에서 이몽룡과 혼인을 했었던 것이 알려지면 어느 정도 타격은 있겠지만, 그렇다고 그것 때문에 숙빈이 궐에서 내쳐지진 않을 것이다. 소설 속 춘향이에게 미쳐 있던 형님은 오히려 좋아했을지도 모른다. 그런데 왜 이토록 많은 살육을 저지르면서까지 감추려 한 것일까? 중전이 되고자 하는 것인가? 아니면 또 다른 엄청난 비밀이 있는 것일까? 숙빈, 아니, 춘향이는 대체 어떤 비밀을 감추고 있는 것일까?'

그때, 문밖에서 새끼 머슴 개똥이의 목소리가 들려왔다.

"대감마님! 예조판서 이한림 대감께서 뵙기를 청하십니다!"

"안으로 모셔라!"

완얼의 명이 떨어지자마자 득달같이 방으로 들어온 이한림의 얼굴은 붉게 상기되어 있었다.

"집안에 사정이 있어 오늘은 입궐하지 않았다가 뒤늦게 소식을 듣고 얼마나 놀랐는지 아십니까? 낮에 경회루에서 큰일이 있었다고요?"

"심려를 끼쳐 드려 면목이 없습니다."

"대감! 대체 요즘 왜 그러시는 겁니까? 온양에서는 오히려 전하의 목숨을 구하시질 않나."

"그건 어쩔 수 없는 사정이 있었습니다."

"어쩔 수 없는 사정이라고요? 그 기회를 얻기 위해 얼마나 많은 이들이 공을 들이고 목숨을 걸었는지 모르셔서 하는 말씀이십니까? 기회는 저절로 오는 것이 아닙니다. 쉽게 만들어지는 것도 아니고요."

전하께서 모희도의 개인적인 원한으로 마무리 지어 거사에 실패했음에도 배후가 드러나지 않았으나 하마터면 이 일에 관련된 모두가 떼죽음을 당할 뻔하였다. 그리 생각하니 새삼 다시 화가 치밀어 올랐다.

"오늘 경회루에서의 일도 그렇고, 혹시 그 어쩔 수 없는 사정이라는 것도 책비와 관련이 있는 것입니까?"

책비를 한편으로 끌어들이자고 했더니 둘이서 정분이 나버리다니! 참으로 어처구니가 없는 일이었다. 게다가 그 책비가 바로 자신의 며느리였던 백영이라는 사실까지 알게 되면 이한림은 아마 뒷목을 잡고 쓰러질 것이다.

"저도 한 가지 질문이 있습니다. 대감의 장자가 육 년쯤 전에 남원에 머문 적이 있습니까?"

질문은 들은 척도 안 하고선 뜬금없이 죽은 아들에 대해 묻다니, 완얼군이 요즘 정말 이상하다고 생각하며 이한림이 미간을 찡그렸다. 하나 그의 이마에 깊은 주름이 잡힌 것은 비단 완얼군이 이상해서만은 아니었다. 제 꿈을 채 펼쳐 보기도 전에 허망하게 저승길을 떠나 버린 아들이 떠올라서였다.

"그건 왜 물으십니까?"

"돌아가신 분의 이야기를 새삼 꺼내서 송구합니다만, 이유는 차차 설명할 터이니 일단 답부터 해주시지요. 아주 중요한 문제입니다."

"육 년쯤 전이라면 머물렀다기보다는 지나간 적이 있을 겁니다. 과거 공부를 하러 화엄사로 가던 길에 남원이 있으니까요."

"확실합니까?"

"화엄사에서 열심히 공부하고 있다는 서찰을 보름에 한 번씩 꼬박 꼬박 보내왔었습니다. 제 아들이어서가 아니라 다른 곳에 한눈 한번 팔지 않고 학문에만 정진했던 성실한 유생이었습니다. 약관도 되지 않은 나이에 과거에 급제하여 가문의 큰 자랑거리였는데 그리 명이 짧을 줄이야……."

이한림의 회한에 가득한 표정을 보자 더 이상 물을 수가 없었다. 그리고 이 정도면 궁금증을 풀기엔 충분했다. 전에 백영이 얘기했을 때도 '이몽룡이 남원에서 집안 몰래 혼인을 하였다'고 했다. 이와 같은 정황을 종합해 보건대 이한림은 춘향이에 대해서 전혀 모르고 있는 것이 분명했다. 이몽룡은 집안의 장자로서 자신에게 기대가 큰 아버지를 실망시킬 수도, 그렇다고 춘향이를 포기할 수도 없었을 것이다. 그리고 이런 이몽룡의 우유부단한 태도가 최악의 결과를 초래하고 말았다.

"이래서 집안에 사람이 잘 들어와야 하는 건데. 혼인을 시키자마자 그런 변을 당하다니."

이한림의 원망이 엉뚱한 곳으로 튀었다. 목숨을 잃은 건 안타까운 일이지만 잘잘못을 따지자면 이몽룡의 잘못이 컸고, 백영은 영문도 모른 채 첫날밤에 소박을 맞고 과부까지 된 피해자였다. 한데 멀쩡히 살아 있는 사람의 장례를 치른 것도 모자라 원망까지 퍼부어대는 꼴을 보자 마주 앉아 있기조차 싫어졌다.

높은 학식으로 이루어진 고아한 인격은 양반들만을 위한 것이었고, 백성들과 여자들은 다스려야 할 대상일 뿐이었으며 금상을 내쫓으려는 것도 나라와 백성을 위해서라고 하지만 결국은 자신의 기득권을 지키기 위해서였다. 이것이 고매한 양반네들의 실체였다.

"그래서 여식만이라도 제대로 혼사를 치르고 백년해로 잘 사는 것을 보고 싶습니다. 전하께서 완얼군 대감께 혼인을 하라 명하셨다지요? 차라리 잘되었습니다. 이번 기회에 혼사를 치르도록 하시지요."

완얼의 마음을 전혀 모르는 이한림이 그간 잠잠했던 혼사 이야기를 다시 꺼냈다. 그러나 완얼은 이런 사내가 장인이 되는 걸 상상만 해도 소름이 돋았다.

"누구와 말입니까? 대감의 한 인물 한다는 그 여식과요?"

"왕이 되고 싶다 하지 않으셨습니까? 이것은 단순한 혼인 잔치가 아닙니다. 온양에서 놓친 기회를 만회할 수 있는 유일한 방법이자 마지막 기회입니다."

이한림의 눈빛이 탐욕스럽게 빛났다. 그의 머릿속엔 이미 기가 막힌 계획이 세워져 있었다.

"예판 대감."

완얼이 나직이 이한림을 불렀다. 그리고 단호하게 말했다.

"내가 왕이 되고 싶은 이유는 오직 한 여인 때문입니다. 왕이 되기 위해 그 여인을 떠나보내야 한다면 나는 차라리 왕이 되지 않겠소이다!"

종일 갑갑하게 만화각에 갇혀 있던 백영은 이불도 깔지 않은 찬 바닥에서 깜빡 잠이 들었다가 입이 돌아가는 꿈을 꾸고 벌떡 일어났다. 입이 제대로 붙어 있나 더듬거리는데, 밖에서 만담 소리 같은 것이 들려왔다.

"이보게, 천 서방! 내가 춘향이의 초상화를 가지고 있네!"

"하이고, 오탁후 놈이 하나 또 나타났구먼. 임금은 소설 속 춘향이를 찾아오라고 지랄을 하지 않나 광대 놈은 춘향이의 초상화가 있다고 발광을 하지 않나!"

이게 대체 무슨 소리인가 싶어 방문을 열어보니 담 너머로 두 사내가 불쑥 솟아올라 만담을 나누고 있었다. 허공에 떠 있는 사내들을 보고 귀신에 홀린 것인가 싶어 대청으로 뛰어나와 다시 보니, 공술해와 공숙어가 담 밖에서 줄타기를 하고 있었다. 만담은 춘향이에 대한 이야기였는데 미상, 즉 백영이 쓴 춘향뎐에는 없는 내용이었다.

'도대체 저들이 어떤 이야기를 들려주려고 저러는 걸까?'

낮에 임금에게 당한 끔찍하고 분한 일들을 잠시 잊고 호기심에 귀를 기울였다.

"지랄인지 발광인지는 그림을 직접 확인해 보면 알 거 아니오?"

"그럼 어디 한번 내놔보시오!"

"내놓으라면 못 내놓을까? 자! 이것이 바로 춘향이의 초상화라네!"

공술해가 품에서 하얀 천을 꺼내 초상화인 양 공숙어의 눈앞에서 흔들었다. 그러자 공숙어가 천을 들여다보는 시늉을 하더니 공중에서 한 바퀴 빙그르르 재주넘기를 하며 버럭 화를 냈다.

"예끼, 이 사람! 어디서 개수작인가? 춘향이라니, 이것은 귀인 장씨의 얼굴이 아닌가? 내가 도성의 미색이란 미색은 죄다 초상화를 가지고 있는데 조선 최고의 미색인 귀인 장씨를 몰라볼까?"

"그렇다면 이 초상화 뒷장에 '춘향'이라고 적어서 귀인전 궁녀에게 슬쩍 찔러 넣어보게나. 천 서방 자네, 춘화깨나 팔아대면서 궁녀들과 끈이 닿아 있지 않은가? 틀림없이 반응이 있을 걸세."

"반응이 있을 거라니? 서, 설마, 귀인 장씨가……."

"잘만 하면 한몫 크게 챙길 수 있을걸? 언제까지 음란 소설이나 춘화 나부랭이를 팔아 푼돈이나 만지며 살 생각인가? 궐을 뒤흔들어 버릴 비밀을 알아버렸는데."

"맙소사! 그럼 정말 장씨가……."

과장되게 놀라는 연기를 하는 공숙어를 보며 백영의 얼굴이 하얗게 질렸다. 그리고 저도 모르게 벌떡 일어나 외쳤다.

"귀인, 아니, 숙빈 장씨가 춘향이란 말입니까?"

그녀는 이 만담이 실제로 공술해와 유기전 천 서방이 나눈 대화라는 것을 직감했다. 천 서방에게 초상화를 갖다 주었다는 이가 바로 광대 공술해였다!

그리고 그와 동시에 춘향의 반쪽짜리 초상화가 떠올랐다. 눈 아랫부분이 찢겨져 나간 데다가 그때는 숙빈 장씨를 한 번밖에 보지 않았기 때문에 춘향과 숙빈을 전혀 연관시켜 생각하질 못했다. 그런데 공술해의 말을 듣자마자 초상화 속 춘향이의 눈이 뇌리에 스쳤다. 치켜올라간 고양이 같은 눈매와 앙칼진 눈빛, 이젠 뇌리에 깊이 박혀 있는 숙빈 장씨의 눈과 똑같았다.

"그렇다고 하면, 이제부터 제 말대로 춘향뎐을 써주시겠습니까?"

하늘에서 공술해의 목소리가 내려왔다.

"당신이 알고 있는 진짜 춘향뎐은 무엇이죠?"

백영이 고개를 들어 공중에 높이 떠 있는 공술해에게 다시 물었다. 그러자 공술해가 훌쩍 줄에서 뛰어내려 공중제비를 돌아 백영의 앞에 착지했다. 갑작스럽게 공술해가 코앞으로 다가오자 백영이 놀라 주춤한 걸음 물러섰다. 하지만 그는 다시 한 발짝 가까이 다가오며 백영에게 공손히 인사를 올린 뒤 말했다.

"저잣거리에 유기전이 하나 있었는데 무늬만 유기전이지 밤이 되면 온갖 패설과 춘화를 파는 점포이지요. 몇 달 전 그 유기전에 큰 불이 났었습니다. 잘 알고 계시지요?"

"알다마다요. 그 자리에 있었으니까요. 제가 작자 미상이라는 것은 알고 계시지요? 그날은 마침 제가 춘향뎐 완결편을 탈고하여 넘기는 날이었습니다. 한데 그곳에서……."

"가면자객을 만나셨겠지요."

"그걸 어떻게 아셨습니까?"

백영이 다시 한 번 놀라 물었다.

"유기전 천 서방은 제 말대로 춘향의 초상화를 숙빈에게 보냈습니다. 물론 똑같은 초상화를 한 벌 더 그려서 따로 보관해 두고서요. 그러자 정말 천화각에서 반응이 있었습니다. 자객을 보냈더군요. 입을 막으려 했겠지요. 그런데 하필 그때!"

"제가 나타난 것이군요. 춘향뎐의 작가까지 때마침 제 발로 나타나 줬으니 '춘향이의 서신'이라는 것을 물어본 것이고요."

"저도 그때 천 서방을 만나러 가고 있었는데 갑자기 유기전 쪽에서 불길이 치솟는 것을 보았습니다. 그래도 다행히 너무 늦지 않게 달려가 천 서방을 구해낼 수 있었습니다."

"아! 그래서 죽은 줄 알았던 천 서방이 살아 있었던 것이군요!"

이제야 수수께끼가 하나씩 풀려 나가는 것 같았다. 하지만 아직도 풀지 못한 것이 산더미처럼 많았다.

"한데 천 서방은 왜 다시 지하 서고로 와서 죽었을까요?"

"몸이 어느 정도 회복되자 천 서방이 그러더군요. 여벌로 그려둔 초상화가 불길에 반쯤 타긴 했지만 일단 숨겨두었다고요. 아마 그것을 다시 찾으러 갔었나 봅니다."

"천 서방이 유기전으로 돌아온 것을 알아챈 가면자객이 향초 독으로 그를 죽인 뒤 나와 완얼군까지 해치러 왔다는 건가……. 그냥 한 칼에 죽이면 될 텐데 왜 번거롭게 향초 독으로 죽였을까? 그리고 자객이 지하 서고의 존재를 알았다면 불을 냈을 때 그림들도 같이 태워 버렸을 텐데."

백영이 생각을 정리하며 혼잣말처럼 중얼거렸다.

"자객이 왜 굳이 향초로 천 서방을 죽인 것인지는 저도 잘 모르겠습니다만, 처음 유기전으로 찾아왔을 때는 지하 서고가 있다는 걸 몰랐던 듯합니다. 그 뒤에 알아낸 것이겠지요."

"숙빈이 춘향이라면 가면자객의 뒤에 있는 이는 숙빈이겠군요! 대체 가면자객은 누굴까요? 그리고 대체……."

그녀가 잠시 말을 멈추고 공술해를 뚫어져라 쳐다봤다. 천 서방에게 춘향이의 초상화를 갖다 준 사내, 그리고 장님인 향단이를 제외하고 춘향의 얼굴을 아는 자는 모두 죽은 상황에서 거의 유일하게 그녀의 얼굴을 알고 있는 사람. 그는 그저 보통 광대가 아닌 것이 분명하다.

"대체 당신은 누구십니까?"

그러자 공술해가 기다렸다는 듯이 자신의 정체를 밝혔다.

"제가 바로!"

임금은 백영을 만화각에 처박아놓고 부르지도 않고, 그렇다고 찾아오지도 않았다. 만화각의 대문은 밖으로 잠긴 채 군졸 두어 명이 지키고 있었는데 하루에 두 번 궁녀가 밥을 날라다 줄 때만 열렸고, 백영은 그렇게 사흘째 갇혀 있었다. 처음엔 임금에게 시달리는 것보다 차라리 감금되어 있는 것이 낫다고 생각했지만 공술해가 다녀간 이후 마음이 편치 않았다. 공술해의 말이 사실이라면 숙빈도 공술해가 '그 사람'이라는 걸 알 터이고, 여태껏 자신의 정체를 숨기기 위해 수많은 살육을 서슴지 않았던 데다가 중전의 회임까지 겹쳐 궁지에 몰려 있는 터라 무슨 짓을 할지 몰랐다.

'학도 오라버니도 알고 계신 걸까? 숙빈이 춘향이라는 걸. 아니야. 아실 리가 없어. 아무리 오라버니가 권력에 눈이 어두워지셨어도 그 사실을 알고도 숙빈과 손을 잡으셨을 리가 없어. 다 알면서 나를 이몽

롱에게 시집보냈을 리가 없어! 아닐 거야. 아닐 거야.'

백영은 고개를 세차게 흔들어 잡생각을 지웠다. 그리고 일단 지금 당장 자신이 할 수 있는 일을 하기로 했다. 공술해가 말해준 대로 춘향면 완결편의 뒷이야기를 새로 쓰는 것이었다.

원래 완결편의 내용은 춘향이가 어사또와 손을 잡고 임금의 여인이 되어 이 도령과는 영영 이루어지지 않는다는 것이었다. 그리고 결국엔 임금에게 버림 받은 춘향이 자결을 하며 비극으로 끝났다. 그것만으로도 파격적인 설정인지라 점순이가 완결편이 발표되면 궐이 뒤집어질 것이라고 했었다. 점순이의 말처럼 자객이 가져간 완결편을 본 숙빈은 아마 엄청나게 놀랐을 것이다. 백영의 상상력이 만들어낸 설정이 공교롭게도 실제 있었던 일과 똑같았으므로. 하지만 공술해가 말해준 이야기는 완결편 원본보다 더 충격적인 내용이었다. 그 내용이 밝혀진다면 궐이 뒤집어지는 정도가 아니라 나라가 뒤집어질지도 몰랐다.

엄청난 비밀을 세상에 알리기 위해 백영은 집필에 몰두했다. 그렇게 반장쯤 써 내려갔을까? 갑자기 밖이 소란스러워지더니 여인들의 비명 소리가 들려왔다.

"밖에 누구요?"

백영이 벌떡 일어나 소리쳤다. 그러자 문이 벌컥 열리며 율이 들어왔다. 신도 벗지 않은 채 성큼성큼 들어온 율의 얼굴엔 핏방울이 여기저기 튀어 있었고, 한 손에는 피로 물든 장검이 들려 있었다. 그리고 문밖에선 궁녀와 내관이 어찌할 바를 모른 채 와들와들 떨고 있었다.

"전하……."

무슨 일이 있었냐고 묻고 싶었지만 온몸에 피비린내를 풍기며 앞에 서 있는 율을 보자 선뜻 입이 떨어지지 않았다.

"너도 내가 악귀로 보이느냐?"

눈까지 붉게 물들어 야차같이 변한 율의 모습은 방 안을 순식간에 지옥도(地獄道)로 만들었다.

"전하, 설마 또 피를 보신 겁니까?"

"그 건방진 놈이 날더러 악귀라고 하지 않느냐! 백성의 피로 경회루 연못을 가득 채우고 백성의 살코기를 술안주로 뜯어 먹는 악귀에다 더러운 욕정을 못 이기고 월강군의 부인까지 범한 개종자라고! 백씨 부인을 겁간해? 내가? 그래서 백씨 부인이 자결을 한 것이라고? 지가 죽은 백씨 부인에게 직접 들었다더냐? 그놈이야말로 미친놈이 아니냐?"

율이 아직도 분이 안 풀린 듯 몸을 부르르 떨었다. 그러자 흔들리는 칼날 끝에서 핏방울이 뚝뚝 바닥으로 떨어졌다.

"대체 누가 그런 말을 했단 말입니까?"

"약관도 안 된 성균관 유생 따위가 뭘 안다고 감히 조선의 임금에게 충언 나부랭이를 하다니! 그래서 내가 친히 그 목을 베어 만천하에 본보기를 보였느니라! 하하하하!"

이번엔 전각이 떠나가라 박장대소를 한다. 율은 좋은 임금이 되는 듯하더니 경회루 옥지환 사건 이후 돌변해 다시 광기가 도졌다.

"성균관 유생을 죽이셨단 말입니까?"

성균관 유생이라면 한다하는 가문의 자식일 텐데, 게다가 유생을 죽이면 조선팔도 유림들의 반발이 심할 것이다. 당장 성균관 유생들부터 들고일어날 게 뻔하니 임금은 또다시 적을 늘린 것이다.

"아, 그리고 내친김에 성균관도 없애 버리라 하였다. 공부는 혼자 하는 것이지 발정난 개들처럼 우르르 몰려다니면서 무슨 학문을 닦는다고. 집에 가서 항문이나 닦고 자빠져 자라고들 하지! 꼭 공부 못하는 것들이 말만 많아서는."

"성균관까지 없애셨다고요?"

"아니 되옵니다, 통촉하여 주시옵소서 어쩌고 하도 시끄럽게 짖어 대기에 홍문관이고 사간원이고 다 없애 버리고 상소도 올리지 말라 하였다! 내친김에 경연도 확 없애 버릴까?"

"전하, 고정하시옵소서. 그리 다 없애 버리시면 대신들이 가만있겠습니까? 대신들뿐만 아니라 사방이 전하의 적이 될 것입니다."

'임금이 제명을 스스로 재촉하는구나!'

하도 막무가내로 폭주해 버린 모습에 어느새 무섭다기보다는 안타까움이 느껴졌다. 하지만 한편으론 '저런 폭군이 어찌 되건 내가 무슨 걱정이람?' 하는 생각이 들기도 했다.

"내 걱정을 하는 것이냐?"

율이 짙은 눈썹을 꿈틀거리더니 이내 피식 실소를 터뜨렸다.

"그럴 리가 있나. 네가 단 한 번이라도 진심으로 내 걱정을 해준 적이 있더냐? 그저 나 혼자 책비에게 미쳤던 것이지. 궐 안에 널린 게 미색들인데 네까짓 게 뭐라고 임금에 왕자에 형제가 줄줄이 목을 매달고, 우습지 않느냐?"

피로 물든 칼을 든 자에게 어떤 답을 해야 할지 몰라 백영은 그저 고개만 조아리고 있었다. 그러자 율이 이제 막 생각이 났다는 듯 '아하!' 하며 이야기를 꺼냈다.

"그러고 보니 아까 예조판서 이한림이 오더니 내게 그러더구나. 나의 아우와 여식의 혼례를 허락해 달라고. 그래서 내가 '나는 아우가 스물하나씩이나 있고 그중 배필이 없는 아우가 넷인데 어떤 아우를 말하는 것이오?' 하였더니 '제육왕자 완얼군 대감이옵니다' 하더구나."

백영의 얼굴에 핏기가 사라졌다. 완얼은 이한림의 여식과 혼인할 일은 절대 없을 것이라고 했는데 이한림의 생각은 다른가 보다.

"왜 그리 얼굴이 창백해지느냐? 완얼군이 새장가를 가든 말든 넌 전혀 상관이 없지 않으냐? 너는 아무 관심도 없는데 완얼군 혼자서 좋아한 것이라며?"

율이 한 손으로 백영의 턱을 들어 올려 죄인을 심문하듯 물었다. 백영은 오기 가득한 눈으로 그런 율을 쏘아보았다.

"평소엔 따박따박 그리 말대답을 잘하던 계집이 왜 갑자기 꿀 먹은 벙어리가 되었는고? 실은 아까 그 얘기를 들었을 땐 완얼군이 사림파 우두머리의 사위가 되게 할 순 없다고 생각했는데 생각이 바뀌었다. 누구의 사위가 되건 신들린 놈이 뭘 하겠느냐? 그리고 어차피 사림파는 이제 다들 정계를 떠날 터인데."

율이 특유의 비릿한 웃음을 지었다. 광기로 물들어 있는 것처럼 보이기도 하고 깊은 속내엔 치밀한 계략을 숨겨놓은 것처럼 보이기도 했다. 둘 중 어느 쪽이건 섬뜩하기 짝이 없었다. 머리가 비상한 미친놈보다 더 위험한 것은 없는 듯하다.

"한데 그 가락지는 아직도 끼고 있는 것이냐?"

율이 옥지환을 끼고 있는 백영의 손가락을 잘라 버리기라도 할 듯이 매섭게 쏘아봤다.

"완얼군 대감이 혼자 좋아서 가락지까지 훔쳐간 것이었는데 제가 왜 어머님이 주신 옥지환을 빼고 있어야 합니까?"

"그래? 좋다, 그렇다 치자. 그럼 아무 감정 없다는데 들러붙었던 귀찮은 사내를 떼어내 주었으니 내게 참으로 감사하겠구나?"

"예, 참으로 성은이 망극하옵니다!"

백영이 욱하는 마음에 반쯤은 비꼬는 말투로 대꾸하였다. 율이 그것을 모를 리가 없었다. 쨍그랑 소리와 함께 검이 바닥에 나뒹굴었다.

"말로만? 감사란 행동으로 보여주어야지. 아니면 몸으로라도!"

그러더니 두 손으로 저고리를 잡아 뜯어버렸다. 그리고 치맛말기도 찢어발겼다. 순식간에 벌거벗겨진 백영이 놀라 두 팔로 가슴팍을 가렸다. 미처 반항할 사이도 없이 눈 깜짝할 사이에 벌어진 일이었다.

"전하! 어찌 이러십니까!"

"이제 네 마음 따위는 필요 없다 하지 않았느냐? 웃어라! 나를 향해 웃어라! 입을 찢어서라도 내게 웃음을 보여라!"

율이 그녀의 팔을 우악스럽게 잡아챘다. 그러자 드러난 한쪽 가슴 위로 乙의 표식이 선명하게 보였다. 그가 허기진 사람처럼 탐욕스럽게 그녀의 살갖을 맛본다.

'너는 내 것이다! 절대 너를 빼앗기지 않을 것이다, 그 누구에게도! 너를 죽여서라도 내 옆에 둘 것이야! 너의 시신이라도!'

율이 백영을 맨바닥에 쓰러뜨리고 한 줌밖에 되지 않는 허리를 들어 올리며 속곳마저 벗기려는 순간, 백영의 얼굴이 어머니의 얼굴로 바뀌어 있었다.

"어머니!"

소스라치게 놀란 율이 엉덩방아를 찧으며 뒤로 물러났다.

'언제 어머니가 오신 거지? 아니, 원래부터 어머니였던 것일까? 이곳은 어머니의 방이니까. 어머니가 영원히 머물겠다던 곳이니까!'

어머니는 마치 사약을 마시고 돌아가시던 그때처럼 입으로 피를 뿜으며 무서운 얼굴로 그를 노려보고 있었다.

"저리 가! 꺼지란 말이다!"

율이 경기하듯이 두 팔을 휘저으며 소리쳤다. 치마를 주워들어 앞가슴을 가린 백영이 부들부들 떨면서 숨을 죽이며 그를 바라봤다.

"아니요, 아닙니다. 잘못했습니다, 어머니. 제가 어찌 저를 낳아주신 어머니를……"

고래고래 소리를 지르던 율이 돌변해 마치 앞에 누가 있기라도 하듯이 허공을 바라보며 애원했다. 그러다 갑자기 복중의 태아처럼 몸을 웅크리더니 귀를 틀어막고선 다시 고함을 치기 시작했다.

"그만! 그만 좀 하세요! 누굴 더 죽이란 말씀입니까? 백성들이 나를 미워합니다. 온 세상이 나를 미워합니다. 아무도 나를 사랑하지 않아!"

정말 미쳐 버린 것 같은 모습에 백영의 온몸에도 한기가 돌았다. 그는 죽은 어머니를 보고 있는 것이 분명했다.

'나 때문일까? 내가 전하의 어머니를 닮았기 때문에?'

지금 율은 더 이상 조선의 임금이 아니었다. 버림받고 초라하게 웅크리고 있는 어리석은 사내일 뿐이었다. 백영이 그에게 천천히 다가갔다. 한평생 피비린내 속에서 살아온 그를 고통에서 꺼내주고 싶었다. 그러면 더 이상의 살육도 없을 테니까. 그러나 그때 숙빈이 피로 물든 것 같은 붉은 치맛자락을 펄럭이며 방 안으로 뛰어 들어왔다.

"전하! 괜찮으시옵니까?"

숙빈이 부들부들 떨고 있는 율을 제 품에 끌어안았다.

"괜찮사옵니다. 괜찮습니다. 전하, 제가 있지 않사옵니까? 제가 전하를 지켜 드리겠습니다."

"나의 온몸에 피가 묻어 있다. 내 온몸에 피가, 피가……."

"전하, 약해지지 마시옵소서. 저들을 죽이지 않으면 우리가 죽습니다. 저들이 피를 뿌릴 때마다 전하는 강해질 것입니다. 백성들은 강한 이를 두려워하고 떠받듭니다. 왕이 왕으로서 받아야 할 것은 충심과 경외심입니다! 누구보다도 강해지십시오. 그리고 만백성에게 명하십시오. 전하를 경외하라고!"

숙빈이 저고리 고름으로 율의 얼굴에 튄 피를 닦아주며 아이를 달래듯 얼렀다. 그리고 잔혹한 미소를 띠며 乙의 표식이 새겨진 백영의 가슴을 쏘아봤다.

'보았느냐? 전하는 나를 벗어날 수가 없다. 중전이 회임을 하고 네 년이 아무리 왕의 표식을 갖고 있은들, 결국엔 내게 돌아오시게 되어 있어. 우리는 서로의 거울이니까. 서로의 얼굴에 묻힌 피를 보며 안도 하지.'

"이제 와서 전하를 홀려보려고 치마까지 벗고 덤벼들었느냐? 그리 고고한 척하더니 너도 어쩔 수 없구나. 하지만 너희 같은 족속들은 절 대로 전하와 나 사이에 끼어들 수 없다!"

"벗고 덤벼들다니요! 어찌 그런!"

백영이 발끈하다가 어차피 자기 좋을 대로 생각해 버리는 인간인데 해명한들 무슨 소용이랴 싶었다.

"걱정 마십시오, 숙빈마마. 저는 그 사이에 끼어들 생각이 전혀 없 습니다."

"주제 파악은 하고 있는 것 같으니 그나마 다행이구나. 전하, 당장 여기서 나가시지요. 제가 모시겠습니다."

숙빈이 차갑게 쏘아붙이고는 안색이 창백하다 못해 새파래진 율을 부축하여 밖으로 나갔다. 발걸음을 옮기던 율이 불현듯 뒤를 돌아보 았다. 그가 아직도 어머니를 보고 있는 것인지 백영을 보고 있는 것인 지는 모르겠지만 그 눈 속엔 지옥이 들어 있었다. 그리고 숙빈을 따라 다시 지옥으로 향했다.

다음 날 밤, 천화각으로 책을 읽으러 오라는 어명이 내려졌다. 책을 챙겨서 숙빈의 처소에 도착한 백영이 방 안으로 들어서자마자 우뚝 멈 춰 섰다. 그리고 안색이 창백하게 질렸다. 벌거벗은 임금과 숙빈이 이 부자리 위에서 질펀하게 나뒹굴고 있었다. 방 안 가득한 살 내음과 눈앞에 펼쳐진 음탕한 향연에 백영이 얼른 고개를 돌려 버렸다. 짐승들도 아니고 저 두 인간은 부끄러움도 없는 것일까? 그러자 임금의 탈을 쓴 수컷이 버럭 소리를 질렀다.

"어떤 일이 있어도 나를 외면하지 말라 하지 않았느냐!"

숙빈이 대체 무슨 도술을 부렸는지 율은 하룻밤 사이에 다시 기세가 등등해져 있었다. 백영이 아랫입술을 깨물며 억지로 고개를 들려 하자 다시 율이 소리쳤다.

"됐다! 네 면상은 꼴도 보기 싫으니 병풍 뒤에 처박혀서 글이나 읽어라!"

백영이 열 폭 병풍 뒤로 들어가자 깔깔거리는 여인의 높은 웃음소리가 울려 퍼지더니 이내 남녀의 끈적끈적한 신음 소리가 병풍 너머에서 들려왔다.

"숙빈, 너는 항상 불처럼 뜨겁구나."

호이! 호이!

"전하께서 제 몸에 불을 질러주시니까요."

하악! 하악!

임금이 호랑이와 같은 기상으로 '호이호이(虎怡虎怡)' 기쁨의 포효를 하자 숙빈이 '하악하악' 농염한 신음을 내뱉었다.

'저런 금수만도 못한 것들!'

백영이 부들부들 치를 떨며 신음 소리를 덮어버릴 만큼 또랑또랑한 목소리로 책을 읽기 시작했다.

"춘향이는 드디어 결심했다, 이 도령을 죽이기로."

순간 신음 소리가 뚝 그쳤다. 그리고 숙빈이 병풍 너머에서 날카롭게 쏘아붙였다.

"방금 뭐라 그랬느냐?"

그러자 백영이 단전에 더욱 단단히 힘을 주고선 외쳤다.

"춘향이는 결심했다, 이 도령을 죽이기로!"

잠시 정적이 흐르더니 병풍을 확 젖히고 숙빈이 백영의 앞에 섰다.

"제가 읽은 책 내용이 뭐 잘못되었습니까?"

백영이 의미심장한 목소리로 물었다. 예상했던 반응이다.

"오늘은 이만 되었다. 썩 물러가거라!"

숙빈의 치켜 올라간 눈꼬리가 파르르 떨렸다.

"이제 막 한 줄 읽었을 뿐인데 가라니요?"

하나 백영은 태연하게 대꾸하며 미동도 하지 않았다.

"그러게 말이다. 한창 재미있어지려는데 왜 그러느냐?"

율이 백영의 편을 들었다. 하지만 그렇다고 그녀에 대한 분노가 가라앉은 것은 아니었다.

"경회루에서 일을 생각하면 괘씸해서 이가 갈리는데도 글 하나는 기막히게 잘 쓴단 말이지. 팔을 자르면 글을 못 쓸 것이고, 입을 찢으면 낭독을 못 할 것이고, 죽여 버리고 싶어도 궁금해서 참을 수가 없으니 네 붓이 네 목숨을 살릴 거란 말이 맞긴 맞구나. 한데 내가 전에 춘향이가 이 도령을 죽일 거라고 했을 땐 콧방귀를 뀌더니만 결국 죽이지 않느냐?"

"소인이 틀리고 전하의 말씀이 맞았사옵니다. 춘향이 그 계집이야말로 '천 년 묵은 여우보다 간교하고 못돼 처먹은 귀인 장씨'보다 더욱 간교하고 못돼 처먹은 계집이었습니다!"

이제 숙빈이 춘향이라는 것을 아는 터라 백영의 언사엔 거침이 없었다.

"그 춘향이가 바로 너 아니냐? 누가 들으면 남 이야기를 하는 줄 알겠구나."

"그러게 말이옵니다. 저도 남 이야기를 하는 것 같습니다."

백영이 숙빈을 똑바로 쏘아보며 답했다. 그러자 숙빈의 얼굴이 확 일그러졌다.

'저 계집이 뭔가 꿍꿍이가 있는 것이 분명하다.'

보란 듯이 임금을 차지하고선 책비의 약을 올리려 했던 것인데 이런 엄청난 내용을 써올 줄은 생각지도 못했다. 게다가 임금은 여태껏 책 비가 써온 글에 영향을 많이 받아왔던지라 매우 불안해지기 시작했다.

"이왕 온 거 써온 데까지는 읽고 나가거라!"

"예, 전하."

백영이 공손히 고개를 숙인 뒤 스스로 병풍을 다시 쳤다. 그러자 병 풍 뒤에서 버럭 율의 고함 소리가 들려왔다.

"병풍은 왜 다시 치느냐?"

"예? 전하께서 방금 전에 꼴도 보기 싫으니 병풍 뒤에 처박혀서 읽 으라 하셔서……."

"내가 명하기 전에는 네가 먼저 나를 외면하지 말라 하지 않았느냐! 네까짓 게 내 앞에서 병풍을 쳐?"

"송구하옵니다."

허둥지둥 병풍을 젖히니 율이 또 버럭 소리를 질렀다.

"꼴도 보기 싫으니 병풍 뒤에 처박혀서 읽어라!"

'저런 미친 색정광 같으니라고! 그간 잠시나마 연민의 마음을 가졌 던 내가 미친년이다.'

백영이 이를 악물고 다시 병풍을 쳤다. 그리고 화가 나 부들부들 떨 리는 몸을 애써 진정시키고 책을 읽기 시작했다.

이 도령이 물레방앗간에서 춘향이를 쓰러뜨려 가느다란 허리를 끌 어안으며 입을 맞추는 순간, 격분한 춘향이는 이 도령의 사타구니를 걷어차 끔찍한 고통에 몸부림치며 나가떨어지게 하려 했으나 그녀의 의지와는 상관없이 신음이 흘러나왔다. 그리고 익숙한 그의 입맞춤과 손길에 온몸이 활짝 열리며 전처럼 뜨겁게 달아올랐다. 이팔청춘 시절 불같이 서로를 탐했던 그 시간들이 되살아나 두 사람은 정신없이 서로의 몸을 탐닉했다. 하지만 그날 밤 이후 춘향이는 아무 일도 없었다는 듯이 임금과 함께 도성으로 돌아갔고, 이 도령은 구중궁궐에 처박혀 버린 그녀를 다시 만날 방도가 없었다.

이것이 지금까지 펼쳐진 춘향뎐의 이야기였다. 한데 춘향이가 갑자기 이 도령을 죽여야겠다고 결심을 하게 된 이유는…….

"그러던 어느 날! 춘향이 방방례를 보러 나갔다가 어두운 밤 느닷없이 눈부신 태양을 만난 것 같고, 꽃들이 부끄러워 고개를 숙일 만한 해사한 얼굴의 장원 급제자를 보게 되었으니!"

"옳거니! 그 장원급제자가 바로 이 도령이로구나!"

병풍 뒤에서 율의 목소리가 들려왔다. 어찌나 흥분을 했는지 목소리가 두세 가닥으로 쩍쩍 갈라졌다.

"계속 들으시다 보면 나옵니다."

한창 읽어 나가던 중에 맥이 끊기자 백영이 약간 짜증스럽게 대꾸했다.

"감히 어디다 말대꾸냐? 그리고 오늘따라 목소리가 왜 이리 작으냐? 잘 들리지 않으니 좀 더 큰 소리로 읽어라!"

'병풍으로 막아놓았으니 작게 들리는 게 당연하지요!'

별별 생트집에 기가 막혔지만 명을 받들어 버럭버럭 소리를 질러대며 다시 낭독을 했다. 심청뎐을 집필하고 계신 '이율 작가님'의 예상대로 장원급제한 자는 이 도령이었다. 그가 장원급제를 하여 궐에 출입하게 되자 춘향은 하루하루 불안하기 짝이 없었다.

"'이 도령이 내게 복수를 하러 온 것일까? 이러다 정말 그와의 관계를 누가 알아차리기라도 한다면, 그러다 그 사실까지 알려지게 된다면 어찌할꼬?' 춘향은 하루하루 불안하게……."

"도대체 언제까지 하루하루 불안하기만 할 참이냐? 쓸 말이 없으니 글자 수만 어찌어찌 채워보려는 수작이더냐? 천하의 미상이 그런 꼼수를 쓸 정도로 감이 떨어진 게야?"

율이 까칠하게 끼어들어 다시 낭독을 끊었다.

"전하, 이제부터 폭풍 전개가 시작되옵니다. 잘 들어보십시오."

백영이 병풍 뒤에서 한껏 눈을 흘기며 대꾸했다. 그리고 드디어 공술해에게 들은 새로운 춘향뎐이 펼쳐졌다.

• ❧ •

춘향이는 마침내 결단을 내렸다. 그리고 회임을 기원하기 위해 절로 불공을 드리러 가겠다고 전하께 청하였다. 춘향이에게 푹 빠져 그녀의 말이라면 무엇이든 들어주는 임금은 흔쾌히 허락을 하였다. 인왕산 중턱에 자리한 절에 도착한 춘향은 혼자 삼천 배를 올리겠다며 주변을 모두 물렀다. 그리고 불상 앞에 앉아 밤이 깊기를 기다렸다. 자시 무렵, 문간에서 인기척이 들리더니 약조한 대로 이 도령이 나타났다.

"무척이나 애가 타셨나 봅니다. 저를 먼저 부르시다니요."

옆에 앉은 이 도령이 정중하게 말을 꺼냈다.

"갑자기 말은 왜 높이시는 겁니까?"

"나라의 녹을 먹게 된 자가 전하의 후궁에게 감히 하대를 할 수 있겠습니까?"

"그러게 왜 궐에까지 쫓아온 것입니까?"

"쫓아오긴요. 남원에 부인까지 남겨두고 과거를 보러 간 놈인데 출사를 하는 것이 당연하지 않습니까?"

"그럼 이 년씩이나 홀로 버려두지 말고 진즉 급제를 해서 데리러 왔으면 좋았지 않습니까!"

"평생을 함께하기로 약조해 놓고 이 년도 기다리지 못한 이가 누구인데요?"

"집안엔 입도 뻥긋 못 하고선 혼인이랍시고 몸부터 탐한 사람이 책임을 논하는 것입니까? 백 일을 하루같이 잠자리를 하면서도 끝내 집안에는 저에 대해 말 한마디 하지 않고선 떠나 버리셨지요. 그러고는 마냥 기다리라고요? 언제까지요? 늙어 죽을 때까지요? 아무도 우리가 혼인한 것을 모르는데 나만 왜 그 혼인에 대해 책임을 져야 합니까?"

"그래서! 그 미친 폭군을 진심으로 연모라도 한다는 것이냐?"

감정이 격해진 이 도령이 버럭 소리를 질렀다.

"너 자신을 속이려 하지 마라! 네가 연모하는 건 그가 아니라 옥좌가 아니냐!"

"그래요, 내가 연모하는 건 옥좌입니다. 임금이 가진 권력입니다! 그러면 안 되는 것입니까? 도대체 당신이 내게 해준 것이 뭐가 있다고!"

독이 오를 대로 오른 춘향이도 악을 써댔다. 그러자 이 도령이 더이상 화를 낼 기력도 없는 듯 맥이 탁 풀린 표정으로 슬프게 말했다.

"이러려고 여기까지 찾아온 것이 아니었다. 만나자는 전갈을 받았을 때 드디어 춘향이 네가 마음을 바꿔 먹은 줄 알고 기뻤었다. 다시 예전의 너로 돌아올 수는 없는 것이냐?"

"다시 예전으로 돌아가서 도망이라도 치자는 것입니까? 어디로요? 탐라로요? 명나라로요?"

"너와 함께라면 어딘들 못 가겠느냐?"

"이렇게 다 버리고 가실 수 있는 분이 이 년 전엔 왜 그러지 못했습니까? 왕의 여인을 뺏으려 할 정도로 배포가 크신 분께서 아버님께 좋아하는 여인 하나 말하지 못해 내팽개쳐 두셨습니까?"

"그래, 다 내 잘못이다. 그러니 이제라도 바로잡겠다는 것이다."

"이젠 이것이 제 인생입니다. 저는 왕의 여인이고, 왕의 어미가 될 것입니다! 내 앞을 가로막는 자를 모조리 죽여서라도!"

"왜 스스로 악귀가 되려 하느냐? 더 이상 망가지는 것을 보느니 너와 나의 관계를 밝혀 버리겠다!"

"그럼 당신 역시 무사하지 못할 것입니다."

춘향이 살기가 가득한 눈빛으로 내뱉었다.

"내가 당신을 죽일 수도 있습니다!"

그러자 이 도령도 단호하게 받아쳤다.

"그럼 죽여라!"

"다음 편에 계속!"

백영이 가쁜 숨을 내쉬며 낭독을 마쳤다. 읽어 내려가면서 이몽룡과 춘향이의 대화가 실제로 들려오는 것 같아 긴장감에 숨이 찰 정도였다. 공술해가 이야기한 춘향면은 이제부터가 시작이었다. 앞으로 이야기가 펼쳐질수록 소설보다 더욱 소설 같은 진실이 하나하나 밝혀질 것이다. 하지만 병풍 밖의 숙빈은 여기까지만 듣고서도 부들부들 온몸을 떨며 안색이 변했다.

"숙빈, 어디가 안 좋은 게냐? 그리 시원하게 벗고 있으면서 어찌 식은땀까지 흘리느냐?"

율이 나란히 누워 있던 숙빈의 안색을 살피며 물었다.

"아니옵니다. 춘향면은 언제 들어도 참 허무맹랑하기 짝이 없군요."

"여태까지 미상의 소설 중 가장 현실적인 것 같은데? 가진 것 없지만 밝고 명랑한 여주인공이 겉으론 까칠하지만 남모를 상처를 갖고 있으며 속으론 귀여운 구석이 있는 데다 잘생기기까지 한 영의정 2세나 만석지기 대지주 3세를 만나서 혼인하여 잘 먹고 잘 살았더라, 이런 게 더 허무맹랑하지 않느냐?"

율이 갑자기 정색하며 몸을 일으켰다. 심청면을 직접 써보고 나더니 뭔가 생각이 달라졌나 보다.

"임금인 나도 영의정 2세나 대지주 3세는 별로 본 적이 없는데 어느 고을에든 흔히 있을 법한 평범한 낭자들이 어떻게 밖에만 나가면 그런 사내들과 우연히 부딪치고 싸우고 원수가 되었다가 결국엔 열렬한 연모에 빠지는지. 반면 춘향이는 어마어마하게 예쁜 얼굴과 명석한 머리, 이단합체 회전물레방아를 비롯한 열두 개의 비술과 제 노력으로 후궁까지 올라간 것이니 자수성가형이 아니냐? 충분히 설득력이 있다."

피 묻은 검을 들고 뛰어 들어와서 지랄할 땐 언제고 그래도 작품은 좋게 이야기를 해준다. 그러나 병풍 뒤에 갑갑하게 갇혀 있는 작가 겸 책비는 까맣게 잊어버린 모양이다.

"전하, 두 분의 오붓한 시간에 방해가 되지 않게 이제 그만 나가보아도 되겠습니까?"

참다못한 백영이 병풍 밖으로 조심스럽게 눈만 내밀고선 물었다.

"아직도 거기 있었느냐? 당장 나가봐라!"

숙빈이 율의 품에 안기며 날카롭게 쏘아붙였다. 그리고 율은 보란 듯이 벌거벗은 숙빈을 끌어안고선 그녀의 목덜미를 핥아 내려갔다. 백영은 해괴한 꼴을 더 보기 전에 나가라고 할 때 나가야겠다 싶어 재빨리 밖으로 나갔다. 한데 만화각으로 돌아온 지 얼마 되지 않아 대문이 부서지는 듯한 소리가 들리더니 숙빈이 방문을 벌컥 열고 쳐들어왔다. 서안 앞에 앉아 있던 백영이 깜짝 놀라 자리에서 일어났다.

"숙빈마마, 전하는 어쩌시고 이곳에 걸음을……."

그러나 채 말을 끝맺기도 전에 숙빈이 다짜고짜 고성을 질렀다.

"네 이년! 대체 무슨 꿍꿍이인 것이냐?"

"숙빈마마, 아시다시피 저는 여기 만화각에 유폐되어 있는 신세입니다. 전하의 명이 없이는 이곳에서 나갈 수도, 그 누가 들어올 수도 없다는 거 잘 아시지 않습니까? 여기서 이러시면 아니 되옵니다."

백영이 마음을 가라앉히고 차분하게 대꾸했다. 이렇게 득달같이 쫓아온 것을 보면 춘향던 완결편을 듣고 어지간히도 불안했나 보다. 그것도 궁녀 하나 데려오지 않고 혼자서. 궁녀들이 들으면 곤란할 얘기가 오갈 것이라 예상한 모양이다.

"뭐야? 네년이 대체 뭘 믿고 이리 나대는 것이냐!"

"진실입니다. 진실을 믿고 있지요. 두려우십니까? 그동안의 악행이 드러날까 봐."

"대체 네가 하고 싶은 말이 뭐냐!"

숙빈의 이마에 파란 핏대가 솟아올랐다.

"제가 하고 싶은 말은……."

한 발짝 숙빈에게 가까이 다가간 백영의 눈빛이 순간 섬뜩하게 바뀌었다. 그러곤 차갑게 쏘아붙였다.

"너, 춘향이지?"

심장이 쿵 하고 발등으로 떨어진 듯 숨어 멎어버렸던 숙빈이 이내 '호호호호!' 요망하게 웃어젖혔다.

"여태 지가 춘향이라며 박박 우기더니 이젠 나보고 춘향이라고? 이 것이 밤낮없이 소설만 써대더니 소설인지 현실인지 구분이 안 가는 모 양이구나! 그리고 책비 주제에 감히 뉘 앞에서 하대를 하느냐?"

"너는 천기의 여식이 아니더냐? 성춘향!"

성춘향.

그 세 마디에 숙빈이 살쾡이처럼 하얀 이를 드러냈다. 그러곤 당장 에라도 달려들어 갈기갈기 찢어버릴 듯이 노려봤다.

"역시, 너도 서신에 대해 알고 있었던 게야. 그 서신을 보지 않았다 면 어찌 춘향뎐을 쓸 수가 있었겠느냐? 내 너를 진즉에 도륙 냈어야 했는데!"

"진즉 너의 정체를 눈치챘더라면 내가 너를 도륙 냈을 것이다!"

백영과 숙빈, 가짜 춘향과 진짜 춘향.

두 명의 춘향이 서로를 죽일 듯이 노려보며 팽팽한 긴장감이 흘렀 다. 그런데 그때 '어이쿠!' 하는 사내의 목소리가 들려왔다.

"한바탕 줄타기 놀음이나 하고 갈까 했더니 더 재미있는 놀음이 벌 어지고 있었구면!"

두 여인이 고개를 돌려 밖을 내다보니 공술해가 밤하늘 높이 뛰어 오르며 줄타기를 하고 있었다.

"처음부터 네놈도 한패였던 것이냐?"

숙빈이 앙칼지게 소리를 질렀다.

"처음? 그게 언제이옵니까? 춘향이가 숙빈마마로 둔갑했던 그때부 터? 아니면 춘향이가 이 도령을 배신한 그날부터? 아니면 춘향이가 서 신을 써 보낸 그날부터?"

"방자, 네 이놈!"

숙빈이 무시무시하게 눈을 번뜩이며 악을 썼다. 그러자 한때는 방자라 불렸던 공술해가 줄에서 훌쩍 뛰어내려 가볍게 마당으로 착지했다.

"숙빈마마, 체통을 지키시지요. 이리 아무 데서나 버럭버럭 소리를 지르는 것은 천기나 하는 짓이 아닙니까?"

공술해가 싸늘하게 숙빈을 비꼬았다.

"방자 네놈이 서신을 저 계집에게 넘긴 것이냐? 그리고 저 계집은 서신을 보고선 춘향뎐을 써댄 것이고? 죽은 네 상전의 복수라도 하고 싶었느냐!"

숙빈은 좌승지 변학도에게도 서신에 대해선 말하지 않았다. '춘향이의 서신'엔 세상 그 누구도 알아선 안 되는 엄청난 비밀이 쓰여 있었기 때문이다. 그녀가 그동안 세상 모두를 속여온 것들.

"그래! 나는 도련님의 무덤 앞에서 피를 토하며 맹세했다. 내 손으로 꼭 억울하게 돌아가신 도련님의 복수를 하고야 말겠다고!"

공술해, 아니, 방자는 원래 떠돌이 광대의 아들이었다. 어머니는 그를 낳자마자 도망가 버리고 아버지마저 그가 아홉 살 때 외줄타기를 하다 떨어져 세상을 뜬 후 돌봐주는 이 하나 없이 거리에서 쓰레기를 주워 먹으며 연명했다. 그렇게 지내던 어느 날, 쓰레기마저 먹지 못해 거리에 쓰러져 있던 그를 이몽룡이 집으로 데려가 주었다. 방자는 태어나 처음으로 안정된 잠자리를 가져봤고 배곯을 걱정 없이 살게 되었다. 그리고 결심했다. 이몽룡을 위해서라면 무엇이든 하겠다고.

"억울하게 돌아가신? 같이 도망치지 않으면 가만두지 않겠다고 온갖 협박을 다 해댄 사람이 억울하다고? 그 사람을 죽이지 않았으면 내가 죽었어!"

숙빈이 정말 억울한 사람은 자기라는 듯 대섰다.

"이 도령, 아니, 이몽룡을 죽인 사람이 정말 춘향이 당신이었어?"

백영의 목소리가 저도 모르게 파르르 떨렸다. 그래도 설마 했었는데 춘향이가 정말 서방님을 죽였다는 걸 확인하자 새삼 충격이 몰려왔다.

"그렇다면 네까짓 년이 어쩔 것인데? 내가 만나자고 하니 새신부고 뭐고 다 내팽개치고 달려오더구나. 독을 품은 향초를 켜놓은 외딴집에서 참으로 열심히도 나를 기다리더군. 대문간에 서서 이몽룡의 그림자가 방문에 서성거리는 걸 보며 생각했지. 저 인간만 죽으면 나는 안전하다. 이제 나는 안전하다 하고!"

"어떻게, 어떻게 인간이 그럴 수가! 그래도 한때는 온 마음을 다해 연모했던 사람이 아니더냐?"

"인간이니까 그럴 수 있는 겁니다. 악하고 탐욕스러운 인간이니까. 차라리 짐승이면 그러지 않지요."

공술해가 백영에게 말했다. 그리고 경멸의 눈빛으로 춘향이를 쏘아보았다.

"나도 죽여보라 하지 않았냐? 내가 서신을 정말 가지고 있는지 아닌지 궁금해서 미칠 지경이 아니냐? 그러니 나를 죽여라! 그럼 저절로 알게 될 터이니."

"서신의 내용도 모두 본 것이냐?"

앙칼진 목소리와는 달리 그녀의 눈동자는 불안하게 흔들리고 있었다.

"그래서 확인을 하러 온 것이다! 그 서신의 내용이 제발 사실이 아니길 바라면서……"

하지만 그는 확인하고 말았다. 그 모든 게 사실이라는 걸. 공술해의 얼굴에 그늘이 짙게 드리워졌다.

"혼례가 있기 전날, 그러니까 춘향이 너를 만나러 가기 전날 도련님께서 뭔가 예감을 하셨는지 내게 서신 한 장을 주며 광한루의 그네 밑에 묻어두라 하셨다. 춘향이 너와 함께 그네를 뛰던 가장 아름다운 추억이 있는 그곳에."

　아직도 기억에 선명하게 남아 있는 여섯 해 전 단옷날. 화엄사로 향하던 이몽룡은 우연히 광한루 언덕에서 그네를 뛰는 춘향이를 보았다. 다홍색 치맛자락을 휘날리며 하얀 속치마가 동남풍에 팔랑팔랑, 박속같은 속살이 흰 구름 사이로 아른아른, 하늘에서 내려온 선녀인 듯 땅 위에서 피어오른 화려한 꽃인 듯 아름다운 그녀의 모습에 넋을 잃어버린 이몽룡이 방자를 보내 말을 걸었다.

　"춘향이라 하오."

　그가 다가가 이름을 물었을 때 다소곳이 답하던 열여섯 춘향이의 모습이 눈에 선했다.
　'그때 말을 걸지 말았어야 했는데. 그랬더라면…….'
　그리고 또 한 사람. 그때 만나지 말았어야 할 사람이 있었다. 그 사람을 만나지 말았어야 했다고 후회하고 또 후회했다. 하지만 후회는 늘 늦었다. 그래서 후회이니까.
　"한데 내가 남원에서 돌아오니 도련님은 이미 돌아가신 뒤였다. 난 그게 누구 짓이라는 걸 대번에 알아챘다. 그런 짓을 저지를 사람은 세상에 단 한 명뿐이니까!"
　공술해가 숙빈을 쏘아봤다. 그의 눈은 증오로 활활 타오르고 있었다.
　"잘려 나간 네 목을 다시 한 번 확인했어야 했는데……. 추노꾼까지 고용해서 너를 찾았더니 그들은 네가 죽었다며 눈알이 빠진 목을 가져오더구나. 피범벅이 되어 쪼그라들고 눈알까지 빠져 버린 머리통은 다 그놈이 그놈으로 보인다는 것을 미처 알지 못한 것이 한이로다!"

숙빈이 분한 표정으로 이를 갈았다. 이몽룡과 그녀가 처음 만나던 순간부터 모든 일을 다 알고 있는 방자가 갑자기 사라지자 몹시 불안 했었다. 그것도 이몽룡이 서신을 어디에 숨겨놓았는지 알지 못하는 상 태인지라 방자가 가지고 간 것이 아닌가 싶어 그를 찾는 데 혈안이 되 었다. 잘려 나간 방자의 머리통을 보고 안심했지만 서신은 끝내 찾지 못해 마음 한구석 늘 찜찜했었다. 그러던 중 춘향뎐이 세상에 나왔고 그녀의 불안한 예감은 현실이 되어 지금 이 상황까지 이른 것이다.

"그러고 보니 우리는 서로를 찾고 있었던 게로구나. 그래, 방자는 죽 었다! 그날 도련님의 무덤에서. 그리고 광대 공술해로 다시 태어나 복 수를 다짐하며 춘향이 너를 찾아 전국을 헤매고 다녔다. 네가 이렇듯 위세 높은 숙빈마마가 되어 있는 줄 미처 알지 못한 것이 한이로다!"

"나를 찾고 싶었다면 궐부터 뒤졌어야지. 시시한 사내들이나 상대 하려고 손에 피를 묻힌 줄 아느냐?"

숙빈이 싸늘하게 코웃음을 쳤다. 그런 그녀의 얼굴은 악귀 그 자체 였다.

"정말 짐승 같은 계집이로구나!"

듣다 못한 백영이 버럭 소리를 질렀다.

"이몽룡 그 사람은 눈과 입술, 손톱까지 까맣게 타들어가면서도 숨 이 끊어지기 직전까지 춘향이 네 이름을 애타게 부르다 죽어갔다. 다 른 건 몰라도 그 사람은 너를 진심으로 사랑했다고!"

첫날밤에 그녀를 버리고 다른 여인에게 가버린 서방이지만, 그래서 죽어버리라고 속으로 울부짖기도 했던 서방이지만, 그렇다고 그런 식 으로 비참하게 죽기를 바란 건 아니었다. 그리고 자신을 그토록 사랑 해 준 사람을 죽여놓고도 죄책감 하나 없는 춘향이의 악독한 모습을 보니 그가 불쌍해지기까지 했다.

"향초를 쓰면 보통은 하룻밤 안에 죽는데 사흘이나 걸려 죽을 줄은 나도 미처 예상하지 못했다. 그 사람이 운이 없었던 게지. 근데 말이다, 너는 어찌 그렇게 잘 아느냐? 이몽룡이 어떻게 죽어갔는지."

숙빈은 백영의 말에도 그다지 동요하지 않고 오히려 날카롭게 되물었다.

"그, 그건……."

순간 백영의 말문이 막혔다.

'내가 옆에서 그 끔찍한 모습을 직접 보았으니까. 내가 이몽룡의 정실부인이니까!'

하지만 이 말을 하면 백영의 정체 또한 밝혀질 것이다.

"내가 대신 말해줄까? 그건 바로 네가 첫날밤에 버림받은 새신부, 이몽룡의 미망인이기 때문이지. 이한림의 며느리이자 변학도의 누이 변백영!"

이번엔 백영의 심장이 쿵 하고 내려앉았다. 숙빈은 이미 알고 있었던 것이다.

"뭘 그리 놀라느냐? 내가 네 정체 하나 파악하지 못했을 줄 알았느냐? 유기전에서 자객이 너와 맞닥뜨렸으니 미행하여 집을 알아내는 것쯤은 일도 아니지. 자객이 너의 집을 찾아가 점순이의 귀를 전해준 걸 잊었느냐?"

'점순이!'

백영의 눈에 푸른 불꽃이 일었다. 점순이를 그리 만든 원수를 찾아 반드시 복수를 해주겠다고 맹세했었는데, 그 원수가 지금 바로 눈앞에 서 있었다.

"점순이의 귀를 자르고 참혹하게 죽이도록 사주한 것도 네년이었어!"

"지하 서고에서 너를 잡아왔을 때 네 귀도 잘라서 화롯불에 태워 버리려고 했거늘……. 아니, 귀가 아니라 그때 네년의 목을 잘랐어야 했다. 서신을 보지 않고선 춘향뎐을 쓸 수 없었을 거란 생각에 서신부터 찾고 죽이려다가 화근을 남긴 셈이지."

찰싹.

거친 소리가 만화각에 울려 퍼졌다. 분노가 폭발한 백영이 숙빈의 뺨을 사정없이 갈긴 것이다.

"네년이 나를 쳐? 조선의 임금이 가장 총애하는 후궁이자 원자의 어미인 나를?"

생각지도 못하게 뺨을 얻어맞은 숙빈이 격분해 팔을 높이 치켜들었다. 그리고 백영의 따귀를 내려치려는 순간 방자가 끼어들어 팔을 잡아챘다.

"조선의 임금이 가장 총애하는 후궁이자 원자의 어머니께서 상스럽게 폭력을 휘둘러서야 되겠습니까?"

"더럽게 감히 어디다 손을 대느냐?"

숙빈이 눈을 부라리자 백영이 차분하게 공술해에게 일렀다.

"맞습니다. 숙빈의 더러운 몸에서 손을 떼시지요."

"뭐야?"

숙빈의 치켜 올라간 눈이 더욱 치켜 올라갔다. 그러자 공술해가 쓴웃음을 지으며 숙빈의 팔을 놓았다.

"그토록 연모하는 여인을 두고 나와 혼인한 서방님의 잘못이지 네가 무슨 죄가 있으랴 하고 이해해 보려 한 적도 있었다. 이몽룡이 떠나버린 이 년 동안 뭇 사내들에게 얼마나 시달리며 살았을까, 같은 여인으로서 동정한 적도 있었어. 하지만 내가 참으로 어리석었다. 세상에 죽어 마땅한 인간이 있다면 바로 춘향이 너야!"

백영이 치를 떨며 소리쳤다. 하지만 숙빈은 오히려 가소롭다는 듯이 피식 웃음을 터뜨렸다.

"이한림 대감은 네가 궐에 들어와 있다는 걸 전혀 모르는 눈치던데? 알면 어떻게 될까? 빈 관으로 네 장례까지 치렀던 자가 너를 가만히 두고 보겠느냐?"

"그전에 네 목부터 조심해야 할 것이다! 나의 붓이 너의 모든 죄와 비밀을 낱낱이 파헤칠 것이니까. 춘향전 완결편이 네 목을 조르고 네 혀를 뽑고 네 사지를 갈가리 찢어놓을 것이야!"

"수많은 사람들의 피를 묻히고 여기까지 온 내가 그리 호락호락 당할 것 같으냐!"

서로의 비밀을 쥐고 있는 두 여인이 서로를 죽일 듯이 노려봤다. 이젠 두 사람 모두 물러설 수 없게 되었다. 패자에겐 죽음뿐이었다.

"'아버님! 혼례라니요? 저는 마음에 둔 여인이 따로 있다 하지 않았습니까?' 이 도령이 간곡하게 말했다. 하지만 부친은 단호했다. '누군지 말할 수도 없는 여인이라면 안 봐도 뻔하다. 혼례란 결코 너 혼자만의 일이 아니다. 집안과 집안의 결합이고 정치의 일부다! 네가 진심으로 이 아비를 위하고 집안을 생각한다면 결정에 따라라!'"

백영의 낭독이 점점 절정을 향해 가고 있었다. 절에서 춘향이가 이 도령을 죽이겠다고 살기를 드러낸 이후, 집안의 강요로 고관대작의 누이와 혼인을 하게 된 이 도령의 이야기가 한창 펼쳐지는 중이었다.

"나도 중전과 그리 혼인을 하였지. 내 경우엔 중전의 가문이 좋아서가 아니라 외척이 설치지 않을 소박한 가문이라 혼인을 하라는 거였지만. 어느 집이건 부친들은 다 똑같구나."

벌건 대낮부터 경회루에서 반 벌거숭이 홍청들을 끼고 술을 퍼마시던 율이 냉소적으로 내뱉었다. 오늘은 어쩐 일인지 숙빈의 모습은 보이지 않았다. 율이 끼어드는 게 하루 이틀도 아니고 이젠 완전히 적응이 된 백영은 별 대꾸 없이 계속 글을 읽어 내려갔다.

"그렇게 이 도령의 의사와는 상관없이 혼인이 결정되었다. 한데 혼인 전날 밤, 춘향이에게서 서신 한 통이 도착했다. 서신을 본 이 도령의 낯빛이 죽은 사람처럼 새파래졌다. 그도 그럴 것이 그 서신엔!"

그녀가 낭독을 멈추었다. 그러자 율이 '흥!' 하고 콧방귀를 뀌며 말했다.

"다음 편에 계속, 그러려고?"

"다음 편에 계속."

백영이 머쓱하게 책을 덮었다. 만화각에서 백영의 얼굴에 겹친 피투성이 어머니의 얼굴을 본 이후 율은 그곳으로 찾아오지 않았다. 혼자 있을 때 부르지도 않았다. 어머니를 그리워하면서도 한편으론 두려워하는 마음이 그녀에게 투영된 것일까? 이유야 어찌 되었건 '당분간 때리지는 않겠구나' 하고 엉뚱한 안심을 하게 되었다.

"내일은 드디어 춘향이의 중대한 비밀이 밝혀집니다. 다음 편을 기대해 주십시오."

"춘향이의 비밀? 알고 보니 임금의 이복동생이라도 되는 것이냐?"

백영이 다음 편 예고를 하자 홍청의 무릎을 베고 누워 있던 율이 몸을 벌떡 일으키며 물었다.

"출생의 비밀을 알고 충격 받은 춘향이는 울면서 뛰쳐나갔다가 어느 양반이 술을 마시고 몰던 말에 치여 의원에 실려 갔는데, 아, 글쎄, 진맥을 해보니 반위 말기! 그래서 여태까지 모든 악행들을 용서받고 독자들은 여주인공을 살려내라 생난리를 쳐대고, 춘향이를 죽이면 작가 너도 창자를 꺼내 목을 졸라 죽이겠다고 혈서를 보내는 등……."

"전부터 느끼던 거지만 전하께서는 희대의 막장 작가가 될 수 있는 천부적인 소질이 있사옵니다."

만일 율이 작정하고 막장 소설을 쓰기 시작한다면 지금까지 최고의 막장 작가였던 미상은 그 자리를 내줘야 할지도 모른다. 백영이 크게 감탄하며 머리를 조아렸다. 그러자 율이 책 한 권을 그녀의 발치에 던졌다.

"이것이 무엇이옵니까?"

"내가 쓰던 심청뎐이다. 난 이제 이딴 거 흥미 없어졌으니 네가 마저 쓰든가 말든가."

한창 열을 내며 집필에 몰두하더니 광증이 도진 이후 흥미가 사라진 모양이다.

"그럼 저자는 누구로 할까요? 전하의 존함을 함부로 올릴 수도 없고."

"그냥 미상이라 하여라. 네 필명인 미상이 아니라 작자를 모른다는 뜻의 미상. 작자 미상(作者未詳)!"

"예, 전하. 그럼 결말은 어찌할까요? 알몸으로 연꽃에서 튀어나온 심청이는 우연히 돈도 많고 몸도 좋고 잘생기기까지 한 임금님을 만나 티격태격 싸우다가 정들어 혼인을 하는 것이 제일 무난하겠지요? 외전으로 임금님과의 첫날밤 이야기를 격렬하게 넣어서. 애정 소설 독자들은 행복한 결말을 좋아하니까요. 그래야 책도 좀 팔리고요."

"네가 알아서 하라지 않느냐!"

율이 지랄 맞게 소리를 버럭 질렀다. 깜짝 놀란 백영이 그제야 입을 다물었다.

한데 백영 못지않게 깜짝 놀란 이가 있었으니, 율을 알현하기 위해 경회루로 오던 예조판서 이한림이었다. 완얼군과 여식의 혼사를 서둘러 거행하라는 어명을 받고 입궐을 한 터였다.

'그것이 제 목을 조르는 일인지도 모르고 어명까지 내리다니, 쯧쯧.'

하지만 순간순간 번뜩이는 데가 있고 꿍꿍이를 알 수 없는 임금인지라 방심해서는 안 된다고 느슨해지려는 마음을 다잡았다. 깊은 생각에 잠겨 있던 이한림이 경회루에 다다라 임금의 고함 소리에 고개를 들어보니, 놀랍게도 눈앞에 죽은 며느리가 떡하니 앉아 있었다. 아니, 정확히 말하자면 그가 '죽은 것으로 만든 며느리'라는 표현이 맞을 것이다.

"저 아이가 어떻게 저기에!"

크게 당황한 이한림이 경회루에서 빈 술병들을 가지고 내려온 궁녀에게 물었다.

"여봐라, 저기 전하 앞에서 책을 들고 앉아 있는 궁녀가 누구냐?"

"책비 말이옵니까?"

"책비라고!"

이젠 놀라는 정도가 아니라 경악에 가까웠다. 책비라면 유일하게 왕의 표식을 받은 여인이 아닌가? 게다가 완얼군이 왕위와 바꿀 정도로 목을 매달고 있는 여인이기도 했다.

'전하의 책비가 바로 너였느냐?'

이한림이 장승처럼 그 자리에 멈춰 서서 한때 며느리였던 백영을 노려보았다.

'내 아들을 잡아먹은 것도 모자라 이젠 사위가 될 완얼군마저 잡아먹으려 하다니!'

위험하고 불길하며 절대로 살아 있어서는 안 될 계집이다. 이한림이 냉정하게 발걸음을 돌렸다. 그리고 그가 향한 곳은 바로 천화각이었다.

"예판 대감께서 제 처소엔 어쩐 일이십니까?"

숙빈이 의혹에 찬 눈으로 이한림을 훑어보았다. 달거리라 몸이 좋지 않아 전하를 모시지 못하고 처소에 있던 참이었다. 숙빈은 의아해하면서도 안 그래도 이한림을 이용하여 책비를 처리할 방법을 생각하던 중인지라 그가 제 발로 찾아오자 '어쩌면 일이 수월하게 풀릴 수도 있겠구나' 하고 회심의 미소를 지었다.

"요즘 전하의 책비 때문에 골머리를 앓고 계시지 않으십니까?"

이한림이 은근히 운을 띄웠다.

"언제부터 예판 대감께서 제 걱정을 그리해주셨다고요."

숙빈이 적당히 거리를 두며 간을 보았다.

"이왕 여기까지 찾아온 거 돌려 말하지 않겠습니다."

"돌려 말하셔도 됩니다. 제가 오늘 시간이 아주 많거든요."

이한림이 단도직입적으로 말을 꺼내자 숙빈도 호의적으로 대꾸했다. 그러자 이한림이 마침내 검은 속내를 드러냈다.

"전하의 책비를 죽여야겠습니다."

"저와 손을 잡겠다는 말씀이십니까? 대감과 제가 그런 일을 같이할 만큼 믿을 만한 사이는 아닌 것 같은데요."

"저는 한때 좌승지 변학도와도 손을 잡았던 사람입니다. 어차피 정치란 그때그때 이익에 따라 이합집산을 거듭하는 것이 아니겠습니까?"

그가 잠시 말을 끊어 주위를 환기시킨 후 결정적인 한마디를 던졌다.

"지금 숙빈마마와 손을 잡고 있는 변학도를 얼마나 믿고 계십니까?"

"대감을 믿는 것보다는 더 믿고 있지요. 하지만."

숙빈 역시 숨을 한 번 고르고선 의중을 드러냈다.

"좌승지가 혈육을 믿는 것만큼 저를 믿는지는 의문이긴 합니다."

좌승지의 혈육, 즉 그의 누이인 백영을 뜻하는 말이었다. 그러자 이한림이 눈치 빠르게 숙빈의 의도를 알아챘다. 이미 그녀가 백영의 정체를 알고 있다는 걸.

"숙빈마마께서도 아시고 계시는군요. 하긴, 그 자리를 지키기 위해 수많은 눈과 귀를 두고 계신 분이 모르시는 게 더 이상한 일이지요. 숙빈마마와 저는 분명 갈 길이 다른 사람들입니다. 하지만 책비를 없애야만 한다는 사정은 똑같지요. 그러니 이번 일에 한해서만큼은 서로 힘을 합하는 것이 어떻겠습니까?"

"제게 원하는 것이 무엇입니까?"

"전하께 지대한 관심을 받으며 궐에서 지내는 책비를 죽이는 일은 궐 안 사람의 도움을 받지 않고서는 어렵습니다. 게다가 '왕의 표식'까지 받은 유일한 여인이 아닙니까?"

이한림의 의도대로 '왕의 표식'이라는 말이 숙빈을 자극했다. 질투심 강하고 탐욕스러우며 잔인한 성격상 어차피 숙빈도 책비를 제거하려고 생각했을 것이다. 궐 안에서 사람을 구하는 것은 어렵지 않지만, 비밀을 지킬 수 있는 사람을 구하는 건 어려운 일이었다. 같은 목적을 가지고 함께 손에 피를 묻힐 사람. 이번 일에서만큼은 숙빈 장씨가 적격이었다.

"춘향이, 아니, 대감의 며느리였던 변백영은 나 혼자서도 충분히 처리할 수 있습니다."

'변백영은 대감의 며느리였고 나 또한 대감의 며느리가 될 뻔했지요!'

이한림이 이몽룡의 부친임을 알고 있는 숙빈이 속으로 싸늘하게 쏘아붙였다. 그러나 이한림은 그녀가 춘향이라는 것을 모르고 있었다. 미상, 즉 백영이 쓴 춘향뎐의 남자주인공 이 도령이 아들 이몽룡일 거라는 상상조차 못 하고 있었으니까. 만일 그 모든 사실을 알았다면 절대로 숙빈을 찾아오지 않았을 것이다. 하지만 숙빈은 모든 사실을 알고 있었음에도 이한림이 필요했다. 누구든 이용하면 그뿐이다.

토사구팽(兎死狗烹).

백영을 쫓는 개로 이한림을 이용하고, 사냥에 성공하면 그 개를 잡아먹으면 된다.

"다만, 문제는 완얼군입니다. 책비를 해치려는 자의 살기를 느끼는 순간 궐과 지척인 사저에서 미친 듯이 달려 나올 것입니다. 한바탕 소란이 벌어져 이목이 집중되면 어찌 뜻을 이루겠습니까? 그리고 대감께서도 이제 곧 사위가 될 완얼군이 책비 때문에 소동을 일으켜 전하의 심기를 거스르는 것을 바라지 않으시겠지요?"

숙빈이 말을 잇자 이한림이 고개를 끄덕였다.

"무슨 뜻인지 알겠습니다. 책비를 처리할 동안 완얼군은 제가 무슨 수를 써서든 붙잡고 있겠습니다."

간교하고 계략에 능한 두 사람인지라 빠르게 이야기가 진행되었다. 순식간에 날과 시까지 정한 뒤 이한림이 흡족하게 천화각을 나섰다.

"그 아이를 불러와라."

그가 나간 뒤 숙빈이 상궁에게 나직이 지시했다. 이 일을 해줄 수 있는 사람은 딱 한 사람뿐이었다.

반 시진 뒤, 장옷을 뒤집어쓴 궁녀가 숙빈의 처소로 들어왔다. 허리를 깊이 숙여 인사를 올리고선 장옷을 벗자 그제야 얼굴이 온전히 드러났다. 옥에서 오리 궁녀의 혀를 잘라 숨통을 끊어놓았던 바로 그 궁녀였다.

"그냥 궐에서 지내라니까 왜 자꾸 나가는 게냐?"

숙빈이 나무라듯이 혀를 찼다.

"제 얼굴이 많이 알려져서 좋을 것이 무에 있겠습니까?"

"이번 일만 잘 처리하면 더 이상 피를 볼 일은 없을 게다. 약속하마."

"오랜만에 원자 아기씨 얼굴 한번 뵐 수 있겠습니까?"

별다른 표정 변화 없이 듣고 있던 궁녀가 조용히 청했다. 그러자 숙빈이 곧바로 상궁에게 명했다.

"원자를 데려오너라."

잠시 후 보모상궁이 곤히 잠들어 있는 원자를 업고 방 안으로 들어왔다.

"원자 아기씨께서 잠이 깊이 드셔서 업고 왔사옵니다."

"이리 주게."

숙빈이 두 팔을 내밀어 보모상궁에게서 원자를 받아 들었다. 그리고 제 무릎 위에 아이를 눕혔다.

"모두들 나가 있어라."

방 안에 있던 모든 이들을 밖으로 물리자 궁녀가 그제야 원자에게 다가가 가만히 들여다보았다.

"너는 여전히 내 동무지?"

숙빈이 다정한 목소리로 물었다. 은장도로 나인의 얼굴을 긋게 하고 백영에게 시퍼런 살기를 내뿜던 잔혹한 숙빈과는 전혀 다른 모습이었다.

"그럼."

처음으로 궁녀의 얼굴에도 엷은 미소가 번지며 천천히 고개를 끄덕였다.

"내겐 이제 너밖에 남지 않았어. 아니, 처음부터 내겐 너밖에 없었어."

원자의 머리칼을 쓸어 올리는 숙빈의 손길이 무척이나 쓸쓸했다.

"달빛이 참 곱구나."

궁녀가 고개를 들어 창밖을 보았다.

"대낮에 웬 달? 하긴, 어릴 때부터 너는 낮에도 달이 있다고 했었지."

"낮에도 달은 있어. 밝은 해에 가려져 보이지 않는 것일 뿐 사라진 건 아니야."

궁녀가 잠든 원자의 얼굴을 다시 내려다보았다. 그녀도 아이의 부드러운 머리칼을 쓸어 올려주고 싶었지만 쌔근쌔근 잠들어 있는 아이의 얼굴이 너무도 맑아 손가락 하나 대볼 수가 없었다. 닦아내도, 닦아내도 지워지지 않는 손에 묻은 피가 행여 아이에게 옮겨갈까 봐.

"춘향이 너와 이 아이를 위해서라면 뭐든지 할 수 있어. 이 아이는 내 아이와 마찬가지니까."

궁녀가 달빛처럼 은은한 눈빛으로 춘향이를 바라보았다.

'나는 너의 달이야. 태양처럼 빛나는 네 곁을 맴도는 달. 나는 눈부신 빛에 가려져 있지만 사라진 게 아니야. 늘 네 곁에 있을 거야.'

"단아……."

숙빈이 궁녀의 손 위로 제 손을 포겠다. 숙빈과 단은 그 누구도 절대로 풀 수 없도록 서로 깍지를 끼었다. 그리고 단의 소맷자락 아래로 얼핏 손목에 새겨진 반달 문신이 보였다. 숙빈의 손목에 남은 흉터와 똑같은.

13.

흥겨운 유두 잔치와
역겨운 혼인 잔치

숙빈의 정체를 알게 된 완얼은 숙고에 숙고를 거듭했다.

'만일 숙빈이 춘향이라는 것을 전하께 고한다면……'

하지만 그렇게 되면 백영이 춘향이가 아니라 여태껏 전하를 속여왔다는 것도 밝혀질 것이다. 그녀를 더 이상 위험에 처하게 할 순 없었다.

'숙빈이 또 무슨 짓을 저지를지 모르니 일단 백영 아씨에게는 정체를 알려야겠다.'

하지만 형님의 눈 때문에 그가 직접 찾아가서 만날 수는 없어 서신을 썼다. 그리고 량주에게 그 서신을 맡겼다.

"아씨께선 만화각에 갇혀 계시니 아무리 오라비라 해도 네가 직접 만나기는 힘들 것이다. 아씨께 식사를 가져다주는 궁녀에게 언질을 주었으니 전해 달라고 부탁하여라. 오라비가 누이에게 서신을 보내는 것이니 크게 의심받지는 않을 것이다."

서신은 혹시 누가 보아도 큰 문제가 되지 않도록 시조인 양 무난하게 쓰여 있었다.

— 천 송이 꽃이 만발한 곳에 봄의 향기가 남아 있으니
흰 꽃은 그저 담벼락 아래 고개를 숙이고 있으라 하네.

천 송이 꽃이 만발한 곳은 천화각(千花閣)이요, 봄의 향기는 춘향(春香)이를, 흰 꽃은 백영(白英)을 뜻하는 것으로 '천화각에 춘향이가 있으니 백영은 고개를 숙이고 조심하여라'라는 의미였다. 이렇게만 써 보내도 영민한 백영은 금세 무슨 뜻인지 알아챌 것이다. 량주가 서신을 가지고 궐로 출발한 지 얼마 되지 않아 이번엔 궐에서 전교가 내려왔다.

"제육왕자 완얼군에게 예조판서 이한림의 여식과 혼인을 할 것을 명하노라!"

마당으로 달려 나와 무릎을 꿇고 경건하게 어명을 받든 완얼의 얼굴이 사색이 되었다.

"어찌 이런 어명이 있을 수 있단 말인가!"

"저는 전하의 명을 전할 뿐이옵니다, 대감."

완얼의 기막힌 표정에 관리는 형식적으로 대꾸를 하고선 제 할 일을 마치고 돌아가 버렸다.

"전하께서 광증이 있으시긴 하지만 정신이 흐린 분은 아니십니다. 한데 사림파의 수장인 이한림 대감 댁 여식과 혼인을 맺으라고 어명을 내리시다니……. 대감께 힘을 실어주는 일을 하실 분이 아닌데 뭔가 이상하긴 하군요."

숙휘가 신중하게 입을 열었다.

"이한림에게 가봐야겠다."

지금 완얼의 머릿속엔 온통 백영뿐이었다. 한데 백영이 아닌 다른 여인과 혼인을 하라니. 아무리 어명이어도 결코 받아들일 수 없는 일이었다.

"완얼군 대감께서 찾아오실 줄 알았습니다. 저도 전교를 받았습니다."

완얼이 이한림의 사랑채에 도착하자 그가 차분하게 맞이하였다.

"예판 대감께선 마치 오늘 전교가 내려올 줄 알았다는 표정이시군요."

"그저 조금 일찍 알았을 뿐입니다. 이왕 오셨으니 그리 서 계시지 마시고 일단 안으로 드시지요."

이한림이 여유롭게 웃으며 방으로 안내했다. 숙휘와 금세 서신을 전하고 돌아와 합류한 량주는 언제나처럼 밖을 지키고 완얼이 성난 얼굴로 이한림과 마주 앉았다. 그러자 잠시 뒤 붉은 댕기를 곱게 드리운 낭자가 차를 내왔다.

"제 여식입니다. 죽은 며늘아기만큼은 아니지만 차를 제법 잘 우리니 드실 만하실 것입니다."

"대감!"

억지로 여식을 들이미는 것 같은 이한림의 행동에 완얼이 불쾌한 표정을 감추지 않고 소리쳤다. 하지만 이한림은 작정한 사람처럼 개의치 않고 여식에게 말했다.

"미선아, 완얼군 대감께 인사 올리지 않고 뭘 하느냐?"

"미선이라 하옵니다."

미선이 차를 우리던 손을 잠시 멈추고 다소곳이 고개를 숙였다. 춘향이도 한눈에 호감을 가졌을 만큼 미남이었던 이몽룡의 누이답게 갸름한 얼굴에 뽀얀 피부, 반듯한 이목구비가 제법 미인 소리를 들을 만했다.

"듣던 대로 참 곱기도 하십니다."

"과찬의 말씀이십니다."

누가 들어도 비아냥거림인데 정말 곧이곧대로 들은 것인지 수줍게 고개를 숙였다.

"이리 고운 낭자께서 일곱 살이나 많은 홀아비의 재취 자리로 오시다니, 얼마나 심려가 많으십니까?"

"대감, 제가 마음에 안 드십니까?"

미선이 고개를 들어 조용조용 물었다. 한데 그 눈빛은 묘하게 기대에 차 있는 것 같았다.

"예? 그렇다기보다는……."

기습을 받은 것처럼 느닷없는 질문에 완얼의 말문이 막혀 버렸다. 수줍은 듯하면서도 은근히 당돌한 낭자다.

"미선아!"

이한림이 난감한 표정으로 여식에게 호통을 치고는 완얼에게 대신 사과를 하였다.

"대감께서 이해해 주십시오. 하나뿐인 여식이라 애지중지 키웠더니 버릇이 좀 없습니다."

"아닙니다. 저도 말이 과했습니다."

미선은 더는 말없이 조신하게 차를 올렸다. 이한림의 말대로 그녀의 차 우리는 솜씨는 백영 못지않게 출중하였다. 하지만 차를 한 모금씩 넘길 때마다 그에게 차를 내주던 백영의 모습이 더더욱 간절하게 떠올랐다.

"혼례는 아주 성대하게 치를 생각입니다. 하나뿐인 여식이기도 하고, 삼 년 전 아들을 앞세우고 난 뒤 처음으로 하는 잔치이기도 하고요. 이번 기회에…… 건재함을 알리고……."

"뭐라고요?"

어찌된 일인지 이한림의 말이 띄엄띄엄 끊어져 들리기 시작했다. 앞도 흐려진다.

"병조판서 장대갈 대감을 비롯해 훈구파의 대신들도 모셔서…….
그리고 그날 반드시……."

"뭐라……."

이한림의 목소리가 점점 아득해지더니 눈이 감겨왔다. 그리고 머나먼 곳에서 이한림의 목소리가 들려왔다.

"미선아, 대감을 모셔라."

깊은 밤, 쏴아 비가 내리기 시작하자 검은 그림자 하나가 만화각 담벼락을 가볍게 넘어 지붕 밑으로 스며들었다. 유폐라고 하지만 경비는 그리 삼엄하지 않아 지키고 있던 병사들을 모두 처리하는 데 반의 반각도 걸리지 않았다. 검은 그림자는 검을 한 번 휘둘러 순식간에 장지문을 찢고 어두운 방 안으로 들어갔다. 이부자리 위에 누워 있는 백영은 자객이 코앞까지 다가온지도 모른 채 곤히 잠들어 있었다. 자객이 그녀의 목을 노리고 검을 높이 치켜드는 순간, 갑자기 온 사방이 번쩍하더니 우르릉 쾅쾅 천둥번개가 내리쳤다.

"꺄아악!"

천둥소리에 놀란 백영이 비명을 지르며 벌떡 일어났다. 그리고 검은 형체를 보고 더욱 놀라 소리쳤다.

"웬 놈이냐!"

그와 동시에 번개가 한 번 더 번쩍 내리쳤다. 찰나의 섬광에 검은 그림자의 모습이 드러났다. 검은 옷에 검은 가면. 호시탐탐 그녀를 노려오던 가면자객이었다.

"불입용지주(不入龍之宙)!"

가면자객이 싸늘하게 내뱉으며 백영의 목에 날카로운 검을 겨누었다. 입은 전혀 움직이지 않고 복화술로 목소리를 바꾼 탓에 전에 들었던 목소리와는 또 다른 목소리였다.

"용의 잠자리에 들어오지 말라고 그리 경고하였거늘!"

"그 글귀를 보고 궐로 들어온 것이다. 역시 이리 궐에 들어오니 네놈을 다시 보게 되는구나!"

사납게 소리치긴 했지만 점순이의 복수는커녕 이렇게 쥐도 새도 모르게 죽을지도 모른다고 생각하니 몸이 와들와들 떨렸다.

"점순이를 무참히 살해한 것도 모자라 떠벌네와 남원 사또, 천 서방까지 죽이고 지하 서고에 불을 질러 완얼군 대감까지 죽이려 하지 않았느냐? 도대체 네 손에 몇이 죽어 나가야 만족하겠느냐?"

백영이 정신을 바짝 차리고 이야기를 이어나갔다. 그리고 속으로 간절히 부르짖었다.

'완얼!'

시댁에서 호수에 빠졌던 때처럼, 가면자객에게 납치되어 인왕산 외딴 창고에 갇혀 있던 때처럼 그리 간절히 부르면 완얼이 온 마음으로 그녀의 목소리를 듣고 나타날 것만 같았다. 그가 올 때까지 어떻게든 시간을 끌어야 한다는 생각뿐이었다.

"내 사람을 지키기 위해서였다. 불필요한 살생은 나도 바라지 않는다."

"그래. 살인귀라면 지하 서고에서 나를 납치했을 때 그냥 죽여 버렸겠지."

"그래서 지금 후회하는 중이다. 그때 너를 깔끔하게 해치웠으면 이런 번거로운 일이 없었을 텐데."

그리 답하더니 대화는 이제 끝이라는 듯 백영을 향해 검을 휘둘렀다.

'제발!'

백영이 칼날 앞에서 눈을 질끈 감았다. 그와 동시에 누군가 우당탕탕 방 안으로 뛰어 들어왔다. 그리고 우렁찬 목소리가 가면자객을 향해 외쳤다.

"검을 거두어라!"

백영이 눈을 번쩍 뜨자 백색 가면을 쓴 사내가 흑색 가면자객 앞에서 있었다.

"너는!"

흑가면이 백영에게서 검을 거두어 백가면을 향해 겨누었다. 날렵한 체구, 엇비슷한 키에 검은 옷까지, 가면의 색만 다른 두 가면자객이 거울을 보듯 마주 섰다. 인왕산 창고에서와 똑같이.

"제발 이제 그만두어라. 더 이상 업을 쌓지 마!"

백가면이 안타까운 목소리로 호소했다.

"네가 상관할 일이 아니다."

흑가면이 쏘아붙이며 백가면을 향해 돌진했다. 그러자 백가면의 검 역시 가차 없이 흑가면을 향했다. 좁은 방에서 합을 겨루던 두 사람이 동시에 날아오르듯 밖으로 뛰쳐나갔다. 굵은 빗줄기가 쏟아지는 어둠 속에서 검과 검이 춤을 추고, 빗물과 핏물이 섞여 사방으로 튀어 올랐다. 한 치 앞도 알 수 없는 승부가 거듭되다 어느 한 순간 백가면의 검이 조금 더 빨랐다. 그가 휘두른 검에 순식간에 흑색 가면이 둘로 쪼개지며 땅바닥으로 떨어졌다. 그리고 그때를 놓치지 않고 백가면이 흑가면의 검을 내려쳤다. '쨍그랑!' 소리와 함께 흑가면의 검이 바닥에 나뒹굴었다.

"앗, 네가 어떻게!"

흑가면의 얼굴이 드러나자 백영이 저도 모르게 소리쳤다. 흑가면은 여인이었다. 그것만으로도 놀라운데 그 여인의 얼굴을 알아본 백영이 경악을 했다.

"역시 너였구나!"

백가면 또한 그녀를 알아보고선 소리쳤다. 외침이라기보다는 탄식에 가까운, 절망이 가득한 목소리였다. 하지만 가면이 벗겨진 여인은 오히려 생사를 초탈한 것처럼 죽는 것 따위는 전혀 두렵지 않은 표정이었다.

"왜 베지 않느냐! 칼끝에 망설임이 어리면 네가 죽는다."

이제 더 이상 위장은 필요 없다는 듯 복화술도 집어치우고 싸늘한 여인의 목소리로 쏘아붙였다. 여태껏 여인임을 감추기 위해 복화술을 쓴 모양이다. 흑가면의 칼끝이 미세하게 흔들렸다. 망설이지 말라는 말이 오히려 그를 더욱 망설이게 하는 듯했다. 그리고 그사이, 백영이 그들 앞으로 뛰어들었다.

"향단이, 향단이 맞지!"

비 오는 밤이라 혹시나 착각한 건가 싶어 다시 한 번 살펴보았지만 남원에서 보았던 기생 향단이가 분명했다. 다만 그때와 달라진 것은 분명 소경이라 했었는데 지금은 멀쩡하게 앞을 보고 있는 것이었다.

"소경이 아니었던 것이냐? 향단이라는 이름이 네 이름이 맞긴 맞느냐!"

몸종 출신에 소경 기생이라도 말 한 번 함부로 하지 않았건만, 그녀가 점순이를 비롯한 많은 이를 죽인 자객이었다고 생각하자 백영의 음성이 몹시 거칠어졌다. 당연히 가면자객은 사내라고 생각했었다. 복화술로 목소리를 바꾼 데다 작지 않은 키에 자객의 복장을 하고 검술까지 뛰어나니 여인이라고는 상상도 못했다. 남장을 한 향단을 보고 떠벌네가 예쁘장한 사내라고 착각할 만도 했다.

'아참, 반달 문신!'

퍼뜩 그 생각이 들자 백영이 황급히 향단이의 소맷자락을 걷어보았다. 역시나 자객의 손목에서 보았던 반달 문신이 향단이의 손목에도 선명하게 새겨져 있었다.

"정말 네가 가면자객이 맞구나! 근데 남원에 있을 때 왜 번거롭게 장님 행세까지 하면서 붙어 다닌 거지? 내가 방심하고 곁에 두었을 때 죽여 버릴 수도 있었잖아!"

그러자 묵묵부답이던 향단이 그제야 입을 열었다.

"나는 살인귀가 아니다. 불필요한 살생은 하지 않는다고 했을 텐데? 그땐 너를 죽이는 것보다 서신의 행방을 알아내는 것이 우선이었다. 눈치 없이 사또가 너희를 죽이려고 하긴 했지만."

남원 기방 '십오야'의 행수는 욕심이 많은 여인으로, 향단이 거금을 내놓자 이유도 묻지 않고 그녀를 기녀로 둔갑시켜 주었다. 백영 일행보다 한 발짝 먼저 남원에 도착한 향단은 행수의 탐욕 덕분에 자연스럽게 그들에게 접근할 수가 있었다. 하지만 모든 일이 끝난 후 행수는 향단에게 받은 돈을 채 써보지도 못하고 목이 매달려 죽고 말았다. 대외적으로는 제 손으로 목을 매 자결한 것으로 알려졌지만. 살려두기엔 말이 너무 많은 여인이었다.

"사또를 죽이고 나서 몸을 숨겨버리면 그만인데, 왜 나졸에게 잡혀 우리 앞에 다시 나타난 것이냐? 네 실력이면 그까짓 나졸 하나쯤 죽이는 건 일도 아니었을 텐데."

"사또가 미처 숨이 끊어지기 전에 너희들이 너무 빨리 들이닥쳤다. 그래서 사또가 죽기 직전 무슨 말을 남긴 것이 있나 확인을 하려 했던 것이다."

"사또는 왜 죽였느냐? 사또도 숙빈이 춘향이라는 걸 알고 있었나?"

그토록 많은 이를 죽여 놓고서 살인귀가 아니라고 또박또박 항변하는 모습이 역겨워 날카롭게 쏘아붙였다.

"더 이상 쓸모없어진 꼬리를 자른 것이다. 사또는 춘향이에게 미쳐 있었어. 시키는 건 뭐든지 했지. 그래서……."

순순히 토설을 하는가 싶더니 백영이 이야기에 몰두해 잠시 방심하자 전광석화처럼 그녀를 백가면에게 떠밀었다. 그리고 백가면이 휘청거리는 사이, 바닥에 떨어진 검을 주워 들어 백영을 향해 내리꽂았다.

"꺄아악!"

백영의 비명 소리와 함께 온 사방에 피가 튀었다.

깊은 새벽, 완얼이 눈을 떴다.

'여기가 어디지?'

그는 생전 처음 보는 낯선 방에서 옷까지 벗은 채 이부자리에 누워 있었다. 놀라 벌떡 일어나자 심한 두통이 밀려와 눈앞이 탁해졌다.

"차에 문제가 있었나 봅니다."

혼자뿐인 줄 알았는데 옆에서 여인의 목소리가 들려왔다. 고개를 돌려 보니 이한림의 여식 미선이 단정한 자세로 이부자리 옆에 앉아 있었다. 그리고 첫날밤을 보내는 신방처럼 환하게 밝힌 화촉 아래엔 작은 주안상이 차려져 있었다.

"여기서 뭘 하시는 겁니까?"

완얼이 사납게 쏘아붙였다. 말이 곱게 나가지 않았다. 그러자 미선이 얼굴을 붉히며 상의를 건넸다.

"우선 옷부터 입으시지요."

그제야 자신이 상의를 벗은 채 바지 끈까지 풀어헤친 상태라는 걸 깨닫고선 황급히 옷을 받아 들었다. 그가 옷을 갖춰 입자 잠시 고개를 돌리고 있던 미선이 입을 열었다.

"아버님께서 제가 준비한 차에 미리 손을 써두신 듯합니다. 그 차를 드신 뒤 쓰러지셔서 깊이 잠드셨습니다."

"차에 약이라도 탔단 말입니까? 왜요?"

미선이 답을 하지 못하고 고개를 푹 숙였다. 굳이 답을 듣지 않아도 그가 누워 있는 방 안에 미선이 들어와 있는 상황만으로도 이유가 설명이 되었다. 완얼이 혼인을 탐탁지 않게 생각하자 이런 식으로 여식을 들여보낸 것이다.

"언제부터 여기 계셨던 겁니까?"

"대감께서 이 방에 드시던 순간부터요. 이곳은 별당의 제 처소입니다."

"미선아, 대감을 모셔라."

눈이 완전히 감기기 직전 들었던 이한림의 목소리가 희미하게 떠올랐다. 그래도 명색이 존경받는 유학자라는 작자가 이런 얕은 술수를 부리다니, 며느리에게만 가혹한 것이 아니라 여식 또한 그에겐 가문과 영달을 위한 수단일 뿐인가 보다.

'미약을 타지 않고 잠이 들게만 해준 걸 고맙게 생각해야 하는 건가?'

쓴웃음이 새어 나왔다. 그러다 문득, 만취한 것처럼 아무 기억이 나지 않으니 혹시 무슨 일이 있었던 것은 아닐까 걱정이 되었다.

"혹시 우리가, 아니, 제가 무슨 결례라도……."

다행히 미선은 옷을 제대로 갖춰 입고 있었지만 완얼 자신이 반 벌거숭이 상태였던 것이 마음에 걸렸다.

"따지고 보면 결례는 제가 한 것이지요. 말리지는 못할망정 동참한 셈이니까요. 무엇을 염려하시는지 압니다. 아무 일도 없었으니 걱정 마십시오. 아버님의 명에 따라 할 수 없이 안으로 들긴 했지만 그저 곁에 있었을 뿐입니다. 대감의 옷은 잠결에 열이 나셨는지 스스로 벗으셔서 제가 개어놓았고요."

그제야 완얼이 안도의 한숨을 내쉬었다.

"대감, 제가 마음에 들지 않으시지요?"

미선이 사랑채에서 물었던 말을 다시 한 번 물었다.

"정확히 말하자면 낭자라서 마음에 들지 않는 것이 아니라 어떤 낭자라도 지금 제겐 눈에 들어오지 않습니다."

"저도 마찬가지입니다. 대감에 대해선 들은 바가 있어 알고 있었습니다. 듣던 대로 하늘 아래 둘도 없는 옥골선풍이시군요. 하지만 저는 대감의 옆에 스스로 옷을 벗고 누울 만큼 대감에게 반하지도, 야망이 크지도 않습니다."

작은 목소리였지만 제 할 말은 다 했다. 그러나 이내 쓸쓸하게 '하지만' 하고 말을 이어나갔다.

"외간 사내와 한방에서 밤을 지새운 게 알려지면 이제 저를 누가 받아주겠습니까? 아마 날이 밝으면 규방에서 규방으로 발 없는 소문이 천 리까지 번질 것입니다. 아버님께서도 그걸 아시고 저에 대한 부채감으로 대감을 옭아매려는 것일 겁니다."

"아무리 그래도 여식의 장래를 걸고 도박을 한단 말입니까?"

여식 때문에 힘든 시간을 견디고 웃음을 되찾았다고 말할 만큼 이한림은 미선 낭자를 무척 아끼는 것 같았는데, 변학도도 그렇고 이한림 역시 권력 앞에선 혈육의 정마저도 안중에도 없어지는 것일까?

'도대체 권력이 무엇이기에……'

하나 이내 자신 역시 혈육인 형님을 없애려 하고 있다는 것에 생각이 미쳤다. 권력 때문에 형님을 제거하고 왕이 되려는 것은 아니었지만, 이유가 어찌 되었건 그런 자신이 혈육의 정을 운운하며 변학도와 이한림을 경멸할 자격이 있는 것일까 자조적인 웃음이 나왔다.

"그것이 제가 행복해지는 길이라 굳게 믿고 계실 겁니다. 아버님께서 제게 그러시더군요, 중전이 될 것이라고."

미선은 제 아비가 자신을 이용하려고 한다는 것을 애써 외면하며 대신 변명이라도 하듯 말했다.

"하지만 제가 진정 원하는 것은……."

그러나 차마 마음속에 품은 비밀스러운 '그 말'은 하지 못했다. 그런 일을 감히 누구에게 털어놓을 수 있겠는가? 게다가 그녀의 앞에 앉아 있는 사람은 일국의 왕자이다. 그것도 보통 왕자도 아니고 이제 곧 임금이 될지도 모르는 왕자. 두려웠다.

"저는 이만 나가보겠습니다. 같이 왔던 아우들도 걱정하고 있을 겁니다."

완얼이 자리에서 일어나 머리맡에 곱게 개켜져 있는 도포를 걸쳤다. 그러자 미선이 갓을 집어 들어 다소곳이 완얼에게 건넸다.

"대감께서 깊이 잠이 드셔서 무사님들에게도 따로 자리를 보아드렸습니다. 사랑채로 가보십시오."

"아우들까지 신경 써주셔서 감사합니다. 낭자에게 피해가 가지 않도록 최선을 다해 일을 수습해 보도록 하겠습니다."

"제게 좋은 혼처라도 알아봐 주시렵니까?"

"그, 그건……."

미선의 입가에 힘없는 미소가 스쳤다. 그리고 말없이 문을 열어주었다. 여인으로서 수치스러운 상황일 터인데도 행동 하나하나가 군더더기 없이 깔끔했다. 밝은 인상에 조신하면서도 의사 표현이 뚜렷하고, 이런 상황에서 만나지 않았더라면 참 괜찮은 처자라고 생각했을 것같다. 완얼이 깊은 한숨을 내쉬며 마당으로 나오자 뜻밖에도 이한림이 서 있었다.

"감시라도 하고 계셨던 것입니까? 대체 이게 무슨 짓입니까? 대감께 정말 실망했습니다!"

그의 얼굴을 보자 화가 치밀어 올라 이마에 핏대가 섰다.

"책비 때문입니까? 혼인을 주저하시는 것이. 다른 계집을 마음에 두고 계신 거라면 얼마든지 후궁으로 삼게 해드리겠습니다. 하지만 그 아이는 절대 안 됩니다."

'그 아이'라 못 박는 이한림의 확고한 말투를 보건대 그가 드디어 백영이 궐에 있다는 사실을 안 것이 분명했다.

"아셨군요, 책비가 누구인지."

"경회루에서 보았습니다."

"놀라셨겠습니다."

"예, 놀랐습니다. 죽은, 아니, 죽었어야 할 아이입니다."

오가는 두 사람의 눈빛에 팽팽한 긴장감이 감돈다.

"그래서 안 된다는 겁니다. 과부에게 중전이 가당키나 합니까? 과부가 아니더라도 완얼군 대감이 왕이 되셨을 때 폐주의 여인을 중전으로 맞을 순 없을 것입니다."

완얼도 알았다. 이한림이 한 말에 틀린 것이 없다는 걸. 하지만 동의할 순 없었다.

"그래도 제가 끝까지 포기할 수 없다면 어쩌시겠습니까?"

"완얼군 대감, 제발 현실을 직시하십시오! 왕위뿐만이 아니라 대감의 목숨이 달린 일입니다. 또한 수많은 백성들의 목숨도 달린 일입니다."

"수많은 백성들이 아니라 예판 대감을 따르는 무리의 목숨이라는 것이 더 맞는 표현 같은데요?"

"대감께서 이렇게 나오시면 그 아이가 위태로워질 것이라는 걸 모르십니까?"

이한림의 눈빛이 예사롭지 않게 빛났다. 그가 이런 일을 꾸민 것은 두 가지를 한꺼번에 이루기 위해서였다. 완얼을 여식과 엮어버리는 한편, 그가 잠든 사이 백영을 해치우려는 의도였던 것이다.

"백영은 제 여인입니다! 제 여인의 머리카락 한 올이라도 상하게 한다면 아무리 예판 대감이라도 가만있지 않겠습니다!"

그때였다. 피를 부르는 강한 살기가 완얼의 심장을 꿰뚫었다.

서북서 구백 보!

'궐이다! 궐에서 누군가 죽는다!'

"안 돼!"

완얼이 이한림을 밀치고 미친 듯이 별당을 뛰쳐나갔다.

'제발 아니기를……. 제발……. 백영아!'

향단이 백가면에게 백영을 떠밀고선 검을 내리꽂았다. 그러자 오른팔로 백영을 감싸 안은 백가면이 왼팔을 급히 들어올려 검을 막았다. 백가면의 팔뚝에 검이 깊이 박히며 사방으로 피가 튀었다.

"꺄아악!"

겁에 질린 백영이 비명을 질렀다. 그러자 백가면은 그녀를 뒤편으로 밀쳐 버린 뒤 오른손에 쥐고 있던 검을 들어 향단이에게 달려갔다. 그리고 둘 중 하나가 죽어야 끝이 날 치열한 검투가 몇 합이나 계속되었다. 하지만 이번엔 부상을 입은 백가면이 점점 밀리더니 향단과 백가면이 동시에 서로의 심장을 향해 검을 찔렀다. 향단의 검은 정확히 심장에 박혔으나 백가면의 검은 급소를 빗나가 버렸다.

"칼끝에 망설임이 어리면 네가 죽는다 하지 않았느냐!"

치명상을 입고 쓰러진 백가면을 바라보는 향단의 눈빛이 서늘하기 그지없었다. 하지만 그녀는 알았다. 백가면도 충분히 급소를 찌를 수 있었음을. 하지만 그는 순간적으로 방향을 틀어 향단의 심장이 아닌 어깨를 찔렀다.

"어차피 나는 널 이길 수 없다. 광대가 검을 쓰면 얼마나 쓰겠는가. 그리고 나는……."

백가면이 힘겹게 입을 열었다. 그를 버리고 간 어머니는 검무를 아주 잘 추던 기녀였다고 한다. 그래서 어머니가 생각날 때마다 검을 휘두르며 배운 검술이었다. 그리고 지난 삼 년간 이몽룡의 복수를 위해 이를 악물고 무예를 익혔다. 하지만 그가 설사 조선 제일 검의 실력이 된다 하더라도 그는 절대로 향단을 이길 수 없을 것이다. 왜냐하면.

"나는…… 향단이 너를 연모하니까."

향단이를 연모한다는 백가면의 고백도 충격적이었지만 '광대'라는 말에 백영은 더욱 소스라치게 놀랐다.

'광대라면 설마…….'

"공술해!"

줄을 타는 광대라 다른 사내들보다 호리호리한 공술해와 여인치고는 키가 큰 편인 향단이의 체형이 거의 흡사하다는 것을 이제야 깨달았다. 백영의 외침에 공술해의 시선이 잠시 그녀에게 향했다.

'변씨 부인!'

한식날, 백영이 완얼과 함께 나타났을 때 그는 이미 알고 있었다. 그녀가 이몽룡의 미망인 변씨 부인이라는 걸. 혼례 전에 집을 떠난지라 집안에서 백영을 본 적은 없었지만 이몽룡이 죽고 난 뒤 먼발치에서나마 한 번 본 적이 있었다. 그러다 한식날 다시 그녀를 보게 되었을 때, 완얼이 왕자라는 것을 몰랐기에 저 점쟁이가 왜 도련님의 미망인과 붙어 다니는 건지 의심스럽게 쏘아봤다. 그리고 그녀가 한밤중에 유기전으로 간다고 하자 불안한 마음에 뒤를 쫓아갔었다. 그러나 그가 도착했을 때 변씨 부인은 자객에게 끌려가고 있었다. 황급히 따라가 보았지만 어두운 데다 비까지 내려 인왕산 어귀에서 그들을 놓치고 말았다.

하지만 그는 포기하지 않았다. 끈질기게 주변을 뒤지다 흑색 가면을 쓴 자가 어느 창고로 들어가는 것을 발견했고, 광대극을 할 때 썼던 가면을 마침 옷 속에 품고 있던 터라 그 역시 백색 가면을 쓰고 뛰어든 것이었다. 그가 들이닥친 덕에 백영은 귀가 잘리는 것을 모면할수 있었지만, 대신 공술해는 충격적인 사실을 알게 되고야 말았다. 흑색 가면을 쓴 자객의 검술, 체형 그리고 복화술까지! 틀림없는 향단이었다. 그 복화술은 그가 직접 가르쳐 준 것이었으니까.

"방자 오라버니, 오라버니는 예전에 광대였으니까 복화술도 할 줄 아시겠네요? 저도 가르쳐 주셔요. 네? 네?"

오래전 그리 졸라대던 열여섯 향단이의 청량한 목소리가 귓가에 맴돌았다. 참으로 곱디곱던 소녀.

"내가 알던 향단이는 고운 여인이었다. 사내보다도 검을 잘 쓰고 씩씩하고 잘 웃던. 한데 어느새 악귀가 되어버렸더구나. 두려웠다. 내 손으로 너를 해치게 될까 봐……."

언젠가 춘향이에게 했던 말이었다. 향단을 이렇게 만든 춘향이를 원망하면서. 이제 그의 마음을 향단이에게 직접 전하며 한마디를 덧붙인다.

"이리 네 손에 죽을 수 있어 다행이구나."

입을 열 때마다 피가 울컥울컥 뿜어져 나왔다. 그리고 의식을 잃어가는 공술해의 눈앞에 환영처럼 어느 청명했던 날이 펼쳐졌다. 그가 방자라는 이름으로 살았던 육 년 전 단옷날. 이몽룡의 말을 전하러 그네를 타는 춘향이에게 갔을 때, 호위무사 한 명이 그의 앞을 가로막았다. 언뜻 보기엔 예쁘장한 사내 같지만 방자는 그녀가 여인이라는 걸 한눈에 알아봤다. 그녀가 바로 향단이었다.

"계집아이가 어찌하여 검술을 익힌 것이냐?"

이몽룡과 남원에 머물던 어느 날 향단이에게 그리 물은 적이 있었다.

"춘향이가 너무 예뻐서요. 너무너무 예뻐서요. 내가 지키지 않으면 온갖 사내들이 가만히 놔두질 않거든요. 저 같은 건 춘향이에 비하면 눈부신 태양 옆의 빛바랜 달이죠."

그렇게 말하며 장난스럽게 웃던 향단이의 맑은 얼굴이 눈에 선했다.

'향단아, 내 눈엔 태양보다 빛나는 달이 있었다. 그 달로 인해 낮보다 환한 밤이 있었다. 공술해는 너에게 검을 겨누어야 했지만 방자는 너를 연모했다, 향단아.'

이몽룡과 함께 방자도 남원을 떠나면서 다시 남원으로 돌아오면 향단이에게 각시가 되어달라 청하리라 결심했었다. 하지만 모진 세월은 그가 사랑했던 모든 것을 앗아갔다. 이몽룡은 죽고 춘향이는 그를 죽인 원수로, 향단이는 생사 여부도 불투명해진 채 사라져 버렸다.

"마지막 부탁이다. 악귀 같은 춘향이에게서 도망쳐라. 더 이상 살육은…… 그만…… 단아……."

더 이상 말을 이을 수가 없었다. 이젠 정말 마지막이구나 하는 생각이 들자 그는 혼신의 힘을 다해 몸을 뒤집고선 바닥에 엎드린 채 옷을 찢었다.

'알려야 한다. 이 엄청난 비밀을 반드시……. 반드시!'

하지만 더는 버티지 못하고 숨이 끊어지고 말았다.

"멍청한 인간!"

향단이 붉게 물든 검을 고집스럽게 움켜쥐었다. 그런 그녀의 어깨에선 피가 뚝뚝 떨어지고 있었다.

"사내들은 하나같이 어리석기 짝이 없지. 안 그러냐?"

그녀가 천천히 백영에게 고개를 돌렸다.

"정말 아무 느낌도 없는 것이냐? 공술해는, 아니, 방자는 너 대신 죽어간 것이다. 연모하는 여인을 위해서 제 목숨을 내놓은 것이라고!"

"말하지 않았나? 나도 내 사람을 지키기 위해서라고!"

향단이 강렬한 살의를 내뿜으며 백영을 향해 한 발 한 발 걸어왔다.

"춘향이도 그리고 너도 미쳤어!"

마지막 발악 같은 백영의 고함 소리가 울려 퍼지며 향단이 검을 높이 치켜드는 순간!

"백영아!"

만화각의 대문을 때려 부수고선 완얼이 뛰어들었다. 그리고 그 뒤로 량주, 숙휘와 횃불을 든 겸사복들까지 우르르 몰려들어 왔다. 가면이 벗겨져 얼굴이 드러난 상태인 데다 부상까지 당하여 승산이 없다고 판단한 향단은 재빨리 담을 넘어 모습을 감추어 버렸다.

"자객을 잡아라!"

완얼의 외침에 겸사복들이 향단이를 쫓아 우르르 대문으로 나가고 량주와 숙휘는 만화각을 지켰다.

"대감!"

완얼의 얼굴을 본 백영이 한꺼번에 긴장이 풀리며 있는 힘껏 그에게로 달려갔다. 하지만 곧 무언가에 다리가 걸려 고꾸라졌다. 뭉클한 촉감에 기겁하며 몸을 일으켜 보니 그것은 공술해의 시신이었다. 그리고 찢겨진 옷자락 사이로 등판에 희미하게 무언가가 나와 있었다.

"대감! 여기를 좀 보십시오!"

"왜 그러십니까? 앗, 이것은!"

가까이 다가온 완얼 역시 심장이 덜컥 내려앉는 듯했다. 그리고 황급히 시신을 살펴보기 시작했다. 두 눈으로 보고 있는데도 눈앞에 펼쳐진 광경을 쉽사리 믿을 수가 없었다. 모든 것을 확인한 완얼은 부들부들 떨리는 손으로 시신을 뒤집어 얼굴이 하늘을 향하도록 바로 누였다.

"대감, 이제 이 시신을 어찌하면 좋겠습니까?"

옆에서 지켜보던 백영도 얼굴이 창백해져 물었다. 그런데 그때 강주가 열린 대문으로 미친 듯이 달려 들어왔다.

"오라버니!"

바닥에 누워 있는 시신이 공술해라는 것을 순식간에 알아본 그녀가 비명처럼 소리쳤다.

"아니야! 아니야! 아니야! 이럴 리가 없어……."

강주가 아직도 심장에서 솟구쳐 나오는 피를 두 손으로 눌러 막으며 울부짖었다.

"오라버니, 눈 좀 떠봐요. 나예요, 강주. 이렇게 가버리면 어떡해? 나보고 절대로 죽지 말라고 했잖아. 무슨 일이 있어도 살라고 했잖아! 근데 나한테 왜 이래? 나한테 어떻게 이래! 일어나! 일어나란 말이야!"

"강주야, 이미 늦었어. 그만해."

뒤따라온 공숙어와 공갈이 참담한 표정으로 그녀를 만류했다.

"이거 놔! 나 아직 못 한 말이 있단 말이야! 오라버니, 잠깐만이라도 눈 좀 떠봐요. 한 번만이라도."

강주가 마치 잠든 사람을 깨우듯이 피투성이가 된 손으로 공술해의 몸을 흔들었다.

'이럴 줄 알았으면 말이라도 해볼걸. 한마디면 되는 거였는데. 한마디면.'

미처 전하지 못한 그 한마디가 후회라는 이름으로 강주의 심장을 갈가리 찢고 또 찢었다.

"한마디만 듣고 가. 딱 한 마디만. 오라버니……. 오라버니…… 좋아해. 내가 정말 많이 좋아해. 나 안 좋아해도 괜찮아. 다른 여인이랑 살아도 괜찮아. 평생 오라버니 눈앞에 나타나지 말라고 해도 괜찮아. 그러니까 죽지만 말아. 나 혼자 남겨두고 가지 마. 제발! 제발!"

만화각에 그녀의 절규가 울려 퍼졌다. 그러나 공술해, 아니, 방자는 눈을 뜨지 않았다.

"궐에 자객이 들고 사람이 죽었습니다. 이건 보통 일이 아닙니다. 이제 곧 전하께서 기침을 하시면 이 일에 관해 보고를 받으실 것이고, 한바탕 난리가 날 것입니다."

상석에 앉아 있는 완얼이 근심 가득한 얼굴로 백영을 바라보았다. 만화각 큰방엔 완얼의 심부름을 간 량주를 제외하고 백영과 강주, 공숙어, 공갈, 숙휘까지 모두 모여 앉아 있었다. 책비이긴 하나 왕을 지근에서 모시는 여인의 방에 사내들을 들인 것이 알려지면 구설에 휘말리겠지만 상황이 상황인지라 그런 것을 따질 때가 아니었다.

궐에서 죽을 수 있는 사람은 임금과 직계 존비속뿐이었다. 내시나 상궁들은 위중한 병이 들거나 노쇠하여 죽을 때가 되면 궐에서 나가야 했다. 그대로 궐에서 죽는 것은 대역죄였다. 존귀하신 임금의 주위에 죽음이란 것이 존재해선 안 되기 때문이다.

"광대 주제에 감히 전하가 계신 궐에서 죽었다 하여 나머지 광대패들에게 책임을 물을 수도 있습니다. 그러면 아마도 목숨을 부지하기 힘들어질 것입니다."

언제나 사태를 정확하게 파악하는 숙휘가 그리 말을 잇자 침통해져 있던 공숙어와 공갈의 얼굴이 사색이 되었다.

"하지만 자객을 물리치려고 싸우다가 그리된 것이 아닙니까?"

숙휘의 잘못도 아닌데 백영이 발끈하여 따지듯이 물었다.

"양반님네들이 그런 앞뒤 형편을 살펴줄 리가 있겠습니까? 한낱 광대 따위에게."

너무 울어 눈이 퉁퉁 부어오른 강주는 목소리마저 쉬어 있었다. 그녀의 눈빛은 슬픔이 극에 달하다 못해 분노마저 감돌았다.

"오라버니를 해친 자가 대체 누구입니까? 아씨는 보셨지요?"

말을 해도 되는 것일까 잠시 망설이던 백영이 어차피 모두 알아야 할 일이라 판단하고 답을 하였다.

"향단이라는 여인입니다."

"향단이? 남원에서 만났던 소경 기생 향단이 말입니까?"

완얼이 강주보다 더 놀라 먼저 외쳤다.

"예, 맞습니다. 한데 향단이는 소경이 아니라 우리를 속이려고 장님 행세를 한 것이었습니다. 그녀가 바로…… 흑색 가면을 쓴 자객이었습니다."

백영이 담담할 정도로 침착하게 사실을 밝혔다. 이럴 때일수록 정신을 똑바로 차려야 한다고 자신을 다잡으며. 백영에게 정체를 들키자 숙빈은 무척 급해진 모양이다. 게다가 방자까지 백영과 손을 잡았다고 생각하니 시시각각 목을 죄어오는 느낌이었을 것이다. 그래서 만화각으로 자객을 보내는 무리수를 써서라도 백영을 죽여야겠다고 결심한 것 같다. 즉, 숙빈은 자신이 궁지에 몰려 있음을 스스로 시인한 셈이었다.

만일 백영이 중간에 깨지 않고 계속 잠들어 있었다면 이런 소동 없이 조용히 숨이 끊어졌을 것이다. 숙빈이 의심받기는 하겠지만 자객이 잡히지 않으면 확증이 없으므로 잠잠해질 때까지 버티면 그만이었다. 아니면 만만한 누군가를 찾아 백영을 죽였다고 누명을 씌워 버렸을지도 모른다. 충분히 그러고도 남을 여인이다.

"가면자객이 여인이었다니! 어떻게 이런 일이……."

완얼이 신음처럼 내뱉었다. 그리고 그제야 지금까지의 일이 이해되었다. 왜 십오야의 행수 기생은 자결한 것처럼 죽어야 했으며 남원에서 향단이가 왜 자취를 감춘 것인지.

"그리고 보셨다시피 백가면은 광대 공술해였습니다. 그리고 공술해가 바로 방자고요. 그가 이 도령의 복수를 하기 위해 궁으로 들어와 저를 지켜준 것입니다."

백영이 착잡하게 말을 이었다.

"향단…… 향단……."

강주가 조용히 그 이름을 되뇌었다.

"공술해 오라버니가 기다린다는 사람이 바로 그 여인이었군요. 오라버니는 매일 밤 만화각 주변을 지키셨습니다. 조만간 오라버니가 기다리던 사람이 나타날 거라면서요."

"향단이라는 여인과는 이미 오래전부터 알고 있던 사이인 것 같았습니다."

백영이 말했다. 하지만 공술해가 죽기 전 향단에게 마음을 고백한 것은 전하지 않았다. 사랑하는 사람을 잃은 강주에게 그 말까지 전하는 것은 너무나 가혹한 일 같아서였다. 세상 모든 진실을 알 필요는 없다고 생각한다. 몰라도 될 것은 모르는 게 행복하다. 하지만 강주는 백영에게 반드시 전해야 할 진실이 있었다.

"얼마 전 오라버니께서 제게 그러시더군요. 혹시 자기에게 무슨 일이 생기면 만화각에 이 말을 전하라고요."

"무슨 말을요?"

"'그것은 이 도령이 누워 있는 비석 아래에 묻어두었다'라고 했습니다."

"앗, 그것이라면…… 서신을 말하는 겁니다!"

그 말을 듣자마자 백영이 더 생각할 것도 없이 소리쳤다. 이몽룡의 무덤에 세운 비석 아래 방자가 감춰둔 '그것'. 그것이야말로 춘향이의 서신이 분명하다.

"저도 그리 생각합니다."

완얼도 고개를 끄덕이며 동의했다. 숙빈이 그토록 찾아다니던 '춘향이의 서신'의 행방을 드디어 찾아낸 것이다. 그리고 또 하나 움직일 수 없는 증험을 발견했으니……. 완얼이 창을 열어 마당을 내다보았다. 겸사복이 발 빠르게 공술해의 시신 주위에 금줄을 쳐놓고 검시를 하러 올 검율을 기다리는 중이었다.

살해된 시신에 대한 검시는 철저하게 이루어졌다. 일단 육안으로 검안하여 상태를 기입하고, 외상이 있다면 정확히 측정해 시신의 형태도를 작성했다. 검시는 1차와 2차, 두 번은 기본적으로 하였으며 필요하다면 부검까지도 하였다. 완얼은 량주를 보내 검율 중에서도 예전부터 인연이 있는 배갈을 찾아오라고 명하였다.

'숙빈에게 저 시신의 비밀이 알려져서는 절대 안 된다. 그 천 년 묵은 여우보다 간교하고 못돼 처먹은 계집이 알게 된다면 공술해는 시신마저도 온전치 못할 것이다.'

공술해가 죽으면 비밀이 알려질 것이라는 말이 무슨 뜻이었는지 이제야 이해가 되었다.

"완얼군 대감, 저는 먼저 처소로 돌아가 보겠습니다. 여기서 제가 딱히 할 일도 없고 공술해 형님의 시신을 더는 보지 못하겠습니다."

공숙어가 침통하게 자리에서 일어났다. 그러자 공갈도 그를 따랐다. 두 사람이 만화각을 나가자 그들과 엇갈려 검율이 대문으로 들어섰다.

"대감, 검율 배갈을 모셔왔습니다."

그를 데리러 갔던 량주가 우렁차게 외치자 완얼이 마당으로 나갔다. 환갑을 바라보는 배갈은 술을 몹시도 좋아하여 오늘도 새벽까지 어느 기방에 처박혀 있는 걸 량주가 도성 기방을 다 뒤져서 데리고 왔다.

"아직도 약주를 그리 즐기십니까?"

왕자가 하문을 하는데도 배갈은 대답 대신 싱긋 웃기만 할 뿐이었다. 그는 벙어리였기 때문이다. 그리고 그것이 완얼이 그를 부른 가장 큰 이유였다.

"자객이 들었다니!"

기침을 하자마자 만화각에 자객이 들었다는 보고를 받은 율이 매화틀을 쓰다 말고 벌떡 일어났다.

"경하 드리옵니다!"

임금이 용변을 끝냈다고 생각한 복이처의 복이나인들이 입을 모아 쾌변을 경하하였다.

"미친 것이냐? 궐에 자객이 들었다는데 경하라니!"

율이 버럭 성질을 내자 비단 천으로 엉덩이를 닦아주던 복이나인이 깜짝 놀라 납작 엎드렸다.

"전하, 죽여주시옵소서!"

"이젠 죽이기도 지겹다! 용포를 내오너라!"

율이 더욱 크게 소리를 지르며 곤룡포를 걸치는 둥 마는 둥 미처 여미지도 않고 침전을 나섰다.

"춘향이는, 춘향이는 괜찮은 것인가? 괜찮겠지? 어디 다친 곳은 없다 하고?"

옷자락을 펄럭이며 만화각으로 향하면서 율이 초조하게 물었다. 자신에게 곁을 내주지 않는 춘향이가 때로는 죽이고 싶도록 미웠지만, 막상 그녀가 죽는다고 생각하면 심장이 덜컥 내려앉았다. 겁이 났다. 그녀가 영원히 자신의 곁을 떠날까 봐.

"무사하다고 하옵니다. 너무 심려치 마시옵소서."

부지런히 뒤를 쫓아오는 상선의 답에 그제야 안심이 된 율이 괜히 멋쩍어 쏘아붙였다.

"내가 언제 심려를 했다고! 책비가 오늘 회차 춘향뎐에서 '춘향이의 중대한 비밀'이 밝혀진다고 호언장담을 했는데 죽어버리면 영영 알 수가 없지 않겠는가? 그래서 그런 것뿐이다!"

"예, 예, 그러시겠지요."

공손한 상선의 대꾸가 어쩐지 놀리는 것 같았지만 늙은 내관과 티격태격하는 것보다 춘향이를 보러가는 것이 더욱 급했다. 율이 허둥지둥 만화각으로 들어서자 검시를 마친 공술해의 시신이 들것에 들려 막 대문을 나가려던 참이었다. 그리고 춘향이보다도 먼저 그의 눈에 들어온 것은 시신의 옆에 서 있던 완얼이었다.

"네놈은 왜 여기에 있는 것이냐!"

만화각에 완얼이 있는 것을 보자 눈이 뒤집힌 율이 짐승처럼 흰 이를 드러냈다.

'내 어머니의 추억이 깃든 소중한 곳이며, 내 소유의 여인이 있는 곳에 네놈이 왜!'

"전하, 소신의 신기를 잊으셨습니까? 궐에서 강렬한 살기가 뻗어 나와 전하를 노리고 자객이 든 줄 알고 혼비백산하여 한걸음에 달려왔습니다. 한데 달려와 보니 바로 이곳 만화각에 자객이 들어 있지 않겠습니까? 제가 아니었으면 책비는 이미 이 세상 사람이 아닐 것입니다."

완얼이 융통성 있게 답을 하였다. 그답지 않게 생색까지 내가며. 그렇게 형님을 납득시켜야 두 사람이 함께 있었다는 것에 대한 진노를 피해 갈 수 있을 것 같았다. 자객에게서 백영을 구해냈으니 이제 형님에게서 백영을 보호할 차례다.

"흥! 핑계 한번 좋구나."

율이 까칠하게 쏘아붙였다. 하지만 완얼이 춘향이의 목숨을 구해냈다는 말에 딱히 더 할 말이 없었다. 역시 완얼의 생각대로였다.

"전하, 이리 이른 시각에 어찌 납시셨사옵니까?"

백영이 황급히 방 안에서 달려 나와 고개를 숙였다. 율이 재빨리 그녀의 온몸을 훑었다. 육안으로 봤을 땐 크게 다친 곳은 없어 보였다.

"자객은 어찌 되었느냐?"

안심한 율이 들것에 실린 그대로 바닥에 다시 놓인 공술해의 시신을 보며 물었다.

"놓쳤습니다. 송구하옵니다."

내금위장 문배주가 면목 없는 표정으로 보고를 올렸다.

"감히 어떤 놈이 임금이 거처하는 궐을 범한 것이냐!"

"소인이 얼굴을 보긴 했사온데……."

천화각에서 보낸 향단이라고 아뢰고 싶었지만 향단이 숙빈의 하수인이라는 증거를 댈 수가 없었다. 그리고 일이 잘못되었다는 것을 알면 숙빈은 철저히 향단을 숨겨둘 것이 뻔했다.

"책비에게 물어 자객의 인상착의를 그려라. 그리고 도성 구석구석, 전국 방방곡곡에 자객의 얼굴이 그려진 방을 붙이고 반드시 놈을 잡아들여라! 그렇지 않으면 네놈들의 목이 달아날 것이다!"

백영이 잠시 머뭇거리는 사이 율이 불을 뿜듯이 호령했다. 임금이 왜 저렇게까지 흥분하는 것인지, 혹시 아직도 자신을 마음에 두고 있는 것인지, 그 모습을 본 백영이 문득 궁금해졌다.

"전하께선 저를 미워하시지 않습니까?"

그러자 율이 그녀에게 성큼 다가가 눈을 들여다봤다. 코끝이 닿을 정도로 가까운 거리에서 임금의 숨이 얼굴에 닿자 백영이 숨을 멈추었다.

"너를 미워하고 있다. 어떨 땐 너의 가늘고 하얀 목을 졸라 버리고 싶을 충동이 들 정도로. 하지만 나의 명이 없이는 너는 세상에서 없어져 버릴 수 없다! 죽여도 내가 죽인다 하지 않았느냐?"

율의 뜨거운 숨이 닿은 그녀의 귓가와 목덜미가 불에 덴 듯이 달아올랐다.

"감히 내 소유의 여인을 해하려 한 놈을 잡아서 살점 하나하나를 뜯어내고 혀와 눈을 뽑아 그 대가를 치르게 할 것이다. 네게 손대려는 자는 누구든 결코 용서하지 않을 것이다!"

이런 것도 사랑이라 할 수 있는 것일까? 광기와 어머니에 대한 미망이 빚어낸 집착을 사랑으로 착각하고 있는 것은 아닐까? 그런 생각이 들자 그의 집착이 몸서리치게 두려워져 백영이 한 발짝 뒤로 물러섰다.

"만화각은 이제부터 내금위가 철통같이 지킬 것이다. 아무도 안으로 들여보내지 말라. 예외는 없다!"

율이 명을 내리며 완얼을 쏘아봤다. 마치 무언의 경고를 하듯이.

"한데 아우야."

잡아먹을 것처럼 쏘아보더니 느닷없이 부드러워진 목소리에 완얼이 하마터면 '예, 형님' 하고 대꾸할 뻔했다.

"예, 전하."

"내가 어제 내린 전교는 받아보았겠지?"

"예."

형님이 무슨 이야기를 하고 싶은 것인지 짐작한 완얼이 저도 모르게 백영의 눈치를 살폈다.

"드디어 내가 가장 아끼는 아우가 새장가를 가게 되었으니 갑작스러운 변고로 무거워졌던 과인의 마음이 한결 밝아지는구나. 이 어찌 기쁘지 아니 하겠느냐?"

백영의 얼굴이 급격하게 흐려지는 것을 보자 율이 정말 기분이 좋아진 듯 말을 이었다.

"과인이 알기로는 네가 어제 예판을 찾아가 혼례에 대해 얘기를 나누었다 들었는데?"

"그런 것이 아니오라……."

"그런 것이 아니면? 벌써 처가를 들락거리며 사위 노릇이라도 하는 것이냐? 듣자 하니 예판의 여식이 미색이 출중하다고 하던데? 조금 촉박한 감이 없지 않지만 쇠뿔도 단김에 빼랬다고 말 나온 김에 혼례는 유두절쯤 올리는 것이 어떻겠느냐?"

"유두절이요?"

놀란 목소리가 만화각에 울려 퍼졌다. 한데 그리 물은 이는 완얼이 아니라 백영이었다.

"네 일도 아닌 일에 왜 그리 놀라느냐?"

율이 못마땅한 눈빛으로 백영을 쏘아봤다.

"유두절이라 하면 이제 보름 남짓 남았사온데 혼례를 준비하기엔 너무 촉박하지 않나 싶어서……. 그리고 복중에 혼인은 잘 안 하지 않사옵니까?"

유두절은 '동류두목욕(東流頭沐浴)'의 줄인 말로 그날엔 친지와 근처 맑은 시내나 계곡을 찾아가 머리를 감거나 목욕을 하고 맛있는 음식도 먹으며 하루를 즐겼다. 그리하면 여름에 질병을 물리치고 더위를 먹지 않는다고 한다. 그것을 유두잔치라 하는데, 그날 혼인잔치를 하는 것은 별로 보지 못했을 뿐더러 그 날짜도 유월 보름으로 앞으로 얼마 남지 않았다.

"그건 걱정할 것 없다. 궐에서 사람을 보내 다 알아서 할 터이니. 아우가 새장가를 가는데 맏형으로서 가만히 있을 수가 있겠느냐?"

율 자신은 물론 백영과 완얼, 세 사람 모두 알고 있었다. 율이 이렇게 완얼의 혼례를 서두르는 것은 백영 때문이라는 걸. 그녀에게서 완얼을 떼어놓기 위해.

"그리고 네가 지금 남 걱정할 때가 아닐 텐데? 너는 내게 납득할 만한 해명을 해야 할 것이 있지 않느냐?"

"무엇을 말입니까?"

완얼이 이곳에 있는 이유는 납득할 만하게 설명을 했는데 또 무엇을 가지고 생트집을 잡는 것인가 싶어 백영이 조심스럽게 물었다.

"이 궐에서 임금인 나를 두고 자객이 한낱 책비의 목숨을 노렸다니 이상하지 않느냐? 한데 너의 반응을 보건대 전혀 이상하다는 생각을 하지 않는 것 같구나. 그렇다면 너는 그 이유를 알고 있는 것이다."

"전하……."

율은 미쳤지만 영민하고 예리했다. 그것을 잠시 간과하고 있던 백영이 당황해 얼른 답을 하지 못하였다.

"말하라. 뭐 그리 애틋한 사이라고 불러놓고 말을 잇지 못하느냐?"

"그러하옵니다, 전하. 알고 있사옵니다. 그리고 그것은 '춘향이의 비밀'이 밝혀지는 오늘 회차 춘향뎐에서 함께 밝히겠사옵니다."

잠시 망설이던 백영이 그녀답게 정면 돌파를 택하였다.

"좋다. 오늘 저녁 기대하고 있으마. 그리고."

율이 그 어느 때보다 단호하게 백영에게 말했다.

"내 명령 없이는 절대 죽지 마라!"

도봉산 중턱, 량주와 숙휘가 첨귈두로 비석 아래를 파고 있었다. 검열 배갈이 도착하자 완얼은 두 사람을 이몽룡의 묘가 있는 곳으로 보냈다. 춘향의 서신을 찾아오기 위해서였다.

"이게 어떻게 된 것입니까? 아무것도 없지 않습니까?"

량주가 김빠진 목소리로 첨귈두를 내팽개쳤다. 비석이 전부 드러나도록 파내려갔지만 서신은커녕 종잇조각 하나 눈에 띄지 않았다.

"형님, 아무래도 누가 먼저 파보았던 것 같습니다."

숙휘도 어느 정도 예상은 하고 있었다. 주변과 흙 빛깔도 다르고 단단한 맛이 없이 술술 잘 파지는 것이 누가 한 번 파헤쳤다가 다시 메운 것이 분명했다. 그것도 아주 최근에. 하지만 서신이 정말 없는지 확실하게 확인을 해야 했기 때문에 끝까지 파본 것이었다. 아마 이 주변의 땅을 다 파본다 하여도 서신은 없을 것이다. 누군가 그들보다 한발 먼저 가져가 버린 것이다.

"대체 어떤 놈이 서신을 꺼내간 것일까요?"

그러자 숙휘의 머릿속에 한 사람의 얼굴이 선명하게 떠올랐다.

'숙빈 장씨!'

천화각.

상석에 앉은 숙빈이 서신을 손에 꽉 쥐고선 회심의 미소를 짓고 있었다. 백영을 죽이지 못한 것은 못내 아쉬우나 눈엣가시 같던 방자가 죽었다. 그리고 그가 죽으면 서신이 만방에 밝혀질 것이라는 말은 역시 허언이었다. 왜냐하면 '그 서신'은 지금 그녀의 손에 이렇게 들어와 있으니까.

"드디어 서신이 내 손에 들어왔구나! 수고했다."

숙빈이 앞에 부복해 있는 두 사내를 보며 만족스러운 웃음을 지었다.

"그럼 이제 저희의 목숨은 보장해 주시는 것입니까?"

사내 하나가 비굴하게 고개를 조아렸다.

"재물을 넉넉히 내어주시면 멀리 떠나서 다시는 나타나지 않겠습니다."

다른 사내가 숙빈의 눈치를 살폈다.

"이 정도면 섭섭지 않을 것이다."

숙빈이 서안 옆에 놓아두었던 묵직한 상자의 뚜껑을 열어 안에 가
득 들어 있는 진귀한 패물을 보여준 뒤 그들 앞으로 내밀었다.

"허이고, 이렇게 많이!"

난생처음 어마어마한 재물을 본 두 사내가 놀라 고개를 번쩍 들었
다. 그제야 얼굴이 확실히 드러난 두 사내는 바로 공숙어와 공갈이었
다. 둘은 진작부터 숙빈의 회유를 받고 있었다. 공술해의 주변을 포섭
하여 그가 감추고 있는 비밀을 캐보려는 것이었다. 하지만 속해 있던
광대 패거리에서 쫓겨나 비렁뱅이와 다름없이 지내던 그들을 거두어준
공술해에 대한 의리로 갈등하고 있었다. 한데 이번에 공술해가 처참하
게 죽은 것을 본 데다 궐에서 죽은 대역 죄인에 대한 책임을 광대패들
에게도 물을 것이라는 말에 잔뜩 겁을 집어먹었다. 천한 목숨이지만
살고 싶었다. 그래서 만화각에서 서둘러 나와 일전에 한 번 공술해와
들른 적이 있는 이몽룡의 묘로 향했다. 그리고 그들보다 늦게 출발한
데다가 정확한 위치를 몰라 다소 헤맨 량주와 숙휘보다 먼저 서신을
파내어 천화각으로 왔다.

'이왕 죽은 사람은 죽은 사람이고 산 사람은 살아야 되지 않겠는
가? 힘없는 족속들이 살기 위해 몸부림을 치는 것은 죄가 아니다!'

그들은 애써 자신의 배신을 합리화했다. 만화각에 책비가 유폐되어
있을 때 광대놀음을 보여주면서 숙빈이 춘향이라는 것을 알게 되었으
나 때가 될 때까진 비밀로 해달라는 공술해의 부탁을 여태 지켜준 것
만으로도 의리는 지킨 것이라 애써 자위하면서.

"내가 그토록 찾던 서신을 가져왔는데 이 정도는 보상을 해주어야
지. 더 지체하면 형조에서 너희들을 잡아가 문초를 시작할 것이다. 내

가 어느 정도 시간을 끌어볼 것이니 지체 없이 궐을 나가거라."

오늘따라 한껏 너그러워진 숙빈이 제법 생각해 주는 척 말을 하였다. 하지만 진짜 이유는 이들이 형조에 잡혀 고신을 당하다 모든 것을 불어버리면 그녀 또한 위태로워질 수 있기 때문이었다.

'한 번 배신한 놈들이 두 번은 못 할까? 아버님께서 적당히 때를 보아 뒤처리를 해주시겠지.'

숙빈의 입가에 잔혹한 미소가 스쳤다. 그녀는 공숙어와 공갈을 살려둘 생각이 없었다. 입을 다물게 하는 가장 안전한 방법은 숨통을 끊어놓는 것이었다. 하지만 그런 속내를 모르는 두 사람은 하해와 같은 은혜에 감동하여 넙죽 절을 올렸다.

"성은이 망극하옵니다, 숙빈마마!"

성은이란 임금의 은혜를 뜻하는 것이건만 배움이 짧은 광대들인지라 자기들이 아는 가장 유식한 말로 감사함을 표한 것이었다.

'하긴 내 아들이 장차 이 나라의 임금이 되면 내가 곧 임금인 것과도 같은데 미리 좀 들으면 어떠하랴?'

숙빈이 그리 생각하며 만족스러운 웃음을 지었다. 두 사람이 방에서 나간 뒤 숙빈이 서신을 펼쳐 들었다. 한데 서신은 한 장이 아니라 두 장이었다. 그녀가 쓴 서신 외에 방자가 남긴 또 하나의 서신이 함께 들어 있었던 것이다.

— 도련님의 명으로 광한루 그네 밑에 춘향이의 서신을 묻고 도성으로 돌아오니 도련님은 이미 이 세상 사람이 아니었다. 누구의 소행인지 짐작한 나는 다시 남원으로 내려가 서신을 찾아왔다. 그리고 지금 이렇게 복수를 다짐하며 도련님의 비석 아래 묻는다. 나는 서신에 적힌 내용이 사실인지 두 눈으로 직접 확인하기 위해 궐로 들어가려 한다. 만일……

방자의 서신을 읽어 내려가던 춘향이의 미간에 깊은 주름이 팼다.

— 용의 잠자리에서 네가 죽으면 만천하에 춘향이의 악행이 드러나리라.

왠지 저주와도 같이 느껴지는 마지막 문장에 기분이 몹시 찜찜해졌다.

"흥! 끝까지 허세는."

하지만 이내 콧방귀를 뀌고는 궁녀에게 명했다.

"화로를 가져오너라!"

"예? 이렇게 더운 날 어찌 화로를 찾으십니까?"

나인이 고개를 갸우뚱하며 묻자 불호령이 떨어졌다.

"가져오라면 가져올 것이지 웬 말이 그리 많으냐? 달군 인두로 입을 지져야 냉큼 대령을 하겠느냐?"

그러자 아연실색한 나인이 황급히 뛰어나가 부랴부랴 화로를 들고 들어왔다. 숙빈이 기세 좋게 타고 있는 화롯불 속으로 방자의 서신을 던져 넣었다. 타닥타닥 기분 좋은 소리와 함께 순식간에 종이가 타들어갔다. 그리고 나머지 한 장, 춘향의 서신을 집어 들었다. 만감이 교차하며 지난 세월이 주마등처럼 스쳐 지나갔다.

사 년 전 신관 사또의 생일날. 남원을 떠난 뒤 소식 한 장 없는 이몽룡을 기다리던 춘향은 광한루 연못에 몸을 던졌다. 양반들의 수청 강요를 피할 힘이 없던 그녀는 이놈 저놈 권세 좀 있다 하는 양반놈들에게 몸을 빼앗겼다. 향단이가 필사적으로 막아보았지만 그 아이 혼자서는 역부족이었다.

'이젠 서방님이 남원으로 돌아온다 해도 나의 몸이 더럽혀졌다는 걸

알게 되면 받아주시지 않겠지.'

그렇게 희망이 사라져 버린 데다 신관 사또의 수청 강요가 지긋지긋하게 이어지자 죽음을 택한 것이다. 한데 행인지 불행인지 암행어사로 내려온 변학도가 마침 그 광경을 목도하고 그녀를 구해냈다.

"춘향이 너는 오늘 죽었다. 그리고 조선 최고의 여인으로 다시 태어날 것이다."

변학도는 이렇게 말하며 그녀를 한양으로 데려갔다. 어차피 몸을 팔 거면 가장 센 놈에게 팔라면서. 그녀가 떠난 직후 마침 돌림병이 돌아 고을 사람들 절반이 죽어 나갔고, 향단은 그것이 억울하게 죽은 춘향의 원혼의 짓이라고 소문을 퍼뜨렸다. 그리고 춘향이가 원자를 낳자 훗날을 위해 남은 이들 중 춘향의 얼굴을 아는 이들을 마저 죽여 버렸다. 그녀가 완벽하게 신분을 세탁해야만 했던 이유는 이몽룡 때문이었다. 춘향이는 죽은 사람이어야 했다. 이몽룡과 두 번 다시 만난 적이 없어야 했다. 왜냐하면……. 그 이유가 바로 '춘향이의 서신'에 쓰여 있었다.

'내가 어떻게 여기까지 올라왔는데. 네까짓 것들이 나를 무너뜨릴 수 있을 것 같으냐? 수십, 수백, 수천을 죽여서라도 권세를 빼앗기지 않을 것이다. 내 아들을 반드시 용상에 앉히고 말 것이야! 이제 중전의 복중 태아만 해치우면…….'

서신을 쥔 숙빈의 손에 불끈 힘이 들어갔다.

"숙빈마마, 완얼군 대감 드시었습니다."

상궁이 아뢰는 소리에 숙빈이 상념에서 깨어났다.

"완얼군 대감이? 안으로 모셔라!"

오랫동안 기다려온 이런 뜻 깊은 순간에 관람객이 하나쯤 있다면 더욱 재미있겠구나 싶다. 그게 완얼군이라면 더더욱.

"완얼군 대감께서 제 처소엔 어쩐 일이십니까?"

굳은 얼굴로 들어서는 완얼군을 숙빈이 화사하게 웃으며 맞이하였다.

"숙빈께선 이미 그 이유를 알고 계실 터인데요?"

비석 아래에 아무것도 없었다는 보고를 받은 완얼은 숙휘처럼 곧바로 숙빈을 떠올렸다. 그리고 더 생각하고 말고 할 것도 없이 곧장 천화각으로 달려왔다. 숙빈과 담판을 지을 생각이었다.

"아하. 혹시 이걸 찾으시는 겁니까?"

숙빈이 서신 한 장을 들어 올리는 듯하더니 화로에 던져 버렸다. 서신은 순식간에 화르르 불길에 휩싸였다. 이로써 증거는 세상에서 사라졌다.

"어머, 이를 어쩌나? 다 타버렸네?"

숙빈은 부지깽이로 화로 속의 잿더미를 쿡쿡 찌르며 승리의 미소를 지었다.

"숙빈께선 전혀 반성의 기미가 없으시군요."

완얼이 싸늘하게 숙빈을 바라보았다. 그 눈빛은 사람을 보는 눈빛이 아니었다. 버러지나 쓰레기를 바라볼 때와 같은 혐오스러움으로 가득 차 있었다.

"반성? 후회? 그런 것들은 약한 자들이나 하는 것이지요."

'완얼군 당신처럼!'

숙빈은 완얼을 바라보며 비웃음이 나오는 것을 굳이 감추지 않았다.

"이제 남은 방법은 딱 하나뿐이군요. 내 앞에 앉아 있는 여인이 천 년 묵은 여우보다 간교하고 못돼 처먹었다는 것을 재차 확인하고 나니 차라리 마음이 편안합니다. 이제 아무 죄책감 없이 일을 마무리 지을 수 있을 것 같습니다."

"남은 방법이라니요?"

숙빈이 살짝 불안한 표정으로 되물었다. '용의 잠자리에서 내가 죽으면 만천하에 춘향이의 악행이 드러나리라'라고 쓰여 있던 방자의 서신의 마지막 줄이 문득 떠올랐다. 하지만 화로 속에서 잿더미가 된 서신을 바라보며 다시 평정심을 되찾았다.

"아무런 증험도 없이 무엇을 하시겠단 말입니까? 그 말을 누가 믿어 준다고."

숙빈과 완얼의 시선이 정면으로 부딪쳤다. 쏘아보는 눈빛이 칼날이 되어 서로의 목을 찌르고 베었다.

"숙빈마마, 병판 대감께서 뵙기를 청하십니다."

팽팽한 긴장감을 깨고 문밖에서 상궁의 목소리가 들려왔다.

"오, 마침 잘되었구나. 어서 안으로 모셔라."

숙빈이 반색을 하며 명하였다.

"완얼군 대감이 아니십니까? 안 그래도 조만간 찾아뵈려던 참이었는데 이렇게 뵙게 되다니 마침 잘되었습니다."

방으로 들어온 장대갈은 완얼을 보자 호랑이 같은 인상이 무색할 정도로 만면에 활짝 미소를 띠었다.

"병판께서 이 사람을 볼 일이 뭐가 있다고요?"

과장되고 부자연스러워 보이는 장대갈의 언행에 곁을 주지 않으려 퉁명스럽게 대했다.

"유두절에 혼례를 올리신다고요?"

그가 하고 싶은 말은 바로 이것이었다. 불과 몇 시진 전에 나온 말인데 역시 사방에 눈과 귀를 심어놓은 병판답게 소식이 빨랐다.

"그간 완얼군 대감께서 홀로 지내시는 것이 늘 마음에 걸렸는데 이런 경사에 제가 빠질 수 없지요. 저도 꼭 참석하도록 하겠습니다! 하하하하!"

장대갈의 호탕한 웃음이 천화각에 울려 퍼졌다. 희롱을 당하는 것 같아 완얼이 불쾌하게 인상을 찌푸렸다. 그러다 문득 이상한 생각이 들었다.

'사림파의 수장인 이한림의 여식과 내가 혼례를 올리면 훈구파의 우두머리인 병판은 경계를 해야 하는 것이 아닌가? 근데 왜 저토록 기뻐하는 것이지?'

이번엔 또 무슨 꿍꿍이가 있는 것인지 그들의 검은 속내가 몹시 불안해지기 시작했다.

백영이 자객에게 죽을 뻔했다는 소식을 들은 변학도가 사색이 되어 황급히 입궐을 하였다.

'이는 필시 숙빈이 벌인 일이 분명하다!'

누이가 습격을 당했다는 말을 듣자마자 장옷을 깊게 눌러쓰고 이따금씩 입궐하여 숙빈을 만나고 가는 계집이 떠올랐다.

'향단!'

백영이 입궐 전 자객에게 납치되었을 때는 그 자객이 숙빈의 사람일 거라는 확신이 없었다. 물론 향단이 숙빈의 수족이란 것은 전부터 알고 있었다. 그래서 숙빈이 자신과 상의도 없이 도성에 있던 향단을 남원으로 보냈다는 것을 알았을 때 무슨 꿍꿍이일까 의혹을 품기 시작했다. 하지만 여인이 자객일 거라고는 상상도 하지 못했다. 그러나 얼마 전 의금부에 잡혀갔던 오리라는 궁녀를 처리한 향단의 깔끔한 솜

씨를 보고는 확신했다. 향단이 엄청난 담력과 무공을 가진 자객이라
는 걸. 생각에 잠겨 만화각으로 바삐 발걸음을 옮기다가 맞은편에서
오던 예조판서 이한림과 마주쳤다.

"숙빈을 바쳐 그 자리에 오르더니 이젠 누이를 바쳐 출세할 셈이신
가? 좌승지의 탐욕이야 원래도 잘 알고 있었지만 이번엔 욕심이 너무
과했소이다."

학도를 보자 이한림이 인사도 없이 대뜸 가시 돋친 말을 내뱉었다.

"제 누이를 보셨습니까?"

"언제까지 내게 감출 수 있을 거라고 생각했소이까?"

"대감께서 멀쩡하게 살아 있는 제 누이의 장례를 그리 후하게 치러
주시지만 않았어도 신분을 감추고 궐에까지 흘러들어 올 일은 없었겠
지요."

한때 사돈지간이었던 두 사람은 서로 한마디도 지지 않고 설전을 벌
였다.

"천화각에서도 알고 있소이다. 책비가 좌승지의 누이라는 걸."

'결국 알게 되었구나.'

학도가 멈칫했다. 하지만 조만간 알려질 일이라고 예상했던 터라 그
것 때문에 놀란 것은 아니었다. 이한림이 그 사실을 어찌 안 것인지,
혹시 숙빈과 모종의 거래가 있었던 것은 아닌지, 그게 더 신경 쓰였다.

"그렇다면 책비가 한때 대감의 며느리였다는 것도 알고 있겠군요.
그럼 대감께선 숙빈의 정체가 무엇인지 아십니까?"

학도의 반격에 이번엔 이한림이 주춤거렸다.

"숙빈의 정체라니, 그게 무슨 말이오?"

"춘향뎐을 읽어보셨습니까?"

"보았습니다만, 그게 왜요?"

"그 소설을 백영이가 썼다는 것도 아시지요?"

"이제야 알았소이다. 그 아이가 작자 미상인지 뭔지였다는 걸. 내 집 지붕 아래에서 과부가 음전하지 못하게 그따위 소설이나 써대다니!"

존경받는 유학자인 자신의 집안에서 그런 저속한 글들을 썼다는 것만으로도 며느리는 죽어 마땅하다. 이한림이 그리 생각하며 눈살을 찌푸렸다.

"제 누이가 왜 그따위 소설을 썼는지 궁금하지 않으십니까? 그따위 소설 속에 나오는 북촌에 사는 이 도령이 누구라고 생각하십니까?"

"대체 무슨 말을 하고 싶은 게요?"

"혼인을 빙자하여 춘향이를 범할 땐 언제고 실컷 즐기다가 무책임하게 버리고 떠나선 다른 여인과 혼례를 올린 이 도령! 욕이란 욕은 춘향이에게 수청을 강요한 신관 사또가 다 먹었지만, 따지고 보면 춘향뎐에서 가장 쓰레기 같은 인간인 그 이 도령이 바로 예판 대감의 장자 이몽룡입니다!"

학도의 말이 폭풍처럼 휘몰아쳐 천둥번개처럼 온 사방을 뒤흔들었다.

"좌승지!"

대노한 이한림이 부들부들 떨면서 일갈했다.

"그런 말도 안 되는 소리를 나보고 믿으라는 것이오? 내 아들은 남원에 머문 적도 없다 하지 않소이까? 죽은 내 아들을 모욕하는 것은 절대로 용서할 수 없소이다!"

"끝까지 들으십시오! 아직 숙빈의 정체는 밝히지 않았습니다. 숙빈이 바로!"

이한림이 숙빈의 정체를 알게 된다면 적어도 그녀와 작당하여 백영을 해치려고 하지는 않을 것이다. 숙빈과 정적이기는 하나 백영이 눈엣가시인 건 마찬가지이므로 일시적으로 손을 잡을 가능성도 있다고 생각했다. 이익이 된다면 누구와도 손을 잡을 수 있고, 이용 가치가 없어지면 언제라도 버릴 수 있는 것이 정치이므로. 하나 이 도령이 이몽룡이고, 숙빈이 춘향이라는 것을 알게 된다면 이한림은 절대로 춘향이를 용서하지 않을 것이다.

"오라버니!"

그때 품에 춘향뎐 완결편을 안은 백영이 나타났다.

"백영아! 만화각에 갇혀 있다더니 어찌 나온 것이냐?"

학도가 반색을 하며 누이를 재빨리 훑어보았다. 다행히 상한 곳은 없어 보여 일단 안심이 되었다.

"전하께 책을 읽어드리러 가는 길입니다."

그러곤 이한림에게 고개를 숙여 인사를 올렸다.

"오랜만에 뵙겠습니다."

하나 아버님이라는 말은 차마 할 수가 없었다. 며느리와 시부의 사이가 이미 끝난 마당에 '아버님'이란 호칭을 쓸 이유도 없었고.

"나름 피한다고 피해 다녔는데 역시 세상에는 비밀이 없군요. 본의 아니게 몇 마디 듣게 되었습니다. 이미 저를 보셨다고요?"

"내 아들은 사흘 만에 잡아먹어 놓고 네 명은 참으로 길구나."

이한림이 쓰게 내뱉었다. 자객이 백영을 죽이는 데 실패했다는 말은 진작 전해 들었지만 이리 멀쩡하게 궐을 활보하고 다니는 것을 보니 심기가 몹시 불편해졌다.

"제가 죽인 것이 아닙니다."

백영이 이제는 당당하게 말하였다. 아들을 잡아먹었다 하여 모진 구박과 수난을 당하고 있는 수많은 과부들을 대변이라도 하듯이. 그리고 밉기는 하지만 그래도 한때나마 한 지붕 아래에서 아버님이라 부르며 살던 정을 생각하여 아들의 죽음에 대한 진실을 알려주자 결심했다.

"서방님께서 병으로 급사했다고 생각하십니까?"

"갑자기 쓰러져 사흘을 앓다가 죽은 것을 내 눈으로 똑똑히 보았는데 급사가 아니면 무엇이냐?"

"서방님께선 살해당하셨습니다."

"뭐야?"

이한림은 물론 학도까지 크게 놀라 백영을 쳐다보았다. 그러나 이한림은 이내 말도 안 된다는 듯 코웃음을 쳤다.

"싸구려 소설 몇 개 써대더니 남매가 잘도 말을 꾸며대는구나. 하긴, 소설이라는 게 있지도 않은 얘기를 누가, 누가 그럴듯하게 잘 꾸며내나 하는 것 아니더냐? 하지만 내 앞에선 그따위 사기는 안 통한다!"

"그렇다면 이런 이야기는 어떻습니까? 이 도령을 죽인 것은 바로 춘향이고, 그를 죽임으로써 춘향이는 자신의 정체를 꽁꽁 감추고 금상에게 가장 총애를 받는 후궁이 되었다."

"설마 숙빈이……."

그제야 이한림의 안색이 흙빛으로 변하며 설마 하는 의심이 들기 시작했다.

'설마 숙빈 장씨가 춘향이? 내 아들의 정인이었으며 내 아들을 죽인 장본인이라고?'

"믿든 믿지 않든 마음대로 하시지요. 진실을 알려주어도 두 귀를 막고 들으려 하지 않는다면 이는 그저 소설 속 이야기일 뿐이니까요."

백영이 담담하게 말했다. 하지만 마지막 인사말은 결코 담담하지 않았다.

"그럼 저는 이만 전하께 책을 읽어드리러 가봐야겠습니다. 강녕하시기를 바란다, 그런 마음에도 없는 인사치레는 못 하겠군요. 절대 그러길 바라지 않으니까요."

백영이 돌아서자 이한림이 멍하니 서서 그녀의 뒷모습을 바라봤다.

'아니야. 그럴 리가 없다. 저 아이가 내게 앙심을 품고 말을 꾸며낸 것이다. 하지만, 하지만 만에 하나 사실이라면……. 나는 아들을 죽인 원수와 손을 잡은 것이 아닌가?'

그의 마음속에서 폭풍우가 몰아치고 있었다.

"백영아!"

황급히 누이를 뒤쫓아 온 학도가 그녀를 불러 세웠다.

"말조심하십시오. 아직까지는 춘향입니다. 오늘 저녁이 지나면 어떻게 될지 모르겠지만."

"자객에게 습격을 받았다는 말을 듣자마자 궐로 내달려왔다. 이리 무사한 것을 눈으로 확인하니 이제야 좀 안심이 되는구나."

"알고 계셨습니까?"

"무엇을 말이냐?"

"춘향이를 궐로 들여보낸 사람이 오라버니시지 않습니까? 한데 춘향이의 정인이 이한림 대감 댁 아들이었다는 것은 모르셨습니까? 모르고 저를 서방님과 혼인을 시키신 겁니까? 아니면 알면서도 오라버니의 출세를 위해 이한림 대감과 사돈을 맺으신 겁니까?"

백영의 말은 날카로웠다. 하지만 속으로는 애원하고 있었다.

'아니지요? 아니지요, 오라버니? 저를 이용하신 게 아니지요? 세상에서 가장 어여쁜 누이라며 저를 업어주시던 오라버니가 그럴 리가 없지 않습니까?'

그토록 믿고 따랐던 오라버니에게 더 이상 실망하고 싶지 않았다.

"몰랐다. 만일 알았다면 절대 너를 이몽룡 그 버러지 같은 인간에게 시집보내지 않았을 것이다."

"그 말을 진정이라 믿어도 되겠습니까?"

"아무리 권세가 좋다 한들 세상에서 단 하나뿐인 누이를 희생해서까지 얻을 생각은 없다. 아버님께서 눈을 감기 직전까지 너를 잘 부탁한다고 그리 신신당부를 하셨는데 그런 짓을 저지르고 어찌 저승에서 아버님을 뵙겠느냐?"

학도의 말은 진심이었다. 누이가 춘향뎐을 쓴 작자 미상이라는 것을 알게 된 이후에야 깨달았다. 춘향뎐에 나오는 이 도령이 이몽룡이라는 것을. 그래서 누이가 그런 소설을 썼다는 걸. 결과적으로 보면 누이를 이용한 것이 되었지만 그때는 세도가인 이씨 가문에 시집을 보내는 것이 누이를 위하는 길이라고 굳게 믿었었다.

오라비의 답에 그제야 잔뜩 짐을 짊어진 것처럼 무거웠던 백영의 마음이 다소 가벼워졌다. 그러나 그 많은 짐들 중 이제 간신히 한 짐 정도 덜었을 뿐이다.

"제가 춘향이 노릇을 하겠다고 했을 때, 그때 왜 모든 것을 밝히지 않았습니까? 오라버니가 그때 숙빈이 춘향이라는 말만 해줬어도 좀 더 빨리 춘향이의 서신을 찾아 악행을 멈추게 할 수 있었을 텐데."

완얼에게 결정적인 증거인 서신이 불타 없어졌다는 연통을 받은 백영은 큰 실망에 빠졌다. 하지만 이렇게 포기할 순 없었다. 장수가 전쟁터에 나가기 직전 칼을 가는 심정으로 백영이 춘향뎐 완결편을 품에 꼭 끌어안았다. 이제 얼마 뒤면 춘향이가 죽든 그녀가 죽든 결판이 날 것이다.

"춘향이의 서신이라니? 그게 무엇이냐?"

"오라버니께선 모르셨습니까?"

그 서신이 춘향이에게 치명적인 비밀이긴 한가 보다. 한배를 탄 오라버니에게도 감춘 걸 보면.

"오늘 낭독이 끝나고 나면 자연히 아시게 될 것입니다."

"네가 춘향이를 자처하며 궁에 들어가면 심신은 고달플지 몰라도 네 안위를 위해선 그편이 나을 것이라 생각했다. 숙빈이 제 정체를 밝힐 수 없으니 네가 춘향이가 아니라는 걸 함부로 폭로할 수 없을 테고, 너를 특별히 여기는 전하의 옆에 있으면 안전할 테니까."

누이에게 속내를 털어놓고 싶었는데 말을 하다 보니 변명이 되어버렸다.

"그리고 네가 전하를 새사람으로 바꾸어놓았으면, 그래서 숙빈의 자리를 네가 차지하게 되었으면 하고 바랐다. 나의 누이가 이 나라 조선의 최고의 여인이 되기를 바랐다."

"제가 생각하는 조선 최고의 여인은 그런 것이 아닙니다."

백영이 씁쓸한 표정으로 오라비를 바라보았다.

"연모하는 사람과 함께할 때 최고로 행복한 여인, 제가 바라는 건 오직 그것뿐입니다."

"드디어 '그날'이 정해졌습니다. 유두절입니다."

완얼이 천화각에서 나간 뒤 숙빈과 둘만 남게 되자 장대갈이 은밀히 고했다.

"혼례가 있는 날이군요."

"그 때문에 전하께서 유두절로 혼례를 정하신 것이니까요. 이한림과 그 일파가 완얼군과의 혼례로 떠들썩해 있는 사이 삼 년 전 사화보다 더 큰 피바람이 불 것입니다. 번번이 신기 있는 왕자라 피해갔지만 이번엔 사림파의 수장이 장인이 되니, 장인이 역모에 연루되면 사위인

데다가 왕자이기까지 한 신분으로 빠져나가기 어려울 것입니다. 혼인날이라 마침 한곳에 몰려 있을 테니 잡아들이기도 수월하지 않겠습니까?"

장대갈이 회심의 미소를 지었다. 이번 혼인으로 사림파와 금상이 가장 경계하는 왕자가 손을 잡는 셈인데 훈구파의 우두머리인 장대갈이 오히려 기뻐한 이유가 바로 이것이었다. 이번 혼례는 덫이었다. 백영에서 완얼을 떼어놓으려는 의도도 있었지만, 더 큰 그림은 그 혼인을 이용해 이한림과 완얼을 엮어 제거하려는 것이었다.

그 시각, 와인이 숙빈의 부름을 받고 허둥지둥 달려와 천화각에 도착하였다.

"유두절 혼례날이라……. 큰일을 도모하기에 더없이 좋은 날이로군요. 호호호호!"

와인이 서 있는 문밖으로 숙빈의 간드러진 웃음소리가 흘러나왔다.

"뭘 그리 엿듣고 있는 것이냐?"

문을 지키던 상궁이 와인을 나무랐다.

"예? 엿듣는 것이 아니라 그냥 들리는 걸 어떡합니까?"

그러자 상궁이 와인을 못마땅하게 한 번 노려보더니 안에 고했다.

"숙빈마마, 무녀 와인이 뵙기를 청하옵니다."

"들라 하라!"

와인이 조심스럽게 안으로 들어가자 가뜩이나 무섭게 생긴 호랑이상의 장대갈이 그녀를 잡아먹을 듯이 노려보았다.

"저런 쥐방울만 한 계집이 정말 그리 용하단 말입니까?"

그가 못 미더운 얼굴로 숙빈에게 물었다.

"저래 봬도 신기 하나는 타고난 아이입니다. 이번에 중전의 돌 같은 자궁에 아이가 들어서게 만드는 데도 저 아이가 쓴 부적의 힘이 컸다고 합니다. 그리고 왕실에 손이 귀한 건 제가 쓴 불임약 덕이라고 쳐도 간혹 아이가 태어나도 왜 계집아이밖에 태어나지 않은 줄 아십니까? 그게 다 저 아이가 부적으로 성별을 바꾸어놓은 덕입니다."

"아하, 그 아이가 저 아이였습니까?"

장대갈이 감탄하며 와인을 다시 보았다. 그 부리부리한 눈을 마주하기 겁이 난 와인이 고개를 푹 숙였다. 량주가 그렇게 떠난 이후 이젠 더 이상 숙빈과 엮이고 싶지 않았으나 완얼과 백영의 쌍가락지를 밀고 한 공로로 이미 숙빈의 사람이 되어 있었다.

"그건 왕실 아기씨들의 성별을 바꾸는 것인지 모르고 국무녀님이 시키는 대로 부적을 썼던 것뿐입니다. 그리고 중전마마께서 회임을 하신 건 제 부적 덕분만이 아니라 무명청 신관들이 모두 힘을 합하여 염원한 결과이옵니다."

와인이 기어들어 가는 목소리로 대꾸했다.

"어찌 되었건 아이가 생기게 하는 부적을 쓸 줄 아니 없애는 부적도 쓸 수 있을 것 아니냐?"

"아주 불가능한 것은 아닙니다. 하오나 그렇게 남을 해치는 살생 부적은 그 부적을 사용하는 사람에게도 반드시 해를 끼치게 마련입니다."

"상관없으니 중전의 복중 아이가 죽어 나가는 부적을 써오너라."

"예? 하오나 그런 부적을 쓰다 걸리기라도 하면 소인은 살아남지 못할 것입니다."

와인이 바들바들 떨며 납작 엎드렸다. 이건 태아의 성별을 바꾸는 것과는 차원이 다른 일이었다. 그리고 생명을 없애는 데 신성한 능력을 쓴다면 치명적인 부작용이 따를 것이다.

"네 뒤엔 내가 있지 않느냐? 아무 걱정 말고 부적을 써오너라. 그렇지 않으면."

숙빈의 눈빛이 순식간에 섬뜩하게 바뀌었다.

"너부터 죽어 나갈 것이다!"

율은 중대한 비밀이 밝혀진다는 오늘 회차에 대한 기대로 가득 차 경회루 구석구석에 등을 밝히고 책비를 기다렸다. 그리고 약속한 시각이 되자 마침내 백영이 경회루에 나타났다.

"어찌 혼자 오느냐? 내금위는?"

율이 날카롭게 물었다.

"내금위라니요?"

"자객의 습격을 받은 지 하루도 채 지나지 않았는데 너 혼자 궐을 돌아다니게 두었단 말이냐? 그리 잘 호위하라고 명했건만, 내 이것들을!"

율이 발끈하여 금방이라도 내금위 병사들의 목을 벨 것처럼 펄펄 뛰었다.

"전하, 고정하시옵소서! 내금위 군사들이 따라오겠다고 한 것을 제가 신신당부하여 만류한 것입니다. 자객은 이미 궐 밖으로 도망쳐 버렸고, 궐 구석구석 경계가 더욱 삼엄해졌사오니 너무 걱정하지 마시옵소서."

거짓이었다. 내금위 군사들은 명을 받은 대로 전각만 지키고 있었을 뿐 아무도 따라나설 생각은 하지 않았다. 하지만 자신 때문에 누군가 또 다치는 건 바라지 않았다.

"너 따위가 걱정되어서 그러는 건 절대 아니다! 네가 죽어버리면 춘향뎐은 누가 완성하겠느냐?"

"예, 그러시겠지요."

백영이 순순히 율의 비위를 맞춰주며 주위를 둘러보았다. 한 명이 더 오기로 했기 때문이다. 그러자 저편에서 커다란 상자를 든 강주가 경회루로 황급히 달려왔다.

"전하, 죽여주시옵소서! 그림자놀이를 할 도구가 망가져서 고치다 보니 그만 늦고 말았습니다."

율을 보자마자 겁에 질린 강주가 바닥에 철퍼덕 엎드렸다.

"죽여 달라는 놈치고 정말 죽겠다는 놈은 못 보았다! 그리고 나는 너를 부른 적이 없는 것 같은데?"

"전하, 제가 와달라고 하였습니다."

백영이 율에게 공손히 아뢰었다.

"어째서?"

"오늘은 낭독과 함께 그림자놀이를 보여 드리려 합니다."

"오호, 그거 재미있겠구나! 아주 신선해. 이런 책비는 정말 처음이로다."

율이 손뼉까지 치며 크게 기뻐하였다.

"등장인물은 다리가 셋이 달린 이 도령과 새색시, 그리고 춘향이 세 명이옵니다. 지문과 여인의 대사는 제가 읽고, 이 도령의 대사는 그림자놀이를 보여줄 이강주가 맡을 것입니다."

백영이 설명을 하는 사이 강주가 그림자극을 할 무대를 설치하고 등불을 놓았다. 모든 준비를 마치자 드디어 궐 최초로 그림자놀이와 함께하는 낭독이 시작되었다.

"마침내 이 도령의 혼인날, 이 도령은 신방에 들어서도 오직 춘향이 생각뿐이었다. 그래서 새색시의 옷고름도 풀어주지 않은 채 자리에서 벌떡 일어났다. 그러곤 당황한 기색이 역력한 새색시에게 딱 잘라 말했다."

백영의 낭랑한 목소리에 맞춰 무대 위에 다리가 셋 달린 이 도령 그림자 인형과 새색시 인형이 등장했다. 그러고는 그림자 이 도령이 자리에서 벌떡 일어나며, 강주가 사내의 목소리로 이 도령의 대사를 읊었다.

"나는 이미 정혼한 몸이오. 비록 세상에 인정받지 못하는 혼인이었으나 내 심중의 내자는 그 여인 하나뿐이오. 죽는 순간까지!"

향단이처럼 강주 역시 공술해에게 복화술을 배웠다. 공술해 생각이 나자 순간 울컥하며 목이 메어왔지만, 그의 복수를 위한 일이라고 생각하며 끝까지 대사를 읊었다.

"저런 오라질 육시할 잡놈을 봤나! 그럴 거면 남의 집 귀한 여식을 데려다가 혼인은 왜 한 것이냐, 이 염병할 놈아!"

대사가 끝나자마자 언제나처럼 소설에 심하게 몰입한 율이 자기가 새색시라도 되는 양 격분해서 마구 욕을 해댔다.

"전하, 이제 곧 설명이 이어질 것입니다. 소설에 너무 감정이입을 하진 마시옵소서."

"원래 막장 소설은 욕하면서 보는 맛이 아니냐?"

또 맥이 끊긴 백영이 간곡히 사정하였으나 율은 아랑곳하지 않고 샐쭉하게 대꾸했다.

"이럴 때 아니면 임금이 언제 또 욕을 해본다고……."

'언제 하긴요. 늘 하시지 않습니까?'

백영이 한숨을 내쉬며 속으로 투덜거렸다. 하나 하루 이틀도 아닌지라 그러려니 하고선 백영과 강주가 다시 이 도령과 새신부의 대사를 주고받았다.

"서방님, 그럼 저와 왜 혼인을 하신 겁니까!"

"문중의 뜻이었소. 그대도 위세 높은 이씨 가문의 며느리 자리면 충분한 것 아니었소? 내 마음까지 바라진 마시오!"

무대 위에선 새색시가 처절하게 이 도령의 바짓가랑이를 잡고 늘어졌으나 그는 냉정하게 뿌리치고는 밖으로 뛰쳐나갔다.

"이 도령은 어서 춘향이에게 가려는 생각에 옷자락을 잡는 신부를 잔인하게 뿌리치고 서둘러 신방을 나섰다. 그의 머릿속엔 춘향이가 보낸 서신의 내용이 떠나지 않았다.

그림자극 위로 백영의 낭독 소리가 박진감 넘치게 이어졌다.

"도저히 믿어지지 않는 서신 속 한마디, 그것은!"

"전하, 부르셨사옵니까?"

결정적인 순간, 숙빈이 급히 경회루로 들어서며 간드러지게 콧소리를 냈다. 하나 율의 곁에 있는 백영을 보고선 이내 얼굴이 굳어버렸다.

"쉿! 가장 재미있는 부분이 이제 막 시작되려는 참이다. 인사는 나중에 하고 어서 이리 와서 앉아라, 어서."

율이 황급히 숙빈에게 손짓했다. 백영을 보자마자 불길한 예감이 확 스쳤지만 숙빈은 특유의 요염한 미소를 띠며 나비처럼 날아가 율의 품에 안겼다. 그러나 시선은 섬뜩하게 백영을 노려보고 있었다. 그러자 백영도 잠시 책에서 시선을 떼고 마주 쏘아봤다.

"도저히 믿어지지 않는 서신 속 한마디가 대체 무엇이냐? 어서 계속해 보아라."

다음 이야기가 궁금하여 애가 단 율이 백영을 재촉했다.

"도저히 믿어지지 않는 그 한마디, 그것은 춘향이를 만나 직접 확인을 해야지만 믿을 수 있을 것 같았다. 한데 춘향이와 약속한 외딴집에서 그녀를 기다리고 있노라니 어디선가 짙은 향내가 풍겨오며 눈앞이 서서히 흐려지기 시작했다. 이 도령이 얌전히 방 안에서 죽지 않고 정신이 혼미한 상태로 밖으로 뛰쳐나오자 담벼락 밑에 춘향이가 서 있는 것이 보였다. 그녀는 싸늘한 눈빛으로 그가 죽어가는 것을 지켜보고 있었다. 하나 그때까지 아무것도 모르고 있던 이 도령은 춘향이를 보자 무턱대고 반가운 마음에 가쁜 숨을 몰아쉬며 물었다.”

백영이 차분하게 책을 읽어 내려갔다. 그리고 무대에선 강주가 그림자 인형으로 상황을 그려내 주었다. 방 안에서 향초에 중독되어 가며 괴로워하는 다리 셋 달린 이 도령의 모습, 마당에서 이 도령이 죽어가는 것을 태연하게 지켜보는 춘향이의 냉혹한 모습 등이 강주의 손끝에서 실제 상황처럼 생생하게 재탄생했다. 역시 시각의 힘은 대단했다. 듣기만 할 때보다 훨씬 더 몰입이 되어 감정이 극대화되었다. 그리고 백영과 강주가 이번엔 소설 속 춘향이와 이 도령의 대화를 주고받기 시작했다.

“춘향아, 서신에…… 적힌 내용이 사실이더냐?”

“도련님, 온양의 물레방앗간에서 우리가 함께했던 밤을 기억하십니까?”

“그래, 그날 밤……. 춘향아, 대체 어떻게 된 것이냐……. 숨이 차오르고 눈앞이 몹시 흐리구나…….”

“향초의 독입니다. 중독이 되면서 서서히 눈앞이 흐려지고 환영이 보이다 눈과 입술, 손톱까지 까맣게 타들어가며 죽게 될 것입니다.”

“어째서 이렇게까지……. 네가…… 나를 죽이려…….”

“그날 밤, 당신의 아이를 가졌습니다. 용한 신관이 말하기를 사내아이가 틀림없다 하였습니다. 저는 원자를 낳을 것입니다. 당신에겐 미안하게 생각합니다. 하지만 당신이 죽음으로써 우리 아이는 조선의 왕이 될 것입니다.”

두 사람의 대화가 끝나고 백영이 섬뜩하게 나머지 지문을 읽었다.

"말을 마친 춘향이는 아직 숨이 붙어 있는 이 도령의 목을 양손으로 힘껏 조르기 시작했다. '죽어! 죽어! 죽으란 말이야!' 춘향이의 눈은 악귀와도 같이 붉게 물들어……."

쨍그랑!

찻잔이 깨지는 소리가 경회루에 요란하게 울려 퍼지자 낭독이 멈추었다. 얼굴에 핏기가 사라진 율이 마시던 찻잔을 떨어뜨린 것이다.

"원자가…… 임금의 아이가 아니라고?"

"말도 안 되는 소리입니다. 전하, 어찌 저따위 광대놀음에 성심을 흐트러뜨리시는 것입니까?"

백영을 보는 순간 어느 정도 예상했던 일이라 숙빈이 만면에 미소까지 띠며 침착하게 대응했다. 어차피 아무 증거도 댈 수 없을 테니까. 그러자 백영이 당차게 숙빈의 말에 반박을 했다.

"광대놀음이 아니옵니다. 서신은 실제로 존재합니다!"

"소설 속에서 춘향이가 이 도령에게 보낸 서신이 실제로 존재한다는 것이냐?"

율이 선뜻 믿겨지지 않는 얼굴로 물었다.

"그러하옵니다."

'거짓말! 그럴 리가 없잖아? 그 서신은 화롯불 속에서 모두 재가 되었는데? 저것이 마지막 발악을 하려는 모양이구나!'

숙빈이 속으로 코웃음을 치고는 위풍당당하게 소리쳤다.

"그럼 어디 한번 가져와 보아라!"

그 말이 떨어지기를 기다렸다는 듯이 때마침 나타난 완얼이 커다란 봉투를 옆에 끼고 경회루로 올라왔다. 그리고 들고 있던 봉투를 율에게 올렸다.

"여기 대령했습니다!"

"이것이 무엇이냐?"

"자객에게 살해당한 광대 공술해를 검안한 초고입니다."

그러자 율이 고개를 끄덕거리며 봉투에서 여러 장의 종이를 꺼내 보았다. 첫 장엔 시신의 상태를 자세히 서술해 놓았고 뒷장에는 형태도가 그려져 있었다.

"심장과 팔뚝에 검으로 인한 창상이라. 그중 심장을 관통한 깊은 창상이 사망의 원인이로구나."

율이 시신의 정면을 그려놓은 형태도를 주의 깊게 살펴보았다.

"그러하옵니다. 한데 그것보다도 한 장 더 넘기시어 시신의 등이 그려진 형태도를 봐주십시오."

완얼의 말에 뒷장을 넘겨본 율이 소스라치게 놀라며 외쳤다.

"아니, 이것은!"

세밀하게 그려진 공술해의 등엔 언문이 가득 쓰여 있었다.

"대체 이게 어떻게 된 것이냐?"

"문신이옵니다. 공술해는 춘향이의 서신 전부를 자신의 등에 문신으로 새겨두었습니다. 필체까지 똑같이 본을 떠서요. 만일을 대비해서였겠지요. 원본을 분실했다든가 누군가에게 빼앗겼다든가 그럴 때를 대비하여. 그래서 저도 공술해의 등에 새겨진 글자를 필체까지 똑같이 본을 떠서 가지고 왔습니다. 만일 전하께서 시신을 직접 확인해 보고 싶으시다면 제가 안내를 해드리겠습니다."

완얼이 의미심장하게 말을 이어가며 숙빈을 바라보았다. 전혀 예상치 못한 일에 어지간히 담이 큰 숙빈도 기습을 당한 듯 안색이 변했다. 율이 공술해의 등에 뚜렷하게 새겨진 글귀를 읽어 내려가기 시작했다.

— 도련님, 얼마 만에 이리 불러보는 것인지 모르겠습니다.

한때 저를 버리고 한양으로 가버린 도련님을 깊이 미워하고 원망도 하였습니다. 하나 저는 단 한 순간도 권하를 연모한 적은 없습니다. 몸은 권하께 안겨 있어도 저의 마음은 항상 도련님을 향해 있었습니다. 도련님께서 제가 죽은 줄 알았다며 저를 안고 눈물을 흘리셨을 때, 그때 저는 이미 도련님을 용서하였습니다. 그리고 지금 저의 복중엔 도련님의 아이가 자라고 있습니다. 저는 모든 것을 버릴 각오가 되어 있습니다. 도련님과 함께라면 어디든 따라가겠습니다. 당신의 춘향이가.

이것이 바로 숙빈이 그토록 필사적으로 감추려 했던 춘향이의 서신의 내용이었다.

'원자가 임금의 아이가 아니다.'

너무나 충격적인 내용에 살벌할 정도로 무거운 적막이 흘렀다. 공술해, 아니, 방자가 굳이 궐에 들어온 이유는 바로 이것이었다. 그가 꼭 확인하고자 했던 것. 원자를 만나보고 정말 그 아이가 이몽룡의 아들인지 확인해 보려는 것이었다. 그리고 원자를 보는 순간 알았다. 그 아이가 이몽룡을 꼭 닮았다는 걸. 시원시원한 눈매 하며 유난히 짙은 눈썹, 심지어 줄타기 묘기를 보고 활짝 웃을 때 콧등에 주름이 생기는 것까지 똑같았다. 원자가 임금의 아들이 아니라 이몽룡의 아들이라는 것을 확신한 방자는 백영을 찾아가 춘향뎐 완결편에 이 엄청난 진실을 써달라고 부탁을 한 것이었다.

"이 서신의 원본은 어디 있느냐?"

율이 형태도를 쥔 손을 부들부들 떨면서 완얼에게 하문했다.

"안타깝게도 불에 타버렸습니다."

"전하, 이것은 소설입니다. 책비가 꾸며낸 이야기란 말입니다. 그러니 원본 따위가 있을 리가 없지요."

이때다 싶어 숙빈이 못을 박아버렸다. 그리고 그제야 깨달았다.

'용의 잠자리에서 내가 죽으면 만천하에 춘향이의 악행이 드러나리라.'

공술해의 서신에 쓰여 있던 이 말이 무슨 뜻인지. 그가 용의 잠자리, 즉 임금이 사는 궐에서 죽으면 철저하게 검시를 할 것이고, 그럼 등에 새긴 문신을 보고 서신의 내용이 드러날 터이니 그리 말한 것이었다.

"근데 아까부터 숙빈이 왜 그리 펄쩍 뛰느냐? 소설은 소설일 뿐인데 말이다. 게다가 이건 춘향이의 이야기지 숙빈의 이야기가 아니지 않느냐?"

그리 말하는 율의 눈빛이 예사롭지 않게 번뜩였다. 그러자 백영이 책을 내던지고 율의 앞에 부복하며 외쳤다.

"전하, 소인을 죽여주시옵소서!"

"도대체 왜 다들 나만 보면 죽여 달라고 아우성들이냐? 그리고 너는 또 무슨 엄청난 말을 하려고! 이젠 네가 입을 열기만 해도 심장이 철렁하는구나."

"소인이 감히 전하를 속이고 거짓말을 하였사옵니다. 소인은 춘향이가 아니오라……."

이제 이판사판이다. 만일 일이 잘못되어 죽더라도 이 사실을 밝히면 죽어도 춘향이와 함께 죽을 것이다.

"진짜 춘향이는 바로 저분! 숙빈마마이십니다."

"닥쳐라! 대체 무슨 증거로 그따위 말도 안 되는 소리를 하느냐?"

거세게 쏘아붙이긴 했으나 숙빈의 얼굴엔 당혹감이 스쳤다.

'춘향이라고 거짓 행세를 했다는 것을 스스로 토설하다니. 그러면 제 목숨도 무사하지 못할 터인데! 저년이 같이 죽자고 물귀신처럼 물고 늘어지는 것인가?'

"숙빈, 내가 너의 필체를 못 알아볼 것 같으냐? 이는 숙빈의 필체가 분명하다."

율이 싸늘할 정도로 딱 잘라 말했다.

"전하, 필체는 얼마든지 위조할 수 있습니다. 이건 저를 모함하려는 자들의 음모입니다. 제 서신 몇 장을 훔쳐다가 필체를 그대로 모방하여 이런 일을 꾸민 것입니다. 누가 뭐라 해도 원자는 전하의 아들이옵니다! 전하를 닮아 영특하기 그지없어 세 돌이 채 되지 않은 나이에 벌써부터 글을 줄줄 읽지 않사옵니까?"

이젠 숙빈도 필사적이 되었다. 임금을 납득시키지 못한다면 죽음뿐이었다. 다른 사내의 아이를 임금의 핏줄이라 속였다는 것이 들통 난다면 그녀는 물론이고 원자까지 무사하지 못할 터였다. 원자는 의심할 나위 없이 이몽룡의 아이였다. 원자를 가졌을 당시 임금은 감환에 걸려 앓아눕는 바람에 합궁을 하지 못했었다. 하지만 그녀는 몰랐다. 율이 정말 슬픈 이유는 다른 곳에 있다는 걸.

"너는 정녕 나를 연모한 적이 한순간도 없었더냐? 그 모든 미소와 그 모든 말들이 다 거짓이었더냐? 이 세상에 나를 원하는 사람은 단 한 명도 없단 말이더냐!"

율의 말은 점점 처절한 절규가 되어갔다.

'아아, 어머니. 어머니……. 아무도 저를 사랑하지 않습니다. 제가 사랑하는 여인도, 저를 사랑한다고 했던 여인도, 저의 아우도, 저의 신하도, 저의 백성도! 단 한 명이라도 나를 사랑해 다오. 제발 단 한

명이라도⋯⋯.'

불현듯 심장을 옥죄이는 듯한 강한 통증이 몰려왔다.

'또 시작인가!'

책비가 그의 곁에 머문 뒤로 한동안 잠잠했었는데 빌어먹을 염통이 또 지랄을 시작했다. 어머니가 돌아가신 후부터 지긋지긋하게 그를 따라다닌 울화병. 사무친 그리움이 심통(心痛)이 되고, 심통이 분노가 되고, 그 분노가 켜켜이 쌓여 그의 심장을 갉아먹었다. 미친 심장은 끝없이 피를 부르고 또 불렀다.

"여봐라! 숙빈을 처소로 끌고 가서 내 명이 있을 때까지⋯⋯."

그러나 율은 말을 맺지 못한 채 갑자기 발작을 일으키더니 심장을 움켜쥐고선 그대로 정신을 잃고 말았다.

"전하!"

"전하!"

"전하!"

여기저기서 울부짖으며 그에게 달려왔다.

"다들 물러서라! 내가 모실 것이다!"

숙빈이 날카롭게 소리치며 율을 품에 꼭 안아 들었다.

'전하, 깨어나지 마십시오. 이대로 깨어나지 마십시오, 제발!'

14.
가시밭길 가지 말고 은하수길 밟고 가소

와인이 방 안에서 꾸벅꾸벅 졸고 있는데 밖에서 그녀를 부르는 우렁 찬 소리가 들렸다.

"와인 무녀님!"

'이 목소리는…… 량주 무사님?'

잠결에도 오매불망 기다리던 이의 목소리를 알아들은 와인이 퍼뜩 깨어나 버선발로 달려 나갔다.

"무사님!"

마당에 서 있는 건장한 량주의 모습을 보자 울컥 목이 메어왔다. 다 시는 그녀를 보지 않겠다고 돌아선 그가 이렇게 다시 그녀를 찾아와 준 것이다. 그는 평소와는 달리 하얀 옷을 말끔히 차려입고 이마엔 생 일날 그녀가 선물한 푸른 두건을 매고 있었다. 거북이와 두루미, 삼천 갑자 동방삭이 마치 벌레처럼 꾸불텅꾸불텅 조잡하게 수놓아져 있는.

"날이 좋아 뱃놀이를 가려던 참인데 혹시 함께 가시겠습니까?"

"제, 제가요?"

"그럼 여기 무녀님 말고 또 누가 있습니까?"

량주가 장난스럽게 주위를 휘휘 둘러보며 말했다.

"좋습니다! 무조건 좋습니다! 무사님과 함께라면 어디든 가겠습니다!"

그렇게 물가로 간 두 사람은 한적한 나루터에서 배를 기다렸다. 하늘은 한없이 푸르고 불어오는 바람에선 달콤한 향내가 실려 왔으며 인적 없는 나루터엔 오직 둘뿐이었다.

"저를 용서하여 주실 줄은 몰랐습니다. 춘향 아씨를 정말로 죽이려던 것은 아니었습니다. 그저 질투가 나서, 그래서 눈앞에서 사라졌으면 하는 마음에……. 죽을 때까지 속죄하며 살겠습니다. 무사님께도 잘하겠습니다. 정말 잘하겠습니다."

와인이 고개를 돌려 든든히 옆을 지키고 서 있던 량주를 바라보는데 그가 없었다. 당황해 주위를 둘러보니 량주는 어느새 배에 올라 있었다.

"량주 무사님, 같이 가요!"

와인이 큰 소리로 그를 불렀다. 그러자 량주가 하얀 옷자락을 펄럭이며 빙그레 웃었다.

"멀고도 먼 길입니다. 무녀님께서 이리 배웅을 나와주셨으니 그걸로 되었습니다."

배는 와인을 홀로 남겨둔 채 강을 건너기 시작했다. 그리고 량주의 머리에서 푸른 두건이 스르륵 풀리더니 강으로 떨어져 물결을 따라 그녀에게로 흘러왔다. 와인이 물에 젖은 두건을 손에 꼭 쥐고 멀어져 가는 량주를 향해 목이 터져라 소리쳤다.

"량주 무사님! 무사님! 으아아악!"

와인이 무시무시한 비명을 지르며 잠에서 깨어났다.

'내가 꿈을 꾼 것인가?'

흰옷을 입은 량주가 배를 타고 멀고 먼 곳을 향해 강을 건너가 버렸다. 그리고 무병장수를 기원하며 량주에게 만들어준 두건은 강물에 빠졌다.

'불길하다!'

이는 해몽을 할 줄 모르는 자가 들어도 불길하기 짝이 없는 꿈이었다. 그와 동시에 낮에 천화각에서 얼핏 들었던 말이 떠올랐다.

"유두절 혼례날이라······. 큰일을 도모하기에 더없이 좋은 날이로군요. 호호호호!"

숙빈의 요사스러운 웃음소리가 귓가에 생생하게 울려 퍼졌다.

'왜 하필 지금 저 말이 떠오른 걸까? 유두절 혼례날 숙빈 일파가 도모할 큰일이라······.'

골똘히 생각에 잠겨 있던 와인의 얼굴에 갑자기 핏기가 가셨다.

"량주 무사님께 알려야 돼! 무사님이······ 무사님이 위험해!"

와인이 벌떡 일어나 다급하게 밖으로 뛰쳐나갔다.

침전에 누워 있는 율은 마치 죽은 것 같았다. 하지만 가까이 다가가 용안에 귀를 대보면 숨결이 느껴졌다.

'이 수건으로 코와 입을 막아버리면······.'

이마에 맺힌 식은땀을 닦아주던 숙빈은 율의 숨통을 막아버리고 싶은 충동이 들었다. 그러나 상선과 궁녀들, 어의까지 보는 눈이 너무 많은지라 불가능한 일이었다. 이런 발작은 종종 있었다. 하지만 정신까지 잃은 적은 드물었고 혼절을 했어도 오래지 않아 깨어났었다. 충격적인 사실을 폭로한 그림자놀이가 율에게 내재되어 있던 응어리와 열등감, 광기를 한꺼번에 폭발시켜 정신의 혼돈이 육체까지 잡아먹어 버린 것 같다.

'전하, 깨어나지 마십시오. 이대로 깨어나지 마십시오!'

숙빈이 수건을 꽉 움켜쥐었다.

'전하께서 깨어나면 나는 살아남지 못하리라. 나뿐만이 아니라 원자까지도!'

무슨 수를 써서라도 임금이 눈을 뜨지 못하게 해야만 한다.

"전하께서 쓰러지시다니요? 대체 이게 어떻게 된 일입니까?"

중전이 다급하게 안으로 들어왔다.

"중전마마, 납시었사옵니까?"

숙빈이 얼른 일어나 고개를 숙였다. 서로 엇비슷한 나이였지만 대비가 없는 궐에서 중전이 내명부 최고의 어른이었다.

"지금부턴 내가 전하 곁을 지킬 터이니 숙빈은 돌아가시오."

중전이 제대로 인사도 받지 않고 딱 잘라 말했다. 숙빈을 바라보는 눈빛이 차갑기 그지없었다.

"하나 여태 감환 같은 병수발은 물론이고 오수에 드시는 것까지 제가 다 시중을 들었습니다. 전하께선 제가 곁에 있는 것을 제일 편안해하십니다."

총애를 한 몸에 받는 후궁의 오만함이 몸에 배어 있는 숙빈이 고개를 발딱 들고 말대꾸를 했다.

"과연 앞으로도 그럴까?"

중전의 얼굴에 깊은 분노가 서렸다. 그녀도 들은 것이다, 경회루에서 있었던 일을.

'왕실의 유일한 왕자를 낳았다는 유세로 그리 패악을 부리더니, 그 것이 엉뚱한 놈의 씨앗이었더냐! 왕실의 혈통을 더럽히려 하고도 네년 이 무사할 것 같으냐?'

하지만 전하께서 누워 계신 터라 지금 당장 조치를 취할 순 없었다. 전하께서 쾌차하시는 것이 우선이고, 그 뒤에 숙빈을 철저하게 응징할 것이다.

"제가 그리 호락호락 물러설 것이라 보십니까?"

이럴 때 약한 모습을 보이면 원자가 임금의 아들이 아니라는 것을 정말 인정하는 셈이 되므로 숙빈이 강경하게 맞섰다. 하나 말을 끝맺 자마자 중전의 불호령이 떨어졌다.

"네 이년! 내가 이 나라 조선의 중전이다!"

독한 숙빈마저도 주춤 한 발 물러서게 할 만큼 위엄 가득한 일갈이 었다. 아이를 품은 중전은 여태까지의 중전과 달랐다. 중전으로서의 덕은 충분히 갖추었지만 임금의 총애도 받지 못하고 아들도 낳지 못한 죄로 숨 한 번 크게 쉬지 못하고 죽은 듯이 지냈었는데, 이젠 임금의 적장자를 낳을 몸이었다. 그리고 장차 임금의 어미가 될 것이다. 그녀 는 복중 태아가 아들이라는 완얼군의 말을 믿어 의심치 않았다. 그러 므로 이제 중전은 권력의 중심에 성큼 다가가 있었고 두려울 것이 없 었다. 그리고 그동안 숙빈에게 받은 설움을 몇 배로 갚아줄 참이었다.

"어디 감히 후궁 따위가 국모에게 말대답을 하느냐! 물고를 내기 전 에 썩 물러가라!"

이젠 완전히 명령조가 된 중전이 지엄하게 외쳤다. 내명부의 서열상 중전이 물볼기를 치거나 회초리를 치면 숙빈은 꼼짝없이 맞을 수밖에 없었다. 전에는 임금의 총애가 방패막이가 되었지만 지금은 상황이 급변해 버렸다. 숙빈은 더는 대꾸를 하지 못하고 일단 천화각으로 돌아갔다. 그러곤 분해서 이를 벅벅 갈고 있는데 병판 장대갈이 찾아왔다.

"아버님! 잘 오셨습니다. 제가 방금 전 중전에게 어떤 모욕을 받았는지 아십니까? 책비 따위가 날뛰는 것도 울화가 치밀어 오르는데, 이젠 뒷방 신세였던 중전까지 기가 살아 저를 무시합니다!"

"안 그래도 전하를 뵙고 오는 길입니다."

펄펄 뛰는 숙빈과는 대조적으로 장대갈의 얼굴은 딱딱하게 굳어 있었다.

"뵙고 오다니요? 전하께서 깨어나셨단 말입니까?"

숙빈이 깜짝 놀라 물었다.

"누워 계신 걸 뵈었습니다. 이번엔 어째 심상치가 않아 보입니다."

"그거 잘되었군요. 용이 영원히 잠들어야 우리가 삽니다."

그 말은 즉 '전하를 죽입시다'라는 뜻이었다. 하지만 그런 엄청난 말을 하면서도 숙빈은 거침이 없었다.

"마마! 목소리를 낮추십시오."

아연실색한 장대갈이 제 목소리부터 낮추며 말을 이었다.

"그리고 그건 그리 쉽게 생각할 일이 아닙니다."

"내의원에 심어놓은 의녀가 있지 않사옵니까? 탕약에 미리 손을 써놓으면 어려울 것도 없습니다. 어차피 의식도 없이 누워 계시니 이대로 깨어나지 않으셔도 크게 의심하진 않을 것입니다. 그러고 나면 우리 원자를 용상에……."

"쯧쯧, 정작 가장 중요한 건 지나쳐 버리실 참입니까?"

장대갈이 혀를 끌끌 찼다. 머리 회전이 빠르고 계략과 술수에 능한 숙빈이건만 지나친 탐욕으로 눈이 어두워진 것이다.

"가장 중요한 거라니요?"

가차 없이 말이 잘려 버린 숙빈이 눈을 치켜떴다.

"전하께서 지금 당장 돌아가시면 중전마마께선 대비가 되십니다. 왕실의 가장 큰 어른이 되시는 겁니다. 한데 대비가 되신 중전께서 원자아기씨의 즉위에 찬성하실 것 같습니까?"

어림도 없는 소리였다. 가뜩이나 좁은 입지가 숙빈 때문에 더욱 좁아져 숨조차 제대로 못 쉬고 살아온 중전은 당연히 숙빈에 대한 감정이 몹시 좋지 않았다. 게다가 그간 숙빈이 중전에게 얼마나 오만방자하게 굴었던가? 켜켜이 쌓인 원한이 꽤나 깊을 것이었다.

"태어나지도 않은 복중 태아를 왕으로 세우자는 말은 못 해도 앙심을 품고 있는 숙빈마마의 소생인 원자아기씨보단 좋은 감정을 갖고 있는 완얼군에게 옥새를 넘겨주실 게 뻔합니다. 자신과 태어날 아이의 안전에 대해 모종의 거래를 하겠지요. 완얼군이 용상에 오르면 우린 다 죽습니다."

"그럼 중전도 죽여 버리면 될 것 아닙니까?"

숙빈이 앙칼지게 내뱉었다.

"백성을 구제한다거나 돌아가신 대비마마에 대한 불효를 명분으로 폭군인 전하는 제거한다고 쳐도, 중전마마는 죽일 명분이 전혀 없습니다. 게다가 회임까지 하신 중전마마를 시해한다면 민심은 차갑게 돌아설 것입니다. 그러니 전하께서는 지금 절대 돌아가셔선 아니 됩니다."

"전하가 깨어나시면 이 사람이 위태로워질지도 모릅니다!"

"이미 위태로워지셨습니다."

수염이 덥수룩한 장대갈의 얼굴이 눈에 띄게 냉정하게 변했다.

"지금 저와 거리를 두시려는 겁니까? 설마 책비가 하는 말 따위를 그대로 믿으시고요?"

'아비 행세를 하던 병판마저 나를 버리려는 것인가!'

숙빈의 표정이 일그러지며 한때는 아비였던 장대갈을 쏘아보았다. 그 역시 형형한 눈빛으로 숙빈의 눈빛을 맞받아쳤다. 배신감을 느낀 건 장대갈 쪽이 더 컸다.

좌승지 변학도가 숙빈을 처음 집으로 데려왔을 때 조실부모한 먼 친척의 여식이라고 했었다. 자색이 빼어나고 영특하니 궁에 들여보내면 크게 쓰임이 있을 것이라면서.

'한데 천기의 딸이었을 줄이야!'

뿐만 아니라 원자도 왕실의 혈통이 아닐지도 모른다니. 아니, 여태까지의 정황으로 보건대 전하의 씨가 아닌 것이 분명했다. 그는 완얼군을 몹시 탐탁찮아 했다. 하지만 누구 씨인지도 모르는 원자가 보위를 물려받게 할 순 없었다. 그가 폭군임에도 불구하고 이율을 지지하고 있는 것도 적통대군이기 때문이었다.

"미천한 책비의 말을 믿을 리가 있겠습니까? 원래 천한 것들은 거짓말을 잘하는 법이지요."

'숙빈 너처럼!'

장대갈의 말속엔 뼈가 있었다. 그리고 그의 머리가 빠르게 회전하며 장기판의 수를 헤아리듯이 상황을 정리해 나갔다. 이한림은 이미 완얼군과 손을 잡았다. 즉, 완얼군이 즉위를 하지 않으면 이한림과 그의 일파는 모두 죽는다. 그러므로 사생결단을 내려야 할 것이다.

전하는 반드시 깨어나셔야만 한다. 그래야 계획대로 유두절에 이한림 일파와 완얼군을 제거할 수 있다. 하지만 충분히 설명을 했는데도 불구하고 숙빈의 성격상 당장 자기가 살기 위해 전하를 시해하려 할지도 모른다. 숙빈은 춘향이라는 자신의 정체를 감추기 위해 이미 수많은 사람들을 죽인 잔혹한 계집이다. 그리 생각하자 갑자기 가시방석이 되어 전하의 곁을 단단히 지켜야겠다는 생각이 들었다.

"일단 천화각에서 숨을 고르고 계십시오. 제가 돌아가는 사정을 좀 더 지켜본 뒤 대책을 세워보겠습니다."

장대갈이 두루뭉술한 말을 남기고 자리에서 일어났다. 그리고 그가 나간 뒤 숙빈은 확신했다.

'병판이 나를 버릴 것이다!'

어차피 친딸도 아니고, 자신의 권력 유지의 수단으로 들인 수양딸일 뿐이니 필요가 없어지면 잘라내면 그만이었다. 이제 방법은 한 가지뿐이었다.

"예판 대감을 불러 오너라, 어서!"

예조판서 이한림. 한때 책비의 시아버지이자 이몽룡의 아비!

'그리고 내 아이의 친할아버지……'

숙빈이 이를 악물었다.

'절대 나 혼자 버러지처럼 죽지는 않을 것이야!'

"전하께서 의식을 잃고 쓰러지셨다고요?"

경회루에서 있었던 일을 완얼에게 전해들은 숙휘가 놀라 되물었다. 사랑채의 공기가 무겁게 가라앉았다.

"종종 그러시지 않느냐. 중전마마께서 곁을 지키고 계시니 곧 의식이 돌아오시겠지."

숙빈이 중전에게 밀려 침전에서 나오는 것을 확인한 뒤 집으로 돌아온 완얼이 차분하게 답했다. 하지만 자신이 진심으로 형님의 의식이 돌아오기를 바라고 있는 것인지는 확신할 수가 없었다.

"그나저나 숙빈마마께서 그리 엄청난 일을 저지르시다니……. 백영 아씨께서 큰일을 해내셨군요."

가장 늦게 모든 진실을 알게 된 량주가 놀라움과 함께 감탄을 금치 못했다.

"그래. 백영 아씨께서 아무도 하지 못한 큰일을 해내셨다."

완얼이 그 말에 동의하며 천천히 고개를 끄덕였다. 실로 대단한 여인이다.

백영이 강주와 판을 벌여 숙빈을 꼼짝 못 하게 옭아매고 전하의 앞에서 가장 극적으로 진실을 폭로할 때까지 극비를 요하는 일이었다. 숙빈이 미리 이런 계획을 알았다면 그 교활한 여인이 어떤 농간을 부릴지 모르기 때문이다.

그래서 굳이 술고래 영감탱이 배갈을 검율로 부른 것이었다. 그가 벙어리였기 때문에. 공술해, 아니, 방자의 등에 문신으로 새겨진 엄청난 내용을 보고도 시기가 될 때까지 입을 다물고 있을 수 있는 사람. 입단속을 하지 않아도 입이 무거울 수밖에 없는 자. 물론 벙어리라도 필담으로 내용을 적을 가능성도 있었다. 하지만 술만 먹여놓으면 붓을 잡기는커녕 몸도 제대로 못 가누는 데다 술김에 말을 지껄여 비밀을 발설할 일이 없으니 이보다 적임자는 없었다. 그래서 완얼은 검시가 끝나자마자 배갈을 한양에서 가장 으리으리한 기방에 들어앉혀 놓았다.

"한데 문신을 새긴 자는 어떻게 여태 그 엄청난 비밀을 지켜주었을까요?"

량주에겐 일생 한 번 나올까 말까 한 예리한 질문이었다.

"강주가 내게 그러더구나. 그 문신을 해준 석고필이라는 사내는 글을 모르는 자였다고. 그저 방자가 건넨 서신을 등에 대고 글자가 쓰인 모양 그대로 문신으로 옮겼을 뿐이니 아무것도 모를 수밖에."

완얼이 설명을 해주며 생각했다. 석고필을 택한 것은 방자의 배려가 아니었을까 하고. 그가 글을 알아 내용을 알게 되었다면 방자는 석고 필을 죽였어야 했으니까. 완얼이 벙어리 배갈을 선택한 이유와 같은 이유로 방자도 문맹인 석고필을 선택한 것이었다.

"가만, 석고필이라면 전에 점순이의 비석을 만들어준 석공이 아닙 니까?"

기억력이 좋은 숙휘가 석고필의 이름을 듣더니 깜짝 놀랐다.

"어쩐지 이름이 익숙하다 했더니 듣고 보니 그렇구나! 맞아, 그때 그자가 그랬었지. 전문은 석공이나 돌이고 나무고 거북이 등딱지고 간에 심지어 사람 등짝에도 뭐든 새겨 넣는다고!"

"와, 이렇게 기막힌 인연이!"

량주도 놀라 입이 쩍 벌어졌다.

"그 석공이 우리에겐 은인과 다름없구나. 점순이의 묘비도 잘 새겨 줘서 고마웠는데, 이렇게 큰 비밀을 밝혀내는 데도 도움이 되어주고."

"하마터면 이몽룡의 아들이 계속 왕자 행세를 하고 다닐 뻔했습니 다. 자칫 잘못했으면 이 나라 임금도 되고요."

숙휘의 얼굴에 냉소가 스쳤다. 이런 우스꽝스러운 나라의 벼슬아치 가 못 되어서 그동안 그토록 고통스러운 세월을 보냈다고 생각하니 냉 소와 실소가 함께 터져 나왔다.

그때, 문밖에서 새끼 머슴 개똥이가 왠지 신바람이 난 목소리로 크 게 외쳤다.

"량주 무사님! 밖에 어떤 아씨가 만나 뵙고 싶다는데요? 엄청 예쁘 십니다!"

"예쁜 낭자가 량주 너를 찾는다고? 이 밤에? 아니, 왜?"

숙휘가 어리둥절해 물었다.

"그걸 제가 어떻게 압니까?"

당황한 량주가 벌떡 일어나더니 마당으로 나갔다.

"누군데 나를 찾는다더냐?"

"처음 보는 아씨였습니다. 제가 일단 후원에 모셔다 드리고 왔는데 그쪽으로 가보시지요."

후원을 손짓하며 아홉 살 남짓한 꼬마 주제에 애어른 같은 표정으로 씨익 미소를 짓는다.

"어린놈이 뭘 안다고 능글맞게 웃긴! 그리고 모르는 사람을 그리 덥석덥석 집 안에 들이다니 경을 치고 싶은 게냐?"

"무사님을 잘 아신다고 하셨단 말이에요! 이름이 뭐였더라……. 오잉? 아잉?"

"아잉? 이놈이 미쳤나! 어디서 앙탈을 부리는 게야? 사내놈이 징그럽게!"

량주가 질색을 하며 쥐어박는 시늉을 하자 방에서 듣고 있던 숙휘가 대뜸 물었다.

"와인이 아니더냐?"

"아, 맞습니다! 와인!"

개똥이가 폴짝 뛰면서 손뼉까지 쳐댔다. 그러나 그 이름을 들은 량주는 대번에 눈살을 찌푸렸다.

"뭐 하느냐? 와인 무녀님께서 직접 여기까지 찾아오셨다는데 어서 가보지 않고?"

완얼이 잠시 복잡한 상황을 잊고 흐뭇하게 웃으며 량주를 재촉했다. 그는 와인이 그들을 위험에 몰아넣은 장본인이라는 걸 까맣게 모르고 있었기 때문이다.

"치이, 아무것도 모르시면서……."

량주가 덩치에 어울리지 않게 시무룩하게 입을 비죽거렸다. 와인이

한 짓을 절대 용서할 수 없고 미워하긴 했지만 다른 이들에게 알리진 않았다. 단순하고 우직한 량주의 성격상 그것이 완얼을 도와 큰일을 해주고 자신을 좋아해 준 여인에 대한 마지막 의리라고 생각했기 때문이다.

"방으로 들이건 내쫓건 일단 어서 가보아라! 야밤에 여인을 마냥 기다리게 할 순 없지 않느냐?"

숙휘까지 그렇게 몰아세우자 량주가 하는 수 없이 후원으로 향했다.

"량주 무사님!"

적당한 달빛이 비추는 아름다운 후원에서 이제나저제나 초조하게 서성이며 그를 기다리던 와인이 반갑게 외쳤다.

"여기까진 어쩐 일로 오셨습니까? 다시는 만날 일이 없었으면 한다고 전에 분명 말씀드렸을 터인데요."

"꼭 드릴 말씀이 있어서 염치 불고하고 이렇게 찾아왔습니다."

여전히 차갑기 그지없는 량주의 태도에 와인이 목을 움츠리며 답했다.

"야심한 밤에 여인이 사내를 이리 불러내다니, 부끄럽지도 않으십니까?"

"그것이 아니오라……."

"나는 무녀님과 아무 할 말이 없으니 돌아가십시오!"

량주가 단호하게 쏘아붙이고선 돌아섰다.

"무사님! 무사님!"

꿈에서처럼 와인이 간절히 불러보았지만 그는 돌아보지 않았다.

"이대로 가시면 무사님은 죽습니다!"

"뭐라고요?"

그제야 량주가 휙 뒤를 돌아봤다. 그러자 와인이 다급하게 말을 쏟아냈다. 량주가 행여 말을 다 듣지 않고 가버릴까 싶어서였다.

"유두절에 혼인 잔치를 하시면 절대 아니 됩니다!"

"밑도 끝도 없이 대체 무슨 소리를 하는 겁니까?"

"천화각에서 그날 무슨 일을 꾸미려는 것 같습니다. 숙빈이 병판에게 하는 말을 우연히 들었습니다. '유두절 혼례날이라, 큰일을 도모하기에 더없이 좋은 날이로군요' 하고요."

"우연히 듣게 되었다고요? 가락지를 우연히 주워서 완얼군 대감께 갖다 주시기 직전에도 천화각에 우연히 들르신 거라고 하지 않았습니까? 어떻게 와인 무녀님이 우연히 천화각에만 가면 무슨 일이 생기는 겁니까?"

량주가 기가 막힌다는 듯 코웃음을 쳤다.

"더 이상 변명하지 않겠습니다. 예, 제가 숙빈마마께 완얼군 대감과 백영 아씨가 같은 가락지를 끼고 있다고 고해바쳤습니다. 그걸 숙빈마마가 전하께 고하셔서 그날 그 난리가 났던 것이고요. 하지만 이번엔 정말입니다. 그리고 저녁 무렵에 흰옷을 입은 량주 무사님께서 배를 타고 강을 건너 머나먼 길을 떠나시는 꿈을 꾸었습니다. 이는 몹시 불길한 꿈이옵니다. 혼인 잔치를 하지 마십시오. 그게 어렵다면 량주 무사님만이라도 그곳에 가지 마십시오."

"또 무슨 사주를 받고 왔는지는 몰라도 혹시 무슨 일이 생긴다고 칩시다. 근데 다른 사람들은 다 죽든지 말든지 내버려 두고선 나 혼자 살겠다고 쏙 빠져나오라고요? 역시 의리와 정이라고는 눈곱만큼도 없는 와인 무녀님답군요!"

량주의 말은 싸늘하기 그지없었다.

"제발 믿어주십시오. 량주 무사님의 목숨이 걸린 일입니다."

와인은 그가 죽을지도 모른다는 생각에 자존심이고 뭐고 다 버리고 량주의 발밑에 무릎을 꿇었다.

그리고 폭포수처럼 눈물을 쏟으며 애원하였다.

"제가 아무리 무식하고 어리석어도 한 번 당하지 두 번 당하진 않습니다. 돌아가십시오!"

하나 량주는 결코 마음을 바꾸지 않았다.

"무사님! 제발!"

와인이 돌아서려는 량주의 발을 가슴에 끌어안고 처절하게 붙들었다. 하지만 량주는 마치 벌레 한 마리가 다리에 들러붙은 듯이 그녀의 목덜미를 잡고 매정하게 떼어내 버렸다. 흙바닥에 나동그라진 와인의 절규는 이내 악으로 바뀌었다.

"완얼군 대감이 새장가를 가시면 책비와 잘될 줄 알고 그러시는 겁니까? 웃기지 마십시오! 그래봤자 책비는 전하의 것입니다! 량주 무사님에게까지 차례가 돌아올 것 같습니까?"

"그 입을 다무시오!"

량주가 버럭 고함을 질렀다. 그리고 평생 처음으로 여인에게 험한 말을 퍼부었다.

"버러지보다 못한 당신 같은 여인이 감히 입에 올릴 분이 아닙니다!"

량주의 얼굴이 분노로 벌겋게 달아올랐다. 하지만 자신의 잘못은 생각지 못하고 와인 역시 짓밟힌 진심과 모욕감으로 분노에 불타올라 벌떡 일어났다.

"대체 그 계집이 뭐가 그리 대단해서요! 제가 그 계집보다 못한 것이 뭡니까? 버러지는 제가 아니라 임금을 비롯해 그 아우인 왕자와 그 왕자의 무사에게까지 꼬리 친 그년이 버러지……. 아악!"

철썩!

세찬 소리와 함께 와인의 비명이 후원에 울려 퍼졌다. 량주가 와인의 뺨을 때린 것이다. 와인의 작은 몸이 휘청할 만큼 거센 손찌검이었다.

"저를 이렇게까지……. 미워하시는 줄은……."

와인이 충격으로 입술을 파르르 떨면서 차마 말을 잇지 못했다. 하나 량주도 자신의 행동에 놀라긴 마찬가지였다. 와인이 백영에게 퍼붓는 폭언을 참지 못하고 저도 모르게 따귀를 날리긴 했으나 와인의 뺨이 손바닥에 와 닿는 순간 정신이 번쩍 들었다.

'내가 지금 무슨 짓을 한 것인가! 사내가, 그것도 무인이 여인에게 폭력을 휘두르다니!'

그러나 이미 일은 벌어지고 난 뒤였다. 량주는 어찌해야 될 바를 모르고 넋이 나간 듯 멍하니 서 있었다.

"네 이놈! 이 짐승 같은 놈아!"

그때, 완얼이 고함을 치며 달려와 량주의 등짝을 사정없이 후려쳤다.

"연약한 여인에게 손찌검을 하다니! 어서 배워먹은 짓거리냐!"

대체 이 밤중에 와인 무녀가 무엇 때문에 량주를 찾아온 것일까 몹시 궁금해진 완얼이 숙휘와 함께 후원으로 나왔다. 그런데 후원에 발을 들이자마자 요란한 따귀 소리와 여인의 비명 소리가 들리는 것이 아닌가?

"오해십니다! 그게 아니라……."

"오해는 무슨! 네가 무녀님을 때리는 걸 두 눈으로 똑똑히 보았는데!"

항시 대화와 토론으로 문제를 해결하는 숙휘가 눈을 부릅뜨더니 검집으로 량주의 등짝을 두들겨 패기 시작했다.

"어디 할 짓이 없어서 연약한 여인네에게 힘자랑이냐, 이 막돼먹은 놈아!"

"옳지, 잘한다! 이런 놈은 매가 약이지! 두부 먹다 이 빠질 놈아!"

완얼이 숙휘의 말에 장단을 맞추고는 와인을 돌아보며 정중하게 사과했다.

"정말 미안하게 됐구나. 내가 아우를 잘못 가르쳐서……. 엇, 어디로 간 거지?"

한데 와인은 이미 옆에 없었다. 주위를 두리번거려 보니 그녀가 눈물을 훔치며 도망치듯 후원을 나가고 있었다. 완얼이 '저기!' 하고 불러봤지만, 와인은 빠르게 어둠 속으로 사라져 버렸다.

"얼마나 치욕스러웠으면 저리 눈물을 펑펑 흘리면서 도망치듯 가버렸겠느냐?"

"오해라니까요! 도망칠 만하니까 도망간 겁니다!"

량주가 세상에서 가장 억울한 표정으로 항변하자 숙휘가 '이놈이!' 하며 검집으로 옆구리를 푹 찔렀다.

"그래도 반성을 안 하고! 여인이 먼저 와주면 '감사합니다!' 할 것이지 네까짓 게 뭐 잘났다고 유세냐, 유세는!"

"제대로 알지도 못하시면서 참견하지 마십시오!"

"이놈이, 감히 형님에게 눈을 부릅뜨고! 부끄러운 줄 알아라! 천지에 너 같은 놈을 거둬줄 여인이 또 어디 있다고! 그러니 장가를 못 가지."

"맞습니다! 장가 같은 거 우리 모두 가지 맙시다! 대감, 유두절에 혼인잔치 하지 마십시오. 우리 같이 언제까지나 이렇게 살아요. 예?"

무슨 꿍꿍이냐며 쏘아붙이긴 했지만 와인의 말이 계속 마음에 걸렸다. 만일 그녀의 말을 무시했다가 완얼군 대감에게 정말 큰일이라도 생기면 어쩌나 한편으론 더럭 겁이 나기도 했다.

"내가 언제 그날 혼인을 한다고 했냐? 그럴 일은 절대 없을 터이니 염려 말아라."

"정말이시지요? 그날 예판 대감 댁 아씨와 혼인 안 하시는 거죠?"

"그렇다니까 그러네. 이놈이 속고만 살았나."

"아이고, 이제 살았습니다!"

량주가 언제 두들겨 맞았냐는 듯 뛸 듯이 기뻐했다. 두 손을 번쩍 들어 만세까지 부르면서.

"별 싱거운 놈을 다 보겠네! 아무튼 내일 날이 밝거든 당장 와인 무녀에게 찾아가서 사죄하고 오너라!"

"예? 그건 좀……."

"아직도 반성을 못 하고 끝까지 잘했다는 것이냐? 백 번 양보해서 이유가 있었다 하더라도 사내가 여인에게 폭력을 휘두르는 것은 절대로 해서는 안 될 일이다!"

완얼이 단호하게 말했다. 그러자 량주가 고개를 갸우뚱하며 물었다.

"향단이 같은 살인귀 자객에게도 말입니까?"

"그, 그건 예외고……."

미처 그 생각까지는 못 한 완얼이 당황해 말문이 막혔으나 이내 다시 목소리를 높였다.

"아무튼 와인 무녀가 자객은 아니지 않느냐!"

"직접 검을 휘두르진 않았지만 자객 못지않게 위험한 여인입니다."

량주가 볼멘소리를 했다.

"그런 여리여리한 여인이 뭐가 위험하다고 덩치는 멧돼지만 한 놈이! 아무튼 그리 알고 내일 당장 찾아가거라!"

그리 명을 내린 완얼이 대답도 듣지 않고 다시 사랑채로 향했다.

"백영 아씨는 이제 완전히 포기한 것이냐?"

후원에 둘만 남자 잔뜩 화가 나 부루퉁하게 서 있는 량주에게 숙휘가 조용히 물었다.

"그건 왜 물으십니까?"

"대감이 새장가를 가시면 솔직히 너한텐 좋은 게 아니냐? 경쟁자가 하나 사라지는 셈이니."

"형님!"

와인과 똑같은 소리에 량주가 펄쩍 뛰었다.

"물론 백영 아씨가 저를 좋아해 주신다면 세상에 더 바랄 것이 없겠지만 그렇다고 완얼군 대감께서 불행해지신다거나 돌아가시는 건 절대 바라지 않습니다."

"완얼군 대감이 돌아가시다니, 그게 무슨 소리냐?"

량주의 표정에서 심상치 않은 기색을 느낀 숙휘가 날카롭게 물었다. '직접 검을 휘두르진 않았지만 자객 못지않게 위험한 여인'이라고 말했던 량주의 말도 찜찜하게 머릿속에 맴돌았다.

"와인 무녀와 무슨 얘기를 나눈 것이냐? 한마디도 빼놓지 말고 다 말해보아라."

"실은 조금 아까 와인 무녀가……."

숙휘가 그렇게 나오자 량주는 차라리 마음이 편안해졌다. 그녀에 대한 마지막 의리로 입을 다물고 있으려 했지만 형님들을 위험에 빠지게 하면서까지 지킬 의리는 아니었다. 량주는 크게 숨을 한 번 들이마신 뒤 와인 때문에 일어난 '가락지 사건'과 방금 전에 그녀가 했던 말을 털어놓기 시작했다.

"뭐야? 그런 얘기를 왜 이제 하느냐!"

이야기를 모두 들은 숙휘의 안색이 창백하게 변하였다.

"제가 무식하고 단순하여 또 술수에 넘어가는 건 아닌가 해서 아예 말도 꺼내지 말자 싶었습니다."

"와인 무녀가 일전에 가락지로 그런 농간을 부렸었다면 이번에도 완얼군 대감과 이한림 대감이 손을 잡는 것을 방해하려는 수작인지도 모른다."

"역시 그럴 가능성이 높지요? 천하에 못 믿을 여인네입니다!"

"하지만 만에 하나 무녀의 말이 맞는다면……."

숙휘가 곰곰이 생각에 잠겼다.

"어…… 어머…… 니……."

깊은 잠에 빠진 듯 숨만 쉬며 누워 있던 율이 가느다랗게 무어라 속삭였다. 머리맡에서 깜빡 졸고 있던 중전이 퍼뜩 잠에서 깨었다. 창밖엔 벌써 동이 환하게 터오고 있었다.

"전하! 정신이 드시옵니까?"

"어머니…… 어머니……."

율의 말이 점점 또렷해졌다. 꿈에서 모후를 만나고 있는지 그는 어머니를 찾고 있었다. 그리고 눈도 뜨지 않은 채 무언가를 애타가 잡으려는 듯 힘겹게 한 손을 들어 올렸다.

"전하! 정신을 차려보시옵소서! 신첩이 여기 있사옵니다!"

중전이 율의 손을 꼭 잡으며 외쳤다.

그러자 마침내 율이 눈을 번쩍 뜨고선 중전을 똑바로 쳐다봤다. 그러곤 잡은 손을 세차게 뿌리쳤다.

"손을 뿌리치시는 거 보니 저를 알아보시는 거로군요."

중전이 쓸쓸한 표정으로 말했다. 그러나 율은 중전의 표정 따위는 안중에도 없이 몸을 일으켰다. 장시간 누워 있던 탓에 잠시 몸이 휘청했으나 휘청이면 휘청이는 대로 비틀비틀 방을 나섰다.

"전하! 어디를 가시는 겁니까?"

중전이 놀라 율의 뒤를 쫓았다. 그리고 그 뒤를 어의가 더 놀라 쫓았다.

"전하, 아직 움직이시면 아니 되옵니다! 깨어나시자마자 그렇게 무리하시면 절대 아니 되옵니다!"

하지만 율의 귀에는 아무 소리도 들리지 않았다. 그저 아득히 먼 곳에서 누군가 그를 부르는 소리만이 들릴 뿐이었다.

"율아…… 율아……. 이리 오너라…… 율아……."

'예, 지금 가고 있습니다.'

율이 대답했다.

'제가 당신에게 가고 있습니다. 보고 싶어요. 너무 보고 싶어요.'

풀어헤친 머리에 용포도 걸치지 않고 맨발로 흙바닥을 밟으며 율은 그렇게 홀린 사람처럼 걸어갔다. 중전은 몇 번이고 그를 말리고 싶었지만 죽음의 냄새를 풍기는 듯한 음산하고도 강렬한 기운에 감히 막아설 수가 없었다. 그렇게 어딘가를 향해 걸어가던 율이 마침내 발걸음을 멈춘 곳은 만화각이었다. 만화각을 지키던 내금위들은 해괴한 몰골의 임금을 보자 놀라 멍하니 굳어버렸다.

"전하, 이러지 마십시오."

더 이상은 안 되겠다 싶어 중전이 간곡하게 말하며 팔을 붙들었다. 그러자 율이 도저히 사람이라고 믿겨지지 않는 힘으로 그녀를 확 뿌리쳤다. 그 바람에 중전은 아랫배를 움켜쥐고 바닥으로 나뒹굴었다.

"중전마마! 괜찮으시옵니까?"

곁을 지키던 상궁의 안색이 파랗게 질려 중전을 부축했다. 하지만 중전은 고통스럽게 일그러진 표정으로 신음만 할 뿐 아무 대답도 하지 못했다.

"어의는 대체 뭘 하시는 겁니까? 어서 마마를 살펴보십시오. 아기씨를 품은 귀한 몸이시라는 거 모르십니까!"

한바탕 소란이 벌어졌음에도 율은 중전 쪽은 거들떠보지도 않고 대문을 열고 안으로 들어갔다.

이른 아침, 잠에서 깨어 이부자리를 개고 있던 백영은 율이 갑자기 방 안으로 들이닥치자 놀라 말도 제대로 나오지 않았다. 하나 이내 정신을 가다듬고 입을 열었다.

"전하, 이제 괜찮으시옵니까?"

"네가 나를 불렀느냐?"

그가 대뜸 물으며 그녀에게 다가왔다.

"예? 제가 어찌 감히 전하를 오라 가라 할 수 있단 말입니까?"

잠들어 있던 광기가 또다시 깨어난 듯한 부연 율의 눈동자가 왠지 두려워 백영이 뒤로 물러섰다. 그러자 율은 성큼성큼 더욱 가까이 그녀에게 다가왔다.

"아니, 네가 나를 불렀다. 이 만화각에서 분명 나를 불렀다. 그래서 내가 온 것이다!"

"소인은 그런 적이 없사옵니다."

그녀의 말이 율의 무언가를 건드린 것일까? 눈빛이 사나워지더니 순식간에 달려들어 그녀를 벽으로 밀어붙였다.

"나를 원하지 않았다고?"

그녀의 등이 벽에 닿았다. 이젠 더 이상 물러설 곳이 없는 것이다.

백영을 벽으로 몰아세운 율이 긴 팔로 벽을 짚고서 그의 품 안에 그녀를 가두었다.

"어째서이냐. 너는 왜…….."

쾅!

율이 제 성질을 못 이기고 벽이 부서져라 주먹으로 벽을 내려쳤다.

"너는 왜! 나를 원하지 않는 것이냐!"

잡아먹을 듯한 율의 강렬한 눈빛에 순간 현기증이 일면서 백영이 풀썩 주저앉고 말았다. 하지만 왜냐는 율의 물음엔 언제나처럼 당차게 답을 했다.

"이래서 전하를 원하지 않습니다."

그러자 율이 어딘지 맥이 탁 풀린 표정으로 그녀를 내려다보았다.

"어머니가 자꾸 날 부르시더구나. 이제 그만 어머께 오라고. '율아, 이 어미와 함께 살자. 이 어미와 함께 살자. 율아. 율아' 하시더구나. 내가 그리 하면 모두가 행복하겠지?"

잠시 꿈이라도 꾸는 듯 그의 눈빛이 아련해졌다. 하지만 이내 다시 힘이 들어가며 의미심장하게 물었다.

"너와 완얼군도 행복해지겠지? 그렇지 않으냐, 춘향아?"

"전하, 저는 이제 더 이상 춘향이가 아니옵니다."

그러자 율이 그녀의 어깨를 난폭하게 부여잡고 일으켜 세웠다. 그리고 불을 뿜듯이 물었다.

"그럼 너는 누구냐!"

"제가 바로…… 이 도령의 정실부인입니다. 아니, 부인이었습니다."

이몽룡의 이름을 확실히 대지만 않는다면 당장은 그녀가 예조판서 이한림의 며느리이자 좌승지 변학도의 누이라는 것이 밝혀지진 않을 것이다. 일단 버틸 수 있는 데까지 버텨보고 대책을 강구해 보자. 그리 생각했다.

"그, 그게 정말이냐? 정말 네가……."

율이 놀라 잡고 있던 백영의 어깨를 놓았다.

"예. 첫날밤에 소박을 맞은 새신부가 바로 접니다. 그리고 그렇게 춘향이를 찾아갔던 서방님은 다음 날 아침에 돌아와 사흘 뒤 죽어버리고 말았습니다. 그가 너무 미워서 죽어버리라고 간절히 바랐습니다. 저의 저주가 정말 그를 죽인 것이 아닐까 두렵기도 했습니다. 그래서 이번에도 두려웠습니다."

백영이 율의 눈동자를 바라보았다. 흔들리는 그의 눈동자 속에 비친 백영의 모습도 몹시 흔들리고 있었다.

'죽어! 죽어버려! 당신만 없으면, 당신만 죽어버리면 완얼군 대감과 함께할 수 있어!'

그렇게 수도 없이 바라고 저주했던 임금이다. 하지만 막상 그가 죽는다고 생각하자 가슴이 덜컥 내려앉았다. 그 이유가 무엇일까? 백영이 뿌연 흙탕물처럼 어지러워진 제 마음을 들여다보며 말을 이었다.

"죽어버리라고……. 전하께도 그런 마음을 먹었었습니다."

"내가 죽기를 그토록 간절히 바랐던 것이냐?"

율이 물었다.

슬프게.

미칠 듯이 화가 나고, 서운하고, 괴롭고, 외롭고, 아프고. 지금 그의 이 모든 복잡한 감정을 아우르는 단 한 마디는 아마 '슬프다'일 것이다. 그리고 그의 '슬프다'는 '사랑받고 싶다'와도 같았다. 먼 길을 돌고 돌아 결국 그가 원하는 건 그저 사랑 하나뿐이었다.

"예, 그랬습니다. 제가 그리도 간절히 바랐었습니다. 그래서 전하께서 쓰러져 깨어나지 않으시자 또 나의 저주인 걸까 그런 생각을 했었습니다. 한데 제가 두려운 것이 전하께서 정말 죽어버리는 것인지, 아니면 저의 저주로 또 다른 업을 쌓는 것인지는 모르겠습니다."

"실은 네가 누구건 이젠 상관없다."

잠시 뜸을 들이던 율이 천천히 입을 열었다.

"아니, 처음부터 상관없었다. 네가 춘향이든 미상이든 그 누구든 그것이 중요한 것이 아니었다. 나는 그저 너이면 된다. 내 앞에 이렇게 있기만 하면 그걸로 충분하다."

율이 꿈속에서 어머니와 있는 듯 아스라한 눈빛으로 그녀를 보며 말을 이었다. 오랜 시간 잠들어 있었건만 그는 몹시도 피곤해 보였다.

"의식은 없었지만 나는 느낄 수 있었다. 모두가 내가 깨어나지 않기를 바란다는 거. 너 역시도. 그래서 나는 더더욱 깨어날 수가 없었다. 난 고장 난 인간이다. 이렇게 고장 난 채 살아가는 것이 몹시 고단하구나. 이제 그만 쉬고 싶다. 깨어나지 않았으면 좋았을 걸 그랬다……"

율이 진심으로 그리 생각했다. 무의식중에 그런 생각을 가지고 있었기 때문에 금방 깨어나지 않았는지도 모른다. 하지만 그럼에도 결국에 눈을 뜬 이유는 아마 지금 눈앞에 있는 여인의 얼굴이 몹시도 보고 싶었기 때문이리라.

"아직도 내가 죽기를 바라느냐?"

율이 백영의 얼굴을 보고 또 보며 물었다.

'좋아해 주기를 바라진 않겠다. 아니라는 말 한마디만 해다오. 그저 옆에만 있어다오.'

하지만 백영은 조용히 고개를 숙일 뿐이었다. 둘 사이에 침묵이 흘렀다. 그리고 백영은 끝내 아무 대답도 하지 않았다. 그녀 자신도 답을 알 수 없었기 때문이다.

"중전마마!"

상궁이 중전을 부르며 오열했다. 그러자 중궁전에 있던 모든 나인들이 일제히 울음을 터뜨렸다.

"마마…… 어찌 이럴 수가……. 마마…… 하늘도 무심하시지……."

흐느낌과 함께 간간이 말소리가 뒤섞여 들려왔다.

"웬 소란들이냐. 혼자 있고 싶구나. 다들 나가 있어라."

이부자리에 누워 있는 중전이 명했다. 하지만 그 목소리엔 힘이 하나도 없었고 안색은 창백하기 그지없었다.

"중전마마……."

"내가 너희들 앞에서 비참하게 눈물을 흘리는 꼴이라도 보고 싶은 게냐!"

중전이 몸에 남아 있는 마지막 힘을 끌어 모아 일갈했다. 그제야 상궁나인들이 방에서 물러났다. 홀로 남은 중전의 눈에서 그때서야 눈물이 흘러내렸다.

'아이를 잃었다!'

만화각 앞에서 전하가 휘두른 팔에 맞고 땅바닥으로 나뒹굴면서 아랫배에 심한 통증을 느꼈다. 그리고 이내 피가 비치더니 복중의 태아를 잃고 말았다. 원래 중전은 아기집이 약한 편인 데다 수태한 지 얼마 되지 않아서 작은 충격에도 위험할 수 있는 시기였는데 기어이 사달이 난 것이다. 하지만 아직도 실감이 나지 않았다. 아직도 그녀의 몸속 어딘가에서 왕자가 자라고 있는 것 같았다.

'얼마나 어렵게 가진 아이인데. 그것도 적통대군을!'

만화각으로 가거나 말거나 쫓아가지 말걸. 아니, 전하가 쓰러졌거나 말거나 옆에 얼씬도 하지 말 것을. 모든 것이 후회스럽고 모든 것이 원망스러웠다. 이럴 거면 아예 주시지를 말든가 아이를 내려주셨다가 빼앗아간 하늘도 원망스럽고, 일생 가장 큰 기쁨과 행복을 누렸다가 가장 큰 슬픔과 절망에 빠지자 세상에 희롱당하는 기분이었다. 그러나 가장 원망스러운 것은 지아비였다. 그는 살인귀이다. 그 살인귀가 이젠 제 자식마저 죽여 버린 것이다.

"아흑흑흑흑! 아흑흑흑흑!"

누구 앞에서도 절대로 위엄을 잃지 않고 덕망 높은 중전의 입에서 마침내 짐승 같은 울부짖음이 터져 나왔다. 그것은 그냥 울음이 아니었다. 깊은 슬픔으로 온몸의 피가 눈물로 변해 혈관을 타고 흐르고, 두 눈에선 피로 변한 눈물이 흘러내렸다. 오장육부가 다 녹아내리고, 산 채로 눈알을 뽑히는 것처럼 말로 형용할 수 없는 고통이었다. 자식을 잃은 어미의 처절한 울부짖음을 들은 악귀들이 피 냄새를 맡고 중궁전으로 몰려들었다. 그리고 그녀의 마음을 암흑으로 물들였다.

'절대 용서하지 않겠다! 전하도, 숙빈도, 나의 아이를 죽인 모든 이들을 절대로 용서하지 않겠다!'

"호호호호!"

실로 오랜만에 천화각에 숙빈의 높은 웃음소리가 울려 퍼졌다.

"네가 심어놓은 씨앗을 네가 걷어왔구나. 용하다, 용해! 너는 도성 최고, 아니, 조선 최고의 무녀다!"

한껏 기분이 좋아진 숙빈이 부복해 있는 와인을 칭찬했다.

"정말 수고했다. 원하는 것이 있으면 뭐든 말해보아라. 오늘만큼은 아무리 값비싼 것이라도 네가 원한다면 내어줄 것이니."

궁지에 몰렸던 숙빈은 중전의 복중 태아가 죽어버렸다는 소식에 밑도 끝도 없는 암흑 속에서 빛을 본 기분이었다. 그리고 아이를 없애는 부적을 썼던 와인을 불러다 공을 치하하였다.

"그저 시키시는 대로 했을 따름이옵니다."

와인이 힘없이 대꾸했다. 량주를 만나고 온 이후 넋이 나간 사람처럼 방에만 처박혀 있었다. 엄청난 불행이 시시각각 다가오고 있는 걸 알면서도 그녀가 할 수 있는 건 아무것도 없었다.

"바라는 것이 아무것도 없단 말이냐?"

'량주 무사님을 제게 주실 수 있습니까?'

그녀가 원하는 건 오직 하나, 고량주뿐이었다. 하지만 그건 숙빈이 줄 수 있는 것이 아니었다. 그리고 중전의 복중 태아가 죽었다는 말을 들었을 때 그녀는 알았다. 부적을 쓴 자신도, 그 부적을 사용한 숙빈도 무사하지 못하리라는 걸. 누군가에게 그녀들의 악행이 알려지지 않더라도 하늘이 알고 있었다. 어릴 적 신 내림을 받은 지 얼마 되지 않아 자신의 엄청난 힘을 주체하지 못한 와인이 함부로 신력을 쓰고 다녔을 때 신어미가 크게 나무라며 이런 말을 했었다.

"네가 잘나서 남들과는 다른 능력을 가졌다고 생각하느냐? 하늘이 잠시 너의 몸을 빌려 신력을 행하는 것일 뿐, 너는 신의 도구에 불과하다. 한데 신이라도 된 듯한 오만함에 취해 그 힘을 악한 일에 쓰면 반드시 천벌을 받을 것이다! 당장 네가 잘못되지 않더라도 네가 가장 아끼는 이들이 네 죗값을 대신 치를 수도 있어, 이것아!"

지금 와인이 가장 아끼는 사람은…….

'량주 무사님!'

모든 것이 량주의 불행을 예고하는 것 같아 와인은 점점 두려워져만 갔다.

"저는 더 이상 바라는 것이 아무것도 없사옵니다. 하오나 궁금한 것

364 변씨부인 스캔들

은 하나 있사옵니다."

"그것이 무엇이냐?"

"숙빈마마께서는 누굴 가장 아끼십니까?"

그러자 숙빈이 얼른 대답을 하지 못하고 멈칫했다. 그녀도 누군가를 아끼고 사랑하며 살던 시절이 있었다. 언제까지나 변하지 않는 진실한 사랑이 있다고 믿었었다. 하지만 그런 건 소설 속에나 나오는 꿈이었다.

"내가 아끼는 건 오직 내 자신뿐이다!"

숙빈이 도도하게 턱을 치켜들고 답했다. 하지만 그녀의 머릿속엔 원자와 그리고 향단이의 모습이 빠르게 스쳐 지나갔다.

"그러시군요. 항상 당당하신 모습이 참으로 존경스럽사옵니다."

와인이 답했다. 물론 입에 발린 소리이긴 했지만 지금만큼은 자기밖에 모르는 숙빈이 차라리 부러웠다. 누군가를 사랑해서 고통 받을 일도, 자신 때문에 사랑하는 이가 다칠까 봐 괴로울 일도 없을 테니까. 그리고 그때 책비가 떠올랐다. 량주는 책비의 말이라면 무엇이든 들을 것이다. 사랑하니까.

'그래! 책비에게 말을 해보자! 그녀라면 량주 무사님을 설득할 수 있을 거야!'

량주에게 모진 말을 들은 것도 모자라 따귀까지 맞았지만 그래도 와인은 아직도 그를 연모하고 있었다. 그리고 그가 죽는다는 것은 상상조차 할 수 없었다.

"기도를 올릴 시간이 거의 다 되어가는데 이만 가보아도 되겠습니까?"

"그래, 그럼 나가보아라. 원하는 것이 생각나면 주저하지 말고 말하고."

"예, 숙빈마마."

와인이 공손히 인사를 올리고 자리에서 일어났다. 그리고 천화각을 나서자 예조판서 이한림이 숙빈의 처소로 걸어오고 있었다.

"대감, 강녕하셨습니까?"

와인이 꾸벅 인사를 하자 이한림이 눈을 가늘게 뜨고선 그녀를 살펴봤다. 누군지 얼른 알아보지 못한 것이다. 그러다 이내 무명청에서 본 적이 있는 무녀라는 것을 떠올리고는 고개를 끄덕였다.

"무명청에 있던 무녀로구나. 한데 네가 왜 숙빈마마의 처소에서 나오느냐?"

"가끔 숙빈마마의 꿈을 해몽해 드리곤 합니다."

"그래? 알았다. 가보아라."

무녀까지 불러들이는 걸 보면 숙빈이 어지간히 급했나 보다 하고 혀를 차며 천화각으로 들어갔다.

"마침 시간에 딱 맞춰 오셨군요. 앉으시지요."

숙빈이 꽃처럼 화려하게 웃으며 이한림을 맞이했다.

"저를 어찌 찾으셨습니까?"

천화각에서 찾는다는 말에 일단 오긴 했으나 불편한 기색을 굳이 감추진 않았다. 한데 지금쯤이면 궁지에 몰려 풀이 죽어 있을 줄 알았는데 더욱 화려해진 차림과 변함없이 오만한 모습에 적이 놀랐다.

"요전에 함께 도모했던 일이 실패하였으니 다른 방법을 강구해 보아야지요."

두 사람이 손을 잡고 백영을 암살하려 하였으나 실패한 일에 대해 숙빈이 말을 꺼냈다.

"지금 숙빈마마께선 마음대로 움직이실 수 있는 형편이 아니실 텐데요?"

이한림 말투엔 경멸이 가득했다. 변학도에게 숙빈이 춘향이라는 사실을 미리 들은 데다 경회루에서 있었던 일까지 들어서 이젠 숙빈이 춘향이라는 걸 확신하고 있었다.

'숙빈이 춘향이라고 말했던 좌승지의 말이 맞는다면 춘향이가 내 아들을 죽였다는 말도 맞는 것일까?'

이한림의 미간에 깊은 주름이 팼다.

"그리 말씀하시는 걸 보니 이미 경회루에서 있었던 일을 알고 계시는군요."

"숙빈께서 춘향이라는 사실 말입니까?"

"맞습니다. 제가 춘향입니다. 남원의 성춘향!"

무슨 생각인지 그토록 부인하던 일을 이한림 앞에선 순순히 인정했다. 그러자 이한림의 눈이 뒤집히더니 벼락처럼 고함을 질렀다.

"내 아들을 죽인 것이 숙빈 당신입니까!"

숙빈이 별 대꾸 없이 지그시 이한림을 바라보았다.

"대답을 못 하는 겁니까?"

이한림의 수염이 파르르 떨렸다. 대답을 못 하는 것을 보니 좌승지의 말처럼 정말 숙빈이 아들을 죽인 게 맞나 보다 싶으며 분노로 온몸이 끓어올랐다.

"잠시만 기다리시지요. 곧 올 것입니다."

하지만 숙빈은 태연하게 대꾸했다. 그런 그녀의 입가엔 야릇한 미소가 어렸다.

"누가 또 오는 것입니까?"

그러자 때마침 문밖에서 상궁의 목소리가 들려왔다.

"숙빈마마, 원자아기씨를 모셔왔습니다."

"어서 들라 하라!"

숙빈이 여태까지 중 가장 반색을 하며 아들을 맞이했다.

"원자! 이 어미에게 오너라."

하지만 원자는 화사하게 웃는 어미의 얼굴이 낯설어 보모상궁의 치맛자락 뒤에 숨어서 주춤거렸다.

"원자!"

숙빈이 눈을 치켜 올리자 보모상궁이 얼른 원자의 등을 떠밀어 그녀에게 안겼다. 그제야 다시 입가의 미소를 되찾은 숙빈이 원자를 무릎에 앉히고 아이를 얼렀다.

"원자, 사내란 세상 그 누구도 두려워해서는 아니 되는 것입니다. 특히 원자는 이 나라 조선의 왕자입니다. 그 누구 앞에서도 두려운 빛을 보이지 마십시오. 이 어미 앞에서도. 아시겠습니까?"

"예, 어머니."

원자가 울기 직전의 표정으로 대답했다. 보모상궁까지 밖으로 나가자 원자는 더욱 움츠러들었다. 하지만 숙빈은 아들의 대답이 만족스러웠는지 여유롭게 웃으며 이한림에게 다시 시선을 돌렸다.

"자, 그럼 하던 말을 계속해 보시지요."

"어린아이가 있는 앞에서 어찌 그런 얘기를 나누겠습니까?"

이한림이 잔뜩 못마땅한 표정으로 숙빈을 쏘아봤다.

"어린아이니 상관이 없지요. 들어봤자 뭘 알겠습니까? 대감이 더 하실 말씀이 없으시다면 제가 하겠습니다. 예정대로 책비를, 아니, 변백영을 죽일 것입니다."

숙빈이 정말 아이 앞에서도 아무렇지도 않게 살인을 언급했다.

"그리고 그 범인은 중전이 될 것입니다. 아이를 잃은 중전이 질투심과 제 자리를 뺏길지 모른다는 불안감에 전하의 총애를 받는 책비를 죽인 것이라고. 이미 모든 계획이 완벽하게 세워져 있습니다."

백영은 향단이가 알아서 처리해 줄 것이다. 요전엔 뜻하지 않게 방자가 끼어들어 실패했지만 두 번이나 실패할 향단이가 아니다. 그리고 향단이가 백영을 처리하면 엉뚱한 놈이 자객으로 잡혀 들어갈 것이다. 그 자객은 중전이 배후라고 가짜 자백을 한 뒤 죽을 것이고, 그 대가로 굶어 죽어가는 그 사내의 아홉 식구는 막대한 재물을 받게 될 것이다. 숙빈이 사악한 미소를 지으며 말을 이었다.

"그런 뒤 용을 잡을 것입니다. 용이 승천하고 나면 이 나라엔 왕도 없고, 중전도 이미 죽었으니 대비 노릇을 할 사람도 없겠지요. 그럼 그때 대감께서 완얼군이 아니라 원자를 지지해 주십시오."

"왜 제게 그런 제안을 하시는 겁니까? 아버님인 병판 대감을 놔두고."

"나는 이제 병판과 적이 되었습니다. 병판은 예판 대감의 적이니 적의 적은 한편이 아니겠습니까?"

"한편이라고요?"

"예, 한편이요. 우리 원자가 용상에 오르면 가장 먼저 훈구파부터 제거할 것입니다. 그럼 대감과 사림파들의 세상이 오지 않겠습니까?"

"굳이 원자를 지지하지 않아도 폭군이 죽고 완얼군이 왕이 되면 자연히 우리 사림파의 세상이 될 것입니다."

이한림이 코웃음을 쳤다.

"그동안 춘향이를 찾아 남원으로 내려간 관리마다 족족 죽어 나갔었습니다. 한데 그렇게 죽어 나간 자들이 모두 숙빈마마의 정적인 저의 사람들, 즉 사림파였습니다. 이것이 우연이겠습니까? 춘향이의 정체를 알아내려는 관리들을 죽이라 사주한 것은 당연히 숙빈마마이실 테니 죽을 자리에 사림파만 골라서 내려 보낸 것이겠지요."

'천지에 너처럼 간교한 계집이 또 있겠느냐? 숙빈!'

이한림의 눈빛에서 강렬한 증오가 뿜어져 나왔다.

"게다가 내 아들까지 그런 식으로……."

'잔혹하게 죽여 버린 것 아닙니까?'라고 말을 이으려는데 숙빈이 말을 잘랐다.

"그리고 대감이 저를 도와야만 할 또 한 가지 이유는."

숙빈이 잠시 뜸을 들이더니 원자의 귀를 두 손으로 막고선 고개를 이한림 쪽으로 돌렸다.

"예판 대감께선 이 아이의 할아비시니까요."

이한림의 표정이 순식간에 돌처럼 굳었다.

"이 아이를 보십시오. 똑 닮지 않았습니까?"

그 역시 아까 전부터 그리 느끼고 있었다. 아이의 얼굴은 보면 볼수록 몽룡의 어릴 적과 똑같았다. 원자를 이리 관심 있게 본 적은 처음이라 이제야 깨달은 것이었다. 아이에게서 이몽룡의 얼굴을 찾는 이한림의 표정을 본 숙빈이 마지막 결정타를 날렸다.

"그리고 나는 그 사람을, 이몽룡을 결코 죽이지 않았습니다! 대감께서도 아드님에게 보낸 제 서신에 대해 들으셨겠지요? 그의 아이를 가졌으니 궁에서의 모든 것을 버리고 어디든 따라가겠다며 절절한 사랑을 고백하는 내용이었습니다. 그런 서신을 보낸 제가 왜 그분을 죽이겠습니까? 아이의 아버지가 될 사람을요!"

그럴듯한 얘기였다. 하지만 진실은 전혀 달랐다.

방방례에서 몇 년 뒤 두 사람이 다시 만났던 날, 숙빈 장씨가 남원에서 죽은 줄로만 알았던 춘향이라는 사실을 알게 된 이몽룡은 놀랐다는 말로 다 표현할 수 없을 만큼 크게 놀랐다. 그리고 그건 숙빈도 마찬가지였다. 여기까지 어떻게 올라왔는데 이몽룡 때문에 모든 것을 잃을 순 없었다. 하지만 그를 다시 보게 되자 처음 그를 만나 불같은 사랑에 빠졌던 시절의 열정이 되살아나며 크게 흔들렸다. 그러다 회임을 기원하는 불공을 드리러 출궁했던 날, 두 사람은 기어이 절에서 일을 저지르고 말았다. 그리고 그날 아이가 생겼고 회임한 것을 알게 된 숙빈은 서신으로 그 사실을 알리며 그와 새 출발을 하려 했다. 그땐 진심이었다.

'그때는.'

숙빈이 쓸쓸한 미소를 지었다. 하지만 복중의 아이가 틀림없는 사내아이라는 점괘가 나오자 그녀는 다시 탐욕에 휩싸였다.

'아들이 없는 왕실에 내가 원자를 낳는다면……. 그리고 그 아이가 임금이 된다면!'

그런 생각이 든 순간, 이몽룡은 서신과 함께 없애 버려야 할 장애물로 전락했다.

"그 말을 나보고 믿으란 말입니까? 지금까지 모든 것이 거짓이었던 숙빈마마의 말을요?"

이한림의 목소리에 상념에서 빠져나온 숙빈이 다시 냉정을 되찾았다. 그리고 계속 말을 이었다. 회유를 하였으니 이젠 협박을 할 차례였다.

"전하께선 아직 이 도령이 '이한림의 아들 이몽룡'인지 모르십니다. 만일 원자가 이몽룡의 아들이며, 이몽룡이 예판 대감의 아들이라는 것이 알려지면 어찌 되겠습니까? 내가 죽으면 대감 댁도 멸문지화를 당할 것입니다."

"숙빈!"

이한림이 버럭 고함을 질렀다. 큰 눈을 동그랗게 뜨고 열심히 어른들의 눈치를 살피고 있던 원자가 깜짝 놀라 울음을 터뜨렸다.

"아니, 그게……. 할아비가 화가 나서 소리를 지른 것이 아니라……."

아이가 울자 당황한 이한림의 입에서 얼결에 '할아비'라는 말이 튀어나왔다. 그때를 놓치지 않고 숙빈이 아이의 버선을 벗겨서 발을 보여줬다.

"이걸 좀 보십시오. 발가락까지 꼭 닮지 않았습니까? 그 사람도 새끼발가락이 유독 길었지요."

그러자 이한림이 홀린 듯이 아이의 발가락을 바라보았다. 그의 아들 이몽룡도 새끼발가락이 유달리 길었었다. 그 역시 새끼발가락이 길었다. 그래서 몽룡이 어렸을 때 부인이 농 삼아서 '씨도둑은 못 한다더니 어쩜 이리 발가락도 똑 닮았습니까?' 하고 말하곤 했었다.

"아들이 세상에 남긴 단 하나뿐인 혈육입니다. 대감의 손주가 임금이 되는 것입니다. 대감, 다른 모든 것들은 머릿속에서 지우십시오. 오직 이 아이만 생각해 주십시오. 죄 없는 아이는 살려야 하지 않겠습니까?"

숙빈의 말은 애초에 한마디도 듣지 말았어야 했다. 그녀의 뱀 같은 혀에 홀려 버리면 그 누구도 흔들리지 않을 수 없으니 이한림의 표정이 눈에 띄게 흔들리기 시작했다.

'몽룡아, 정녕 네가 저 아이의 몸에서 다시 살고 있는 것이냐?'

오늘따라 아들이 너무나 보고 싶었다.

천화각에서 나온 와인은 서둘러 만화각으로 발걸음을 옮겼다. 내금위가 전각을 지키고 있을 터인데 어찌 들어갈까 고민이 되었으나 일단 가보기로 했다. 만화각에 도착해 보니 역시나 내금위 군사들이 대문 앞을 지키고 있었다. 하지만 여기까지 와서 그대로 돌아갈 수는 없어서 말이라도 꺼내보자 싶어 군졸들에게 다가갔다.

"이보십시오. 저는 성수청의 무녀 와인이라고 하는데……."

"압니다."

"예? 저를 어떻게 아십니까?"

"예전에 전하를 호위하여 무명청에 갔을 때 본 적이 있습니다."

"아, 예. 제가 이곳 책비에게 긴한 볼일이 있어 꼭 만나야 합니다. 아주 잠시만이라도 들어갈 수 있겠습니까? 절대로 오래 걸리지 않을 겁니다."

"그러십시오."

어렵게 꺼낸 말에 군졸이 너무 쉽게 대답을 하자 와인이 오히려 무안해져 '예?' 하고 되물었다.

"정말 이렇게 막 들어가도 되는 겁니까?"

"책비의 유폐는 이미 풀렸습니다."

율의 명으로 내금위가 만화각을 지키는 목적이 달라졌다. 백영을 만화각에 유폐시키려는 것이 아니라 호위를 하는 것으로. 다행이다 싶어 와인이 얼른 만화각으로 들어갔다.

"항아님, 저 와인입니다. 잠시 안으로 들어가도 되겠습니까?"

문밖에서 묻자 백영이 얼른 밖으로 나와 그녀를 반겼다.

"와인 무녀님! 정말 오랜만입니다. 이렇게 먼저 저를 찾아와 주실 줄은 몰랐습니다."

"그동안 별고 없으셨……."

유폐가 되고, 자객이 들어 죽을 뻔하고, 별별 일이 다 있었는데 별고 없었냐는 말이 무색하여 얼른 말을 바꾸었다.

"별고가 많으셨지요?"

그러자 백영이 쓴웃음을 지었다.

"그러게 말입니다. 저는 왜 이렇게 사고를 몰고 다니는지 모르겠습니다. 저기, 그날 온양 행궁 후원에서의 일로 아직도 많이 화가 나 계십니까?"

량주가 백영을 연모하고 있다는 사실을 와인이 알게 된 그날 이후, 여러 가지 많은 사건들이 연달아 터지는 와중에도 늘 마음에 걸렸었다.

"항아님은 제 진심을 짓밟고 저를 농락한 것입니다. 결코 용서하지 않을 것입니다!"

그렇게 백영에게 악을 쓰던 와인의 원망스러운 눈빛이 잊히지가 않았다.

"안 그래도 량주 무사님 때문에 찾아왔습니다."

"무사님 일로 저를 찾아오셨다니요? 혹시 또 무슨 큰일이라도 생긴 것입니까?"

와인의 심상치 않은 표정도 그렇고, 절대 용서하지 않겠다던 백영을 제 발로 찾아왔을 정도면 작은 일은 아닐 것이다. 백영의 가슴이 덜컥 내려앉았다.

"아직은 아니지만 이대로 두면 큰일이 생길 것입니다."

"참, 대청마루에 서서 이럴 게 아니라 안으로 드시지요."

방으로 들어가 자리를 잡고 앉자 와인이 천화각에서 들은 숙빈과 병판의 대화와 량주에게 갔었던 일을 설명하기 시작했다. 그리고 얘기가 계속될수록 백영의 안색은 점점 어두워져 갔다.

"그러니까 유두절에 혼인잔치를 해선 절대로 아니 됩니다. 하지만 량주 무사님은 제 말은 들으려 하지 않으십니다."

와인이 긴 한숨을 내쉬며 말을 마쳤다.

"어째서 량주 무사님께서 그토록 무녀님을 경계하시게 된 것입니까? 설사 무사님이 무녀님을 여인으로 생각하지 않으신다 해도 이렇게 중요한 말을 해줬는데도 불구하고 무턱대고 무시하실 분이 아닙니다."

백영의 일리 있는 의문에 와인이 잠시 망설이다 모든 것을 털어놓기로 했다.

"실은……. 경회루에서 가락지 사건 때 완얼군 대감과 아씨가 같은 옥지환을 지니고 있다는 것을 전하께서 아시게 된 건 제가 숙빈에게 고해바쳤기 때문입니다. 그래서 그 말이 전하의 귀에까지 들어간 것입니다."

"뭐라고요?"

흥분한 백영이 자리에서 벌떡 일어났다. 그리고 자기도 모르게 손이 올라갔다. 하지만 차마 와인의 뺨은 때리지 못하고 아랫입술을 깨물며 다시 팔을 내렸다.

"왜 그러셨습니까? 아니, 왜 그러셨는지는 알겠습니다. 량주 무사님의 일로 제가 미우셨겠지요. 하지만 제가 미우면 저에게만 분풀이를 하셨어야지요. 어찌 무고한 완얼군 대감까지 위험에 빠뜨리신 겁니까!"

그날 중전이 나타나 말리지 않았다면 완얼과 백영은 분명 큰일을 당했을 것이다. 한번 광증이 오면 아무도 못 말리는 율의 성격상 최악의 경우엔 완얼이 목숨을 잃었을 수도 있었다.

"와인 무녀님도 누군가를 연모하는 여인의 마음을 잘 아시지 않습니까? 와인 무녀님께 량주 무사님이 소중한 만큼이나 저도 완얼군 대감이 세상 그 어떤 것보다 소중합니다. 그리고 내 사람을 해치려는 자는 누구든 용서하지 않을 것입니다!"

"제가 지나쳤다는 거 인정합니다. 저도 그 뒤로 많이 후회했습니다. 그래서 그 사실을 아신 량주 무사님도 저를 경멸하고 제 말을 전혀 믿지 않으시는 겁니다. 염치없지만 부탁드립니다. 항아님께서 무사님 좀 설득해 주세요."

모든 것을 털어놓으니 오히려 홀가분해진 와인이 읍소를 하였다.

"무사님께서 저를 좋아하지 않으셔도 괜찮습니다. 하지만 무사님이 다치거나 변을 당하는 걸 이대로 지켜볼 수는 없습니다. 그 어떤 꿍꿍이도 없습니다. 이번엔 정말 진심입니다. 그러니 저를 믿고 혼인 잔치를 막아주세요. 항아님 말이라면 믿으실 겁니다. 예?"

그 모습이 어찌나 간절해 보이던지 미운 한편으로 측은해 보이기까지 했다. 저렇게까지 량주를 좋아하는데 그는 절대 그녀를 받아들여 주지 않으니 하루하루 얼마나 지옥 같을까 싶었다. 그 지나친 사랑이 독이 되어 마음을 오염시키고, 보상받지 못한 비뚤어진 사랑은 사람을 악마로 만들어간다. 와인도 그렇고 율도 그렇고.

"우리 모두가 사랑에 미친 어리석고 불쌍한 족속들이로군요."

백영이 씁쓸하게 말하였다.

"뭐라 말해도 좋습니다. 량주 무사님만 구할 수 있다면 저는 아무래도 상관없습니다. 항아님도 완얼군 대감이 혼인을 하시는 것이 싫지 않으십니까?"

물론 좋을 리가 없었다. 하지만 남들 앞에서 함부로 말할 수 있는 이야기가 아니었다. 특히 와인처럼 한 번 배신을 했던 못 믿을 여인 앞에선.

"어찌 되었건 잘 알겠습니다. 제가 알아서 할 터이니 이만 돌아가 주시지요."

반갑게 맞이하였던 처음과는 달리 백영의 음성이 차갑게 변하였다. 그리고 와인이 나가자 홀로 깊은 생각에 잠겼다.

이한림이 돌아가자 숙빈이 원자를 무릎에서 내려놓았다. 몇 달 뒤면 세 돌이 되는 원자는 가녀린 그녀의 무릎 위에 앉히기엔 이제 제법 자라 있었다. 그러자 원자는 자리에 앉지 않고 앞에 엉거주춤 서서 자꾸만 숙빈을 바라보았다.

"왜 그리 서서 어미를 보는 것이냐? 보모상궁에게 가고 싶으냐?"

"예, 어머니."

기다렸다는 듯이 냉큼 대답하는 원자를 보며 숙빈이 쓴웃음을 지었다.

"아까 어미와 예판 대감이 한 이야기가 무슨 뜻인지 알겠느냐?"

"잘 모르겠습니다……."

원자가 울먹거리며 답했다. 공부를 잘하지 못한다, 영특하지 못하다, 아직도 천자문을 다 떼지 못했느냐 하는 것처럼 또 혼이 날까 봐 무서워서였다.

"잘했다. 오늘은 모르는 것이 약이다. 보모상궁을 불러줄 터이니 네 방으로 돌아가거라."

그제야 얼굴이 밝아지는 원자를 보며 숙빈이 외쳤다.

"여봐라! 보모상궁을 데려오……."

그러나 그녀의 말이 채 끝나기도 전에 내관의 힘찬 목소리가 들려왔다.

"주상 전하 납시오!"

"뭐? 전하께서?"

숙빈이 너무 놀라 자리에서 벌떡 일어났다. 어젯밤까지만 해도 언제 죽어도 이상하지 않을 정도로 시체처럼 누워 있던 사람이 느닷없이 처소에 나타나다니, 놀라지 않을 수가 없었다.

혼비백산한 숙빈이 밖으로 나가려는데 문이 벌컥 열리며 거짓말처럼 율이 뚜벅뚜벅 걸어 들어왔다.

"아바마마, 납시었습니까?"

원자가 아장아장 율의 앞으로 걸어가 인사를 올렸다. 그러나 율은 원자를 흘끗 한 번 쳐다본 뒤 숙빈에게 시선을 옮겼다.

"저, 전하! 깨어나셨습니까?"

얼굴이 파랗게 질린 숙빈이 고개를 숙였다. 마치 저승사자를 마주친 듯한 표정이었다. 실제로도 율을 보는 순간 '이젠 끝이로구나!' 하는 생각이 퍼뜩 스쳤다.

"내가 그대로 죽어버리기를 바랐느냐?"

율의 음성은 날카롭기 그지없었다.

"전하, 신첩이 어찌 감히 그런 생각을 하겠사옵니까? 신첩이 곁에 있어드리고 싶었사오나 중전마마께서 계시겠다고 하여 하는 수 없이 천화각으로 물러나 이제나저제나 걱정하던 차였습니다."

'호랑이에게 물려가도 정신만 차리면 산다!'

잠시 당황했던 숙빈이 마음을 다잡고선 재빨리 대꾸했다. 그런 숙빈의 얼굴을 유심히 바라보던 율이 불쑥 엉뚱한 소리를 꺼냈다.

"내가 쓰러지기 전에 책비가 자객의 습격을 받은 것은 알고 있겠지?"

"예, 전하. 궐에 자객이 든 일인데 어찌 모르겠사옵니까?"

"이상하다고 생각하지 않느냐?"

"무엇이 말이옵니까?"

"기껏 책비 하나 죽이려고 그 많은 위험을 무릅쓰고 궁을 범하다니."

"듣고 보니 이상하긴 하군요."

"아니, 너는 그 이유를 알고 있다. 자객이 책비를 노린 이유는 밖으로 새어 나가면 안 되는 엄청난 비밀을 알고 있었기 때문이니까. 바로 숙빈 네가 춘향이라는 것. 그리고 원자가!"

율이 두 사람 사이에서 어찌할 바를 모르고 멍하니 서 있는 아이를 손가락으로 가리켰다.

"네 입으로 직접 말해보아라! 저 아이가 누구의 자식이냐?"

그러자 여태 막힘없이 대답을 잘하던 숙빈이 입을 꾹 다물고 아무 말이 없었다.

"마지막으로 묻겠다. 누구의 자식이냐!"

율이 금방이라도 숙빈의 목을 졸라 버리기라도 할 듯이 성큼 다가가 물었다. 그러자 마침내 숙빈이 답을 하였다.

"전하의 아들입니다."

"네 이년을 당장!"

모든 것이 밝혀졌는데도 눈 하나 깜짝 하지 않고 거짓을 고하는 뻔뻔함과 대범함에 율이 노성을 질렀다. 그러자 아직 온전히 돌아오지 않은 몸에 무리가 갔는지 현기증이 일며 순간 몸이 휘청했다.

그때였다.

그의 손에 작고 따듯한 온기가 느껴진 것은.

"아바마마, 괜찮으시옵니까?"

원자가 율의 손을 꼭 잡고선 걱정스럽게 바라보고 있었다. 행여 아비가 넘어질까 봐 고사리 같은 손으로 그를 붙잡아준 것이다. 아이의 맑고 커다란 눈에 악귀와 같은 그의 얼굴이 비쳤다. 하지만 꼭 잡은 손에서 전해오는 아이의 체온이 그를 서서히 인간으로 돌려놓았다.

"그래, 괜찮다."

율이 아이를 번쩍 들어 올려 품에 꼭 끌어안았다. 아이의 얼굴은 볼수록 율을 닮지 않은 것 같았다. 하지만 아무것도 모르는 이 아이가 무슨 죄가 있으랴?

"면수야."

"예, 아바마마."

"너는 내가 좋으냐?"

"예."

"늘 술에 취해 있고 소리를 지르고 화를 내는데도 너는 내가 좋으냐?"

"예, 그래도 좋습니다."

"어째서 좋으냐?"

"아바마마시니까요."

아이가 천진하게 답했다. 그러더니 작은 소리로 덧붙였다.

"어머니도 좋습니다. 무서우시지만 어머니라 좋습니다. 그러니 어머니를 용서해 주세요."

뭐가 잘못된 것인지는 모르겠지만 어머니가 혼나는 것이라 생각한 원자가 아버지에게 부탁을 했다. 순간 율의 눈시울이 뜨거워지며 왈칵 눈물이 솟아났다.

"아바마마! 어머니를 용서해 주시옵소서! 어머니를 쫓아내지 마시옵소서! 어머니를 살려주시옵소서! 제발 살려주시옵소서! 아바마마……. 아바마마……. 아바마마……."

선왕의 다리를 붙잡고 처절하게 울부짖던 꼬마 율의 목소리가 귓가에 울려 퍼졌다.

'숙빈을 죽이면 이 아이는 나처럼 자라겠지. 나처럼 외롭고, 고통스럽고, 아무에게도 사랑받지 못하는 괴물로.'

"알겠다. 그러니 너는 아무 걱정 말고 보모상궁에게 가 있어라."

율이 그렇게 말하며 아이를 내려놓았다.

"보모상궁, 밖에 있느냐?"

"예, 전하!"

문밖에 있던 보모상궁이 재빨리 안으로 들어왔다. 그러자 숙빈이 원자를 방패막이 삼아 위기를 벗어나 보려 원자의 팔을 붙들었다.

"아니 되옵니다! 원자는 제가 데리고 있을 것입니다."

"뭘 그리 멍하니 보고 서 있느냐? 어서 원자를 데리고 나가지 않고!"

율이 호통을 치자 눈치만 보고 있던 보모상궁이 숙빈의 손을 뿌리치고 원자를 밖으로 데리고 나갔다.

"내금위장은 안으로 들어오너라!"

"예, 전하."

이번엔 문배주가 서둘러 방 안으로 들어왔다. 자객 사건 이후 문배주는 밤이건 낮이건 임금의 뒤를 그림자처럼 따라다니며 조금의 틈도 없이 철두철미하게 호위를 하였다.

"숙빈을 천화각에 가두고 철저히 감시하라! 나의 명이 없이는 쥐새끼 한 마리도 드나들지 못하게 할 것이며 원자 역시 숙빈의 처소에 출입을 금한다!"

율은 숙빈에게 손톱만큼의 미련도 없이 냉정하게 돌아섰다.

"전하! 전하!"

율이 천화각의 대문을 나와서도 처절하게 울부짖는 숙빈의 목소리가 들려왔다.

'숙빈은 죽어 마땅하나 원자는 어찌하면 좋단 말인가?'

그가 깊은 시름에 잠겨 침전으로 발걸음을 옮겼다. 한데 침전에 다다르자 책비가 대문 밖에서 그를 기다리고 있는 것이 아닌가?

"네가 여긴 어쩐 일이냐? 아직 책을 읽을 시각도 아닌데."

"전하, 저를 궐 밖으로 내보내 주시옵소서!"

그녀가 털썩 무릎을 꿇으며 사정했다.

"다짜고짜 궐 밖으로 내보내 달라니, 그게 무슨 소리냐? 춘향뎐이 아직 완결도 나지 않았는데 나가긴 어딜 나가? 나와의 약조를 벌써 잊은 것이냐?"

"어찌 감히 전하와의 약조를 잊겠사옵니까? 완결이 나더라도 전하께서 '참 재미있었다'라고 하셔야만 제가 떠날 수 있다는 거 잘 알고 있습니다."

"그런데?"

"아주 나가겠다는 것이 아닙니다. 오라버니가 낙마를 하여 크게 다쳤다고 합니다. 생사가 오갈 정도로 위독하다는데 혹시 잘못되기라도 하면……. 오라버니를 보고 올 수 있게 허락하여 주시옵소서, 전하!"

백영이 실로 절절하게 호소를 했다. 정말 낙마를 한 것은 아니지만 어찌 됐건 량주의 생사가 걸린 일임은 분명하므로 아주 거짓은 아니었다. 정확히 말하자면 숙빈과 병판 일파가 노리는 것은 완얼군이다. 하지만 완얼군이 변을 당하면 량주와 숙휘도 무사할 리가 없었다. 한시라도 빨리 대책을 세워야 하는데 완얼을 만화각으로 불러들일 수는 없는 일이었다. 자객이 들어 완얼이 만화각으로 달려왔을 때에도 임금이 그를 쏘아보던 눈빛엔 적개심이 가득했다.

"네 오라비 이름이 고…… 환주였나?"

특이한 이름이었는데 부를 때마다 어찌나 이름이 헷갈리는지 율이 고개를 갸우뚱했다.

"고량주이옵니다, 전하."

"그래, 맞다! 아무튼 그 오라비라는 자는 친오라비가 맞는 것이냐?"

"예, 분명 친오라버니이옵니다. 뉘 앞이라고 거짓을 고하겠습니까?"

"뉘 앞이라고 거짓을 고했지 않느냐? 네가 춘향이라고 사기를 칠 땐 언제고!"

율이 무릎을 꿇고 엎드린 백영을 차갑게 쏘아봤다.

"그땐 살려면 어쩔 수가 없었습니다. 안 그러면 저를 죽이셨을 것 아닙니까?"

"그러니까, 네가 사기를 친 것이 나 때문이다?"

"꼭 그런 뜻은 아니옵니다만……."

"네 오라비라는 자는 완얼군의 호위무사가 아니더냐?"

율이 백영의 말을 뚝 잘라먹으며 다시 물었다.

"그러하옵니다."

"그럼 완얼군의 집으로 가겠다는 것이구나. 만약에 내보내 줬다가 돌아오지 않으면?"

올 것이 왔구나 하고 마음을 단단히 먹었다. 예상했던 질문이다. 가장 신경 쓰이는 왕자인 데다가 그녀를 좋아한다고 선언까지 한 완얼군의 사저에 가겠다는데 저런 질문을 안 하는 게 오히려 이상한 일이다.

"오래 걸리지 않을 것입니다. 그리고 반드시 돌아오겠습니다. 춘향뎐과 미상의 이름을 걸고 약조 드리겠습니다."

"그 말을 어떻게 믿느냐? 이제 슬슬 춘향뎐 완결편이 끝나가니 오라비 핑계를 대고 도망가려는 것이 아니냐?"

"소인 그렇게 제 글에 자신 없지 않사옵니다."

백영이 단호하게 말했다. 그런 그녀를 보며 율이 쓴웃음을 지었다. 자신이 마치 선녀가 언제 날개옷을 찾아 입고 날아가 버릴지 몰라 전전긍긍하는 나무꾼처럼 생각되었기 때문이다.

율이 얼른 답이 없자 백영이 땅 위에 쓰러지듯 엎드리며 구슬프게 호소했다.

"전하! 지금 이 시각에도 제 오라비는 저를 애타게 찾고 있을 것이 옵니다. 지금 제게 가장 중요한 건 오라버니에게 한시라도 빨리 가보는 것입니다. 그러니 궐 밖으로 내보내 주시옵소서!"

고개를 들어 율을 바라보는 백영의 눈가엔 어느새 눈물이 그렁그렁 맺혀 있었다. 다급한 마음에 눈물을 쥐어짠 것이긴 하지만 만약 일이 틀어지면 량주를 비롯한 완얼군까지 큰 변고를 당할지도 모른다고 생각하니 정말 눈물이 쏟아질 것만 같았다.

"그래. 다녀오너라."

"정말이십니까?"

뜻밖의 선선한 대답에 백영이 깜짝 놀라 재차 물었다.

"대신, 나도 같이 가겠다."

"예? 전하께서요?"

"그래. 이참에 나도 오랜만에 아우의 집에 한번 가보자!"

"하지만 전하께서 출궁을 하시려면 호위 문제도 있고 여러 가지로 복잡할 터인데……."

'맙소사! 전하께서 같이 가면 무슨 소용이람?'

그리되면 완얼에게 제대로 말을 전할 기회가 없을 것이 뻔하여 몹시 난감해졌다.

"내가 나가겠다는데 웬 말이 그리 많으냐? 유시까지 준비를 마치고 이곳으로 다시 오너라! 호위야 내금위장이 알아서 할 것이니 네가 신경 쓸 일이 아니고. 안 그런가?"

율이 내금위장에게 시선을 돌렸다.

"예, 전하! 전하의 안위는 언제 어디서든 이 문배주가 목숨을 걸고 지키겠사옵니다!"

백영의 마음도 모르고 내금위장은 짜증 날 정도로 믿음직스럽게 대구했다. 그녀가 깊은 한숨을 내쉬는데 그들 앞으로 병조판서 장대갈이 다가왔다.

"전하, 어찌 나와 계시옵니까?"

"오, 대갈 장군 오셨소이까? 마침 들어가려던 참이오."

율이 그를 반갑게 맞이하고는 백영에게 명했다.

"그리 알고 너는 이만 돌아가 채비를 하여라."

"예, 전하."

유두절에 계략을 꾸민 장본인인 병판이 나타나자 백영이 더는 어떤 말도 하지 못하고 물러났다. 한데 율이 장대갈과 함께 안으로 들어가자마자 나인 하나가 허둥지둥 달려왔다.

"예가 어디라고 함부로 뛰어다니느냐? 나인씩이나 되어서 아직도 궐의 법도도 모르느냐!"

상궁이 나직이 호통을 치자 나인이 발을 동동 구르며 울상을 지었다.

"송구하옵니다. 하오나 몹시 급박하게 아뢸 일이 있어⋯⋯."

"중궁전 나인인 것 같은데 무슨 일이 있는 것이냐?"

율의 뒤를 쫓아 안으로 들어가려던 상선이 발걸음을 멈추고 물었다. 궐에서 수십 년을 보낸 노회한 상선의 뇌리에 본능적으로 불길한 예감이 스쳤다.

"그것이⋯⋯."

궁녀가 울먹거리며 상선에게 고하였다. 그녀의 말을 들은 상선의 주름 잡힌 얼굴이 사색이 되었다. 그리고 휘청거리는 발걸음으로 안으로 들어갔다.

율과 장대갈은 이미 자리를 잡고 앉아 이야기를 나누고 있었다.

"이렇게 무사히 깨어나셔서 천만 다행이옵니다. 준비는 차질 없이 잘 진행되고 있사옵니다.”

장대갈의 말에 율이 묵묵히 생각에 잠겼다. 하도 오랫동안 답이 없어 장대갈이 '전하!' 하고 다시 조심스럽게 불렀다. 그러자 그제야 율이 입을 열었다.

“숙빈을 천화각에 유폐시켰소이다. 그래도 나와 뜻을 함께하겠소이까?”

“그 문제 때문이라면 걱정도, 고민도 하실 필요 없습니다.”

장대갈이 더없이 단호하게 답했다.

“전하를 기만한 숙빈은 이제 더 이상 제 여식이 아닙니다.”

“그리 말을 해주니 과인이 이제야 마음의 짐을 더는 것 같구려. 과인에 대한 대감의 충심은 결코 잊지 않겠소이다. 유두절에 좋은 소식 기대하겠소.”

'충심은 개뿔!'

쓸모가 있으니 양녀로 입양했다가 이제 이용 가치가 없어지니 도마뱀이 꼬리를 자르듯이 잘라 버린 것일 뿐. 율은 속으로 코웃음을 쳤지만 겉으로는 매우 감격한 듯 장대갈의 커다란 손을 꼭 부여잡았다. 병판도 임금도 서로를 그리 좋아하지는 않았다. 하지만 지금 두 사람은 서로가 꼭 필요했다. 그렇다면 이렇게 손을 잡아야만 했다.

“전하……..”

병판이 물러가자 아까부터 눈치를 살피며 안절부절못하던 상선이 조심스럽게 율을 불렀다.

“불렀으면 말을 해야지 뭘 그리 뜸을 들이는가?”

“전하……..”

그래도 상선은 말을 잇지 못하고 비통하게 전하를 연발할 따름이었다.

"거참, 무슨 일인지 말을 하라니까 그러네!"

"중전마마께서…… 중전마마께서 복중 아기씨를 잃으셨다고 합니다."

"뭐야!"

율이 자리에서 벌떡 일어났다.

"만화각 앞에서 쓰러지신 충격으로 그만……."

"쓰러지다니! 중전이 왜?"

"기억이 나지 않으십니까?"

"무슨 소리를 하는 건가? 대체 그게 무슨!"

그러자 상선이 깊은 한숨과 함께 만화각 앞에서 중전과 있었던 일을 설명해 주기 시작했다. 그리고 그 말을 들은 율이 도저히 믿을 수 없다는 표정으로 힘없이 풀썩 주저앉았다.

"전하께서 오신다고?"

상궁에게 말을 전해들은 중전이 이부자리에서 힘겹게 몸을 일으켰다.

"중전마마, 아직은 더 누워 계셔야 하옵니다. 전하께서도 이해하실 것입니다."

상궁이 중전을 부축해 다시 자리에 누이려 했다. 그러나 중전은 상궁의 팔을 뿌리치며 명했다.

"경대를 가져오너라. 단장을 해야겠다."

"예?"

"비녀와 뒤꽂이, 떨잠, 노리개, 가락지 온갖 장신구들을 모두 내오너라. 그리고 얼마 전 상의원에서 지어온 새 의복도 꺼내오고."

"중전마마, 이런 상황에 어찌……."

"아이를 잃었으니 이제 다시 뒷방 신세가 되었다 이거냐? 그래서 내 명이 우스운 것이야?"

중전이 평소와는 딴판으로 앙칼지게 쏘아붙였다.

"아니옵니다, 중전마마! 어찌 감히 그런 생각을 하겠사옵니까?"

"그럼 당장 대령하라!"

중전의 호령으로 궁녀들이 일사불란하게 움직이며 단장을 시작했다. 그리고 마무리가 되어갈 때쯤 율이 중궁전에 도착했다. 몹시 어두운 표정으로 방 안에 한 발 내디딘 율이 크게 놀라 멈춰 섰다.

"왜 그리 서 계시옵니까? 귀신이라도 보신 표정이옵니다."

중전이 자리에서 일어나 붉은 치맛자락을 사락거리며 그에게 다가갔다. 그녀는 입술에 붉디붉은 연지를 바르고 붉은 산호가 가운데 박힌 화려한 나비 떨잠에, 커다란 진주를 세 개나 꿴 삼천주 노리개까지 주렁주렁 달고 있었다. 조용하고 평범한 얼굴이었던 중전의 얼굴엔 요요한 색기마저 감돌았다. 중전과 혼례를 올린 이후 한 번도 본 적이 없는 낯선 모습에 율은 지금 눈앞에 서 있는 여인이 중전이 맞는 것인지 의심스러울 정도였다.

"중전, 괜찮으시오?"

중전이 아이를 잃은 충격으로 실성을 한 것인가?

"실성이라도 했을까 봐 걱정이 되십니까?"

그의 머릿속을 읽기라도 한 듯 중전이 답했다.

율이 그녀를 유심히 들여다보았다. 그러자 화려한 화장 아래로 눈두덩이는 푸르스름하게 푹 꺼져 있고 눈자위는 붉게 물들어 있었으며 그를 쏘아보는 눈빛에선 귀기마저 느껴졌다.

"물어보고 싶은 것이 있소."

율이 망설이며 입을 열었다.

"정말 내가 그런 것이오? 내가 이 두 손으로 나의 아이를……."

차마 더 이상 말을 잇지 못했다. 그는 여전히 상선에게 들은 말을 믿을 수가 없었다.

"정녕 몰라서 물으시는 겁니까?"

"믿을지 모르겠지만 나는 아무런 기억이 나지 않소. 정말이오."

혼절한 뒤 오랜 잠에서 깨어난 그는 '율아, 율아' 하고 부르는 목소리에 홀린 듯이 만화각으로 이끌려 갔다. 오직 그 기억뿐이었다.

'그녀가 나를 부르고 있다. 가야 한다.'

이 기억 외엔 아무것도 기억이 나지 않았다.

"뱃속에 제 새끼를 밴 여인을 무참히 바닥에 내동댕이쳐 놓고선 기억이 나지 않으신다고요? 만화각 앞에서 저에게 팔을 휘두르던 살인귀는 그럼 누구란 말입니까? 다리 사이로 핏덩이를 쏟아내며 울부짖을 때 차갑게 돌아서 버린 짐승은 또 누구란 말입니까? 아니, 짐승도 그리하지는 않을 것입니다!"

중전의 한 맺힌 목소리가 중궁전에 처절하게 울려 퍼졌다.

"나, 난 기억이 나지 않소. 아무것도 기억이 나지 않아!"

율이 하얗게 질려 두 귀를 막았다. 하지만 중전의 목소리는 거침없이 그의 귓가에 파고들었다.

"기억하고 싶지 않으신 거겠지요!"

'그럴 리가 없다. 내가 내 손으로 나의 아이를…… 적통대군을……. 대체 나란 인간은! 아니, 나란 놈이 인간이기는 한 것인가?'

수많은 신료들을 죽이고, 백성을 죽이고, 할머니를 죽이고, 이젠 아이까지 죽였다. 눈앞에서 빙그르르 하늘이 도는 것 같았다. 세상이 미쳐 돌아가고 있었다.

"저는 이제 예전의 중전이 아니옵니다. 새끼를 잃은 어미가 어찌 전과 같을 수가 있겠으며 전과 같이 살아갈 수 있겠습니까? 돌아가십시오. 그리고 다신 중궁전에 발걸음하지 마십시오!"

율이 비틀비틀 돌아섰다. 그러곤 낮은 소리로 중얼거렸다.

"미안하오."

중전이 싸늘하게 웃었다.

"미안하다는 말은 산 사람들이나 들을 수 있는 거지요. 대군도 저도 이젠 그 말을 들을 수 없습니다. 저는 살아도 산 몸이 아닙니다. 전하께선 대군과 저, 둘 모두를 죽인 것입니다!"

웃고 있는 중전의 차디찬 얼굴 위로 한 줄기 눈물이 흘러내렸다. 그 눈물이 후드득 바닥에 떨어질 때쯤 율이 그녀의 눈앞에서 사라졌다. 그리고 그녀가 싸늘한 음성으로 상궁에게 명했다.

"완얼군 대감을 모셔와라, 지금 당장!"

우리에 갇힌 짐승처럼 방 안을 빙글빙글 돌던 숙빈이 천화각에서 가장 발 빠른 궁녀를 불렀다. 유폐되어 있긴 하지만 곳곳에 심어둔 궁녀들에게 소식을 전해 듣고 있는 터라 돌아가는 판이 훤히 들여다보였다. 그래서 재빨리 대책을 강구했다.

"비아와 구라 남매가 하는 저잣거리 주막에 이 술을 갖다 주고 오너라. 그냥 건네주기만 하면 알 것이다."

숙빈이 백색 한지로 고급스럽게 포장한 술 한 병을 건네며 조용히 일렀다.

"하오나……."

궁녀가 선뜻 답을 못 하고 눈치를 살폈다. 무슨 일인지는 모르겠으나 전각에 유폐된 처지에 궐 밖 사람에게 물건 같은 것을 전해도 되는가 싶어서였다.

"나는 천화각에 유폐가 된 것이지 궁녀 하나 심부름 내보내지 못할 정도로 팔다리가 잘린 것은 아니다! 뭘 그리 멍하니 앉아 있느냐? 냉큼 다녀오지 않고! 한 식경 안에 다녀오지 않으면 물고를 낼 것이다!"

숙빈의 살쾡이 같은 사나운 음성에 정신이 번쩍 난 궁녀가 술병을 들고 벌떡 일어났다.

"예, 숙빈마마!"

궁녀가 술병을 들고 나가자 대문을 지키고 있던 내금위들이 슬쩍 고개를 돌렸다. 미리 숙빈에게 주머니가 두둑하게 받아먹은 데다 숙빈이 나가는 것은 아니므로 궁녀가 술병 하나 들고 나가는 정도야 괜찮겠지 싶었다. 발 빠른 궁녀는 정말 발이 보이지 않을 정도로 빨리 내달려 저잣거리 주막에 도착했다.

"여, 여기 주인이 뉘십니까?"

궁녀가 헐떡거리며 국밥을 나르던 댕기머리 처자에게 물었다.

"제가 이 주막의 여주인 비아라고 합니다만, 무슨 일이십니까?"

일명 비아구라 주막, 그곳에 온 사내치고 그녀를 보고 벌떡벌떡 일어서지 않는 자가 없다 할 정도로 비아는 미모의 처자였다. 그러나 간혹 모습을 드러내는 칼잡이 오라비 구라 때문에 그 누구도 감히 그녀에게 수작을 걸지 못했다.

"저는 천화각에서 나온 나인인데 이것을 긴히 전하고자 왔습니다."

궁녀가 술병을 들어 보였다.

"알겠습니다."

비아가 술병을 받아 들고선 대수롭지 않게 답했다.

"예? 그게 다입니까?"

"건네주면 알 것이라 그리 명받으신 것 아닙니까?"

"그렇습니다만."

"그러니 알겠다고 한 것입니다. 들으신 그대로 다시 전하시면 됩니다. 가보시지요."

비아의 야무진 대답에 궁녀가 더는 대꾸하지 못하고 머뭇머뭇 돌아섰다. 궁녀가 돌아가자 비아가 술상을 차려 주막의 가장 끝 골방에 밀어 넣었다.

"기다리시던 술 배달이 왔습니다."

그러자 이부자리에 누워 있던 봉두난발의 사내가 벌떡 일어났다. 술상을 내려놓은 비아가 다시 밖으로 나가려 하자 검은 옷을 입은 호리호리한 사내가 불러 세웠다.

"비아야."

"예."

"앞으론 이곳을 지켜주지 못할지도 모른다."

"오라버니가 아니었다면 남원에서 역병으로 죽었을 목숨입니다. 지금까지 보살펴 주신 것만으로도 감사하게 생각합니다."

비아가 한참 동안 사내를 바라보았다. 지금의 모습을 하나하나 빠짐없이 기억 속에 새겨 넣으려는 듯이.

"부디 몸조심하십시오. 그리고 이 방은 계속 비워둘 것이니 언제든 돌아오십시오. 이곳은 비아와 구라 남매의 주막이니까요."

비아는 들어왔을 때 그대로 아무런 표정 변화도 없이 조용히 방을 나섰다. 그녀의 역할은 여기까지라는 걸 잘 알았기에. 하지만 단 한 번 선을 넘은 적이 있었다. 사당패들이 잠시 주막에 묵었을 때, 모갑이 은밀히 병자 하나를 숨겨줄 것을 부탁했었다. 한데 가벼운 화상을 입었던 그 병자는 자신을 해치려 한 가면자객의 얼굴을 보았다고 말했다. 하필 그런 자가 주막에 들다니! 그래서 비아는 그의 방에 독을 내뿜는 향초를 피웠더랬다. 가면자객을 지키기 위해. 그러나 그 병자가 유기전의 천 서방이었으며, 향초 독에 중독되어 몽롱한 상태로 주막을 나가 지하서고에서 죽었다는 것은 알지 못했다. 다만, 향초 독을 마신 채 사라졌으니 어딘가에서 죽었겠거니 하고 짐작할 따름이었다.

혼자 남은 사내는 곧장 술병을 싼 포장지를 벗기더니 마개를 열었다. 그러곤 술병을 들어 포장지 위에 콸콸 부었다. 그러자 종이가 젖으며 아무것도 쓰여 있지 않은 백지에 서서히 붉은색 글자가 나타나기 시작했다.

"하아……. 이것은!"

사내가 탄식처럼 외쳤다.

西時出宮 第六方向 未詳必殺
유시출궁 제육방향 미상필살

유시출궁, 유시에 출궁하여
제육방향, 제육왕자 완얼군의 사저로 향하니
미상필살, 미상을 반드시 죽여라.

서신을 읽은 사내가 젖은 종이를 뭉쳐 종이죽을 만든 뒤 다시 갈가리 찢어서 버렸다. 그러고는 헝클어진 머리를 쓸어 올렸다. 그러자 소매가 흘러내리며 손목의 반달 문신이 드러났다. 그와 동시에 훤히 드러난 얼굴은 바로 향단이었다.

'유시라면 이제 반 시진도 남지 않았다.'

향단이 바짝 긴장한 얼굴로 품 안에 갈무리해 두었던 흑색 가면을 꺼냈다.

'이 일이 정말 마지막이 될까?'

그녀가 쓸쓸한 눈빛으로 가면을 쓸어내렸다.

'열여섯 살 단옷날, 그날 그들을 만나지 말았어야 했는데.'

이몽룡과 방자.

그들은 갑자기 그녀들의 평온한 삶으로 뛰어 들어와 모든 것을 망쳐 놓았다. 춘향이는 이몽룡과 순식간에 사랑에 빠졌고 순식간에 버림받았다. 향단은 이몽룡에게 버림받고 양반들에게 농락당하는 춘향이를 지키기 위해 점점 더 독해질 수밖에 없었다. 춘향과 향단은 다짐했다.

이 세상과 양반들, 사내들에게 복수하겠다고.

그리고 춘향이 숙빈에 올라 원자를 낳기까지 두 여인은 수단과 방법을 가리지 않았다. 향단은 이제 또다시 살육을 하러 갈 것이다. 하지만 이것이 마지막 살육이 될 것이다. 춘향이가 그리 약조하였다. 책비만 제거하면 더 이상 손에 피를 묻히는 일이 없을 거라고. 한 번은 실패했지만 두 번 실패는 없을 것이다. 춘향이와 아이를 위한 일이다. 사랑하는 춘향이의 아이이니 자신의 아이와도 같다고 생각했다.

'이번이 정말 마지막이야, 마지막.'

향단이 검을 들었다. 그리고 순간 얼굴이 일그러졌다. 방자와 싸우다 다친 어깨가 아직 아물지 않아 통증이 밀려왔다. 하지만 양손잡이인 그녀는 이내 아무렇지도 않게 검을 다른 손에 바꿔 쥐고 밖으로 나갔다.

'미안하오.'

그녀가 마음속 깊이 용서를 빌었다. 그녀의 검에 살육된 모든 이들에게. 살육될 이들에게. 그리고 방자에게.

"전하께서 혼자 다녀오라고 하시네."

상선이 침전 밖에서 기다리던 백영에게 말했다. 율은 중궁전에 다녀온 후 방에 틀어박혀 그 누구도 들이지 않은 채 꼼짝도 안 하고 있었다.

"예? 그새 무슨 일이라도 있었습니까?"

중전마마가 복중 태아를 잃었다는 소식을 아직 듣지 못한 백영이 눈을 동그랗게 뜨고 물었다.

"중궁전에 좋지 않은 일이 있었네. 그리 알고 다녀오게나. 그리고 호위를 위해 내금위 군사 몇이 따를 것이네."

'전하와 함께 대감 댁에 가면 대체 어떻게 말을 전해야 하나 묘안이 떠오르지 않았었는데 참으로 다행이구나! 하늘이 완얼군 대감을 돕고 있는가 보다.'

백영은 율이 또 변덕을 부릴까 싶어 호위인지 감시인지 모를 내금위 군사 넷과 함께 서둘러 궐 밖으로 나갔다. 그리고 곧장 북촌으로 향하는 도중 뜻밖에도 완얼 일행을 만났다.

"대감! 어딜 가시는 길입니까?"

백영이 화들짝 놀라며 종종걸음으로 다가갔다.

"아씨, 아니, 너야말로 궐에서 어찌 나온 것이냐?"

완얼이 백영의 곁을 지키는 군졸들을 흘끗 보더니 책비를 대하듯 말을 놓았다.

"전하께서 윤허해 주시어 완얼군 대감 댁으로 가던 중이었습니다."

"우리 집으로? 왜?"

"긴히 드릴 말씀이 있사온데 길에서 전할 얘기는 아니라……."

그러고는 완얼에게 바짝 다가가 낮은 소리로 재빨리 속삭였다.

"오라버니가 낙마하여 위독하다는 핑계로 나왔습니다. 병판과 숙빈에 대한 이야기입니다."

병판과 숙빈이라는 말에 완얼이 반사적으로 미간을 찌푸렸다. 그는 중궁전에서 은밀히 찾는다는 전갈을 받고 급히 입궐하는 중이었다. 한데 이건 또 무슨 일인가 싶었다.

"나도 긴한 일로 입궐을 해야 하니 일단 집으로 가 있어라. 오래 걸리지는 않을 것이다. 자세한 이야기는 그때 듣겠다. 그리고 량주야."

완얼이 한 걸음 뒤에 선 량주에게 시선을 돌렸다.

"예, 대감!"

"네가 책비를 데리고 집으로 가거라."

"제가요? 대감의 호위는 어쩌고요?"

"숙휘도 있고 나도 내 몸 하나쯤 지킬 실력은 된다. 만화각에 책비를 노린 자객이 들었다는 걸 잊었느냐? 중요한 말을 전하러 나온 책비의 신상에 무슨 일이라도 생기면 큰일이지 않느냐?"

백영의 호위도 호위이고, 량주가 위독하다 거짓말을 하고 나왔는데 궁에서 얼쩡거리다 걸리기라도 하면 곤란할 것도 같아 겸사겸사 량주를 딸려 보내는 것이 좋겠다 싶었다.

"내금위 군졸들이 영 못 미더워 그런다. 부탁한다, 아우야."

완얼이 달래듯 말했다.

"아우요?"

제육왕자인 완얼군 대감을 감히 형님이라 불러보진 못했지만, 마음속 깊이 완얼을 친형님처럼 생각하고 있는 량주인지라 아우라 부르며 부탁하면 거절을 하지 못하였다.

"아직도 제가 불편하십니까?"

완얼과 숙휘가 궐로 향하고 량주와 나란히 걷게 되자 백영이 넌지시 물었다.

"아닙니다. 불편하긴요, 하하하하하!"

량주가 두 손을 크게 내저으며 호탕하게 웃어젖혔다. 그리고 온양 행궁에서의 마지막 밤, 후원에서 백영을 만났을 때 다짐했던 말을 떠올렸다. 이제 그 말을 해야 할 때이다.

"생각해 보니 제가 잠깐 미쳤었나 봅니다. 아씨는 전혀 제 취향도 아니거든요. 전 원래 육덕 좀 있는 여인 취향이라. 뭐랄까, 나올 데 나오고 들어갈 데 들어간 호리병 같은 여인네라고나 할까?"

량주가 아무렇지도 않은 척 너스레를 떨어댔다.

"듣자 듣자 하니 저에 대해 단단히 오해를 하고 계신 것 같은데 저도 한 호리병 합니다! 나올 데 완전 나오고 들어갈 데 완전 들어가고!"

"에이, 우길 걸 우기십시오! 들어갈 데 들어가고 나올 데도 들어간 것 같은데……"

"내참, 이리 여인 보는 눈이 없어서야!"

억울하다는 듯 폴짝폴짝 뛰는 백영을 바라보며 량주가 아프게 미소 지었다.

'아씨, 평생 이렇게 가슴속 깊이 품고 살아가겠습니다. 아무도 모르게. 그대조차 모르게.'

그때였다.

어디선가 단검이 날아와 뒤따라오던 내금위 군졸 두 명의 목을 한꺼번에 꿰뚫어 버렸다. 그러곤 한 자루가 더 날아오더니 순식간에 나머지 군졸 둘을 쓰러뜨리고, 숨 돌릴 틈도 없이 흑색 가면을 쓴 자객이 검을 휘두르며 백영을 향해 날아올랐다.

"위험해!"

량주가 몸을 날려 백영을 품에 안고 뒹굴었다.

"향단!"

백영이 비명처럼 소리를 질렀다. 그와 동시에 향단의 검이 다시 백영의 목 깊숙이 파고들었다.

"앗, 아씨!"

량주의 포효 소리가 온 사방에 울려 퍼졌다.

"혼례가 얼마 남지 않았다고 들었습니다. 이한림 대감과 손을 잡기로 완전히 결정하신 게지요?"

중전이 천천히 차를 음미하며 마주 앉은 완얼에게 물었다.

"아, 그게 아니라……."

화려한 화장과 주렁주렁 매달고 있는 장신구들, 그녀의 갑작스러운 변화에 어리둥절해 완얼이 주춤하는 사이 중전이 다시 치고 들어왔다.

"저도 힘을 보태겠습니다."

"힘을 보태다니 무슨 뜻입니까?"

"전하와 숙빈 그리고 동패인 병판을 용서치 않겠다는 뜻입니다. 내 아이를 빼앗아간 자들에게 똑같은 고통을 주겠다는 뜻입니다!"

"아이를…… 아이를 빼앗아가다니요?"

너무 충격적인 말인지라 설마 하는 마음에 완얼이 말까지 더듬었다.

"그들이 복중 태아를 죽였습니다. 그리고 이제 내가 그들을 죽일 것입니다."

중전의 눈에서 귀기 어린 푸른빛이 뿜어져 나왔다.

"전하를 제거하면 저는 대비가 될 것입니다. 제가 이 궐의 가장 큰 어른이 되는 것입니다. 그럼 숙빈과 병판의 살을 한 점 한 점 발라 갈가리 찢어 죽인 뒤 완얼군에게 옥새를 드리지요. 저는 복수를 하고 완얼군께선 용상과 책비를 차지하시고. 완얼군 대감께서도 손해 보는 일은 아니지 않습니까?"

'살(殺)!'

완얼의 온몸이 순간 전율했다. 피비린내 가득한 살기가 숨을 제대로 쉴 수 없을 만큼 강렬하게 밀려왔다. 처음에는 중전에게서 나오는 살기인 줄 알았다. 한데 중전은 지금 당장 누군가를 죽일 수 있는 상황이 아니지 않는가? 그렇다면 이 살기는…….

'남남동 방향 천이백 보!'

그제야 살기가 뻗어 나오는 곳을 뚜렷하게 느낀 완얼이 다시 한 번 몸을 부르르 떨었다. 그곳은 조금 전 백영과 헤어진 곳에서 멀지 않은 곳이기 때문이다.

"중전마마의 말씀은 잘 알겠습니다. 그럼 저는 급한 일이 있어서 일어나 보겠습니다!"

완얼이 사색이 되어 자리에서 벌떡 일어났다.

"완얼군 대감! 지금 그 행동은 나와 손을 잡는 것을 거절한다는 뜻입니까?"

중전의 얼굴에 분노가 스쳤다.

"살기입니다. 제가 지금 가지 않으면 누군가 죽습니다!"

그러고는 더는 지체 없이 밖으로 뛰어나갔다.

"앗, 아씨!"

량주가 검을 뽑아 들어 백영의 목을 노리는 검을 튕겨냈다. 그러고는 곧장 향단에게 달려들었다. 검과 검이 부딪치고, 찌르고 베고 피가 튀었다.

'네가 죽지 않으면 내가 죽는다!'

한 치의 물러섬 없이 목숨을 걸고 싸우는 두 무사의 검에서 광적인 살기가 뻗어 나왔다. 량주도, 그리고 향단도 여기저기 검상을 입고 피에 절어 거친 숨을 내뿜었다.

"으아앙!"

그때, 대여섯 살쯤 돼 보이는 계집아이가 그보다 네댓 살 위로 보이는 오라비의 손을 잡고 걸어오다 피를 뒤집어쓴 그들을 보고 울음을 터뜨렸다.

'량희야!'

노란 저고리에 분홍치마, 죽은 누이만 한 계집아이는 누이가 죽기 전과 똑같은 옷을 입고 겁에 잔뜩 질린 눈으로 량주를 쳐다보았다. 누이가 살아 돌아온 듯한 커다란 눈망울에 잠시 시선을 빼앗긴 사이 향단이 아이들을 향해 단검을 던졌다. 어깨 부상이 아물지 않은 향단이 시간을 끌수록 자신이 불리하다는 걸 알고 술수를 쓴 것이다.

"안 돼!"

량주가 몸을 날려 검으로 단검을 내쳤다. 그 바람에 향단에게 등을 보이게 되었고, 그녀는 그 틈을 놓치지 않고 지체 없이 그를 베었다.

"꺄아악!"

뒤에서 지켜보던 백영이 날카롭게 비명을 질렀다. 그와 동시에 등을 깊게 베인 량주가 바닥에 쓰러졌다. 그러자 향단이 그의 심장을 향해 마지막 일격을 가했다. 불행히도 검은 량주의 심장에 깊숙하게 꽂혔다.

"헉!"

한데 검에 찔린 건 분명 량주이건만 향단의 입에서 단말마와 함께 피가 뿜어져 나왔다. 산가지 표창이 맹렬하게 날아와 그녀의 목덜미에 꽂힌 것이다. 뒤이어 피를 토하는 듯한 완얼의 목소리가 들려왔다.

"량주야!"

완얼과 숙휘가 말을 몰고 달려오자 큰 부상을 입은 향단이 연막탄을 던졌다. 숙휘가 부연 연기 속으로 사라진 향단을 쫓아가려 하자 완얼이 말에서 뛰어내리며 미친놈처럼 소리를 질렀다.

"숙휘야! 량주를 내 등에 업혀 주어라. 어서 의원으로 가자, 어서!"

향단이 도망을 치든지 말든지 완얼에겐 피를 흘리며 쓰러진 량주밖에 눈에 들어오지 않았다. 그리고 량주 앞에 등을 내밀고 앉아 숙휘를 재촉했다.

"검이 심장에 깊이 박혀 지금 뽑으면 출혈을 걷잡을 수가 없습니다. 검을 뽑자마자 즉사할 것입니다."

숙휘가 침통한 얼굴로 고개를 저었다.

"네 이놈! 네놈이 똑똑하면 얼마나 똑똑하다고 잘난 척이냐? 죽다니! 죽긴 누가 죽어!"

완얼이 벌떡 일어나 평생 처음으로 숙휘의 멱살을 잡고 고래고래 악을 썼다. 하지만 그도 알고 있었다, 숙휘의 말이 맞다는 것을. 그렇지만 그 말은 틀려야만 했다. 고함을 지르고 바락바락 우겨서라도 그 말을 틀린 것으로 만들어야만 했다. 량주가 죽는다는 걸 어찌 인정할 수가 있단 말인가!

"아씨……."

량주가 눈앞에 우두커니 서 있는 백영을 불렀다. 그 짧은 말 한마디를 하는데도 울컥 피를 내뿜으며 목소리가 천 갈래 만 갈래 갈라졌다. 제 눈으로 보고 있으면서도 도저히 믿을 수가 없어 혼이 나간 듯 우두커니 서 있던 백영이 그제야 한 발 한 발 량주에게 다가갔다. 그러곤 털썩 주저앉아 그의 손을 붙들었다.

"네, 접니다. 저 여기 있습니다."

하얀 꽃과 같이 어여쁜 백영의 얼굴이 량주의 흐릿한 눈동자 속에서 흔들린다. 어머니에게 버림받고 죽은 누이를 가슴에 묻은 뒤 더 이상 세상 어떤 여인과도 인연을 맺을 일이 없을 거라 생각했었는데, 태어나 처음으로 여인으로 인해 설레었고 따뜻했고 가슴이 아렸었다. 그리고 그녀로 인해 참으로 행복했다. 울컥, 또다시 량주가 피를 토했다.

"대감! 어떻게 좀 해보십시오. 량주 무사님이 죽어갑니다. 제발 어떻게 좀!"

백영이 맨손으로 량주의 피를 닦아내며 애타게 소리쳤다.

"량주야, 조금만 견디어라. 내가 어떻게 해서든 너를 꼭 살려내고 말 것이다!"

완얼이 량주의 고개를 받쳐 들고 부르짖었다. 하지만 그 역시 꺼져가는 생명 앞에서 속수무책 아무 방도가 없었다.

"저를…… 죽여주십시오. 너무…… 아픕니다……. 아파……."

량주가 한 마디, 한 마디 사력을 다해 말을 이었다. 차라리 단칼에 죽었으면 좋으련만 산 채로 심장이 찢겨진 고통은 너무나 극심했다. 사랑하는 사람들을 놓아버리고 싶을 만큼 너무나 아팠다.

"량주야, 안 된다! 안 돼! 내 손으로 어찌 너를……. 그 먼 길을 어찌 너만 혼자 보낼 수 있단 말이냐!"

"그만…… 쉬고 싶습니……."

울컥. 또다시 량주가 시뻘건 핏덩이를 토해내며 경련했다.

"대감! 이제 그만 량주를 보내주십시오. 저토록 고통스러워하고 있지 않습니까? 더 이상 붙잡고 있는 건 우리 욕심입니다."

차마 더는 지켜볼 수가 없어 숙휘가 나섰다. 그리고 울음을 참느라 일그러진 얼굴로 량주의 심장에 꽂혀 있는 검 자루를 잡았다.

'나라도 아우를 편히 보내주어야 한다. 대감이 하지 못한다면 나라도.'

누군가는 독해져야만 했다. 누군가는 량주를 보내주어야만 했다. 하지만 아무리 마음을 다잡아도 검을 잡은 손이 부들부들 떨려왔다.

"고마웠…… 습니다, 숙휘 형님……."

량주의 눈시울이 붉어지더니 피눈물이 한 줄기 흘러내렸다. 그리고는 완얼에게 시선을 옮겼다.

"완얼 형님······."

'형님이라고 불러보고 싶었습니다. 이렇게 불러보니 좋군요, 형님. 형님. 나의 형님.'

량주가 백영에게 시선을 돌렸다.

'그리고 백영 아씨. 연모했습니다. 그대가 나를 연모하지 않았을지라도. 나는 그대를 참 많이······ 연모했습니다.'

하지만 피가 목까지 끓어오른 량주는 더 이상 마음속에 있는 말을 할 수가 없었다.

"내가 하겠다."

숙휘가 이를 악물고 검을 뽑으려는 순간, 완얼이 그의 손을 붙들었다. 숙휘가 고개를 끄덕이며 한 발 물러섰다. 그러자 완얼이 파르르 떨리는 손으로 검을 쥐고선 량주의 눈을 바라보았다.

'괜찮습니다. 이제 그만 저를 보내주십시오, 형님.'

량주의 눈에 완얼의 젖은 얼굴이 비쳤다. 그리고 그 얼굴이 고통스럽게 일그러지며 완얼이 마침내 검을 뽑았다.

푸왁!

검이 뽑혀 나간 자리에서 피가 거세게 솟구치더니 량주의 몸이 마구 경련을 했다. 그러고는 단말마조차 지르지 못한 채 숨이 멎었다. 그토록 사랑하고 사랑했던 완얼과 백영, 숙휘의 모습을 차마 두고 가지 못하겠다는 듯이 눈을 부릅뜬 채로. 완얼이 아직도 온기가 남아 있는 량주의 몸을 온 힘을 다해 끌어안았다. 량주의 심장에서 뿜어져 나온 엄청난 피를 뒤집어쓴 완얼이 피투성이가 되어 몸부림쳤다. 하지만 그 어떤 말도 말이 되어 입 밖으로 나오지 않았다.

'량주 네 이놈! 이놈이 또 말을 안 듣고 제멋대로 가는구나! 누가 널

더러 먼저 눈을 감으라 했느냐! 당장 일어나지 못하겠느냐? 일어나란 말이다! 네 이놈! 이놈, 이 의리 없는 놈아!'

가슴을 찢는 수많은 말들은 그저 꺼이꺼이 목맨 울음으로만 새어 나올 뿐이었다.

"이놈아…… 이놈아…… 이놈아……."

형님이라고 한 번만 더 불러보아라. 딱 한 번만 더 불러보아라. 하지만 량주는 더 이상 아무 말도 없었다.

"량주 무사님!"

백영이 터져 나오는 오열에 몸을 제대로 가누지 못하고 옆으로 쓰러졌다.

"아씨!"

숙휘가 재빨리 그녀의 어깨를 감싸 안았다. 하지만 숙휘 역시 온몸의 뼈가 다 녹아버린 것처럼 그대로 허물어져 버릴 것만 같았다.

"형님, 이 색골난망한 은혜는 죽어서도 잊지 않겠습니다!"

시원스레 웃음 짓던 그 얼굴이 눈앞에 생생하게 아른거렸다.

"가지 마라!"

숙휘가 떠나가는 량주의 혼백을 붙잡으려 손을 뻗었다.

'세상에서 단 하나뿐인 나의 아우야. 나의 아우야. 이 형님을 두고 혼자 어딜 가느냐?'

폭우가 쏟아지는 것처럼 눈앞이 흐려지며 보이지 않았다.

"형님! 설마 지금 우시는 겁니까? 사내가 울면 방울 떨어진다니까요! 하하하하하!"

량주의 우렁찬 웃음소리가 귓가에 울려 퍼졌다. 그리고 숙휘의 울음소리가 그보다 더 크게 울려 퍼졌다. 그가 울었다. 평생 처음으로 소리 내어 아이처럼 엉엉 울부짖었다.

'세상에서 단 하나뿐인 나의 아우야. 장가도 가지 말고, 먼 길 떠나지도 말고, 이 형님과 오래오래 함께 살자. 응? 그러자. 그러자, 아우야. 아우야!'

그러나 아무리 불러도 아우는 대답이 없었다.

"량주야! 이 나쁜 녀석아!"

'제발 대답해 다오. 제발…….'

절규하고 또 절규했다. 온 세상이 통곡으로 가득했다. 바닥에 주저앉은 채 하염없이 눈물만 흘리던 백영이 량주를 바라보며 간신히 입을 열었다.

"량주 무사님이 아직 눈도 감지 못하였습니다."

사랑하는 이들을 마지막까지 눈에 담고 싶었던 것일까. 량주의 숨은 멎어버렸지만 그의 눈은 여전히 남겨진 이들을 바라보고 있었다.

"제가…… 감겨 드려도 되겠습니까?"

목이 메어 말이 제대로 이어지지가 않았다.

"우와, 홍색이 이리 잘 어울리시다니! 경국쥐색도 울고 갈 경국홍색이십니다!"

엄지를 척 치켜들며 으르렁대던 그의 목소리가 귀에 쟁쟁하게 울렸다.

"아씨를 좋아한다고요. 제가 아씨를 좋아한단 말입니다!"

진심으로 그녀를 사랑해 준 그 고마운 마음이, 하지만 그 마음을 받아줄 수 없었던 미안함이 절절하게 백영의 가슴을 쳤다. 량주가 그 토록 사랑을 주었건만 그녀는 그에게 아무것도 해준 것이 없었다. 시 간이 더 있을 줄 알았다. 그와 함께할 수 있는 시간이 아직 많이 남아 있을 줄 알았다. 고마웠다, 미안하다, 그런 말은 천천히 해도 될 줄 알 았다. 하지만 이제 그녀가 할 수 있는 건 없었다. 그래서 량주의 눈만 큼은 자신이 꼭 감겨주고 싶었다. 그녀가 해야만 한다고 생각했다.

"량주도 그러기를 원할 것입니다."

완얼이 고개를 끄덕였다. 백영이 저고리 고름으로 피투성이가 된 량 주의 얼굴을 정성껏 닦아주었다. 그러는 동안에도 량주는 텅 빈 눈으 로 그녀를 바라보고 있었다. 백영이 천천히 량주의 눈을 감겨주었다. 한데 그는 여전히 눈을 부릅뜨고 있었다. 마치 절대로 눈을 감고 싶어 하지 않는 것처럼.

"량주야, 왜 그러느냐? 발길이 차마 떨어지지 않는 것이냐……."

완얼의 눈시울이 다시금 뜨거워졌다. 우직한 량주가 죽어서도 그들 을 떠나지 못하고 혼백으로라도 곁을 지키려는 것 같았다.

"저세상에도 지켜야 할 누이가 있지 않습니까? 먼저 간 어린 누이가 오래도록 무사님을 기다리고 있었을 것입니다. 이제 이곳 걱정은 하지 마시고 편히 가십시오."

백영의 눈물이 떨어져 량주의 뺨으로 흘러내렸다. 그녀가 다시 그의 눈을 감겨주었다.

"고마웠습니다. 그리고 미안해요, 오라버니."

오라버니.

떠나기 전 그녀에게 이 말을 듣고 싶었던 것일까? 그제야 량주의 눈이 스르륵 감겼다. 깨끗하게 닦인 그의 맑은 얼굴에선 더 이상 아무런 고통도 느껴지지 않았다. 그리고 남겨진 이들의 눈물처럼 비가 내리기 시작했다.

해가 지고 어둠이 깔리자 비아구라 주막은 취객들로 더욱 떠들썩해졌다. 와자하게 웃어젖히는 소리에 사립문을 열고 뒷마당으로 들어오는 발자국 소리가 묻혀 버린다. 부슬부슬 내리는 비로 달빛마저 사라진 어둠 속에서 검은 형체가 비틀거리며 봉놋방 앞을 지나 가장 끝 골방으로 들어갔다. 벽에 머리를 기대어 거친 숨을 몰아쉬는 검은 형체의 목덜미에서 피가 흘러 방바닥으로 툭툭 떨어졌다. 한 손은 목을 꽉 눌러 지혈을 하고 반대쪽 손으로 초에 불을 붙였다. 순식간에 방 안이 환해지며 손목의 반달 문신이 보인다.

'마지막 일이 될 거라더니 정말 마지막이 되었구나.'

가면을 벗어버린 향단의 입가에 쓸쓸한 미소가 스쳤다. 그러나 고통으로 인해 미소는 곧장 일그러져 버렸다.

'나의 검에 심장이 찢기고 배가 갈리고 목이 떨어져 나가 죽어간 이들도 이토록 고통스러웠을까?'

그래서 그녀는 가급적 일격으로 적을 죽이려 하였다. 마지막 가는 길에 고통이라도 줄여주려고. 하지만 향단이 맞은 표창은 급소를 비껴나갔다. 그녀는 그 자리에서 죽지도 못하고 쿨럭쿨럭 피를 토하며 이곳까지 피에 전 몸을 끌고 왔다. 무인으로 오랜 시간을 살아온 그녀는 자신의 삶이 얼마 남지 않았음을 예감했다. 그리고 당연하다고 생각했다.

'그토록 많은 목숨을 빼앗아왔으면서 어찌 나만은 무사하기를 바라

겠는가?'

초에서 통감을 마비시키는 향이 뿜어져 나왔다. 이몽룡의 목숨을 빼앗고, 춘향이를 찾으러 남원에 내려왔던 관리들을 죽인 바로 그 독을 품은 향초였다. 죽는 것은 무섭지 않으나 오장육부를 손으로 갈가리 찢는 듯한 끔찍한 고통을 어서 끝내고 싶었다.

'춘향아! 이제 누가 너를 지켜줄꼬······.'

열 살 무렵, 발을 헛디뎌 물이 펄펄 끓는 솥단지에 얼굴을 처박을 뻔한 향단이를 춘향이가 구해주었다. 그리고 정작 자신은 손목에 화상을 입었다. 월매가 용하다는 의원은 모두 모셔와 상처가 크게 번지지는 않았지만 반달 모양의 흉터가 생겨 버렸다. 향단은 첫 월경을 하여 진정한 여인이 되던 날 모순되게도 남장을 시작했다. 그리고 손목에 반달 모양의 문신을 새겨 넣었다. 춘향이와 똑같이. 그리고 결심했다.

'이제부터 나는 너를 위해 살 것이다. 내가 너를 꼭 지켜줄게, 춘향아!'

고아인 향단이에게 춘향이는 유일한 가족이었고 벗이었고 동경의 대상이었으며 사랑이었다.

그렇게 그녀를 위해 살아온 인생을 후회하진 않았다. 하지만 단 한 사람, 늘 향단의 마음에 걸리는 이가 있었다.

'방자.'

남원에서 춘향과 몽룡, 방자 그리고 향단까지 네 사람이 찰나의 행복을 느끼던 시절, 그가 자신을 바라보는 애틋한 눈빛이 무슨 뜻인지 모를 만큼 둔하진 않았다. 모르는 척했을 뿐.

'나도 당신을 죽이고 싶진 않았어. 하지만 당신이 살면 춘향이가 죽어. 나도 당신을 조금쯤은······ 좋아했었어. 다만, 더 사랑하는 사람을 선택했을 뿐이야.'

향초가 뿜어내는 향기로운 독에 중독되어 가며 향단이의 눈앞에 아름다운 환상이 펼쳐졌다.

붉은 치맛자락을 펄럭이며 그네를 타는 춘향이의 모습.

광한루에서 그네를 뛰고 창포물에 서로의 머리를 감겨주며 깔깔거리던 사이좋은 자매가 있었다. 서로를 목숨처럼 아끼던 어린 자매가 골방의 문을 열고 쪼르르 들어와 향단이의 손을 잡아끌었다.

가자. 가자. 같이 가자.

소녀들이 외친다.

'그래, 가자. 같이 가자.'

그 시절, 그토록 싱그럽고 행복했던 그 시절로 돌아가는 것이다. 그리 생각하니 더 이상 아무것도 두렵지 않았다.

'춘향아, 우리 남원으로 돌아가자. 나랑 너랑 우리 아이랑, 셋이서 오순도순 정답게 살자. 오래오래 그렇게 살자.'

향단이가 목을 누르고 있던 손을 떼었다. 그러곤 피에 흠뻑 젖은 손으로 바닥에 그리운 이름을 써내려갔다.

— 춘햐

그러나 '향'이라는 마지막 글자를 채 완성하지 못한 채 그녀는 더 이상 움직이지 않았다.

량주가 떠난 날부터 사흘째 비가 계속 내리고 있었다. 백영은 율과의 약조대로 궐로 돌아왔다. 그러나 제대로 먹지도 자지도 않은 채 만화각에 틀어박혀 꼼짝도 하지 않았다.

"주상 전하 납……."

"됐네."

전각 앞에 선 율이 한쪽 손을 들어 상선의 말을 제지했다. 그러고는 팔각반을 들고 뒤에 서 있는 궁녀에게 말했다.

"이리 주거라. 내가 직접 들고 들어가겠다."

"예? 어찌 전하께서 이런 것을 들고……."

"네가 감히 뉘 앞에서 말대꾸를 하는 것이냐?"

율은 기어이 팔각반을 뺏어 들고는 안으로 들어갔다. 비가 내리는 탓에 이른 아침인데도 방 안은 어둑했고 백영은 가장 구석진 곳에 쪼그리고 앉아 있었다. 인기척조차 느끼지 못하는 것인지 세운 무릎 사이로 머리를 묻은 채 율이 들어와도 꼼짝도 하지 않았다.

"먹어라!"

율이 그녀 앞으로 성큼성큼 걸어가 큰 소리로 외쳤다. 그러자 백영이 그제야 부스스 고개를 들고 그를 바라보았다. 율이 팔각반 위에 놓인 그릇의 뚜껑을 열자 따뜻한 타락죽이 들어 있었다.

"명이다. 한 숟갈도 남기지 말고 다 먹어라. 그리고 출궁하여라."

그를 조용히 올려다보는 백영의 눈빛에 의문이 스쳤다. 그러자 율이 그 눈빛을 읽은 듯 답을 하였다.

"오늘이 네 오라비의 장례이지 않느냐?"

그러자 백영이 힘없이 고개를 저었다.

"그냥 여기 있겠습니다."

량주의 눈을 감기던 손의 촉감이 아직도 이렇게 생생하건만 장례마저 보고 나면 정말로 량주가 이 세상에서 흔적도 없이 사라질까 봐 두려웠다. 량주에겐 걱정 말고 떠나라 그리 말하였지만, 정작 그녀 자신은 그를 떠나보낼 준비가 되어 있지 않았다.

"오라비의 장례를 보지 않겠다는 것이냐?"

보내주겠다는데 거절할 것이라고는 생각지도 못한 율이 놀라 물었다.

"제가 또 거짓을 고했습니다. 고량주는 저의 친오라버니가 아니옵니다."

백영이 넋두리처럼 불쑥 말을 꺼냈다. 하지만 그 목소리는 점점 또렷해졌다.

"그러나 피를 나누진 않았지만 량주는 제 오라버니입니다. 틀림없는 제 오라버니입니다. 그리고 오라버니는 낙마하여 죽은 것이 아니라 자객에게 당한 것입니다. 만화각에서 저를 노렸던 그 자객에게."

"그렇다면 숙빈의 짓이란 말이냐? 하지만 숙빈은 천화각에 유폐되어 있거늘 어찌 그런!"

"숙빈을 죽이고 싶습니다. 숙빈을 죽도록 죽이고 싶습니다! 숙빈을 죽여주실 수 있사옵니까?"

솟구치는 증오가 생기라고는 하나도 없던 백영의 눈빛을 타오르게 하고, 붉게 충혈된 눈에 비친 율의 얼굴도 핏빛으로 물들였다.

"그리하면 내 여인이 되겠느냐?"

율이 물었다.

"그건…… 불가하옵니다."

"그리하면 내게 마음을 주겠느냐?"

하지만 율은 포기하지 않고 다시 물었다.

"그것도 불가하옵니다."

"그럼, 그리하면 네가 나를 죽여주겠느냐? 나 역시 네가 죽도록 죽이고 싶어 하는 사람이 아니더냐?"

백영이 멈칫했다. 그랬다. 숙빈만큼이나 율을 증오했었다. 죽어버리라고 수도 없이 빌던 날들이 있었다. 한데 지금은…….

"불가하옵니다."

백영은 여전히 그를 사랑하지 않았다. 하지만 그가 죽는 것은 바라지 않았다.

"나는 미친놈이다. 내 손으로 내 아이를 죽여놓고도 살겠다고 꾸역꾸역 죽을 처먹은 짐승보다 못한 놈이다. 나 같은 인간도 살아야 할 이유가 있겠느냐?"

숙빈은 그의 거울이었다. 그래서 죽어 마땅하다 생각하면서도 쉽사리 그녀를 죽이지 못하는 것이었다. 백영이 숙빈을 증오하는 것은 당연했다. 그러므로 백영이 그를 증오하는 것도 너무나 당연한 일이었다. 한데 다 알면서도, 참으로 염치없게도 그녀에 대한 그의 마음은 조금도 변하지 않았다.

"근데 살고 싶어졌다. 너 때문에. 너는 내가 살아가는 이유다."

율이 죽을 한 숟갈 떠서 그녀에게 내밀었다. 고소한 타락 냄새가 코끝을 자극하자 텅 빈 위가 요동을 쳤다.

"제발 한 입만이라도 먹어다오. 청이다."

그녀를 애타게 바라보는 율의 눈이 퀭했다. 아이를 잃은 율 역시 사흘째 제대로 먹지도 자지도 않고 죽만 몇 술 떴을 뿐이었다. 그 눈빛을 차마 외면할 수가 없어 백영이 말없이 타락죽을 받아먹었다.

한 입. 또 한 입.

그러면서 생각했다. 율의 애타는 눈빛은 핑계이고 살고자 하는 본능이 음식물을 삼키고 있는 것이라고. 아무리 슬퍼도 산 사람은 목구멍으로 밥을 넘겨야 하고, 잠을 자야 하고, 뒷간을 들락거려야 하니까. 이렇게 슬픈데 어찌 그럴 수 있나 혐오스러웠지만 그것이 삶이니까.

"너의 진짜 이름이 무엇이냐?"

그릇을 모두 비우자 율이 물었다.

"백영. 백영이옵니다."

미상. 그리고 춘향. 그리고 책비.

수많은 가면을 벗고 비로소 그녀가 율의 앞에 진짜 얼굴을 보였다. 지금 이 순간만큼은, 단 한 번이라도 그녀도 그에게 진실을 말하고 싶었다.

"하지만 제가 어느 집 여식이고 누구의 누이인지는 묻지 말아주시옵소서. 그것만큼은 말씀드릴 수가 없습니다."

"그런 것은 이제 아무래도 상관없다고 하지 않았느냐? 백영이라. 참으로 어여쁜 이름이구나. 오라비에게 다녀오너라, 백영아."

율이 엷게 미소를 지었다. 그러나 이내 불안한 눈빛으로 '그리고' 하며 말을 이었다.

"꼭 돌아오너라."

'너만은 나를 버리지 말아다오. 너만은.'

"북망산천이 멀다더니 내 집 앞이 북망일세. 이제 가면 언제 오나, 오실 날이나 일러주오~."

상여 행렬의 선두에 선 요령잡이가 선창을 하며 요령을 흔들었다.

"에헤, 에헤에에, 너화 넘자, 너화 너~."

나머지 상여꾼들이 요령 소리에 발을 맞추며 요령잡이의 소리를 받았다.

"혼백이야 죄다 잊고 황천으로 가시지만 우리는 빈방 안에 흔적 남아 어찌 살꼬. 이왕지사 가시는 길 가시밭길 가지 말고 꽃길일랑 밟고 가고 은하수길 밟고 가소."

"에헤, 에헤에에, 너화 넘자, 너화 너~."

량주의 마지막 길은 초라하지도 외롭지도 않았다. 완얼은 그를 위

해 도성에서 가장 화려한 꽃상여를 준비했고 서른두 명이나 되는 상
여꾼이 지고 가는 상여 뒤로 그가 제 목숨처럼 위하던 완얼과 숙휘,
마지막까지 사랑했던 백영이 따르며 배웅을 했다. 그리고 인근의 둔덕
위에선 흰 소복을 입은 자그마한 여인이 내리는 비를 하염없이 맞으며
상여 행렬을 바라보고 있었다.

'량주 무사님!'

와인이 마음속으로 절규했다. 감히 상여 근처로 갈 염치도 없어 먼
발치에서 지켜만 보는 그녀의 눈시울이 붉게 물들었다. 그러나 울 자격
도 없다 생각하여 이를 악물고 또 악물었다. 이리될 줄 알고 있었건만
인간의 나약한 힘으로 천명을 막을 순 없었다. 차라리 하늘의 뜻 같은
건 아예 모르고 사는 평범한 아낙이면 좋았으련만, 앞을 내다보고서
도 아무것도 할 수 없는 무녀라는 것이 그녀에겐 형벌과도 같았다.

"악한 일에 신성한 힘을 쓰면 반드시 천벌을 받을 것이다! 당장 네
가 잘못되지 않더라도 네가 가장 아끼는 이들이 네 죗값을 대신 치
를 수도 있어, 이것아!"

언젠가 신어미가 했던 말이 맞았다.

'그래, 벌을 받은 것이다. 내가 받을 천벌을 무사님이 대신 가져간
것이야.'

그를 간절히 원했던 그녀의 마음이 독이 되어 오히려 사랑하는 사
람을 죽이고 말았다.

'숙빈에게 가락지에 대해 말하지 않았더라면, 숙빈과 손을 잡지 않
았더라면, 량주 무사님을 갖고자 하는 헛된 욕심을 버렸더라면, 애초
에 그를 연모하지 말았더라면……. 내 탓이다. 다 내 탓이다. 내가 죽

인 것이다!'

　그리고 그녀는 알았다. 머지않아 숙빈에게도 가혹한 형벌이 내려질
것이라는 걸. 죽는 것보다 더욱 고통스러운 형벌이. 와인은 상여 행렬
이 아스라이 멀어져 간 뒤에도 한참 동안을 그곳에 우두커니 서 있었
다. 그리고 마침내 돌아서서 발걸음을 옮기며 다짐했다.

　'멀리, 아주 멀리 떠날 것이다. 그리고 다시는 도성으로 돌아오지 않
으리라.'

　상여 행렬이 묘지에 다다르자 사흘째 내리던 비가 그치고 무지개가
떴다. 그리고 그 무지개 아래 양지 바른 곳에 량주를 묻었다. 이제 그
는 아름다운 무지개다리를 건너 어린 누이가 기다리고 있는 그곳으로
먼 길을 떠나가겠지. 그렇게 량주를 떠나보낸 완얼과 숙휘, 백영은 사
랑채로 돌아왔다. 하지만 누구 하나 선뜻 먼저 말을 꺼내는 사람이 없
었다.

　"혼백이야 죄다 잊고 황천으로 가시지만 우리는 빈방 안에 흔적 남
　아 어찌 살꼬."

　상여꾼들이 부르던 소리처럼 량주가 없는 방 안은 텅 비어버린 것만
같았다.

　"내 손으로 반드시 량주의 복수를 하고 말 것입니다!"

　마침내 입을 연 완얼이 분노를 주체하지 못하고 치를 떨었다. 자객
향단은 물론이고 그녀를 사주한 숙빈, 그리고 병판 일파까지 결코 용
서할 수가 없었다. 량주의 무덤에 그들의 피를 뿌리고 뼈를 갈아 마신
다 한들 이 깊은 분노가 완전히 사라지지 않을 것 같았다.

"량주 무사님이 돌아가시기 전에 숙빈과 병판이 일을 꾸몄습니다. 지금은 두 사람이 적이 되었지만 숙빈은 유폐가 되어서도 자객을 부리고 있고, 병판 역시 유두절의 계획을 바꾸지 않을 것입니다. 그날 이 말을 전하기 위해 오던 길이었는데⋯⋯."

또다시 울컥하고 가슴속에서 덩어리가 올라와 백영이 말을 끝까지 잇지 못했다.

"유두절의 계획이라는 것이 무엇입니까?"

완얼의 눈이 핏빛으로 불타올랐다. 한데 그때 밖에서 개똥이가 완얼을 급히 찾았다.

"대감마님! 어느 댁 아씨가 긴히 뵙기를 청하십니다."

"어느 댁 아씨라니? 그게 누구냐?"

완얼이 방문을 열며 마당을 내다보았다.

"만나보면 아실 거라며 막무가내로⋯⋯."

개똥이의 말이 채 끝나기도 전에 장옷을 쓴 낭자가 마당으로 성큼성큼 들어왔다. 그러곤 천천히 장옷을 벗어 얼굴을 드러내며 대청 위의 완얼을 올려다보았다.

"아니, 낭자!"

그녀는 예조판서 이한림의 여식 미선이었다.

"낭자께서 이곳까지 어쩐 일로 찾아오셨습니까?"

그러자 미선이 기다렸다는 듯 대담하게 답했다.

"완얼군 대감께 혼인을 청하러 왔습니다."

"예? 지금 무어라 하셨습니까?"

너무나 뜻밖의 말에 혹시 잘못 들은 것인가 제 귀를 의심하였다. 그러나 미선은 표정 하나 변하지 않고 다시 한 번 분명하게 외쳤다.

"유두절에 저와 혼인을 해주십시오!"

"저는 지금 상중입니다. 가장 아끼던 아우를 오늘 아침 땅에 묻고 돌아왔습니다."

완얼이 침통하게 말하였다. 어차피 할 생각이 없는 혼례에 대한 거절의 의미기도 했다.

"알고 있습니다. 저도 매우 안타깝게 생각하고 삼가 고인의 명복을 빕니다."

미선이 침착하게 답했다.

"알고 계시다고요? 근데 아우의 상을 치른 지 열흘도 되지 않아 어찌 혼례를 치를 수 있단 말입니까? 게다가 분명 낭자께서도 이 혼인을 원치 않으신다 하지 않으셨습니까?"

"생각이 바뀌었습니다. 저는 유두절에 꼭 혼례를 치러야만 합니다. 그리고 대감께서도 그래야만 하실 겁니다."

미선이 확고하게 말했다. 그러자 방에서 여인의 목소리가 들려왔다.

"그건 아니 됩니다!"

백영이 날카롭게 외치며 대청마루로 나왔다.

"이럴 수가……."

죽은 줄 알고 있던 올케가 완얼군의 사랑방에서 갑자기 튀어나오자 크게 놀란 미선이 그 자리에 털썩 주저앉았다. 되살아난 시체를 본 듯한 큰 충격이었다.

"대체 이게 어떻게 된 일입니까? 오라버니를 잊지 못한 올케가 연못에 몸을 던져 자결을 하였다고 들었습니다. 상여가 나가는 것도 제 두 눈으로 똑똑히 보았습니다. 게다가 열녀문까지 내려졌는데……."

"달랑 사흘밖에 알지 못한 사내에게, 그것도 첫날밤에 소박을 맞고 다른 여인의 이름을 애타게 부르다 간 사내에게 무슨 정이 있다고 그 사람을 따라 자결을 한단 말입니까? 시신 없이 치러진 장례였고, 열녀는 철저하게 조작된 것입니다! 아가씨의 아버님에 의해서!"

백영의 입에서 지금껏 켜켜이 쌓여온 울분이 터져 나왔다.

"아버님께서 어찌 그런 일을……. 말도 안 돼!"

미선이 비틀거리며 몸을 일으켜 백영에게 가까이 다가갔다. 도저히 믿을 수가 없었다. 하지만 믿지 않을 수 없었다. 백영이 한 말의 증거인 백영 본인이 미선의 눈앞에 서 있었기 때문이다.

"일단 안으로 드시지요. 개똥아, 행랑어멈에게 일러 시원한 물 한 잔 내오라 하여라."

그래도 그를 찾아온 손님인지라 완얼이 안으로 청했다.

"대감과 둘이서 할 이야기가 있으니 잠시만 주위를 물려주시겠습니까?"

냉수를 한 잔 들이켜고 정신을 가다듬은 미선이 완얼에게 청했다.

"나가 있겠습니다."

숙휘가 먼저 자리를 비켜주었다. 그러자 미선이 백영에게 시선을 돌리며 간곡한 목소리로 말했다.

"부탁드리겠습니다. 그리고 정말 미안합니다. 저는 꿈에도 몰랐습니다. 아버님께서 이렇게 끔찍한 일을 저지르셨을 줄은."

"더한 일도 하실 수 있는 분이십니다. 가문을 위해서라는 명분이라면."

백영이 쓴웃음을 지었다. 명망 높은 유학자 집안. 그 그럴싸한 허울을 지키기 위해서라면 과부의 목숨쯤은 참으로 하찮은 것이었다.

"알고 있습니다. 그래서 지금 제가 이곳에 찾아온 것이기도 하고요. 저도 아버님이 원망스럽습니다. 하지만 제 아버님이신걸요."

미선이 씁쓸하게 답하며 고개를 깊이 숙였다.

"아버님을 대신해 제가 사과를 드리겠습니다. 정말 죄송합니다."

그녀의 얼굴엔 진심으로 미안한 기색이 가득했다.

"아가씨가 대신 사과할 일이 아닙니다."

백영이 차갑게 내뱉었다. 하지만 그러면서도 아비를 선택해서 태어날 수 있는 것도 아닌데 미선에게 무슨 잘못이 있으랴 싶었다. 시댁에서 지내던 지난 삼 년 동안 특별히 돈독한 사이라고는 할 수 없었으나 시댁 식구들 중 그나마 가장 그녀에게 따뜻하게 대해주었던 사람이다.

"나가 있겠습니다."

백영이 깊은 한숨을 내쉬며 방을 나섰다.

"고맙습니다. 오래 걸리진 않을 것입니다."

미선의 인사를 뒤로하고 마당으로 나오자 숙휘는 이미 보이지 않았다. 하던 이야기는 마무리 짓고 가야 하므로 지금 이대로 궐로 돌아갈 수도 없고, 사랑채 마당에서 서성거리고 있기도 뭣하여 후원으로 향했다. 한데 숙휘 역시 딱히 갈 곳이 없었는지 뒤뜰에 서서 작은 정자를 물끄러미 바라보고 있었다. 늘 한 몸처럼 다니던 량주 없이 홀로 서 있는 모습이 너무나 쓸쓸해 보여 선뜻 말을 걸지 못하고 그녀 역시 한참을 그렇게 서 있었다.

"무얼 그리 보고 계십니까?"

마침내 백영이 조심스럽게 다가가 묻자 그제야 인기척을 느낀 숙휘가 돌아보았다.

'내가 무얼 보고 있었던가?'

그 작은 정자에서 량주와 숙휘는 종종 술잔을 기울이곤 했었다. 고량주는 고량주를 환장하게 좋아하여 고량주와 함께 마실 땐 늘 고량주였는데, 고량주에 취한 고량주의 얼굴이 불콰하게 달아오른 모습이 여전히 눈에 선하였다.

"아무것도 아닙니다. 한데 혹시 와인 무녀에게 들으신 것입니까? 병판의 계략에 대해."

숙휘가 고개를 저어 상념을 지우며 백영에게 물었다.

"그걸 어찌 아셨습니까?"

"저도 전해 들었습니다. 량주에게……."

량주의 이름을 꺼내자 새삼 목에 무언가 큰 덩어리가 걸린 듯이 말문이 막혀 잠시 숨을 골랐다.

'앞으로도 오래도록 이러하겠지.'

덩어리진 슬픔을 애써 삼키고는 말을 이었다.

"완얼군 대감께선 미선 낭자와 혼인하실 생각이 전혀 없으십니다. 아씨를 두고 절대로 다른 여인과 혼례를 올리실 분이 아니십니다. 그래서 굳이 혼례를 치르지 말라는 말이 필요 없을 거라 생각했습니다. 하지만 궁지에 몰린 숙빈이 유두절 전에 움직일 수도 있다는 사실을 간과했습니다. 제가 조금 더 생각이 깊었더라면 량주를 이리 허망하게 보내지 않았을 텐데."

"자책하지 마십시오. 그것은 악행을 저지른 자의 책임이지 다른 누구의 책임도 아닙니다. 량주 무사님께서도 숙휘 무사님이 이렇게 스스로를 괴롭히는 것을 원치 않으실 것입니다."

그녀가 단호하게 말했다. 그리고 진심으로 그리 생각했다. 그때 그들의 등 뒤에서 완얼의 목소리가 들려왔다.

"여기 계셨군요! 궐로 돌아가 버리신 줄 알았습니다."

"벌써 이야기가 끝난 것입니까?"

"예. 미선 낭자는 댁으로 돌아가셨습니다."

그리 답하더니 완얼이 그녀의 눈을 깊이 들여다보았다. 그녀의 눈동자에 비친 자신의 모습을 확인하고 싶은 것인지도 몰랐다. 악귀와 싸우기 위해 악귀가 되어가는 자신의 모습을.

"백영 아씨."

"예, 말씀하십시오."

"저를 믿으십니까?"

"그렇습니다."

백영이 망설임 없이 답했다.

"끝까지 저를 믿어주실 수 있겠습니까?"

"그럴 것입니다."

그러자 완얼이 단번에 그 믿음을 배신하며 말했다.

"유두절에 미선 낭자와 혼인을 할 것입니다."

백영의 눈앞이 순간 어지러이 흔들리며 다리가 휘청거렸다. 완얼이 다른 여인과 혼례를 올린다니!

"아니 됩니다!"

백영이 세차게 고개를 저었다. 내 남자를 뺏길 수 없다는 마음과 그의 목숨이 위태로워질 것이라는 불안감에 깜짝 놀랄 정도로 큰 목소리가 터져 나왔다.

"병판이 그날을 노리고 있습니다. 떠들썩한 잔치가 벌어지고 사림파들이 모두 한자리에 모이는 그 기회를 노리고 있단 말입니다. 이한림 대감과 사돈이 되면 신들린 왕자라는 것도 더 이상 방패막이가 되어주지 않을 것입니다."

"그래도 혼례를 올릴 것입니다. 그리고 그날, 구름이 경회루 위로 흐를 것입니다."

구름이 경회루 위로 흐를 때!

그것은 와인 무녀의 해몽에서 나온 말이었다. 만약 구름이 하늘 위로 떠간 것이라면 땅에 있는 궁이므로 왕이 될 것이고, 구름이 전각 아래로 흐른 것이라면 그 전각은 구름 위에 있는 옥황상제의 궁으로 명이 다해 극락왕생한 것일 거라고.

즉, 완얼이 말한 구름이 경회루 위로 흐를 때란 그가 옥좌에 오를 때, 달리 말하면 금상을 폐위시키고 반정이 성공했을 때를 뜻했다. 그리고 왕이 되기 위해서 그녀를 버리고 다른 여인과 혼례를 올리겠다는 것이다.

'절대 그럴 리 없다고 믿고 있던 나의 사람이, 향기로운 원앙금침 위에서 나와 함께 첫날밤을 보낼 것이라 했던 나의 사내가 죽은 남편의 누이와 혼인을 한다!'

완얼이 왕이 되면 그녀는 그의 내자가 될 수 없다는 건 알고 있었다. 언감생심 과부가 어찌 중전이 될 수 있겠는가? 중전은 고사하고 그의 곁에 있을 수나 있을까?

'새로운 태양의 곁에 저 같은 과부를 두게 세상이 내버려 두겠습니까?'

그녀가 슬프게 완얼을 바라보았다.

"나는 이제 못 할 것이 없습니다. 눈도 제대로 감지 못하고 떠난 아우의 복수를 위해서라면. 그리고 이것이 당신을 위한 선택이기도 하다면 이런 나를 믿어주실 수 있겠습니까?"

완얼이 다시 그녀에게 물었다.

사랑. 그 어떤 순간에도 그 사람을 믿는 것.

하지만 그것은 너무도 힘겨운 시험이었다.

15.

아가야, 청산으로 가자

유월 열닷새 유두절.

떠들썩한 유두 잔치와 함께 예조판서 이한림의 집에선 더욱 떠들썩한 혼례 잔치가 벌어졌다.

돼지를 열 마리나 잡았다는 둥, 소 한 마리에 송아지 한 마리, 닭 서른 마리를 잡았다는 둥 임금의 가례 못지않은 혼례식이라 하여 저잣거리가 온통 시끌벅적했다.

"혈육 같은 아우가 죽었다며 그리 성대하게 장례를 치르더니 열흘도 되지 않아 이번엔 혼례를 치르다니!"

"높으신 분들의 속을 우리 같은 천한 것들이 어찌 알겠누?"

"어찌 됐건 신랑 인물 하나는 조선 최고로구먼. 아무리 어여쁜 신부가 나온들 저 앞에 서면 눈이 부셔서 얼굴이나 제대로 들겠나?"

"아무래도 완얼군 대감은 전생에 나라를 구했나 보네. 저리 훤한 인물에 왕자로 태어나다니!"

"전생에 나라를 구했으면 임금으로 태어났겠지, 이 사람아! 왕자가 뭐 좋은 줄 아나? 까딱 잘못하면 역모로 몰려 목이 날아가기 일쑤인데."

"그래도 하루를 살아도 저 얼굴로 한 번 살아보고 싶네. 그럼 비아구라 주막에 비아 년도 내게 손목 한 번 잡혀줄 터인데."

"허이고, 완얼군 대감 얼굴이면 손목이 문제인가? 당장에라도 속곳을 벗어 던지고……."

사모관대를 하고 늠름하게 말을 타고 오는 신랑을 본 구경꾼들이 저마다 한마디씩 수군거렸다. 여태껏 정체를 잘 드러내지 않던 제육왕자 완얼군이 열흘 사이에 장례와 혼례를 연달아 치르자 말하기 좋아하는 사람들에게 더없이 좋은 화젯거리가 되었다. 그러나 호위무사 겸 후행으로 허리에 장검을 두 자루나 차고 완얼의 곁을 따르는 숙휘가 날카로운 눈초리로 주위를 한 번 둘러보자 섬뜩할 정도로 싸늘한 위압감에 금세 잠잠해졌다.

신랑이 초례청에 도착하자 잔치 분위기가 절정에 이르렀다. 쨍 하는 소리가 날 것처럼 햇살 좋은 날, 바람결에 잔치 소식을 듣고 날아든 새들도 저마다의 목소리로 즐겁게 지저귀고, 초례상엔 적색과 청색 보자기에 각각 싸인 암탉과 수탉이 서쪽과 동쪽에 놓여 점잖게 구구구구, 남쪽과 북쪽에 놓인 소나무 가지와 대나무 가지는 청실홍실로 곱게 이어져 있었다. 고관대작들과 사림들이 발 디딜 틈 없이 잔치에 참석하였고, 이제 곧 병판까지 당도할 것이라는 연통이 있었다.

혼례식이 임박하자 신랑을 보러 잠시 초례청으로 나왔던 수모가 종종걸음으로 별당으로 향했다.

"아씨, 드디어 신랑이 오셨습니다요! 아효, 먼발치에서 봐도 어찌나 눈이 부시게 해사하시던지 흘끔흘끔 쳐다보던 여편네들이 오줌을 다

지리지 뭡니까? 우리 아씨는 얼마나 좋으실꼬? 아효, 이 좋은 날 우리 나리도 살아 계셨더라면…….”

오랜 세월 이 집안에서 일해온 수모는 이몽룡 생각에 눈시울이 붉어져 대청에 퍼질러 앉아 저고리 고름으로 연신 눈물을 찍어냈다.

“아효, 이 늙은이가 죽을 때가 되었나, 좋은 날 웬 눈물바람이람! 아씨, 이제 초례청으로 나가셔야지요!”

수모가 코를 훌쩍이며 미선이 있는 방을 향해 소리쳤다. 그러다 문득 이상한 생각이 들었다. 방 안이 너무 조용했다.

“아씨? 아씨!”

불길한 예감에 그제야 허둥지둥 문을 열어본 수모가 비명에 가까운 고함을 질렀다.

“신부가 사라졌습니다!”

한편, 초례상 앞에서 신부를 기다리던 완얼의 입가에 희미하게 미소가 스쳤다.

‘지금쯤 별당에선 한바탕 난리가 났겠지.’

이제 병판이 오기만을 기다리면 된다. 수일 전, 집으로 찾아온 미선 낭자는 숙휘와 백영을 내보낸 뒤 놀라운 이야기를 꺼냈다.

“제겐 연모하는 사람이 따로 있습니다. 하지만 저와 그 사람은 절대로 혼례를 올릴 수도, 연모한다고 밝힐 수도 없는 사이입니다. 제가 마음에 품은 사내는 저희 집 노비이니까요.”

완얼이 약에 취해 미선 낭자의 방에서 잠시 몸을 뉘었던 날 ‘중전의 자리보다도 제가 진정 원하는 것은……’ 하며 끝내 잇지 못했던 말이 바로 이것이었다. 그녀가 진정 원하는 것은 단 하나의 사내뿐이라고.

"제가 대감과의 혼인을 거부하자 아버님의 감시가 심해져 쉽사리 도망을 칠 수도 없습니다. 오늘 역시 대감을 뵈러 가겠다고 하자 간신히 허락을 해주시긴 하였지만 무사들을 주렁주렁 딸려 보내셨습니다. 하지만 혼례식 날엔 아버님도 마음을 놓으시고 감시가 소홀해질 것입니다. 연지곤지까지 찍은 신부가 도망을 칠 거라곤 생각하지 않으실 테니까요."

미선이 잠시 이야기를 멈추더니 이내 단호하게 '하지만!' 하고 말을 이었다.

"그때 저는 그 사람과 함께 도망을 칠 것입니다. 그리고 그날 아버님께선 제 혼례 자체보다 병판 대감께 더 신경을 쓰시겠지요. 아버님께서 전하의 윤허까지 받아내며 완얼군 대감과 제 혼례를 밀어붙이시는 이유는 혼례식을 이용해 정적들을 제거하려는 심산이기도 하니까요."
"그런 것까지 파악하고 계셨습니까?"

완얼이 미선의 영민함에 새삼 감탄하며 물었다.

"아버님의 사랑채에선 도성에서 일어나는 모든 이야기들이 오가니까요. 원래 계획했던 대로 혼례식 날 병판 대감을 제거하십시오. 저는 연모하는 이를 얻고 대감께서는 복수를 하시고, 그러니 이 혼례는 반드시 치러져야만 합니다."

량주의 복수! 완얼이 이를 악물었다.

'량주를 죽인 숙빈과 병판을 내 손으로 꼭 베고야 말리라!'

혼례식은 병판에게만 기회가 아니었다. 완얼은 병판의 계획을 알고 있고, 병판은 완얼의 계획을 모르므로 백영의 걱정과는 다르게 이는 완얼에게 유리한 싸움이었다.

"역적의 수괴 이한림과 그의 사위 완얼군 이검은 어명을 받들어 순순히 투항하라!"

때마침 병조판서의 목소리가 초례청에 쩌렁쩌렁 울려 퍼졌다.

'드디어 왔구나, 장대갈!'

오늘 아침 대전에선 한시적으로 도성의 모든 군사를 지휘할 수 있는 권한을 병판에게 주었다. 이는 매우 이례적이고도 신속한 결정으로, 장대갈은 수백의 정예부대를 이끌고 이한림의 사저로 들이닥쳤다. 임금과 병판이 미리 계획을 세워두었기에 가능한 일이었다. 그리고 무장을 한 장대갈의 품 안에는 이한림이 그의 사위인 완얼군을 옹립하려는 역모를 꾀했다는 문서가 갈무리되어 있었다. 조작된 문서이긴 하지만 장대갈이 이긴다면 그 문서는 진실이 될 것이다. 역사는 승자의 기록이니까. 그리고 이한림이 완얼군을 옹립하려는 건 사실이므로 허무맹랑한 조작은 아닌 셈이다.

초례상 앞에 서 있던 이한림과 완얼 사이에 재빨리 눈빛이 오갔다. 이한림이 비장하게 고개를 끄덕이는 것을 본 숙휘가 두 자루의 검 중 한 자루를 완얼에게 던졌다. 량주의 검이었다.

"나를 따르라!"

완얼이 량주의 검을 높이 뽑아 들며 우렁차게 소리쳤다.

"와아아아!"

구경꾼으로, 노비로, 가마꾼으로 위장해 있던 무사들과 집 안 곳곳에 매복해 있던 이한림의 사병들이 함성을 내지르며 일제히 쏟아져 나왔다. 옷자락에 품고 있던 검을 뽑고 초례상 아래 숨겨놓은 창을 들고 대청마루 아래에선 활을 꺼내 무장을 한 기백명의 정예무사들이 장대갈과 관군들을 에워쌌다.

"이따위 오합지졸들로 나의 병사들을 이길 수 있을 것 같으냐?"

예상치 못한 역습에 잠시 주춤했으나 장대갈이 백전노장답게 쩌렁쩌렁 호령했다.

'경국홍색! 색골난망! 주경야동!'

완얼이 주문처럼 량주의 말을 되뇌었다. 그리고 전혀 물러섬 없이 으르렁으르렁 포효했다. 량주가 그랬던 것처럼.

"내 아우를 대신하여 네놈의 심장을 도려내겠다!"

완얼이 장대갈을 향해 검을 높이 치켜들었다. 그와 동시에 장대갈도 그의 심장을 향해 검을 겨누고 날아올랐다.

챙! 챙!

두 사람의 검이 부딪칠 때마다 불꽃이 튀고 살기가 피어올랐다. 관군과 사병들 역시 적을 향해 검을 휘두르며 서로 뒤엉켰다. 관군에게 지면 그야말로 역적이 되어 삼족이 멸해진다. 이한림 일파의 무사들이 기를 쓰고 달려들었다. 그러나 역적들에게 지면 관군들도 죽는 건 마찬가지인지라 그들도 물러설 수가 없었다. 양쪽 모두 목숨을 건 혈투가 거듭되었다.

"거치적거리지 말고 싸움을 못 하면 대청마루 밑에라도 숨어 계십시오!"

숙휘가 관군의 오른팔을 베며 이한림에게 버럭 소리쳤다. 뼛속까지 문관인 이한림은 무술을 전혀 못 하는지라 무용지물인 데다가 관군들의 주요 표적이 되어 엄호까지 해주어야 했다. 그러자 그토록 근엄한 척하던 이한림이 꽁지에 불붙은 개처럼 뛰어 대청마루 아래로 기어들어 갔다. 그러는 사이 완얼은 전쟁터에서 반평생을 보낸 백전노장 장대갈에게 조금씩 밀리고 있었다. 그러다 장대갈이 크게 휘두른 검을 검으로 받는 순간, 가까스로 막아내긴 했으나 그의 엄청난 힘에 밀려 완얼의 검이 두 동강이 나 날아가 버렸다. 그러곤 숨 돌릴 겨를도 없이 검 자루만 잡고 선 완얼에게 장대갈이 다시 한 번 검을 날렸다.

'량주야! 도와다오!'

율은 강녕전에서 초조하게 병판의 보고를 기다리고 있었다. 임금까지 힘을 실어주고 기습을 하는 것이니 실패하리라고는 생각지 않았다. 또한 나이를 먹긴 했어도 장대갈의 무공 또한 워낙 출중하여 가장 뛰어난 호위무사인 고량주를 잃은 상황에서 완얼이 그를 상대하기엔 역부족일 것이라 판단했다. 게다가 혹시 모를 사태에 대비해 충심 깊은 문배주가 이끄는 내금위가 강녕전을 겹겹이 에워싸고 있어 걱정할 것이 없는데도 율은 왠지 모르게 몹시도 불안하였다. 그때, 문밖에서 익숙한 목소리가 들려왔다.

"전하, 신첩 안으로 들어가도 되겠습니까?"

"중전?"

복중 태아를 잃은 날 중궁전에서 그녀를 본 이후 열흘 가까이 단 한 번도 만난 적이 없었다. 아무리 폭군에 살인귀라 하지만 제 새끼를 밴 여인을 폭행해 자식을 죽인 주제에 중전 앞에 나타날 염치도 없었고 중전도 율을 찾지 않았다. 광기에 휩싸여 아무 기억이 없는 상태에서 저지른 짓이라고 해도 용서받을 수 없는 일인 것은 마찬가지였다.

"들어오시오!"

율이 긴장한 목소리로 외쳤다. 그러자 문이 열리며 마지막으로 보았을 때처럼 온갖 장신구로 화려하게 치장한 중전이 사뿐사뿐 안으로 들어왔다. 그리고 그녀의 손엔 두 개의 그릇이 놓인 대궐반이 들려 있었다.

"중전이 어쩐 일로 나를 찾아온 것이오?"

아무리 보아도 중전이 정상적인 상태가 아닌 듯하여 마른침을 삼키며 조심스레 물었다.

"싫으십니까?"

중전이 대궐반을 내려놓으며 물었다.

"아니, 싫은 게 아니라 중전께선 두 번 다시 나를 보고 싶어 하지 않는 줄 알았는데."

"전하께서 좋아하시는 팥죽을 좀 쑤어왔습니다."

그러면서 두 개의 그릇 중 하나의 뚜껑을 열었다.

"중전이 직접 만들어왔단 말이오?"

율이 좀처럼 믿기지 않는 눈으로 중전과 팥죽을 번갈아 쳐다보았다.

"예. 왜 그리 보십니까? 독이라도 탔을까 봐 걱정이 되십니까?"

"그런 것은 아니나……."

실은 아주 아니라고는 할 수 없었다. 갑작스럽게 변해 버린 중전은 무슨 짓을 저지를지 전혀 예측할 수가 없었다. 그러자 중전은 정말 뜻밖의 말을 하였다.

"다시 아이를 갖고 싶사옵니다."

"지금 뭐라 하였소?"

"제게 다시 한 번 씨를 내려주시옵소서. 꼭 대군을 낳을 것입니다."

중전의 눈빛이 색기인 듯 광기인 듯 알 수 없는 욕망으로 섬뜩하게 번뜩였다. 아이에 대한 미련과 집착이 그녀를 전혀 다른 사람으로 바꿔놓은 것 같았다.

"중전의 뜻이 그러하다면 관상감에 일러 합궁할 날을 잡으라 하겠소이다. 관상감의 명과학교수 어기용차라는 자가 택일을 기막히게 하니 전처럼 좋은 날을 잡을 수 있을 것이오."

중전이 저리된 것이 어찌 그녀의 잘못이랴? 한편으론 안쓰러운 생각도 들어 율이 부드럽게 답했다.

"식기 전에 드시지요. 한 상궁, 기미를 보아라."

그제야 입가에 미소를 띤 중전이 중궁전에서 데려온 상궁에게 명하였다.

"기미상궁이 있는데?"

"누가 기미를 보든 무슨 상관이겠습니까? 전하께 무해한지 알아내기만 하면 그만이지요."

"하긴 그도 그렇소."

율이 고개를 끄덕이자 한 상궁이 조심스럽게 은으로 된 숟가락을 들어 팥죽을 맛보았다. 은의 색깔도 변하지 않았고 상궁도 아무 이상이 없었다. 그러자 중전이 팥죽 그릇 옆에 놓인 또 다른 그릇의 뚜껑을 열었다. 그것은 빈 그릇이었다.

"불안해하실 듯하여 빈 그릇을 하나 더 준비해 왔습니다. 무례가 되지 않는다면 전하의 팥죽을 나누어 먹어도 되겠습니까? 저도 함께 먹는다면 안심이시겠지요?"

"중전을 의심하는 것은 아니나 중전이 함께 드시겠다는데 내가 말릴 이유는 없지요."

그러자 중전이 빙긋이 웃더니 팥죽을 반쯤 덜어 빈 그릇에 옮겼다.

"드시지요, 전하."

율이 팥죽을 한술 떠 입에 넣었다. 생과방에서 가장 솜씨가 좋은 상궁이 만든 팥죽에 견주어도 손색이 없을 만큼 맛이 있었다.

"중전의 솜씨가 훌륭하시구려. 참으로 맛있소이다."

"칭찬이라는 거, 전하께 처음으로 들어봅니다."

중전이 씁쓸한 눈빛으로 고개를 들어 그를 바라보았다. 그녀의 그릇은 이미 깨끗이 비어 있었다. 한데 중전이 말을 마치자마자 상궁이 꼿꼿하게 선 채로 입에서 주르륵 피를 토해냈다. 그리고 바로 뒤이어 중전이 울컥 더 많은 피를 토하며 바닥으로 쓰러졌다.

"중전마마!"

자신도 피를 흘리면서도 상궁이 달려와 중전을 품에 안고 제 무릎에 뉘었다.

"역시 독이!"

놀란 율이 본능적으로 숟가락을 내팽개쳤다. 그의 그릇엔 아직 팥죽이 반쯤 남아 있었다.

"제 자식을 죽여 놓고 전하께선 퍽이나 살고 싶으신가 봅니다."

저고리 앞섶이 흥건하게 피에 젖은 채 중전이 힘겹게 중얼거렸다.

"그렇게는 안 되지요. 대군이 지하에서 이 어미와 아비를 기다리고 있을 것입니다. 그 팥죽엔 치사량의 독이 들어 있습니다. 한 상궁도 이미 알고 있었고요. 한 상궁의 충심은 저승에서 다시 만나 치하할 것입니다. 한데 전하께선 아직 반이나 남기셨군요."

아이를 갖고 싶다, 대군을 낳고 싶다 하며 율의 관심을 잠시 다른 곳으로 돌린 뒤 독이 든 팥죽을 먹인 것이었다. 팥죽을 다 비운 중전은 온몸으로 독이 빠르게 퍼져 나가고 있었다. 그리고 이젠 입뿐만이 아니라 코와 눈에서도 피가 뿜어져 나왔다.

"마마, 더는 말씀을 하지 마시옵소서!"

한 상궁이 울먹이며 소맷자락으로 중전의 피를 연신 닦아내었다.

"차라리 잘되었다. 전하께서 나처럼 빨리 죽어버리면 고통을 느낄 사이도 없지 않겠느냐?"

그러고는 점점 흐릿해져 가는 눈을 부릅뜨고 율을 쏘아보았다.

"이제 곧 완얼군이 올 것입니다. 그때까지는 살아 계십시오. 고통스럽게 조금 더 사시다가 부디 더없이 비참하게 생을 마감하십시오."

중전이 피 묻은 이를 드러내며 활짝 웃음 지었다. 그와 동시에 핏덩이를 울컥 토해내며 허무하게 절명하고 말았다.

"마마! 중전마마!"

한 상궁의 절규가 강녕전에 울려 퍼졌다. 그리고 율의 입에서 울컥 피가 쏟아져 나왔다.

장대갈의 검이 완얼의 심장을 찌르려는 순간, 완얼이 옆으로 구르며 온 힘을 다해 그의 옆구리를 걷어찼다. 그리고 제대로 한 방 맞은 장대갈이 뒤로 벌러덩 엎어졌다.

"허억!"

공교롭게도 장대갈은 반 토막이 나 땅에 박힌 량주의 부러진 검 위로 쓰러져 복부로 검이 뚫고 나왔다.

"대감! 받으십시오!"

때마침 숙휘가 관군의 시신에 박혀 있던 검을 뽑아 완얼에게 던졌다. 검을 받아 든 완얼이 꼬챙이에 꿴 물고기처럼 배에 부러진 검이 박힌 장대갈의 목을 단칼에 베어버렸다.

'량주야, 네가 끝까지 나를 살렸구나. 고맙다!'

량주의 혼백이 검에 깃들어 그를 살린 것이라 생각되어 완얼의 가슴이 한없이 아려왔다. 수적으로는 우세했지만 수장을 잃은 관군들은 순식간에 대열이 흐트러지고 우왕좌왕하기 시작했다. 반면 기가 살아난 완얼의 무사들은 펄펄 날았다. 그리고 마침내 관군의 절반 이상이 죽고 나머지는 무기를 버리고 투항하였다.

"더러운 권력에 빌붙어 백성의 고혈을 빨아먹은 버러지 같은 놈들!"

그제야 이한림이 대청마루 아래서 기어 나와 민망함을 감추려 생포된 관군들에게 큰소리를 쳐댔다. 따지고 보면 백성의 고혈을 빨아먹은 건 윗대가리들이지 명을 받고 움직이는 군사들에게 무슨 큰 죄가 있겠는가? 그들도 녹봉을 받아 식솔을 건사하는 백성들 중의 하나인 것을.

"지금쯤 중전마마께서 성문을 열어놓으셨을 겁니다. 오늘 광화문을 지키는 수문장이 중전마마의 친척이라 합니다."

완얼이 못마땅한 눈초리로 이한림을 흘끗 쏘아보며 말했다. 사모관대를 온통 피로 물들인 채 검 끝에서 붉은 혈을 뚝뚝 흘리며 시체들 사이에 서 있는 완얼의 모습은 지옥에서 온 야차와 진배없었다.

'나는 진정 악귀가 된 것인가?'

하지만 멈출 수는 없었다. 이제 이 싸움은 완얼만의 일이 아니었다. 그의 검 끝엔 수백, 수천, 수만의 목숨이 달려 있었다. 완얼이 훌쩍 말 위에 올라탔다. 그러곤 숙휘와 무사들을 이끌고 궐로 향했다. 그와 똑같은 얼굴을 가진 또 다른 악귀와 맞서기 위해.

완얼이 군사를 이끌고 경복궁의 정문인 광화문에 도착하자 미리 중전과 연통을 주고받은 대로 수문장이 문을 활짝 열어주었다. 전하께서 침전에 계시다는 말에 완얼은 곧장 그곳으로 향했다. 하나 강녕전은 충성스러운 내금위장 문배주가 굳건히 지키고 있었다.

"비켜라. 더 이상의 희생은 원치 않는다."

완얼의 목소리가 괴롭게 갈라졌다. 하지만 문배주는 요지부동 검을 내리지 않았다.

"나 내금위장 문배주는 강녕전을 끝까지 지킬 것이다!"

"너는 저 안에 있는 폭군으로 인해 얼마나 많은 무고한 생명이 죽어 갔는지 모르느냐?"

숙휘가 싸늘하게 쏘아붙였다.

"나는 그런 건 모른다. 한 번 주군은 영원한 주군일 뿐이다!"

문배주는 더 이상 말이 필요 없다는 듯 완얼을 향해 달려들었다. 그리고 완얼이 이끌고 온 무사들과 내금위가 또 한바탕 혈전을 벌였다. 문배주는 무공이 뛰어난 자였으나 복수심에 불타올라 신들린 듯 검을 휘두르는 완얼과 숙휘 두 사람의 협공을 당해내기엔 역부족이었고, 내금위 역시 이미 피 맛을 보고 사기가 오를 대로 오른 일당백의 정예 병들을 상대하기엔 중과부적이었다. 마침내 숙휘의 칼날에 목이 뚫리고 완얼의 칼날에 배가 찢긴 문배주가 바닥에 쓰러져 몇 번의 경련을 한 뒤 숨이 끊어졌다.

"내금위장으로서 예를 갖추어 잘 묻어주도록 하여라."

완얼이 착잡하게 명을 내렸다.

'그래도 한 사람쯤은 진정 형님을 위하는 사람이 있었구나.'

연민과 증오가 어지러이 서린 검을 들고 신도 벗지 않은 채 임금의 침전으로 저벅저벅 걸어 들어갔다. 한데 방문 앞에 멈춰 서자 새파랗게 질린 상선이 안에서 구르듯이 뛰쳐나왔다.

"무슨 일인가?"

"완얼군 대감! 전하께서…… 전하께서!"

새파랗게 질린 상선은 완얼이 왜 검을 든 채 침전에 들어와 있는 것인지 앞뒤를 살필 경황도 없이 다급하게 그의 옷자락을 잡아끌었다. 상선과 함께 허둥지둥 안으로 들어간 완얼은 눈앞에 펼쳐진 끔찍한 광경에 우뚝 멈춰 섰다.

중전은 저고리 앞섶이 피투성이가 된 채 섬뜩하게 미소를 지으며 죽어 있었고, 그 옆엔 상궁이 입에서 엄청나게 피를 흘린 채 몸뚱이가 차갑게 식어가고 있었다. 독이 든 팥죽을 조금밖에 먹지 않은 상궁이 혀를 물고 자결을 한 것이었다. 그리고 그들의 옆엔……

"형님!"

완얼이 칼을 내던지고 달려가 입가에 피를 흘리며 쓰러져 있는 율을 품에 안았다.

"검아……"

율이 아직은 숨이 붙어 있는 채로 헐떡이며 아우를 불렀다. 형님을 죽이겠다고 피 묻은 검을 들고 쳐들어왔건만, 막상 죽어가는 형님을 눈앞에서 보자 만감이 교차했다. 그의 손으로 형님의 목숨을 거두었어도 이런 감정이 들었을까?

모르겠다.

종잡을 수 없는 이 감정이 슬픔인지 서글픔인지 분노인지 증오인지 처절함인지 회한인지. 이제는 마구 뒤엉켜 버려 마음이 탁하디탁한 흙탕물이 되어버렸다.

'어찌하여 이 지경까지 왔단 말인가! 어디서부터 잘못되기 시작한 것일까……'

"독을 쓴 것 같습니다."

숙휘가 냉철하게 팥죽 그릇을 살펴보며 말했다.

"이런 걸, 이런 걸 바란 것이 아니었습니다!"

완얼이 비통하게 울부짖었다. 이는 중전의 소행이 분명했다. 그저 성문을·열어주는 것만으로도 족했는데, 아이를 잃은 어미의 원한은 그가 생각했던 것보다 더욱 크고 깊었다.

"그럼 무엇을 바라셨습니까?"

정신이 아득해져 가는 율 대신 숙휘가 물었다.

"어차피 폐주는 죽게 되어 있습니다. 유배지로 쫓겨 가 오욕 속에서 목숨을 조금 더 연장하느니 차라리 이 편이 나을지도 모릅니다."

그때 열린 문으로 백영이 다급하게 뛰어 들어왔다.

"대감!"

마침내 오늘, 유두절 혼례식 날. 그녀는 새벽부터 초조하게 대전 쪽을 살피며 완얼을 기다렸다.

"끝까지 저를 믿어주실 수 있겠습니까?"

완얼이 그리 물었을 때 그녀는 그 힘겨운 시험을 받아들였다. 그를 끝까지 믿기로. 어떤 상황에서도 그를 믿기로. 그러자 그가 말했다.

"혼례식은 있지만 혼례는 없을 것입니다."

미선은 사랑하는 이와 멀리 떠날 것이며 완얼은 반정을 일으킬 것이라 하였다. 병판보다 먼저 선수를 쳐서 군사를 일으키고 그녀를 데리러 오겠노라고 그리 말했다. 그러니 기다리라고. 그의 말대로 만화각에서 기다리고 기다리다 마침내 그가 왔다는 소식을 듣고 한달음에 달려온 것이었다.

"저, 전하!"

피를 토하며 완얼에게 안겨 있는 율을 본 백영이 날카롭게 비명을 질렀다. 이생에서의 끈을 점점 놓아가던 율이 그녀의 목소리에 파르르 눈꺼풀이 떨리더니 다시 눈을 떴다. 그녀가 눈동자에 담긴다.

'아……. 나는 참 운이 좋은 사람이로구나.'

그가 희미하게 웃었다. 하지만 너무나 희미한 미소라 아무도 알아보지 못하였다.

"떠나기 전에 이렇게 아우도 만나고……. 보고 싶은 여인의 얼굴도 보았으니……."

"춘향뎐 완결편이 아직 끝나지 않았습니다. 한데 마지막 장을 읽지도 않고 어딜 가시려 합니까? 진정한 독자라면 한번 시작한 글은 끝까지 읽어주셔야지요!"

백영의 목소리에 원망이 가득했다.

"글자 하나하나에 목숨을 걸고 혼백을 다 바쳐 아등바등 써왔건만 결말도 보지 않고 이대로 가려고 하시다니! 이러니 제가 전하를 좋아할 수가 없는 것입니다!"

실은 춘향뎐을 핑계로 대보는 것이었다. 실은 떠나지 말라고 잡고픈 것이었다.

"춘향뎐은 참 재미있었다……. 그러니…… 너는 이제 자유다. 가고 싶은 곳으로 훨훨…… 날아가거라."

참 재미있었다.

임금에게서 드디어 그 말을 들었다. 한데 백영은 조금도 기쁘지가 않았다.

"콜록콜록."

율이 기침을 하자 강한 독에 녹아버린 식도로 피가 역류했다.

"전하를 미워했습니다. 하지만 이렇게 죽기를 바란 것은 아닙니다!"

그녀의 말에 완얼이 깨달았다. 지금만큼은 그 역시 그녀와 같은 심정이라는 것을.

애증.

사랑과 증오.

율은 두 사람 모두에게 애증이었다.

"고맙…… 구나."

율이 다시 희미하게 웃었다.

'너를 만난 뒤 살아가는 한순간 한순간이 기적이었다. 너와 함께한 시간이 평생 가장 행복했었다, 백영아.'

"이제 그만…… 가야겠다……."

어머니가 그를 부르고 있었다.

아가야, 어서 이리 오렴! 이제 그만 놀고 어미와 함께 가자꾸나.

어머니가 손짓하고 있다.

'예, 어머니. 어머니가 불러주시기를 너무 오랫동안 기다렸습니다.'

어머니를 따라가다 문득 뒤를 돌아 백영을 바라본다. 아우와 나란히 앉아 있는 백영을.

'다음 생엔 검이보다 나를 먼저 만나다오. 나를 먼저 사랑해 다오. 내게도 기회를…….'

그가 조용히 눈을 감았다.

"전하!"

"형님!"

백영과 완얼의 부르짖음이 침전에 가득 울려 퍼졌다.

"꺄아아아악!"

그리고 전각 밖에서 한 여인의 끔찍한 비명 소리가 궐을 뒤흔들었다.

'향단이가 죽었다!'

비아에게서 은밀히 전갈을 받은 지 이레 남짓. 하지만 숙빈은 여전히 믿을 수가 없었다. 당장에라도 달려가 두 눈으로 확인하고 싶었지만 천화각에 유폐되어 있는 처지라 애만 탈 뿐 꼼짝도 할 수가 없었다. 남원에 있는 춘향이의 묘 옆에 묻어달라고 비아에게 넉넉하게 돈을 보냈는데 그 뒤로 어떻게 되었는지 통 소식이 없었다. 춘향의 묘는 물론 빈 관을 묻은 가짜였다. 하지만 자신의 옆을 지키느라 험한 세월을 살아온 향단이의 혼백이나마 고향에서 편안히 쉬게 해주고 싶었다.

'향단아, 너만은 나를 떠나지 않을 줄 알았는데…… 어찌 너마저 나를 버리느냐!'

어머니 월매가 오갈 데 없는 고아라며 여섯 살 어린 향단이를 데려온 날부터 지금까지, 두 사람은 늘 함께였다. 어머니가 돌아가셨을 때도, 이몽룡이 그녀를 버리고 떠났을 때도 그녀가 버틸 수 있었던 건 향단이 곁에 있었기 때문이다. 한데 향단이 죽자 그녀의 가슴이 뻥 뚫려 버렸다. 향단이가 그녀의 심장을 통째로 떼어가 버린 것처럼. 하지만 숙빈은 울지 않았다.

'울다.'

이런 행위를 해본 적이 언제였던가? 궐에 들어온 이후 단 한 번도 진심으로 울어본 적이 없었다. 가슴을 쥐어뜯으며 통곡하고 싶었지만 심장이 사라져 버린 그녀는 이젠 울고 싶어도 눈물이 나지 않았다.

숙빈의 화장기 없는 얼굴에 눈물 대신 허탈한 쓴웃음이 스쳤다. 그녀의 상징과도 같았던 새빨간 입술은 극심한 압박감으로 검은빛을 띠고 있었고, 머리는 산발에 가깝게 헝클어져 있었으며 언제나 칼같이 다림질되어 있던 저고리 도련은 추레하게 울어 있었다. 평소 그토록 화려했던 숙빈의 모습을 아는 이들에겐 상상도 할 수 없는 모습이었다. 하지만 이젠 몸을 단장해 줄 궁녀도 없을 뿐더러 찾아오는 이도 없으니 단장을 할 필요도 없었다.

"결국 내가 진 것인가……."

책비, 작자 미상, 이몽룡의 미망인 변씨 부인.

그리고 한때는 숙빈의 이름이었던 춘향이의 행세까지 한 변백영. 이 여러 가지 이름을 가진 계집에게 결국 지고 말았다. 변학도도 병판 장대갈도 모두 그녀에게 등을 돌렸고, 이몽룡의 아비인 예판 이한림과 손을 잡고 백영을 죽이려는 계획도 두 번 다 실패하여 오히려 향단이를 잃었다. 모든 희망이 사라지고 이제 그녀 곁엔 아무도 없었다. 어린 원자뿐.

"으아아악!"

그때였다. 담 넘어 어딘가에서 비명 소리가 들려왔다. 아주 가까운 곳에서 들리는 소리는 아니었지만 밖이 몹시 소란스러운 것이 뭔가 일이 터진 듯했다.

'유두절!'

그제야 퍼뜩 오늘이 완얼군의 혼례날이라는 것이 기억났다. 병판은 유폐된 숙빈을 버렸지만 계획대로 전하의 전폭적인 지지를 받아 완얼군의 혼례식에 쳐들어갔을 것이다.

'한데 지금 이 소란은 뭐지? 병판의 계획이 성공했다면 궐이 시끄러워질 리가 없는데. 혹시…… 실패?'

장대갈이 실패했다면 완얼군의 반정이 성공했다는 뜻일 것이다. 그렇다면 원자는 어떻게 되는 것인가?

"원자! 원자야!"

숙빈이 신도 신지 않은 채 버선발로 밖으로 달려 나갔다. 삼엄하게 경계를 서고 있던 군졸들이 모두 사라지고 전각 안팎이 텅 비어 있었다.

"우리 원자를 어디로 데려간 것이냐!"

듣는 사람 하나 없는 빈 전각에서 숙빈이 미친 사람처럼 홀로 외쳤다. 그리고 비명이 난무하는 임금의 침전 쪽으로 발걸음을 옮겼다. 겁에 질린 궁녀들이 제각각 어디론가 흩어지고, 흩어져 있던 군졸들은 대전으로 몰려갔다. 그러나 아무도 숙빈에게는 관심이 없었다.

　'원자, 나의 아들을 찾아야 한다!'

　숙빈이 제 자식을 찾아 정신없이 내달리는데 길 한가운데에서 홀로 울고 있는 원자가 눈에 들어왔다.

　"원자!"

　숙빈이 허둥지둥 달려가 원자를 품에 안았다.

　"어찌하여 혼자 헤매고 다니느냐? 보모상궁은 어디 가고!"

　"모르겠습니다……."

　원자가 서럽게 눈물을 뚝뚝 흘리며 답했다.

　'너도 나처럼 버려진 것이냐!'

　"이 어미와 함께 가자! 어미 손을 단단히 잡거라."

　숙빈이 원자의 손을 잡아끌고 가장 가까운 서쪽 영추문을 향해 뛰었다. 일단 궐을 빠져나가야만 된다는 생각뿐이었다. 완얼군의 반정이 성공하면 숙빈과 원자는 당연히 죽을 것이요, 실패한다 하더라도 지금의 임금 역시 숙빈을 살려 두지는 않을 것이다.

　"으아앙!"

　숙빈의 걸음이 너무 빨랐던 것일까. 아니면 잔뜩 겁을 집어먹은 원자의 걸음이 뒤엉킨 것일까. 원자가 철퍼덕 넘어지며 크게 울음을 터뜨렸다.

　"뚝 그치지 못하겠느냐? 그리 울어대면 창을 든 군졸들이 쫓아와 죽일 것이다! 그러니 어서 일어나거라!"

　하나 원자는 숙빈의 말에 더욱 크게 울음을 터뜨리며 오히려 몸을 움츠렸다. 마음이 급해진 숙빈이 안 되겠다 싶어 원자를 안아 들었다. 이제 제법 묵직해진 원자를 안고 뛰려니 걸음이 더뎌졌으나 다른 방도가 없었다. 한데 경회루를 막 지나가는데 이한림이 갑자기 나타나 앞을 가로막았다.

"숙빈! 아니, 성춘향!"

궐로 오자마자 강녕전으로 향한 완얼과는 달리 이한림은 천화각부터 찾아갔으나 숙빈은 이미 빠져나간 뒤였다. 군졸들을 풀어 숙빈과 원자를 찾고 있던 차에 가장 먼저 그의 눈에 띈 것이었다.

"가까이 오지 마!"

숙빈이 연못 쪽으로 뒷걸음질을 치며 앙칼지게 외쳤다.

"이제 모든 게 끝났다. 폭군은 죽었고 완얼군이 왕이 될 것이다. 그러니 더 이상 발악하지 마라."

'전하께서 승하하시다니!'

숙빈의 얼굴에서 핏기가 사라졌다. 이한림의 말처럼 지독한 폭군인데다 막판엔 그녀를 유폐시켜 버리기까지 했지만, 그래서 그녀가 먼저 그를 죽일 계획도 세웠었지만 막상 죽었다고 하니 누구보다 큰 충격을 받았다.

율이 그녀를 자신의 거울로 생각했던 것처럼 그녀도 무의식중에 그에게서 자신의 모습을 보곤 했다. 가슴속 깊은 원한과 분노로 인한 잔혹한 광기, 탐욕, 살육. 그리고 사랑받지 못한 슬픔까지 두 사람은 너무나 닮아 있었다. 그녀 역시 자신을 비추고 있던 거울을 잃은 것이다. 그래서 향단이가 죽은 것만큼이나 심적인 충격이 컸다.

"우릴 그냥 보내줘. 그렇지 않으면 원자와 함께 연못에 뛰어들겠다. 너희들 손에 잡혀 비참하게 죽을 때를 기다리느니 그 편이 나아!"

이제 세상에 단 하나 남은 그녀의 사람인 원자를 더욱 힘껏 끌어안고 연못 쪽으로 다시 한 발짝 다가섰다.

"내 아들을 죽인 네년이야 갈가리 찢어 죽여도 시원치 않지만 아이가 무슨 죄가 있느냐? 네가 진정 아들을 생각한다면 내게 아이를 건네라. 내가 이 아이의 할아비다. 설마 아이를 죽이기야 하겠느냐? 아이의 목숨만큼은 살려야지."

"웃기지 마! 이 아이는 내 아이야!"

"내 아들의 아들이다!"

이한림이 마침내 고매한 유학자의 탈을 벗어 던지고 악을 썼다. 장남인 몽룡은 죽고 중전으로 만들려던 딸은 노비 따위와 도망을 쳤다.

'이제 와서 반정이 성공한들 무슨 의미인가?'

그가 남긴 혈육들은 모두가 떠난 것을. 하지만 유일한 피붙이가 살아 있었다. 지금 바로 그의 눈앞에. 어미의 품에 머리를 묻고 있던 원자가 오가는 고성에 슬쩍 고개를 들어 이한림을 쳐다보았다. 순간 이한림의 가슴이 쿵 하고 내려앉았다. 잔뜩 찡그린 아이의 콧등에 잡힌 주름 모양까지 몽룡과 똑같았다. 몽룡이 살아 돌아온 것처럼. 아니, 저 아이는 몽룡이었다.

"아가야, 이리 온. 나랑 함께 가자."

이한림이 두 팔을 내밀며 말했다.

'몽룡아, 집에 가자. 여태 어디서 놀다가 이제 온 것이냐? 아비랑 함께 집에 가자.'

이한림이 눈물마저 글썽이며 숙빈의 품에 안긴 아이에게 한 발짝 한 발짝 다가갔다.

"집에 가서 네가 좋아하는 곶감도 먹고 밀전병도 먹자. 이리 온. 이리 온. 응?"

"가까이 오지 말라고 했잖아!"

제정신이 아닌 듯한 이한림의 기묘한 눈빛에 소름이 돋은 숙빈이 원자를 안고 한 발짝 한 발짝 뒤로 물러섰다. 그러자 이한림이 와락 달려들어 아이의 팔을 잡아당겼다.

"이리 내! 우리 집 아이다! 내 핏줄이야!"

"으아앙!"

원자가 다시 울음을 터뜨리며 어미의 품으로 파고들었다.

"그 손 떼지 못해!"

이한림을 힘껏 밀치다 발을 헛디딘 숙빈의 몸이 기우뚱했다. 그리고 두 팔로 원자를 안고 있는 탓에 얼른 몸을 바로 세우지 못하고 그대로 뒤로 넘어가고 말았다.

"꺄아아아악!"

숙빈의 끔찍한 비명 소리가 궐을 뒤흔들었다. 그리고 '첨벙!' 물소리와 함께 숙빈과 원자가 연못에 빠져 버렸다.

"누구 없느냐? 아이가 물에 빠졌다!"

헤엄을 치지 못하는 이한림이 사방을 두리번거리며 부르짖었다.

"아무도 없느냐? 아무도 없느냐!"

그제야 그의 절규를 들은 군졸들이 반대편에서 황급히 뛰어왔지만 이미 숙빈과 원자의 모습은 수면 아래로 사라진 뒤였다.

"참으로 오랜만에 와보는구나."

학도가 박석재에 올라 남원을 둘러보며 회한에 젖었다. 부지런히 달려온 덕에 도성을 출발한 지 엿새째 되는 날 해가 지기 전에 남원에 도착하였다. 버드나무 늘어선 넓은 길과 남원 관아, 광한루, 오작교까지 사 년 전과 다를 바가 없어 보였다.

지금으로부터 사 년 전, 학도는 장원 급제하였으나 성균관 출신도 아니고 집안도 한미한 탓에 금수저 물고 태어난 자들에게 밀려 몇 년을 한직으로만 전전하다 남원에 암행어사로 내려왔었다. 그러다 우연히 광한루 연못에 몸을 던진 춘향이를 구하게 되었고, 그날 밤 그의 인생이 완전히 바뀌어 버렸다. 춘향이를 물에서 건져낸 학도는 확신했다.

'이 계집이야말로 내가 찾던 경국지색이로구나!'

그를 권력의 중심으로 데려다줄 여인, 색계로 단박에 임금을 홀려버릴 수 있는 여인! 그리고 그의 판단은 정확했다. 하지만 춘향이로 인해 이몽룡과 누이가 그런 악연으로 얽히게 될 줄은 몰랐다.

인과응보(因果應報).

역시 세상엔 인(因)이 있으면 과(果)가 있고 그에 따른 응보가 있는 모양이다. 숙빈이 학도와 백영이 남매 사이임을 눈치챘다는 것을 안 이후 공생관계는 끝이 났다. 그와 동시에 병판과의 인연도 끝났다. 그렇게 먼저 숙빈과 병판을 버린 학도는 백영을 왕의 여인으로 만드는 일에 총력을 기울였다. 그러던 유두절 사흘 전, 임금이 그에게 명을 내렸다.

"남원으로 내려가 춘향이의 서신을 가져오너라!"

느닷없는 어명에 어리둥절해 있는데 백영이 그를 만화각으로 은밀히 불렀다.

"오라버니, 서신의 원본은 불에 탄 것이 아닙니다. 천 년 묵은 여우보다 간교하고 못돼 처먹은 숙빈이 또 무슨 술수를 부릴까 봐 그리 말한 것이고, 원본은 남원에 있습니다. 그 위치는 저만 알고 있사온데 이런 중요한 일을 어찌 남에게 맡기겠습니까? 그러니 오라버니께서 꼭 갖다 주십시오."

"그럼 네가 전하께 청을 한 것이냐? 나를 남원으로 보내달라고?"

학도가 묻자 백영이 고개를 크게 끄덕였다.

"예, 그렇습니다. 완얼군이 유두절에 예판 대감의 여식과 혼인을 한 다는 거 아시지요?"

"그래, 알고 있다. 이한림을 등에 업고 반정을 꾀하려는 수작이겠 지. 숙빈과 병판 쪽에서 가만히 있을 리가 없을 텐데……."

병판은 숙빈이 천기의 딸이라는 것을 알면서도 자신의 양녀로 들여 보낸 학도에게 앙심을 품고 있었기 때문에 계획을 알려주지 않았다. 하지만 구체적인 계획을 알진 못해도 병판이 가만히 있지 않을 거라는 건 충분히 짐작할 수 있었다.

"어찌 됐건, 연모라는 것이 이렇게 부질없는 것이다. 한순간 뜨겁게 앓고 지나가는 열병 같은 것이야. 너 아니면 죽을 것처럼 난리를 치던 완얼군도 별수 없지 않느냐? 돈 앞에서 무너지고 권력 앞에서 무너지 고 세월 앞에서 무너지고 그런 게 연모다. 소설에서 떠들어대는 것처 럼 연모하는 마음이 영원하다면 춘향이도, 이몽룡도 애초에 이리되진 않았겠지."

학도가 왠지 착잡한 기분에 하르르 한숨을 내쉬었다.

"오라버니 말대로 전하께 가겠습니다. 그러려면 숙빈의 숨통부터 확실히 끊어놓아야 할 것입니다. 서신이 꼭 필요합니다."

"그래, 알았다. 내 당장 남원에 다녀오마!"

완얼군의 배신으로 이제야 누이가 정신을 차렸구나 싶어 학도가 흔 쾌히 대답했다. 그리고 홍두겁과 수하 몇을 데리고 곧장 남원으로 내 려온 것이다.

긴 상념을 거두고 박석재에서 내려온 학도는 곧장 남원 관아로 향하였다. 한데 관아에 도착하자마자 나졸들이 우르르 몰려나와 그를 포박하는 것이 아닌가?

"네 이놈들! 감히 내가 누군지 알고 이런 무례한 짓을 한단 말이냐! 나는 어명을 받고 내려온……."

"닥쳐라! 이것이 바로 오늘 아침 도착한 어명이다!"

남원 부사가 학도의 말을 자르며 쩌렁쩌렁하게 소리쳤다. 그러고는 임금이 친필로 적어 보낸 어찰을 펼쳐 읽었다.

"대역죄인 변학도를 남원에 도착하는 즉시 잡아들여 한양으로 압송하라!"

"뭐라? 내 분명 어명을 받고 내려왔거늘, 전하께서 갑자기 명을 바꾸실 리가 없지 않느냐!"

학도가 전혀 수긍하지 못하는 얼굴로 호통을 쳤다. 분명 뭔가 잘못된 것이라 확신했기 때문이다. 그러자 남원 부사가 차갑게 웃으며 쏘아붙였다.

"정신없이 말을 달려오느라 아직 소식을 못 들은 것인가? 사흘 전 폭군이 폐위되고 제육왕자 완얼군 대감께서 즉위를 하셨다! 어명은 금상께서 즉위하신 직후 파발로 보내신 것이다."

"완얼군이……. 완얼군이 새 임금이 되었단 말인가!"

학도가 온몸을 부르르 떨었다.

'그럼 우리 백영이는 어떻게 되는 것이냐? 폐주의 여인이 되어버린 나의 누이는!'

"백영아!"

유두절 반정이 일어나기 사흘 전. 백영은 만화각으로 찾아온 율에게 좌승지 변학도를 남원으로 보내달라고 청하였다. 오라비에게 했던 말과 똑같이 율에게도 춘향의 서신은 불탄 것이 아니라 남원에 숨겨두었다는 거짓말을 하면서.

"한데 좌승지는 숙빈을, 아니, 춘향이를 천거해 온 자가 아니냐? 지금은 병판도 좌승지도 유폐되어 있는 숙빈에게 등을 돌렸다는 것을 알고 있다. 하지만 춘향이를 천거해 온 자에게 춘향이의 서신을 가져오라고 시키기엔 적합하지 않다고 생각한다. 영 미덥지가 않아."

율이 탐탁찮은 표정으로 말했다. 하지만 백영의 대답은 확고했다.

"전하, 좌승지라면 믿으셔도 됩니다."

"어째서?"

"좌승지 변학도는 저의 오라비이기 때문입니다. 저는 변학도의 누이 변백영이옵니다."

갑작스러운 고백에 율의 머릿속이 잠시 하얘졌다. 하지만 이내 생각을 정리하려는 듯 차근차근 한마디씩 이어나갔다.

"그렇다면 너의 죽은 남편이 이한림의 아들이고, 이한림의 아들이 춘향이의 정인이었던 이몽룡이란 말이냐? 그러니까 원자의 아비가 바로!"

율의 눈초리가 파르르 떨렸다. 마침내 이 얽히고설킨 관계가 완벽하게 파악된 것이다.

"저희 남매가 전하를 우롱한 죄, 삼족을 멸하여도 할 말이 없다는 것 압니다. 속죄하는 마음으로 춘향이의 서신을 구해오겠사오니 오라버니의 목숨만은 살려주시옵소서!"

백영이 넙죽 엎드려 사정했다.

"갑작스럽게 왜 모든 걸 고하는 것이냐? 네가 어느 집 여식이고 누구의 누이인지는 절대로 밝힐 수 없다고 내게 말했던 것 같은데?"

율이 속마음을 들여다보기라도 하듯이 그녀의 눈동자를 빤히 들여다보았다.

"숙빈은 이미 좌승지가 제 오라버니라는 것을 알고 있습니다. 그것이 두 사람이 등을 돌리게 된 결정적인 이유이기도 하고요. 숙빈은 지금 궁지에 몰려 있으니 전하께 남매라는 것을 밝히겠다며 저희를 협박하겠지요. 그런 협박에 시달리느니 차라리 제 스스로 밝히고 숙빈의 제거를 도우려는 것입니다."

실은 오라버니를 구하기 위해서였다. 유두절 혼례날, 완얼군이 반정을 일으킬 것이다. 그날 오라버니는 한양에 있어서는 아니 되었다. 반정군은 율을 지지했던 병판은 물론 그 일파를 다 죽이려 할 것이다. 좌승지 변학도는 얼마 전까지 그들과 어울려 백성의 고혈을 쥐어짰던 대표적인 병판의 무리이자 숙빈의 사람이었으며, 여전히 금상의 수족과도 같은 자이니 가장 먼저 제거해야 할 대상이었다. 일단 소나기는 피해가게 하고 완얼이 옥좌에 오르면 오라비의 목숨만은 살려 달라고 애원을 해볼 생각이었다. 그래서 율과 학도 두 사람 모두에게 남원으로 학도가 가야만 할 이유를 납득시키기 위해 또다시 거짓말을 할 수밖에 없었다.

"그리고 완얼군 대감이 저의 시누이였던 여인과 혼인을 하기 때문입니다. 그래서 저도 이제 그를 버릴 것입니다."

"완얼군에게 복수라도 하려는 것이냐?"

그제야 율의 얼굴이 활짝 피었다. 그러곤 만화각이 떠나가라 큰 소리로 웃어젖혔다.

"그거 재미있구나. 하하하하하!"

그것이 마지막으로 그녀가 본 율의 웃는 모습이었다.

완얼군이 즉위한 지 사흘 뒤, 백영은 잠시 친정집에 다녀왔다. 지금쯤 한양으로 압송되고 있을 오라버니의 소식을 전하기 위해서였다. 죄인의 집안인지라 군졸들이 대문을 지키고 서서 출입을 막았지만 윤허를 받고 나온 백영은 안으로 들어갈 수 있었다.

"아가씨!"

백영이 안채로 들어서자 강씨 부인이 퀭한 얼굴로 뛰어나와 그녀를 맞았다.

"서방님 소식을 들으신 것이 있습니까? 일각일각 애가 타들어가 물조차 넘길 수가 없습니다."

"오라버니께선 곧 한양으로 압송되어 오실 겁니다."

"서방님께서 참형이라도 당하게 되시는 것입니까?"

강씨의 눈앞이 어지럽게 흔들리며 털썩 그 자리에 주저앉았다.

"괜찮으십니까? 일단 안으로 들어가서 얘기하시지요."

황급히 올케를 부축하여 방 안으로 들어갔다. 안방엔 언제나처럼 몸이 불편한 어머니가 누워 계셨다. 백영이 들어오는 것도 모른 채 신음 같은 숨소리를 내며 눈을 감고 있었다.

"약 기운에 깊이 잠드셨습니다."

강씨 부인이 흘러내린 이불을 다시 덮어드리며 말했다. 백영이 산송장과 다름없는 어머니를 안타깝게 바라보다 올케에게 시선을 옮겼다.

"마음을 단단히 먹고 지금부터 제가 하는 말을 잘 들으셔야 합니다."

강씨 부인이 무겁게 고개를 끄덕였다.

"오라버니는 탐라로 유배를 보내질 것입니다."

"탐라라고요!"

탐라는 땅 끝까지 내려가 다시 배를 타고 바닷길을 건너가야 하는 머나먼 섬으로 주로 중죄인들이 유배되었다. 각오는 했지만 막상 이야기를 듣자 가슴이 쿵 내려앉았다.

"오라버니가 그간 폐주와 숙빈과 더불어 지은 죄가 많지만 전하의 크신 은혜로 가솔들이 노비가 되지는 않을 것입니다. 하지만 가산은 몰수되고 도성 백 리 밖으로 쫓겨날 것입니다."

백영이 담담하게 말을 이었다. 폐주의 측근이었던 오라버니가 참형에 처해지지 않고 식솔들이 노비가 되지 않은 것만으로도 참으로 다행이다 싶었다. 그리고 품에 갈무리해 두었던 땅문서를 꺼내 올케 앞으로 내밀었다.

"작자 미상의 이름으로 사둔 것입니다. 이래봬도 인기 작가라 벌어 놓은 것이 꽤 됩니다."

백영이 무거운 분위기를 바꾸려 농처럼 말하였다. 하지만 강씨 부인은 웃지 않았다.

"이곳으로 가십시오. 가시면 당분간은 어머니를 모시고 사는 데 지장이 없을 만큼 준비가 되어 있을 것입니다. 먼 길이라 몸이 불편하신 어머니가 걱정입니다만, 의녀였던 여인을 딸려 보낼 것이니 큰일은 없을 것입니다."

"고맙습니다, 아가씨. 정말 고맙습니다."

강씨 부인이 눈물을 글썽이며 백영의 손을 잡았다.

"어머니를 잘 부탁드립니다."

백영이 그녀의 손을 꼭 마주 잡으며 당부했다. 이것이 남은 가족들을 위해 그녀가 할 수 있는 최선이었다. 얼마나 더 사실지 모르는 어머니 곁에 있어드리고 싶었지만 지금 당장은 그럴 수가 없었다.

"어머니."

백영이 어머니의 곁으로 다가가 앙상한 손을 잡았다.

"꼭 다시 만나게 될 거예요. 그리 오래 걸리지 않을 것입니다. 그때까지 조금만 기다려 주세요. 저를 생각해서라도 꼭 버텨주세요."

꿈결에 딸의 목소리를 들은 것일까? 어머니의 입가에 희미한 미소가 번졌다. 백영은 이것이 어머니와의 마지막이 아니기를 간절히 바라며 오래도록 손을 놓지 못하였다.

궐로 돌아온 백영이 한없이 무거운 얼굴로 만화각에 들어서는데 뜻밖에도 완얼이 방에 앉아 기다리고 있었다.

"대감!"

습관적으로 튀어나온 말에 제가 더 화들짝 놀라며 얼른 말을 고쳤다.

"아니, 전하! 어찌 이곳까지 행차하셨습니까?"

"어딜 갔다 이제 오는 게냐?"

완얼이 잘생긴 미간을 찌푸리며 물었다. 음성 역시 평소와는 다르게 무겁게 가라앉아 있었다.

"잠시 집에 다녀오겠다고 말씀을 올리고 다녀온 것이옵니다만……."

앉아야 할지 서 있어야 할지 애매하여 엉거주춤 허리를 숙인 채 두 손을 모으고 고개를 숙였다.

"아, 그랬나? 내가 요 며칠 정사에 정신이 없어서."

완얼이 머쓱하게 대꾸하며 헛기침을 했다. 그러더니 벌떡 일어나 방을 나섰다.

"따라오너라."

"예? 어딜 말입니까?"

그리고 보니 완얼은 곤룡포를 벗고 평복을 하고 있었다. 은밀히 출궁을 하려는 모양이다.

"따라와 보면 안다. 꼭 함께 가볼 곳이 있다."

그리 답하며 완얼이 그녀의 손목을 덥석 잡았다.

"전하, 보는 눈이 많사옵니다."

백영이 내관과 궁녀들을 흘끗 바라보며 손을 빼려 했다. 만화각에 머물고 있긴 하지만 그녀의 상황은 매우 애매했다. 그녀가 乙의 표식을 받은 폐주의 여인이었다는 것은 알 만한 이는 모두 알고 있어 궐에 있는 것만으로도 가시방석이었다.

'게다가 내가 좌승지 변학도의 누이라는 것까지 알려지면 궐에서 쫓겨나는 것이 문제가 아니라 엄벌에 처하라는 주청이 줄을 잇겠지.'

백영의 안색이 더욱 어두워졌다. 하나 아직까지 백영의 정체가 밝혀지지 않은 것은 이한림이 막고 있기 때문이었다. 백영이 변학도의 누이라는 것이 알려지면 이한림의 며느리였다는 것도 알려질 텐데, 죽었다던 며느리가 폐주의 여인으로 궐에 있었다는 것은 그의 정치 생명에 치명적인 타격을 줄 일이었다. 그래서 본의 아니게 백영을 보호하고 있는 꼴이 되고 말았다.

그리고 경회루에서 숙빈이 원자와 함께 연못에 빠지는 것을 목격한 뒤로 그는 갑자기 십 년은 늙어버린 듯하였다. 게다가 여식을 중전으로 만들어 국구가 되려던 뜻도 이루지 못하게 되자 기가 많이 빠져 있었다. 하지만 미선이 노비와 도망쳐 혼례가 무산된 것으로 알려지면 공신의 위치가 위태로워지므로 대외적으로는 미선이 반정의 와중에 목숨을 잃은 것으로 해두었다. 그래서 어쩔 수 없이 또다시 빈 관으로 장례를 치르고야 말았다. 멀쩡하게 살아 있는 며느리를 시신도 없이 장례를 치렀던 것에 대한 업보일지도 모른다, 백영의 머릿속에 얼핏 그런 생각이 스쳤다. 하지만 그렇게 자식 둘을 모두 잃고 마지막 남은 혈육인 손자까지 잃었는데도 이한림은 끝까지 권력만큼은 놓지 못하였다. 백영은 그 허무하기 짝이 없는 탐욕이 안쓰럽기까지 했다.

어찌 되었건 그녀가 아직 궁에 머물러 있고, 완얼이 자꾸 백영의 처소에 발걸음을 하는 것은 이래저래 새로 즉위한 임금에게 좋지 않은 일이었다. 하지만 완얼은 주변 따윈 신경 쓰지 않고 그녀의 손을 더욱 꼭 잡으며 말했다.

"더는 지체할 시간이 없다. 그 사람도 아마 너를 많이 기다리고 있을 것이다."

"그 사람이라니요? 그게 누구입니까?"

"그 사람은…… 가보면 안다."

그제야 주변을 의식한 듯 한 번 둘러보더니 더는 자세히 얘기해 주지 않았다.

"전하, 이제 곧 신시이옵니다. 서두르셔야 합니다."

완얼의 옆을 지키고 있던 숙휘가 조용히 고했다. 제육왕자 완얼군의 호위무사였던 숙휘는 이제 왕을 지키는 내금위장이 되었다. 하지만 량주 없이 홀로 주군을 보필하고 있는 숙휘의 얼굴엔 쉽사리 걷어낼 수 없는 깊은 그늘이 드리워져 있었다.

"벌써 그리되었느냐?"

완얼이 새삼 놀라더니 백영에게 물었다.

"가마를 타면 늦을 것 같은데 말을 탈 수 있겠느냐?"

"물론이지요. 남원으로 가는 길에 전하께 배우지 않았습니까? 이젠 혼자서도 문제없습니다."

백영의 답에 완얼이 흡족하게 고개를 끄덕였다. 그리고 숙휘를 비롯한 최소한의 호위병만을 데리고 궐 밖으로 나갔다.

완얼이 백영과 함께 말을 타고 달려간 곳은 광나루에 못 미쳐 있는 작은 나루터였다. 뱃삯을 흥정하는 듯 뱃사공과 얘기를 나누고 있는 나이 지긋한 영감과 아이를 업은 아낙 그리고 삿갓을 쓴 사내의 뒷모습만 눈에 띌 뿐 한적하기 그지없었다.

"여긴 나루터가 아닙니까? 이런 곳에서 누가 저를 기다린다는 것인 지요?"

완얼을 따라 말에서 내린 백영이 고개를 갸우뚱하며 물었다. 그러 자 말이 끝나기를 기다렸다는 듯 영감이 일행을 향해 달려왔다.

"전하, 제게 맡겨주시면 될 터인데 어찌 이곳까지 납시었사옵니까?"

코가 땅에 닿도록 허리를 깊이 숙이는 영감의 얼굴을 본 백영이 또 다시 고개를 갸우뚱했다. 낯이 많이 익었기 때문이다. 그러다 퍼뜩 기 억이 떠올라 반가운 마음에 손뼉까지 치면서 외쳤다.

"맞다! 조임근 전문 의원!"

율이 백영의 가슴에 '乙'의 표식을 새겼던 날, 피를 흘리며 쓰러진 백 영을 치료해 준 내의원 출신 의원이었다. 그러자 의원도 백영을 알아 보고 반색을 하였다.

"아씨는 그때 그 을(乙)!"

"예, 맞습니다. 덕분에 상처도 잘 아물고 이렇게 건강해졌습니다. 한데 여긴 어쩐 일로 오신 겁니까?"

"그것이……."

의원이 완얼의 눈치를 살피다 넌지시 오십 보쯤 떨어진 나루터 쪽을 바라보았다. 그리고 그때, 아기를 업은 여인이 완얼을 향해 마구 내달 려 왔다.

"우리 서방님 못 보셨습니까? 금방 오신댔는데……. 우리 서방님 못 보셨어요?"

여인이 막무가내로 완얼에게 매달리며 물어댔다.

"이게 무슨 짓입……."

놀라 만류하던 백영이 여인의 얼굴을 보고는 온몸이 얼어붙어 버렸 다.

"숙빈!"

분명 숙빈 장씨였다. 유두절 반정 때 원자와 함께 경회루 연못에 빠져 죽었다고 알려진 숙빈이 그녀의 눈앞에 서 있었다. 하지만 며칠 사이에 그녀의 탐스러운 까만 머리칼은 하얗게 새어 있었고, 그나마도 빗질을 제대로 하지 않아 제멋대로 뒤엉켜 있었다. 뽀얗게 빛나던 피부는 푸석푸석하게 기미가 올라와 있고, 치켜 올라간 눈꼬리에서 철철 넘쳐흐르던 요염함은 온데간데없이 초점 없는 눈동자만 멍하니 허공을 바라보고 있을 뿐이었다.

"숙빈이라니요? 숙빈이 누굽니까? 저는 춘향인데요?"

숙빈, 아니, 춘향이 고개를 갸우뚱하더니 포대기에 업은 아이를 팔에 안고선 자랑스럽게 말했다.

"우리 아이 좀 보십시오. 정말 영특하게 생기지 않았습니까? 새끼발가락 긴 것까지 영락없이 서방님을 닮았습니다!"

"아아!"

아이의 얼굴을 본 백영의 눈에서 눈물이 왈칵 쏟아졌다.

"대체 왜 이렇게 되셨습니까? 정신 좀 차려보십시오. 이것이 어찌 아이란 말입니까!"

춘향이가 포대기에 곱게 싸서 안고 있는 아기는 원자가 아니라 때에 전 베개였다. 하지만 춘향이는 백영에게 베개를 빼앗길세라 품에 와락 안고선 악을 썼다.

"내 아이야! 아무도 못 뺏어가! 내 아이야! 내 아이라고!"

"아아…… 어찌 이리…….""

그간 춘향이가 저지른 악행은 이루 다 헤아릴 수도 없지만 이렇게 형편없이 망가져 버린 모습을 보니 가슴이 먹먹해졌다.

"뒤늦게 병졸들이 달려가 경회루 연못에서 두 사람을 건져냈다. 하나 춘향이는 살려냈지만 원자는 죽고 말았다. 춘향이가 아이를 놓지 않으려고 너무 꼭 끌어안고 있어서 오히려 아이가 숨을 못 쉬고 죽었다는구나."

완얼 역시 착잡한 표정으로 백영에게 그간의 일을 들려주었다.

"원자가 죽었다는 말을 듣자마자 바로 혼절을 하더니 저리 정신을 놓아버렸다. 도저히 현실을 믿을 수가 없었나 보다. 춘향이가 숙빈으로 살며 저지른 악행을 용서할 수는 없지만 저리된 사람을 죽인다고 뭐가 해결되나 싶어서 은밀히 허 의원에게 보냈다. 그리고 그곳엔 형님……."

"아르르, 까꿍! 까꿍!"

춘향이의 목소리가 완얼의 말을 끊었다. 그녀는 포대기에 싸인 베개를 소중하게 끌어안고 마치 우는 아이를 어르듯 연신 '까꿍! 까꿍!'을 해댔다. 그런 그녀의 얼굴엔 지금까지 본 미소 중 가장 환한 미소가 어렸다.

"춘향이가 아이를 가졌을 때 그 아이가 아들이라고 예언한 신관이 바로, 나였다."

그 모습을 본 완얼이 회한에 젖은 목소리로 깊은 한숨을 내쉬었다.

"무조건 '대길'만 나오는 산통을 내밀고선 중전마마에게 대군을 낳을 거라고 호언장담했듯이 어느 날 불쑥 산점을 보러 온 춘향이에게 대길이 나왔으니 틀림없이 아들일 거라고 원하는 답을 해주었다. 그땐 어차피 도성을 떠날 생각이라 될 대로 되라 그런 심정이었지."

그때는 몰랐다. 그리 무책임하게 내뱉은 말로 인해 춘향이가 이몽룡을 죽이고, 그 아이를 왕으로 만들겠다는 결심을 하게 만들었을 줄은.

'결국 나의 선무당 짓이 이 모든 비극의 단초가 된 셈이구나.'

완얼이 잠시 눈을 감았다. 그의 이런 죄책감이 차마 숙빈을 죽이지 못하고 이렇게 놓아주게 된 건지도 모르겠다.

"가자, 춘향아."

완얼의 귓가에 익숙한 목소리가 들려왔다. 그 목소리에 번쩍 눈을 뜨자 지팡이를 짚은 삿갓이 춘향이의 팔을 붙잡고 서 있었다.

"이 음성은……."

백영 역시 삿갓의 낯익은 목소리에 심장이 내려앉는 듯했다.

"싫습니다! 우리 서방님은 어디 계십니까? 장원 급제하면 데리러 오겠다고 하셨는데. 남원에서 기다리고 있으면 반드시 데리러 오신다 하셨는데……."

춘향이 갑자기 시무룩해져 삿갓의 팔을 뿌리쳤다. 그러자 삿갓이 그녀를 달래듯 선선히 대꾸했다.

"그래, 남원으로 가자."

"남원이요?"

남원이라는 말에 춘향이의 얼굴이 순식간에 다시 환해진다. 그리고 신바람이 나 베개를 등에 업고서 제가 먼저 앞장서 갔다.

"아가야, 집으로 가자. 어미와 아비와 남원으로 가자. 옳지, 착하지. 자장자장 우리 아기, 우리 아기 잘도 잔다~."

춘향이의 자장가와 함께 삿갓이 발걸음을 돌렸다. 한데 지팡이에 몸을 의지한 삿갓은 한쪽 몸을 쓰지 못하는 듯 다리를 심하게 절고 있었다.

'독의 후유증이로구나!'

완얼이 지그시 입술을 깨물었다. 독을 먹고 죽어가는 형님을 어의에게 보일 순 없어 황급히 허 의원에게 데려갔다. 허 의원은 독을 먹은 이가 누구인지 알아보고는 그대로 죽게 내버려 두고 싶다는 유혹에 시달렸다. 평소에 죽어 마땅하다고 생각한 인간이었기 때문이다. 그러나 의원이라면 환자를 살려야만 한다는 사명감이 증오를 이겼다. 그리고 그가 가지고 있는 모든 해독제를 먹여보았다. 그중 무엇이 효과가 있었는지는 모르겠지만, 어쨌든 간신히 목숨만은 구해내었다. 하지만 지독한 후유증으로 인해 좌측 반신이 마비되고 말았다.

"저기!"

백영이 안타까운 목소리로 삿갓에게 외쳤다. 어찌 된 영문인지는 모르겠으나 '그'가 살아 있었다.

'그토록 원망하고 미워했건만, 죽어버리라고 그리 저주를 했던 사람이건만 왜 이리 허탈한 것일까? 왜 이리 눈물이 솟구치는 것일까?'

막상 불러놓고선 목이 메어 차마 아무 말도 하지 못한 채 그렇게 서로가 한동안 제자리에 멈춰 서 있었다.

"춘향이와 함께 멀리 떠날 것입니다. 그리고 다시는 이 나라로 돌아오지 않을 것입니다."

잠시의 정적이 흐른 뒤 삿갓이 뒤도 돌아보지 않은 채 나직이 말했다.

"강녕하십시오, 전하."

'그리고 행복하여라, 백영아. 역시 나는 운이 좋은 사내로구나. 네 얼굴을 보고 떠날 수 있는 것만으로도 나는 이제 되었다.'

삿갓이 아무도 모르게 희미한 미소를 지으며 절룩절룩 나루터를 향해 멀어져 갔다. 그 뒷모습을 바라보던 완얼은 온몸에서 기운이 빠져나가는 느낌에 털썩 무릎을 꿇었다.

'형님! 다 잊으십시오. 이곳의 일은 모두 잊고 새로운 삶을 사십시오. 그리고 건강하십시오.'

마침내 배가 떠나가고 남은 자들의 귓가에 춘향이의 평화로운 자장가 소리가 오래도록 들려왔다.

"자장자장 우리 아기, 우리 아기 잘도 잔다. 앞집 개도 짖지 말고 뒷집 개도 짖지 마라. 멍멍개도 짖지 말고 꼬꼬닭아, 우지 마라. 금자동아 은자동아, 수명장수 부귀동아, 은을 주면 너를 줄까 옥을 주면 너를 줄까……."

다시 말을 타고 환궁하는 길엔 아무도 선뜻 입을 여는 자가 없었다. 그 무거운 분위기가 먹구름을 몰고 온 것인지 갑작스럽게 소나기가 내리기 시작했다. 이내 그칠 줄 알았던 비는 순식간에 장대비로 변하여 천둥번개까지 내리쳤다.

우르르 쾅쾅!

천둥번개에 놀란 백영의 말이 앞발을 들고 한바탕 울부짖더니 길도 없는 숲으로 뛰어 들어갔다. 그러곤 순식간에 시야에서 사라졌다.

"백영아!"

완얼이 절규하며 그녀를 쫓아 숲으로 들어갔다. 숙휘와 호위병들도 그 뒤를 쫓았으나 번개에 맞은 거대한 나무가 쓰러지며 길을 막아버려 발만 동동 구를 뿐이었다. 백영의 말은 멈출 줄 모르고 미친 듯이 날뛰며 계곡까지 내달렸다. 그러곤 겁을 상실할 정도로 흥분한 말은 깊은 계곡으로 뛰어들었다.

"앗, 안 돼!"

바짝 뒤쫓아 가던 완얼의 고함 소리가 빗소리를 뚫고 울려 퍼졌다. 그토록 많은 죽을 고비를 넘어 왔는데 여기서 이렇게 허무하게 백영을 보내는 것인가 절망이 밀려왔다. 하지만 다행히 말은 계곡을 훌쩍 뛰어넘어 건너편에 착지하였다. 그러나 무리하게 뛰어넘은 탓에 안정적으로 발을 내딛지 못하고 옆으로 쓰러지고 말았다. 그 바람에 백영도 말 등에서 굴러 떨어졌다.

"백영아! 꼼짝 말고 거기 있어라. 내가 지금 간다!"

그러나 완얼의 마음과는 달리 그의 말은 쏟아지는 비로 인해 불어난 계곡물을 보고 공포에 질려 꼼짝도 하지 않았다. 그러자 완얼은 곧장 말에서 내려 단 한순간도 망설이지 않고 계곡으로 뛰어들었다. 하나 물살이 너무나 거세어 헤엄을 잘 치는 완얼도 소용돌이 속으로 금세 먹혀 버릴 것만 같았다.

'가야 한다. 그녀에게 가야 한다. 내가 가야만 한다!'

완얼은 오직 백영만을 생각하며 필사적으로 팔다리를 휘저어 기어이 계곡을 건너가고야 말았다. 그리고 새파랗게 질려 물에서 올라오는 완얼을 지켜보고 있던 백영에게 달려갔다.

"백영아! 괜찮으냐? 다친 곳은 없고?"

"전하! 지금 제가 문제이옵니까? 어찌 그리 무모하십니까? 전하께선 이제 점쟁이 완얼 선생이 아니십니다. 일국의 왕이시며 만백성의 어버이시란 말입니다! 전하께서 쓰러지는 것은 이 나라 조선이 쓰러지는 것과 같다는 것을 왜 모르십니까!"

백영이 버럭버럭 소리를 질러댔다. 그러자 물에 빠진 생쥐 꼴을 하고선 눈을 끔뻑이며 듣고 있던 완얼이 환하게 웃음을 지었다.

"목청이 쩌렁쩌렁한 걸 보니 다친 곳은 없나 보구나. 참으로 다행이다!"

"예에?"

어처구니가 없어진 백영이 같이 피식 웃고 말았다.

"네가 눈앞에서 쓰러져 있는데 어찌 가만히 있을 수 있겠느냐?"

백영도 잘 알고 있었다. 처음 만난 순간부터 지금까지 오직 그녀만을 걱정하는 완얼의 진심을.

"숲이 복잡하고 비가 퍼부어 전하와 저를 쉽게 찾지 못할 터인데 이제 어찌하면 좋습니까?"

그의 따스한 눈빛을 계속 마주하고 있으면 가슴이 뭉클해져 와락 품으로 뛰어들고 싶어질까 봐 얼른 시선을 돌리며 물었다.

"그러게 말이다. 말이라도 있으면 좋을 텐데……. 엇, 저기를 보아라!"

완얼의 눈이 번쩍하더니 어딘가를 가리켰다. 그의 손가락 끝을 따라 고개를 돌려보니 나뭇가지에 노란색 연등이 매달려 있었다. 비바람에 찢기긴 했지만 달아놓은 지 그리 오래되지는 않은 것 같았다.

"연등이 아닙니까?"

"저 위쪽까지 드문드문 연등이 달려 있는 것을 보면 분명 인근에 절이 있을 것이다. 일단 그곳으로 가서 비를 피하자꾸나. 나만 믿고 따라오너라!"

그러더니 제 도포를 벗어 백영의 머리 위로 덮어주었다.

"머리가 젖으면 고뿔들기 십상이다."

"저는 괜찮습니다. 이러다 전하께서 감환이라도 드시면……."

"그럼 이렇게 같이 쓰면 되지 않느냐?"

그는 머리 위로 도포를 활짝 펼쳐 백영과 나란히 덮어쓰고 발걸음도 나란히 빗속을 걸어갔다. 완얼은 목덜미에 느껴지는 백영의 숨결을 느끼며, 백영은 어깨에 와 닿는 완얼의 심장박동을 느끼며 나무에 매달린 알록달록한 연등을 따라 꿈결 같은 산길을 올랐다. 그렇게 얼마쯤 걸었을까. 갑자기 앞이 탁 트이더니 작은 절이 눈앞에 나타났다.

"혹시나 했는데, 이런 곳에 정말 절이 있다니 천운이로구나!"

완얼이 뛸 듯이 기뻐하며 안으로 들어갔다. 대문조차 제대로 없는 암자에 가까운 작은 절이었지만 비는 그칠 기미가 보이지 않고 해마저 저물고 있어 속으로 몹시 불안해하던 터에 그제야 마음이 놓였다. 불전에서 홀로 목탁을 두드리던 스님은 흠뻑 젖은 남녀가 갑자기 뛰어들어오자 기겁을 했다. 하나 완얼이 사정을 얘기하자 다소 난처해하면서도 방을 내주었다.

"저는 오늘 밤새 불전에서 염불을 할 것이니 뒤채의 작은 방이라도 괜찮으시다면 거기서 묵고 가시지요."

"뒤채엔 방이 하나뿐입니까?"

백영이 난감하게 물었다.

"예. 저 혼자 지키고 있는 작은 암자인지라 변변한 방이라고는 달랑 그 방 하나뿐입니다. 이불도 달랑 한 채뿐이고요."

"예에? 이불도 한 채뿐이라고요?"

완얼이 크게 놀라 되물었다. 한데 분명 입은 놀라 소리치고 있건만 어쩐지 눈은 웃고 있는 듯하였다.

'설마. 기분 탓이겠지?'

백영이 떨떠름한 표정을 짓자 스님이 눈치를 살피며 다시 말을 꺼냈다.

"정 내키지 않으시다면……."

"아닙니다. 내킵니다. 완전 내킵니다!"

완얼이 얼른 나서서 크게 손을 내저었다. 그러곤 백영의 손목을 덥석 잡아끌었다.

"이렇게 비가 퍼붓고 해도 져버렸는데 어딜 가겠느냐? 일단 들어가자꾸나."

딱히 틀린 말은 아니라 못 이기는 척 뒤채로 따라 들어가니 비가 와서 눅눅해질까 봐 적당히 불을 때어놓은 방엔 이불까지 깔려 있었다.

"흠흠, 고승들은 예지력이 있다더니 저 스님이 말로만 듣던 고승인가 보구나!"

완얼이 어색함을 감추려 괜히 헛기침을 해댔다. 백영이 스님에게서 얻어온 마른 수건으로 젖은 몸을 닦고 화롯불을 피워 옷을 말리며 조심스레 그를 불렀다.

"전하."

전하. 몇 번을 불러보아도 아직은 한없이 낯선 호칭이었다. 그리고 앞으로도 익숙해지지 않을 것 같았다.

"할 말 있으면 하여라."

"오라비의 목숨을 살려주셔서 고맙습니다."

그러자 완얼이 무겁게 입을 열었다.

"좌승지를 용서한 것은 아니다. 내가 용서한다고 덮어질 일도 아니고. 탐라에서도 가장 험한 곳에 위리안치(圍籬安置) 시킬 것이다. 하지만 죽일 수는 없었다."

한때 변학도를 죽이고 싶었던 적도 있었다. 지금도 그런 마음이 아주 없다고는 할 수 없었다. 하지만 끝내 그리 하지 못하였다.

"너의 오라비이기 때문에. 내가 연모하는 여인이 너무나 은애하는 오라비이기 때문에."

완얼이 손을 뻗어 그녀의 뺨을 부드럽게 어루만졌다.

"아무래도 나는 왕이 될 자격이 없는 사람인 것 같다. 성군이 되겠다고 큰소리 빵빵 치며 형님까지 내몰아놓고서는 이렇게 공명정대하지 못해서야. 하지만 나는 말이다, 내가 정말 원하는 것은 작은 산골에 오막살이 한 채 짓고 마당에 대추나무 한 그루 심어 너와 함께 오순도순 살아가는 것이었다."

"전하……."

그녀는 다시 한 번 깨달았다. 자신이 옆에 있으면 그에게 짐이 될 것이라는 걸. 하지만 너무나 잘 알면서도 백영은 자꾸만 욕심이 났다.

딱 한 번만 더 그의 웃는 모습을 보고 싶다, 딱 한 번만 더 그의 목소리를 듣고 싶다, 딱 한 번만 더 그의 숨결을 느껴보고 싶다……. 그렇게 한 번만 더, 한 번만 더 하면서 그녀는 계속 그의 곁에 머물러 있었다.

"그리 어설프게 말려서 어느 세월에 다 마르겠느냐? 절대 보지 않을 것이니 옷을 벗어서 말려라."

그녀의 표정이 어두워지자 완얼이 분위기를 바꾸어보려 말을 돌렸다. 그러고는 벽을 보고 앉았다.

"이렇게 너와 둘이 있으니 남원으로 가는 길에 성황당에서 밤을 새우던 일이 생각나는구나. 그때도 내가 이렇게 벽을 보며 돌아앉아 있었고 그러다 천둥번개가 '우르르 쾅쾅!' 치자……."

우르르 쾅쾅!

마치 하늘이 완얼의 말에 화답이라도 하듯 엄청난 천둥번개가 방 안을 뒤흔들었다.

"꺄아악!"

비명 소리에 완얼이 돌아보자 그녀가 그의 가슴팍으로 와락 뛰어들었다. 성황당에서의 그날처럼. 하지만 그날과는 다른 것이 있었으니 천둥번개가 지나가도 완얼은 백영을 놓지 않았다.

"전하, 제가 겁에 질려서 그만 무례를 범하였습니다. 이제 그만 놓아주십시오."

"이대로 있어라. 잠시만. 아니, 평생."

완얼이 그녀를 품에 꼭꼭 끌어안으며 말했다.

"나는 너를 반드시 중전으로 삼을 것이다. 신료들이 아무리 반대를 하여도, 다른 건 다 내주더라도 그것만큼은 절대로 양보하지 않을 것이다. 그래서 너에게 약조한 대로 세상에서 가장 곱디고운 신부로 만들어 향기로운 원앙금침 위에서 너와 첫날밤을 보낼 것이다. 나를 믿고 기다려 줄 수 있겠느냐?"

"아니요. 저는 기다리지 않을 것입니다."

너무나 단호한 대답에 놀란 완얼이 그녀를 품에서 놓았다. 그러자 그녀가 차분하게 말을 이었다.

"오늘 밤 전하의 여인이 되고 싶습니다. 아니, 완얼 선생의 여인이 되고 싶습니다."

"백영아……."

"또 밀어내시는 겁니까?"

지하 서고에서처럼. 완얼의 얼굴에 망설이는 빛이 스치자 백영이 실망한 눈빛으로 물었다. 그러자 완얼이 그녀를 와락 밀어냈다. 그러곤 이불 위로 쓰러뜨렸다. 그녀의 얼굴 위로 그의 뜨거운 숨이 쏟아졌다.

"오늘 밤 내가 너의 사내가 되겠다!"

완얼이 그녀의 저고리 고름을 풀어헤쳤다. 그러고는 치맛말기로 동여맨 풍만한 가슴을 보고 깜짝 놀라 외쳤다.

"아니, 이것은!"

왕의 표식이 있던 자리에 아름다운 꽃이 피어 있었다. 乙 모양의 분홍빛 가지 위에 핀 새하얀 꽃들, 백영(白英).

"참으로 아름답구나!"

완얼이 감탄하며 그녀의 가슴에 핀 하얀 꽃 위에 입을 맞추었다. 부드러운 손길로 치마끈을 풀어 하얀 속살이 드러나자 눈부시게 매혹적인 여체는 한 송이 꽃이 되었다. 그리고 한 마리 나비가 된 그가 그녀의 몸 위로 내려앉았다.

꽃은 수줍게 봉오리를 열어주고 나비는 부드럽게 그 안으로 날아들었다.

"아아!"

몸 깊숙이 파고드는 날갯짓에 백영의 입에서 고통과 환희가 뒤섞인 신음이 새어 나왔다. 붉은 꽃잎 같은 입술과 입술이 포개어지고 완얼이 강인한 팔로 백영의 가느다란 허리를 더욱 끌어당겼다. 그러자 백영의 입에서 다시 한 번 격한 신음 소리가 터져 나오며 한껏 물이 오른 꽃봉오리가 활짝 피어났다.

"완얼!"

그의 품 안에서 백영이 부르짖었다. 그와 동시에 자신의 모든 것을 쏟아 부은 완얼이 그녀를 뜨겁게 끌어안으며 속삭였다.

"연모한다."

'나의 숨이 멎는 날까지. 오직 너만을.'

다음 날 아침, 깊은 잠에서 깨어난 완얼은 눈을 뜨자마자 그녀를 찾았다. 간밤의 일이 모두 꿈일까 봐, 눈을 뜨면 모든 것이 사라져 있을까 봐 두려웠다. 한데 정말 백영이 누워 있던 자리가 텅 비어 있었다.

'부끄러워 먼저 일어난 것이겠지.'

애써 불길한 예감을 외면해 보지만 어디에도 백영은 보이지 않았다. 그리고 얌전히 개켜놓은 완얼의 도포 아래 서신이 한 장 놓여 있었다.

― 좋은 중전을 맞이하시고 성군이 되시옵소서.

폐주의 표식을 받은 여인이자 과부, 그리고 탐라에 귀양 가 있는 좌승지의 누이인 그녀는 새로운 태양에게 누가 되지 않기 위해 어둠 속으로 숨어버린 것이었다.

'백영아, 너를 얻고자 여기까지 왔거늘 네가 가버리면 용상이 다 무슨 소용이란 말이냐!'

완얼이 서신을 움켜쥐고 괴롭게 가슴을 내려쳤다. 아직도 그의 두 손에, 그의 온몸에 백영의 따뜻한 온기가 남아 있건만 그녀는 그렇게 사라져 버렸다. 그리고 끝내 그의 눈앞에 다시 나타나지 않았다.

"전하, 중궁전이 비어 있은 지 벌써 반년이옵니다."

"하루속히 나라의 안주인을 맞이하시어 후계를 든든히 하시옵소서!"

"좌상의 말처럼 하루속히 금혼령을 내리시고 처녀단자를 받아 간택을 서두르심이⋯⋯."

백영이 그의 곁을 떠난 지 반년.

오늘도 대전에선 중전을 맞이하라고 신료들이 성화를 해댔다. 그동안 백방으로 백영을 찾아보았지만 그녀는 세상에서 영영 사라져 버린 듯 흔적조차 없었다.

"나의 비는 내가 결정한다 하지 않았소? 금혼령 따위는 개나 던져 주시오!"

완얼이 버럭 화를 내고 대전을 나와 버렸다.

'백영아, 너는 지금 어디 있느냐? 내가 이리도 애타게 찾고 있건만 참으로 야속한 여인이로다!'

완얼이 어깨가 축 처져 침전으로 들어섰다. 그러자 그림자처럼 그의 곁을 지키던 숙휘가 입을 열었다.

"전하."

"무슨 일이냐? 너도 내게 이제 그만 포기하라고 보챌 셈이냐?"

완얼이 애꿎은 숙휘에게 화풀이를 하며 쏘아붙였다. 그러자 숙휘가 대답 대신 조용히 책 한 권을 내밀었다.

　　— 변씨 부인 수캐들

　"무어냐? 이 막장 냄새 풀풀 나는 서책은?"

　"저자에 나갔다가 구했습니다. 이번에 나온 신간인데 나오자마자 인기가 대단하다 하옵니다."

　"나는 이제 더 이상 소설은 읽지 않는다 하지 않았느냐! 막장 금지령이라도 내려서 미상이 다시 나타날 때까지 아무도 막장 소설을 쓰지 못하게 하기 전에 당장 이따위 소설을……."

　그러다 퍼뜩 머리를 스치는 생각에 서둘러 작가를 확인했다.

　'작자 미상!'

　역시 그랬다. 숙휘가 미상의 작품을 구해온 것이었다. 완얼은 정신없이 책을 읽어 내려가기 시작했다. 그렇게 꼬박 밤을 새워 앉은자리에서 한 권을 모두 독파하였다.

　"밤새 책을 읽으신 겁니까?"

　깜빡 잠이 들었다가 눈을 뜬 숙휘가 전날 밤 그대로 앉아 있는 완얼을 보고 놀라 물었다.

　"그러하다."

　"그게 그리도 재미가 있습니까?"

　"그럼! 누가 쓴 것인데! 조선 최고의 막장 소설가 미상의 작품 아니냐?"

　"이번에도 또 막장입니까?"

　"조선 최고의 정절녀 변씨 부인과 그녀를 좋아하는 차도남(차가운 도성 남자), 짐승남, 자체발광 꽃미남 이 세 마리 매력 터지는 수캐들 사이에서 벌어지는 애정비사이니라."

"히야, 줄거리만 들어도 막장스러운 것이 역시 막장계의 원조는 미상입니다!"

좀처럼 감정을 드러내지 않는 차도남 숙휘가 무릎까지 쳐가며 감탄을 했다.

"설로군 형님은 요즘도 애정사에서 글만 읽고 계신다더냐?"

완얼이 지나가는 말처럼 불쑥 물었다. 제사(第四)왕자 설로군은 완얼의 넷째 형님으로 애정사라는 절에 틀어박혀 늘 책만 읽고 사는지라 있는 듯 없는 듯 눈에 띄지 않았다. 하지만 형제들 중 가장 온화한 성품인 데다 박식하고 지혜로워 덕망이 높았다.

"제사왕자 설로군 대감께선 모친의 제사가 있으신지라 애정사에서 내려와 사저에 계신 걸로 알고 있습니다."

"제사왕자가 제사를 지내고 있다고? 설마 임금인 내게 농을 하는 것은 아니겠지?"

"저는 태어나서 농이라고는 해본 적이 없사옵니다."

숙휘가 오늘도 진지하기 짝이 없는 얼굴로 답했다.

"하긴 그렇구나."

완얼이 피식 웃더니 이내 정색을 하며 명을 내렸다.

"은밀히 설로군 대감을 모시고 오너라. 그리고 경기, 강원, 충청, 전라, 경상도에 사람을 풀어 벼락 맞은 대추나무가 있는 산골 마을 오막살이를 찾아내어라!"

"갑자기 벽조목은 왜 찾으십니까? 도장이라도 파시려고요?"

벽조목, 즉 벼락 맞은 대추나무는 희귀할 뿐더러 잡귀를 물리치고 행운을 가져다준다 하여 나무 조각을 그대로 지니거나 도장을 파서 가지고 다녔다.

"숙휘 너답지 않게 오늘따라 말이 많구나. 후에 다 알게 될 것이 어서 서둘러라!"

완얼이 서책을 다시 펼치며 주먹을 꽉 움켜쥐었다.

'반드시 찾아내리라, 반드시!'

"아가씨! 전하께서 승하하셨답니다! 아이고, 이를 어째!"

아랫마을에 내려갔던 강씨 부인이 헐레벌떡 마당으로 뛰어 들어오 며 외쳤다.

"뭐라고요?"

방 안에 누워 있던 백영이 문을 벌컥 열고선 되물었다. 학도는 여전 히 탐라에서 유배 중이고, 백영은 올케와 어머니가 있는 곳으로 와서 함께 살고 있었다.

"상감마마께서 벌써 며칠 전에 승하하셨답니다."

"그럴 리가 없습니다!"

백영이 다짜고짜 소리를 버럭 지르며 문밖으로 나왔다.

"얼마나 강건하신 분인데 그리 허무하게 가실 분이 아닙니다. 저만 남겨두고 떠나실 분이 아니십니다!"

올케가 완얼을 죽인 것도 아닌데 백영이 잡아먹기라도 할 듯이 사납 게 강씨 부인에게 따지고 들었다. 그런데 그때, 사립문 밖에서 사내의 목소리가 그녀에게 소리쳤다.

"그러는 너는 왜 나를 떠났느냐!"

그리고 눈부시게 밝은 빛이 마당으로 걸어 들어왔다.

"에구머니나! 귀, 귀신!"

강씨 부인이 완얼을 보고 소스라치게 놀랐다. 제육왕자 시절 집으 로 왔던 완얼의 얼굴을 기억하고 있었기 때문이다. 한 번 보면 절대 잊을 수 없는 자체발광 미모인지라 못 알아볼 수가 없었다.

"멀쩡하게 살아 있는 사람을 보고 웬 귀신 타령이냐!"

퉁명스럽게 쏘아붙이긴 했지만 고개를 돌려 백영을 바라보는 완얼의 눈빛엔 그리움이 가득 담겨 있었다.

'얼마나 그리고, 그리고 또 그리던 여인인가!'

선위를 하여 상왕이 되어도 백영을 아내로 맞을 수 없는 것은 마찬가지였다. 그래서 제사왕자 설로군 형님께 무거운 짐을 떠넘기고는 이제야 훨훨 날아 백영에게 올 수 있었다.

"전하! 진정 전하가 맞으시옵니까?"

울컥 목이 메어 백영의 목소리가 마구 떨렸다.

"아니, 조선의 임금이었던 완얼군 이겸은 죽었다. 그리고 완얼 선생이 너를 찾아왔느니라!"

그리고는 눈물을 글썽이며 백영의 배를 내려다보았다. 회임한 지 일곱 달로 접어들어 제법 배가 불룩하게 나와 있었다.

"여긴 어찌 알고 오셨습니까?"

"어찌 오긴, 너를 찾아 산 넘고 물 건너 왔지. 날더러 찾아오라고 책에 위치까지 버젓이 설명해 놓은 것이 아니더냐?"

그러더니 봇짐에서 '변씨 부인 수캐들'을 꺼내 접어놓은 부분을 펼쳐 읽었다.

"작은 산골에 오막살이 한 채 짓고 마당에 대추나무 한 그루 심어 오순도순 살던 중 어느 폭풍우 불던 날에 벼락이 떨어져 벽조목이 만들어졌다."

산골 오막살이 옆에 벽조목, 지금 백영이 살고 있는 집은 책에 쓰여 있는 그대로였다.

"그리고 책 중간중간 '한양으로 올라간다'는 표현이 있으니 한양 아래 다섯 도 중에 하나가 아니겠느냐? 이리 적극적으로 위치를 알려주었으니 찾아오라는 것이 아니고 무엇이냐?"

완얼이 잠시 말을 멈추더니 애잔하게 그녀를 바라보았다.

"나를…… 기다렸느냐?"

그러자 그녀가 조용히 고개를 끄덕였다.

"염치없지만 기다렸습니다. 혹시나 그리운 이가 오셨나 하여 잎새 이는 바람에도 몇 번씩 문을 열어보곤 했습니다. 하지만 외롭지는 않았습니다. 우리의 아이가 저를 지켜주고 있었으니까요."

백영이 잔잔히 미소 지으며 배 위에 손을 얹었다.

"고맙구나. 이렇게 꿋꿋하게 잘 지내주어서. 이젠 내가 너를, 아니, 너와 아이를 지킬 것이다."

"후회하지 않으시겠습니까? 화려한 궐을 버리고 이런 오막살이에서."

"여기가 나의 궁전이고 나는 이곳의 왕인데 후회할 게 뭐 있겠느냐? 그리고 백영이 너는……."

완얼이 두 팔 가득 백영과 복중 태아를 끌어안으며 다정하게 말했다.

"세상에서 단 하나뿐인 나만의 왕비다."

16.

외전 - 마씨 부인 로망수(怒忙獸)

8년 후 강원도 영월의 산골 마을.

"야! 이십팔색기가(夜! 二十八色妓家)!"

자기보다 머리 하나는 더 있는 학동들을 잔뜩 모아놓은 여덟 살 사내아이가 책 한 권을 높이 치켜들고선 약장수처럼 호객을 하고 있었다.

"'야! 이십팔색기가' 이 책으로 말씀드릴 것 같으면 희대의 막장 작가 미상의 8년 만의 복귀작이자 '이십팔색기가'의 후속작으로 그 내용인즉!"

그때 아이의 뒤에서 여인의 무시무시한 고함 소리가 들려왔다.

"량주, 네 이놈!"

"앗! 어머니!"

량주라 불린 아이가 뒤를 돌아보며 소스라치게 놀랐다. 무시무시한 표정의 어머니가 말을 타고 마당으로 질주해 오고 있었다.

"으아악!"

학동들이 놀라 흩어지고 량주는 더 놀라 비명을 지르며 달아났다.

"이량주! 지금 잡히면 욕만 먹고 말지만 도망치다 잡히면 피의 응징이 있을 것이다!"

영리한 량주가 잠시 갈등하다 그 자리에 멈춰 섰다. 어머니는 한다면 하는 분이다. 빈말도 절대 하지 않는다. 그러므로 지금 도망갔다가 잡히면 정말 죽을 수도 있겠구나 싶었다.

"어머니! 불초 소자를 부디 너그럽게 용서하여 주시옵소서!"

량주가 바닥에 넙죽 엎드려 최대한 불쌍하게 애원했다.

"네 이놈! 하라는 글공부는 안 하고 또 학동들에게 소설 필사한 것을 팔고 있었느냐? 누가 널더러 돈을 벌어오라더냐?"

날렵하게 말에서 뛰어내린 어머니가 마구 호통을 쳤다. 어찌나 목청이 큰지 한마디 한마디 할 때마다 으르렁으르렁 호랑이가 포효하는 것 같았다.

"어허, 그리 흥분하지 말고 말로 하시오, 말로."

뒤따라 들어온 아버지가 얼른 말에서 뛰어내려 흥분한 어머니를 만류했다.

"지금 말로 하고 있지 않습니까? 서방님도 똑같습니다! 매번 이리 량주를 감싸주시니 아이가 이 모양이 아닙니까?"

"내가 뭘 어쨌다고……."

엉뚱하게 자신에게까지 불똥이 튀자 아버지가 어머니의 눈치를 슬쩍 살피더니 량주를 꾸짖는 척하였다.

"이 녀석아! 너 때문에 나까지 번번이 네 어머니에게 혼이 나지 않느냐?"

"에휴, 대체 누굴 닮아서 저리 천방지축인지!"

어머니가 량주를 바라보며 늘어지게 한숨을 내쉬었다. 그러자 아버지가 분위기 파악 못 하고 어깨를 으쓱하며 외쳤다.

"인물 좋은 건 날 쏙 빼닮았지!"

"맞습니다, 아부지! 완벽한 얼굴, 완전한 얼굴, 완얼 선생의 아들 이량주 아닙니까?"

역시 그 아버지에 그 아들! 량주 역시 분위기 파악 못 하고 아버지 의 말에 장단을 맞추다가 성난 어머니에게 귀때기를 잡히고야 말았다.

"너는 내 아들이기도 하다! 따라오너라!"

"아얏! 어머니, 살살! 살살이요!"

량주가 호소하듯 애처로운 눈빛으로 아버지를 바라보며 온갖 엄살 을 부렸다.

"이보시오, 부인! 그러다 애 귀 떨어지겠소이다!"

"말이나 매어놓고 오십시오!"

완얼이 다시 한 번 만류를 해봤지만 씨알도 먹히지 않았다.

"뭐요?"

그가 발끈해 목소리를 높였다. 그러나 백영이 눈을 치켜뜨며 쏘아 보자 얼른 말고삐를 잡았다.

"여물도 먹이고 오겠소!"

그렇게 아들의 눈빛을 외면하고 돌아선 완얼은 말 두 필을 끌고 쏜 살같이 사라졌다.

'미안하다, 아들아! 난 혼인 전부터 한 번도 네 어머니를 이겨본 적 이 없단다.'

조선 최고의 폭군과도 맞짱을 떴던 사상 최강의 여인. 그녀는 바로 변씨 부인, 변백영이니까!

안채로 끌려 들어간 량주는 다시는 작자 미상의 글을 필사해서 팔지 않겠다는 내용의 반성문 백 장을 쓰라는 벌을 받았다.

"백 장이나요?"

량주가 울상을 지었다.

"필사는 몇 백 장도 잘만 하더니 반성문 백 장이 뭐 그리 많다고 그러느냐? 나는 베를 짤 터이니 너는 글을 써라. 이 어미보다 늦을 시엔 피의 응징이 있을 것이다!"

베틀 앞에 앉은 백영이 으름장을 놓았다.

"예, 어머니!"

어머니가 베틀을 잡자 량주가 언제 징징거렸냐는 듯 바짝 긴장하며 붓을 들었다.

"자! 베틀이다!"

백영이 엄청난 속도로 베를 짜기 시작했다. 모자는 종종 아들은 글을 쓰고 어머니는 베를 짜는 승부를 벌였는데, 이들은 이것을 '베틀 붙는다'라고 불렀다. 량주도 허둥지둥 글을 쓰기 시작했다. 어머니는 여인임에도 승부욕이 매우 강하여 자식이라고 해서 봐주지 않았다. 지면 반성문 백 장뿐만이 아니라 어머니가 짠 삼베를 밤새도록 손질해야만 했다.

"또 베틀입니까?"

말을 매고 여물까지 주고 온 완얼이 방으로 들어오며 혀를 찼다. 하지만 두 사람 모두 승부에 집중하느라 그의 말에 누구 하나 대꾸하지 않았다.

"이럴 땐 영락없이 그 어머니에 그 아들이구려!"

백영이 왕의 아들을 낳을 것이라는 무녀들의 예언은 맞았다. 반년이라는 짧은 기간이었지만 완얼은 조선의 왕이었고, 백영은 바로 그왕의 아들을 낳았으니까. 그리고 두 사람은 아들에게 그들이 가장 사랑하고 아꼈던 량주의 이름을 붙였다. 한데 이량주는 고량주와는 다르게 책을 몹시 좋아했다. 그러나 좋아하는 분야엔 다소 문제가 있었으니 겨우 여덟 살 먹은 녀석이 뭘 안다고 허구한 날 남녀상열지사만 몰래 읽어대더니, 급기야 막장소설계의 전설인 미상의 작품을 필사까지 하기 시작했다.

작자 미상은 팔 년 전 '변씨 부인 수캐들'을 마지막으로 홀연히 종적을 감추었는데 이는 백영이 그동안 육아와 살림으로 몹시 바빴기 때문이다. 하지만 이번에 오랜 공백을 깨고 '이십팔색기가'의 속편 '야! 이십팔색기가'로 복귀를 하자 그 반응이 가히 폭발적이었다. 기방이고 규방이고 가릴 것 없이 그 소설을 구하려는 아녀자들로 넘쳐나서 가격이 천정부지로 치솟고 있었다.

명불허전(名不虛傳).

시간이 흘렀어도 막장소설의 최고봉이자 원조는 역시 작자 미상이었다.

"태교가 참으로 중요하다더니 량주를 가졌을 때 '변씨 부인 수캐들'을 집필해서 애가 저런 것인가?"

완얼이 방 한구석에 엉덩이를 붙이며 혼잣말처럼 중얼거렸다.

"예?"

얼핏 제 이름을 듣고선 아버지가 부르셨나 싶어 량주가 냉큼 대답을 하였다.

"아무것도 아니다. 이 녀석아, 너는 대체 뭐가 되려고 이리 말썽이냐?"

"매설가요!"

량주가 한 치의 망설임도 없이 큰 소리로 대꾸했다.

"역시 피는 못 속인다더니……."

완얼이 볼수록 신기하여 감탄해마지 않았다.

"서방님!"

백영이 완얼에게 눈을 흘기더니 아들에게로 시선을 옮겼다.

"매설가는 아무나 되는 줄 아느냐? 그리고 명색이 훈장 아들이 막장소설이나 필사해 팔고 다닌다고 동네 사람들이 얼마나 수군거리는데! 가뜩이나 요즘 서당에 학동들이 점점 줄고 있어 네 아버님의 고민이 이만저만이 아니건만, 자식이 되어 어찌 부모에게 이리 큰 근심을 안긴단 말이더냐?"

완얼은 서당을 열어 아이들을 가르쳤는데 강원도 산골짜기인지라 학동들이 많지 않았다. 그나마도 얼마 전 바로 옆 고을에 종8품 사용원 봉사를 지낸 자가 서당을 열고선 조정에서 일해 본 경력을 내세워 벼슬길에 오르는 방법을 족집게처럼 가르쳐 주네 어쩌네 하며 학부모들을 현혹해 학동들이 그쪽으로 많이 빠져나갔다. 미상의 신작이 날개 돋친 듯이 팔리는 덕에 학동이 줄었다고 해도 호구 걱정은 없었으나 번데기 앞에서 주름잡는 꼴이 우습기 짝이 없었다.

'조정에서 일해본 경력? 어디 감히 종8품 따위가, 나는 전직 임금 출신이다!'

완얼이 속으로 코웃음을 쳤지만 내놓고 말을 할 수 없는 처지라 복장만 터질 뿐이었다.

"제가 듣기로는 훈장 부인이 말을 타고 다닌다고 수군거린다던데요?"

량주가 부지런히 붓을 놀리면서 제 할 말은 다 했다. 당돌한 성격까지도 백영을 빼다 박았다.

"뭐야? 그건 네 아버님이 내게 직접 가르쳐 주신 것이다! 네 아버님은 여인이라 하여 하지 못할 것이 없다고 생각하시는 분이다. 또한 지위 고하를 막론하고 모든 이들을 차별 없이 대하시는 훌륭한 분이시기도 하다."

"그렇긴 한데, 설마 중년이 다 되도록 타고 다닐 줄 알았겠습니까?"

게다가 이젠 완얼보다도 말을 훨씬 잘 몰아서 따라가기가 벅찰 정도였다.

"중년이라니요, 이제 스물일곱인데!"

백영이 버럭하며 미간을 찌푸리다 주름이 생길까 싶어 얼른 인상을 폈다. 가만히 있으면 중간이라도 갈 것을 공연히 끼어들어 본전도 못 찾은 완얼이 얼른 아들에게 말을 돌렸다.

"량주 너는 무슨 뜻인지 알고 미상의 책들을 읽는 것이냐?"

"아부지도 참. 제가 설마……."

"어허, 버르장머리 없이!"

백영이 쏘아보자 량주가 얼른 말을 고쳤다.

"아버님도 참. 설마 뜻도 모르고 읽겠습니까?"

그러더니 자신 있게 설명을 하기 시작했다.

"이십팔색기가는 조선팔도 이십팔 곳의 색주가를 돌며 이십팔 명의 기녀들과 사랑을 나누는 대물 선비의 기방 열애사가 아니옵니까? 사랑을 하기엔 역시 야밤이 제격인지라, 이십팔 명의 기녀들과 이십팔 일 밤 동안 벌어진 애정비사를 집중적으로 다룬 것이 '밤 야(夜)'가 들어간 속편 '야! 이십팔색기가'이지요. '전편만 한 속편이 없다'라는 속설을 깬 작자 미상의 완벽한 귀환입니다!"

게다가 한술 더 떠서 작가의 심경 변화까지 분석을 해보였다.

"지난 팔 년간 작자 미상에게 무슨 일들이 있었는지 모르겠지만 감정 표현이 깊어지고, 애정 묘사에 좀 더 현실감이 더해진 것이 아마도 혼인을 한 것이 아닌가 싶습니다."

"오오, 이럴 수가! 우리가 천재를 낳았소이다, 부인!"

완얼의 입이 떡 벌어지며 몹시 흥분해 외쳤다. 부모가 항상 책을 읽는 모습을 보고 자라 량주 역시 주야장천 각종 책을 읽어대 또래보다 훨씬 조숙한 편이었지만, 그렇다 하더라도 도저히 여덟 살이라 믿을 수 없는 완벽한 작품 해석이었다. 자기 아이는 모두 천재로 보인다고 하나 지난 세월 수많은 학동들을 가르쳐 온 훈장으로서 촉이 오건대, 량주는 어학에 천부적인 재능이 있었다. 게다가 외삼촌인 변학도 역시 한때는 쌍봉거사로 이름을 날리던 천재적인 작가가 아니었나? 비록 음란 서생이긴 하였지만, 어찌 되었건 문재에 탁월한 재능을 지닌 외가 쪽 혈통을 그대로 이어받은 것이 분명했다.

"이량주! 네가 진정 삼베로 목이 졸리고 싶은 게냐?"

부자의 대화에 어처구니가 없다 못해 부아가 치민 백영이 량주와 완얼을 번갈아 쏘아보며 언성을 높였다.

"그리고 서방님도 참! 천재는 무슨, 이게 여덟 살짜리가 할 소리입니까? 어찌 아이가 막장소설과 애정비사에만 이리 관심이 많답니까? 아이고, 두야. 대체 이 아이를 어찌 훈육하면 좋을꼬?"

"형님댁에게 들은 바로는 부인의 어린 시절과 판박이라고 하던데, 그리 걱정하지 않으셔도 될 것 같습니다. 부인께서도 이리 잘 자라지 않으셨습니까?"

"탐라에 가 있는 올케 언니가 언제 그런 말을 했다고 그러십니까?"

백영의 눈에서 불꽃이 튀며 베를 짜던 손을 멈추었다.

"당연히 탐라에 가기 전이지요."

"아버님, 그러다 삼베로 목이 졸리십니다."

량주가 슬그머니 완얼의 옷자락을 잡아당기며 속삭였다.

"어머님에게서 살기가 뻗어 나오는 것이 느껴지지 않으십니까?"

"글쎄다. 그 정도는 아닌 것 같은데?"

완얼이 고개를 갸우뚱하다가 갑자기 외마디 비명을 질렀다.

"앗!"

그와 동시에 량주도 똑같이 비명을 질렀다.

"앗!"

부자의 시선이 마주치자 그들이 또다시 동시에 외쳤다.

"동북동 칠백 보!"

"동북동 칠백 보!"

강렬한 살기가 벼락을 맞은 것처럼 두 사람의 온몸을 뒤흔들며 피냄새가 확 끼쳐왔다. 백영에게 언어 감각을 물려받은 량주는 완얼에게선 살기를 느끼는 능력을 고스란히 물려받았다.

"이것은 네 어머니에게서 나온 살기가 아니다!"

"예. 소자가 잠시 착각을 한 것 같습니다. 아부지, 어찌하면 좋습니까?"

아무리 조숙해도 아직은 어린아이인지라 마음이 급해지자 다시 아부지란 말이 튀어나왔다.

"어찌하면 좋긴! 둘 다 아무 데도 못 나갑니다!"

백영이 온몸으로 문을 가로막으며 강경하게 말했다. 아들이 살기를 느끼는 신기가 있다는 것을 처음 알게 되었을 때 그녀는 심장이 쿵 내려앉는 것 같았다. 그런 능력을 가지고 살아가야 한다는 것이 얼마나 고달프고 큰 책임을 요하는 일인가를 너무나 잘 알기 때문이었다.

몸이 아파 누워 있다가도, 사랑하는 이와 행복한 시간을 보내다가도, 누군가의 죽음을 못 본 척하지 못하고 살려 달라는 간절한 외침을 외면할 수 없어서 낮이건 밤이건 무작정 달려 나가는 삶. 지아비도 모자라 아들까지 그런 운명으로 살아가야 한다는 것이 싫었다. 막을 수 있으면 막고 싶었다.

"량주 너는 집에서 어머니를 잘 지키고 있어라. 이 아비가 다녀오마."

태평성대인 데다가 범죄라고는 거의 없는 평화로운 산골마을인지라 실로 오랜만에 느끼는 살기였다. 그래서 완얼도 다소 긴장하여 아들에게 단단히 일렀다.

"살기가 한둘이 아닙니다. 혼자서는 무리이십니다."

량주가 걱정스럽게 말했다.

"네가 아직 이 아비의 표창 솜씨를 못 봐서 그러는데, 한 방에 네댓 개씩 날리면 몇 놈이든 문제없다!"

완얼이 큰소리를 빵빵 치며 산통을 어깨에 멨다.

"아니 된다 하지 않습니까? 죽을 위기에 처한 자가 선인인지 악인인지 알 수도 없는데 왜 번번이 서방님께서 위험을 무릅쓰고 달려가셔야 합니까? 구해줄 가치가 없는 자일 수도 있지 않습니까?"

그러나 백영은 완강하게 따지고 들며 문 앞에서 비키지 않았다.

"그럴 가치가 있는지 없는지는 가서 보면 알겠지요."

"이제 서방님도 중년이십니다. 만약에 서방님께서 잘못되시면 우리 량주와 저는 어쩌라고요!"

"중년이라니요? 이제 겨우 서른하나인데!"

완얼이 공연히 능청을 떨더니 이내 진지하게 말을 이었다.

"가는 길에 천하장사 쇠돌 아범 집에 들러 함께 갈 터이니 걱정 마십시오. 우리 량주에게 죽어가는 사람을 외면하는 비겁한 아버지의 모습을 보여주고 싶지 않아서 그럽니다."

그래도 백영이 문에서 물러서지 않자 완얼이 그녀에게 다가가 옥지환을 낀 손을 꼭 잡았다.

"나는 당신과 량주를 두고 절대 잘못되지 않을 것입니다."

"하지만……."

"언제나처럼 나를 믿어다오, 백영아."

완얼이 간곡하게 그녀의 이름을 부르자 그제야 백영이 눈물을 글썽이며 한 발짝 물러났다.

"꼭 쇠돌 아범과 함께 가셔야 합니다. 절대 혼자 가시면 아니 됩니다."

완얼이 크게 고개를 끄덕이며 밖으로 달려 나갔다. 한데 쇠돌 아범의 집에 들르니 하필 오늘 아랫마을로 내려가고 없었다. 하는 수 없이 산가지 표창을 잔뜩 손에 쥐고 혼자서 살기가 뿜어 나오는 곳으로 뛰어들었다. 그가 도착하자 화적떼인 듯한 사내 다섯이 선비 하나를 둘러싸고 칼부림을 벌이고 있었다.

'이 근방에 화적떼라고는 눈을 씻고 봐도 없건만 웬 화적떼란 말인가?'

완얼이 어리둥절해하며 표창을 던지려고 팔을 치켜드는 순간, 마치 춤이라도 추듯이 유려하게 움직이며 화적떼의 검을 막아내던 선비가 그를 향해 고개를 돌렸다.

"아니, 너는!"

선비의 얼굴을 본 완얼이 놀라 표창을 든 채로 그대로 얼어붙었다. 그러자 선비도 그를 알아보고 숲이 떠나갈 듯이 고함을 질렀다.

"대감!"

그렇게 잠시 선비가 한눈을 파는 사이, 화적의 검이 그의 목을 향해 날아들었다.

"피해!"

완얼이 다급하게 소리치며 표창을 날렸다. 그러곤 표창을 맞고 검이 튕겨 나가자 연달아 하나를 더 던져 화적의 목을 정확히 꿰뚫었다. 그러자 선비가 유연하게 날아올라 둘을 한꺼번에 베어버리고, 완얼이 표창으로 화적 하나를 더 쓰러뜨렸다. 순식간에 홀로 남겨진 화적이 새파랗게 질려 부들부들 떨다가 냅다 도망을 치기 시작했다. 하지만 그냥 두고 볼 완얼이 아니었다. 사람의 목숨은 중한 것이지만 남의 목숨을 노린 자의 목숨까지 지켜줄 필요는 없었다. 완얼이 지체 없이 화적의 뒤통수를 향해 표창을 날렸다. 표창은 정확히 목표물에 꽂혔고, 선비가 달려가 숨통을 끊어놓았다.

"숙휘야!"

그제야 완얼이 아우의 이름을 부르며 성큼성큼 다가갔다. 그러곤 와락 부둥켜안았다.

"오랜만이구나, 아우야!"

"혼자서도 충분했는데 괜한 수고를 하셨습니다."

숙휘도 감격스럽게 마주 안으며 김새게 답했다.

"이 녀석, 잘난 척은 여전하구나!"

"잘난 척이라니요? 사실 그대로를 말한 것뿐입니다."

숙휘의 표정은 언제나처럼 진지하기 짝이 없었다.

"사람이 갑자기 변하면 죽는다던데 숙휘 너는 이토록 한결같으니 무병장수하겠구나! 근데 정말 이게 얼마만이냐?"

"제가 강릉으로 암행 갈 때 뵙고 못 뵈었으니 다섯 해가 다 되어가는군요."

"벌써 그리 되었더냐? 세월이 참 무상하구나. 암행어사는 할 만하고?"

"예, 제 적성에 딱 맞습니다."

완얼이 왕위를 버리고 백영을 찾아가겠다고 하자 숙휘는 처음으로 주군의 말에 반대를 했다. 그는 진심으로 완얼이 성군이 되기를 바랐고, 완얼이라면 충분히 그럴 수 있으리라 생각했다. 그리고 그런 왕의 곁에서 새로운 나라를 만드는 일을 돕고 싶었다. 하지만 완얼은 오직 여인 하나 때문에 미련 없이 왕좌를 버렸다. 그로선 도저히 이해할 수 없는 일이었지만 주군이 진정으로 원하는 일이기에 받아들였다.

한데 뜻밖의 일은 또 있었다. 완얼의 뒤를 이어 용상에 오를 설로군이 숙휘를 제 사람으로 달라 요구한 것이다. 설로군은 인재를 알아보는 뛰어난 안목을 가지고 있었다. 그리고 인재를 발탁해 적재적소에 쓸 줄 아는 능력이야말로 통치자에겐 가장 중요한 능력이었다. 완얼이 설로군에게 왕위를 넘기고 떠나기로 결심한 뒤 두 사람은 은밀히 회동을 가지며 뒷일을 준비해 왔었다. 불행인지 다행인지 제사왕자인 설로군보다 서열이 높은 제이왕자나 제삼왕자는 폭군 이율을 피해 스스로 절로 들어간 뒤 속세엔 뜻이 없었다. 하지만 왕실엔 대비도 없고, 대비가 될 중전도 없고, 세자도 없었으므로 임금이 갑작스럽게 승하한다면 옥좌를 차지하기 위해 나머지 왕자들끼리 '왕자의 난'이 벌어질 가능성도 있었다. 그런 혼란을 방지하기 위해 설로군이 병권을 장악할 수 있도록 돕고, 완얼군과 흡사한 체구의 시신으로 은밀히 바꾸어 설로군, 어의와 함께 임금이 승하했다고 위장한 것은 숙휘였다. 설로군이 숙휘를 눈여겨보고 곁에 두려는 것은 당연한 일이었다. 숙휘 또한 백영과 함께 은둔하며 살아가야 할 완얼의 삶에 자신이 얹혀 있으면 짐이 된다는 것을 알고 궐에 남는 것을 택하였다. 완얼을 위해서도 숙휘를 위해서도 그것이 최선의 방법이었다. 그렇게 완얼을 떠나보내며 숙휘는 생각했다.

'한평생 지속되는 운명적인 사랑. 그런 것이 진정 존재하는 것일까?'

하지만 그 의문은 여태까지도 풀지 못한 숙제로 남아 있었다. 아마 숙휘는 그 숙제를 평생 풀지 못할지도 모른다.

"어련하겠느냐? 네 활약상은 풍문으로 종종 듣고 있었다. 어찌나 지독하게 탐관오리들을 족쳐 댔는지 명성이 자자하더구나. 요즘 기방에선 가장 독한 술을 위스키라 부른다 하더라."

"위스키요?"

"위숙휘, 네 이름을 소리 나는 대로 부르는 것이 아니더냐? 지독한 위숙휘에게 지독하게 당한 양반들이 술을 말아먹듯이 위숙휘를 말아먹고 싶어 해서 그리 이름이 붙었다나?"

"그렇습니까? 참 할 일들도 없습니다."

숙휘가 처음 듣는 얘기라는 듯 피식 웃어넘겼다. 완얼이 그런 아우를 걱정스레 바라보았다.

"청렴결백한 것도 좋고 탐관오리를 소탕하는 것도 좋지만 지나치게 적을 많이 만드는 것은 네 신상에 해롭다."

"걱정하지 마십시오. 제가 알아서 하겠습니다."

"그래, 네가 어련히 잘 알아서 하겠느냐. 그건 그렇고 저 화적떼들은 어찌 된 것이냐? 이 주변엔 화적 같은 것은 없는데."

"얼마 전 화적떼의 소굴을 습격해 일망타진한 적이 있는데 그때 살아남은 잔당들이 제게 앙심을 품고 뒤를 밟았나 봅니다."

"그리 위험한 일을 하는 사람이 왜 혼자 다니고 그러느냐? 너는 믿을 만한 부하들도 없느냐?"

"혼자가 편합니다. 그리고 대감을 만나러 오는데 어찌 부하들을 데리고 올 수 있겠습니까?"

완얼군이 살아 있다는 것은 그 누구도 알아서는 안 되는 일이었다. 그러니 숙휘 혼자 은밀히 움직일 수밖에 없었다.

"이럴 때 량주가 함께 있었으면 든든하니 좋았을 터인데……."

완얼이 그리움이 가득한 목소리로 말했다.

"량주는 대감 댁에 또 있지 않습니까?"

숙휘 역시 잠시 얼굴이 흐려졌다가 이내 온화하게 웃으며 답했다. 그리고 커다란 나무 아래 내팽개쳐 뒀던 보퉁이를 챙겨 들었다.

"우리 작은 량주가 얼마나 자랐나 보러 가야지요. 여전히 그 집에 사시지요? 벼락 맞은 대추나무 옆 오막살이."

"오막살이라니! 서당을 열어 학동들을 가르치느라 집을 늘려서 이 젠 기와집 부럽지 않다!"

완얼이 과장되게 큰소리를 땅땅 치며 앞장섰다. 오래 걸리지 않아 집에 도착하자 숙휘가 옛 기억을 더듬으며 주위를 둘러봤다. 벼락 맞은 대추나무는 그대로였으나 뒤채를 한 채 더 지어 살림이 좀 나아진 것 같긴 했다. 완얼이 앞마당에 들어서자 이제나저제나 초조하게 기다리고 있던 백영이 얼른 뛰어나와 맞이했다. 그러다 뒤따라 들어오는 숙휘를 보고 깜짝 놀라 멈춰 섰다.

"숙휘 무사님! 죽을 뻔했던 사람이 숙휘 무사님이셨습니까?"

"거 보십시오. 달려 나가기를 잘했지 않습니까? 내가 안 갔으면 숙휘가 큰일 날 뻔했습니다."

완얼이 목에 힘을 주고선 잔뜩 생색을 냈다.

"안 와도 크게 상관은 없었다니까요."

숙휘가 시큰둥하게 대꾸하더니 백영의 뒤에 서서 그를 빤히 바라보고 있는 사내아이와 눈을 맞췄다.

"네가 량주냐? 정말 많이 컸구나!"

"저를 아세요?"

"너는 내가 누군지 모르겠느냐?"

그러자 량주가 고개를 절레절레 저었다.

"세 살 때 본 사람을 어찌 기억하겠습니까? 그러게 진작 한 번 발걸음을 해주시지 않고, 참으로 무심하십니다."

백영이 그리 말하며 서운한 빛을 보였다.

"송구합니다. 일이 워낙 바빠서⋯⋯."

숙휘가 난처해하자 완얼이 얼른 나서서 량주에게 일렀다.

"량주야, 정식으로 인사 드려라. 네 숙부다."

그러자 숙휘가 더욱 난처해하며 소리 낮춰 완얼에게 말했다.

"대감, 제가 어찌 감히 숙부 노릇을⋯⋯."

"대감이 뭐냐? 이런 시골 훈장한테. 이제 그만 형님이라고 불러라."

완얼이 호쾌한 표정으로 대꾸했으나 다음에 이어지는 말은 쓸쓸하게 가슴을 울렸다.

"이미 아우를 하나 잃었다. 또다시 아우를 잃고 싶지 않구나."

"하지만⋯⋯."

"어허! 이제 내 명 같은 건 우습다 이거냐?"

"아닙니다. 혀⋯⋯ 형님."

숙휘가 얼결에 '형님' 하고 덥석 말해 버리고 말았다. 그러자 완얼이 진심으로 기뻐하며 크게 웃음을 터뜨렸다.

"하하하! 얼마나 듣기 좋으냐?"

"거참, 형님도."

숙휘도 덩달아 미소를 짓더니 비단 보자기에 싼 보퉁이를 량주에게 건넸다.

"자, 숙부가 주는 선물이다. 궐에서 임금님이 드시는 과편이니라."

"우와! 임금님이 드시는 음식이라고요?"

량주가 얼른 받아 들어 바구니를 열어보자 앵두, 살구, 오미자 등으로 만든 알록달록한 과편들이 정갈하게 담겨 있었다.

"뭘 이런 걸 다."

량주의 입이 헤벌쭉 벌어지며 좋아서 어쩔 줄을 몰랐다.

"어머니, 가지고 나가서 아이들과 나누어 먹어도 되겠습니까?"

"그래, 나가 놀다 오너라."

"감사하게 잘 먹겠습니다, 숙부님!"

어머니의 허락이 떨어지자 량주가 숙휘에게 꾸벅 인사를 한 뒤 과편을 들고 신나게 뛰어나갔다.

"형님, 아이가 참 잘 자랐습니다. 영특해 보이기도 하고요."

숙휘가 그런 량주를 흐뭇하게 바라보며 칭찬을 했다.

"너무 영특해서 탈이다. 제 어머니를 꼭 빼닮았지 뭐냐?"

"지금 자랑하시는 겁니까? 처자식 자랑은 팔불출이라던데."

"팔불출이라니. 애처가지."

"좋은 말로 하면 애처가시고 사실 그대로 말하면 공처가 아니십니까?"

"거참, 네 말은 딱히 반박할 순 없는데 이상하게 얄밉단 말이지."

완얼이 투덜거리자 백영이 웃으며 두 사람의 대화에 끼어들었다.

"언제까지 마당에 서 계실 겁니까? 술상을 봐드릴 테니 이제 그만 안으로 들어가시지요."

"술상이라, 그거 좋지요! 오랜만에 아우와 함께 낮술이나 실컷 마셔 봅시다!"

언제 투덜거렸냐는 듯 완얼이 숙휘의 어깨에 팔을 두르고선 의좋게 방 안으로 들어갔다.

'량주 무사님도 같이 있었으면 정말 좋으련만.'

백영이 가슴 짠하게 돌아서는데 마당에 웬 종이 한 장이 떨어져 있었다.

'방금 전까진 없던 것인데 숙휘 무사님이 떨어뜨리신 건가?'

무심코 집어 들어 반쯤 접힌 종이를 펼쳐본 백영의 얼굴이 순식간에 하얗게 질렸다.

'이, 이것은!'

하지만 이내 마음을 가라앉히고 종이를 품에 갈무리한 뒤 술상을 차리러 부엌으로 향했다. 잠시 후, 백영이 술상을 들고 방으로 들어오자 숙휘가 얼른 일어나 받았다.

"형수님도 앉아서 같이 하시지요. 왕년에 한 술 하시지 않았습니까?"

"형수님이요? 그 말 참 듣기 좋습니다."

숙휘가 권하자 내숭 따위는 진즉에 개나 줘버린 그녀가 기다렸다는 듯이 자리를 잡고 앉았다.

"좌승지 영감의 소식은 가끔 듣고 계십니까?"

주거니 받거니 술잔이 두어 순배 오가자 숙휘가 조심스럽게 물었다.

"오라버니의 유배가 풀리긴 했지만 이제 좌승지는 아니지요. 올케와 가끔씩 서신은 주고받고 있습니다. 탐라에 기근이 심하게 들어 상황이 몹시 안 좋은 것 같습니다."

량주를 낳은 지 얼마 안 되어 백영의 어머니가 세상을 뜨셨다. 마치 외손주의 얼굴을 보고 떠나려고 버티고 있던 사람처럼. 강씨 부인은 그 뒤에도 백영의 집에서 함께 지내다 작년에 오라버니의 유배가 풀리자 지아비가 있는 탐라로 떠났다. 학도는 유배가 풀렸어도 도성으로 돌아오지 않고 열악한 환경 속에서 살아가는 탐라 백성들을 위해 남은 인생을 그곳에서 보내기로 했다. 지난날 저지른 악행을 그런 식으로나마 속죄하려는 뜻 같았다. 그리고 강씨 부인은 지아비와 뜻을 함께하겠다며 홀로 그 먼 길을 떠났다. 강씨 부인도 백영 못지않게 참으로 굳센 여인이었다. 얼마 전 탐라에서 도착한 강씨 부인의 서신엔 기근으로 부모를 잃은 아이들을 입양하여 키우기로 했다는 소식이 적혀 있었다.

— 평생 어머니가 되는 것이 소원이었는데 이제야 바람이 이루어져 무척 행복합니다. 서방님께서도 기뻐하고 계십니다.

도성에서 살 때보다 생활은 훨씬 어려워졌겠지만 부부에겐 그곳에서의 삶이 더 행복한 것 같아 한편으론 안심이 되기도 했다.

"형님 부부가 그곳에서 행복하다면 그걸로 된 것 아니겠습니까? 나도 지난날 해묵은 감정은 모두 잊었습니다. 이젠 량주의 외숙부이실 뿐입니다."

완얼도 그리 말하며 백영의 손을 꼭 잡아주었다. 백영이 조용히 고개를 끄덕이더니 '참!' 하고 외치며 품에서 종이를 꺼냈다.

"아까 마당에서 이런 것을 주웠는데 숙휘 무사님 것이 맞으시지요?"

"예."

숙휘가 선선히 답하며 종이를 받아 들었다. 그러곤 접혀 있는 종이를 펼치자 한가운데에 '乙'이라는 익숙한 글자가 적혀 있었다.

"혹시 거기 적힌 글자가 제가 생각하는 그 표식이 맞는지 여쭤봐도 되겠습니까?"

"우선 이 책부터 봐주시지요."

숙휘가 대답 대신 품에서 책 한 권을 꺼내 백영에게 건넸다.

— 沈淸傳

"심청전?"

한자로 쓰인 제목을 본 백영이 깜짝 놀라 숙휘를 바라보았다. 심청전은 예전에 율이 그녀를 위해 지었던 소설의 제목이었다.

"이 책에 있던 작가의 수결인데 먼 길을 건너오다 책이 상해 뜯어져 나간 모양입니다."

"작가라고요?"

책을 아무리 살펴봐도 작가의 이름은 적혀 있지 않은 그야말로 작자미상(作者未詳)인 글엔 그저 乙이라는 수결만 덩그러니 있을 뿐이었다.

"형님이시냐?"

완얼이 가라앉은 목소리로 침착하게 물었다.

"그런 듯합니다."

"패설 같은데 한자로 쓰여 있는 것도 그렇고, 만들어진 모양도 여기 것이 아닌 듯하구나."

"명나라에서 온 것입니다."

"역시 그랬구나."

완얼이 희미하게 고개를 끄덕였다. 지난 팔 년간 소식을 전혀 알 수 없었던 형님은 조선을 떠나 명나라에서 살고 계셨다. 평소에 그리도 이야기책을 좋아하더니 직접 쓰기 시작했나 보다. 원래 시, 서화, 가무 등 예술적 방면에 뛰어난 재능이 있었으므로 매설가가 되었다 해도 이상할 것은 없었다.

"요즘 그곳에서 인기가 많은 소설이라 하여 누군가에게 선물을 받았는데 '乙'이라는 작가의 수결을 보고 '그분'이라 직감하였습니다. 그래서 명나라까지 사람을 보내 알아보았더니……."

"알아보았더니 뭐가 어떻다더냐?"

완얼이 잠시를 기다리지 못하고 말을 재촉했다.

"작가를 직접 만나보진 못했사오나 그곳 책쾌에게 전해들은 바로는, 그도 딱 한 번 심청전의 작가를 본 적이 있는데 인물은 훤하지만 한쪽 다리를 저는 사내였다고 합니다. 그리고 대여섯 살 먹은 계집아이를 데리고 다니더랍니다."

"계집아이?"

그러자 백영이 찢겨진 종이를 완얼에게 내밀었다.

"서방님, 이걸 좀 보십시오."

乙이라는 작가의 수결 아래엔 서너 줄 작은 글씨가 적혀 있었다. 책을 완성하고 나서 작가가 소감을 몇 자 적어놓은 일종의 '작가의 말'인 듯했다. 한데 작품은 한문으로 쓰여 있었건만 작가의 말은 언문이었다.

— 어린 심청이의 손을 잡고 길을 걷는 심 봉사처럼 내가 불편한 다리를 절며 길을 나서면 어린 딸이 쪼르르 쫓아와 내 손을 잡고 걸어준다. 그렇게 여식의 손을 잡고 걸을 때면 왕인들 부럽지 않으니, 이 작품을 나의 딸과 흰 꽃을 위해 바친다.

"여식이라……."

완얼이 혼잣말처럼 중얼거렸다.

'숙빈, 아니, 춘향이와의 사이에서 딸을 얻은 것일까? 그리고 흰 꽃이란 백영을 뜻하는 것이겠지?'

완얼이 그리 생각하며 백영을 바라보았다. 그녀도 그리 생각하는 듯 회한에 가득한 눈으로 심청전을 하염없이 바라보았다.

"잘 지내고 계신 걸 알았으니 되었습니다."

백영이 담담하게 말했다.

"오 년 만에 나를 찾아온 이유가 이 책을 전해주기 위해서였냐?"

완얼 역시 백영과 같은 생각이었다. 살아 있다는 소식을 들은 것만으로도 족하지 더 무엇을 바라랴 싶었다.

"예. 그것도 이유 중 하나입니다. 하지만 더 중요한 이유가 있습니다."

"더 중요한 이유라니, 그게 무엇이냐?"

그러자 숙휘의 얼굴이 갑자기 심각해지더니 무겁게 입을 열었다.

"이제 곧 막장 금지령이 내려질 것입니다."

"막장 소설을 단속이라도 한답니까?"

들도 보도 못한 말에 백영 역시 뜨악한 표정이었다.

"예, 그렇습니다. 말 그대로 음란소설, 춘화 등 유교 이념에 어긋나는 모든 막장들에 대한 대대적인 단속이 있을 것입니다. 그리고 그 본보기로 가장 먼저 작자 미상을 잡아들일 것이라고 합니다. 막장 소설계의 거목이니까요."

"저를요?"

백영의 얼굴에 핏기가 사라졌다. 그러자 완얼이 침통한 표정으로 숙휘를 보았다.

"혹시 숙휘 네가 미상을 잡아오라는 명을 받고 암행을 나온 것이냐?"

"형님, 저 위숙휘입니다. 형님이 호형(呼兄)을 허하신 아우 위숙휘요. 근데 어찌 형수님을 잡아갈 수가 있겠습니까?"

숙휘가 세차게 고개를 저으며 부인했다.

"막장 소설과 춘화를 탑처럼 쌓아놓고 판다 하여 일명 '탑개이'라 불리는 천개이라는 장사치가 이미 잡혔습니다. 끈기도 없고 의리도 없는 녀석이 형수님의 신상을 토설하는 것은 시간문제입니다. 전하께서 그 사실을 미리 아시고 피하시란 말을 전하기 위해 저를 보내신 겁니다. 유교 이념에 따라 막장 금지령을 내리긴 했지만, 아우의 내자이자 제수씨를 잡아들일 수는 없으니까요."

"탑개이가 잡혔다고요?"

충격적이 소식에 백영의 안색이 더더욱 창백하게 변하였다. 천개이는 죽은 유기전 천 서방의 아우로 형님이 하던 일을 고스란히 이어받아 하고 있었다. 이번에 '야! 이십팔색기가'도 그를 통해 낸 것이라 백영이 미상이라는 것을 알고 있었다.

설로군이 즉위한 지 팔 년.

온화하고 인재를 보는 눈이 뛰어난 임금이 다스리는 조선은 그야말로 태평성대를 누리고 있었다. 태평성대이니 자연히 무신보다 문신의 세력이 강해졌고, 유교를 통치 이념으로 강력히 내세우고 있는 터라 유학자들의 세상이 되었다. 그리고 바로 그 유학자들의 중심엔 영의정 이한림이 있었으니 작자 미상, 즉 백영에게 앙심을 품고 있던 이한림은 미상이 신작을 내고 활동을 시작하자 다시금 복수심에 불타올라 이같은 일을 벌인 것이다.

'내 아들 몽룡이가 죽은 것도, 미선이가 노비와 도망쳐 생사도 모른 채 살아가는 것도 모두가 다 변백영 그 계집 때문이다!'

심지어 아들이 남긴 한 점 혈육인 원자가 죽은 것도 백영 때문이라고 억지를 써대며 그녀를 증오했다. 혈육을 모두 떠나보내고 아무 낙도 없는 이한림에게 백영에 대한 뒤틀린 복수심만이 유일한 삶의 원동력일지 몰랐다. 그래서 그는 이번 참에 쓰레기 같은 야설들과 막장소설들, 춘화들을 싹 쓸어버릴 작정으로 막장 금지령을 내릴 것을 주청했다.

'조선의 모든 막장을 금한다!'

그리하여 108가지 금서 목록이 지정되었으니 그 목록은 이러하였다.

〈백팔 금서 목록과 지정 이유〉

一. 롱쥐팔쥐던

이유 : 가뜩이나 쥐가 많이 창궐해 백성들의 시름이 깊은 시기에 제목이 부적절함.

二. 선녀와 나무꾼—완전한 사육

이유 : 사슴을 숨겨 사냥꾼의 생업을 방해한 나무꾼의 행동을 선행으로 미화, 사냥꾼들이 크게 항의. '선녀와 난봉꾼', '하녀와 나무흣꾼', '색녀와 불꾼불꾼' 같은 저질 아류를 속출케 한 원흉.

三. 별주부던—자라부인의 역습

이유 : 용왕이 자라부인의 등껍질을 벗기는 장면에서 음란한 상상 유발.

四. 진주난봉가

이유 : 만석지기 진주 난봉꾼 지주들의 격렬한 항의.

五. 이솔낭자던—아오, 이솔아!

이유 : 전국의 이솔 낭자들의 집안에서 격렬한 항의. 혼담이 안 들어온다고 함.

六. 변씨 부인 수캐들

이유 : '이단합체 회전풀레방아'라는 부적절한 표현으로 음란한 상상 유발.

七. 이십팔색기가

이유 : 제목을 듣자마자 전하께서 감히 어디다 대고 상욕이냐며 수라상을 뒤엎으며 격노. 전하 앞에서 이 제목을 읽은 관료는 삭탈관직 당함.

八. 야! 이십팔색기가

이유 : 七과 동일. 이 제목을 읽은 관료는 삭탈관직에 오라질까지 당함.

이하 증략…….

"세상에! 백팔 가지 금서 중에 제 소설이 앞 번호 여덟 개나 차지하고 있습니다!"

숙휘가 가져온 목록을 본 백영의 입이 떡 벌어졌다.

"그러니 미상을 본보기로 처벌을 하려는 것이지요."

"참 내, 폭군이 다스리는 시절도 아니고 요즘 같은 세상에 소설을 검열하고 판금을 한단 말입니까? 도대체 막장과 음란의 기준이 뭡니까? 납득할 만한 정확한 기준을 제시하고 제재를 가하든지 해야 할 것 아닙니까?"

백영이 미간을 찌푸리며 목록에 쓰여 있는 내용을 차근차근 되짚었다.

"'선녀와 나무꾼'이 대박 나서 저질 아류가 나온 것이 왜 제 책임입니까? 저질 아류를 쓴 자들에게 따져야지요! 그리고 읽는 이들이 이상한 상상을 하는 것까지 글쓴이가 책임을 져야 합니까? 성을 표현했다 하여 무조건 저질이거나 나쁜 것이 아닙니다. 그것이 작품 속에서 어떤 의미를 가지고 어떤 수준으로 쓰였는지를 보아야지요."

숙휘에게 따질 일이 아니었으나 백영의 성격상 아닌 건 아니라고 말을 해야 직성이 풀리는지라 일사천리로 쏟아내는 말을 누구도 막을 수가 없었다.

"게다가 제 작품엔 노골적인 표현은 하나도 없었습니다. 모두 해학과 풍자, 비유적인 표현으로 쓰였지요. 물레방아가 돌아가는 것을 보고 야하다 하고, 절구 찧는 것도 야하다 한다면 그것이 절구와 물레방아의 잘못입니까? 아니면 절구와 물레방아를 보고 이상한 상상을 하는 사람들의 생각이 문제겠습니까? 사람은 자신이 아는 만큼, 자기가 보고 싶은 대로 보게 마련이니까요! 그리고 이건 또 뭐야. 콩쥐팥쥐는 쥐라서 안 돼? 이게 무슨 개소리냐며 지나가던 들쥐가 웃겠습니다!"

"부인, 숙휘가 금서 목록을 만든 것도 아니지 않습니까? 진정하시지요."

보다 못한 완얼이 백영을 만류했다.

"억울해서 그럽니다! 모르는 것을 아는 척 쓰지 않고, 독자들이 쉽고 재미있게 읽을 수 있도록 작가는 어렵게 공부하고 노력하여야 한다는 신념으로 글을 써왔건만. 저는 웃기는 글을 쓰지만 우스운 글을 쓰는 사람은 결코 아닙니다!"

"여전하십니다, 백영 아씨. 아니, 형수님."

예전과 조금도 다름없는 모습에 숙휘의 입가에 엷은 미소가 어렸다.

"여전하지요, 그럼! 그 미모가 어디 가겠습니까?"

여전히 자기주장 강하고 고집이 세다는 뜻이었는데 백영은 또 자기 좋을 대로 해석해 버렸다. 그런 점 또한 예전 그대로였다.

"저도 막장 금지령이 옳다고 생각하는 건 아닙니다. 하지만 이번 임무를 마지막으로 관직에서 떠날 처지인지라……."

"그게 무슨 말이냐? 적성에 아주 잘 맞는다고 하지 않았느냐?"

완얼이 놀라 숙휘의 말을 끊고 끼어들었다.

"제 나이 어느새 이립(而立)입니다. 한데 아직도 혼인을 하지 않고 있으니 조정 대신들이 가만두고 보겠습니까? 부정부패를 척결하겠다고 설쳐대서 가뜩이나 적이 많은데 좋은 꼬투리이지요. 가화만사성(家和萬事成)이라 하였거늘 가정도 못 꾸리는 인사가 무슨 나랏일을 돌보겠냐며 말들이 많습니다. 여태까지는 전하께서 저를 아껴주시어 어찌어찌 막아주셨지만 더 이상 폐를 끼치고 싶지 않습니다."

"그러게 왜 장가를 안 가고 그리 황소고집을 부리고 있는 것이냐?"

"저는 여인에게 뜻이 없습니다."

"그 말뜻은 나, 남색……."

완얼이 사색이 되어 말을 잇지 못 했다.

"남색은 청색이지요."

숙휘가 씨익 웃으며 선문답을 하였다.

"그건 또 무슨 흰소리냐?"

"남색은 색을 뜻하는 말 외엔 저와 아무 상관도 없다는 뜻입니다. 사내에게 관심이 있어 여인을 멀리하는 것이 아니라 저는 여인보다는 학문에 더 뜻이 있습니다. 형님 가족을 안전하게 피신시킨 뒤에 저도 조용한 곳에 들어앉아 공부를 더 하고자 합니다. 진정한 깨달음이란 어디에 있는 것인지 감히 도를 깨쳐보고 싶어서요."

"그래, 너라면 할 수 있을 것이다. 나도 내가 원하는 길을 선택했으면서 네가 원하는 길을 어찌 막겠느냐?"

완얼이 아우의 뜻을 존중하며 고개를 끄덕였다.

"이제 얘기는 충분히 나누었으니 대강 짐을 꾸리시지요. 해가 지면 밤을 틈타 바로 출발하는 것이 좋을 것 같습니다."

"오늘 당장이요?"

숙휘의 말에 이번엔 백영이 화들짝 놀랐다.

"빠르면 빠를수록 좋습니다. 그래야 조금이라도 더 멀리 도망칠 수 있을 테니까요. 형수님께서 잡히시면 형님의 안위까지 위태로워진다는 거 아시지 않습니까? 꾸물거릴 일이 아닙니다."

"예, 무슨 뜻인지 잘 알겠습니다."

위기가 닥쳐올수록 강해지는 백영이 굳센 표정으로 곧장 짐을 꾸리기 시작했다. 대강 짐을 꾸리자 어느새 해가 지고 량주도 집으로 돌아왔다.

"갑자기 이사를 간다니요? 동무들에게 작별 인사도 못 했는데……."

어머니에게 등 떠밀려 집을 나서며 량주가 울상을 지었다.

"사정이 그리되었다 하지 않느냐? 나도 절친한 쇠돌 어멈에게 인사도 못 하고 떠나는 것이니 불평하지 마라."

백영이 엄하게 일렀다. 그러자 량주가 무서운 어머니 대신 숙휘를 바라보며 물었다.

"숙부님도 함께 가시는 것입니까? 어디로 가는데요?"

"걱정 말고 나만 믿고 따라오너라. 이 숙부가 봐둔 곳이 있으니."

숙휘가 다정하게 량주의 어깨를 두들겨 주고는 조카를 번쩍 안아 말 등에 태웠다. 그러곤 자신도 함께 말에 올라 앞으로 달려 나가기 시작했다. 그 뒤로 완얼과 백영도 힘차게 말을 달려 쫓아갔다. 마치 오래전 완얼 선생과 변씨 부인 그리고 고량주, 위숙휘가 춘향이를 찾아 남원으로 향하던 그날처럼.

완얼 일행은 말을 타고 북쪽으로 이레를 꼬박 달려 금강산에 도착했다. 그러고는 말에서 내려 산속으로 다시 반나절을 더 걸어 들어갔다.

"대체 이런 산골짜기에 뭐가 있다고 한없이 들어가는 것이냐?"

가도 가도 울창한 숲만 계속되자 어깨에 짐을 잔뜩 진 완얼이 가쁜 숨을 헐떡이며 숙휘를 불렀다.

"분명 이 길이 맞는데……."

가야 할 길과 해야 할 일을 항상 뚜렷이 알고 있는 숙휘건만 지금 숙휘의 눈동자는 불안하게 흔들리고 있었다.

"설마 길을 잃은 것입니까?"

량주의 손을 잡고 뒤를 따르던 백영이 경악스러운 표정을 지었다.

"이런, 마른하늘에 날벼락이 있나! 천하의 위숙휘가 길을 다 잃다니!"

그러자 정말 마른하늘에서 날벼락이 떨어지더니 갑자기 비가 내리기 시작했다. 완얼 일행이 비를 피할 곳을 찾아 우왕좌왕하는데 앞쪽 덤불에서 장삼을 걸치고 삿갓을 쓴 비구니 한 명이 불쑥 튀어나왔다.

"스님! 잠시 길 좀 묻겠습니다."

반나절 만에 처음 보는 사람인지라 숙휘가 반색하며 말을 걸었다. 그러자 비구니가 발걸음을 멈추고 뒤를 돌아봤다.

"심온사라는 절로 가려면 어느 쪽으로 가야 하는지 아십니까?"

완얼 일행을 본 비구니가 뭐가 그리 놀라운지 잠시 움찔하더니 이내 차분하게 답했다.

"이 산이 아니옵니다. 저쪽 고개 너머에 있는 절입니다."

"어허, 이런 낭패가. 빗발도 점점 굵어지고 이제 곧 해도 질 터인데 언제 고개를 넘어간단 말이냐?"

완얼이 난감해하자 '저기……' 하고 비구니가 입을 열었다.

"갈 곳이 없으시면 누추하지만 제가 있는 암자에서 하룻밤 묵어가시겠습니까?"

"그래 주신다면야 저희야 감사하지요!"

백영이 얼른 나서서 비구니에게 꾸벅 인사를 올렸다. 그러곤 행여나 마음이 변해 떼어놓고 갈세라 비구니 뒤에 바짝 붙어 따라갔다. 비구니의 암자는 다행히 멀지 않은 곳에 있었다. 그 암자는 완얼과 백영이 첫날밤을 보냈던 암자만큼이나 작은 곳이었다. 그래도 불당 옆에 방이 세 개나 있는 별채가 붙어 있어 완얼 일가와 숙휘가 묵어가기엔 불편함이 없었다.

"어젯밤 꿈에 하얀 꽃송이가 눈처럼 날리더니 이렇게 귀한 손님이 오셨군요."

비구니가 가장 큰 방으로 그들을 안내하며 삿갓을 벗었다. 파르스름하게 깎은 머리 아래 얼굴은 생각했던 것보다 훨씬 앳되어 보였다. 한데 어쩐지 몹시 낯이 익었다. 고개를 갸우뚱하며 이리저리 살펴보던 백영이 '앗!' 하고 소리를 질렀다.

"당신은……."

"알아보시겠습니까?"

비구니가 민머리를 쓰다듬으며 쑥스럽게 웃었다.

"와인 무녀님!"

"이젠 청주 스님이라고 불러주십시오."

백영뿐만이 아니라 완얼과 숙휘까지 죽은 사람이 돌아오기라도 한 것처럼 멍하니 와인, 아니, 청주 스님을 바라보았다.

"이렇게 다시 뵙게 되다니, 언젠가 한 번은 다시 만날 인연이었나 봅니다."

"이곳엔 청주 스님 혼자 계시는 겁니까?"

"제게 가르침을 주시던 큰스님이 작년에 돌아가신 뒤로 저 혼자입니다. 워낙 깊은 산속의 작은 암자라 오겠다는 스님도 딱히 없고요."

그런데 그때, 백영과 청주 스님이 이야기를 나누는 사이로 량주가 불쑥 끼어들었다. 그러더니 신기하다는 듯 청주 스님을 빤히 쳐다보며 외쳤다.

"머리카락 없는 여인은 처음 봅니다!"

"량주야! 버릇없이 그게 무슨 말버릇이냐!"

백영이 아이를 나무라자 청주 스님의 토끼 같은 눈이 더욱 휘둥그레졌다.

"네 이름이 량주냐?"

"예, 이량주라고 합니다."

"너도 책을 잘 안 읽느냐?"

청주 스님이 눈시울을 붉히며 물었다.

"아니요. 전 책이 엄청 좋습니다. 나중에 매설가가 될 거예요!"

"그래, 그렇구나."

그녀의 눈에서 후드득 눈물이 떨어졌다.

"왜 우십니까? 저기, 제가 아까 한 말 때문에 그러십니까? 제가 잘 못했습니다. 그러니 울지 마십시오."

량주가 몹시 미안해하며 고사리 같은 손으로 그녀의 눈물을 닦아주었다.

"너 때문이 아니다. 예전에 내가 알던 어떤 좋은 분이 생각나서 그런다. 우리 량주는 참으로 심성이 착하구나. 고맙다. 고맙다……."

그러자 완얼과 숙휘도 코끝이 찡해져 고개를 돌렸다.

"그럼 편히 쉬십시오. 저는 이만 나가보겠습니다."

청주 스님이 더 이상 눈물을 보이기 싫어 도망치듯이 방을 나갔다.

그날 새벽, 청주 스님이 불당에 들어서자 백영이 바닥에 엎드려 정신없이 무언가를 쓰고 있었다.

"주무시지 않고 무얼 하십니까?"

청주 스님의 목소리에 백영이 그제야 인기척을 느낀 듯 고개를 번쩍 들었다.

"잠이 오지 않아서 글을 좀 쓰고 있었습니다. 역시 글쟁이는 어쩔 수 없나 봅니다."

소설을 쓰다 쫓기게 되었으면서 그새를 못 참고 또 소설을 쓰고 있다니, 스스로도 어이가 없어 피식 웃음을 터뜨렸다.

"그러는 청주 스님께선 왜 이리 일찍 일어나셨습니까?"

"매일 이 시각에 일어나 량주 무사님의 극락왕생을 빌고 있습니다."

"정말 대단한 정성이십니다. 한데 어찌 이곳에 머물게 되었는지 물어도 되겠습니까?"

"량주 무사님이 돌아가신 뒤, 장례를 지켜보고 나서 길을 떠났습니다. 정처 없이 길을 떠돌다 앞으로 어찌 살아야 할지 너무나 막막하여 벼랑 아래로 몸을 던졌더랬지요. 하지만 쇠심줄보다 질긴 것이 목숨인지라 이 암자의 큰스님께서 저를 구해주셨습니다. 그 뒤로 저는 머리를 깎고선 하루도 빠짐없이 새벽이면 량주 무사님의 명복을 빌고 있습니다."

"지금쯤이면 량주 무사님도 무녀님을, 아니, 스님을 용서하지 않았을까요?"

백영이 조심스럽게 말했다.

"제 마음 가볍자고 어찌 용서받기를 바라겠습니까? 다만 량주 무사님이 그곳에선 편히 지내시기를 바랄 뿐입니다."

청주 스님이 쓸쓸히 미소 짓더니 분위기를 바꾸려 말을 돌렸다.

"한데 무슨 소설을 그리 열심히 쓰고 계셨습니까?"

"아직 초안이라 재미가 있을는지……."

그러면서도 안 물었으면 어쩔 뻔했을까 싶을 정도로 신명나게 이야기를 시작했다.

"마씨 성의 낭자가 시집을 갔는데 말입니다, 첫날밤에 글쎄, 새신랑이 그녀의 얼굴을 보자마자 혼령이라도 본 것처럼 소스라치게 놀라며 신방을 뛰쳐나가 버리는 겁니다!"

"왜요? 마씨 낭자가 엄청난 박색입니까?"

"아니요. 양귀비가 울고 갈 정도로 꽃같이 아름다운 낭자입니다. 뽀얀 피부와 손대면 톡 하고 터져 버릴 것만 같은 풍만한 몸매까지! 그녀에게 넘어가지 않는 사내는 고자나 내시밖에 없을 정도이지요."

"그럼 대체 새신랑이 왜 도망을 친 것입니까?"

"계속 들어보십시오. 그렇게 이유도 모른 채 첫날밤에 소박을 맞고선 시댁으로 갔는데 글쎄, 이번엔 시댁의 사내들이 그녀를 보자마자 놀라 입이 떡 벌어지는 게 아니겠습니까?"

"도대체 왜요? 이유가 뭐랍니까?"

어느새 백영의 이야기에 푹 빠진 청주 스님이 몸이 달아 물었다.

"궁금하십니까?"

"당연히 궁금하지요!"

"그럼 나중에 책이 나오면 사보십시오!"

그러자 한껏 약이 오른 청주 스님이 스님이라는 신분도 잊고 버럭 화를 내었다.

"얘기를 꺼내지를 말든가 궁금해 죽으라는 겁니까? 좋습니다, 그럼 이렇게 하면 어떻겠습니까?"

"어떻게요?"

"제가 그 작품의 삽화를 그려 드리겠습니다! 이젠 소설에도 멋들어진 삽화가 들어가야 잘 팔리는 시대가 아닙니까?"

"청주 스님께서 그림을 그리신다고요?"

"혹시 말입니다, 예전에 궐에서 아씨께 '미상을 꼭 만나고 싶습니다. 왜냐하면 실은 제가 바로……' 하고 말하려다 만 것 기억나십니까?"

"그런 적이 있었습니까? 그런데요?"

"실은 제가 바로…… 육씨 부인입니다."

"예? 그 유명한 춘화가 육씨 부인이요? 전설의 춘화집 '딸마가 동쪽으로 간 까닭은'을 그린 춘화계의 거성 그 육씨 부인 말입니까?"

"예, 그렇습니다."

청주 스님이 고개를 끄덕였다. 그러고는 진지한 표정으로 일생일대의 제안을 하였다.

"제게 천재 작가 미상과 함께 작업할 수 있는 기회를 주시겠습니까? 육씨 부인과 작자 미상이 힘을 합치면 두고두고 인구에 회자될 대작이 탄생할 것입니다!"

하룻밤만 묵어가려던 완얼 일행은 한 달 가까이 암자에 머무르게 되었다. 그리고 그 한 달 사이에 작자 미상과 육씨 부인, 즉 백영과 청주 스님은 드디어 작품을 완성하였다. 이제 더 이상 작자 미상이란 필명을 쓸 수 없게 된 백영은 새 필명을 만들었으니 이름하야…….

"육시몬이요? 그게 대체 무슨 뜻입니까?"

그녀의 새 필명을 들은 완얼이 고개를 갸우뚱하며 물었다. 깊은 밤, 량주가 잠든 사이 완얼과 숙휘 그리고 청주 스님은 백영의 신작을 보기 위해 큰 방으로 모였다.

"심온사를 찾아가다 길을 잘못 든 덕에 육씨 부인을 만나 새로운 작품이 탄생하였으니 육씨 부인의 육과 심온사의 심온을 합쳐 발음하기 좋게 '육시몬'이라 한 것입니다."

"으흠. 그럴듯한데요? 그럼 작가 육시몬의 대망의 첫 작품은 무엇입니까?"

숙휘가 무릎을 탁 치며 호기심에 가득 차 물었다.

"'변씨 부인 수캐들'에 이은 부인 연작 '마씨 부인 로망수'입니다!"

"마씨 부인 로망수?"

"성낼 로(怒), 두려워할 망(忙), 짐승 수(獸), 로망수! 성나고 두려운 짐승이라, 마씨 부인과 짐승남의 동물적 남녀상열지사이지요."

그러고는 자랑스러운 표정으로 품에서 책을 꺼내 들었다.

"준비되셨습니까, 여러분?"

백영이 낭독을 위해 목소리를 가다듬고선 물었다.

"예!"

모두가 큰 소리로 외쳤다.

붓을 들고 있을 때 가장 빛나는 여인 변씨 부인 변백영.

그녀는 작가다. 과거에도 그랬고 현재도 그러하며 미래에도 그럴 것이다. 아무리 힘들고 어려운 일이 있어도, 어떠한 시련이 몰려와도, 어떠한 핍박을 당해도 그녀의 이야기는 계속될 것이다.

사랑하는 완얼 선생과 량주, 숙휘와 함께.

영원히.

"자, 그럼 이제 '마씨 부인 로망수'를 시작해 볼까요?"

〈끝. 그리고 새로운 시작〉

작가 후기

이몽룡과 성춘향은 정말 결혼까지 할 수 있었을까?

변학도의 여동생과 이몽룡이 정략결혼을 했다면?

결혼식도 안 올리고 신방부터 차리더니 혼자 한양으로 가버리고, 2년 동안 소식 한 장 없다가 암행어사랍시고 나타나 '그동안 미안했다' 사과는커녕 춘향이의 사랑을 시험하기까지 한 이몽룡 이 자식, 변학도보다 더 나쁜 놈 아니야?

'변씨 부인 스캔들'은 이런 시답잖은 않은 의문과 상상에서 시작되었습니다.

고전들은 무수히 많은 이본(異本)이 있는데 아무도 놀아주지 않는 날엔 오래된 책들을 뒤적거리며 이렇게 시답잖은 상상들을 하곤 합니다. 예를 들면, 선녀와 나무꾼에서 나무꾼이 떠나간 선녀와 아이들을 그리워하다 죽어 수탉이 되었다는 버전을 보고선 닭들이 '꼬끼오!' 하고 우는 소리가 '꼭이오!' 하고 들리기 시작했습니다. 그 덕분에 백영이 쓴 '선녀와 나무꾼─완전한 사육'에 '다시 돌아오시오, 꼭이오!' 하고 절규하는 나무꾼 수탉이야기가 등장하게 되었습니다.

사냥꾼도 먹고 살자고 하는 짓인데 사슴을 숨겨준 나무꾼이 정말 선행을 한 것일까, 여탕을 훔쳐보고 도망가지 못하게 옷까지 훔쳐 결혼을 하다니 전자발찌를 채워야 하는 거 아닌가, 심봉사는 공양미 삼백 석에 딸이 팔려가는 것을 방관한 것이 아닐까 등등 어렸을 때부터 정말 의문이었지만 이런 질문을 할 때마다 선생님에게 혼이 나 두 번 다시 입 밖에 꺼내지 않았던 이야기들도 이번 기회에 색다르게 풀어보고 싶었습니다.

저는 다양한 인간 군상들의 이야기를 좋아합니다. 똑같은 사건을 두고 자신이 처한 상황에 따라 각기 다르게 반응하는 사람들의 행동과 심리, 감춰진 비밀들. 우주보다 더욱 광활하고 복잡한 인간의 마음속을 들여다본다는 것은 세상에서 가장 재미있는 놀이이자 숙제인 것 같습니다.

처음엔 제가 만든 캐릭터이지만 이야기가 펼쳐지면서 제 손을 떠나 생명력을 가지고 스스로 행동하기 시작합니다. 그리고 마침내 이 세상 어딘가에 살아있을 거라고 나 자신이 그렇게 믿게 됩니다. 그때부터는 이야기를 만드는 것이 아니라 그들이 들려주는 이야기를 받아쓰는 것 같은 기분이 듭니다. 저는 그저 전달자일 뿐이지요. 그래서 흥미롭습니다. 저도 궁금하니까요.

청상과부 변백영, 신기를 가진 왕자 완얼군, 재가녀의 아들 위숙휘, 부모에게 버림받은 고량주, 어미를 그리는 왕 이율, 가문도 학연도 빽도 없는 변학도, 천기의 딸 춘향……. 한두 가지씩 상처가 있는 이들의 이야기에 귀를 기울이며, 세상에 지지 않고 각자의 방식으로 헤쳐 나가기를 바랐습니다. 그리고 간절히 원하는 것을 이루고 행복해지기를 바랐습니다. 물론 모두가 행복해질수는 없겠지만, 누군가는 자신이 저지른 악행에 대한 대가를 치러야 하겠지만, 모두가 행복할 순 없어도 모두가 불행하지만은 않기를 간절히 바랐습니다.

아직도 바라고 있습니다. 변씨 부인 스캔들이란 이야기는 끝이 났어도 이들은 어딘가에서 잘 살아가고 있기를.

제 글은 춘향전 원전을 비롯한 여러 고전들, 시조들, 역사적 사실 그리고 제가 만들어낸 이야기가 교묘하게 접합되어 있습니다.

서까래 세 장을 이고 가는 꿈이 왕(王)의 형상이라고 한 해몽은 실제 이성계의 일화입니다. 근데 전 그것이 흙 토(土) 위에 사람이 한 일(一) 자로 누워 있는 형상으로도 생각되어 '죽음'이란 새로운 해석을 덧붙여 보았습니다. 구름이 흘러가는 것이 경회루 위냐 아래냐에 따라 왕이 되느냐 죽느냐가 결정된다는 해몽도 저의 해석이고요. 아울러 백영이 읽어주는 '춘향뎐 완결편'은 원전을 바탕으로 제가 새롭게 각색한 내용입니다.

그리고 고량주, 위숙휘, 와인, 이강주, 문배주, 배갈, 모희도…… 왠지 익숙한 이 이름들.

네, 술 이름 맞습니다.

네, 제가 술을 완전 사랑합니다.

부디 위트로 웃고 넘어가 주세요 ^^

작품을 무사히 완성할 수 있게 도와주신 스틸 일러 작가님, 박소이 대리님, 문혜영 팀장님, 조윤희 팀장님, 네이버와 청어람 출판사 분들, 가족, 친구들, 독자님들 그리고 316 사랑합니다. 솔메 정구 사랑합니다. 마음 속 깊이 한 분 한 분께 감사하고 있습니다.

마지막으로, 언젠가 후속작으로 나올 부인 시리즈 두 번째 이야기 '마씨 부인 로망수'도 많이 기대해 주세요.

어느 겨울 월요일 6시, 육시몬(6시 MON.)